潮涌东方

刘 铭◎著

中国文史出版社
CHINA CULTURAL AND HISTORICAL PRESS

图书在版编目（CIP）数据

潮涌东方 / 刘铭著 . —北京 : 中国文史出版社 , 2021.6

ISBN 978-7-5205-3079-8

Ⅰ . ①潮… Ⅱ . ①刘… Ⅲ . ①长篇小说—中国—当代 Ⅳ . ① I247.5

中国版本图书馆 CIP 数据核字（2021）第 138733 号

责任编辑： 徐玉霞

出版发行：中国文史出版社

社　　址：北京市海淀区西八里庄路 69 号院　　　邮　　编：100142

电　　话：010-81136606　81136602　81136603（发行部）

传　　真：010-81136655

印　　装：廊坊市海涛印刷有限公司

经　　销：全国新华书店

开　　本：16 开

印　　张：24.75

字　　数：400 千字

版　　次：2022 年 3 月第 1 版

印　　次：2022 年 3 月第 1 次印刷

定　　价：69.00 元

人物表

魏建设——东钢集团总经理

冯丽娟——魏建设妻子

魏晶晶——魏建设之女

方世雄——省国资委副主任、纪检监察组组长

方涛——方世雄之子，广州宏达商贸公司实际控制人

凌云——广州宏达商贸公司经理

唐潮——盛唐实业集团董事长

韩晓波——盛唐实业集团战略决策部部长

金若愚——盛唐实业集团董秘

白霞——唐潮的情人

孟铁生——主管经济工作的副省长

孟滢——《江都商报》记者，孟铁生女儿

高洁——孟铁生妻子

柳诗韵——东钢集团研究院院长

柳家霖——柳诗韵父亲

爽爽——柳诗韵之子

姜红梅——东方市市长

肖一凡——扬子开发银行行长，姜红梅丈夫

张常生——东钢员工，魏建设姐夫

魏秀珍——东钢员工，魏建设姐姐

张有为——东钢员工，张常生之子

卢春来——魏秀珍好姐妹，春来酒馆老板娘

胡文强——东钢集团党委副书记、纪委书记、工会主席

苏雪芳——东钢集团总会计师

萧春晖——东钢集团副经理

郑少杰——东钢集团保卫部部长

吴斯——东钢销售公司员工，后提拔为销售公司经理

岳启明——东钢集团炼钢厂厂长

郭锦堂——东钢集团环境部部长

李志刚——东钢炼钢厂员工

关晓岚——健民医院院长

洪流——东钢办公室主任

邹培君——省国资委主任

丁一民——省人民检察院副院长

周书海——省纪委副书记

许远征——省纪委第五纪检监察室主任

雷青山——东方市公安局局长

赵俊——东方市看守所所长

明哲——哲思智能有限公司董事长、总经理

杨立春——智能工厂设计师，电脑专家

王小庆——永峰钢铁集团公司董事长

王大庆——神通快递集团公司董事长，王小庆之兄

孙天佑——绰号"天不收"，当地的地痞

杂毛——天不收的小兄弟

引 子

一副冰凉的手铐在魏建设眼前晃动，在病房混浊的灯光下，发出阴森而又冷酷的白光。

受了重伤的魏建设在病床上躺了半个多月，才摆脱死神的纠缠，从昏迷中苏醒过来。他强忍着痛苦，挣扎着抬起头来。他的头发凌乱，满脸胡茬，脸色有些苍白，一双受到刺激后的眼睛更大了，冷静地问，我犯了什么罪？

站在他面前的是省纪委第五纪检监察室主任许远征，严肃地说，我们省纪委接到举报，你涉嫌收受巨额贿赂，严重违反党的纪律，对你进行约谈。

随行的国资委纪检员林宇飞说，请配合组织上对你的调查，马上跟我们走！

另一个纪检人员正要把手铐戴在魏建设的手上，许远征说，他病得挺厉害的，跑不掉，手铐就不用了。转身对魏建设说，你可不得有抗拒行为。

身正不怕影子歪！我就不信，共产党的天下，没有说理的地方！魏建设愤愤不平地说，没有做出无谓的反抗，费力地从床上爬下来，由于用力过猛，差点摔倒在地。

魏建设住院，姐姐魏秀珍在护理他，一个普通的女性，哪里见过这样的场面，又惊又怕，呆呆地站在一旁。当看到弟弟这个样了，有如刀子在剜她的心，再也忍不住了，冲过来，双手紧紧护住他，好像母鸡张开翅膀保护小雏，绝不让老鹰叼走，口里喃喃叫屈道，我兄弟是个好人，你们不能带走他！

林宇飞说，有地方让他说清楚，请你不要妨碍我们执法。

魏秀珍伤心地说，他昏迷了十多天，才醒过来，你们带走他，他会没命的。

许远征说，这个你不用担心，我们会继续治疗他的。

魏建设深情地望了魏秀珍一眼，姐，你放心好了，我是去配合组织调查，不会有事的，你要相信弟弟的清白。

魏秀珍忍不住放声恸哭起来。

魏建设艰难地一步步往门外挪动，林宇飞上前搀扶他，被他甩开，坚持着一个人蹒跚地朝前走去。

三名纪检人员带着魏建设，乘坐一辆黑色大众越野，沿着通往省城的高速公路呼啸而去，穿行在苍茫的原野上。天空弥漫着朦胧的雾气，路边一排排高大的杨树，树叶已经掉光了，只剩下冷峻的枝杈，尖顶上挂着黑灯笼一样的鸟巢，几只老鸹站在寒风中，发出凄厉的叫声。

目录

第一章

两年前，在同一条高速公路上，一辆丰田面包车疾驶着，从省城江都市来到东方市。

魏建设忘记不了到东钢任职的那一天，临近春节，刚下过一场小雪，地上结了一层薄冰，北风呼呼地刮个不停，空气干冷干冷的，太阳缺少了往昔的光彩，苍白无力地挂在天际，天上和地下灰蒙蒙的，一片混沌不清。

面包车前排坐着一个穿着高档西服的中年男子，清癯的脸，戴着眼镜，腰板笔直，显出一副自负的神气。他是省国资委主任邹培君，是来东钢宣布魏建设任命决定的。他瞅了一眼坐在后排的魏建设，随意地穿着皮夹克、牛仔裤，头发被风吹过，乱糟糟的，面部也没有刻意修理过，给人一种沧桑的感觉，怎么看也不像个前来赴任的新官呀！

魏建设从省国资委资本运营管理处处长的职位上得到提拔重用，前来东方钢铁集团公司担任总经理一职，享受正厅级待遇，属于越级提拔。按说应该春风得意，神采飞扬，然而此时他的心情是好还是坏，是高兴还是烦恼，连他本人也说不清，感觉和窗外的天气差不多，混混沌沌，清爽不起来。

东方市紧挨省城江都市。这是一个既古老而又年轻的城市，说它古老，是因为三国时吴王孙权曾在此地建过都城，至今城里还留有不少当年的遗迹。说它年轻，因为它是改革开放后成立的省级直辖市，而且正是有了东钢这个省属最大国企作支撑，才因钢立市，成就了现在的东方市。

魏建设是土生土长的东方市人，父亲是东钢第一代工人，他从小生活在东钢，读大学时离开了这里，大学毕业后又回来工作了好长一段时间，对东钢的情况比较熟悉。

东钢是 20 世纪 50 年代大办钢铁时期建厂的，属地方上最早建设的十八罗汉之一。方世雄接任董事长、总经理时，规模不大，还是小高炉、小转炉、小电炉、小轧机，钢产量不足 100 万吨，在行业中处于落后水平。军人出身的方世雄，敢想敢干，大刀阔斧，一上台就提出了千万吨钢的发展战略，搞第二次创业，自筹资金，前后投入 100 多个亿，淘汰了落后，更新了一批大型装备，把规模搞到了600万吨。可是好景不长，遇到了钢铁行业的严冬期，昔日人见人爱的钢铁骄子，一下子褪去了闪耀的光环，受到了市场的冷落，钢材价格不如白菜，整个行业哀鸿一片。东钢也从每年赚得盆满钵满，到连续几年出现亏损，刚刚过去的一年更是亏得一塌糊涂。为了摆脱这个困境，方世雄选择了联合重组这条路，引进民营企业资金，加快推进千万吨钢发展战略，把块头做大，重铸辉煌。这个千万吨发展规划得到了省委、省政府的强力支持，列入了全省五年经济发展纲要。省里主管经济工作的孟铁生副省长亲自出马，为东钢引进战略合作伙伴盛唐实业集团，打算投资50亿元资金，用于东钢新一轮扩张，用两到三年时间，完成千万吨钢配套工程项目。

决定魏建设上任前，孟副省长约他谈话，明确要求继续推进联合重组，完成千万吨配套项目，尽快扭转企业的亏损局面。可是东钢的现状是，生产几乎停顿，企业负债累累，资金链断裂，还长期拖欠工人的工资，职工队伍人心浮动，有如一座随时都会喷发的火山。此时接过这么一个烂摊子，叫他怎么高兴得起来呢？

丰田面包车很快驶出了东方市的高速路口，东钢集团公司办公室主任洪流在出口处迎候他们。车子一停稳，他就上去和领导们打招呼，焦躁不安地说，本来公司头头要到这里来迎接的，可是他们现在都陷在宾馆里出不来，只好我来了，请领导们谅解。

邹培君不高兴地问道，怎么回事呀？

洪流吞吞吐吐地说，领导们遇上了点麻烦。

魏建设急切地问，什么麻烦？

洪流回答，公司领导知道魏总今天上任，都在东钢宾馆集中，准备迎接你们。可是这件事被职工知道了，涌来了一百多号人，把宾馆围了个水泄不通，不让领导离开宾馆。

邹培君埋怨道，你们啦，什么时候叫人省心呀！

魏建设关心地问，职工都有些什么诉求？

洪流说，都是向厂里讨要工资的。去年企业效益不好，半年没有给职工发工资了，工人们担心公司领导换人后，新官不理旧账，眼看到了年关，好多家庭缺钱打年货，有的人急了，采取了这种过激行为。

在这之前，魏建设参加了东钢联合重组的准备工作，对东钢的情况比较了解，知道东钢拖欠职工的工资，可是，为什么选在他来报到的时候进行群体上访，是职工自发的行为，还是有人设局，想给他来个下马威？看来东钢的水深得很哟。

洪流委婉地说，我来时胡书记交代，请你们几位领导先到市里的宾馆休息，等事态平息了再回东钢开会。如果上午还处理不了，公司领导想办法从宾馆脱身，到市里来找你们。

邹培君发火了，这像什么话？你们的工作是怎么做的？新领导第一天上任，就出这么大个洋相，连个班子会都不能在东钢开，还不知道以后会搞出什么幺蛾子来？

魏建设苦笑了一声，洪主任，你陪几位领导先到市里去休息，我到现场去看看。

洪流露出为难之色，魏总，请你也到市里去吧。职工现在的情绪很大，可能还是冲着新任领导来的，你要到了现场，遇到麻烦怎么办？

邹培君也说，你一个人去难免有危险，组织上安排我们来欢送你，你要是出点事，我回去怎么向省委、省政府交代？

你们放心去吧，我不会有事的。魏建设坦然道，既然已经到东钢来了，就算是东钢人了，躲得过初一，躲不过十五，迟早要面对这一切的，不如现在就去感受一下。随后，跳下了面包车。

他抬头看天，太阳钻出了厚重的云层，露出了金色的光芒，给大地洒下了些许温暖。他独自开着洪流的那辆帕萨特，朝着东钢驶去。

离厂区还有里把地，小车再不能往前开了。由于东钢宾馆就建在厂区前，与厂区仅隔着一条国道，工人们围住宾馆后，通往厂区的大门也就堵住了，运送进出厂物资的车辆不能正常出入，有的停着，有的倒车，有的横在马路中间，现场乱七八糟，摆开了一条长蛇阵。魏建设只得下车，向厂区走去。

东钢集团保卫部部长郑少杰之前接到洪流的电话，前来迎接魏建设，见了面，敬了一个礼，魏总，你好。

魏建设和他是老熟人，握了下手，说，到现场去看看。

郑少杰说，厂里认得你的人多，这次闹事又是冲着你来的，这样去不好保证你的安全。

魏建设一笑，有那么邪乎？

郑少杰拿出一个帽子、一条围巾和一副墨镜递给魏建设，领导，只好委屈你了。

好在魏建设今天穿的也是便装，按他的意思把自己装扮了一番，自嘲地说，这哪是来工作的，搞得像个特务似的。

郑少杰跟着笑了，起码算个我党的地下工作者吧。

两人一起向宾馆走去。魏建设感到前后还有几个身材高大的年轻人跟随着，这肯定是郑少杰安排来保护他的。

快到宾馆时，魏建设看到上百号工人把宾馆围了个水泄不通。宾馆门前扯着一条巨大的横幅，上面写着"强烈要求东钢发还拖欠职工工资"的字样，被风吹得呼呼作响，还有工人举着标语牌，写有"讨要工资，合理合法""兑现承诺，不再骗人""还我血汗钱，我们好过年"的口号，到处是吵吵嚷嚷骂骂咧咧的声音，现场一片混乱。

郑少杰向他解释道，今天公司班子成员刚到宾馆集中，就涌上来一群工人，把宾馆堵住了，后来又陆续来了一些人，还准备了横幅和标语牌，看这情形肯定是有组织、有预谋的活动。我们把现场比较活跃的人员都录了像，正在做分析辨认工作。各单位的领导也带人到现场来做劝说工作，争取把这些人带回去。我们也告诉了职工，要求他们派出代表来表达诉求，可是他们不听，还说现在的公司领导根本解决不了问题，指名道姓要和你对话，要你来解决这个难题。

魏建设说，看来今天这一关不好过哟。

市公安局局长雷青山也到现场来了，郑少杰连忙把他喊过来，向他介绍了魏建设。

魏建设与他握手，说道，局长，辛苦了，市局对这种聚众上访的事会怎么处理？

雷青山犯难地说，我们处理维稳的事情也很谨慎。毕竟这是企业内部的劳资纠纷，而且东钢确实拖欠了职工工资，职工有些情绪可以理解，只是这种诉求方式不对。我们还是主张以劝说为主，不宜采取强制措施，避免酿成重大事件。不过，我们也做了紧急预案，来了特警，一旦事态严重了，我们会采取行动。他指着停在远处的一辆警车，里面有一批警察在待命。

魏建设说，谢谢你们，天寒地冻的，辛苦你们了。

正说着，人群中出现一阵骚动。魏建设扭头望去，一个高挑身材、容貌秀丽、气质不凡的女记者在现场采访，还用相机进行拍摄。一个保安试图阻拦她，伸手抢夺她手中的相机。围堵宾馆的工人一下子起哄了，纷纷指责保安，双方互相谩骂，差点就要打起来了。那个年轻女子陷在人群中，进退不得。

魏建设一眼认出，这个年轻漂亮的女子是孟铁生副省长的女儿，《江都商报》记者孟滢。不久前在东钢与盛唐集团联合重组协议签字会上，魏建设见过她，知道她是个思维机敏、锋芒凌厉的记者。魏建设担心这样扯下去会危及孟滢的人身安全，对郑少杰说，马上把你们的人员拉开，避免发生冲突。把那位女记者救出来，不要为难她。

郑少杰向身边的几个年轻人使了个眼色，他们立即冲过去，分开人群，为孟滢解围。

孟滢走出人群，敏锐的她一眼就看到了魏建设，惊呼，魏处长，哦，应该叫魏总，你怎么到现场来了？

魏建设取下墨镜，上前与她握手，大记者，没想到我们会在这里见面。

孟滢露出一个灿烂的笑脸，今天新官上任，这样别具一格的欢迎仪式喜欢吗？

还未等他们再说什么，工人们争先恐后涌过来，把魏建设团团围住了。见到面前的这位新来的老总，敦实的个子，黑黑的脸膛，衣着随和，相貌纯朴厚道，跟普通人没有两样。

大家七嘴八舌地对他倾诉着拖欠工资的问题，逼着他当场表态。有的甚至说，我们听说省里这次让你带来了好几个亿，你可一定要把拖欠的工资补发给我们。

魏建设耐心地听了职工的诉说，也问了几个问题，然后说，大家静一静，我来讲几句。工人们也想知道他说什么，顿时静了下来。

魏建设提高声调说道，工人同志们，我是土生土长的东钢人，也在东钢工作过。大家的困难我知道，心情可以理解。东钢拖欠职工工资，是客观事实，不管谁来当领导都得认这笔账，不会新官不理旧事。这件事涉及职工的切身利益，更要引起我们的高度重视，作为优先解决的问题。可是全厂一万多职工，又拖欠了半年工资，算下来不是一个小数目，解决起来不是一件容易的事。我初来乍到，两手空空。既然大家希望问题得到解决，总不能由我一个人说了算吧，总得经过班子讨论吧，还得给时间让我们想办法。大家把公司领导堵在宾馆不让进出，这样做解决不了任何问题。我看大家还是先回去吧，实在不放心，也可以选出代表到宾馆里面等候。我们讨论出意见后，再与代表沟通。

听了这话，工人并不买账，纷纷指责魏建设。有的说，你别打官腔，来糊弄我们。有的说，一个子没带，跑到东钢来有啥用。有个职工说，我们不是不相信你，我们确实被姓方的骗怕了。一些职工起哄了，我们不回去，就在这里，等着你给我们一个说法！

魏建设劝道，如果大家实在不愿离开，那就请让我到宾馆去，和班子商量。

我可以负责任地说，我们会重视大家的诉求，找出一个解决的办法，让大家把年过好。

新来的领导把话说到这个份上了，工人们也就不好继续阻拦了，让出了一条路。宾馆的院门缓缓打开，魏建设走了进去。随后，工人们像潮水般又把院门封住了。

孟滢迅速抓拍到了魏建设走向宾馆的背影，他的身材虽然不是那么高大威武，步子却迈得方正有力，带着几分自信，不禁对他产生了一种恻隐之心。

人生的精彩之处，命运轨迹的改变有时就在瞬息之间，如天上流星划过，连一点预兆都没有。魏建设清楚地记得，新年元旦的那一天，在东钢宾馆，举行了东方钢铁集团和盛唐实业集团联合重组签字仪式，结果这次活动直接导致了魏建设和方世雄身份的改变。

这一天，邀请了中央驻省及省内各新闻单位的记者参加，还请来了孟铁生副省长，见证这一历史时刻。本来一切进展顺利，就在双方老总准备在联合重组协议文本上签字时，东钢炼钢厂转炉车间突然发生了一起重大安全事故，造成2死3伤。消防车、救护车、警车，一辆接一辆驶向厂区，打乱了会议室喜庆的气氛。突发的这场灾难，让盛唐集团的唐潮看到了一个绝佳机会，他马上翻脸，拒绝在协议书上签字，不顾情面地离开了会场。心高气傲的方世雄就像拿破仑遭遇了滑铁卢，急火攻心，差点倒在会场上。事后省政府派出调查组，对东钢安全生产和经营情况进行调查，得出的结论是，东钢这几年不仅在安全生产上存在严重问题，而且生产经营更是糟糕，仅上一年就亏损9个亿，却弄虚作假，上报盈利2个亿。省委、省政府很快免除了方世雄的职务，考虑到他对东钢的建设发展有过不小的功劳，具有长期从事经济工作的经验，故而调任省国资委副主任兼纪检监察组组长。魏建设临危受命，担任东钢总经理。

困在宾馆的东钢班子成员得知魏建设来了，就像久旱盼来了及时雨，赶紧都到大厅来欢迎。

方世雄免职后，集团的行政工作由副总经理萧春晖临时负责，他迎上前，握着魏建设的手，欢迎魏总，早就盼着你来，这下我们东钢有救了。他口里这样说，其实心里并不舒服。他是方世雄手下的红人，最有希望接班，事故后方世雄突然下台，调来比他年轻的魏建设，接班的美梦成了泡影，摊在谁的头上都高兴不起来。

公司党委副书记、纪委书记兼工会主席胡文强当年与魏建设一起搭过班子，那时魏建设在炼钢厂当厂长，胡文强任党委书记，两人合作得还蛮愉快。这次魏建设回来担任总经理，他自然乐意。见到他，愧疚地说，老朋友，对不起，我的工作没做好，让你一来就遇上麻烦。

魏建设苦笑地说，不当家不知柴米贵，今天一来就给我上了一课，穷家难当呀。

大家在宾馆一号会议室坐定之后，魏建设直抒己见，今天我不请自到，不太符合组织程序，犯了自由主义，好在是省国资委的领导送来的，我算是提前报到了，请大家支持我，我们一起努力，尽快扭转东钢的被动局面。

按理说这种场合应该都是些客套话，被他制止了，要大家直奔主题，讨论解决工人聚众上访的问题。

萧春晖解释道，这几年公司上千万吨项目，技改投入太大，又遇上市场不景气，亏损严重，工人工资就发不到位了。之前方总许诺过，一旦联合重组协议签订，就把拖欠的工资补发到位。哪知联合重组的协议没有签成，方总又调走了，职工的工资没有着落了。工人担心领导班子调整后，我们不会补发他们的工资，这才上演了这场闹剧。公司的现金流几乎断了，实在没有能力解决这个问题。停顿了一会儿，他神秘兮兮地问魏建设，外面传说你这次上任，带了好几个亿来，我们都指望你解救东钢呢。

魏建设说，还真把我当成了财神爷，我可没有那个本事。省里一分钱没给，而且要求我们必须解决好拖欠职工工资的问题。

听他这么一说，大家原本燃烧起来的希望之火，被一瓢冷水泼灭了，个个心里冰凉冰凉的。

胡文强对这次聚众上访事件谈了自己的想法，方总主持工作时我就多次向他建议，不要勒紧裤带搞建设，把工人的工资早点补发到位，为这事还与他争吵过。但是今天有人用这种方式提出诉求，我们真还不能答应。

魏建设说，你把意见说明确点。

胡文强继续说，现在社会上有种不好的风气，不是通过正常的上访渠道解决问题，而是靠闹事来解决。尤其你刚来，如果我们匆忙答应职工的条件，那就是纵容了职工的行为，以后我们领导哪还有威信？你就别想过安宁日子了。

魏建设诚恳地说，怎么做好稳定工作，你是书记，见得多，做得多，你说怎么处理？

胡文强不慌不忙地说，企业越困难，麻烦事越多，这样的事三天两头都会有，不用大惊小怪。已经安排各单位在做工作，他们会把人带回去的。天气这么冷，这些人能耗多久？

萧春晖支持书记的观点，就这几个人，水沟里的泥鳅——翻不起大浪。如果事情闹大了，警察也不是吃素的，把过激人员控制起来，其他人自然就会散去。

魏建设环视了周围，问道，大家还有什么好办法，都说出来听听。等了好一会儿，不见有人吭声，他谈了自己的想法，你们说的都对，这个理我也懂，可是问题还摆在那里，没有得到解决。职工上访也好，闹事也好，我们首先要看他们的诉求是不是合理的，是不是需要解决，如果回答是肯定的，为什么拖着不办呢？拖欠职工工资长达半年，对我们在座的来讲影响不大，对普通工人的家庭意味着什么？我了解一个家庭，一家三口都在东钢上班，每月收入合起来也就三千到四千块钱，日子过得紧巴巴的。这样的家庭在东钢不算是困难户，还有那些家属没有工作的，孩子上学读书的，家里买房欠贷的，生了重病无钱医治的，这样的家庭到底有多少，作过统计没有？我们当领导的，往大点说，是共产党的干部，为人民服务不能只挂在嘴里；往小点说，当官不为民做主，不如回家卖红薯。工资给不了，职工的困难疾苦解决不了，我们能理直气壮地指责职工吗？

班子成员听了这番高谈阔论，脸都挂不住了，低着头不言语。胡文强为难地说，谁不想做好人？巧妇难为无米之炊呀！

总会计师苏雪芳慢条斯理地算了一笔账，我们公司从去年七月到现在，连续六个月没有给职工全额发工资，算下来一共欠了1.1个亿，另外，还应补交的五险一金，合计起来又是1亿多。可是公司账面上只有1000多万元，这点钱几天就用完了，再筹不到的话，马上就会停产。

魏建设固执地说，生产要想办法维持，职工的合理诉求，也不能置之不理，要体现我们的诚意，一次性解决不了，先解决一部分，让职工把年过好，这个做得到吗？

苏雪芳说，就是把这1000多万都拿出来发给职工，也是杯水车薪。

魏建设问，能不能找银行贷点款？

提起银行苏雪芳就来气，东钢日子好过的时候，各家银行争着给我们放贷，现在企业不景气了，就嫌贫爱富，变脸比翻书还快，哪家银行愿意贷款给我们？倒是上门催账的不少。

魏建设预感到问题的严重性，口气放缓了，有没有办法筹到职工的过年费？大家面面相觑，瞠目结舌，说是一笔过年费，一万多职工，起码得好几千万呀，一时半会儿上哪儿筹集去？

魏建设在参加东钢改制时，对东钢的家底还是清楚的，见无人接腔，自作主张地说了，有个情况大家知道不？虽然工资发不出来，我们不少干部在城里大大小小的餐馆照样吃吃喝喝，这些吃喝的钱哪里来的？我了解过，大多出自单位的小金库，是平时截留工人工资奖金得来的，这是不是一件怪事！现在要把这些钱全部收回来。财务中心今天就下个文件，要求全公司每家单位立刻清查小金库，包括车间工段，也不能漏掉，不讲任何理由，一律上交。

胡文强担心地说，这么大的动作，二级单位接受得了吗？这些诸侯可不是好得罪的。

魏建设不容置疑地说，搞小金库本来就有违纪之嫌，容易导致腐败，现在企业这么困难，更应该取缔。另外，我还了解到，全公司有200多辆小车，一台小车连人带养车的费用，一年起码得上10万，200多台小车一年最少也得花掉2000多万。依我看全公司只留下几台小车，其余的全部卖掉。我们公司领导带头不坐，有不方便之处克服一下，与职工同甘共苦嘛。

苏雪芳有些为难，都是些旧车，怎么处理得掉呀？

魏建设说，你们去找一家可靠的保险公司或者拍卖行，把车辆抵押出去，先套出一笔现金，然后由他们公开拍卖，我估计有人会乐意做这件事的。

苏雪芳点头，这样，好办。

胡文强提醒道，清查小金库、拍卖小汽车涉及各单位的切身利益，要不要动员一下，给大家把道理讲清楚？

魏建设立马赞成，好主意，下午就把各单位的一把手通知来开会，专讲这件事。书记你就辛苦点，给大家把道理讲清楚，企业这么困难，领导应该带头作出牺牲，多为职工着想。

胡文强受到了感染，支持他的做法，今年省里把我们东钢列入特困企业，之前我与省工会联系过，他们答应春节前给我们拨来1000万元慰问金，这笔钱全部用于解决职工困难问题。

好，好！魏建设连声说，对老战友投去一种感激的目光，大家一起想办法，渡过眼前的难关。

天气阴冷，烈风未歇，挟裹着寒气袭来，如同刀片似的刮在路人脸上，令人瑟瑟发抖，有的人把衣服裹得紧实，有的人活动双脚驱除寒冷，那些衣着单薄的人冻得都快蜷缩成一团了。尽管这样，围堵宾馆的工人铁了心坚守着，没有散开的意思，期盼着新来的老总解决拖欠工资的问题。

魏建设和胡文强从宾馆会议室走出来，打开宾馆大门，把职工请到里面来。

等大家安静下来后，魏建设高声说，同志们，工人师傅们，今天是我来东钢工作，遇到的第一件事，就是拖欠职工工资的问题。是我们领导的工作没做好，是我们不作为，责任在我们身上，对不起大家。我们办企业，除了保证国有资产保值增值外，就是要想法子让职工过上好日子，工资发不出来，饭都吃不上，还能有好日子过吗？这个问题应该得到解决，就是大家不采取这种行动，我们也应该主动地想办法解决。

工人们听到魏建设没有指责他们的过激行为，反而站在职工的立场上说话，无形中拉近了与新任老总的距离，产生了一种亲切感。也有人当面质疑魏建设，说大话放空炮没有用，不如来点实在的，给大伙说清楚，怎么解决拖欠职工工资的问题。

魏建设用一种商量的口气说，大家也知道，当前企业遇到了前所未有的困难，影响到了欠薪问题的解决。刚才班子讨论了一个意见，希望得到大家的理解。马上就要过年了，先给每一个职工补发 3000 元工资，内退职工、退休职工适当考虑，日子再穷也得把年过好。余下的部分，我可以负责任地说，只要公司资金紧张的情况稍有缓解，我们就优先解决，一次兑现恐怕有困难，可分几次解决，保证不少职工一分钱。

大多数职工听到魏建设这番话，心里的怨气消除了许多，起码过年不用发愁了，拖欠工资的问题也有了明确的表态。他们也知道企业当前的难处，对这个答复比较满意。也有职工仍然不满魏建设的话，一个个子敦实，腿脚粗壮，穿着炉前工作服的青年职工大声说，大家不要相信他的话，他说等到资金好转了再解决拖欠我们工资的问题，这不是哄骗我们吗？公司什么时候有钱我们谁知道，还不是由他们说了算，我看这又是一张空头支票，大家别被他糊弄了。

胡文强忍不住说道，魏总已经把话说到这个份上，体现了我们班子的诚意，不管怎么说，总得给我们时间筹集资金吧。

青年人，血气方刚，毫不相让，胡书记，你是好人，为我们职工说过不少话，这些我们都记在心里。可是，去年以来我们一直被方总骗来骗去，欠发的工资一拖再拖，结果拖了半年连个影子都没有。这回还想要那种把戏，没门！你们要是真有诚意，今天就说清楚，什么时候有钱？多长时间解决这个问题？

你这不是要蛮吗？胡文强心里堵着一团火，又不好发作，这个问题太敏感了，谁敢一口把话说死？

围观的职工顿时起哄了，纷纷说，公司没有诚意，又在说假话，又在欺骗我们职工。

魏建设见状，对那名职工说，小兄弟，请你告诉我，你叫什么名字？

青年人一愣，面前这个人的块头和长相怎么和自己差不多，也能当老总？很快回过神来，反击道，你问这个干什么？我叫什么名字与你何干？有的职工提醒他，别告诉他，他们会报复你的。

魏建设笑着说，怎么，不敢说？怕我报复你？

赤脚的还怕穿鞋的？青年人胸口一挺，豪气冲天，行不改名，坐不改姓。告诉你，我叫李志刚，炼钢厂的。

魏建设问，你是炼钢厂的？我怎么不认识你？

李志刚说，我是你走后当兵回来的，你当然不认识我。

魏建设说，今天算是认识了，交个朋友吧，你来监督我，还有你们大家都来监督我，给我们班子宽容半年时间，半年时间内就是砸锅卖铁也要把拖欠的工资发给你们。

胡文强想拦都拦不住，他认为，作为企业的一把手说话不留余地，把自己往绝路上逼，显得过于草率，是一种政治上不成熟的表现。

李志刚还是不依不饶，要是半年后我们的工资还是发不到位怎么办？

魏建设连眉头也不皱一下，毫不犹豫地说，半年后发不到位，我就是不作为，不配当你们的老总，你们就把我轰出东钢。

魏建设这样一说，在场的职工一下子震惊了。李志刚连说，真爷们，吐口唾沫是颗钉。老总这样说了，我还有什么好说的，就信你这一回。今天大家都在这里做证，半年过去了，要是还拖欠我们工资的话，你就得兑现今天的承诺，卷铺盖走人！

有个年长的职工站出来说，哪听过领导这样掏心窝子跟我们工人说话，今天魏总既然把话说到这个份上，我们就相信你一次，大伙全都散了吧，回家去吧。

工人兄弟们毕竟是老实善良的，并不想把事态闹大，听到新来的领导有了这个口气，上访的诉求多少解决了一点，也理解领导的难处，再纠缠下去就理亏了，于是陆陆续续地散去。

第二章

一场欠薪危机暂时得到了化解。当天，省国资委主任邹培君在东钢班子会上，宣布了魏建设的任命，履行了必要的组织程序，连接风宴也不办了，交了差也就回了省城。

魏建设惦记着重病住院的母亲，会一开完，就急匆匆地赶往健民医院。这家医院原来是东钢职工医院，后来被一家民营公司收购了，工厂的职工和家属还是习惯到这家医院看病。

母亲是肝病引发的静脉曲张，吐血不止，在内科重症室紧急抢救，病情虽然控制住了，身体依然虚弱，由于失血太多，脸色苍白，浑身发冷，见到儿子来了，眼睛费力地睁开了一下，什么话没说，又合上了。

魏建设的父亲去世得早，母亲是个家庭妇女，一直跟着姐姐生活。这次住院，姐姐魏秀珍、姐夫张常生在病房陪护着。魏秀珍简单地讲述了抢救的经过，对他说，有我们照顾母亲，你只管放心工作好了。

张常生兴奋地说，老弟，你这次回来当老总，我们这家子总算有出头之日了。他揣着个小瓶酒，说到高兴处，掏出来，拧开瓶盖，优哉游哉地灌下一口，房间内顿时散发出劣质的酒精味。

魏建设苦笑道，这个时候回东钢，哪有好日子过。这么个烂摊子，不知从何下手？刚处理完拖欠职工工资的问题，脑壳到现在都是麻的。

魏秀珍心疼地说，一步步来嘛，别把身体急坏了。

这时，护士长过来，对他们说，这次抢救老人的费用比较高，你们交的钱不够，麻烦快去结账。说罢，递过来一沓结算单。

魏建设接到手中，翻开看了看，心头沉甸甸的。想到这次母亲住院，还跟妻子冯丽娟闹过一场不愉快。

原来，就在三天前的一大早，魏建设当时还是省国资委的一个处长，正准备上班时，接到姐姐魏秀珍打来的电话，母亲病得严重，吐了好多血，正在医院抢救，要他赶快回来一趟。

放下电话，他与妻子商量，母亲重病住院，要她把住院费准备好。

冯丽娟心里有些不乐意，唠叨起来，老人这些年的生活费都是我们出的，去年肝癌动手术，花了 10 多万，也是我们家拿出来的，现在又要花钱，还不是个无底洞。

妻子说的是个实情，母亲这些年一直跟着姐姐一家在东方市生活，每个月的生活费则由他们出。去年查出肝部患有恶性肿瘤，他把母亲接到省肿瘤医院动了手术，后来又是放疗、化疗，前后用了 10 多万。这次母亲肝脏大出血，不知又要用去多少钱。

魏建设说，家里多少还有点存款，先拿去救急，总不能让老人等死吧？

冯丽娟瞪大了眼睛，生气地说，谁不让救了？又不是你一个人的母亲，不能次次指望我们家出钱吧。再说，家里还有多少钱，你心里没数？这是为晶晶准备的，孩子今后要出国深造，现在不作准备，到时哪里拿得出这么一大笔留学费用呀？

魏建设商量道，晶晶离大学毕业还早，不是还有几年的准备时间吗？

冯丽娟哼了一声，你哪像个做父亲的，一点儿也不关心女儿。女儿读的是艺术学校，出国留学的费用何止一点两点，现在不准备，到时你有本事拿得出来？

女儿晶晶挺懂事的，听到父母的争吵，劝解道，老妈，救奶奶要紧。

冯丽娟说，天大的事也不能耽误你的前程。我和你爸算是窝窝囊囊地活了一辈子，总不能让你也没出息吧。她是个好强的女人，决定的事情一时很难改变，反过来做魏建设的工作，要不，你去跟姐姐商量一下，这次叫她家出点钱，以后有难处再说。

魏建设知道，姐姐一家三口都在东钢上班，姐夫是个普通电工，姐姐在生活服务公司环卫队工作，还有一个外甥年纪不小了，精神受过刺激，虽说还挂在单位，也是有时上班有时不上班，原来的日子还过得去，这几年东钢效益不好，家里的日子过得紧巴巴的，怎么忍心叫他们出钱呢。

冯丽娟根本不想听他解释，不停地埋怨道，你看人家处长当得多风光，哪个不在省城有几套房子，哪个的子女不是安排得好好的，你大小也是个处长，家里有什么？全部家底就是这么一套破房子，连女儿出国留学的费用都发愁，你说你这个处长当得值不值？

魏建设知道，妻子数落起来一时半会儿停不住，只得强压着火气，走下楼去，正要打开车门，女儿晶晶跟着下楼来了，递给他一个信封，挺懂事地说，老爸，别生妈妈的气，我这里还攒了 1000 块钱，你拿去吧。

魏建设鼻子一酸，多少得到一丝安慰，你自己留着用吧，有这份孝心，奶奶知道了肯定会高兴。

晶晶说，老爸注意安全，告诉奶奶我想她。

那天魏建设赶到健民医院，好在随身带了张信用卡，里面还有点钱，就把母亲的住院费交了。没想到才过两天，医院的催款单又来了。他是个机关干部，拿的是死工资，妻子平时把钱管得也紧，卡里的钱不多了，不知道够不够这次的医疗费。

魏建设忐忑不安地来到收费大厅的窗口，把结算单递进去。医院收费员计算了一下，要他交5000元。

他把信用卡递给收费员，收费员刷了一下，他的卡里只有3500元，不够支付。

他在身上摸了摸，只有1000多元零用钱，怪不好意思地说了声对不起，要回账单和信用卡。

收费员用一种轻蔑的眼光扫了他一眼，不耐烦地把结算单从窗口扔出来，滑落到了地上。

一分钱难倒英雄汉，魏建设本想指责对方的态度，还是把话咽回去了，弯腰捡起结算单，狼狈地返回了病室。

他本想向姐姐借点钱，先把医疗费交上，又想到姐姐家的困难，张不开这个口。来到护士值班室，找到护士长，悄悄与她商量，对不起，我今天来得匆忙，身上带的钱不够，明天一定把医疗费全部交了，治疗千万不能停，该用的药照常用。

护士长并不知道他就是新来的老总，先是推说自己做不了主，不敢答应，后来看到他态度诚恳，得到他的一再保证，也就答应了他的要求，强调道，今天算是破了一次例，记得明天一定把钱交上，不然只能停止治疗，这是医院的规定，请不要为难我们。

回到病室，魏秀珍对他说了一件事，你刚去交费那会儿，有人到医院来看望老娘，30来岁，瘦高个，白白净净的，帅气得很，说是你的同学，朋友，在这里站了一会儿，走的时候留了个大信封，里面有好几万块钱。我还纳闷，要说看病人吧，送个几百千把的，就算客气了，哪有这么大方的，好吓人，我要他拿走，他说是慰问老娘的，死活都不往回接。我问他的名字，他也不说。我正在发愁，等着你来处理呢。

魏建设听到她这么一形容，马上想到这钱肯定是盛唐实业的老总唐潮送来的。看来他果真是个神通广大的人物，这么快就知道我到东钢集团来任职了，而且他还知道母亲住院，在第一时间来探望母亲，这个人的心计太厉害了。

张常生问道，这人真是你的同学吗？

魏建设答，是呀。

张常生又问，是你的朋友吗？

魏建设又答，算是吧。

张常生大笑，那不就结了，有什么客气的，快把这钱收下来吧，你和我差不多，都得了"妻管严"，荷包不暖和，正好老娘住院愁钱用呢。

魏建设一本正经地说，那可不行，不管谁送的，不管是什么理由，必须退回去。

魏秀珍说，建设说得对，做人就要清清白白，当官就要干干净净，常生呀，我们不能往弟弟脸上抹黑。

魏建设笑道，我回东钢工作，全家人可要支持哟。

张常生痞痞地说，那是自然，你说到东，我绝不到西，你说打酱油，我绝不打陈醋，一切全听你的。说罢，扬起脖子，喝下一口酒。

魏建设说，你不是答应听我的吗？现在就给你提一条意见，你这个爱喝酒的毛病得改一改，尽量少喝点，对身体有好处。还有，一定要记住，别在班中喝酒。

这句话说到魏秀珍的心坎上去了，你还真得要听小弟的劝，不要成天灌那个猫尿，一个月就那几个钱，哪还喝得起，再说你猫尿一灌就爱发酒疯，什么都不顾，不知误了多少事。

张常生只是嘿嘿一笑，嘴巴一抹，慌忙把酒瓶揣进棉袄内。

返回省城江都市，魏建设没有急于回家，联系上了唐潮，约定在琴之岛茶馆见面。

魏建设赶来时，唐潮已经在门口等候。两人走进茶馆内，在一个古朴典雅的小包间内，唐潮把服务员支开，自己动手煮水斟茶，一招一式像模像样，泡好的茶水清香四溢。

魏建设这次得到提拔重用，完全出乎唐潮的预料，真是人算不如天算。按照官场的游戏规则，一个处长要想当上厅级干部，得熬多少个年头，得过多少道坎坷，怎么可能一步登天呢，况且他又没有什么政治背景。他曾想过，如果方世雄还是留任东钢集团老总，他会迫使方世雄按他的游戏规则重新议定联合重组的协议书，即使换上一个新手，遇到企业快要破产了，也会妥协的。让他万万没有想到的是，省委选中魏建设当了东钢的一把手。

对于魏建设的为人，唐潮还是比较了解的。他们两人当年一起读 MBA 班的时候，魏建设学习用心，吃得苦，是班上的高才生。唐潮就是赶时髦，混个金字招牌，心事都放在广交朋友、建立人脉关系上，没有好好上过几天课。两个同班同学，平时交往并不多。虽说这次联合重组拉近了两人的距离，原本指望魏建设能够从中帮忙，使他在与东钢的谈判中占据主导地位，可是魏建设一开始就不赞成以完成千万吨配套项目为核心的联合重组，后来迫于上面的压力，勉强赞同了千万吨规划，却始终坚持东钢集团持有控股权，使盛唐控股新东钢的计划落空。这次方世雄出事，眼看夺取新东钢控股权的机会来了，可是，省委偏偏指派魏建设回到东钢掌管帅印，这对他兼并东钢极为不利。他知道魏建设个性强，在原则问题上不会让步，甚至可以用油盐不进、冥顽不化来形容，要想从他手中得到新东钢的控股权，比登天还难。不过鹿死谁手，为时尚早，机会总是为有准备的人留着的。

唐潮心里虽然这样想，表面上装出一副笑容可掬的样子，魏哥，今天以茶代酒，祝贺你当上东钢集团的老总，今后可要对小弟多多关照哟。

魏建设笑着答道，有什么好祝贺的，东钢穷得叮当响，工资都发不出来，生产快停摆了，不知道还能挺得过几天。

乱世出英雄嘛。唐潮奉承道，别人搞不了，我相信你肯定行，我一百二十个挺你！

魏建设说，你别取笑我了，我有多大个能耐？你我是同学，又是好朋友，你可要拉兄弟一把哟。昨天孟副省长找我去谈话，明确要求推进联合重组，东钢能不能救活，全指望你了。

唐潮说，你到东钢，事情好办多了，今后我们两家加强合作，风雨同舟，共同进退。说到这里，他觉得有必要利用这个机会解开一个心结，免得魏建设对他误会，魏哥，那天联合重组仪式上没有当场签下协议，请你理解小弟的难处。

魏建设平淡地说，事情都过去了，不用再提了，再说，孟副省长在场你都不给他面子，我一个小小的处长，哪还入得了你的法眼？能理解。

唐潮尴尬地一笑，解释道，东钢当时出了那么大的事故，我怎么敢在协议书上签字呀。我们这些上市公司，天天都在刀口上行走，最怕披露坏消息，如果那天签了字，一条是联合重组签约，一条是东钢工亡事故，两条消息摆在一起，对我们来说，绝对是毁灭性的打击，不但影响扩股增发，筹不到 50 个亿资金，反而会拖累盛唐股票大跌。

能理解你的难处，这一页翻篇了。魏建设现在急于想了解后面如何操作，东钢集团严重亏损，又遇上工亡事故，双重打击，会不会影响今后的上市融资？

唐潮用一种肯定的语气说，影响当然是有的。本来东钢集团经过包装，进行正面宣传，受到了股民的追捧，没想到突然出了这么大的工亡事故，又把隐形亏损暴露出来了，一连串的坏消息，对在股市上筹资当然有影响。

魏建设恭谦地说，你是资本运作的高手，下步我们怎么办？

唐潮得意地说，先把筹资计划放一放。待到你来东钢工作一段时间，在扭亏上搞几个动作，到时我们再正面包装一下，进行大肆宣传，东钢安全生产的问题得到了整改，经营状况有所好转，这样对股价会是正面的影响，就能实现双赢。

魏建设似有所悟，还是你有办法，让我长了不少见识。你对下一步联合重组有些什么想法？

唐潮说，我还没有很好地考虑过，联合重组对我们双方来讲都是一件大事，当然要慎重对待。原有的方案恐怕得重新调整一下，拟定一个我们双方都能接受的方案。

魏建设当然知道唐潮的心事，还是念念不忘得到新东钢的控股权。司马昭之心——路人皆知。现在东钢发生了重大工亡事故，企业到了无法运转的地步，对实现他的野心十分有利。魏建设有意把谈话内容引到千万吨工程项目上来，试探唐潮的想法，省里领导对联合重组很关心，因为它涉及千万吨工程项目建设，也列入了全省经济发展规划，要求我们尽早落实下来。

唐潮说，联合重组肯定要搞，千万吨工程项目也很重要，但都不能操之过急。我们要根据新的情况作出评估，拿出一个既让我们双方都能接受又令省领导满意的结果。他口里这么说，心里却不是这么想的。就在东钢发生工亡事故的一瞬，他的脑海里突然闪出吞并东钢集团的念头，而且这个念头死死地缠绕着他，叫他寝食难安，心神不定，只是到现在还没有考虑出一个成熟的方案，不如先来个缓兵之计，稳住这个新的对手。

魏建设通过这次谈话，大致了解了唐潮对联合重组和千万吨项目的想法，不管唐潮的话是真是假，起码为他冷静思考这些问题赢得了时间，对上也有个交代。

临告别时，魏建设掏出那个信封，还给唐潮，唐总，这是你送的吧，谢谢你，心意我领了，钱不能收。

唐潮推让道，你我兄弟之间还分得这么清？你的母亲也就是我的母亲，作为儿子孝敬母亲不是很正常的吗？

魏建设态度坚决地说，你知道我做人的原则，我到东钢来工作，我们之间会有很多关联业务，现在我收下了，今后的业务往来就说不清了，还请你能够理解。

唐潮故作生气道，不至于吧，这点小小的意思，就把你腐蚀了，坏了你的名节，这不是打小弟的脸吗？

魏建设硬性把钱塞到他的怀里，我现在是破庙里的穷方丈，以后找你化缘的事多了去，到时不是这点钱打发得了的，你可要慷慨解囊哟。

两人推来推去，客套了一番，唐潮看到魏建设一副拒人千里之外的样子，只得无奈地把钱收了回来。

魏建设回到家里。尽管之前他是省国资委的一位处长，在省城江都市的生活却不太宽裕。妻子冯丽娟年轻时是省歌剧团歌唱演员，后来歌剧团改制了，在长江音乐学院任图书管理员，这些年来全部心血都倾注在女儿身上，好在女儿晶晶继承了她的血统，从小很有音乐天赋，在长江音乐学院附中学习钢琴，在国内外青少年组钢琴演奏比赛中获得过多项大奖，她更是把女儿捧为掌上明珠，学习钢琴开销再大，也舍得投入，家里的积蓄几乎都为女儿用了。冯丽娟的虚荣心很强，喜欢攀比。时下当官的有钱的把子女送到国外读书成了一种风气，她也谋划着，早点把女儿送到国外去深造，最好能去世界音乐殿堂维也纳音乐学院留学，把女儿培养成国际一流的钢琴家。现在一家人住的是一套两室一厅的不足 100 平方米的房子，虽说房子不大，冯丽娟很会持家，装点得颇有艺术品位，而且还专门给女儿安排了一间琴房。

正在陪着女儿练琴的冯丽娟，见魏建设回到家里，脸上露出灿烂的笑容，迎上前来。

妻子年轻时姿色妍丽，性感迷人，虽说经过岁月的磨砺，依旧保持着姣美身材，脸上一点皱纹都没有。老公提拔为东钢的老总，给她带来了意外的惊喜，对他的态度自然来了个 180 度的转变，对婆婆也关心起来，母亲的病情怎么样了？

魏建设说，已经抢救过来了。

冯丽娟为自己对待老人住院时的做法有些愧疚，主动认错，我在气头上，说的都是混话，老公，你不要放在心上呀。我也知道姐姐家里实在困难，这个医疗费还是我们出吧，这回用了多少钱？要不我这就把钱转给你。

魏建设见妻子态度好转，心情也好了些，这才像个做媳妇的样子嘛。

练习完了一支钢琴曲，女儿晶晶从琴房出来，冲着魏建设甜美地一笑，老爸，妈妈说你当上了东钢的老总，一号首长，我要送你一份礼物。

魏建设笑道，好呀，我的宝贝女儿想送我什么礼物？

晶晶故作神秘地说，现在保密。把你的手机给我好了。

魏建设顺从地掏出手机给了女儿，晶晶接到手中，朝魏建设扮了个鬼脸，就进了琴房，关上了房门。

魏建设对妻子说，跟你商量个事，我这次回东钢工作，打算暂时住在那里。

冯丽娟怔了一下，有点不太情愿，我们这里到东方市不就个把小时的路程吗？有必要住在那里？身边又没有个人照顾你，生活多不方便。

魏建设说，既然挑起了东钢这副担子，就要沉下心来，和工人们打成一片。要是天天来回两头跑，工人们就会说你的心没有放在那里。

冯丽娟说，你这么一说，也算是个理由，好吧，随你去，做妻子的不能拖丈夫的后腿。不过，只是暂时的呀！

魏建设趁机说，当然了，以后我对家里照顾得少一些，全靠你了。

冯丽娟干脆利落地说，你去忙你的工作好了。家里的事交给我，再说平时也是我照顾晶晶读书，你还有什么不放心的？

两人边说边为魏建设收拾一些衣物用品，打算他到东钢生活时所用。

冯丽娟忍不住喜上眉梢，说道，不怕你笑话，你这一当上东钢老总，平时那些往来的姐妹对我的态度大不一样了，她们都用一种羡慕的眼神看着我，说我有眼光，挑了只潜力股，找了个好丈夫。我还要告诉你，今天我在学校遇上了高大姐，她对我的态度变了个样。

哪个高大姐呀？魏建设顺口一问。

冯丽娟吃惊得瞪大了眼睛，连高大姐都不认识？你这官是怎么当的？这样的情商还能当上国企的老总？告诉你吧，高大姐叫高洁，是孟副省长的夫人，在大学教英文的，以往见面时她哪用正眼瞧过我？今天我们相见后，她热情得很，主动拉着我的手，一连声地向我祝贺，好像是我当了老总似的。

魏建设这次得到提拔，得力于孟副省长的推荐，但是他不爱走上层路线，很少登过孟副省长家门，更没有留意省长夫人姓甚名谁，听到妻子这么一说，略为皱了下眉头，为她降温，我看是你自我感觉良好吧，别瞎想了，也别对我期望值太高了。你是没有看到，东钢目前的状况，第一天上任，就被讨要工资的工人围住了，生产线也停个差不多了。怎么收拾这个烂摊子，我可是和尚挠脑壳——想不出好的法子。

冯丽娟倒是挺乐观的，省里既然看中你，想必也是相信你的能耐，你是个干大事的人，你会干得好的。

魏建设似乎缺少这种信心，能不能干得好，我心里一点底气都没有，昨天孟副省长找我谈话时，我都请求省里安排合适的人去，我不是他们期望的那块料，恐怕会让省里失望。

冯丽娟急了，你傻呀，不管怎么说，你当上了这个一把手，就是厅级干部了，待遇可就上来了，这是实实在在的东西。东钢本来就是个烂摊子，收拾得好，是你的功劳，收拾得不好，也不能全怪你，实在干不下去，换个地方，只要你不犯大错误，提上去的厅级还能撤了不成？你看人家方世雄，出了几条人命，官还不是照样当？

魏建设一脸严肃地说，方总在东钢工作了那么些年，把东钢由几十万吨变成了 600 万吨，是东钢的大功臣，他还有全国人大代表、全国劳动模范两块金字招牌，这样处分他，算是委屈了他。我算老几？能和方总比吗？

这时，女儿晶晶走出了琴房，来到魏建设身边，笑盈盈把手机递给他，亲爱的老爸，女儿现在隆重地把礼品献给你，请予接受。

魏建设故作郑重地接过手机，调皮地问，这是你给我的礼品吗？

晶晶笑盈盈地在手机上点击了一下，顿时响起了一曲优美动人、欢快轻盈的旋律，给人带来亲切、温馨而又甜美的感觉，表达了天使般纯洁少女的美好祝愿。

晶晶淘气地说，老爸，这是我刚才演奏的，作为礼物送给你，喜欢吗？

魏建设在家时常常听到女儿练习，时间一长，也熟悉了几支女儿经常弹奏的曲子。听完这支曲子后，欢喜地拍着手说，老爸猜猜，这应该是一曲《少女的祈祷》，对吧？谢谢女儿送给我这么珍贵的礼物，我一定好好珍藏。

晶晶撒娇道，我已经把这支曲子调成了你手机上的铃声，你天天都可以听到我的祝福。

魏建设抚摸女儿的秀发，满脸微笑，这样我就可以天天想到宝贝女儿了，当然，还有女儿的妈妈。

全家人开心一团，满屋子充满了其乐融融的气氛，这是多年来少见的一幕。

为了与东钢联合重组，唐潮可谓下足了本钱，在省城江都市长江国际大酒店租下了写字楼，设立了办事处。他的办公室装饰一新，摆放了一张宽大的写字台，上面是现代化办公工具，背后是一排大书架，两套真皮沙发，还摆了一些花花草草，最能体现品位的是办公桌对面墙上悬挂着一幅当代知名画家范曾亲笔题字的山水国画，那是从拍卖会上得来的。

办公桌摆上了一堆报纸，都有关于联合重组的报道。东钢发生重大工亡事故后，一把手易主，管理的思路肯定会有变化，唐潮不得不研究新的情况，考虑新的对策。

他翻动着这些报纸，对于联合重组协议未能签订的消息，正统的党报全部噤声，而那些早报、晚报和专业报热闹起来，都有重磅报道，有的刊发在显著位置上，有的打出爆炸性的标题，这些新闻说的内容大同小异，这次联合重组协议没有如期签订，是因东钢集团突然发生重大工亡事故而中断，盛唐实业此时放弃签订协议，主要是担心协议签订后会严重影响上市公司股价，这才使用拖字诀，延期签订协议。而对于东钢集团来说，发生重大工亡事故，是个致命的打击，短时间内无法得到盛唐实业认购股权资金的支持，将会严重影响千万吨钢规划的实施。

唐潮草草浏览这些报道，当看到《江都商报》记者孟滢的署名文章时，为之一振。文章一针见血地指出，盛唐实业之所以果断中止协议，正是想利用东钢集团的事故，化对方的不利为己方的有利，与对方展开新一轮博弈，争夺对东钢股份的控股权，以谋取更大的利益，这才是民间资本追逐利润的本来面目。龙争虎斗，拭目以待。

唐潮看到这里，不禁佩服起孟滢独到的见解来，对她那能够洞穿他内心世界的眼力倒有几分欣赏，再加上她那惊人的美貌，魔鬼般的身材，回眸微微一笑，让他为之倾倒。

正在他想入非非时，盛唐公司董秘金若愚进来了，对他说，唐总，白霞给我打电话，要见你，我问她有什么事，她说要当面对你说。

白霞和唐潮是情人关系，只是时间长了，唐潮对她感到厌倦，想甩掉她，她一直纠缠不休。为了摆脱她，唐潮把她的名字在手机上拉黑了，她就与金若愚联系上了。

唐潮不屑地哼了一声，她能有什么事情？不就是想从我这里讹几个钱吗？

金若愚说，我看她还是挺难缠的，你要不接她的电话，她就不停地打给你。

唐潮苦笑道，要不怎么说红颜祸水呢，早知道这么难缠，当初就不该交往这样的女人。别说她了，你把韩晓波叫到这里来，我们一起商量个事。

韩晓波和金若愚是唐潮的两员心腹爱将。两人进来后，金若愚泡好极品铁观音，一股醇厚的香气袅袅飘起，弥漫着整个房间。三人边饮茶边交谈，气氛很是惬意。

唐潮直奔主题，方总下台了，魏建设接了他的位置，我们与东钢联合重组的游戏如何玩下去，想听听你们的意见。

韩晓波是盛唐集团战略决策部部长，足智多谋，善于策划，他直率地说，我们在一起设计联合重组方案时，就感到魏总的工作思路与方总明显不同。魏总是极力反对千万吨项目的，只是在省里的压力下，他才代表国资委参与联合重组的设计。现在魏总主持东钢工作，很可能会叫停千万吨项目。如果没有了这个项目作载体，联合重组怎么搞下去？

金若愚说，不搞联合重组，那我们岂不是白忙了一场？

韩晓波分析道，如果魏总真的停建千万吨项目，我不得不佩服他的勇气和胆识。现在冶金行业产能过剩，亏损企业增多，竞争更加激烈，将会死掉一大批，包括东钢这样的企业，也是危在旦夕。要是再背上千万吨项目这个沉重的包袱，死得也许更快。唐总，我建议借着东钢这次事故，我们盛唐集团趁早取消联合重组协议，体面地撤下来，对我们没有什么大的影响。

唐潮连连摇摇头，断然否定道，现在中国经济的发展速度开始放缓，我们经营的主业也都面临着高风险，资本市场也是危机四伏，必须寻找新的出路。正好传统产业出现严重的产能过剩，不少国有企业经营艰难，将会走上重组兼并甚至破产的道路，这对我们这样一家擅长资本运作的民营企业而言，就是千载难逢的机会，怎么能够轻易放弃呢？我们要抓住这个机会，变配角为主角，变被动为主动，创造出一种新的经营模式。

韩晓波不解地说，我可没有这么乐观，实现联合重组，我们就要投入50个亿，如果见不到效益，是会拖累我们盛唐公司的。

唐潮没有直接回答这个问题，只是交代，你好好想想，像东钢这样严重亏损又发生重大安全事故的企业，如果在股市上融资，有什么办法不会产生太大影响？

谈到专业知识，韩晓波可是一流的高手，他不假思索地回答，一般情况下，肯定会带来负面影响，股票价格暴跌，市值大幅度缩水。不过也有成功的案例，一种情况是这个企业先破产清算，然后我们再兼并，这样就可以降低改制成本。还有一种情况就是把优良资产从亏损企业中剥离出来，重新成立一家自主经营、自负盈亏的独立公司。我们这次联合重组的方案就是按后一种思路设计的。只要把新的东钢包装成一个盈利能力强的公司，股民的信心就会重新找回来，股价也就不会受到太大的影响。

唐潮询问，如果现在公开披露东钢集团的经营信息，对我们的股价会不会产生影响？

韩晓波回答，我们是两个独立的不相干的企业，还没有联合重组，这时披露他们的经营信息，对我们不会有什么大的冲击。

唐潮表示肯定，那好，我再问你，用什么办法拿到东钢的控股权。

韩晓波说，前期与东钢集团谈联合时，方总态度很强硬，坚持东钢占有控股权，魏总也是支持这一主张的。现在魏总掌了权，要想让他出让控股权，还真是件难办的事。

金若愚也说，就我们与魏建设的接触，这个人个性强，自以为是，又有头脑，比方世雄还难缠，没有一点狠招对付不下来。

唐潮冷笑道，昨天我与这位老同学见了一次面，形成了一个双方都能认同的意见，就是把联合重组暂时缓一缓，根据新的情况再设计一下，不急于马上签字，也许他有他的打算，就我们这一方来说，也赢得了一定的时间。在这段时间里，我们要做好两件事。一个是在外部做好几家银行的工作，停止向东钢贷款，从资金上扼住东钢的咽喉，搞得东钢的生产经营无法运转起来，这样，魏建设自然就会来求我联合重组，到时我们提出控股权的问题，他就不得不接受了。

金若愚问，那还有一件事情呢？

唐潮指着韩晓波，你的团队必须重新拿出一个全新的颠覆性的联合重组方案来，这个方案要实现三个目标：一是联合重组必须进行下去，但我们盛唐要拥有 51% 以上的绝对控股权；二是通过上市定增获得的 50 个亿不能拿来投资新东钢的项目，要全部归于我方所有，由我们重新支配；三是想办法从这次联合重组中获取更大的利益，至少要保证 50 个亿。这样，通过联合重组，我们只需花点市场运作的小钱，就能得到 100 个亿的真金白银。

唐潮话音一落，金若愚兴奋地鼓起掌来，这可是一本万利呀，唐总英明。

韩晓波尽管是企业战略研究方面的专家，但怎么也想不出空手套白狼的招术。于是，用一种异样的眼光看着唐潮，千万吨项目是省委、省政府关注的重点项目，我们就是占有了控股权，也只能把扩股得来的 50 个亿投入项目建设上来，怎么能够据为己有呢？再说，东钢集团本身亏损得严重，几乎就要破产清算了，我们还打它的主意，那不是蚊子身上刮油吗？怎么做得到！

现在是一个什么时代？唐潮优雅一笑，侃侃而谈，这是一个摧毁你，却与你无关的时代；这是一个跨界打劫你，你却无力反击的时代；这是一个你醒来太慢，干脆就不用醒来的时代；这是一个只有你想不出来，没有你干不出来的时代。兄弟们，我们一起努力，变不能为可能，变可能为一定能，创造时代奇迹吧。

第三章

　　来到东钢的魏建设，遇到的尽是麻烦事，没有一件让他省心，隐约有一双看不见的手，时刻都想把他扼杀在立足未稳之时，使他陷入四面楚歌、孤独无助之境。

　　这几天，魏建设每天都要到厂区转一转，以往堆积起来像一个一个山包的原料场如今空空荡荡，卸矿的机器停止了运转，高炉无矿可用，只得闷炉，炼钢、轧钢生产线几乎停摆。整个厂区冷冷清清，到处一片萧条的景象，这是他没有想到的。就在他参加联合重组时，东钢的生产还算正常，到处搞基建，热火朝天的，偌大个厂区就像个大工地。哪曾想他刚接手，企业就像一座突然停摆的大钟，处于静止的状态。

　　他来到炼钢厂转炉车间，想了解一下前不久发生的重大安全事故的整改情况。原来在东钢与盛唐联合重组的那一天，在炼钢厂转炉车间，装有 60 吨钢水的钢包突然滑落，钢包内高达 1500℃的钢水倾泻而出，造成正在现场作业的职工 2 死 3 伤。

　　已经过去了好些天，炼钢的生产停下来了，往日喧闹的厂房静悄悄的，整个厂区一片灰暗，死气沉沉，没有一点生机。事故现场还没有完全清理干净，冷凝的钢水在厂房里留下一道道疤痕，钢包、料桶、设备零件随意摆放，钢梁上设备上尽是灰尘油污，就像刚经历了一场激烈的战事还没来得及清扫的战场。

　　沿着安全通道，他上到炉台，来到转炉操作室，远远听到里面吵吵闹闹的声音，推开半掩着的铁门走了进去。

　　几名职工见到突然闯进来一位戴着红色安全帽的陌生人，以为是公司检查劳动纪律的干部，顿时慌作一团，有的收拾扑克牌，有的抓起零散的小额人民币往衣袋里塞。一个小白脸对同伙说，老子刚有点火，好不容易胡一盘，你们就要赖，给钱，给钱！不顾同伴向他使眼色，还到他们手里去抢。

　　魏建设看到这种荒唐的场面，阴沉着脸，你们谁是负责的？

　　大家坐的坐站的站，脸都撇到一边，不惧怕他，也不理睬他。

　　魏建设提高调门又问了一遍。

一个戴眼镜的职工小声地说，炉长不在，我们今天没活干，闲得无聊，凑在一起玩了下，这不刚刚开始吗，被你抓着了，对不起领导，放我们一马吧，我们再不玩了。

一个蓄着小胡子的工人大胆地说，你是哪路神仙？厂子快垮了，检查劳动纪律有个屁用？反正工资总是拿不到手的，想扣钱也没处扣呀。

小白脸长着一副俊秀的明星相，刚转牌运就被搅黄了，心里的气还没有消，你跟我们玩真的？哪里凉快哪里去，不要扫了我们的兴。说着，就把来人往外推。

魏建设不动声色地暗中发力，反把他推得倒退了几步，小白脸这才晓得来人的厉害，自知理亏，又无人相助，不敢纠缠下去。魏建设看到墙上挂着一张考勤表，白班应在岗人员9人，值班室只看到4人，这是怎么回事？

正待发问，门外有人骂开了，妈的，再敢来偷东西，老子弄死你！随之，哐当一声，操作室的铁门被人踹开，一个青年人风风火火地闯进来，一眼看到魏建设，惊喜地喊道，哟，魏总，你来了！

这不是在宾馆见到的小青年吗？魏建设脱口喊道，李志刚，你在这里上班？

李志刚嘿嘿一笑，自豪地对伙伴们说，这就是我跟你们说过的公司新上任的老总，魏建设！魏总亲口说过，要交我这个朋友，你们不信。今天魏总在这里，你们当面问，我是不是吹牛？

魏建设回答道，我们当然是朋友，而且是不打不相识的朋友。李志刚露出得意扬扬的笑脸。

同班的几个人得知站在面前的是公司刚上任的老总，吓得连忙低下头来，不敢吭声，小白脸像个闯下大祸的孩子似的，直往屋角落里躲。

眼镜有了个新发现，觉得李志刚和魏总长得一个样，自言自语道，像，真像一对亲兄弟。

魏建设看到李志刚棉衣敞开，衣袖破烂，翻出白花花的棉絮，脸上、身上沾上了泥土，手上还有一道血痕，关切地问，这是怎么回事？

李志刚憨笑道，没事，没事。这几天我发现现场的合金莫名其妙地少了，就留了个心眼，暗中蹲守，没想到大白天的还真来了两个小偷，我等到他们用麻袋装着合金走下炉台时，冲过去抓现行，这两个家伙跟我干上了，好在我在部队练过散打，他们哪是我的对手，被我扭送到保卫部去了。

魏建设赞许道，好样的。

李志刚率直地说，那天从宾馆回家后，我一晚上没睡好，能够遇到你这样同情和理解我们工人的领导算是幸运。可是东钢病得不轻了，你就是三头六臂也撑不过来，我们普通员工也得做好分内的事，把企业维持好。不然，半年约定到期后你拍屁股走人，我的工资没了是小事，这么大个厂子可真的没救了。

这才是好朋友说的话。魏建设显得有些激动，问道，你在这里干什么工种？

眼镜说，他是我们炉长。

魏建设问，你是炉长呀，刚才看了你们的考勤表，白班应该有9人上班，怎么岗位上只有你们几个人？

李志刚毫不掩饰地说，停产了，人心散了，有的上班晃一下算出勤，有的干脆不上班，在外面揽活干，像我们这样死守岗位，一个月拿千把块钱的，算是最没出息的。

小胡子抢着说，还有比这更离谱的，我们正式工没活干，倒养着不少劳务工，每月劳务费照给，比我们拿得多得多，说是为千万吨项目储备人才。现在炉子熄火了，还上千万吨？岂不是天大的笑话！

魏建设反问，你们认为搞千万吨可行吗？

李志刚不假思索地说，现有的生产线都是打打停停的，根本不能满负荷生产，规模搞得再大，又有什么用，生产越多，亏损得越严重，离死亡更近一步。

小胡子不满地说，搞千万吨，说白了还不是当官的搞政绩，捞好处，他们才不管企业是死是活呢！

眼镜说，也许千万吨建成了，市场好起来了，我们不是又能赚钱了？我还指望好好上班涨了工资讨老婆呢。

小胡子不屑地一笑，做你的美梦去吧，恐怕没有等到那一天，东钢早死了，你拿个屁工资。我劝你呀，还不如趁年轻找个富婆，被人家包养起来，吃香的，喝辣的，比上班强百倍。

去你的吧！眼镜用安全帽敲了他一下，这么好的事你怎么不自己去？

小胡子打趣地说，我想追富婆，倒要人家看中我呀？

魏建设坐在操作室的长椅上，继续问道，你们说实话，不上规模，今后怎么搞？

小胡子不屑地说，那是你们当官的考虑的事，我们老百姓说了有个屁用！

李志刚横了他一眼，严肃地说，虽然整个行业不景气，也有的厂活得好好的，相比较而言，优特钢企业的日子就好过一些。我们东钢也生产过优特钢，有的品牌在全国也是响当当的。只是这几年生产的大都是普钢，优特钢很少炼了。

眼镜叹道，长期不练手，技术都荒废了，现在捡起来，难啦。

李志刚自信地说，要自救，这是一条路，总比等死强。

在他们七嘴八舌讨论时，魏建设没有多插话，只是认真地倾听着，不禁联想到上任前孟副省长和他的谈话。他当时毫不隐瞒地谈了自己的想法，这几年东钢盲目扩大规模，上千万吨项目，是典型的劳民伤财、得不偿失。就是联合重组了，投资几十个亿，勉强完成了配套项目，也没有乐观的市场。不如停建千万吨配套项目，通过联合重组，加快企业转型，实施优特钢战略，把东钢打造成优特钢生产基地。哪知这个想法一说出来，就遭到孟副省长的批评，千万吨规划不是儿戏，是列入全省五年经济发展纲要的项目，关系到全省经济建设的大事，不能轻率地否定它，必须经过省委、省政府讨论才能决定。

想到这，他苦涩地一笑，不愿过多地提及此事，于是转移了话题，刚才你们说炼钢厂用了一些劳务工，大概有多少？

李志刚回答，有三百多号人吧，整个公司有大几千。

魏建设笑着朝躲在一旁的小白脸打招呼，我又不是老虎，过来点。你怎么不说话？叫什么名字？

小白脸还没吱声，眼镜替他说，叫"送钱"。

魏建设也笑了，送钱？好呀，我正在为钱发愁呢，有人送钱该多好。不过，靠别人送钱是不行的，得靠自己赚。

你别听他胡说八道。小白脸解释，我叫宋前进，他们把我后面一个字拿掉了，害得我手气背，一摸牌就输钱。领导，刚才多有得罪，还请原谅。

大家说着笑着，气氛活跃起来，相处显得自然多了。小胡子拿出一包烟，撒了一圈，又毕恭毕敬地递给魏建设一支，菜烟，不嫌弃的话，来一支，与民同乐。

魏建设摆了摆手，我不抽烟，不过为了安全生产起见，岗位上也不要抽烟。我在这里当厂长时，就明确规定了这一条。

大家一时不知如何是好，没有点火的把烟收了起来，点着的悄悄掐熄了。小胡子笑了，抽烟算什么，还有班中喝酒的呢，谁来管？

魏建设有些吃惊，搞企业没有制度约束是不行的，班中抽烟喝酒是不能容忍的。

正当大家一起聊得热闹的时候，炼钢厂牵头副厂长岳启明急匆匆地来到转炉操作室。炼钢厂发生重大工亡事故后，原来的厂长被撤职，他以副厂长的身份主持工作。

他抢前一步，满脸堆笑地握着魏建设的手，魏总，实在对不起，才知道你来，也不打声招呼，我们一点准备都没有。

当年魏建设在炼钢厂当厂长时，岳启明是技术科长，两人很熟悉。他笑着对岳启明说，我们是老朋友了，讲客套干什么，我会常来的，不用准备什么。

岳启明点头哈腰，欢迎领导经常来指导工作。

魏建设指着李志刚，说道，老岳，我向你推荐一位见义勇为的好职工，为了保卫企业财产，一人勇斗两个小偷，是不是值得表扬呀。

岳启明说，当然，一定要大张旗鼓地表扬。

罢了，罢了。李志刚显得尴尬，脸都红了，别搞得我太难为情了。

魏建设一笑，带我们到存放合金的现场去看看。

没问题。李志刚一下子来劲了，领着两位领导来到存放合金的现场。

在炼钢生产中，根据不同钢种的需要，对每一炉钢水都要加入一定量的合金，用以改变钢水的成分，去除有害杂质，而合金属于贵金属，价格比钢材要高出许多，因此，对合金都要采取严格的保管措施。炼钢厂转炉车间在炉台上有一个装合金的料仓，仓口张开着，一些硅锰合金散落得到处都是。

魏建设皱了下眉头问道，你们是怎么管的，料仓里没有合金，地下倒不少。

岳启明连忙说，我没有管理好，责任在我。

魏建设问，这个样子，炼钢时怎么加合金的？

岳启明随口一说，生产时自动测量重量，传到操作室的 PLC 系统。

李志刚坦白道，屁呦，传感器早坏了，数据传不到 PLC 系统。

魏建设问，那你们炼钢时怎么兑合金？

李志刚说，凭经验呗，一炉钢需要多少合金我们就扔进去多少，八九不离十。

魏建设生气地对岳启明说，你是厂长，你说说，这样炼出的钢能有质量保证吗？

李志刚说，现在生产的都是大路货，对钢水质量要求不高，不会有多大的质量问题。再说不是停产了吗，想炼出好钢都没有机会了。

岳启明对李志刚不停地使眼色，想阻拦李志刚满嘴跑火车，但当着魏建设的面又不好直说，只有干着急，这个二杆子今天是不是吃错枪药了，故意出我的洋相？

魏建设大致了解到炼钢厂就是这么个管理水平，再问下去，岳启明只会更难堪，就提出到他的办公室去。

来到厂长办公室，岳启明张罗着给魏建设泡茶。出了这么大个洋相，他当然知道魏建设对他的工作不满，心里像有一窝老鼠在乱咬，又痛心又不安，连茶水都差点泼了，待把茶杯放在魏建设面前，一时脑门短路，不知如何汇报，才能在领导面前挽回面子，东一句西一句说不到点子上。

魏建设又好气又好笑，知道他是个老实人，不想为难他，打断了他的汇报，对他说，我不是来挑刺的，但是问题还是要指出来。今天在炼钢厂走马观花地看了看，很不满意。厂房里尽是灰尘油污，设备乱扔乱放，事故现场清理得不彻底，到处都是脏乱差，小偷能在大白天进厂偷东西，管理一片混乱。合金的料仓坏了没人修，加合金不计量，能炼出好钢吗？还听说你们炼钢厂请了不少劳务工？

岳启明答，370个。

魏建设问，自己的员工有多少？

岳启明答，1100人。

魏建设说，你觉得炼这么点钢，有必要用这么多人吗？

岳启明解释道，像现在这样停产半停产的，用人肯定是多了，不过，公司要是上了千万吨项目，一些关键岗位技术岗位用我们自己的员工，那些简单劳动的岗位需要劳务工顶替。

魏建设推心置腹地说，我们是老熟人，老同事了，过去你做事多认真，多有干劲，特别是对质量要求精益求精，哪怕出现一点小小的瑕疵，都不会放过。今天看到的，完全不是那么一回事。

岳启明长叹一声，愧疚地说，这几年公司一直在推进千万吨项目，我主要在抓工程。刚牵头不久，没有好好抓管理，没有把队伍带好。现在又是大面积停产，兵败如山倒，队伍就垮了。他的脸上火辣辣的发烧，恨不得找个地缝钻进去。

魏建设用严厉的口吻说，老岳，过去怎么样，咱们不去议论，不去纠缠，你现在能不能干出个样子来？

岳启明点了点头。

魏建设说，给你一个月的时间，现场管理来个彻底改观，劳务工全部清退，内部的纪律整顿好，尤其要重视质量管理，保证炼出合格的钢来，做得到吗？

岳启明心里快速解读魏建设的话，这可能是领导在给自己一个机会，干得好的话，也许不计前嫌，自己的位子还保得住，要是领导满意的话，说不定还能由牵头转为正职。这样一想，精神也振作了一些，脸色也红润一些，毫不含糊地表态道，我们一定落实好魏总的指示，把工作做好，把队伍带好，一个月后你再来看，保证炼钢厂彻底变个样。

魏建设主持经理办公会。由于生产线差不多停了，一时又找不到很好的解决办法，班子成员心情都很压抑，谁也没有兴致说笑，有的人只顾抽烟，浓厚的烟雾辣得人眼睛都睁不开，会议室令人沮丧的死寂。

一个企业最怕的是生产停摆，而停产的最大原因是原材料断供。俗话说，巧妇难为无米之炊，这么大个钢厂，缺矿少煤的，生产怎么组织？

分管产供销的副总萧春晖很着急，在班子会上诉起苦来，公司的铁矿石已经断供了，有往来的供应商都联系过了，要求我们最少先给一半的预付款才能供货。好在有一家公司答应供应我们30万吨矿石。

魏建设听了为之一振，哪家公司？

萧春晖说，广州宏达商贸公司。不过，他们有个条件，要求我们拿出等值的钢材交换。

魏建设很乐意，这是好事嘛，既组织回了矿石，又推销出了钢材，一举两得。

萧春晖说，这家公司是我们的战略客户，按规定，我们对战略客户每吨钢材优惠50元。

魏建设说，按规定办吧。

萧春晖又说，他们还要求每吨钢材比市场价格下降100元。

魏建设有点不乐意了，那么说一吨要优惠150元？你看，能不能打个折，降低50元，这样一吨优惠100元，我们少亏点，他们少赚点。

萧春晖坚持说，我和对方的凌总谈过，把他开出的价格压了再压，现在这个价格是他们能够接受的底线。

魏建设脸色一沉，现在生产钢材本来就亏本，如果接受他们的条件，我们就亏得太多了，要不先放一放，还有没有更好的解决办法。现在我们家里库存了多少钢材？

萧春晖答，将近30万吨。

魏建设有些不满，生产的产品积压这么多，销售出去又亏损，不搞垮才怪呢。

现在市场就这么个样子，家家的日子都不好过。萧春晖嘟囔道，他感到很委屈，窝着一肚子火，又不好发作，干脆埋头抽烟。

接着，分管财务的苏雪芳汇报，这次二级单位清理小金库，再加上小车拍卖的预支款，账面上有了6000余万元。

魏建设脸上有了一点喜色，我们内部还是有潜力的。

苏雪芳乐观不起来，目前的财务状况糟透了，除了银行的贷款外，我们欠外面21个亿，主要是工程欠款和原材料欠款，人家欠我们16个亿，主要是拖欠的钢材货款，资产负债率达到 89%，每年支付银行利息 6—7 个亿。我们欠人家的跑不了，人家欠我们的好多都是民营老板和个体户，欠的货款很难收回来，现金流有时一个月 50% 都不到，只得靠银行贷款。现在银行把我们的资信度降为 B 级，停止给我们放贷，逼我们停产。

金融系统的评级体系中，B 类意味着在不利的商业、金融和经济状况下，企业违约的可能性较大，偿债能力较弱，提醒各家银行，在与这家企业进行商业往来时要慎之又慎。

魏建设不满地说，经营企业亏一点不可怕，可怕的是流动资金断了。我们还有 16 个亿的欠款收不回来，怎么得了！我看呀，要作个死规定，卖出去的钢材必须收回现款，谁赊的账谁负责。要把销售业绩与个人薪酬挂钩，与干部岗位职务挂钩，让他们吃不香、睡不着、坐不住，而且要从公司领导做起。

胡文强也在为资金问题忧心，这些年我们建设千万吨项目，投入了大量资金，再加上这么多的欠款，才造成了资金链断裂、全线停产。企业到了这个程度，单靠我们自身的力量，很难扛得住。我们是国有企业，损失可是国家的，还有那么多职工，饭碗丢了，往后的日子怎么过呀。魏总，省里既然派你来，肯定是相信你，是不是应该把我们的困难尽快向省里汇报一下，争取得到政策支持。

魏建设也陷入了苦恼之中，但他强忍着不让自己的情绪流露出来，对大家说，来之前孟副省长找我谈过一次话，他答应来东钢做一次调研，也许从政策层面能给我们解决点问题。但是大家想过没有，市场经济搞了这么多年，我们还用计划经济的思维，还在等靠要，行得通吗？省里不可能把我们当个巨婴养着。即使实现了联合重组，也不是灵丹妙药，解决我们所有的问题。我们要抛开幻想！东钢能不能复产，能不能救活，关键还是靠我们自己，靠我们抓好内部工作，提高适应市场的能力。我希望大家把精神振作起来，把思想统一起来。

萧春晖不冷不热地说，大道理我们也懂，可是解决问题还是要拿出实打实的办法。

魏建设自嘲道，我有几把刷子，你们不清楚？搞企业，我没有你们有经验，对东钢的情况也不如你们熟悉，主意还得大家拿。

胡文强干脆地说，要有好办法，我们早就干了，不会搞得现在这么被动。你还是谈个思路，大家再来议一议。

萧春晖附和道，这样最好，免得我们瞎说误事。

魏建设这几天边调研，边理思路，有了个大致的想法，不管成熟不成熟，抛出来再说。他清了下嗓子，开门见山地说，首先要做的，把所有在建工程停下来。

胡文强提出异议，千万吨工程是省委、省政府重点关注的项目，建设到了这个程度不容易，停下来，损失多大呀。

魏建设心想，人都快饿死了还想吃满汉全席。但又不能把话说得太尖锐，强调道，这只是权宜之计。一个项目动辄几个亿，哪有钱投资。现在最要紧的，是把有限的资金用在救活生产上，至于项目还建不建，清理论证后再作安排。讲的第二点，调整生产计划，不追求产量，而注重质量，注重效益。小型焦炉和小型高炉消耗高，效率低，污染严重，干脆停下来。生产组织就按2座大型高炉安排，产量有400多万吨就够了，减少普钢的生产，加大优特钢的生产。

砍向产能的这一刀，班子成员接受不了。萧春晖阴阳怪气地说，我先得申明一句，高炉停下来容易，如果再开炉的话，可得多花几千万，甚至上亿元。

胡文强也担心，我们去年的产能是500万吨，今年职代会定的是600万吨，一下子减少这么多，这一刀太狠了点吧。

魏建设说，这是迫不得已的措施，主要是从降低成本上考虑的。之前，我请苏总对生产成本进行了测算，多大产能才是最佳成本结构。苏总讲一下吧。

苏雪芳有些难为情地看了下大家，解释道，现在市场价格与生产成本严重倒挂，按我们公司现有的产品结构，生产普钢再怎么努力都是一个亏。我们测算过，如果把那些落后的产能暂时停下来，发挥好先进装备的能力，按400万吨组织生产，部分品种还有边际利润甚至微利，综合起来看，算是亏得最少的。如果产能再扩大，亏损只会更加严重。

魏建设觉得苏雪芳倒是个精明能干的人，用一种鼓励的口吻说，你们把论证做得再细些，有说服力些，用来指导生产。接着说到第三点，最大限度地降低成本。降低成本不能脚踩西瓜皮，滑到哪算到哪。要定个目标，采购跑赢行业，销售跑赢市场，成本跑赢所要追赶的先进，多元产业跑赢GDP，按照"四个跑赢"，重新分解预算指标，做到奖罚分明。第四点，下大力气清缴应收货款。财务要尽快把应收货款列出清单，组织力量上门追讨，哪怕追回6个亿，恢复生产就不成问题了。说到这里，我想对班子成员的分工作个微调，现在恢复生产难度很大，萧总集中精力负责安全生产和供应工作，销售这一块由苏总负责。

会场一时静默了，有高兴的，有不满的，有看笑话的。萧春晖愤怒地扫了魏建设一眼，认为魏建设到东钢来，第一个就和他过不去，给他小鞋穿，把对方世雄的不满全部发泄到他的身上。

胡文强对魏建设自作主张调整班子成员的分工很有意见，认为魏建设太霸道了，不尊重他这个书记，缺乏最起码的组织原则。当即打断他的话，领导分工的问题，今天是不是不议为好。

魏建设看不惯萧春晖的作风，对他所管的销售工作很不满意，突然产生了这个想法，不吐不快，经过胡书记的提醒，意识到是有些不符合组织程序，只得作出妥协，这是一个提议，当然还要经过党委会讨论才能定下来。

魏建设顾不上大家的情绪变化，接着讲到第五点，优化人力资源，整顿职工队伍。我们东钢现有员工一万多人，还嫌少了，请了4000多名劳务工，一年劳务费得一亿多。现在企业这么困难，哪有钱养这么多人？限定各单位一周之内全部清退劳务工。还有内部不上班的人员，也是个不小的数目，要进行清理，该解除劳动合同的一律解除劳动合同。乱世用重典，沉疴下猛药，必须带出一支过硬的职工队伍来。

最后他归结道，我说的这些，只是临时措施，治标不治本。至于东钢到底怎么发展，怎么摆脱困境，大家都想想办法，群策群力，一起渡过难关。

听了魏建设的工作安排，班子成员大失所望，除了李逵出手砍砍砍之外，也拿不出什么高招，由他带领东钢摆脱困境，恐怕是没指望了。萧春晖冷眼扫向魏建设，鼻孔里喷出浓浓的烟雾，心里发出轻蔑的笑声，在我们面前人五人六的，装得很有本事的样子，我看不过是山中无老虎，猴子充大王。

第四章

魏建设回到东钢工作，魏秀珍一家人最高兴。待到母亲一出院，她就把弟弟请到家中吃饭。

东钢的生活区建在东方山下，以东钢宾馆为中轴线，宾馆的上面建了几排老式别墅，供公司领导居住，人们习惯叫它中南海。中轴线的东边和西边各是一个生活区，西边生活区叫落雁坡。原来是一片荒野，东钢初建时，工人在这里安营扎寨，建起了一排排棚户区，后来改成平房，再后来大多拆除了，又建了一些小高层。生活区的环境杂乱无章，既有城中村，也有职工宿舍和住宅区，房屋比较破旧，基本上都是普通工人和单职工居住，被戏称为贫民区。

魏秀珍的家就在落雁坡，七层楼的顶层，面积80多平方米，进门是一个客厅，铺的花格地板砖，墙面刷了白色涂料，几面都有门，通向各个房间，客厅仅能容下一张饭桌，再也派不上别的用场了。好在除了厨房、厕所外，还有三间豆腐块样的房子，夫妻俩住一间，儿子张有为住一间，还有间最小的房子供母亲住。

进了姐姐家，魏建设陪着母亲坐了好一阵子，拉扯家常。母亲虽然出院了，但身体还是很虚弱，房间里又没空调，冷冰冰的，只好偎在床上，盖上两床被子取暖。

外甥张有为过来了。他身材高大，仪表堂堂，脸色有些苍白，目光比同龄人深沉一些。他上过大学，专业是工业自动化，毕业后回到东钢，在天车工岗位实习时，由于操作失误，造成一名职工从天车上摔下来当场死亡。从那以后，他的性格就变得孤僻怪异，不愿与人交流，久而久之得上了间歇性精神病。今天的情况还好，对舅舅有几分礼貌。

魏建设笑问，有为，最近在忙什么？

张有为一本正经地说，我在研究行车自动化。

魏建设吃惊，真的吗？你对自动化有兴趣？

张有为说，我的方案都设计好了，在家里做试验，以后还要到工作场所去实验，舅舅，你要支持我哟。

魏建设随口答道，好呀，舅舅当然支持你。

张有为自信地说，这套系统要是研究成功了，今后的天车再也不用人工操作了，只要在主操室里下达指令就行了，既标准又安全，还能提高工作效率。

这么厉害？魏建设用一种复杂的眼神看着外甥，暗自惋惜，这孩子要不是精神受了刺激，说不定真能搞出点名堂来。

张常生来催他们吃饭，魏建设坐在桌前，看到一桌子美食，嘴巴馋了起来，也不讲客气，伸手抓起一只鹅翅，三口两口就吃到肚子里去了，扯下一张餐巾纸，边抹嘴，边调皮地说，好吃，我就好这一口。

魏秀珍烧得一手好菜，端来一盘卤猪脸放在桌上，笑眯眯地说，你走南闯北，什么好东西没吃过，还惦记着我做的卤菜？

魏建设嬉皮笑脸地说，哪里的菜都没有你的卤制品好吃，简直是人间美味！

张常生也说，凡到我们家吃过卤味的人，都夸她做得好，我还想要她拿到市场上去卖，不比周黑鸭差。

魏秀珍说，我才不做这事哩，丢人现眼的。

魏建设说，姐你这个观念落后了，做买卖可不是丢人的事。

张常生说，对喽，凭本事赚钱，丢哪个的脸？

魏秀珍笑道，尽瞎扯了，弟弟是东钢的老总，当姐的去摆个地摊，他多没面子，别说这个事了。建设，我知道你喜欢吃，给你准备好了一大包。

魏建设说，好呀，在我姐家还有什么客气讲的。

大家说笑着，围着桌子坐下了。张常生在每人面前倒了一杯酒，站起来发表祝酒词，今天我们家是双喜临门，岳母奇迹般地出了院，大难不死，活到一百岁，我这位小舅子荣升高位，当上了东钢的老总，可喜可贺，我提议，大家一起干杯。

张常生和魏建设爽快地干了，魏秀珍抿了一口，张有为刚想饮完，被魏秀珍拦下了，你一个孩子家，别向你爸学，不喝这个，咱们喝饮料。

张有为笑道，舅舅当了老总，我也要祝贺他，这一杯总得让我喝下吧？

魏秀珍妥协了，那好，说一杯就一杯。其实她是关心儿子，怕他喝高了，把病引发了。

几杯酒下肚，张常生兴奋起来，老弟，你还真有能耐，一到东钢，就为职工解决工资问题，工人们没有不夸你的，都说老天总算开眼了，东钢有救了。

魏秀珍也说，正在发愁这个年怎么过，一下子给我们家发了一万多块钱，今年春节过得去了。

魏建设高兴不起来，叫花子也有三天年嘛，我们职工的日子再苦也要把年过好，有难处再想办法。

张常生关心地问，我听同事说，你在接待他们时作过承诺，半年内就把拖欠的工资全部补发，做不到就卷铺盖走人。

魏秀珍心疼地说，方世雄欠下的一屁股烂债，凭什么要你这么短的时间就还上？

魏建设如实说，顾不了那么多了，也是无奈之举。

张常生又问，外面还传说，你为了筹钱让职工过年，清查了各单位的小金库，没收了小汽车，真有这回事？

魏秀珍埋怨道，哎呀，你这样做，不是把全厂的干部得罪光了，往后你还得靠这些人替你卖命呢！

魏建设苦笑地说，覆巢之下，岂有完卵。企业日子不好过，工人得不到正当收入，当领导的还能图享受？等到企业搞好了，不会让他们吃亏。

张常生赞同道，这话在理。我们厂里的那个岳启明，前段时间什么事都不想干，现在精神来了，在厂里开了动员会，说是要清理整顿职工队伍，辞退劳务工，正式工也在清理，不上班的人员这回恐怕混不下去了。

魏建设说道，这个岳启明呀，算个老实人，给他点压力，他还是能把事情做好的。不过，姐夫，你可要在厂里好好表现哟，不要让别人说闲话。

那是肯定的！张常生拍着胸脯，打虎亲兄弟，上阵父子兵，你当老总，我一定好好干，我们家往后的好日子还指望你呢。

魏秀珍拉着弟弟，要敬他一杯酒，我们这个穷家，这些年来一直都靠弟弟照顾，前几年有为在城里买了套房子，要不是你帮助，哪里买得起？

张常生挺感谢魏建设，说道，我们这个小城市的房价也是一天一个样，买了不到几年，价格都翻了一番。要是现在呀，想买也买不起了。

他们说的是个实话，当年为儿子买房子，首付要交25万元，家里的钱不够，只好向弟弟开口。魏建设的工资都掌握在妻子冯丽娟的手上，他把平时积攒的零用钱都拿了出来，再找几个朋友东挪西借，凑了10万元给姐姐，解决了姐姐家中的大问题，直到现在欠朋友的钱还没有还清。

魏建设不让姐姐姐夫提起这件事。父亲去世后，母亲全靠姐夫一家人照顾，现在还在替他对母亲尽孝，他上大学也是姐夫家供养的。他感叹地说，是我做得不够好，欠你们的太多。好在现在回东钢了，以后照顾家里也方便些。

魏秀珍眉开眼笑，有你这句话，听得心里暖和，我们家往后的日子一定是芝麻开花——节节高。现在的人现实得很，你当了老总，我们家有为媳妇都好找一些，不信？已经有人上门说亲了。

是吗？好呀。魏建设望着张有为，微笑着问他，有为，告诉舅舅，要媳妇吗？

张有为含羞地笑着，傻子才不要呢。

魏建设哈哈大笑，拍着他的肩膀道，我们家有为这么年轻帅气，会有好姑娘喜欢的。

魏秀珍话里有话，这门亲事要是说成了，还得指望舅舅呢？

魏建设说，外甥的事，当舅舅的责无旁贷。

魏秀珍说，姑娘还是个待业青年，真要是和有为好上了，指望舅舅能给她找个工作。

话语不重，却像铁块一样挺沉的，魏建设一时不知如何回答才好。

炼钢厂转炉车间的李志刚和他那帮兄弟，下班后，洗完澡，穿上干净的衣服，相约着走出厂门，来到马路对面的春来餐馆。

在落雁坡生活区，沿着厂区外墙的马路对面，村里搭建了一排亭子间，干些餐馆、小卖部、理发馆、洗衣房、修理铺、游戏室之类的营生，春来餐馆就是其中的一间。这里的主人是个30多岁的女人，叫卢春来，高挑个子，水蛇腰，杏仁脸，一双迷人的桃花眼，人送外号阿庆嫂。在这一排亭子间的几家餐馆中，就数她家的生意最好。

刚到餐馆门口，小胡子就夸张地嚷开了，好香，好香！在马路对面就闻到了香味，阿庆嫂一定是把狗肉烧好了。原来小胡子在休息时约上小白脸、眼镜，偷偷地在野外打死了一只狗子，送到餐馆加工，全班人来打牙祭。

老板娘卢春来站在门口，笑盈盈地迎接客人，快好了，一会儿就端上来。你们请上雅间。

餐馆进门摆放了两张小餐桌，往里走是间厨房，沿着歪歪斜斜的楼梯上去，放了一张小台子，再往里，用木板隔起了一间，贴了几张半裸的中外女星照，装了台空调，算是个"雅间"。

几人刚一坐下，卢春来上来了，送了一盘盐水花生，为每人倒了一杯茶水。又问，还要点什么？

李志刚说，吃狗肉，随便配两个青菜就可以了。

眼镜插话，吃就吃过瘾，还要一份烧鱼块，一份炒肥肠，一份炒猪肝。

李志刚扫了他一眼，你在哪里发了洋财？这钱你出吗？有狗肉还不够？等以后有钱了再吃好的。

卢春来打圆场，狗肉滚三滚，神仙站不稳。再配上红萝卜、白萝卜，满满一大锅，足够你们吃的。

李志刚说，老板娘，再来三瓶纯谷酒。

小胡子笑着说，我要一份奶，最好是阿庆嫂的鲜奶。说着，手快伸到卢春来高耸的胸前了。

卢春来笑着打开他的手，别看你嘴上长了胡子，还是个细伢，回家吃你娘的奶去。

几人哄堂大笑。

小白脸想趁喝酒前斗几盘地主，要了一副扑克牌。

再给我们送一盘盐水花生。小胡子一只手顺势在卢春来的屁股上揩了一下油，她似笑非笑地把他的咸猪手打掉。

待到主菜上来后，眼镜把每人面前的杯子倒满了酒，叫玩斗地主的几个把牌收起来，准备喝酒。

小白脸输了几十元，把手里的牌一扔，恼火地用右手掌剁着左手指，臭手，臭手，一罐子汤没了。

酒过三巡，大家免不了议论起厂里的事情来。李志刚率先说了起来，魏建设这个人是个干实事的，才来几天，把厂里这塘死水搅动起来了。你看他搞人员清退，一刀子下去，我们炼钢厂300多个劳务工都回去了，一个也不剩。

小胡子说，这还不是岳启明为了图表现，做给魏建设看的。

李志刚辩解道，早就该这样做的。下一步还要对不上班的人员进行清理，班组长已经开了会，要求组织职工学习公司的新规定，对每个不上班的人员送达公司的规定，本人没有收到的，送到家属手上，还要签名取证。这回肯定动真格的，那些不上班的人再也没好日子过了。魏总这样搞下去，东钢还真有希望。

眼镜开起玩笑，我看你蛮服魏建设的，他是不是你亲哥？

李志刚踢了他一脚，你瞎说什么呀！

小胡子也笑了，莫说，真像你哥。

小白脸关心的是清理整顿的事情，急着问，真会这样搞？连自己人也要下黑手？

眼镜说，不上班的人是占着茅坑不拉屎，早就该清理了，不然谁还愿意上

039

班呀！

小胡子也提醒道，兄弟们，这个时候都要规矩点，千万别往枪口上撞。

小白脸端起酒杯，一口干下去了，脸一下子由白变红，像个猴子屁股，他趴在桌上，痛哭开了。

刚才还为他喝酒叫好的人都蒙圈了。眼镜摇着他的肩膀，问道，送钱，你这是唱的哪曲戏呀，刚才还好端端的，怎么哭得像死了爹娘一样？

小白脸埋着头，边哭边说，我的心闷呀，我的命苦呀！

别以疯带邪的。李志刚劝道，怎么回事呀？说给哥们听听，说不定我们能帮得上忙的。

小白脸抬起头来，泪眼婆娑，你们在东钢待下去还有盼头，我恐怕再也待不下去了。

李志刚安慰道，只要你不违反劳动纪律，规规矩矩的，不会有人赶你走。

小白脸说，你们不知道，我赌博输了几十万，家里房子都输掉了，老婆跟我闹离婚，我还欠着人家一屁股债。这几天债主一直追着讨债，还不上钱又是打又是骂，哪是人过的日子呀！说着，解开衣服，身上青一块紫一块的伤痕，叫人不忍心看下去。

李志刚说，我劝过你多次，叫你不要跟那些不三不四的人交朋友，不要跟他们一起混，你不听，吃亏了吧。

小白脸恳求道，我要出去躲几天债，班长，你能不能替我打个马虎眼？

李志刚拒绝道，对不起，宋前进，若是以往，这都不算个事，现在公司正在抓劳动纪律，采取的是盯人防守战术，班长每天都要报告职工的在岗情况，机关干部天天来核查，发现我们对不上班人员隐瞒不报的，第一次扣班长一百，第二次扣两百，第三次就把班长给免了，叫我怎么替你打马虎眼？

小白脸哀求道，只有你救得了我，你不救我，我就死路一条。

李志刚说，你可以请几天事假，把手头的麻烦事处理好。不过，我劝你，根本的问题还是从今往后把赌戒了，好好上班，谁要敢欺负你，我们这帮兄弟也不是吃素的。

小白脸失望极了，我还不上钱，这伙人迟早会弄死我的！

经过小白脸这么一闹，大家失去了喝酒的兴致，这次聚餐，高兴地来，扫兴地走。

临出门时，卢春来满面春风地站在门口，打闹着欢送他们，兄弟们，好走，常来呀，姐会想你们的。

小胡子回应道，阿庆嫂半夜睡不着想起了弟弟，发个微信我就过来陪你。

卢春来扭了一下水蛇腰，打了他一粉拳，狗嘴里吐不出象牙，滚，滚一边去！

魏建设到东钢集团这段日子，东方市的市长姜红梅一直在省委党校封闭学习，学习结束后，返回的当天晚上，选了东方市一家高档酒店专门宴请魏建设。参加晚宴的一共有四个人，除了他俩外，还有盛唐的老总唐潮，他们三人在北京就读 MBA 班时，是同班同学，姜红梅是他们的班长。晚宴的另一位是姜红梅的丈夫、扬子开发银行行长肖一凡。

姜红梅今晚精心打扮了一番，傲人的身材，白色西式套装，搭配九分裤，举止端丽大方，气场十足。她先是提议一起敬魏建设一杯，祝贺老同学担任东钢集团老总。随后大家也想出各种理由，我敬你，你敬我，喝了好几杯，看似热情然而并不轻松。

姜红梅感慨地说，东钢集团是省属最大的国企，我们东方市因东钢而立市，有 30% 以上的家庭与东钢有着直接或间接的利益关系，前些年东钢上缴的税收占全市财政收入三分之一以上，堪称市里经济的台柱子，东方人的钱袋子，市里公务员年底发不出工资，就找东钢去借。那个时候谁不羡慕家里有人在东钢工作，哪个不想把自己的亲戚子女挤进东钢上班，姑娘们找对象都看上了东钢的小伙子。

魏建设自嘲道，你说的是东钢最红火的时候，那是明日黄花了，现在都快停产了，成了市里的包袱，连出租车都不喜欢往东钢这条线跑了。

姜红梅说，不至于吧，东钢在我市的地位是不可撼动的，眼前的困难是暂时的，我相信老同学有办法扭转这种被动局面，为东钢带来美好的明天。

肖一凡说，沉舟侧畔千帆过，病树前头万木春，魏总，我们相信你。

唐潮敬魏建设一杯，魏哥的能耐，别人不了解，我还不了解？有你到东钢，一定会让东钢重振雄风，重铸辉煌。

你们别笑话我了，说不定过不了几天，我就会背上个治厂无方的罪名离开东钢。魏建设回敬唐潮一杯，唐潮似乎感到他话里有话，借喝酒之机有意避开那两道闪电般的目光。

为了打破沉闷，肖一凡说，魏总，我听说你来东钢第一天就遇到职工上访这样头疼的问题，上百号工人把东钢班子成员围在宾馆里不让进出，最后还是你劝退了工人，解救了他们。

魏建设说，我也是请求职工理解，给我半年时间，解决拖欠工资的问题。

肖一凡又赞道，还听说你把二级单位的小金库收了，把公司的小车拍卖了，筹钱发给职工过年，工人们信服你。搞企业就是要为职工着想，敢于担当，说到做到。我佩服你这种精神。说着举起酒杯，敬了魏建设一杯。

姜红梅不赞成丈夫的说法，建设，别听你肖大哥胡说。你现在是负责全局工作的领导，处理这样的事情要冷静，不能冲动，不能感情用事，要善于保护自己。上届班子遗留下来的问题，你能一下子解决得了？不然到时兑现不了，你在职工中就会威信扫地，以后说话就不灵了。

魏建设若有所悟地点头，可是我向现场的职工表了态，这个承诺兑现不了，就轰我下台。

姜红梅继续说，有件事情我对你还有意见呢，这次你们辞退了4000个劳务工，连个招呼都不打一声，就把用工矛盾转到了社会，搞得我们政府很被动。东方市是个以农业为主的城市，用工的空间不大，一下子出现这么多失业人员，会引发社会问题的，你也得为我这个市长想一下嘛。

魏建设连忙敬酒，给大姐陪礼了，是我考虑不周，以后涉及企业和地方关系的问题，一定提前与市里沟通。

姜红梅叹道，当领导各有各的难处，从某种角度来讲，我的命运就掌握在你的手上。

魏建设一惊，掌握在我手上？不会吧。

姜红梅一本正经地说，不信吧，那我就说说，一个是GDP的增长，东钢原来是我市财政的重要支柱，现在亏损了，市里的税收会受到影响吧。二个是稳定，东钢是我市最大的企业，职工和家属好几万人，真要停产了，谁养得起他们？要是职工闹起事来，我这个位子还坐得稳？还有一个，你们是重工业，污染问题一直没有解决好。我市几次争创全国文明卫生城市，每一次都是因为东钢的环保不达标，没有评上去。所以说，东钢抓好了，我们东方市的大局也就稳住了。

魏建设笑道，你这么一说，我的压力还是蛮大的。

姜红梅继续说，有次方世雄对我说，没有东钢哪有东方市，没有东钢的利税，东方市的公务员只有喝西北风，东钢打一个喷嚏，市里就要得一场感冒。当时我听了就像嗓子眼里卡了根鱼骨头，怪不舒服的，后来细想，他的话糙理不糙，说得一点也不假。

魏建设笑嘻嘻地说，既然市里这么看重我们东钢，希望大姐对我们东钢多多给予关心和支持。

姜红梅真诚地说，那是肯定的，对东钢的支持是东方市历届政府优先考虑的事情。我们这届政府提出了把东方市经济总量做大做优的计划，要求全市GDP年均增速13%，在全省争取前三的水平，所以东钢千万吨工程关系重大。这次参加省委党校学习班，我抽空看望了孟副省长，他知道我们三个是同学，要我们合力做好一件事，那就是早日实现联合重组，加快千万吨工程建设，为我市带来新的发展机遇。

唐潮笑道，我们三人，不就是三剑客吗？只要我们齐心协力，就会所向披靡，无所不能。

姜红梅也笑了，三人一条心，黄土变成金。

三人一起干了杯。

魏建设放下杯子，明确表态，放心吧，对联合重组我个人是极力拥护的，这是改革的一条出路，也是企业脱困的一条出路，我也想尽早完成这项工作任务。

看到魏建设还是主张联合重组，唐潮的情绪好多了，可是魏建设会不会作出让步，按照他的意图实现联合重组，一时还摸不透。直觉告诉唐潮，魏建设这个人是不会轻易妥协的。他表面奉承道，现在魏哥来东钢主政，一切事情都好商量。我们可以开始为联合重组做些准备工作，比如，成立工作班子，列出工作计划，提出修改方案，对协议进行讨论等等，好多事要做哩。

魏建设心里想着，东钢是不是继续实施千万吨规划，是否实现转型搞优特钢，这些重大的决策问题还没有确定下来，联合重组的方案还不好敲定，不能操之过急。现在唐潮把程序说得这么复杂，也不是十天半月就能做下来的，他也就原则上同意了。

姜红梅对这两个同学还是比较了解的，当然知道两人各怀鬼胎，谁也不服谁，联合重组不是那么容易推进的，不过，自己毕竟不是当事人，哪有皇帝不急太监急的？只好顺水推舟，你们两人都是搞经济工作的，又都有重启联合重组的意图，我就等着你们的好消息。

魏建设正想利用今天这个机会试探一下唐潮的诚意，对他说，唐总，有件事情一直想找你，又不好开口，你知道，我现在最大的难处是资金链断裂了，找了好几家银行，都借不到款子，没有流动资金生产就无法启动，你看能不能伸出援助之手，借笔款子给我们，让我们渡过眼前这道难关。

唐潮问，打算借多少？

魏建设答，至少2个亿，不然生产几天又得停下来。

唐潮心里暗笑，你终于感到有难处了，有求于我了，别急，现在还不是最困难的时候，还没有走上绝路，还得继续施压，切掉你的退路，让你寸步难行，到时再下手，你就会妥协退让。想到这，他为难地说，魏哥，我真想帮你这个忙，只是我们是上市公司，财务制度非常严格，我能够自主批准的资金额度有限，如果要动用大额款项，必须经过董事会批准，这就要求你们提供很多资料，还要进行核查，证明你们具有偿还能力。这么大一个圈子，没有个把月转不过来，恐怕不利于你们尽早恢复生产。

魏建设虽然早就预料到会有这个结果，但从他口里委婉地吐出"拒绝"二字，心里还是很不爽，勉强地挤出笑容，好吧，既然你有难处，我就只好到别的庙上香拜神了。

肖一凡看到魏建设失望的样子，欲言又止，端起的酒杯又放下，放下又端起，最后还是自饮了。

一场貌合神离的接风宴，各自怀着不同的心思，表面上客客气气，却难以掩饰看不见的硝烟味。

第五章

唐潮打通了孟滢的电话，问道，美女记者，在哪儿忙呀？

孟滢答，我有什么好忙的，不是跑现场，就是赶稿子。

那么辛苦？唐潮笑道，晚上请你吃饭，肯赏光吗？

好呀。孟滢丝毫没有女性的矜持，一口应承了下来。唐孟两家是世交，他们之间有过多次交往，在一起挺随和的。再说她的职业是记者，也想了解一下东钢集团领导人更换后唐潮对联合重组的想法，说不定能够挖点新闻线索来。

两人在约定的时间，来到丽都酒店西餐厅，挑了一个能够观看江景的包厢坐了下来，点了菲力牛排、凯撒沙拉、罗宋汤等，还有一瓶红酒，伴随着柔婉的音乐，慢慢品尝起来。

唐潮讨好地说，我原来不大爱看报纸，自从看了你在《江都商报》上写的几篇文章后，还真把我吸引住了，特地要求公司每个部门都订上一份《江都商报》，只要登有你的文章，我是每篇必读，已经成了你的忠实粉丝。

孟滢莞尔一笑，我的文章有那么大的魅力吗？明明是恭维的吧，我又不是十八岁的小姑娘，那么好哄的。

唐潮显出一副委屈的样子，我说的是真话，你那篇关于东钢工亡事故的调查报告，主持正义，仗义执言，敢于揭露事实真相，硬是把方世雄从东钢老总的位子上拉了下来。过去说记者手中的笔是把投向敌人的匕首，我还不信，现在我服了。

孟滢正把沙拉送进口里，听了这话，把叉子放下了，回击道，还是你厉害，明里正人君子，暗中借刀杀人。

唐潮连忙否认，我是那种人吗？哪敢在你面前耍心眼？

孟滢问，你们向我提供东钢巨亏的信息，意图是什么？不就是想要我们报道出来，借以打击方世雄，推翻联合重组方案吗？我才是个大傻子，从头到尾被你们当枪使。

唐潮装得很委屈的样子，当今社会敢说真话的记者越来越少，我们信得过你，才给你提供了东钢的真实信息，事实证明，你的文章在社会上反响很好，你的知名度也提高不少，这不是一件好事吗？我还看了一篇你所写的魏建设赴任记的特写，我看你很欣赏他，把他写得那么有魄力，敢担当，但愿他真是你写的那样。

孟滢揶揄道，看来我写的文章唐总也有不喜欢的。魏建设在企业那么困难的情况下，还能为职工着想，敢于作出承诺，我看他像个真男人。

唐潮听到这话，心里不舒服，也许是吧，不过，路遥知马力，日久见人心。

孟滢笑道，你怎么这么小心眼，吃醋了？

唐潮干笑，才不会哩。

两人碰了杯，饮下红酒。孟滢美美地说，你是投资理财专家，我想请教一个专业知识。

看到孟滢甜甜的笑容，唐潮整个人都醉了，专家谈不上，愿意为你效劳。

孟滢的话锋一下子锐利起来，你曾经说过，判断投资价值要符合三个因素：首先是国家政策支持的产业，代表着投资的方向，而且你一直偏好的是对新兴产业的投资；其次是这个行业要处于上升周期，才能从行业发展中分享到收益；最后是这个公司的基本面良好，盈利能力强，估值便宜，这样才能获取更大的收益。可是无论从哪个方面看东钢，都与这三大要素不沾边，你怎么还有这么大的兴趣，要与东钢联合重组呢？

唐潮心里一紧，在记者面前不能信口开河，得认真回答，东钢集团是省属最大的一家国有企业，自然是省里重视和支持的企业，尽管钢铁行业出现产能过剩，但它毕竟还是国民经济的重要支柱产业，东钢的困难只是暂时的，实现了联合重组，注入了新的活力，就会实现健康良性的发展。

孟滢继续追问道，东钢换了魏建设当老总，联合重组还继续进行下去吗？

唐潮颇有信心地说，联合重组是经过省委、省政府批准的，对东钢公司，对我们盛唐实业都是有利的，当然要向前推进，这与领导人更换无关。我和魏总交换过意见，我们在这个问题上的想法是一致的，相信我们会本着坦诚友好、合作共赢的精神，尽快开展工作。

孟滢说，是直接在原有协议上签字，还是重新议定方案？

唐潮显出一副坦然的神态，领导更换了，企业的情况也发生了变化，有些问题当然得坐下来重新讨论。

孟滢说，我猜你们讨论的焦点还是控股权的问题，也就是哪一方占有51%以上的股份，从而有效地控制新东钢。

唐潮不得不佩服孟滢的眼力，只得说，这是一个回避不了的问题，谁拥有了控股权，谁就能按照自己的思路引导企业发展。我对魏建设是了解的，他的权力欲比方世雄有过之而无不及，想要他让出控股权，肯定有很大的难度。

孟滢说，魏建设回到东钢后，是继续搞千万吨工程，还是按他原有的想法搞优特钢，会是影响协议签订的一个重要因素吗？

这也是唐潮所担忧的，如果魏建设不搞千万吨项目，联合的基础是什么？还能继续搞下去吗？他尴尬一笑，反问道，他是省管干部，是国有企业的负责人，会与省里对着干吗？千万吨是省里定下来的重点项目，能够轻易放弃吗？

孟滢爽朗地大笑一声，希望早点看到你们联合重组，东钢解困了，盛唐做大了，实现了双赢，有个完美的结局。

两人碰了下杯，气氛也轻松了一些。唐潮虽然单身，但身边不乏各色女人，他曾经对朋友说过，做人有两样东西是万万不可缺少的，一是不能缺金钱，二是不能缺美女。他至今还过着单身生活，有时想到孟滢，眼前总是浮现出她那年轻俏丽、楚楚动人的身影，内心产生一种异样的感觉，就像一个好强的骑手见到一匹桀骜不驯的烈马，不由自主地想驾驭它，驰骋在大草原上。他有意挑了个孟滢喜欢的一个话题，听说你喜爱旅游，都去过哪些好玩的地方？

说到旅游，孟滢饶有兴致，我呀，好玩的地方去得多呢，只是一路留下遗憾。原本想去喜马拉雅山登顶，可惜运气不佳，到了大本营后风雪太大，就不能再往上攀登了。还有一次去南极，困在冰川一个多星期，幸亏俄罗斯的破冰船把我们营救到科考站，经历了一次有惊无险的旅行。

唐潮别有意味地问，你的冒险精神挺强的，到非洲探过险吗？

孟滢摇头，暂时还没有。

唐潮说，不久我要到非洲去一趟，处理一些公务，顺便还可以探险、狩猎，我想邀请你一起去，不知肯给这个面子吗？

孟滢心花怒放，好呀，非洲是我心仪已久的地方，跟你一路去，我还有什么不放心的。

省委大院是个庄严而又神秘的地方。唐潮有自由进出的通行证，直接将宝马开到了孟铁生家门口。

副省长孟铁生住在省委大院一栋独立的俄式风格的别墅内。唐潮的爷爷唐虎子担任过省领导，他小时候在这里住过，爷爷到京工作后，一家人才离开。这栋别墅带有庭院，院内种植着桂花、樟树、翠竹等，唐潮清楚地记得，那株蜡梅是爷爷带着孩时的他一起种植的，此时花朵绽开，散发出淡淡的清香，显示出一片生机活力。

唐潮来的时候，孟铁生和夫人高洁都在家，孟滢成天在外忙，很少回来。唐潮从小车后备厢内拿出一件茅台特供酒，送给孟铁生。孟铁生表示拒收，唐潮打趣地说，我这还不是向你学的，你过去看我爷爷的时候，哪一次不捎带上他爱喝的茅台？

你小子太精了。孟铁生只好笑纳。

唐潮又拿出一个爱马仕包送给高洁，孟铁生觉得有些过分了，正要开口阻拦，高洁笑眯眯地接了过去，提在手上试了试，挺满意的，对孟铁生说，你还不知道吧，现在的女人，不挎个像样的包包，连出门都被人瞧不起。

唐孟两家是世交，唐潮的爷爷唐虎子在新四军独立旅当团长时，一次与鬼子激战，部队全都打散了，他自己也身负重伤，幸亏孟铁生的父亲路过此地，一口气把唐虎子背回家，在孟家养伤一个多月，才找回部队。"文革"时，红卫兵押着唐虎子游行批斗，孟铁生那时还是个愣头青，和村里几十号青壮年一起，救下了唐虎子，在村里一住就是半年多，直到局势平稳后才离开。恢复高考后，孟铁生考上了大学，等到他毕业，唐虎子有意培养和锻炼孟铁生，把他调到省委工作，这才有了他今天的仕途。唐虎子健在时，孟铁生每年都要上京看望他，老爷子去世后，两家人往来也很密切。盛唐实业集团这次与东钢联合重组，就是孟铁生从中牵线搭桥，做了唐潮工作的结果。

唐潮是孟铁生家里的常客，高洁为他倒好茶水，坐下后寒暄了几句，便转入了正题。

谈到联合重组，孟铁生还是余怒未消，小唐呀，你做得实在过分了，协议不签，招呼不打一声，你就溜了，把我们那么多人晾在会场，你眼里还有我这个当叔叔的吗？

唐潮讪笑着，借我十个胆，也不敢冒犯你的虎威呀。当时我没有签字，实在是有我的苦衷。

孟铁生做了个制止的手势，不用解释了。我问你，你还想不想继续完成联合重组？

唐潮连忙回答，当然想，我就是为这件事来的。

孟铁生问，那你和魏建设接触过没有，对联合重组有什么打算？

唐潮说，我与他有过初步沟通，都同意就联合重组开展工作，为了保证这次能够成功，特意来请教孟叔，有的问题还要您出面解决。

孟铁生说，我是十分支持联合重组的，这是企业改革发展的大趋势，当然会为你们说话，只是你再不能出尔反尔了。

那是，那是。唐潮直言不讳地谈了对魏建设的看法，我和魏总是 MBA 班的同学，我对他比较了解，这个人有事业心，办事认真，作风实在，只是有些独裁，霸道，偏执，容易头脑发热，这么大个国企交给他治理，你们领导放心吗？

一旁的高洁也插嘴了，他一当上东钢的老总，他那个老婆可神气起来了。

你就别瞎说了。孟铁生不高兴地说。从唐潮的话语中感觉到他对魏建设印象不好，存在一定的偏见，一时又不知道是什么原因引起的，只好劝道，你们两个是同学，联合重组后又会共事，要多看他的长处，多看他的优点，至于他身上的毛病，你们既然是同学，可以提醒他嘛。如果说出现影响企业发展方向性的问题，省委、省政府也要批评他，予以纠正。省里派他到东钢去工作，是经过慎重研究的，对他是信任的，相信他有能力领导好这个企业。现在才干了几天，是骡子是马总得让他遛遛吧，不要急于下结论。

唐潮用一种试探的口气说，在我们与东钢讨论联合重组方案时，当时对东钢集团的发展思路有两种不同的观点，方世雄主张实施千万吨工程项目，魏建设提出过优特钢发展思路，只是后来省里明确表态支持方世雄的方案后，他才放弃了自己的想法。现在他当上了东钢老总，依他的个性，会不会停止千万吨项目，而把自己的优特钢计划重新提出来呢？如果这样，联合重组方案有可能流产。

孟铁生自信地说，这个不用担心，千万吨项目不是方世雄个人的项目，是得到省委、省政府批准的，已经列入了全省五年经济发展纲要，谁也不能轻易放弃它。企业虽然有自主权，但魏建设毕竟是省委任命的干部，相信他会与省委、省政府保持一致。

唐潮有自己的算盘，如果要实现百亿元的梦想，只能打着千万吨工程这个幌子，不然任由魏建设把东钢搞成优特钢基地，合作项目又得改变，投资比例又得重估，到时要想争取到联合重组的控股权，难度就更大了。在这个问题上，他至今也没有摸清魏建设的底牌，现在听到孟副省长的态度，心里踏实多了，他还想进一步争取孟副省长的支持，又说，孟叔，我们和东钢就要开展联合重组的工作了，原来的方案基本可行，只是入股比例要作出必要的调整，保证我们盛唐集团拥有 51% 以上的股权。这个条件满足了，其他的一切都好说。

孟铁生笑眯眯地问，你上次突然中止与方世雄签订联合重组协议，为的是争夺这个控股权吧？

唐潮不太自然地一笑，主要是担心东钢的事故太大了，当时要是签字的话，必然会影响公司股价断崖式下跌，筹不到技改资金不说，对我们盛唐也会产生很大的负面影响。

孟铁生一针见血地说，你那个小九九我还不清楚？想利用这个机会抓到新东钢的控股权。你跟我说句实话，为什么一定要这个控股权呢？

你是我叔，在你面前我没有什么可隐瞒的。唐潮试探性地说，东钢已经到了破产的边缘，要想救活它，必须运用民营企业管理模式。盛唐集团在这方面有现成的经验和做法，这是我们的优势，我们控股了，就能按民营企业管理模式运作，不然体制不变，投入再多资金也无济于事，救活不了东钢。

孟铁生说，你还是对魏建设不放心，怀疑他的管理能力。省里这次安排他到东钢，恰恰就看中了他在这方面的能力。

唐潮明确地说，我们投入巨额资金，命运却掌握在别人手上，而且东钢的经营形势糟糕到快要破产了，万一实现不了起死回生，50个亿就全砸了，我怎么向股民交代？

高洁也帮衬道，老孟，你可要把唐潮看成自己的亲侄子，能说上话时一定要帮他说句话。

孟铁生沉思了好一会儿，还是没有松口，小唐呀，你们两家实现联合重组，是一种企业行为，股权怎么分配，你们应该坐在一起好好商谈。如果东钢愿意减少持股比例，出让控股权，我原则上不会反对，也还乐见其成。要我直接干涉，强行要求东钢减少持股比例，会让我很为难的。

孟铁生对人对事一贯都用一种客观公正的态度，对唐潮也是如此。他是看着唐潮成长的，很喜欢这个富有开拓精神的年轻人，但是总觉得他胆子大，心计足，什么事都干得出来，叫人有点放不下心，他如果对东钢绝对控股，东钢也就完全民营化了，民营化是不是包治百病的灵丹妙药？就一定能够救活东钢，彻底扭转东钢的被动局面？他的心里还是打上了一个重重的问号。

唐潮没有得到自己最想得到的东西，实在有些不甘心。他是个具有强烈贪欲的人，越是得不到的，越会拼命去争取。

盛唐核心团队的铁三角，唐潮、韩晓波、金若愚围坐在唐潮办公室的沙发上，一起讨论重新拟定的联合重组方案。

经过几天的精心筹划，韩晓波的团队拿出了一个联合重组的草案。这个计划一共分为四个步骤：一是对东钢集团实行绝对控股，盛唐集团所占股份要保证在 51% 以上，这样就能掌握决策权，然后以千万吨工程改造项目为由，在股市上定增发行 50 亿元的股票；二是运行一段时间后，把东钢股份公司从主体剥离出来，作为自主经营、自负盈亏的独立公司，依目前东钢这种负债率、产品结构和市场状况，在不长的时间内必将进入破产清算程序；三是永久性地关停东钢集团的产能，争取国家产业政策的奖励，然后做通市里的工作，对旧厂址进行土地变性，从事房地产开发。这片土地几乎占有主城区面积的一半，又面临长江，可建成东方市最大的高档生活区，也可以成为省城江都市的后花园；四是实现产业转型，把毗连东钢的龙港区域合并过来，建立省级电商示范基地，既可以壮大盛唐的实力，也可接纳东钢破产后少量职工再就业。由于发展新的经济增长点，盛唐实业的股价会有很大的升值空间。如果这四个步骤能够实施的话，获得 100 个亿是有把握的。

听了韩晓波的汇报，唐潮流露出满意的神采，这个方案总体设计得不错，只是操作起来有很大的难度。

韩晓波说，实施这个计划的前提条件，是我们能否争取到东钢的控股权，如果控股权在手，完成后面的计划就顺利了。

唐潮拧紧眉头，这也是我所担心的。原来想东钢发生事故后，方世雄会乖乖就范，即使他下台，接任者也会按我们的思路运作，没想到来了个魏建设，这可是块又臭又硬的石头，难啃得很。

金若愚插话道，从他上任的第一天，我们就在给他设坑，东钢几乎停产了，他现在是焦头烂额、首尾不顾了，蹦达不了几天！

唐潮摇摇头，千万可别小瞧这个人的能量。本来趁他一到东钢，借助讨薪问题打他一个下马威，没想到反而被他利用，成了他表演的舞台，还为他加了分。

金若愚说，他所作的承诺，那是自不量力，往自己的脖子上套绳索。东钢接着停下去，我看他从哪里拿钱给职工发工资，到时还不是灰溜溜地走人。

韩晓波显得冷静些，我看不那么简单，魏建设既然敢当众承诺，自然也会想各种办法，不会轻易屈服的。

唐潮不容置疑地说，所以，我们丝毫不能松懈，不要给他留下任何喘息的机会。只要魏建设执掌东钢，他在控股权上是不会轻易松口的，现在省里的态度也是模棱两可，两不得罪。我们要采取有力的手段，扼杀东钢，彻底把他击垮，哪怕迫使东钢破产倒闭，我们重新收购，也在所不惜。

金若愚讨好地说，我就佩服老板这种干大事的气魄。

韩晓波继续说，如果控股权的问题解决了，后面的障碍就好突破了。扩股得到的 50 个亿进入我们账户后，就由我们说了算，到时对千万吨项目重新进行评估，认定这个项目继续搞下去得不偿失，而且与国家的产业政策不相符，省里就不敢强行要我们推进，这笔巨额资金就可用于其他项目。跟着就要解决破产的问题。别看东钢这些年投入大，项目多，成了个空架子，只要不对它继续输血，用不了多长时间，就会破产倒闭。

唐潮忍不住插嘴道，我们应该庆幸赶上了一个好时代，大家都在玩流氓游戏。他从那份报告上抽出一颗大头针，用手把它弯曲了，比画道，企业搞好了，是改革，是政绩，值得大吹大擂。他又把那颗大头针弯直，比画道，企业破产了，玩完了，照样也是改革，是政绩，也能吹嘘为改制成功，这里的是非功过谁也说不清，正好给我们创造了机会。

韩晓波接着说，企业破产最大的问题是职工安置，这也是政府最关心的问题，就我对魏建设个性的分析，他既然能够一次性辞退全部劳务工，也会在内部大幅度减员，而且根据现有的生产规模，可能会减少一半员工，这样留下来的职工充其量只有六七千人，给我们带来的压力就不大。我们的省级电商示范基地可以安置部分职工，还有的职工愿意自主择业，剩余的职工拿出几个亿来安置。我们还可以利用职工安置向政府讨价还价，要求政府对东钢土地进行变性，由工业用地改为住宅用地，进行房地产开发。东钢集团位于东方市黄金地段，号称十里钢城，又濒临长江，我们在这里兴建集五星级酒店、高档写字楼、商务休闲区、高端品质住宅等核心业态为一体的高端生活区，在东方市是首屈一指，不愁没有销路。

唐潮咄咄咄逼人地问道，你能保证通过房地产开发，赚到 50 个亿吗？

韩晓波像是被人猛击了一掌，得意劲顿时止住了，底气不足地说，这一块把握不大。东方市只能算个三四线城市，房地产市场一直不温不火，我们兴建了高档生活区，价位定得太高，缺乏购买力，价位定低了，又难以实现我们的盈利目标。这个项目能不能盈利 50 个亿，还是存在一定的风险。

唐潮一针见血地说，这个设计最大的缺陷在这里，离百亿目标差得太远了。你们别当我是三岁小孩子，可以轻易糊弄的！说罢，他拿出早已准备好的一张《江都商报》，拍在茶几上，对韩晓波说，好好看看吧，能不能嗅出一点味道？

韩晓波接过一看，头版头条刊登的是孟滢的大特写，《大手笔规划九条城市地铁线，江都迎来又一轮大发展》，他看了一遍，没有从中品味出什么。

唐潮说，你睁大眼睛仔细看清楚，这些规划的地铁线中，有一条已经延伸到东方市的边界了，难道这不是机会吗？

韩晓波还是不解地望着他。

唐潮说，我们可以利用江都市打造"1+9"大城市圈的有利时机，游说省市两级政府，把江都市城市地铁线往前延伸，直接到达东方市，在东钢这里设一个站点，不就把我们的房地产项目激活了吗？

金若愚拍起唐潮的马屁来，唐总的这个构想，可谓高瞻远瞩，气贯如虹。等到地铁建成了，金钱就会朝着我们滚滚而来。

唐潮想得更深一层，我们要大造舆论，把文章做足，引起全社会的关注，哪怕今后地铁建不成，我们的房子早就卖光了。

韩晓波身为战略决策部部长，感到自己对经济信息的敏感性以及捕捉时机的能力不如唐潮，这也是他佩服唐潮的地方。经唐潮一指点，他紧锁的眉头舒展开了，如果这样做，我们赚50个亿一点问题都没有。

对了嘛。唐潮兴奋地说，按这个思路操作下去，要不了多久，东钢就成了我们的聚宝盆。

韩晓波脸色凝重起来，叹惜道，只是东钢这样一个存在了50多年的国有企业，从此在地球上消失了。

唐潮霸气十足地说，历史潮流，浩浩荡荡，顺之者昌，逆之者亡。东钢这样落后的企业迟早是要消亡的，我们的介入只是加快它的死亡速度而已。现在全国钢铁企业那么多，死掉一个东钢算得了什么？可以想象，不久的将来，在这片废墟上，将由我们亲手画上一幅壮美的图画。

第六章

白霞突然出现在唐潮面前时，给他带来的是惊愕而不是惊喜。尽管她看上去年轻美丽，颀长的个子，身姿妙曼，活脱脱一个令人容易生出无限幻想的性感女郎。倒是白霞十分主动，一上来就喊着亲爱的，向他迎面扑来。

唐潮端坐在椅子上，纹丝不动地没有起身，冷冰冰地问道，你来干什么？

白霞娇嗔地说，还不是想你了呗。这段时间你老是不回北京，人家只好到这儿来找你嘛。牛郎织女每年还有一次鹊桥会呢，我们总不能天各一方，老不相见吧。

唐潮冷漠地做了个切割状，我不是已经跟你讲清楚了吗？我们之间的关系彻底完了，不再相爱了，你就别再来纠缠我了，好不好？

白霞和唐潮交往两年了。他们是在纽约飞往北京的飞机上相遇的，白霞是那次航班的空姐，在为唐潮冲咖啡时，她那楚楚动人、美丽大方的样子，一下子吸引住了他，禁不住冲着她微微一笑。而他那英俊潇洒、文质彬彬的气质，也给她增加了好感。两人简单地交谈了几句，唐潮问了她的名字，还留下了自己的名片。回国后白霞把这次相遇很快就忘掉了，只是有一次生病了，一个人躺在医院的病床上闲得无聊，把唐潮的名片翻了出来，随意拨了他的电话，没想到唐潮当时正在北京，一接到电话，立马赶到医院来看她，两人就这样交往上了。白霞是个对爱情专一的女孩子，一心爱着唐潮，也只准唐潮爱她一人，不准他在外面拈花惹草，花花公子唐潮哪受得了这样的束缚，时间一长，两人就有了矛盾，经常为感情的事争吵起来。唐潮感到厌倦了，提出与她分手，搬出了同居的公寓，白霞极不情愿，一直纠缠着他。

白霞说，亲爱的，还在生我的气吗？别这样嘛，你说，你要我怎样，我改，一定改，只要你满意就好。

唐潮说，不用，没有这个必要。我们之间已经没有关系了，你用不着为我改变什么，我也不需要为你改变什么。

白霞说，别呀，我们毕竟相爱一场，我是深爱着你的，你也曾经那么爱过我，我们有很深的感情基础，我们能够相爱一生一世，白头偕老。

唐潮冷冰冰地说，你来这里，如果只是倾诉感情的话，就没有那个必要了。我现在忙得很，好多事情等着要处理，请你离开。他正在谋划着如何把孟滢追求到手，这个时候得把自己装成一个清纯的白马王子，一点负面新闻都不能出现，恨不得面前这个女人立马从这座城市消失。

白霞带着些许哀怨，你这是在下逐客令？要赶我走？你是不是又有别的女人了？找到了新欢，就抛弃了我！

唐潮不耐烦地站起来，你别在这里胡搅蛮缠好不好？我们两个既然没有任何关系了，就都是自由人，我有选择爱情的权利，你也可以去追求自己的所爱，我绝不阻拦你。

看到唐潮如此绝情，白霞感到绝望了，她含着泪花走过来，把一些孕检单放到唐潮的办公桌上，你看看吧，你干的好事，该怎么办吧？

唐潮拿起来一看，大吃一惊，你，你怀孕了？他从上到下打量着白霞的身材，隐约感到她的肚子微微隆起，脸上虽然化了妆，有的雀斑还是没有完全掩盖住，难道这是真的吗？

白霞说，我到医院检查过，已经怀孕好几个月了，胎儿发育正常。

唐潮着急地问，你怎么不早告诉我呢？

白霞自作多情地以为唐潮回心转意，关心起自己来了，埋怨道，你不是一直把我的手机号拉入黑名单了吗？我多次打电话给你，无法联系得上，这次来就是想给你一个意外惊喜。看在小宝宝的面子上，你就别生我的气了。

唐潮烦躁不安起来，想了好一会儿，突然语气强硬地说，把这个孩子打掉。

什么？白霞吃惊地问道，双手下意识地护住肚子，唯恐有人把她的孩子夺走，这个宝宝是我们爱情的结晶，我一定要把他生下来。

唐潮坚持说，我们不可能再在一起了，你把孩子生下来又有什么用？总不能让他一出生就是个没有父亲的孩子吧。

白霞毫不示弱，这是我的宝宝，我当然希望他有父亲，有一个良好的家庭，能够健康快乐地成长。不过，就是没有父亲，我也要让这个小生命来到这个世界。

唐潮心想，这个女人大老远地跑来，拿肚子里的孩子说事，无非是来要挟他，想从他这里敲诈一笔钱去。也罢，花钱免灾，把她早点打发走，不然她真的把孩子生下来，以后就更麻烦了。于是，他用一种商量的口吻说道，我可以给你一笔费用，前提是你必须把孩子打掉。

白霞坚定地说，不，这是我们的孩子，我必须把他生下来。

唐潮气恼道，你别不知好歹，你要敢生下这个孩子，就别想从我这里得到一分钱。如果现在把他打掉，我还可以给你一定的补偿。

白霞也有自己的算盘，不管怎么说，还是现实点为好，把钱拿到手再说，至于肚子里的这个孩子要不要，主动权在自己手中。于是，语气有所缓和地说，这个意见可以考虑，就看你能给这个孩子多少钱了。

唐潮拿出支票本，在上面草草写好字，扯下来，让白霞看清了数目，这下你该满意了吧。

白霞伸手去接，唐潮收了回去，并没有给她。又叫来金若愚，向他说明了白霞怀孕的情况，然后说，这张支票暂时放在你的手里，你安排个女同事陪她一起到医院，看着她把手术做了，再把这张支票交给她，让她走人！

金若愚答道，明白，照办。

唐潮朝白霞眼睛一瞪，厉声喝道，你厉害！你的目的达到了，还在这里待着干什么？出去！

仙女湖有一个美丽的传说，七仙女与众姐妹从天上下凡，路过此处，见到这里山光水色，绿草如茵，水雾缭绕，宛若天上仙景一般，于是宽衣解带，入水沐浴，忘情嬉闹，久久不愿离去。仙女湖畔，建有一家东方市最高档次的仙人会馆，会馆门前竖立着七仙女沐浴的雕塑，这里有高尔夫球场、温泉浴场、保龄球馆、网球场、夜总会等各种设施，一应俱全。

唐潮特地请了东方市几大银行的行长来这里休闲，本来也请了扬子开发银行的肖一凡总经理，他推说有事脱不开身也就没有参加，工行、建行、农行、中国银行四家国字号大行的行长们都聚齐了，给足了他面子。

一群人先是打高尔夫，虽然这是唐潮的强项，但今天他不是主角，不能表现得太突出。工行郭行长球技还说得过去，其他几个行长的水平不行，尤其是建行王行长，胖乎乎的不爱运动，对着球挥了几杆，连球都没有碰到，好不容易碰到了，又打偏了，气得把球杆一扔，嚷道，这种洋玩意儿不会玩，不如打麻将过瘾。

唐潮打心眼看不起这几个土包子，但毕竟有求于他们，面子上装出一副笑脸，要不玩几圈麻将怎样？

农行谭行长年纪较大，谨慎地说，现在纪委对赌博查得很凶，我们还是小心为妙，不要在外面玩，万一被纪委查到了，一通报，饭碗就砸了。

郭行长也说，是呀，前不久，城建局吴局长的儿子结婚，大办宴席，撞到枪口上了，把他一撸到底。

唐潮说，你们放心好了，我找了一个绝对安全的房间，在前台换一些筹码，散场后兑换就行了。

王行长说，那还等什么，客随主便，玩几圈呗。

进入房间后，四个行长围在麻将桌旁坐了下来，唐潮给他们每人分发10万元的筹码，谭行长像被蝎子蜇了一下，连忙起身，唐总，这样做不大好吧？

唐潮赔笑道，只是筹码，便于记账而已。

既来之，则安之，别辜负了人家唐总一片好意。王行长把谭行长扯到座位上，其他人也都坐上了。

唐潮原本想通过孟副省长给魏建设做工作，让他同意盛唐在联合重组中占有控股权，碰了个软钉子后，只得另想办法，请来了这些掌控东方市经济命脉的财神爷。他知道，东钢的贷款主要是由这四大行提供的，只要四大行协调一致，集体封杀东钢，东钢就会寸步难行，魏建设无路可走的时候，只能找他，到时他再提出条件，魏建设能拒绝吗？

大家一边玩着麻将，一边扯着闲话，话题自然引到了对东钢的贷款上。唐潮说道，前段时间各家银行停止向东钢贷款，各位兄长都扛了担子。小弟一直想找个机会感谢你们。

郭行长连忙撇清唐潮的责任，你就别说客气话了，今天大家纯粹是凑在一起玩玩，放松一下，还得谢谢你提供了这么好的机会。停止对东钢的贷款，是因为东钢的资产负债率太高，贷款越来越多，根本没有能力偿还。方总在位时，我们就警示过东钢，只是他突然调离了，这个时间点停止对东钢的贷款，以为我们是故意和魏总过不去。其实这样做，是对银行资金安全性负责。

王行长接过话题说，是呀，这是银行和企业之间的事情，唐总就不要往自己身上扯了。像东钢这种经营不善的企业，哪家银行敢把贷款发放给它？那不是肉包子打狗，能指望收回吗？

郭行长说，东钢已经停产这么多天了，我看这个月少说也得亏损两个亿，不要说归还本金，连利息都兑现不了。据我对东钢的了解，他们各类借贷接近百亿，一年支付利息就得6—7个亿，已经拖欠我们工行的贷款利息大半年了。

王行长年轻气盛，又连赢了好几把，一时牛气冲天，东钢也照样拖欠了我们建行的贷款利息，这样经营下去，还不如早点破产清算得了。

唐潮见势，火上浇油道，像这样的企业，贷款利息都还不起，哪有商业信誉可言，已经是名存实亡了。

四大行中，农行是贷款给东钢最少的一家，谭行长谨慎地说，我现在担心，这样下去，东钢撑不了多久，只能破产倒闭，欠我们银行这些贷款靠什么来还？

这些行长都懂得，企业不怕亏损，最怕没有流动资金，就像一个受伤流血的人，只要不断为他输血，这个人还有救活的希望，如果停止输血，这个人必死无疑。

郭行长也发起愁来，这倒是个问题，东钢在我们工行贷款额度最大，如果真的到了破产这一步，我们的贷款就会血本无归。

唐潮安慰道，大家放心好了，如果东钢真的破产了，我们盛唐倒可以收购下来，会优先考虑各家银行的利益。

谭行长不信任地摇了摇头，唐总的话未免说得太早了，东钢所欠贷款近百亿，还有其他各类欠款，还有职工安置费，这不是个小数目，你都解决得了？这种得不偿失的买卖你会做？你不会当这个冤大头的。

唐潮一时无语，郭行长为他解了围，这个不用争，我们又不是没有经历过，企业破产就得清算，拍卖所得首先得安置职工，其余款项再酌情安排，往往银行成了冤大头，偿还的贷款所剩无几。我只是担心真到了这一步我们怎么向上级交代。

王行长理直气壮地说，这有什么好交代的。对企业的贷款，是公事公办，履行了正常手续，没有谋取个人私利，我们有什么好怕的，大不了把这些贷款作为呆账死账予以核销，顶多给我们一个处分，不至于摘掉我们头上的乌纱帽。

谭行长说，还有一个因素你们考虑过没有，如果省里下决心不要东钢破产，强行要我们为东钢注入资金，让它起死回生怎么办？

王行长在牌桌上开始背火了，脾气粗暴起来，难道说还要我们继续贷款给它？我看东钢是个无底洞，投入再多也没用，反正我们建行不会再贷款给它了。

郭行长老练地分析道，谭行长说的这种情况也不能排除，省里可能会给我们施加一定的压力，要求我们再为东钢输血。但我们银行是个独立的系统，属于垂直领导，地方政府不能干预我们正常的经营，决策权还在我们手中。只要我们四家银行联合起来一致顶着，不为东钢救场，其他的民营银行、信托公司从规避金融风险的责任来说，不敢出手相救的。

唐潮见机挑唆道，你们几家银行可以联手起来，向法院提出对东钢进行破产清算的申请，看他魏建设怎么应付？

王行长当即赞成道，这倒是个好办法，迟早总得有一个了断，不如先下手为强，将他一军。

郭行长也说，这样做即使不能迫使东钢破产，起码可以切断他们要求银行继续贷款的念想。不然，东钢这样亏下去，不停地贷款，债务越来越重，我们银行背的包袱也就越重，哪个吃得消？

经过这样一番议论，大家基本形成了共识，也就安心打起麻将来了。唐潮心里窃喜，看来今天的客没有白请。

市工商银行、建设银行以债权人的名义联名向市中级人民法院提出对债务人东方钢铁集团公司进行破产清算的申请。东方市中级人民法院进行了受理，向东钢发出了裁定书。

裁定书写道，按照《中华人民共和国企业破产法》规定，债务人不能清偿到期债务，债权人可以向人民法院提出对债务人进行重整或者破产清算的申请。自即日起，本人民法院依法裁定受理债权人市工商银行、市建设银行提出的对东方钢铁集团公司破产清算的申请。破产清算程序启动后，债权人依法申报债权，债务人在人民法院和债权人的监督下，将在最长9个月内提交破产清算草案，并最终由人民法院裁定是否批准执行。

苏雪芳把法院裁定书送到魏建设手上时，魏建设气得双目圆睁，青筋直暴，脸上的肌肉都在颤抖，破口骂道，简直欺人太甚，什么狗屁法院，连声招呼都不打，就下达这样的裁定书，这不是把我们往死路上逼吗？

胡文强叫他冷静一点，东钢好歹与市里是一个级别，一个市级法院敢出这样的文书，背后肯定有名堂，说不定是银行搞的鬼，在那里兴风作浪，落井下石。

魏建设问，我们欠银行多少贷款利息没有还？

苏雪芳说，一个多亿。原来方总主持工作，我们还不起贷款利息的时候，就向银行借过桥资金，有时来不及过桥，短期内拖欠银行贷款利息也是常有的事。没想到这次他们连招呼都不打，就直接到法院告我们。

苏总所说的过桥，就是指企业借新债还旧债，反映出企业资金紧张，现金流严重不足，一旦新债续不上来，旧债就可能面临违约的风险。

魏建设愠怒道，看这架势，明显是冲着我来的，我想不明白的是，我到东钢才几天，又没有得罪这些财神爷，他们干吗要跟我过不去？

苏雪芳忧虑地说，这段时间，天天都有人上门讨债，各种手段用尽，硬的，软的，骂的，斗狠的，搞得我连办公室都没法待了。要是那些债主知道法院向我们下达了破产清算的裁定书，还不把我生吃了。

魏建设稳定了下自己的情绪，分析起来，银行申请对我们进行破产清算，能够从中得到什么好处？一旦我们真的破产了，他们上百亿的贷款就全部打了水漂。

胡文强着急地说，靠我们一己之力，无法支撑下去，应该让省里了解我们企业的困难，争取得到省里的政策支持，不管怎么说，我们还是省属国有企业，打狗还要看主人呢，总不能让我们说垮就垮吧。

魏建设说道，也好，我们不如将计就计，以退为进，把这个情况向省国资委报告一下，看看省里有什么意见。苏总，请你安排人员清理好财务账目，做好最坏的准备，如果资金紧张状况持续得不到缓解，生产无法启动，我们只好进行破产清算。

苏雪芳回答，万一走到破产这一步，估计也是先申请破产，进入财产保全程序，再寻求破产重组，不会直接进入清算程序。

魏建设脑洞大开，突发奇想，这样干着急也没用，干脆把手头的工作停下来，我们到江都去。我来后还没有去过东方大厦，不如今晚就住在那里。

其他两人狐疑地对望了一下，都火烧眉毛了，还有这样的雅兴？不知魏建设是不是气糊涂了，只好答应陪他去散散心。

说走就走。经过一个多小时的行程，车子停在东方大厦。这是东钢在省城江都市所拥有的一家高档酒店，还是方世雄上任之初亲自拍板建设的。那时东钢财大气粗，把原来的驻省办拆掉，兴建了一栋充满现代气息的宏伟壮观的大酒店，因处在江都市繁华的商业金融地带，价值不菲。

公司几个老总突然到来，酒店李经理喜出望外，用最高的规格接待了他们。他们在酒店上上下下视察了一番，又听了李经理的汇报。胡文强的心事哪在这里，梦游似的跟着瞎转悠。魏建设倒显得精神多了，当听到酒店去年盈利两百多万元时，一连夸奖李经理好几句。

吃过丰盛的晚餐，三人回到魏建设入住的总统套房，坐在会客室里，话题还是少不了法院的裁定书。

魏建设的心情平静下来，语气舒缓一些，这次银行起诉我们，背后肯定是个人阴谋，就是想把我们逼到悬崖边上了，摔个粉身碎骨。我们心甘情愿地缴械投降吗？

胡文强焦虑地说，企业到了这个地步，有什么能力进行还击？还是尽快把情况报告省里，希望省里了解我们的处境，及时解决我们资金上的困难。

魏建设否定道，远水救不了近火，指望省里马上解决我们的问题，不现实，办不到。

苏雪芳说，现在唯一的办法是在最短的时间内把生产经营恢复起来，最要紧的是筹集到 2—3 个亿的生产启动资金，只要生产正常了，资金状况就有可能好转起来，这盘棋就走活了。

魏建设赞同这个意见，苏总说得有理，有了 2—3 个亿就能把生产盘活。我们能不能通过内部挖潜，找出这笔资金呢？

胡文强发愁道，能想的办法早就想过了，银行又不贷款给我们，这么短的时间到哪里筹来这么大一笔钱？

苏雪芳灵机一动，我们西区有一片闲置的土地，当时购置的时候用了 3 个多亿，把它卖了，用来救急。

胡文强表示反对，这是为千万吨新项目预留的，现在急急忙忙地卖了，能卖几个钱？若是今后形势好转了，继续上千万吨项目，再到哪里去找地皮。

苏雪芳又想到个主意，我们不是限产了吗？剩余的产能指标可以卖出去，估计两个亿不成问题。

魏建设摇了摇头，杀鸡取卵，也不可行。我们现在限产，只是临时措施，今后形势好了，我们的产能肯定要提高。如果产能卖了，到时上哪里去搞指标？不能自断后路，自废武功。

苏雪芳说，这也舍不得，那也搞不成，只有坐以待毙。

魏建设反而乐哈哈地说，解开困局，远在天边，近在眼前。

两人不解地望着他，难道他是个大魔术师，一下子能变出几个亿来？

魏建设指着这栋大楼，问道，我在参加东钢改制方案设计时，了解到东方大厦是东钢拥有的具有独立产权的一家酒店，是这样的吗？

苏雪芳答道，是的，产权证和土地证齐全。

真是天无绝人之路。魏建设一拍大腿，我们把东方大厦拿出来抵押，这可是省城的黄金地带，寸土寸金，能值大价钱，再说这也是非生产性资产，迟早是要剥离的。

两人这才明白魏建设忽悠他们一起来到这里的"险恶"用心。胡文强最清楚，东方大厦是方世雄的得意之作，是他的宝贝，此前有人试图收购它，方世雄都没有松过口。他实在有些舍不得，对魏建设说，原来方总有个安排，等到东钢千万吨规模形成了，就把厂部和研发中心搬到这里来，现在要把它抵押出去，相当于穷到卖儿卖女的地步了。

魏建设态度坚决地说，现在筹不到 2 个亿，东钢就完了，一万多人都得失去工作，走到那一步，东方大厦也保不住了。舍不得孩子套不了狼，如果没有更好的办法，就这么定了。苏总，你们现在就可以对外吹风，打算出售东方大厦，会有人感兴趣。

省国资委主任邹培君拿着东方市中级人民法院关于东钢破产清算的裁定书，急忙求见孟铁生副省长。

孟铁生看了裁定书后，大骂一声，简直是胡搞嘛，谁给他们这么大的权力，要东钢破产清算？小魏这些天都干了些什么？生产不能运转，跟银行的关系又闹得这么僵，搞得人家到法院起诉他们。出了这么大的事，也不来汇报一下。

过去魏建设虽然是邹培君的部下，但是邹培君不太赏识他，见省长动气了，附和着说，他这人个性太强，又清高，又自负，没有管理大型国企的经验，人脉关系又不如方世雄，这才搞得焦头烂额。我看还不如重新安排方世雄同志去主持工作。

孟铁生严肃地说，魏建设才派下去几天，就要撤回来，你把省里的决定当儿戏？我相信小魏还是能干事的，对他要有耐心。培君呀，我是个老官僚，你就不要跟着官僚了，国资委对企业要多关心、多支持，多给省里提出一些搞活国企的意见。至于怎么救活东钢，你们要尽快派人下去，了解那里的情况，听听基层的声音，及时向省里提出建议，不要动不动就换人，这不是解决问题的根本办法。

邹培君连连称是，心里并不服气，这个魏建设凭什么讨得省长的喜欢，才去几天，就把企业搞成这个样子，还在为他护短。

孟铁生担忧道，如果东钢真的到了破产清算那一步，你们也要实事求是地反映上来。实在救不活，就让它破产嘛。不过要注意，破产清算过程中，不要让国有资产出现重大流失，不要让职工的利益受到重大损害，不要在全国造成恶劣影响。

就在达摩利克斯之剑高悬在魏建设头顶之时，扬子开发银行行长肖一凡邀请他到办公室喝茶。

行长办公室是个套间，外间办公，里间用作接待和休息，摆了几张仿古椅子，中间有个茶儿，茶儿上有一套精美别致的茶具，肖一凡悠闲地泡好工夫茶，请魏建设品尝。魏建设正好口渴，端起杯子，脖子一扬，一杯茶水滑进肚里。

肖一凡问，品出点味道来了吗？

魏建设憨笑，摇了摇头。

肖一凡又倒了一杯，魏建设这回先在唇边呷了呷，又在口里含了一会儿，这才吞下去。

肖一凡再问，有点感觉吗？

魏建设想了想，说，浓浓的香味，喝到口里滑爽，舒服。

肖一凡笑道，你呀，不算会品茶，也没有心思品茶。

魏建设率真地说，我是个粗人，学不来文人雅士那一套。

肖一凡端起茶杯，边饮边谈起茶道，品茶得有讲究，观其形，闻其香，品其味，吸一口，清香扑鼻，轻呷一口，唇齿留香，再轻酌慢饮，全身通畅，直达肺腑，涤尽一切疲惫、烦恼和世间尘埃，给人一种欲仙欲醉的感觉。

魏建设耐不住性子听他谈茶道，只想直奔主题，肖总，我这次来……

他的话没说完，被肖一凡打断了，我看你面色消瘦，眼睛发红，嘴角起泡，此时肯定是心急如焚，一分钟都坐不住，所以请你喝杯工夫茶，把心境静下来。我原来也是个急脾气，经历的事情多了，棱角也就磨圆了。魏总，别着急，喝茶，喝茶。

魏建设与姜红梅虽然是 MBA 班的同学，毕业后交往并不多，与肖一凡更没有什么接触。自从上次在接风宴上遇见肖一凡，就像遇到了自己的大哥一样，亲切可信，格外投缘。喝了两杯茶，就像喝了两杯酒，还是忍不住倾诉起来，我哪有心情喝茶哟！现在我的处境你应该知道，我能不着急吗？到东钢来了后，生产线停了，资金链断了，还遭到银行起诉，法院下达破产清算裁定书，真是走投无路了。

肖一凡有意问道，怎么弄成了这个局面？

魏建设愤愤不平地说，还不是有人不愿意我来东钢，想办法刁难我，串通银行系统来整我。你不信吧，方世雄任老总时，银行对他贷款可是一路绿灯，我一来，银行系统就把我们企业的资信度降为 B 级，没有谁愿意出手相救，家家都给我吃闭门羹，贷款利息没有按期归还，就到法院起诉，逼我们破产清算，我这个经理算是当到头了。

肖一凡慢条斯理地喝茶，不作评论，耐心地听着。

魏建设叹息一声，我个人去留倒无所谓，只是因为筹不到复产的资金，企业就要破产倒闭，一万多职工就要失去工作，几万职工家属生活就没有着落，我岂不成了东钢最大的罪人？

肖一凡像个钓鱼的老手，知道有大鱼咬钩了，劝慰道，你不要太悲观，总还是能够找到解困的办法。

魏建设摆出一种诚恳的态度，请你指点迷津。

肖一凡颇有意味地一笑，你来东钢，我还是很留意的。你是个干实事的人，是个值得信任的人，我们扬子开发银行理所当然地要支持你这样的企业家。

魏建设有些激动，我这次来，就是向你求援的。

肖一凡认真地说，你别高兴得太早了，我也是搞企业的，不是慈善家，也许会让你失望。

魏建设说，你肯定不会白白贷款给我们，有什么条件，看我们能不能做到？

肖一凡说，我们是家民营银行，底子薄，本钱小，投资需要格外谨慎，借出的资金要保证收得回来，不然还没有等到东钢破产，我们就先破产了。所以，希望你能拿出资产抵押。

魏建设表示赞同，当然，企业的经营风险哪能让银行来承担。

肖一凡问，那你能用什么抵押？

魏建设说，东钢的家底你清楚，无非是厂房、设备、土地，只要你看得中的，都可以拿出来抵押。

肖一凡笑了，摇了摇头，这些我不稀罕，能不能把东方大厦转让给我们？

这才是肖一凡今天请他来的真正目的。魏建设早就想到了这一点，我听说，肖总想把扬子开发银行的总部设在江都市，东方大厦又处在江都市的商业金融中心，你早就想要东方大厦吧？

肖一凡问，你能忍痛割爱吗？

魏建设说，到了这一步，也只能这么做了。

痛快！肖一凡拿出一份准备好的评估报告，递给魏建设，我们请了专业的会计师事务所作过评估，价值3.5个亿，就按这个价钱卖给我们，如何？

魏建设把评估报告接在手中，没有翻动，苦笑道，我现在败走麦城，哪有资格讨价还价，只不过，东方大厦现在卖给你，我可就成了东钢的李鸿章。不如换个思路，你也许更有兴趣。

肖一凡感到好奇，说来试试。

魏建设语气中肯地说，江都的房地产一直都在上涨，东方大厦评估3.5个亿，市值起码在4个亿之上，不如你贷给我3个亿，半年时间，到期能够归还贷款的话，按你们银行的正常贷款利息计算，本息一次到位；如果贷款归还不了，你就把东方大厦拿走，这样你除了得到那块黄金地产外，还多赚一个亿。

肖一凡心里盘算，赞成道，这个方案对我更有利嘛，我当然同意。不过，这只是我们两人的意见，总得回去研究一下吧，一个星期的期限，如果双方能够接受这个条件，我们就择日签字，贷款马上就可以发放。

魏建设暗思，好一个老奸巨猾的肖一凡，早就谋划好了，趁东钢走投无路

064

之际，收购东方大厦，演出一场螳螂捕蝉、黄雀在后的故事。这人是敌是友？是乘人之危，还是助我一臂之力？是精心设计圈套，还是慷慨解囊相助？转念一想，自己不是争取到了半年的时间吗？如果半年内东钢能够做到收支平衡，现金流正常，那么借贷的3个亿就能按期归还给扬子开发银行，这样东钢生产就盘活了，东方大厦也能保住，只是，半年内还不上3个亿，自己就得下台。魏建设感觉到这是一场决定生死的豪赌，赌注3个亿，赌的是他的能力、他的智慧、他的胆识。现在已无退路可走，哪怕是一杯鹤顶红或者是断肠草，他也只能喝下去。

他痛快地一拍大腿，我现在就可以回答你，只要你这一方没有问题，我们明天就签字，你的资金即刻到位。

肖一凡求之不得，我就赞赏你这种雷厉风行、说干就干的作风，那好，明天签字。我们以茶代酒，干一杯？

好！魏建设一时不知说什么才好，毫不客气地抓起茶壶，敞开怀猛饮起来，酸甜苦辣，什么味都有，又什么味都尝不出来。

第七章

抵押借贷的事情进展顺利，第二天双方签订了协议，扬子开发银行的3个亿划到了东钢的账户上，东钢的生产经营启动了。

高炉流出铁水，炼钢炉火通红，轧机欢快地跳跃起来。魏建设的心情扫去阴霾，变得轻松了些，这天前去看望退休在家的原总工程师柳家霖。

魏建设在东钢有两个大恩人，一个是方世雄，一个是柳家霖。他从长江科技大学毕业后，分配到东钢，在炼钢厂担任技术员。当时的厂长是柳家霖，看到小伙子聪明勤奋又有主见，一步步把他培养成炼钢厂的厂长助理。到方世雄任集团公司老总时，柳家霖在新班子里担任总工程师，推荐魏建设接任厂长，方世雄也很赏识这个年轻人，很快就任命他为炼钢厂厂长。所以说，柳家霖和方世雄对魏建设都有知遇之恩。三人的关系在千万吨战略上出现了分歧。千万吨战略是方世雄提出的，遭到了总工程师柳家霖的反对。方世雄本以为年轻气盛的魏建设一定会响应他的号召，哪知魏建设站到了柳家霖一边，反对千万吨战略，主张发展优特钢，把东钢打造成国内一流的优特钢生产基地。方世雄大为不满，为了排斥异己，把魏建设送出学习，借此打击柳家霖的势力。魏建设从 MBA 班毕业后，柳家霖已经退休，东钢完全进入"规模至上"的方世雄时代，他就不愿再回东钢了，正好妻子冯丽娟在省城江都市工作，女儿也在那里读书，就调到了省国资委工作。魏建设回东钢看望母亲时，常来柳家霖家坐坐。

柳家霖住在职工戏称的中南海，这里有专门为公司领导修建的小洋楼，虽然都是块式的，连在一起，算是一片红顶白墙的别墅群，成了东方山脚下的一道风景。柳家霖住在后排靠边的一栋，房子老旧了，一楼客厅，简单的装修，摆设简朴，干干净净，墙角放置了一个立柜，上面摆放着一个擦拭得锃光瓦亮的军舰模型，那是他的骄傲。当年柳家霖是东方钢铁厂的一名年轻工程师，主持研发了我国军舰、潜艇用特种钢，受到了国防科工委的嘉奖。自从老伴前年去世后，家里就他带着女儿柳诗韵留下的孩子一起生活。小外孙爽爽上学还没有回来，他一人在庭院里收拾花草，打发时光。

见到魏建设到来，柳家霖喜出望外，连忙放下手中的铁铲，拉着魏建设进屋。看到他手里提着两瓶茅台，又有些不高兴了，当老总了，就是不一样，学会摆阔了？

魏建设嘻嘻一笑，老师，冤枉我了。这酒是一个朋友送给我的，我舍不得喝，珍藏了好几年，今天特地带来孝敬您老。

柳家霖放下手中的小铁铲，招呼魏建设进屋，开心地说，算我错怪你了，不过我还是习惯喝家里泡的药酒，可养生了。

魏建设就像回到自己家里一样，调皮地说，好长日子没有和老师一起喝酒了，今天还有点馋了。

柳家霖说，不是我吹牛，我这药酒，用的是纯谷酒的头酒泡制的，再加上人参、当归、枸杞、冬虫夏草、狗肾、蜈蚣等等，不比茅台差，今天咱爷俩就喝个痛快。说罢，乐颠颠地炒了几个小菜，又拿出药酒，两人边饮边聊起来。

他们两家原来是邻居，柳家霖虽然是知识分子，却一点架子也没有，魏建设的父亲是厂里最好的炉前工，两家相处得也不错。柳家霖问了他母亲的身体情况，要他照顾好母亲。

几杯酒下肚，魏建设把连日来郁结在心头的烦闷向柳家霖倾诉出来，这次回东钢，所遇到的困难比原来想象的大得多，来之前虽说企业在亏损，生产还能维持下去，我这一来，生产线停了，现金流断了，银行不给东钢贷款，还到法院起诉，要东钢破产清算。实在走逃无路，把东方大厦作为抵押，才借到款子，把生产启动起来。这种市场形势，就是生产了，每天还是亏损，维持不了多长时间。

退休的老同志有个通病，人虽然退下来了，对原单位的形势比在岗的职工还关心。柳家霖也不例外，对东钢的情况也很担忧，家家都有一本难念的经，你回来收拾这个烂摊子，肯定会有很多困难。可是东钢突然搞成这个样子，势头不对劲。

魏建设说，我也怀疑这里面有人为的因素，也许有人不欢迎我回东钢工作，有意为难我，想把我赶出东钢。

来，把这杯酒干了！柳家霖与魏建设碰了一下杯，你是头犟驴子，刀子架在脖子上，也不会服软。

魏建设头一仰，一饮而尽，自己选择了这条路，前面就是地雷阵，也得爬过去。我倒要看看，谁在背后放暗箭，要叫他们的如意算盘落空。

柳家霖向魏建设投去信任的目光，这才是我眼中那个不愿服输的小子。

柳家霖是东钢集团唯一的一个享受国务院特殊津贴的专家，魏建设向他讨教，恢复生产秩序只是权宜之计，企业渡过了眼前这道难关，就要思考下一步的发展问题。在班子会上，我放了一炮，叫停了千万吨，产能限定在400万吨，班子成员都不高兴，没几个赞同的。老师，我这么做是不是过于主观草率了？

柳家霖思忖了一会儿，说道，我们东钢虽然不是特钢生产基地，但是在优特钢生产上还是有过辉煌的历史。只是方世雄上台后，行业形势那么好，不管轧出什么钢材都能赚大钱，这才盲目追求产能，总想搞到千万吨规模，而且得到了省里批准，这个时候叫停，大家思想上一时转不过弯来也算正常。

魏建设说，搞企业，一般的错误不可避免，但是战略上不能出错，一旦战略上出现失误，败局就无法挽回了。

柳家霖赞同，不谋全局者，不足以谋一隅，不谋大势者，不足以谋一时。你小子考虑问题开始成熟了。

魏建设说，虽然我们的产能不大，但是要炼成精品钢，才可能赚到钱。

柳家霖说，思路不错，也是一步险棋，走得好，企业还有救活的希望；走得不好，你就身败名裂了。不过，路总是人走出来的。企业转型是大事，要进行认真的论证，还要得到省里的支持。

魏建设趁势说道，你是我们东钢国宝级的人物，战略性的问题，请老师多操些心，出些主意。

学生这么一说，柳家霖心里挺受用，但又感到力不从心。对他说，我已经老了，对钢铁前沿技术了解甚少，恐怕帮不上你的忙，还会耽误你的事，不如把诗韵叫回来。她在浙江一家民营企业，把那家工厂改造成了一家特钢企业。如果她回来，你就有了个好帮手。

魏建设和柳诗韵从小学同学到大学同学，两人之间还曾经发生过一段难以忘却的情感故事。如果她能够回到东钢，将是企业向优特钢转型中不可多得的人才。

魏建设端起酒杯，敬了柳家霖一杯，会心地一笑，我就说吧，老头子不会不管我的。

柳家霖很是得意，神秘地告诉他，去年老同学聚会，我遇到了当年一起研究过军工钢的叶院士，他向我透露，正在组织力量攻克一种特殊钢材料，而且用量很大。我和诗韵讲了，她一直在跟踪这个项目。

两人说着话的工夫，还在读小学的爽爽放学回家了。爽爽是柳诗韵的独生子，柳诗韵离婚后，儿子判给她抚养，柳诗韵辞职到浙江打工后，爽爽就住在外公家里。孩子一回家，把书包往沙发上一扔，伸手就到盘子里抓起一块酱牛肉往口里塞。

柳家霖对爽爽说，懂点礼貌，喊魏伯伯。

爽爽像是见到老熟人似的，不就是老魏吗？你最喜欢的学生，我老妈最喜欢的同学。

柳家霖感到意外，这孩子，没大没小的，胡说什么？

爽爽笑着说，你们不是常常说到他吗？

你还真是人小鬼大。魏建设笑着，把他拉到身边，端详了一会儿，长高了不少，读几年级了？

六年级，混呗。爽爽歪着身体站着，一副满不在乎的样子。

魏建设眉头微微一皱，没有多说什么。

待爽爽上楼进入自己的房间后，柳家霖叹着气说，这孩子小时挺乖的，父母离婚后像变了一个人，不好好读书，贪玩，爱惹事，我都这把年纪了，没有能力管孩子了。诗韵也该回来了，不然自己在外赚几个辛苦钱，孩子荒废了，得不偿失。

魏建设有些内疚，柳诗韵的家庭出现这个样子，与自己还是有一定的关系，只好应付着说，孩子是无辜的，得好好培养。魏建设闲聊了一会儿，起身告辞了。

波音737到达杭州机场，魏建设带着公司办公室主任洪流就在这趟飞机上。由于事先联系好了，他们一下飞机，就被永峰钢铁公司派来的专车接走了。

这是一家民营企业，公司老总叫王小庆，听说魏建设要来永峰公司参观学习，实在有些不理解，一个号称千万吨规模的大企业竟然放下身段，到自己这个仅有200万吨的民营企业来学习，醉翁之意不在酒吧。不过，他还是热情地接待了魏建设，带着他们参观了厂区，又作了简单的交流，到了晚上，在当地一家豪华酒店设宴招待了来自远方的客人。

主客坐定之后，王小庆就要端起杯子敬酒，魏建设把他拉回了座位，王总，能不能再等等？

王小庆说，好哇，等谁？我们能来的都来了。

魏建设忍不住了，直接问，你们总工柳诗韵白天忙工作，我们见不到她，晚上能不能请她过来一起吃个饭？

王小庆说，哎呀，真不凑巧，她这两天出差在外，一时半会儿赶不回来，不然，你既是珍贵的客人，又是她的老乡，她哪能不来作陪呢？

魏建设明知王小庆在编假话应付自己，又不好当面揭穿，他来之前，老师

069

柳家霖给女儿打过电话，柳诗韵当然知道他要到永峰公司来，是在有意回避他，他得耐心等待。

桌上酒香横溢，你来我往，气氛渐渐热闹起来。

王小庆瘦小个子，小眼睛，为人豪爽中透出精明，对魏建设说，你不知道吧，我们兄弟俩与东方市还很有缘分呢。我们是农民，家里穷，只读几天书，就跟着一帮老乡到处卖厨具，自称是行走江湖的菜刀帮，还在你们东方市鼓楼街摆过摊位。那时就知道东方钢铁厂，看到穿着蓝色工作服的工人就羡慕得不得了。

魏建设笑道，我在东钢长大，大学毕业后回到东钢工作，中途离开了一段时间，现在又回来了。

王小庆向他打听一个人，你们公司有没有一个叫张常生的工人，好像是干电工的？

那不正是自己的姐夫吗？魏建设问道，你怎么和他熟？

王小庆说，他救过我。我在鼓楼摆摊的时候，一次遇到流氓来收保护费，那天才开张，我身上没有钱，求他们宽限一下。流氓不干了，就要掀我的摊子，还要动手打人。张大哥正好路过这里，立马出手相救。后来我们两兄弟还到过他家，他的妻子特别贤惠好客，用卤鸡爪招待我们，那个香呀，想起来就流口水。

魏建设大笑，你今天算是问对人了，张常生是我姐夫，还在炼钢厂工作。

王小庆感动地说，他可是个好人，以后我到东钢学习时一定去看望他。

好呀。魏建设说，我今天到你这里来取经，请你多传授一些经验。

王小庆显得谦虚起来，简单地介绍了下自己的创业史，我们兄弟俩从摆摊中攒了几个钱就回乡了，办了个废钢收购站，收到废钢就卖给现在这家炼钢厂，又入股了一个小矿山，后来这家钢厂的老板转行干别的，就把钢厂盘给我们了，我们接手后由十几万吨做到几十万吨，再做到200万吨，前些年钢铁形势好时，我们本来想扩大规模，搞到500万吨，又看到市面上建筑钢材太多了，产能过剩了，我们就把钱投到了物流产业，创建了神通快递公司，哥哥大庆任董事长。钢厂这一块还是我来管，产能维持在200万吨，重点转向优特钢。还到你们东钢把柳工请来了，指导我们生产优特钢，用了两三年工夫，我们的产品全部转型了，现在我们专心生产汽车用钢，定向销给国内几家汽车制造厂，也有部分产品销往国外，日子还算过得去。

魏建设对这个小个子农民企业家表示由衷的敬佩，敬了他一杯酒，王总靠摆地摊起家，创下了这么大一份基业，不容易呀，实在令人佩服。白天我在你们厂里参观，心里还在嘀咕，你们的装备不算先进，又以农民工为主，凭什么能炼出这么好的钢来，而我们东钢，装备基本现代化了，连个普钢都炼不好，真叫人想不通。现在听了你这么一说，我感到很惭愧，不得不承认，与你老哥相比，我们确实有很大的差距，这次来学习，太值了！

王小庆满不在乎地说，见笑，见笑，我们这种企业有什么好学的，谈起规模来，不如你们一个胯子粗。搞民营，搞国企，各有各的难处。我们每一分每一厘，都是自己荷包里的钱，该用在哪儿，不用在哪儿，要花到点子上。我们可以不对上面负责，但得对自己负责，对企业负责，一双眼睛随时都要盯着市场，围着市场转，不然亏了赔了谁来管你？我这里不养闲人，也养不起闲人，大家都是打工的，干得好，多得票子，干得不好，立马走人。不管怎么说，民营和国企管理还是不一样。

魏建设一脸兴奋，你说的这些，正是我们感到困惑的问题，我们还真得放下身段，虚心向民营企业学习，做到优势互补，看来今天取到了真经。王总，我还得再敬你一杯。

王小庆与魏建设干了杯中酒，魏总是个爽快人，能够结识你这样的朋友，也算是三生有幸。

魏建设看他喝得高兴，趁机说道，我这次来还有一件事要与你商量。

王小庆狡黠地一笑，我早就知道你是不怀好意地来的。

那我就直说了。魏建设说了此行的目的，是想把柳工请回去。

王小庆脸色一下子绷紧了，不留情面地说，不行，其他什么事都好说，这件事免谈。

魏建设说，难怪一天都不让我见到柳诗韵，原来你早就知道我的来意。

王小庆说，害人之心不可有，防人之心不可无，我问过柳工，她本人也不想见你。

魏建设说，我们东钢这些年一直搞产能扩张，规模变大了，还是生产低端产品，行业形势一紧，企业就亏得一塌糊涂，都快运转不动了。现在想把柳工请回去，主持优特钢项目，这也是全公司几万职工和家属的期盼，请你能够理解和支持。

王小庆说，可是我们这里也离不开她呀。

魏建设诚恳地说，这个问题我也想过，你们已经形成了成熟的工艺和技术，还有一些来自全国的技术专家，足可以保证企业正常的生产经营。你要是不放心，也可以考虑在这里为柳工保留个工作室，有什么技术上的问题，保证让她随叫随到，决不耽误你们的事。

魏建设把话说到这个份上，倒是王小庆不知怎么说才好。他心里清楚，这几年柳诗韵人在永峰，心里却总是挂念着东钢，现在东钢发展给她提供了这样的机会，恐怕再难得把她留在永峰了。他还是不情愿，故意给魏建设制造难题，拿出一瓶五粮液，亲自动手打开，又叫服务员拿来三个大酒杯，一字摆在魏建设面前，说道，刘备三顾茅庐，武松三碗不过冈，魏老弟，你要是打我们美女的主意，也来个"三"字。

魏建设问，此话怎讲？

王小庆说，连干了三杯再说话。

洪流阻拦道，魏总酒力不胜，我代他喝吧。

王小庆怪笑道，你愿意陪三杯，当然更好，那就再开一瓶。

魏建设拦住洪流，怎么能够要你代替呢，既然王总这么盛情，我来喝！

好，爽快！王小庆亲自把三杯酒斟满，瓶子里滴酒不剩。魏建设站起来，连眉头都没皱一下，霸气地一口一杯，三杯酒全部干了，立马醉晕晕地一屁股坐到椅子上，心里还算明白，口齿不清地说，王总，我可都喝完了，哈哈，你说的话可要算数。

一桌子的人都拍手称好，王小庆狡猾地一笑，我可没有答应你什么。不过我早就防了这一手，我们和柳工签订了长期用工协议，如果我们在协议期内强行解除她的劳动合同，就得一次性支付她100万元补偿金；反之，如果是她毁约在先，合同未到期离开永峰，她就得赔偿我们100万元的违约金。你们国有企业条条框框多，你敢出这100万元吗？

魏建设醉得眼睛都睁不开了，强撑着说，你可别拿这个来吓唬我，不就是100万元吗？我们出，出得起！

酒宴结束后，洪流费了好大的力气，把醉成一团烂泥的魏建设塞进车子里，在酒店门口送行的王小庆看到他醉成这个样子，心里暗自得意。

车子到了下榻的宾馆，洪流又费了好大的劲扶着魏建设进入宾馆大堂。

一个举止娴雅、气质文静的中年女性一直在这里守候着，她就是柳诗韵。当看到魏建设时，显得一阵激动，这是一个多么熟悉的身影，多少回梦中相见，倚靠在他那宽厚的肩膀上。这些年来，她越想躲开他，就越想靠近他，藏在内心深处的那种情感始终割舍不了，难以忘怀。她急忙起身，趋前两步，但还是忍住了，目送他们乘电梯上去。

她静静地坐在大堂的沙发上，平复了一下自己波澜起伏的情绪，过了好一会儿，询问服务生，得知魏建设入住的房间号，乘电梯上来，找到这个房间，举手欲敲门，又在空中停顿了，犹豫了一会儿，轻轻叹息一声，离开了宾馆。

魏建设一进房间，就冲向洗手间，迅速把胃里的白酒作了处理，又把脸在冷水池里浸了好一会儿，用毛巾擦干，这才好受一些，脸色由绯红变得苍白，脑袋瓜子有些疼，隐约记起了什么，从洗手间出来，急切问道，现在几点了？

洪流答，9点。

魏建设问，柳工的住处打听清楚了吗？

洪流说，知道。

魏建设说，那走吧，我们去拜访她。

洪流说，现在已经有些晚了，要不换个时间去？

魏建设扶着洪流的肩膀，你是担心我喝醉了吧，我没醉，你不信？我跟你讲个故事，看我清不清醒。有人问比尔·盖茨，如果让你离开现在的公司，你还能创办第二个微软吗？你猜比尔·盖茨怎么说？

洪流摇头。

能！魏建设说，他只提了一个条件，带走100个人。可见，唯有人才，才是公司最大的资产。东钢要转型，最缺的也是人才。我们既然来了，就要想办法劝说柳工回东钢去。

洪流劝道，现在去找她，你的身体吃得消吗？

我没醉，哈哈，没事的，现在就去。魏建设坚持要去，步履都有些趔趄。

俩人下楼，坐上一辆的士，不到一会儿，就来到了永峰公司专家楼。

这是一处庭院式建筑群，花木茂盛，绿草如茵，几栋小楼在绿荫掩映下，格外静谧。两人到了门卫，询问值班人员，对方说没有见到柳工回来，两人就在门卫室等着。魏建设由于酒精的作用，脑袋比铁球还沉重，眼皮都睁不开，加上室内有暖气，不知不觉地睡着了。等到他醒来，睁着发红的眼睛看了下手表，时间已经过了十二点。

他问洪流为什么不喊醒他，洪流难为情地解释说，柳工一直不接我的电话，人也不在公寓，也许她是在故意回避我们，也许真的出差了，今天恐怕是见不着她了。

不会，不会的，她不会不见我们的。魏建设拿起手机呼叫柳诗韵。

柳诗韵还是没有回音，过了好一会儿，魏建设的手机出现了一条短信：我在这里工作生活很愉快，请不要打扰我。

就像有一大缸凉水浇来，魏建设从头到脚凉了个透，心中无比惆怅，只好和洪流一道返回宾馆。

柳诗韵早就预感到魏建设会来专家楼找她，故意避而不见，直到他离去，才回到自己的公寓。

夜深人静，柳诗韵翻来覆去难以入眠，一件件辛酸的往事历历在目，心里的牵挂怎么也挥之不去。

柳诗韵和魏建设的关系，用俗语说是青梅竹马，两小无猜。两家是邻居，两家的孩子总是玩在一起。魏建设大柳诗韵两岁，从小就像个大哥哥似的保护她，谁要是欺负她，他就跟谁玩命。两人渐渐长大了，从小学到中学，成了同届同班毕业生，高考后，魏建设报考了本省的科技大学，柳诗韵的高考成绩完全可以上清华、北大，她得知魏建设报考的学校后，毫不犹豫地填报了同一所大学，而且选修同一个专业，在柳诗韵的眼里，读什么书不重要，只要能天天见到魏建设，天天跟他在一起，心里就甜蜜蜜的。两人上学后，接触得更多，日子一长，柳诗韵情愫暗生，可惜怀春少女害羞得不敢言明，把这份相思埋藏在心灵深处。魏建设在这方面心智也不发达，一点也没有感觉到师妹的心思。到了大四，指导老师有个研究课题，要魏建设和柳诗韵几个学生协助整理，这样他们就经常到老师家里去。老师的女儿就是冯丽娟，当时正在长江音乐学院表演系就读，时间一长，与父亲的这群学生混得很熟，冯丽娟经常瞒着父母到酒吧驻唱，有时也邀请这帮学友到酒吧去听她唱歌，魏建设虽然个子不算太高，长得结实，又很仗义，自然成了护花使者，被邀约去酒吧听她唱歌的机会也就多些。一天晚上，几个小流氓借着酒力，调戏正在唱歌的冯丽娟，魏建设见状，不顾一切地冲上去保护冯丽娟，冯丽娟解救了，他却被打伤，住进了医院。这次事件为这两个年轻人提供了更多的接触机会，冯丽娟本来性格就开放，对魏建设发起一波又一波的爱情攻势，七尺男儿哪经得起这样的狂轰滥炸，自然成了爱情的俘虏。一天，冯丽娟在野外举办了个隆重的生日 Party，当场宣布，今天我要给大家一个惊喜，因为上帝给我送来了一份最珍贵的生日礼物，我找到了一生一世相亲相爱的人，你们猜这个人是谁？正在大家议论时，她大声宣告，我的白马王子就是魏建设！魏建设虽然对冯丽娟有好感，但一点思想准备也没有，听到这个表白，一时无比震惊，在大家的簇拥下，稀里糊涂地与冯丽娟拥抱亲吻，人群爆发出一阵阵掌声和欢呼声。柳诗韵那天也应邀参加了这场生日Party，当看到冯丽娟和魏建设满脸欢喜地相拥在一起时，整个人几乎崩溃了，逃离了此地。柳诗韵大病一场，埋怨自己，明明爱上了师兄，却把这份感情掩藏得太深，葬送了自己的幸福。这件事影响了柳诗韵的一生，尽管后来谈了对象，结了婚，夫妻感情总是别别扭扭的，一直不和谐，有了儿子爽爽后，还是没有改善，只好离婚。离婚后，柳诗韵独自带着儿子，没有再婚的冲动，过上了单身生活。魏建设后来也知道了小师妹的心事，感到小师妹不幸的家庭生活与自己有很大关系，对柳诗韵一直心存内疚和自责，加上婚后冯丽娟浪漫的色彩逐渐淡化，自身个性中虚荣、市侩、自私的一面充分暴露出来，有时因为家庭矛盾给魏建设造成很大的伤害，这使他难免不想起昔日那个温柔体贴的小师妹，陷入一种无奈的痛苦之中。

到了次日，魏建设和洪流准备返程。王小庆特地赶来相送，看到柳诗韵没有任何想要离开永峰公司的意思，心里感到踏实多了。魏建设向王小庆辞行后，乘车离开了宾馆。

柳诗韵一早也来到了宾馆，只是没有露面，看到魏建设离去的身影，眼圈有些发红，不知自己这样做是对还是错，只能默默地为他祝福。

两人灰溜溜地返程，到了杭州机场。魏建设还是有些不死心，对洪流说，你先找个地方休息一下，我还得再回永峰公司一趟，我们既然来了，就不能轻易地放弃，找到柳工，她就是不愿回东钢，也得当面告诉我，我才断绝这个念头。

魏建设从机场返回，没有惊动任何人，直接来到柳诗韵办公室。幸运的是，柳诗韵正在办公室，当她见到魏建设时，大吃一惊，你不是已经走了吗？怎么又回来了？

魏建设说，这次来就是想见见你，见不着你，我不甘心就这么离开。

柳诗韵说，我不是已经跟你说过了吗，我在这里一切都好，已经习惯了，再不想回东钢了。

魏建设诚恳地说，我到东钢工作了这些天，能想的办法都想了，可是东钢严重亏损的局面根本扭转不了。现在只有尽快转型，生产优特钢，才有可能找出一线生机。你在永峰工作这几年，有普转优、优转特的经验，我们急需你回去主持优特钢项目。

柳诗韵虽然在永峰工作，一直都放不下东钢，对东钢的一举一动都很关注，魏建设说的情况她很清楚，直言道，这是你个人的想法吧？我看省里还是要你们继续推进千万吨项目。

魏建设如实说，你对东钢的处境应该比我还了解，这个时候上千万吨项目，等于加速死亡，我是坚决反对的。

柳诗韵心疼道，你呀，你在省国资委工作得好好的，就不该到东钢来蹚这蹚浑水，更不该停建千万吨，搞什么优特钢。你知道后面的路有多艰难吗？

魏建设的倔劲上来了，人都来了，吃后悔药也晚了，得对企业负责，对职工和家属着想，对得起自己的良心。东钢已经错失了发展良机，再不转型，一条老路走到黑，活得下去吗？

柳诗韵心疼道，唉，你这人呀，不撞南墙不回头。

魏建设跟着说，还有一句呢，不达目的不罢休。

柳诗韵知道自己性格上软弱的一面，只要与眼前这个自己所暗恋的男人见面，往往经不住他的鼓动，就会被他所征服，心肠就会软下来，现在他遇到了人生最大的困难，怎能忍心不出手相助呢？只得含蓄地问，我回去能起什么作用？做得了什么？

听到这话，魏建设心中暗自惊喜，说道，这个问题我早就考虑过了，我们成立一个研究院，你来当院长，机构怎么配置，人员怎么挑选，一切由你做主。这个研究院的主要工作任务，拿出企业转型方案，进行产品定位和开发。以研究院为龙头，以优特钢为重点，动员全公司一切力量，用两到三年时间，实现东钢的彻底转型。

看来，只得陪你疯一回了。柳诗韵的情绪煽动起来了，从抽屉内拿出一份早就草拟好的意见书，递给魏建设，说道，这些日子父亲几乎天天打来电话，要我回去帮助你，我想在劫难逃了，就提前思考了一些问题，不知有没有用？

魏建设接在手中，看到标题上写着《关于东钢创建智能工厂的几点意见》，有些疑惑，随口说道，不是搞优特钢的吗？怎么变成了人工智能？是不是太超前了点？饭得一口一口地吃，路得一步一步地走。

柳诗韵微笑道，你好好看下去，不要盲目下结论。从产品上我们生产优特钢，从技术上搞人工智能，把企业打造成生产特钢的智能工厂。

魏建设大喜，看来我在机关坐长了，思想落伍了，跟不上科技发展的形势。他把意见书翻看了几页，抑制不住内心的激动，你提的观点太前沿了，太有用了，我得好好学习消化。你有永钢转型的经验，又有新的理念，回到东钢后一定会派上用场，东钢的转型大有希望了。

魏建设和柳诗韵一道向永峰公司老总王小庆辞行。

王小庆颇感意外，你不是已经走了吗？怎么又返回了？还要学着《西厢记》的书生张公子，想诱拐崔莺莺不成？我可不是成人之美的红娘哟。

魏建设得意地笑了笑，我是光明正大地请她回去。王总不是说，我们国有企业条条框框多，拿不出100万元的违约金吗？我酒也喝了，违约金也准备好了，你也该兑现自己的承诺吧。说着，拿出一张信用卡递给王小庆。

王小庆一怔，没有伸手，我只是说着玩玩，没想到你还当真了，这100万元你还是收回去吧，免得日后纪委找你的麻烦。

魏建设说，君子一言，驷马难追，我说过的话就得算数，是不是违纪，管不了那么多了。你这堂堂的老总，说过的话也得兑现呀。

王小庆苦笑地摆摆头，极不情愿地接过那张信用卡，又握住魏建设的手，这回我算是长见识了，没想到国企也有你这么胆大妄为、不讲规矩的人，兄弟我服了，敬你这条汉子。不过，你也得听哥一句劝，在国企当官锋芒不要太露，办事不能太出格，出头的椽子先烂，不要让自己受到伤害。

柳诗韵眼睛有些湿润地说，王总，在这里工作的几年是我最开心的一段时光，谢谢你对我的信任和支持。

王小庆紧紧握着她的手，要说感谢，我真的要好好谢谢你，没有你主持优特钢项目，就没有我们永钢的今天，你是我们的大恩人。我也知道，你是身在曹营心在汉，再怎么拦你，也只能拦住你这个人，拦不住你这颗心，强扭的瓜不甜，不如放你回去。东钢有你和魏总这样的人，一定会搞得好的。你在这里辛苦了几年，突然一走，我也没什么好送的，就借花献佛，把这个送给你，这也是你应得的酬劳。说罢，就把那张信用卡递给柳诗韵。

柳诗韵连忙摆手，你的好意我心领了，无功不受禄，这张卡我坚决不能收。

王小庆知道柳诗韵的性格，不好强求，这张卡我就先收着，不过，你的办公室和公寓我们还保留着，等到东钢搞顺了，你还可以回来嘛。

柳诗韵开心地说，今后有用得着我的地方，只要你王总一声召唤，我保证随叫随到。

一言为定。王小庆豪爽地说，魏总，我就不留你们了，祝你们一路顺风。

第八章

魏建设到东钢来后，他的办公室怎么安排，难坏了洪流。原来的老总方世雄占有一间最大的办公室，里面有办公间、会客间、休息室和卫生间，可是方世雄是带着情绪调走的，办公物品都没有清理，当然不好催促他搬走。何况官场上有个不成文的惯例，新任老总往往不喜欢使用原任老总的办公室，所以这间办公室只好闲着。魏建设明确要求不能为他乱花钱，洪流只好把一间旧办公室隔成两部分，前面小半间摆了沙发、茶几，用于接待，后面半间稍大一点，摆放了桌子、椅子、书柜，作为办公用，墙面刮大白，什么装饰也没有，显得过于寒碜。魏建设看过后，觉得不错，对洪流说，现在企业困难，有个地方办公就行了，日子好了再说。

魏建设在他那间简陋的办公室处理案头工作时，副总苏雪芳敲门进来了。

魏建设高兴地对她说，生产恢复了，就有精力考虑其他的事情。我看了你们的成本测算报告，就当前这个性价比，按400万吨组织生产是比较合理的，你找萧总商量一下，做好产供销的衔接。我的意见还是按2座大高炉组织生产，其他几座小炉子停下来，这样400万吨的产能还是绰绰有余的。

苏雪芳忧虑不安地说，我担心就目前这个行情，即使按400万吨组织生产，我们还是会亏损，只是相对亏得少一些，如果半年后市场行情不能向好，收支平衡表上还是个大窟窿，到时没有能力偿还扬子银行的贷款，东方大厦可真得要抵押给他们了。

在班子会上，讨论用东方大厦抵押贷款一事，几乎遭到一片反对，后来魏建设强行拍板，虽然扬子开发银行开出的条件苛刻，但是起码为我们争取到了半年的时间，这半年内我们还能干出一些事情来，不然只好等死。所以说，这个协议必须签，到期还不上贷款，一切责任我来承担。魏建设心里清楚，签订这个协议，等于签下了生死状，到期还不上贷款，他必定受到追责。

苏雪芳拿出一份材料给魏建设，这是你要求拿出的客户欠款清单，共有183家，欠我们最多的是广州宏达商贸公司，这家公司的老总叫凌云，他们一共欠了我们1.1个亿。

魏建设接过那份客户欠款清单，拿起红蓝铅笔在广州宏达商贸公司一栏上重重地画了一道粗线，问道，这是不是萧总说的想用矿石串换钢材的那家公司？

苏雪芳答，正是。他们跟我们东钢做了好些年生意，主要从事矿石和钢材贸易，几年下来，从东钢赚的不止一个亿。

魏建设吃了一惊，还有这么大能量的公司？它有什么背景？

苏雪芳如实说，这个不知道，这家公司的凌老板虽说年纪轻轻的，可不是个简单的人物，在我们公司活动能力特别强。

魏建设问道，那这1.1个亿的欠款是怎么形成的？

苏雪芳预料到魏建设会详细了解这家公司的情况，提前做了案头工作，从容地说，有3500万元是代销钢材未结算的，另外的7500万元，是一笔提前支付的进口矿石的货款。这是你来之前不久发生的事，这笔进口矿石的合同签订后，萧总要求我们财务全额把款打过去，当时我们资金已经非常紧张，我只同意给预付款。后来方总把我和萧总约到他的办公室，明确要我按萧总的意见办，我只好执行，一次性打给了对方7500万元。

魏建设不解，既然我们早就打给了他们这么大一笔钱，凭什么还要我们拿钢材和他串换矿石呀？

苏雪芳为难地说，供应这一块一直是萧总负责，我不好过问。

魏建设又问，这批矿石怎么还没有进厂呢？

苏雪芳说，听说这批矿石从澳大利亚发货了，受到海洋气候的影响，延误了到达中国港口的时间。

魏建设说，难道对方就没有想过，延迟交货，耽误了我们的生产，会赔偿违约金。

苏雪芳说，我们与宏达公司的合同上没有这样的约束条款，不好处罚他。

真是咄咄怪事！进口矿石又不是什么紧俏货，这种霸王合同是怎么签下的？像这样经营企业，东钢不垮才怪呢。魏建设气愤地骂道，情绪稍缓后，对苏雪芳说，赶紧派人去广州，要么把货物催回来，要么把这一个多亿要回来。

苏雪芳说，我们已经组织了一个清欠专班，下午就开动员会，想请你去跟大家见个面，作个动员。

魏建设一口应承下来，行呀，这是件大事，我去说几句。这个清欠专班要组织得力的干将，人家欠我们16个亿，哪怕要回个零头，企业资金上的压力就会大为缓解。

苏雪芳告诉他，我这几天在销售公司进行调研，接触到一个叫吴斯的年轻人,熟悉业务,责任心强,脑瓜子灵活,有次他经手了一笔300多万元的销售坏账,一个多月时间,多次上门催讨,用尽了办法,最后硬是逼着经销商把欠款打到东钢账户上来了。这次特地安排吴斯到广州宏达商贸公司去催要货款,小伙子热情很高,现在就着手做起了清欠的准备工作。

魏建设问了些吴斯的基本情况,对吴斯产生了良好的印象,嘱咐她,你要多关注这样的年轻人,在实际工作中考察他们的能力。我想宏达商贸公司那个凌总不是个善茬,你们可以给清欠的同志制定专门的奖励政策,让他们尽最大的努力,把货款要回来。

吴斯从苏雪芳口中得知魏总器重他,心里自然高兴,暗自发誓,士为知己者死,无论吃多少苦,受多少累,也要把宏达商贸公司拖欠的货款催讨回来。

吴斯来到广州,先是做了一番实地调查,然后才到宏达商贸公司,经理凌云热情地接待了他。

谈到所欠货款时,凌云显出一脸无辜,吴总呀,你来得正好,有些事还要请你帮忙拿主意。我承认,我们公司拖欠了你们东钢3500万元钢材代销款,可是你知道,我们是为你们代销产品,这些钢材还在我们的货场里堆放着,卖不动,哪有货款回来。

吴斯冷静地说,我到你的货场去看了,里面没有多少我们东钢的产品,我粗略地估计了一下,库存的东钢产品不到1000吨,价值不到400万元,可是你欠我们的钢材款是3500万元,那是万把吨钢材呀。

凌云面不改色地说,有的钢材在我们货场放不下,就借用了其他货场存放。

吴斯说,我搞销售不是一年两年了,你用不着在我面前编造理由了。来之前我也做了调查,取了证,要不你看看?

凌云说,可是,有的钢材发给了用户,在用户那里积压着,他们没有把款子打给我们,我们也是受害者,哪里拿得出钱来给你们。

吴斯强硬地说,如果你这样说,那就把这3500万元的货物退还给我们,我们另找买家好了。

凌云嬉皮笑脸地说,吴总别生气,我们是长期战略合作伙伴,以后还要继续合作下去,总不能因为一时的困难而伤害我们之间的感情吧。不过,有件事还请你们解决,现在市场行情很不好,钢材销售量下降,价格一天天往下跌,去年我们代销了你们30多万吨钢材,不少产品都是亏本大甩卖,我们公司亏损了4000多万元,不信?我有发票为证。现在有的生产厂家对销售商采取补贴政策，你们公司是不是也要给我们一定的补偿呀。说着，他不慌不忙地从抽屉里拿出一份材料递给吴斯。

吴斯知道凌云要跟他死磕到底，他没有接下那份清单，甚至连看都没看一眼，冷笑地说，按凌总的意思，这余下的钢材白送给你，还要倒补你几百万元。

凌云奸笑道，怎么会要你们补偿那么多呢，但你们总得有个姿态吧。

吴斯断然否定道，先不管你说的是真是假，我只问你，你们这些年赚了那么多钱，是不是应该返利给我们东钢呢？你就别拿这套来糊弄我，合同上没有约定的一概免谈。我再问你，那批进口矿又是怎么回事？

凌云为难地说，这也是个麻烦事。运载矿石的轮船在海上遇到了恶劣气候的影响，险情不断，只好停靠在国外码头，我们比谁都急，天天都在询问，哪天到港说不准，就是到了码头，再用车皮发送到东钢，估计还得个把月的时间。

吴斯当即揭穿他的谎言，我所了解到的，你把这船进口矿早就卖给了别的公司，还在一直欺骗我们。

凌云佯装镇静地说，我们前段时间是组织回了一批进口矿，可那是兑现之前与其他公司签订的合同，你们的合同是之后签订的，幸好这批矿石还在途中，没有出现大的危险，你放心好了，这批矿石肯定给你们。

吴斯说，可是海关上说，你们公司近期根本没有矿石报关。

凌云说，矿石还没有到港，拿什么报关，只要一到港，立马报关，向你们公司发运。

吴斯又说，那请你把这批进口矿的运输合同拿来给我看看。

凌云婉转道，对不起，企业的合同属于商业秘密，不便对外公开。

吴斯愤愤地说，别再装下去了，你是不是看到我们公司换了新的领导人，就把这船矿石卖给了别的厂家？别耍小心眼了，赶快把货款退还给我们，我还不信，钱在手上买不到矿石。

凌云皮笑肉不笑，话可不能这样说，撕毁合同那可要承担责任的哟。

吴斯说，你还有合同意识吗？

凌云指着墙上挂着的牌匾说，你瞧瞧，我们还是多次受到表彰的诚信企业呢。

这次谈话就这样不欢而散了。

此后一连几天，吴斯多次上门催讨，凌云开始还给他泡杯茶，说说话，渐渐厌烦了，变换了一张面孔，对他不理不睬，只管自己饮茶看报，连水都不给他倒一杯，还以各种理由推诿，到后来甚至连办公室也不来了，有意躲着他，避而不见。吴斯毫不气馁，还是天天到宏达商贸公司去，终于有一天把凌云堵在了办公室，吴斯逼着凌云要么还钱，要么退货，否则就天天缠着他，走到哪里跟到哪里。

凌云再也不能容忍了，打电话叫来公司的保安，冲着领头的保安黄凯，指桑骂槐地破口大骂，我不是跟你们讲过吗，不要让闲杂人员进到我们公司来，你们是怎么干的？连个人都拦不住，还不如养条狗。再要是把人放进来，你就别在这里干了！

黄凯挨了一顿臭骂，憋了一肚子气，推推搡搡强行把吴斯带出公司。

此后几天，吴斯还是照样来到宏达商贸公司，每次都被保安拦在院外。

这天，吴斯又来到宏达商贸公司所在的办公大楼，见到进出公司大楼的车辆特别多，从车内走出的不仅是一些官员和商人模样的人，还有一大拨身着时装、美艳动人的模特儿，看这架势像是要举办什么大型活动。

吴斯很想利用这个机会找到凌云，几个保安把他团团围住，拼命阻拦他，不让他进入公司，他气冲冲地与保安理论起来。

正在争吵的时候，一辆大奔开进公司院内，一个年轻人从驾驶位下来后，绕过来打开车门，请出一个漂亮的小姐，两人亲热地挽着手臂，向大楼走去。

吴斯一下子感到这个年轻人好像很熟悉，长得太像方世雄的独子方涛了。吴斯和方涛是高中同学，高中毕业后各自上了不同的大学，也没有什么联系，吴斯只知道，方涛大学毕业后就来广州工作，但具体干什么不太清楚。此时在这里遇上方涛，有种亲近感，再加上自己被人控制住了，急于需要有人替他解围，于是大声喊道，方涛，涛涛！

那个年轻人回头，眼睛朝这个方向扫了一下，似乎看到了他，惊疑了一刹那，又把头扭了过去，挽着那位小姐走进办公楼。

吴斯急忙问黄凯，刚才进去的那人是叫方涛吗？

黄凯摇头，那人是谁，我们也不认识。

吴斯开始怀疑自己喊错了人，但又相信自己的判断应该不会错，为了解开这个谜团，便用手机拍下了那辆奔驰的车牌号。

回到住处，吴斯隐隐觉得，方涛今天的出现太蹊跷了，方涛大学毕业后来广州工作，而宏达商贸公司虽说之前就与东钢做生意，但和东钢做大单生意正是从他毕业以后开始的，东钢在供应和销售上对宏达商贸公司过于倾斜，过于依赖，有时优惠得离谱，销售人员私底下早就有过议论，单凭凌云的个人素质和能力，宏达商贸公司在东钢集团呼风唤雨是根本不可能做到的，难道说方涛真的与宏达商贸公司有什么联系？方涛与凌云是一般的朋友关系，还是生意上的合伙人？

吴斯找到一个从事律师工作的朋友，到车辆管理部门了解到，那辆奔驰的车主果真是方涛。接着又到工商局去调查，工商登记中广州宏达商贸公司的出资人、经理都是凌云一人。吴斯又向几个和方涛关系好的高中同学打听方涛的情况，尽管众人说法不一，但没有一人能言之凿凿地说出方涛就在宏达商贸公司工作。了解到这些信息后，吴斯大失所望，只好败兴而返。

东钢重大工亡事故发生后，方世雄到医院检查出患有心脏病，做了支架手术，出院后到省国资委履职。

在他的人生中，曾经有过两段辉煌的经历：一次是在对越自卫反击战中攻打凉山时，在多次失败、伤亡过半的情况下，他率领全连发起最后一次冲锋，攻下了敌军阵地，获得战斗英雄称号。他的额头上有一道泛红的伤痕，就是那次战斗中留下来的，另一次是当上东钢的老总后，提出千万吨发展规划，创造出跨越式发展的经验，在《求是》杂志发表，这也是他引以为自豪的。只可惜，一场人身伤亡事故，让他一世功名，毁于一旦。

萧春晖对方世雄还是有感情的，这天他抽出时间，专程到省国资委来看望老领导，方世雄格外惊喜。萧春晖问候他的身体，他说，做了手术，身体无大碍了，按照医生的嘱咐，把烟酒都戒了，只是长期在企业工作，冲冲杀杀搞惯了，屁股坐不住，现在换了个岗位，无所事事，闲得全身酸软。

萧春晖笑道，老骥伏枥，壮心不已，说的就是你这种人。干了一辈子，到现在还念叨着工作。这些年你没日没夜辛辛苦苦地工作，为东钢创下那么大一份基业，省里又是怎么对待你的？为了一个事故就受到这么大的处分，真叫人寒心。

方世雄连忙制止道，这个要正确对待，出了事故就要敢于承担责任，受到处分也是理所当然的。

萧春晖动情地说，老领导，是我没有做好工作，你这是代我受过，我对不起你。

过去的事就过去了，别再提了。方世雄坦然地一挥手，随后关心地问，东钢的情况怎么样？

一提到现在的东钢，萧春晖的心里窝着一团火，深恶痛绝地说，魏建设小人得志，到东钢才几天，就把企业搞得乌烟瘴气、乱七八糟的。一来就向中层干部开刀，把全厂的小车卖了，把各单位手头的一点活动经费收了，真是吃人连骨头渣子都不剩。搞什么清理整顿，职工人人自危，背后都骂他是"屠夫"。对待联合重组的态度更是消极，本来你在东钢时已经与盛唐集团达成了协议，他对这个方案不满意，要另起炉灶，搞得盛唐那边很不高兴，资金迟迟不能到位，生产无法进行，贷款还不上，银行到法院起诉东钢，要东钢破产清算。他倒好，自作主张，把东方大厦作为财产抵押，贷回3个亿，这不是十足的败家子吗？还有，本来你安排好了今年生产600万吨，他强行关停几座小高炉，只准搞400万吨，这不是严重的倒退吗？

方世雄平静地听他发完牢骚，没有急于表态，只是问，现在班子里的人对他态度如何？配合得怎么样？

萧春晖说，他这个人目空一切，刚愎自用，把谁都不放在眼里，一切由他说了算，这种人谁喜欢？只有苏雪芳巴结他，得到重用，其他的人包括胡书记，对他都有意见，敬而远之。

方世雄又问，你刚才说的几件事经过班子讨论没有？

萧春晖不满地说，走了个形式，还不是他说了算，反对也没有用，最后还得按他的意见来。就说东方大厦抵押贷款这件事吧，他和扬子开发银行事先敲定好了3个亿，在会上讨论时大家都反对，他说由他个人承担责任，一意孤行，不通过也得通过。最气人的是，班子成员分工，这本来是党委管的事，他拿到经理办公会上随口一说，就把我分管的销售交给了苏雪芳。其实，我管不管这一块无所谓，但这个做法不对，不守规矩，就连胡文强这么老实的人当时脸色也很难看。他这么做，表面上是对我的工作不满，实际上是冲着你来的，有意削弱你在东钢的影响。

方世雄强压着一腔怒火，装出一副神态自若、与己无关的样子，本来东钢的事我不再过问了，但是我在国资委还挂了个副主任，对东钢的情况也不能一无所知。新官上任三把火，魏建设想搞点名堂，玩点花样，可以理解。有做得好的，也有做得不好的，比如，联合重组这件事，省委、省政府领导都很关心，我看他的态度就比较消极，推翻原有方案重新再议，又得经过多长时间，多少个回合，这个就不对。还有停建工程、压减产能的事，这是涉及千万吨项目的大事，属于企业重大决策，影响到全省经济发展规划，总得要跟国资委报告一声吧。

萧春晖说，他的眼里根本就没有国资委！

方世雄更为心疼地说，我把东方大厦当宝贝，甚至想过，千万吨项目完成了，我们就把集团总部和研发中心搬到东方大厦来办公，多少人看中了那块地产，出高价购买，我都舍不得卖，他竟然擅自做主，低价抵押出去。起码值 5 个亿的黄金地产，他只抵押 3 个亿，崽卖爷田不心疼呀。谁给他这么大的权力？将会造成国有资产多大的流失？这样贱卖国有资产，背后有没有猫腻？他这样搞下去，用不了多久，就会栽跟头的。

萧春晖愤慨地说，你是国资委纪检监察组长，要向省纪委反映，对这种人你要好好查一查，肯定是一屁股的屎！

方世雄提醒道，你也不能小看魏建设的能耐，他在玩弄权术上还是有一套的。他是我一手提拔起来的，关键时刻背叛我，反对千万吨。我们与盛唐联合重组，他又搞小动作，还想上优特钢，只是我们坚持千万吨项目，得到省里明确支持，他才罢手。到东钢当了一把手，更是一手遮天，为所欲为。此系山中狼，得志更猖狂，你在他身边工作可得提防点。

这句话提醒了萧春晖，他想起了一件事，连忙对方世雄说，最近魏建设安排人员开展清欠工作，我怀疑他打着清欠的幌子，想调查什么问题。广州宏达的凌总给我打来电话，有个叫吴斯的业务员天天到他的公司催讨货款，他快顶不住了。特别是那批进口矿，收了货款，矿石没有发过来，时间长了会惹出祸来。

方世雄说，叫他想办法再拖一段时间，不能让魏建设感到办事太顺利。只要还顶一段时间，他用东方大厦抵押的贷款还不上，东方大厦被扬子银行低价拿了去，我们就可以利用这件事情告他贱卖国有资产。就凭这一条，足可以撤他的职。

萧春晖担心道，可是，要是牵扯到方涛，麻烦就大了。

方世雄眉头都没有皱一下，沉着地说，这个不用担心，我早就做好了安排，涛涛已经离开了宏达公司，在一家网络公司任职，与宏达公司没有半毛钱的关系，他们想查就让他们去查好了。宏达公司与东钢纯粹是商业关系，出了问题充其量也是商业纠纷，让他们之间去扯皮，打官司，魏建设不是精力旺盛吗？就让他多折腾一下吧。

萧春晖愤愤不平地说，魏建设这个人看不惯我，恨不得把我一撸到底，我为他卖命也划不着，你是老领导，认识上面的人多，交的朋友也多，有机会给我换个环境，我实在看不惯他那副嘴脸。

方世雄老谋深算道，萧总呀，你是我最信任的人，现在还不是离开东钢的时候，你要像钉子一样牢牢地钉在东钢，看他魏建设还能神气多久，说不定总经理那个位子就是给你留着的。

方世雄早年在江都市购置了一套房子，调到国资委工作后，就把家也从东钢搬到江都市来了。

春节快到了，方涛从广州回家休假。儿子回家，方世雄和老伴自然高兴得很。尤其是老伴，变着法子给儿子做些好吃的，把餐桌都摆满了。

方涛显得有些过意不去了，说道，妈，你少弄点儿，家里就我们三个人，做那么多，哪吃得完呀。

方妈说，你有好长时间没有回家了，爸妈好想你，怕你在外面照顾不好自己，这些菜都是你爱吃的，今天你就吃个够。

方涛乖巧地说，谢谢妈，那我就不客气了。

方妈解下围裙，端详着儿子，心疼地说，涛儿，你也老大不小了，该成个家了，这样就有人照顾你，我们老两口也就放心了。

方涛笑着说，每次回家，这就是你们最关心的问题，为了让你们放心，今年我还真交了个女友。说罢，在手机上翻出一个女孩的视频，给父母看。

方妈目不转睛地看了好一会儿，乐得合不拢嘴，这姑娘长得真水灵，跟画片上的女娃子一样，你怎么不把她带回来呢？

方世雄看了女孩的视频，紧绷的面孔舒展开来，眼角上露出了慈祥的鱼尾纹，连声说，这个女孩看上去不错，在哪儿工作，是干什么的？

方涛充满自豪感地说，你像是搞政审的一样，她在广州和香港两边工作，是一家跨国公司的服装模特。

方世雄皱了下眉头，模特？你怎么和这样的姑娘处对象呢？

方涛说，这你就老封建了，模特有什么不好的，那可是高尚的职业，身材要好，外貌要好，又要有文化，又要有修养，多少女孩梦寐以求都追求不到的职业。

方妈插嘴道，我就喜欢这个女娃子，就选她当儿媳！

方涛笑道，现在有了女朋友，就缺房子了。我们在香港看中了一套房子，得2000多万元，打算年后把它买下来，作为我们的婚房。老爸，我手头的现金不够，家里还得为我准备1000万。

方世雄谨慎地说，钱早就准备好了，还可以多给你一点。不过，我提醒你一句，千万不能一次性付清购房款，万一有人知道了，会给我们带来麻烦。你最好先交个首付，以后再逐月还贷款。

方涛说，那是香港哪，谁还管到那里去？

方世雄提醒道，香港也是中国的地盘，大陆想查还不容易。你必须谨慎一点，不然会闯出大祸。

方涛不耐烦地说，按你的意思来就是了。

方妈问，那么说你们房子一买，就要结婚了？定在什么时候，家里好做准备呀。

方涛说，我们不办婚宴，不请客人，就两人到教堂里秘密地举行个婚礼。

方世雄不高兴了，你这又是唱的哪一曲呀，这也算是新潮？我看别人家的孩子结婚可不是这样的，就算西式婚礼，也得像模像样。

方涛说，她不是模特吗？跟经纪公司签了合同，只要结婚了，就要解除合约，她又舍不得这份工作，所以我们只能秘密结婚。

方妈急了，结婚不能公开，那能要孩子不？涛儿，你都三十的人了，我们还等着抱孙子呢。

方世雄不满地说，你还没听懂，人家当模特期间是不能结婚的，哪能要孩子呢。

方涛取笑道，真老土。现在大城市里有多少青年人一结婚就要孩子的，我们不急，你们急个什么？

方世雄猛然想到，在儿子手机上看到的是一段方涛和女友参加新春团拜会的视频，警觉地问道，刚才看你手机上的视频，你们和一群模特搞联欢，这是怎么一回事？

方涛扫了他一眼，满不在乎地说，这是我们宏达公司举办的新春团拜会，那天请了许多政府官员和生意场上的老板，还请了一些模特来助阵，举办了一个大型 Party，玩得别提多嗨了。

方世雄严厉地质问道，你不是答应我退出宏达公司的吗？怎么还去参加他们的活动？看得出你在里面还疯得很哩。

方涛自知说漏了嘴，解释道，我是退出了宏达公司，不再在那里上班了。可是，我刚一不管宏达公司，凌云就捣起鬼来，公司账面上就出现亏损，不得已我作出了一条规定，50万元以上的业务还得经过我签字才能生效。我这样做，就是要让他知道，宏达的实际控制人还是我方涛！

方世雄用一种命令的口吻说，这次回到广州后，无论如何必须完全退出宏达公司。

凭什么呀？方涛用一种怀疑的眼神看着父亲，似乎在看一个不太相识的人，老爸，我发现你从东钢老总的位子上下来后，一下子像变了个人似的，从前顶天立地，敢想敢干，可现在胆小如鼠，畏首畏尾的。

方世雄叹了一口气，你还年轻，见的世面太少了，不知道如今世道的险恶。现在全国反腐的风声越来越紧，中央提出老虎苍蝇一起打，这个时候，还是小心为妙，千万不要逆势而为。

方涛不服地说，你不还是国资委的领导吗？企业总该看你三分薄面吧。萧春晖不还在东钢当副总吗？什么事他罩不住？再说，我们是商贸公司，从事合法经营活动，有什么可怕的？

方世雄说，我在东钢工作了那么些年，做了不少事，也得罪了不少人，有人还在盼着我们家出事呢。更别提萧春晖了，前几天还到我这里来诉苦，他在东钢日子不好过，处处受到排挤，也是泥菩萨过河——自身难保了，想要我帮助他调离东钢，真的出了事，他也救不了你。你赶快把这件事情处理好，不然会害了你，害了我，害了我们全家。

方涛这才感到事情的严重性，这么说，你们都靠不着了，那我该怎么办？

方世雄严肃地说，你一回到广州，马上处理好这件事，从宏达公司全身而退，不再插手宏达公司的经营权了，宏达公司是赚是赔你都不要管了，更不要在任何文件上签字。还要做好与宏达公司的切割工作，把以往的各种文件凭据全部清理一遍，不要留下你的痕迹，哪怕一个签字也不行。孩子，我们赚的钱够了，该知足了，不要再玩火了。你还年轻，这一生赚钱的机会多的是，不要只图眼前的利益而毁了自己，等到以后形势缓和些，还可以再图发展。

方妈也跟着说了句，涛儿，你爸说得对。小心驶得万年船，我每个月都要到庙里烧高香，求菩萨保佑你们父子平安。这不，我还在庙里给你求了个观音玉坠，你就戴上吧，保你平安。说罢，就进房去把那个玉坠拿了出来。

方涛蔑视了一眼，不屑地扔到地上，什么破玩意儿，我才不戴呢。

方妈赶忙从地上捡起来，一个劲地求菩萨原谅。

方世雄正经八百地说，举头三尺有神明，对神灵要有一种敬畏之心，你可以不信，但不可以亵渎它。自从东钢事故后，我就请了一个守护神，这个守护神就是毛主席老人家，我就戴着一枚金质的毛主席像章，我相信毛主席的在天之灵一定会保佑我这一生平平安安的。

方涛不耐烦地嘲讽道，这都什么年代了？一个老共产党员，一个坚定的无产阶级革命家，还信神信鬼的，你信我可不信，你们就不要干涉我好了。

第九章

张有为的病，只要不受到强烈刺激，与正常人并无差异。他虽然痴迷于人工智能的开发，成天鼓捣那个行车自动化系统，到了这个年龄，也有思春的欲望。经过好心人介绍，他和一个女孩见了几次面，彼此印象还不错。

人逢喜事精神爽。张有为兴高采烈地回到家里，还没等母亲发问，就一五一十地把和女孩约会的事讲了个遍。

魏秀珍从儿子的手机上仔细端详着女孩的照片，一个劲地夸奖道，这姑娘皮肤多白，脸圆圆的，笑得多甜，还有两条又黑又粗的大辫子，现在很少见到了。妈太喜欢了。

张有为乐哈哈的，她的心眼还好呢，我对她说我身体不大好，她说不要紧，她会好好照顾我的。

魏秀珍笑道，你这孩子怎么这么实心眼呀？刚见面就什么事都告诉人家。

张有为说，你们不是说做人要诚实吗？当然得告诉人家。

魏秀珍问，她看中你什么呀？

张有为害羞地说，她说我个子高，人老实，靠得住，今后不会欺负她。

魏秀珍更喜欢了，你没告诉她，我们已经给你在城里买了套房子，你们若是缘分好就在新房子里成家。

张有为说，我说了家里有新房子，她听了直乐。

魏秀珍问，你对她满意吗？

张有为直点头，满意，当然满意。

魏秀珍说，我家有为这下好了，找到媳妇了，你这是哪辈子修来的福气呀。她就没有对你提出什么要求？

张有为想了一下，说道，她没有工作，高中毕业后在家待业，想进东钢当一名工人。这个条件满足了，她就愿意嫁给我。我对她拍了胸，舅舅是东钢的老总，想进东钢，还不是一句话的事。

魏秀珍很少见过儿子这么快乐过，听儿子说到女方工作的事，心里咯噔一下，像被什么东西堵住了，但又不好打消儿子的兴致，只好顺着他的话说，你舅舅上次来我们家时不是说过了吗？要好好照顾我们家里。我想外甥对他提出这个要求，不会让他太为难吧。

张有为沉浸在无比的幸福之中，舅舅最喜欢我，我的事，他会帮的。

其实魏秀珍心里头最没底的就是这件事，弟弟魏建设到东钢来没几天，就把全厂的劳务工减光了，一个都没剩。在这个节骨眼上要他招新人进厂，哪怕只有一个，不就太为难他了吗？可是儿子张有为这大年龄了，又得了病，好不容易有个姑娘看上他，女方的要求也不算过分，做父母的总得为孩子争取一下吧。

她知道魏建设来东钢后，没有一天好日子过，每天忙上忙下的看不到人影，不好意思要他上家里来，不如到他住的东钢宾馆去找他。

天抹黑了，家务事也忙完了，她利利索索地把自己收拾了一下，换了一件新的羽绒服，把领子竖起，用一条围巾包住头，到东钢宾馆去见公司的老总，也是她的亲兄弟。从落雁坡到东钢宾馆，要拐几道弯，在昏暗的灯光下，还要穿过一条长长的水泥道，她心虚得做贼似的，生怕被人看到，好在天也黑了，室外又寒冷，路上行人稀少，她很快到了东钢宾馆。

作为一个老百姓，平时就没有到这种地方来过，到了门口，她整理好外衣领子，理好头发，把围巾系在脖子上，到了宾馆大门，玻璃门自动打开，她吓了一跳，双脚小心翼翼地踏在花岗岩地面上，走到前台，向服务员打听魏建设的住处。服务员怕她是来上访的，用怀疑的眼光看着她，问了一连串问题，直到最终确认她是魏建设的姐姐，显得热情起来，告诉她魏总房间里有人谈话，又在他住所旁开了一个房间，为她倒了一杯茶，要她在这里候着。等了个把小时，那个谈话的人出来了，她进到魏建设房间。弟弟见到她，既高兴又意外，两人刚想说话，又听到敲门声，魏秀珍自觉地往门外退去。魏建设说，又是来谈工作的，你别理会他们，就在这里。魏秀珍心虚地说，谈工作要紧，我没事，再等会儿。说罢，自觉地退了出来。魏建设无奈地冲着姐姐一笑，只好又接待那个来人。好在这次谈话时间不长，那人走后，魏秀珍再次进入弟弟的房间，拘谨地坐了下来。

魏建设要为她泡茶，她说刚喝过，不用倒了。魏建设也就放下了，带着歉意道，姐，还要你来看我，真是太难为情了。

魏秀珍说，妈在家里常常念叨你，有时间的话，你多回去陪陪她。

魏建设愧疚地说，这阵子还忙不开，等工作关系理顺一些，我会经常回去陪她的。

两人坐了一会儿，魏建设没有多说话，观察到姐姐几次欲言又止，知道她肯定有事来找自己，直言道，姐，你是有事来的吧？有什么话在我面前还不好说？

魏秀珍用一种感激的目光看着弟弟，鼓起勇气说道，还不是有为的事，你是他的舅舅，连累你多操心了。

魏建设笑道，听说有为谈了个对象，怎么样？谈成了没有？

魏秀珍说，两个孩子见了几次面，挺投缘的。

魏建设一喜，那是好事呀，可喜可贺。

我还不是为孩子的事来找你吗？魏秀珍先是怯生生的，继而鼓起勇气，把张有为怎样谈了对象，对象提出想进东钢当一名工人的要求都说了出来。她也觉得这个时候提出这种要求有些为难弟弟，不敢正眼看着他，双眼望着天花板，就像水库开闸一样，哗哗地把该说的话全都倒了出来，才长吁了一口气。

魏建设听完姐姐的话后，沉默了好一会儿，琢磨来琢磨去，不知怎么回答这个问题，只好说，对有为我平时关心得不够，他找了对象，也很满意，按理说，我应该帮助他把这个问题解决好。可是，公司刚把劳务工全部辞退了，如果现在招人进厂里，有些难办。天下没有不透风的墙，这事传出去，影响很坏。

魏秀珍也是个知书达理的人，我知道这是在给你出难题，要不我退职，让这女孩进来，一个顶一个，这样行吗？

魏建设苦笑道，现在也没有这种政策，用这种办法把这个女孩招进东钢，照样会有不好的议论。

魏秀珍心里发凉，失望地问，真的一点办法都没有了？我和你姐夫倒是能够理解和接受，只是有为这孩子得了坏病，受不得刺激，他要是知道舅舅没有答应他的要求，女朋友谈不成了，引起病情发作，我们一家人又不得安宁了，唉！

魏建设看到姐姐着急得眼泪都快流出来了，实在不忍心伤害善良的姐姐，在她面前不可这么冷酷无情，想了个替代方案，现在进东钢真的不行，不如我托关系，在城里给她找份工作。姐，你看这样行吗？

魏秀珍听了弟弟这番诚心诚意的话，不禁破涕为笑，你这么一说，我心里踏实多了，有为也会高兴，我们全家人都要感激你。

俗话说，三十年河东，三十年河西，张常生在东钢苦熬了这么多年，终于

091

盼来了扬眉吐气的一天。这不，昨天晚上炼钢厂代厂长岳启明特地请他喝酒，好酒好肉招待他，让他有些受宠若惊。岳启明还向他许诺提拔他当自动化室的作业长。他在炼钢厂干了20多年，电钳工样样精通，当班长也有好几个年头了，按说也具备当作业长的资格，就是因为好点小酒，对自己的约束性差一点，从来就没有得到过重用，这次他要是能当上作业长，收入会增加不少，家里的日子也会好过一些。其实，岳启明也有自己的算盘，上次魏建设到炼钢厂调研，对他的管理工作明显不满意，他担心自己在魏总面前留下了不好的印象，搞不好会被撤掉，更别想转为正职，所以借请张常生喝酒的机会，想要他这个姐夫在小舅子面前为他多多美言几句。张常生拍着胸脯应承下来，我这个小舅子读大学是我供养的，对我就像对待自己的亲哥哥一样，我说的话他能不听？厂长，你放心，你的事就是我的事，我的事也就是他一事，肯定不会为难你。这一顿张常生喝下了足足一斤白云边，算是过足了酒瘾。

第二天白班，张常生还是念念不忘昨晚酒桌上岳厂长对他的许愿，就在同事中大吹了一通，大家听了嬉闹起来，有的人甚至开始"作业长、作业长"地喊他，他口里不让人喊，心里却是美滋滋的。

一个徒弟说，师傅高升了，几时请我们大伙撮一顿？

张常生爽快地答道，那是厂长随口一说，算不了数的，到手才是真的，不过，兄弟们要喝酒，好说，下班后咱们一起去城里下馆子。

徒弟知道师傅是个好面子的人，可惜师娘管得紧，平时荷包里的钱不会超过一张老人头，怕他请不起，连忙对大伙说，择日不如撞日，撞日不如今日。就中午好了，师傅在食堂请我们打牙祭，意思到了就行。其他人也都跟着起哄，赞成这个提议。

到了午餐时间，这群人说说笑笑地簇拥着张常生到了职工食堂，围着一张桌子坐下，除了打来几道大锅菜外，又特地点了几个小炒。

这时有人说，无酒不成席，光吃饭不喝酒，不带劲。

张常生提醒道，现在厂里劳动纪律抓得紧，严禁喝酒，我们在食堂吃饭，那么多双眼睛盯着，最好不要惹这个麻烦。

那人说，不喝白酒，只喝啤酒，啤酒只不过是饮料，漱口水而已，算不上真正意义上的酒。你有次喝了一桶扎啤，一点醉意都没有，照样骑车回家，是不是有这回事？

那就少喝点，一人最多一瓶，只是解解渴，绝对不能再多了。张常生经不住大家的劝说，勉强同意了，他这人最大的毛病是沾不得酒，只要一沾酒，就胡话连篇，颠三倒四，自己控制不了自己，本来开始说好的一人只喝一瓶，后来推杯换盏，得意忘形，一瓶接着一瓶地干，不知干掉了多少瓶，开始显出醉态了。

总算是吃喝完了，大家正要起身，邻桌发生了一件事，把他们的注意力吸引过去了。一个穿皮夹克、牛仔裤，头发染得红一块黄一块的小青年，见到个漂亮女工，上前调戏道，妹子，哪个车间的，交个朋友吧。

女工没有理睬他，收拾饭盒就走。

那个小青年轻薄地嬉笑道，别走呀，妹子，就在这里陪哥哥一起吃饭好了。

女工低着头就要走开。小青年上前扯住这名女工，陪哥哥吃个饭算什么，还扭扭捏捏的，又不是要你陪哥哥上床。

女工脸色涨得通红，低声骂了一句，流氓！想挣脱被他抓着的一只手，甩了几下又甩不开。

小青年更得意了，妹子，跟哥交个朋友呗。

女工急得都快哭了，一双大大的眼睛望着邻桌的张常生这伙人，流露出求助的神情。

张常生早就看不惯这家伙身上那种流氓习气，加上又喝了不少酒，一股正义感涌上心头，呼地站起来，大声喝道，不像话，青天白日，竟敢耍流氓，把姑娘放开！

这家伙平日里霸道惯了，以为没有人敢惹他，见到张常生出现在他的面前，一双凶狠的目光扫过来，嗑瓜子嗑出个臭虫来，你跑到这里来充人，识相的，给老子滚一边去！

张常生的徒弟认识这个人，他因习惯把头发染成杂色，绰号杂毛，是社会上的牛打鬼。徒弟一个劲地向师傅使眼色，叫师傅不要去惹他。张常生没有理会，跨前一步，身板一挺，今天这事老子管定了！

你个老不退火的，找死吧！杂毛放开那个女工，冲到张常生面前，对着他的脸部，一拳挥过来。

张常生喝了酒，行动迟缓些，躲闪不及，腮帮子重重地挨了一下，感觉口里有股咸咸的味道，吐出一口浓浓的血来。他哪里吃得了这个亏，挥拳回击，两人扭打起来。张常生的同伙连忙一拥而上，说是劝架，实际上是把杂毛控制起来了，让他不得动弹。张常生借着酒性，弯下腰，操起一个啤酒瓶，冲过去，往杂毛头上猛地砸下去。

杂毛"哎呀"一声惨叫，用手护住头，一股鲜血顺着指缝流到脸上，眼睛都被染得模糊了，嘴巴还是挺硬的，骂道，你他妈的等着，老子不叫人弄死你！

张常生酒也惊醒了，知道自己闯下了大祸，一下子慌了神，不知如何是好，双手抱头蹲在地上。

杂毛是炼钢厂原料车间的一名职工，平日里很少上班，这次单位清理未上班人员，他的名字也列入其中。他担心被公司除名，就到班组来混点，没想到一上班就惹出了事，脑袋被张常生打开了花。

张常生班组的几个同事见到杂毛受伤，连忙把他送进健民医院，医生对他头部的伤口进行清洗缝合，一头古里古怪的杂毛也剃去了，成了个光头，上面包扎着白色的纱布。工友们要送他回家，他就赖上了，称自己头疼不能动，索性在医院住了下来，装出一副痛苦不堪的样子，其实心里偷着乐，老子本来就不想上班，这回总算是找了个不上班的理由，还能顺带讹上一笔钱财。

杂毛住院的当天下午，张常生下班回家，被几个流里流气的牛打鬼拦住了，为首的是个身材胖胖的、满脸横肉、脖子上挂着一根粗粗的金项链的光头，他是这帮混混的大哥，本名孙天佑，人送外号"天不收"。

张常生并无惧色，你们想干什么？

天不收说，干什么，你心里不清楚？你在我兄弟的头上开了瓢，人躺在医院里不能动，你得给个说法，公了还是私了？

张常生说，什么公了私了的？

天不收说，公了就是报警，我兄弟伤成这个样子，要是告到法院，你就是故意伤害罪，起码得判个一年两年的，你信不信？

张常生说，私了又怎样？

天不收说，私了呀，赔我兄弟二十万，这还是便宜了你狗日的。

张常生说，我要是不赔呢？

你敢不赔？信不信现在就剁掉你一只手！天不收说这话时眼睛一瞪，手一招，其他的人也围拢过来，有个家伙冲到张常生面前，扬起拳头就要下手，还有个家伙从敞开的皮夹克内掏出一把长刀，在阳光的照耀下闪闪发亮，充满了杀机。

正在这个时候，李志刚带着一帮兄弟来了，也是杀气腾腾的样子。他挡在张常生前面，大声喝道，狗日的杂毛，竟敢调戏老子的女友，这笔账怎么算？今天你们哪个敢动张大哥一下子，我就要他到医院和杂毛做伴！

天不收横蛮地说，你是哪里冒出来的一棵葱呀，在我天不收面前打码头，找死！

张常生打了人之后，心里一直没有底，不想让这两伙人为了自己再打起来，把事情闹得更大，到时无法收拾，连忙拦住李志刚，兄弟，你的好意我领了，冷静一点，不要动手。又对天不收说，你也别亮家伙，这些玩意儿吓不着人，有什么事好说。

这伙混混来的目的就是敲诈一笔，见张常生有些识相，又有李志刚一伙挡着道，就借坡下驴。天不收手一摆，几个准备动手的家伙收敛起来，退到一边。他冷冷一笑，看你个老东西还挺识相的，你给个态度，到底想私了还是公了？

张常生使用缓兵之计，给点时间容我想想，杂毛不是还在医院住着吗，我会有个交代的。

天不收凶狠地说，老子还怕你跑了不成，跑得了和尚跑不了庙，明天给个准信，不然就废了你一只手！又对李志刚发狠道，今天这笔账记着，你给我小心点。

李志刚强硬地回答道，随时奉陪！

次日一上班，张常生就来到厂长岳启明的办公室。等到岳启明开完调度会回来，连忙把打伤杂毛以及受到天不收一伙威胁的事告诉了厂长。

张常生在职工食堂打伤杂毛的事在炼钢厂早就传开了，岳启明也听说了，预感到会有麻烦找上身。要是放在平时这件事还好处理些，偏偏现在公司正在大力整治劳动纪律，撞到枪口上了。岳启明本来想大干一番，狠抓治理整顿，改变自己的形象，清查出了 17 名未上班人员，准备上报给公司作除名处理，现在遇上了张常生打人这档事，对治理整顿将会产生多大的影响啊。原打算装着不知道这件事，他们私下处理也就得了，现在张常生找上门，把事情说开了，再装着毫不知情就说不过去了。

岳启明发愁地说，老张呀，你难道就不知道公司正在搞纪律整顿吗？组织你们学习职工管理条例才几天，你们每个职工可都在上面签了字的，你又是班中饮酒，又是班中打架，还把人打伤了，随便拿出一条来，就能端了你的饭碗。

张常生委屈地说，我是看到流氓调戏女孩子才出手相救的，这应该算是见义勇为吧，不表扬不奖励也就罢了，总不至于落个处分吧。

岳启明很为难，说这些有屁用？我们对当时的情况也作了了解，就算那个青年人调戏女工，制止住了就行了，可是你用酒瓶把他脑袋砸开花了，这也算见义勇为？这叫故意伤害，懂不懂？

张常生一下傻了，那，那你说怎么办？

怎么办！岳启明生气地说，你搞得我们很被动，搞得魏总更被动。我们只能尽量做工作，看能不能保住你的饭碗，你可不要再给我闹出什么幺蛾子来了。

张常生说，太感谢领导了，我保证从今往后再不犯这种错误了。

岳启明叹惜道，你呀，真是烂泥巴糊不上墙，本来想提拔你当个作业长的，这么好的机会你不珍惜，唉。

张常生懊悔不已，罢了，罢了，领导能够把这事帮我摆平，我就万分感激了，我这人就是烂命一条，不是当官的那块料。

张常生离开了办公室，岳启明想，能够为张常生把这件事情处理好，他不知要多感激我，那样的话，在魏总面前替我说话就会更卖力，魏总对我的印象也许就会好一些。

岳启明找到公司党委副书记胡文强，向他汇报了张常生打伤杂毛一事，胡文强也感到事情的严重性，叫来保卫部长郑少杰，三人一起商量了个意见，要求郑少杰亲自负责处理好这件事，不要留下后遗症，千万不能告诉魏建设，免得他感到左右为难，影响治理整顿的工作安排。

郑少杰到医院做杂毛的工作。杂毛开始口气很强硬，坚持要做伤残鉴定，要把张常生送去坐牢，即使坐不了牢，最起码也得解除他的劳动合同。郑少杰软硬兼施，威逼杂毛，这件事本来是由他调戏女工引起的，是他有错在先，要处理也不会放过他。杂毛本来就是个牛打鬼，不好好上班，经常爱闹点事，几次受到保卫部的打击处理，平时对郑少杰就有些畏惧，这次又是自己先做出不光彩的事，事情闹大了对自己也不利，只得同意调解。郑少杰趁机达成调解协议，由张常生一次性拿出 5 万元医疗费用，作为对杂毛的补偿。

本来家里的日子就难过，一下子拿出这么大一笔补偿金，把张常生愁坏了。一家三代人住着厂里的老房子，攒的几个钱给儿子在城区买了套新房子，每个月还要还房贷，厂里连着几年不景气，一家人收入又不高，就是有点余钱也在老婆手里捏着，要让她拿出 5 万元赔给人家，老婆岂不要拿刀杀了他！张常生闷闷不乐地回到家里，不知道怎么向魏秀珍开这个口。

魏秀珍正在办年货，要把今年这个春节办得热闹红火。弟弟魏建设回来当了公司老总，这给魏家带来了多大的荣耀。张有为又谈了个对象，成天像捡了个大元宝似的喜洋洋的，做父母的心里也踏实些。再是现在生产恢复了，这个月该发的工资都发到位了，还给每人补发了 3000 多元的工资，全厂职工都感到有盼头了，魏秀珍的脸上也跟着增添了不少光彩，心情也特别好。她里里外外地忙了一天，买了一大堆年货，然后在家里剖好了鸡鸭、炸肉丸子、藕夹、卤制牛肉、猪肚、蹄花、鸡爪等，每一样菜都一式两份，一份自己家里留着过年用，一份是为兄弟家办的，因为她知道弟媳冯丽娟不会做这些东西，每年过年都是她为兄弟家打好年货。

见到丈夫回来，魏秀珍像盼到了救星，对他说，老张，快帮个忙，把鱼剖了，等会儿做鱼丸子。

张常生无精打采地噢了一声，看都没看一眼，就往房间里走去，脏兮兮的衣服都没脱，仰躺在床上。

魏秀珍追进来，说道，我做了一天，腰都快累断了，你别睡了，起来帮我干点活。

张常生闷声闷气地坐起来，低着头，一个劲地叹气。

你今天怎么啦，像个被霜打了的茄子，是不是病了？魏秀珍关心地说着，用手在他额头上试了试温度，感觉还好。

张常生不耐烦地把她的手扒开，还是不吭声。

魏秀珍不高兴了，数落道，你呀，一进门就哭丧个脸，像是欠了你几百万，这多不好。快过年了，家家户户都欢欢喜喜的，你也开心点好不好？魏秀珍说着话时又想起了一件事，就去敲儿子房间的门，喊道，有为，快出来，帮妈把春联贴在门上，咱家今年要热热闹闹地过个年。

儿子张有为连门都没开，只在房间里大声回答了一句，我在搞设计，别干扰我！

魏秀珍知道，儿子肯定又是关在房里搞他的研究，天塌下来都不管，这时最好不要去招惹他。儿子叫不动，又回过头求老公，老张，快起来打个下手，今天晚上给你弄几个下酒菜，让你痛痛快快喝个够。

张常生讷讷地说，喝，喝，喝个屁，我这一生不喝酒了，再要是喝一滴酒就不是人！

魏秀珍疑惑地笑道，你个馋猫子，不喝酒？我耳朵没听错吧，你要不喝酒，除非长江的水干了，太阳打从西边出来。

张常生一声不响地起来，提起家里塑料壶装着的散装谷酒，走近水池，拧开瓶盖，咕咚咕咚把酒倒进水池里。

魏秀珍连忙冲过来，一把夺过去，生气道，张常生，你还没喝酒撒什么酒疯！平时叫你少喝点，是为你好，又不是不让你喝，你这演的是哪曲戏呀，白白把酒扔掉，这是花钱买来的，你不心疼我还心疼哩。

张常生一句话也不说，蹲在地上，双手抱着头，禁不住号啕大哭起来。

魏秀珍慌乱了，连忙上前拉他起来，老张，别吓我，告诉我，怎么回事呀？你个大老爷们，怎么成了这个熊样？

张常生哽咽着说，老婆，出大事了，就因为喝酒害的，我把人打伤住院了。于是，他就把打伤杂毛的事断断续续说了一遍。

魏秀珍怔怔地听他讲了，气得身上直发抖，有些恨铁不成钢，你呀，你个败家的，我们家好不容易有个盼头了，这下又被你糟蹋了。

张常生像个闯下大祸的小孩，老婆，是我对不起你，对不起家里人。你看能不能告诉建设一声，只要他出面说句话，事情就摆平了，兴许也就过去了。

魏秀珍是个明事理的人，断然否定道，我们不能事事都求建设吧。刚刚学过职工管理条例，不准班中喝酒、打架斗殴，你犯下的哪一条都够得上开除的死杠杠。你哪这么糊涂呢，要让建设知道了，就他那个脾气，你这饭碗保不保得住，还真说不准。

张常生说，那，那怎么办？

魏秀珍说，你不是说，保卫部的领导正在做工作吗，也只能听天由命了，把人伤成那个样子，赔偿 5 万元算是便宜你的，人家真要是把你告到法庭上去，保不齐你还真得去坐牢。

张常生急促地说，老婆，只有你能救我，救救我吧。

魏秀珍陪着他流出了伤心的泪，我们是穷人家，家里积攒的几个钱是留给儿子结婚用的，你这一下子要我拿出 5 万元，还不如拿刀子把我身上的肉剜下来。

魏秀珍尽管心疼这么大一笔钱，还是救夫心切，慌忙从银行取出 5 万元交给张常生，家里余下的存款就不多了。

郑少杰带着张常生来到健民医院，草拟了一份协议书，简单地写着，杂毛收到张常生支付的医疗费和安慰金共计 5 万元，必须立即出院，以后不得以任何名义找张常生的麻烦。

张常生看了协议，表示没有意见，签了字。杂毛看了协议，留了个心眼，要求协议上必须写明公司这次不能解除自己的劳动合同。

郑少杰说，你别得寸进尺哟，这份协议只是调解你们两人之间打架的问题，对你们两人具有约束性，与其他的事一概没有关系，你签了，有些事还好说，你要是不签，我还不信没有办法收拾你！

杂毛受到郑少杰的警示，只得同意了，签下字，收下 5 万元钱，说道，这是给郑部长的面子，不然有你好看的。

郑少杰哈哈大笑，把两人的手强行拉在一起，让他们勉强地握住了，然后说，这就算是握手言和了，之前的恩恩怨怨从此一笔勾销，今后哪个再要挑起是非，找碴子，就是跟我郑某人过不去，别怪我不客气了。

第十章

张常生打伤杂毛的事件在炼钢厂引起了不小的震动，说咸的说淡的都有。有人说，张常生见义勇为，英雄救美，是个纯爷们。有替张常生鸣不平的，杂毛那样的小流氓就欠收拾，凭什么赔他那么多钱，这不助长了歪风邪气吗？也有说张常生下手太狠，既然已经为女工解围了，杂毛也被拦住了，就没必要再去砸那一下子，搞得自己很被动。还有一种说法，听说张常生是新来的魏总的姐夫，他的后台硬，打伤个把人怕什么，谁敢在太岁头上动土，能把他怎么样？这个事件持续发酵着，引起连锁反应。

一大早，岳启明就被几个长期不上班的职工堵在了办公室，其中就有杂毛，他夸张地用纱布把自己的头部缠了一层又一层，露出半张脸和一只眼睛，让人觉得他的伤势挺严重的。

有个工人怒气冲冲地质问，岳厂长，我们是来讨说法的，凭什么解除我们的劳动合同？

岳启明冷冰冰地说，职工管理条例你们都学过了吧，上面写得很清楚，对违反劳动纪律的要从严处理。

他们异口同声地说，我们没有学过，不知道厂里还有这么个玩意儿。

岳启明说，厂里专门派人到你们每个人的家里，送达上班的通知，该收到了吧。我这里还有每家签的字，要不拿给你们看看？

几个人你望我，我望你，都不吱声了。

岳启明说，像你们这种长期不上班的，我们厂一共有 40 多个，全部都送达了要求上班的通知，大多数人接到通知后都来上班了，也就没有什么事了，可是你们这些人呢？把制度当儿戏，以为闹着玩的，等到处分下来了再来找我，有个屁用！

一个工人说，就算我们犯了点过错，也不能一棍子打死，总得给我们一个改正的机会吧。

岳启明说，职工管理条例上写得清清楚楚，明明白白，连续旷工 15 天的，解除劳动合同，一年内累计旷工 30 天的，也是解除劳动合同。你们不把制度当回事，一旦公司动真格了，严格按制度执行，想混也没地方混了。

一个工人说，你们太狠心了，太绝情了，一点人性都不讲，我要告你们。

岳启明说，这不是东钢的新发明，国家《劳动法》上都写着这么一条，你们就是把官司打到中南海去也没有用。

有个工人一声不响地敞开外衣，露出一把明晃晃的刀来，威胁道，这个有用吗？今天你要是不把这件事情说清楚，别想站着走出这个门！

岳启明毫无惧色，对你们解除劳动合同是制度上规定的，不是我跟你们哪个人过不去。你拿这个来吓唬我没用，这种小儿科我见得多了。

那个职工也不示弱，你要把我逼急了，把我的饭碗砸了，你看我敢不敢动手！

岳启明严肃地说，我看这位小兄弟还是把家伙收起来，就当我没看见，不然我就要报警了。

一直没有吭声的杂毛说，厂长，你说这也是按制度来的，那也是按制度来的，一副正儿八经的样子。那你告诉我们，张常生班中喝酒，把我打成重伤，你们没有处分他，还硬逼着我与他协商处理。伤还没有好利索就要我出院，我可是受害者呀！可是杀人凶手张常生呢，班中又是喝酒，又是打人，他怎么还在上班？这不是欺负人吗？根本就是打击报复我，我要到法院去告你们。

岳启明迟疑了一会儿，很快镇静下来，你们打架这件事才发生不久，也是刚刚调解好，这件事肯定要处理，我们还会对张常生提出处分意见。

一个工人问，我们听说，张常生可是新来老总魏建设的姐夫，恐怕你们连他一根毫毛都不敢动吧。

岳启明说，有这么一回事？不可能吧？我怎么从来就没有听说过。

这个工人说，这可是他本人亲口说出来的。

岳启明说，张常生这个人你们不清楚？酒麻木一个，满嘴跑火车，有一句靠谱的话没有？你们还把他的话当真了。

杂毛凶狠地说，反正只要张常生还在厂里上班，我们就都来上班，不然就天天到你办公室来闹，叫你们这些当官的不得安宁。

有个工人说，你们要是偏袒张常生的话，我们就在网上发布出来，让所有的东钢人，还有全国人民都知道，你们搞官官相护，是一群腐败分子。

岳启明知道这些人到了这个地步什么事都做得出来，但是自己绝对不能示弱，故作姿态强硬地说，不管哪一个职工，只要违反了劳动纪律，我们都会按制度严格执行，绝对不会袒护谁。

这几个工人在岳启明办公室大闹时，萧春晖来炼钢厂检查工作，正巧遇上了。等到这些人被劝走后，他向岳启明问道，你一大早就被这些牛打鬼缠住了，怎么回事呀？

岳启明苦笑地摆摆头，还不是清理整顿惹出的麻烦。通知他们上班，不当一回事，要解除劳动合同了，都不情愿，跑到办公室来扯皮，不过，闹不出什么花样来，挺一挺就过去了。

萧春晖安慰道，基层工作不容易，老岳，你是老滑头，有办法对付他们。

岳启明犯难了，按制度执行，没什么可怕的，只是有件事还真不好处理。

萧春晖说，什么事还难得住你呀？

岳启明说，我们有个叫张常生的职工，班中喝了酒，又打伤了人，处理起来可麻烦了。

萧春晖说，你不是说按制度来好办吗，他这数罪并罚，还不是要解除劳动合同。

岳启明左右为难地说，要是一般的职工好说，可他偏偏是魏总的姐夫，你说怎么好处理。开除嘛，不知魏总在这个问题上持什么态度，得罪了他，我还有好日子过？不开除嘛，这帮人跟他比上了，不动他，整个清理整顿工作没办法进行下去。

萧春晖有些幸灾乐祸，心想，魏建设呀，魏建设，你天天整这个，整那个的，这回你的姐夫犯事了，看你怎么整？他不动声色地说，你怎么处理都是吃力不讨好，都会得罪魏总。

岳启明有些疑惑，不会这么邪乎吧？

萧春晖分析道，你想想，如果开除了张常生，那就直接得罪了魏总，以后你有好日子过吗？如果只给张常生一般性的处分，保住了他的工作，看似讨好了魏总，可是那些违纪的职工放得过你吗？都会来找你的麻烦，都与张常生攀比，你们单位那些该除名的人一个都除不了，这事要是在全公司传开了，全公司违纪的人都会跟张常生攀比，整个公司清理违纪人员就因为你的工作不力而失败，这个罪过你担当得起吗？

岳启明惊出一身冷汗，我这是老鼠进风箱——两头受气，那可怎么办呀？

萧春晖有意挑拨道，依我所见，你不如直接把这件事告诉魏总，怎么处理由他定夺。不过，你在向他汇报的时候讲点策略，如果他同意你的意见，就领了你这份人情。万一事情闹大了，收不了场，他也不好把责任推到你身上，你不就躲过了这一劫吗？

还是萧总高明。岳启明如释重负，幸亏有你点拨，不然怎么死的我都不知道。

大年三十早上，魏建设主持了生产调度会，回到东钢宾馆。今天心情不错，梳理了头发，刮了胡子，换了一身干净的衣服，擦亮了皮鞋，然后驾车去东方火车站，接回搭乘城际列车到东方市的妻子冯丽娟和女儿晶晶。她们这次来，打算陪他一起在东方市过春节，一家人又能团聚了。

在出站口，远远地看到她们母女俩。女儿一边喊着老爸，一边像只小鸟一样飞扑过来。魏建设也很激动，搂住女儿的肩膀，端详了好一会儿，我们未来的艺术家长高了，长漂亮了。

晶晶调皮地说，老爸，这么长时间你都没回家，我和老妈都很想念你。

魏建设看到冯丽娟拖着一个大的行李箱走过来，急步上前，接过箱子，安慰道，老婆，这些天你在家辛苦了。

冯丽娟说，我在家只是照顾女儿，习惯了，没什么。只是你一个人在这里，又要忙工作，又要照顾好自己，我还真有些不放心，瞧你，比在家时瘦多了。

魏建设说，瘦点好，将军肚没有了，不是正符合你的审美要求吗？

冯丽娟娇嗔道，我不是怕你长胖了，是关心你。看你瘦成这个样子，我心里不好受。

魏建设乐观地说，这些日子苦是苦点，累是累点，还是值得的。现在东钢的情况开始好转起来，生产恢复了，人心也稳了，各项工作正在向一种良性方向发展。这样下去，要不了多久，双休日我就可以经常回家了。

妻子心疼起丈夫来，你呀，工作起来就是个疯子，拼命三郎，不会照顾自己。我还真不愿你这样，不如在国资委，日子虽然过得平淡些，不用担惊受怕。

魏建设说，走吧，都安排好了，我的房间比较大，住我们两人没问题，为晶晶另外安排了一间，在宾馆里用餐也很方便。今天中午我们都到姐姐家去，陪母亲一起吃团年饭。

晶晶欢喜地说，好长时间没有见到奶奶了，真想马上到奶奶家去。晶晶小时候是奶奶带大的，只是到了上学的年龄才跟随冯丽娟到江都市读书，一直对奶奶有着很深的感情。

冯丽娟说，孩子想去，就让她先过去吧，我们两个晚点过去好了。

魏建设说，晶晶，那就先送你到奶奶家去，好不好？

晶晶兴高采烈，好哇，好哇。

魏建设开着他那辆长城越野车，在宽敞的马路上奔驰着。这座古老的都城有山有水，绿荫环绕，高楼林立，灯红酒绿，显出一片繁华的景象。与此形成对比，城市以东，是东钢成片的厂房，鳞次栉比，虽然缺少现代化气息，在这座以钢立市的城市里依然占有不可取代的地位。

魏建设先把女儿送到落雁坡生活区的姐姐家，然后同妻子一道回到东钢宾馆。

刚一安顿好，冯丽娟打开箱子，拿出一大堆衣物，数说着，这是给母亲买的毛绒帽子、羊皮背心，这是给姐姐买的一套衣服，这是给姐夫买的一双皮鞋，有为他们年轻人的东西我们不好买，到时就给他压岁钱好了，你说这样安排行不行？

魏建设乐哈哈地说，好，好，还是夫人想得周到。

冯丽娟又拿出一套深蓝色西服，递给魏建设，这是给你买的一套西服，试试看，合不合身？不合身的话还可以去换一套。

魏建设说，我不是有两套吗？平时又不穿，参加场面上的活动对付得过去就行了，不用再买了。

冯丽娟说，你现在是大型国企的老总，厅级干部，身份不一样了，再不能穿水货了，这是正宗的罗蒙西服。你要穿得不好，别人会说你老婆不会照顾丈夫。

那就谢谢夫人了。魏建设挺有兴致地试着衣服，妻子在一旁前后左右看了看，好像欣赏一件艺术品。

魏建设感觉妻子这次来就像变了个人似的，显得那么温柔体贴，禁不住伸开有力的双手，把她搂在怀里。冯丽娟倚在他的怀里，明亮的双眸深情地注视着他那清瘦的脸庞，鲜艳丰腴的嘴唇张开着，柔柔的长发婀娜多姿，散发着淡淡的而又令人销魂的幽香。魏建设紧拥着她，亲吻着她，抚摸着她，整个身体就像燃烧着的一团火，突然产生一种渴望的冲动。她脱掉衣服，浑身上下一丝不挂，室内柔和的光线下，俏丽的脸蛋，丰腴的胴体，窈窕的腰肢扭动着，两个乳房像一对活蹦乱跳的小白兔，更是撩人心醉。魏建设再也控制不住体内积压日久的欲火，不顾一切地朝床上扑去。很快，床上传来女人快活的呻吟声。

一阵手机铃声响起，把他们从温柔之乡中唤醒。魏建设接通电话，原来是炼钢厂厂长岳启明打来的。他对妻子致以歉意的苦笑，无奈地起床，穿好衣服，来到了办公室。

岳启明已在门口等候着，魏建设把他请进办公室，两人刚一坐下，岳启明就迫不及待地向他汇报了张常生当班时间饮酒、伤人的事情。

魏建设耐着性子听了他的汇报，脸色变得很难看，问道，都过去了这么长时间，怎么今天才想到告诉我？

岳启明委屈地说，事情发生后，我们一直在做当事人的调解工作，最后张常生赔偿了5万元的医疗费给杂毛，杂毛不再找张常生的麻烦。原以为这事就完了，谁知杂毛和那些确定要解除劳动合同的工人结伙到单位来闹事，说我们祖护张常生，不处理张常生，就不能解除他们的劳动合同，搞得我们很被动。

魏建设又问，那你们打算怎么处理这件事？

岳启明犯难地说，你说张常生班中饮酒吗，他是在食堂吃饭时喝了点啤酒，不完全算是班中饮酒。你说他把人打伤了吗，情有可原，那个杂毛本来就是个牛打鬼，属于这次解除劳动合同的对象，他在公开场合调戏女工，张常生打抱不平，算是见义勇为，只是行为过当了点，所以处理起来比较棘手。再说张常生同志是我们炼钢厂的班长，生产骨干，不宜一棍子把人打死，还是应该给他个机会，保住他的工作籍。

魏建设面无表情地说，你看他是我的亲戚吧，尽量找些理由为他开脱。

岳启明否认，怎么会呢，我们对职工是一视同仁的。

魏建设意识到事情的严重性，但又想不出很好的解决办法，说道，最近这段时间你们的工作做得还是不错的，没想到内部职工的清理整顿又闹出这么大个麻烦，这不是一件小事，你们应该引起高度重视。

岳启明一脸窘态，那可怎么办？

魏建设板着面孔说，怎么处理，是你们班子考虑的事，制度是怎么规定的就怎么执行，不要认为张常生是我的姐夫，你们就手下留情，不按制度执行，更不能因为这件事影响到整个公司的清理整顿工作。

听了这话，岳启明的心里还是没有谱，怎么琢磨，都不好处理张常生。

在返回宾馆的路上，魏建设的脚步有些抬不动，脑壳发麻发胀，挥不去姐夫张常生的影子。他高中还没有毕业时父亲就去世了，考上大学后担心家里没钱供他读书，打算放弃学业，找个工作维持家里生计，还是姐夫极力鼓励他去上学，每年的学费生活费都是姐夫一家供给的。有一年冬天下大雪，姐夫担心他冻坏了身体，从家里搭乘单位送货的便车赶到省城，为他送去一床刚弹好的新棉被，自己在车上冻得像冰棍，都舍不得把棉被盖在身上御寒，收到棉被时，他感动得流出了眼泪，暗自发誓，将来参加工作后，一定要让姐夫一家人过上好日子。现在自己回到东钢，担任了一把手，有权照顾姐夫家人了，可是，自己能为姐夫家带来幸福吗？又将怎样处理姐夫班中饮酒伤人这件事情呢？他的内心隐隐作痛，脸上透出一种悲凉。

105

魏建设夫妻俩来到落雁坡姐姐家，一进门，全家人都在客厅里。冯丽娟给母亲戴上绒帽，穿上羊皮背心，大病刚愈的老人满脸洋溢着笑容。晶晶手里拿着一个智能玩具，是表哥张有为亲手制作的机器人，又能说话，又有表情，还有各种夸张的动作，样子滑稽可笑。魏建设把智能玩具拿过来，逗弄了一会儿，对张有为的设计能力感到惊讶，确信这孩子真有这方面的天赋。张有为说，这是小儿科，只有把行车自动化系统设计成功了，才叫真本事。冯丽娟给他红包，有为推辞不要，说自己有工作了，哪还好意思收红包。冯丽娟有意撩他，你还没有成家，在舅母眼里就是个小孩，听说你谈了个对象，今天一家人大团圆，怎么不把她叫来呀？张有为腼腆地说，她要等到我上门提亲后才过来。冯丽娟笑道，那就早点去提亲，把媳妇早点娶回来，舅母还准备了个大红包哩。在他们谈笑的时候，姐姐魏秀珍忙上忙下，做了一桌丰盛的年饭。只有张常生，平日那种活跃劲头一点也没有，像只瘟鸡似的无精打采地坐在一旁，不停地抽闷烟，魏建设和他说话，他也是有气无力地应付着，与家里快乐的气氛一点也不协调。

　　合家欢，老人安。全家人围在老太太身边坐着，儿子和女婿分坐在她两边，其他的大人和小孩也入座了。说说笑笑，热热闹闹。老人虽然耳背听不见，也高兴得合不拢嘴。

　　开席了。魏建设特地送给姐夫两瓶梦之蓝，动手打开一瓶，先把张常生面前的杯子倒满，又给自己倒了一杯。第一杯与妻子女儿一道敬了母亲，祝母亲身体健康，长命百岁。第二杯敬了姐姐姐夫，感谢他们对母亲的照顾，为他们尽了孝。

　　魏秀珍把杯中的果汁喝下了，张常生只是象征性地把酒杯端起，连抿都没抿一口，就放下了。

　　魏建设说，怎么不喝下去？这可不是你的风格。

　　张常生说，我已经戒酒了，从今以后滴酒不沾。

　　魏建设说，今天吃年饭，什么也别想，什么也别说，你可是海量，咱们两个把这瓶酒干了，喝个痛快。

　　张常生固执地摇摇头，喝酒误事，我今生被酒所害，我发过毒誓，只要再喝一口酒，就烂嘴烂肠子，就不是人！

　　魏秀珍连忙夹块牛肉堵他的嘴，呸呸了两声，大过年的，不能说不吉利的话，趁早呸掉。

魏建设无奈，把手中的酒一饮而尽，看着张常生那个可怜的样子，心里特别难受，又不知如何安慰他。

张常生从魏建设的表情中猜到，他肯定知道了自己班中喝酒伤人的事，有点像个少年偷着玩水被大人抓住的样子，低着头，不吭声，听凭大人发落。

这时，有人敲门。魏秀珍起身，把门打开。进来一对年轻男女人，小伙子手里还拎着一大袋水果、烟酒。

魏建设一眼就认出了那个小伙子，以为是给自己拜年的，不高兴地说，李志刚，你怎么找到这里来了？

我可不是来巴结你这老总的。李志刚开玩笑地说，拉着同来的那个姑娘，面向张常生，我们是来向恩人拜年的。

姑娘对着张常生深深地鞠了一躬，大哥，谢谢你救了我，你是我的大恩人！原来这个姑娘就是张常生出手相救的女工。

李志刚说，魏总，听说炼钢厂要处分张大哥，不能呀，他是见义勇为，是个大好人，怎么能让好人吃亏呢！

魏建设见事情已经说穿了，不好直接表态，重重地叹了一口气，见义勇为，制服小流氓，当然是正义之举，值得提倡。可是，你们组织学习了《职工管理条例》吧，对班中饮酒、打架斗殴都有规定。你这个当班长的，带着全班人在食堂喝酒，就没有一点纪律意识？还听说，那个小流氓已经被人拦下了，干吗要拿酒瓶去砸他一下呢？你怎么这么糊涂？

张常生想着也窝囊，不禁失声痛哭，建设，姐夫对不起你，你来东钢当老总，我没有给你争气，还给你带来了麻烦，我不配当你姐夫。

冯丽娟感到吃惊，这是怎么回事呀？

魏秀珍把张常生班中喝酒、为救女工把人打伤的情况简单地说了一遍，然后对魏建设说，这件事出了后一直没敢告诉你，你是一厂之长，让你知道了，不处理说不过去，处理起来很为难。小弟，我们只求你，能不能处理轻一点，哪怕开除厂籍留厂察看，也有得救。

冯丽娟帮着说，姐夫打架事出有因，你也说了是见义勇为，功过相抵，把饭碗保下来，他也有这大年纪了，失去了这份工作，再就业就很难了。

魏建设感情真挚地说，姐夫有恩于我，有恩于我们这一家人，我何尝不想保住他的工作岗位？可是这件事不只涉及他一个人，已经开始出现不良反应，就在炼钢厂，这次清理出来的长期不上班人员都到厂长办公室闹事，说我们官官相护，都来与他攀比，不处理好这件事就不能处理他们。这只是炼钢厂一家，全公司这次一共清理出 200 多个不上班的人员，都必须解除劳动合同，如果这件事情处理不公，这 200 多人都无法处理了，公司整个清理整顿工作也只得停下来。

张常生像泄气的皮球，你是一厂之长，难道一点变通的办法都没有？

魏建设语气沉重地说，东钢已经是在生死存亡的关口，要想改变局面，今后将要推出一系列改革管理措施，如果因为这件事处理不当，导致这次清理整顿工作失败，以后我们再推出来的改革管理措施谁还信服，谁还响应，如何推进，东钢还有救吗？

魏秀珍说，我们是普通人，也是明事理的人，总不能因为你姐夫一个人的事妨碍了东钢的大事，那可牵涉好几万人的生计。小弟，该怎么处理就怎么处理吧，只怪我们家常生不争气。

张常生瘫坐在椅子上，喃喃私语，完了，完了，这辈子算是白干了。

李志刚的女友一下子跪在张常生面前，大哥，是我害了你，是我对不起你。

李志刚也说，魏总，给张大哥一次机会吧。

魏秀珍拉起姑娘，起来吧，不关你的事。

一直在旁观察大人说话的张有为，有种无名的恐惧向他袭来，双肩抖动，面孔苍白，目光呆滞中射出凶光，突然站起来，对着魏建设发起飙来，好一个诸葛亮挥泪斩马谡，你不是我舅舅！你是中山狼！说罢，狂躁地冲进自己的房间，砰的一声把门关上。

魏秀珍担心儿子受到了刺激，慌作一团，连忙过去，拍着门，叫儿子出来。

张有为在里面愤怒地大喊，滚，滚，统统滚开！房间里发出一片乒里乓啷的响声。

李志刚和女友见到这种状况，有些难堪，匆匆告辞了。

冯丽娟感到很没面子，生气地说，羊有跪乳之恩，鸦有反哺之义，魏建设呀，你太无情无义了。然后，对晶晶说，这还怎么过年呀，走，我们回江都去！

老太太有些耳背，听不见他们争吵什么，看到他们的表情都不对劲，收敛了笑容发着呆，直到媳妇要拉走孙女，她才阻拦，好好过年，吃团圆饭，别走呀。

冯丽娟听不进，拉起女儿，气冲冲地边走边说，魏建设，你把事情做得这么绝，我们哪有脸面坐在这里喝酒呀。

晶晶不太愿意跟着母亲往外走，那双哀怨的眼神望着魏建设，像利剑似的刺痛着他。

魏建设心里痛苦万状，但他强忍着不敢流露出来，只能硬撑着，对张常生说，姐夫，弟弟对不起你。我们自家人在制度面前也不能例外呀。好在社会上就业机会多，我给姜市长打个招呼，她不会不给这个面子的，你要有重新换个工作的心理准备。

张常生抬起头来，抹了一把眼泪，说道，你的好意我心领了。其实，我早有预感，这件事你迟早会知道的，我不能怪你。这几天我到市面上跑了跑，在一家快递公司找了份工作，试了一下，还吃得消。只要手勤一点，腿勤一点，一个月下来收入不比东钢少。就是身份变了，不再姓公，改姓私了，有点别扭。唉，谁叫自己不争气呢，这也叫自作自受。

魏建设拉着张常生的手，噙着热泪说，姐夫，兄弟感谢你的理解，你永远是我的好姐夫。

张常生长叹一声，我已经就这个样子了，走到哪里都能混口饭吃，我们最放心不下的是有为，他身体不大好，还在厂里上班，你这舅舅要能把他照顾好，我和你姐心里也都踏实了。

魏秀珍在一旁担忧地说，是呀，你姐夫的事就这样了，有为倒是要你这个当舅舅的多操心，他特别看重那份工作，现在又谈了个对象，他要是失去了工作，后果不敢去想，我们这个家就没有一点盼头了。

魏建设心里清楚，外甥张有为的病情是一个麻烦事，没发病时还能正常工作和生活，甚至还具有一种常人没有的天分，一发病就控制不了自己的情绪，容易胡来，班组基本上不敢安排他上天车操作，上班也就是混个点，不上班象征性地扣点钱，就这样混了几年。现在这种用工机制还混得下去，一旦用工制度改革了，他就有失去岗位的危险，到时怎么解决？他不敢多想，只能点头答应，有为也是我的孩子，我会尽力照顾好他的。

除夕夜，由于冯丽娟带着女儿晶晶回到了江都市，打乱了魏建设原有的安排，一个人待在宾馆，冷冷清清的，心里空虚又寂寞，前去看望老师柳家霖。到了柳家，只有老师和爽爽坐在客厅看中央台的春节联欢晚会。

柳家霖看到魏建设来了，自然很开心，你春节应酬的事多，没必要来看我。

魏建设说，我不太喜欢应酬，过来给您拜年了！诗韵回东钢了，怎么没在家里陪您老过年呀？

柳家霖说，吃完年夜饭，就到研究院去了。自从回到东钢，像着了魔一样，天天都在忙工作，家里就像个招待所。

魏建设说，年三十夜还忙什么？应该在家里过。我这就到研究院去把她找回来。

柳家霖笑道，那敢情好，快去吧，叫她早点回来。

爽爽说，我也要去。

柳家霖拦住了，大人有工作商量，你一个小孩跟着去干吗？

魏建设勉强地笑了一下，往研究院走去。路上他想，为什么今夜自己的心境难得安静下来，原来心底头还是有所牵挂。现在终于明白了，这个牵挂的人就是柳诗韵。

魏建设出现在柳诗韵面前，她格外惊喜，你怎么来了？

魏建设说，听老爷子说你还在加班，我就过来了。你呀，工作起来太玩命了，今天是大年夜，该给自己放个假了，好好休息一下，不要把神经绷得太紧。

柳诗韵嫣然一笑，你来得正好，东钢转型发展方案已经设计出来了，你先看看吧，提出修改意见，我也好利用春节休假期间把方案完善一下。

魏建设接过这份《东方钢铁集团公司创建智能工厂的方案》，开头一段文字就把他吸引住了，"整个社会未来最大的机会是人工智能。"现代这个时代，是一个智慧的时代，实现智慧制造，传统产业与信息网络、智能制造相结合，是传统产业自我蜕变、走向新生的最佳选择。

魏建设用一种敬佩的目光看着柳诗韵，你这可是个超前的设计理念呀，无异于在东钢上空投下了一颗原子弹。

柳诗韵兴奋地说，人类社会进入了互联网时代，正在经历着一场彻底的结构转型。传统产业的技术改造，要抓住这个重大机遇，运用人工智能，搭建技术平台，提高企业的生产力。

魏建设仍然心存疑虑，担心道，这样做好是好，不过，现在企业遇到的最大问题是生存问题。行业的形势这么艰难，我们生产的低端产品，严重亏损，长期下去就会拖垮拖死。企业转型，首先要解决怎么活下去的问题。发展优特钢，还有一定的市场空间。因为，汽车、机电、特殊行业等高端钢材在市场上还存在缺口，有些还依赖于进口，我们东钢转型应该选准这个突破口。

其实，我们两人的想法并不矛盾。柳诗韵笑吟吟地说，生产优特钢是这个方案的重点，是前提，是当前亟待解决的问题。创建智能工厂是目标，是出路，是企业的发展方向。通过建立一套智能运维系统，拥有了一个大数据平台、一个专家系统以及一个标准化体系，就能大幅度提升工作效率、管理效率、质量水平，还能降低停机时间、设备库存以及维修负荷。在这场新的技术革命面前，我们可不能错失良机呀！

魏建设焦躁地踱着步子,过了好一会儿,才在柳诗韵面前停住,下定了决心,还是你站位高,看得远,就按你的方案搞!

柳诗韵在这方面积累了一定的经验,底气足一些,永峰的产品转型是我设计的,算是成功了。他们现在正在向智能工厂迈进,应该会有一个比较好的前景。这是大趋势,不仅是传统产业,不远的将来,世界上万物实现互联,人们的生产生活都可以通过互联网来实现。你别不信,这个日子不会太遥远。

魏建设坦诚地说,我相信。企业到底往哪条路上走,我不如你,我心里头没有数,只能摸着石头过河。但不管怎么样,东钢只有转型这条路可走,没有更好的选择余地。他苦笑一声,自嘲起来,这个时代总还要有堂吉诃德这样的人,披着铠甲,举着长矛,与风车搏斗,要么撞得粉身碎骨,要么杀出一条血路。

柳诗韵深情地望着他,问道,你不想知道,我为什么愿意跟你一起回到东钢吗?

魏建设怔怔地注视着她,一时不知说什么才好。

柳诗韵解答道,我就欣赏你这种骑士精神,愿意在你身边做个桑丘式的跟班,虽然作用不大,能和你并肩作战,助你一臂之力,也是乐意的。

魏建设感激地说,你不是桑丘,你是有大智慧的人。东钢的转型,指望你了。

柳诗韵说出了藏在心头的话,女人是很痴情的,容易被情所困,为了感情的事什么也不顾。自从你和冯丽娟结婚,这些年来,我一直都在躲开你,回避你,怕见到你。可是,我又控制不住自己,忘不了你,牵挂着你,期盼着能见到你,哪怕只能看上你一眼,我的心里别提多高兴了。我知道,你这次回到东钢,不是来当官的,不是来图享受的,是来蹚这个地雷阵的,是你人生中遇到的最大困难。所以,那天你到了永峰钢厂,我想躲都躲不掉你,我的心已经被你牵动了,只能跟着你回到东钢。

魏建设说,我真不知道,把你请回来,要你和我一起吃苦受罪,这个决定是对还是错。

柳诗韵淡然一笑,能够在你身边,为你工作,就很满足了,一点也不亏。

魏建设关心地问道,这些年,你过得怎样?

柳诗韵苦笑了一声,那场不幸的婚姻早已破裂了,对儿子小爽有很大的伤害,老父亲也没有照顾好,人生失败得很,好在从工作中还能找到一丝快乐和安慰。

魏建设自责道,都是我不好,是我害了你。在婚姻的道路上,一步错,步步错,使幸福离得越来越远。

柳诗韵说，我没有太大的奢望，对幸福的追求很简单。譬如说，今天三十夜，能够和你相处在一起，哪怕只有短暂的一刻，我都觉得很幸福很满足了。

魏建设慨叹道，年轻时不懂得真爱，没有用心去把握，去珍惜，让它轻易地从自己身边流过，只是，失去的再也找不回来了。

柳诗韵动情地说，爱情对我来说已经成了奢侈品，我不奢求得到它，只有把情感珍藏在心灵深处。

第十一章

广州之行无功而返，吴斯一直不甘心。魏总、苏总把催讨宏达商贸公司欠款这么重要的任务交给他，是对他极大的信任，他决不能让领导失望。春节一过，吴斯就迫不及待地赶赴广州。他寻思着，这次硬闯是没有用的，只能寻找另外的途径。

吴斯这次到宏达商贸公司，没有进到办公楼，而是悄悄地跟踪黄凯下班的路径，记下了他的住处。

这天，黄凯下班，骑着摩托回到自己的出租屋，刚停稳摩托，就听到有人喊，黄队长，黄队长。

黄凯回头，看到了吴斯，想了一会儿，似乎记起来了，本能地排斥道，你呀，怎么找到我这里来了？

吴斯笑道，哪里，哪里，我不是特意找你的，我住在这附近，今天正巧遇上你了。

黄凯也笑了，怎么这些日子没有看到你上我们公司了，你不找我们老板要钱了？

吴斯说，别提了，上次到你们公司催要货款，一分钱都没有讨回去，我们领导很不满意，把我臭骂了一顿，我受不了那个窝囊气，辞职不干了，到广州来讨生活，在一家公司上班。你放心，再也不会找你们凌总的麻烦了。

哦，原来是这么回事。黄凯稍稍放松警惕，说道，前段时间你来讨债，我们对你态度不好，还请多原谅。

吴斯显得无所谓，各为其主嘛，可以理解。兄弟还没吃饭吧，走，我们找个地方坐坐。

黄凯客套地推辞了一下，又一想，反正现在没有业务上的牵扯，自己又是单身一人，不吃白不吃。

两人沿着马路转悠着，吴斯看到一处商务休闲会馆，对黄凯说道，我们就到这里去，吃的玩的都有。

黄凯一惊，吴哥，这些地方挺贵的，不是我们打工族消费得起的。

吴斯说，朋友在一起，图个高兴，这也不是什么高档消费场所，我们偶尔玩一下，还是承受得起的，走，进去吧。

两人在里面吃了自助餐，吴斯吃得不多，黄凯倒是吃了一盘又一盘，把肚子撑得饱饱的。

吃完饭后，吴斯提议，既然来了，就好好享受一下。黄凯自然客随主便，何乐而不为。

休闲会馆服务项目挺全，澡堂、足疗、按摩、桑拿、保健，一应俱全。两人先是泡了澡，泡完澡，吴斯对黄凯说，今天一不做，二不休，干脆我们放松放松，做个大保健，完了后我们就到二楼休息室会合。吴斯说完，就带着黄凯往里走，直到黄凯进了一个包间，自己才出来。

黄凯美美地享受异性按摩，经不住小姐的纵情挑逗，有了冲动，又考虑到身上票子不多，怕出洋相，那种欲火焚身而又不敢为之的心态被小姐早已看透，冲着他一笑，说道，老板放心玩吧，刚才那位先生打过招呼，由他埋单，要我把你全方位服务好。

我有的是票子，怎么要他埋单呢？黄凯口里这么说，心里对吴斯充满了感激，迫不及待地搂过穿着三点式的媚态百出的小姐，在她脸上、脖子上不停地亲吻。

一番酣畅淋漓的云雨之后，心满意足的黄凯来到二楼休息室，吴斯已经在那里等着他了，点了一瓶长城干红，两人慢酌慢饮，胡乱吹牛起来。

黄凯还沉浸在异性服务的享乐之中，这姑娘，要条子有条子，要三围有三围，皮肤又白又嫩，跟豆腐似的，挨上身像触电一样，真叫一个爽呀，长这大还没有碰过这样的极品。吴哥，你真仗义，你这个朋友我是交定了。

吴斯戏谑道，你没听说吗，一起扛过枪，一起同过窗，一起嫖过娼，一起分过赃，才是真正的好朋友。今天我们相见，算是个缘分，我们背井离乡，在外打拼，要有几个生死相交的铁哥们。

黄凯对着吴斯一抱拳，兄弟只要有用得上我的地方，一句话，指东打东，指西打西，决不含糊。

吴斯感慨道，早之前认识你就好了，那时要有你这样的兄弟帮忙，说不定不会被凌云羞辱，多少也能要些钱回去应付一下子，不至于把工作搞丢了。

黄凯讨好道，那是当然。早点认识大哥，我无论如何也要跟大哥站在一起，为大哥说话。

吴斯愤愤不平地说，我看凌云对你们的态度也不怎么样，那天我到你们单位去讨债，他对你就像老子训儿子一样，还说要你滚蛋，哪有这样不讲道理的老板。

黄凯也来了气，他是个什么东西！仗着有几个臭钱，不把我们当人，动不动就骂这个骂那个，唉，我不如你那么有本事，要不早就他妈的不干了。

吴斯趁机说，我看你们被他骂怕了，胆子也骂小了，连一句真话都不敢讲。

黄凯问，吴哥指的是什么意思？

吴斯说，就说那次到你们公司吧，我明明看到了方涛，他是我的同学，化成灰我都认得他，可你当时那个熊样，硬说不认识这个人，想想都好笑。

黄凯干笑地承认道，你那天看得没错，是方涛，只是凌总再三交代，不让我们对外说，我们才没告诉你。

吴斯好奇地问，既然是方涛，又有什么不能对外说的，他是在你们单位工作，还是凌总的朋友，过来玩的？

黄凯说，这个方涛，原来在我们单位干过，但一直很神秘，你说是老总嘛，没有他的办公室，平常又不主持工作，又不签字，不像个老总。你说不是老总嘛，连凌总都有些怕他，别看凌总表面上人模狗样的，有次我看到方涛把他骂了个狗血淋头，他也只能点头哈腰，屁都不敢放一个。

吴斯说，看到方涛的那天，你们公司来了那么多的美女，是怎么一回事呀？

黄凯说，那天是我们公司举办的新春团拜会，请了好多官员和商人，那些美女是来助兴的，身着内衣走秀场，场面别提多刺激，撩得人都快流鼻血了。方涛的身边总有一个漂亮的小姐陪着他，出尽了风头，凌总只能屁颠屁颠地跟在他身边转。

吴斯表示怀疑，不可能吧，凌总会听他的？你在吹牛。

黄凯辩解道，你不信？我的手机里还存了一些照片呢。说罢，翻开手机上的照片给吴斯看。

真是踏破铁鞋无觅处，得来全不费功夫。吴斯心中暗自高兴，但外表上还要装出一点兴趣都没有的样子，扫了一眼，把手机放在茶几上，不就是土豪炫富吗，有什么了不起的，在广州这地界，走在大街上，随手扔出一块砖头，不知要砸中几个这样的土豪。

两人聊得投机，吴斯一个劲地劝黄凯喝酒，搞得他晕乎乎的。又点了一杯咖啡，待服务员送来时，有意把服务员的手臂碰撞了一下，咖啡溅到黄凯身上，黄凯惊叫一声，跳了起来，正要对服务员发火，吴斯劝阻了，服务员用餐巾纸为黄凯擦拭着被打湿的衣服。

趁这个机会，吴斯借故上洗手间，顺手拿走黄凯的手机，然后把他手机上的图片下载到自己手机上，这才回到座位，悄悄地把黄凯的手机放回桌上。

吴斯的目的达到了，再也无心继续聊下去，两人离开了这家商务休闲会馆。

从广州回来，吴斯向苏雪芳汇报了自己的新发现，苏雪芳也感到事有蹊跷，领着吴斯，一起来到魏建设办公室。

吴斯见到魏建设，面露愧色，对不起魏总，你把这么重要的任务托付给我，我没有完成好，到现在也没能把货款追回来。

魏建设理解道，现在都说欠债的是老子，讨债的是孙子，哪有那么容易把钱要回来。辛苦了，受了不少委屈。

领导的理解，让吴斯有些感动。他汇报了前后两次到广州清欠的情况，重点讲出对方涛的怀疑。一是方涛过去在宏达公司干过，后来才到一家网络公司工作，他的离开会不会是为了掩人耳目，作出的假象。二是他在宏达公司表面上没有担任职务，但在团拜会上，凌云从头到尾围着他转，可见他的地位应该在凌云之上。三是我第一次到宏达公司催讨货款时，明明看到了他，喊了他的名字，他避而不见，说明心里有鬼，怕暴露真实身份。从这种种迹象可以看出，方涛极有可能就是宏达公司实际当家人。吴斯为了证明自己所说的观点是可信的，又把从黄凯的手机里下载的关于方涛活动的照片翻给他们看。

魏建设仔细地看过这些照片，对吴斯说，你是个有心人，收集了这么多情况，很有用。你把这些情况写个书面说明，尽可能详细点，不要漏掉每一个值得怀疑的细节，把这些照片也洗出来，然后注意保密，不向任何人透露。

吴斯原来担心领导对他会大失所望，听到魏总的一番肯定，心里乐滋滋地离开了办公室。

等到吴斯离开后，苏雪芳汇报了整个清欠的情况，这次销售公司组织人员外出清欠，一共收回欠款5000多万，这么短的时间内能够收回这个数目算是不错的。但是现在公司每个月还要亏损几千万元，半年时间很快就要到了，如果无法归还扬子开发银行3个亿的抵押贷款，企业日子更难过，东方大厦也保不住了。言外之意，你这总经理的位子恐怕也坐不稳了。

魏建设说，我们要想办法，尽快把广州宏达公司所欠的一个多亿要回来，这样勉强能够填补目前的亏空。

苏雪芳点头赞成。多年来，她一直信奉着低调做人、老实做事、不选边、不站队的共事原则，魏建设来到东钢后，对她的工作进行了调整，分管财务和销售，给予她充分的信任和支持，在班子成员的眼中，她成了魏建设身边的红人。她看到魏建设废寝忘食、殚精竭虑，还受尽了委屈，也心疼他。她意识到，不管自己愿不愿意，已经与魏建设绑在了同一辆战车上，魏建设倒霉了，她好不到哪里去。这样一来，她放弃了长期坚守的明哲保身的信条，天平的重头不可避免地倾向了魏建设这一边。

犹豫了好一会儿，苏雪芳向魏建设透露了一个情况，广州宏达公司早些年和我们公司做生意时，还是小打小闹。自从方总的儿子方涛大学毕业，在宏达公司上班后，这家公司所做的生意越来越大，而且宏达公司的凌总胆子也越来越大。我刚接手总会计师工作时，凌总就找过我，说要派发给我5%的干股，参加他们公司年终分红，被我拒绝了。他既然对我这么做，会不会用同样的手段拉拢班子其他领导呢？当然，我们的领导应该具备一定的素质，不至于被他拉拢，成为他的代理人。

魏建设听出了苏雪芳的弦外之音，我记得你说过，萧总对宏达公司的生意特别关照。

苏雪芳说，方总在东钢主持工作，萧总是一人之下，万人之上，物资进出都由他说了算。我们公司从国外购买的"长协矿"，低价卖给宏达公司，然后宏达公司再将矿石加价卖给我们东钢，指标这么一转，宏达公司就赚取了差额利润。我从财务的口子上大致清理了一下，这几年我们公司将低于市场价格的"长协矿"卖给宏达公司300万吨，又从宏达公司高价购进来，这么"一出一进"，就有几千万的差价。我以党性担保，对自己所说的每一句话负责。

魏建设不动声色地说，你是一个谨慎的人，我信得过你。通过吴斯反映的问题和你刚才所说的情况，这个宏达公司在与东钢交易过程中肯定存在猫腻，我们抓住这个痛点，穷追猛打，迫使宏达公司把拖欠的货款退回来。这一个多亿要是能够收回来，我们的资金危机就能暂时得到缓解。

苏雪芳又反映了一个情况，魏总，自从你要求销售搞业绩挂钩考核，销售公司的经理受不了，提出不干了，交给我一份辞职报告，撂下这个摊子走人了，据说是到一家钢贸公司当副总了。

魏建设说，这种吃里爬外的害虫走了也好，有没有合适的人选来接手？

苏雪芳有些犯难，一时还真挑不出一个业务精通有担当的合适人选。

魏建设问，吴斯这个小伙子怎么样？

苏雪芳担心道，这个年轻人热情高，点子多，业务能力也不错，只是缺少领导经验，不知能不能胜任？

魏建设鼓励道，不拘一格选人才，行不行，试一烙铁。

生产调度会结束后，萧春晖来到魏建设办公室。东钢复产以来，在萧春晖的组织协调下，每天都有一万吨以上的产量，成本也在控制的范围内，生产经营处于一种正常的水平。萧春晖暗自较劲，要让魏建设看看，他这个位子是靠真本事打拼来的。

两人的关系还是那么不冷不热，在一起自然没有过多的闲话。萧春晖向魏建设请示，现在两座焦炉、两座高炉生产，焦炭和生铁有些不平衡，焦炉的生产能力有富余，只得延长推焦时间，如果能够再开一座高炉，焦炭和生铁就能实现平衡，这样焦炭的成本就可以降低一些。萧春晖实际上是想试探着突破魏建设圈定的 400 万吨年产量的底线。

魏建设没有否定，说道，现在市场形势不好，环保压力大，两座焦炉满负荷生产，是再开一座小高炉好，还是继续控制生铁产量，把富余的焦炭卖掉一部分，你和苏总召集相关单位综合论证一下，看哪个方案更划算一些，只要有利可图就行。

好，我马上就办。萧春晖回答完，准备起身时，书记胡文强敲门进来了，一副焦躁的样子，说有事商量，占用不了多少时间。萧春晖要走，魏建设对他说，萧总，你就在这里等一会儿，我还有事跟你谈。说完就把胡文强请到里间，让萧春晖留在了接待间。

胡文强拿出一封信，放在魏建设面前，情绪激动地说，魏总你看看，这是纪委收到的举报方世雄的材料，说他的儿子方涛就是广州宏达商贸公司的老板，方世雄这些年利用手中的权力，在矿石采购、钢材销售上为儿子的公司搞利益输送，让宏达公司白白赚了几千万元。如果属实，那就是个大案子。

魏建设打开信件看了看，惊讶不已，有这么严重的案情？不会吧。我听老方说过，他儿子在一家网络公司上班，怎么会在宏达公司当老板呢？这个宏达公司在与东钢的交易中确实赚了不少钱，到底与方涛有没有关系，是不是牵涉了方总？一封举报信不能说明问题。

胡文强把一沓照片摆在魏建设面前，我也不相信这是真的，可是你看看这些照片，这是宏达公司新春团拜会上拍的，方涛多神气，美女模特围着他转，旁边那个凌云，在他面前像个奴才。方涛要是个普通的人物，在宏达公司能有这么高的地位？

魏建设拿起照片看了看，将信将疑，你这么分析，还有几分理，不过，这些东西不能作为重要证据，就不要捕风捉影了。

胡文强一脸正气道，我考虑过，这件事涉及方总，过去是我们的老领导，现在是省国资委的领导，公司纪委不好直接调查他，可以把这封举报信转给省里或市里的反贪部门，由他们立案调查好了。

魏建设沉思片刻后说，我不赞成这样做，有这么两点理由，一是你们手头上只有一封举报信，没有直接证据，就去调查，这样做既不严谨，也不负责，查出问题还好办，查不出问题，反而把自己搞被动了。二是我们查案子的目的，是要把宏达公司的欠款追回来，你交给公检法去查，就是查出问题来了，违法资金难得回到我们手上，这就违背了我们办案的初衷，所以，我还是主张，在证据不充分的情况下，不要把事情闹大，低调处理吧。

其实，魏建设心里还有一层不好言明的意思，方世雄毕竟是他的老领导，培养过他，算是他的大恩人，他对方世雄还是存有感激之情的。他到东钢才上任，就查处老领导的问题，自己良心上过不去。再说东钢人怎么看他，背后肯定会戳他的脊梁骨，骂他做人不地道，是个恩将仇报的白眼狼。

胡文强问，依你的意见，怎么处理呢？

魏建设用商量的口气说，你看这样行不行？我们不是正在催讨宏达公司一个多亿的债务吗？把这笔欠款要回来才是当务之急。不如再派人去催讨一次，宏达公司要是能在规定的时间把欠款归还给我们，这封举报信就放一放，不去管它，要是宏达公司不归还我们的欠款，再向警方报案，交由他们处理。

你这叫先礼后兵，就这么办吧。胡文强说着，就要拿走那封举报信。

魏建设说，刚才草草看了一下举报信，印象不深，要不放在这里我再看看。

胡文强走后，魏建设把萧春晖喊进来，当着他的面，把举报信放进抽屉，对他说，萧总，你组织生产还真有一套，叫人放心，还有件事情想请你来办。

萧春晖有点神不守舍，什么事，你吩咐。

魏建设正要讲下去，手机响了起来，他接了个电话，口里嘟囔一句，真蠢，这点小事都处理不好。说罢，也没有跟萧春晖打招呼，挺生气地走了出去。

刚才魏建设和胡文强的谈话已被隔壁的萧春晖听得一清二楚，听得他的心都提到嗓子眼上来了，脊背冒出了冷汗。这封举报信简直太恶毒了，恨不得一棒子打死方世雄。可是信中所说的情况八九不离十，而东钢与宏达公司每一笔交易大单又都是他签的字，一旦方世雄的问题浮出了水面，他也会牵扯出来，跳到黄河也洗不清。趁着魏建设离开办公室这个档口，萧春晖快速打开抽屉，拿出那封举报信，用手机拍下信件和照片，然后把那封信放回了原处。

好一会儿，魏建设回到办公室，表示歉意，对不起，耽误你的时间了。

萧春晖慌乱地说，没耽误什么。

魏建设说，几座小型高炉、焦炉、烧结机停产了，设备长期停下来后，偷盗现象比较严重。我们要加强管理，严厉打击偷盗行为，不然，一旦市场形势好转了，我们想恢复生产，不是缺这，就是缺那，设备运转不起来，那就麻烦了。

萧春晖为难地说，魏总，你知道，保卫工作不由我分管，我来插手不大好吧。

魏建设坚持说，能者多劳嘛，这一块交给你管我还是放心一些。你要是没什么意见的话，我在班子会上提一下就行了。

萧春晖哪有心情坐在这里，只想早早结束谈话，既然领导要我干，我就干吧。

心急如焚的萧春晖，连夜驱车赶到方世雄在江都市的住处，因为两人在电话中已经交谈过，见面后，萧春晖就让方世雄看了他拍下的举报信和照片。

方世雄看着看着，脸色一阵红一阵白，一股火气堵在胸口，愤怒地骂道，小人得志才几天，就像疯狗一样乱咬人，想把我往死里整。

萧春晖也跟着骂道，搞生产经营的本事不大，整人倒是一套一套的。我真是想不通，省里怎么就选中他来东钢当老总？

方世雄突然回过神来，萧总，你有没有感觉到魏建设和胡文强今天是在演双簧给你看？魏建设把你留在他的办公室，自己又进进出出，这分明是做样子给你看的。

萧春晖说，我当时只顾了解情况，心急火燎的，哪有时间考虑他们演什么戏呀。再说，这些举报信和照片放在纪委那里，不是颗定时炸弹吗？

方世雄问，你估计这封举报信是谁弄的？

萧春晖说，不是搞供应的，就是搞财务的，只有他们清楚这里面的猫腻。苏雪芳管财务这么多年，魏建设通过她了解东钢与宏达公司业务往来的账目，那是轻而易举的事。

方世雄恨得直咬牙，我早就看出，魏建设是个忘恩负义的小人，他什么手段都使得出来。我一再告诉方涛注意点，哪知道这浑小子还是满不在乎的，尽给老子惹事。

萧春晖忐忑不安地说，方涛这次参加宏达公司的活动，影响太大了，搞得我们很被动。

方世雄说，这组照片是去年底宏达公司的团拜会上拍的，方涛还在我面前炫耀过这件事，当时我就狠狠地骂了他一顿，叫他千万要低调，不要抛头露面，做好与宏达公司的切割，不要留下任何痕迹，没想到这小子还是收敛不够，闹出了乱子。这些照片是怎么传到他们手上的？分明是有人存心和我过不去，想利用这种下三烂的手段整我。

萧春晖显得有些着急，这几年我们与宏达公司做生意，确实给了他们好多优惠政策，宏达公司从东钢赚得够多的。你还是给凌总打声招呼，叫他们把拖欠东钢的1.1亿早点还过来，这样我们心里踏实些。

方世雄说，不要自乱阵脚。单凭这几张照片，不能说明方涛就是宏达公司的负责人，他和凌云就不能交朋友吗？朋友有活动，邀请方涛参加，不行吗？只要能够撇清方涛与宏达公司的经济关系，就没有什么可怕的。我们和宏达公司做再多的生意，宏达公司赚再多的钱，也只是业务上的事，不算违法活动。再说做生意拖欠货款只是经济纠纷，太正常不过了。占用的1.1个亿，现在给东钢不是时候，最好等到魏建设把东方大厦抵押给扬子开发银行，国资委追究他的责任后，再把钱转给东钢。

好一个老狐狸，这样做不就把火烧到我身上来了吗？萧春晖明白方世雄的意图，他担心，如果顺从了方世雄的话，到时吃亏的首当其冲是他，现在方世雄又不是他的直接领导，万一出了事也保不住他。他不得不为自己着想，方总，这样做当然能够打击魏建设的气焰。不过，他的为人你还不清楚？工人背后叫他"魏屠夫"，脚踩的地方寸土不生，他可是什么事都干得出来的。如果我们想利用宏达公司这笔欠款整倒他，他绝对会反扑，告我们的黑状，司法部门要立案侦查，我们可就被动了。

方世雄不耐烦地说，再怎么调查，也得重证据，我从来就没有直接与宏达公司打过什么交道，批过什么条子，怎么能够扯到我的身上来呢。

萧春晖说，可是与宏达公司所做的每一单生意都是我经手的，都是我签的字，一想到这些，我的头都炸了。

方世雄安慰道，你和宏达的凌云又不是特定关系人，你有什么好怕的？批了再多单子也只是正常的业务往来，抓不到你的任何把柄，你大可不必担惊受怕。

萧春晖软中带硬地说，我不只是为自己着想，也得为你老领导分忧，要是司法部门真的查起来，拿着举报信和照片，先把宏达的人控制起来，七审八审的，你能保证每个人都能守口如瓶，不把事情捅出来？万一哪个受不了，乱咬一气，涛涛可就不安全了，整个事态一失控，以后怎么收场？

方世雄鄙视了萧春晖一眼，从他的话中，知道他害怕了，患了软骨病，真要是对他使点手段，第一个变节的就是他。到了那一步，自己费尽心机构筑起来的防线就会崩溃，损害最大的还是自己和家庭，那就太可怕了。看来暂时还得忍一忍，退一步，把宏达公司的屁股擦干净，即使今后有人想把宏达公司翻个底朝天，也查不出什么。他既愤怒又痛苦，说道，那好吧，就叫凌云赶快把欠款退回去，不要惹祸上身。

听到方世雄答应让宏达公司把货款退回给东钢，萧春晖进门时一直悬着的心才稍微放了下来。

第十二章

春节过后，省国资委召开全省国有企业领导人会议，把各单位党政一把手都通知到场了，东方钢铁集团公司总经理魏建设和党委副书记胡文强也参加了这次会议。

会议在省委礼堂召开，其中有一项重要议程，为了落实全年的工作任务，各个企业的党政一把手与省国资委签订《年度经营目标考核责任书》。在主席台的前方，并排摆放着两张桌子，上面铺着一块蓝布，省国资委主任邹培君坐在一方，各个企业的党政一把手走马灯似的登台，坐在另一方，与他签订责任状。

轮到魏建设和胡文强上台了，刚一坐定，礼仪小姐笑脸盈盈地捧来装饰精美的责任书，放在桌子上。

按常规，每个企业的领导人拿起签字笔，龙飞凤舞地签上大名就下去。魏建设有些较真，他打开责任书，逐条看清，对于东钢党政领导年度经营目标考核一共有四条：1. 钢产量 400 万吨以上；2. 效益目标比上年减亏一半以上，即减亏 4.5 亿，允许合理亏损 4.5 亿；3. 签订联合重组协定；4. 继续完成千万吨技改项目。

他看过后没有立即签字，而是把责任书交给了胡文强，胡文强浏览了一下，又递回给他，示意他签字，他坐着不动，没有签字的意思。胡文强在桌子底下踢了他一脚，意在提醒他，他还是不为所动。胡文强急了，赶紧把自己的名字签上去了，知道他的牛脾气犯上了，对他耳语道，魏总，我已经签好了，你也签上吧。魏建设扫了他一眼，依然像只公鸡似的昂着头，没有理睬他。

这些细微的举动被台下的与会者看到了，一时引起躁动，所有人的目光全都集中到了主席台上。

邹培君担心会场失控，干咳了一声，压低嗓音问道，魏总，怎么还不签下你的大名？你这是什么意思，是出我的丑，还是出国资委的丑？

魏建设小声说道，国资委在征求意见时，我就反映过我的想法，还做了书面说明，责任书上的第四个目标我们难以做到，可是你们根本听不进企业的意见。既然做不到，我签字又有何用？

邹培君不满地说，简直荒唐！钢产量这一条尊重了你们的意见，减亏这一条考虑到了你们的实际困难，只要求比上年减少一半，但停建千万吨项目不能由你们的性子来，省里对这个问题有过明确的态度，它既是一项经济任务，也是一项政治任务，怎么能够随便拿下呢？如果每一项目标任务都由企业自己定，还要我们国资委干什么？

胡文强连忙凑近邹培君，悄声说，主任别生气，责任书我们会签的。你看能不能先让我们拿回去，签好字后送过来，不会影响这项工作的。

邹培君知道魏建设是个犟脾气，使起性子来三头牛都拉不回头，这样僵持下去，会议就无法继续开下去了，也打了自己的脸，影响国资委的权威，既然胡文强在给自己台阶下，只好强压着一肚子火气，你们下去吧，但是，必须在责任书上签字。

魏建设没有回击老领导，尽快起身，低着头，一言不发地走开了。

这件事情的性质恶劣，影响很坏。孟铁生副省长听了邹培君的汇报后，对魏建设这种目无组织、公开抗命的行为大为恼火，在会上不点名地批评魏建设，我们有的同志不讲政治，不讲大局，与省委、省政府的决定相抵触，不愿在责任书上签字，这是一种典型的缺乏担当、不敢作为的行为。给你几天时间思考，如果还是拒不签字，省国资委应该考虑另选贤能。签字不是儿戏，而是一份责任，就要接受任务，承担压力，年底算总账，年度和任期目标即使差一分没有完成，也意味着他的任务没有完成，将追究责任，严重的要辞去领导职务。

未等会议结束，魏建设就找到孟副省长的秘书小杨，提出求见省长的想法。孟副省长叫秘书小杨找了一间会议室，把魏建设单独领了进去。

孟铁生一个人坐在沙发上，见魏建设进来，阴沉着脸，毫无表情，也没有叫他坐下。魏建设有些畏怯，站在一旁。

他也不听魏建设汇报，直接训斥道，我就知道你会来找我，是准备来认错的，还是打算固执到底？我当副省长这么些年了，还从来没有见过有人敢在这种场合公开表示反对！你当企业的老总才几天，省委的决定都敢拒绝执行，千万吨项目说放下就放下，你吃了熊心豹子胆？简直叫人太失望了！

魏建设硬着头皮听他骂了一通，觍着脸说，我是来当面接受您批评的，我用这种方式表达对千万吨项目的态度，有些过激，有些欠妥。不过，孟副省长，请你听我简单地汇报一下企业的情况，千万吨项目确实搞不得，不仅劳民伤财，还会加速企业死亡。

孟铁生生气地说，当上了东钢的老总，了不起了，腰杆子粗了，和尚打伞——

无法无天了！如果大家都像你这样，不在责任书上签字，省委、省政府的决定怎么落实？全省的经济工作怎么抓？省里的经济增长目标怎么完成？你不是一个普通的干部，你是管理着上万名职工的大型国企的负责人，必须讲政治，讲大局，与省委、省政府保持高度的一致！你现在要做的事情，就是把这个责任书的字签了，不要在全省企业领导干部中带这个坏头。

魏建设委屈地说，如果省里坚持要东钢上千万吨项目，我是没有能力干的，请省领导考虑其他人选。

你在威胁我？孟副省长恨铁不成钢，气得手指发抖，真想揍他一顿，魏建设呀，你是个木头脑袋，一根筋。他不由分说，下达了逐客令，今天我的行程排满了，没时间听你解释，你回去后好好反思，想明白了，再来找我，不然就别来见我。

魏建设知道孟副省长这回的气可真是生大了，但不管怎么说，总得给自己说话的权利吧，总得听他解释一下吧，没想到自己那么敬重的省长大人也是个官僚主义者，老虎的屁股摸不得，照样不允许有人触犯他的虎威。

会议后期，魏建设硬着头皮坐在那里，像受刑一样难受，神情肃穆，一声不吭，有人找他说话，打探他的口气，他也有意躲开，以免惹来更大的烦恼。好不容易等到会议一结束，他就快快地离开了会场，也没有心情回家，和胡文强一起返回了东钢。

他们两人年龄相隔十多岁，有过共事经历，关系不错，说话重一点轻一点都不计较。胡文强像个憨厚的大哥批评他，建设呀，今天你在会上公开与国资委领导对着干，触犯领导的权威，这种做法很不对，这是严重的自由主义和个人主义，这样下去很危险。

魏建设显出一副坦然的样子，做人要光明磊落，敢说真话，东钢现在是个什么样的状况，别人不清楚，你也装糊涂，还能上千万吨吗？你别跟着瞎起哄了。

胡文强指出，可是你的态度太坏了，你叫邹主任的脸往哪里搁呀，他是你的老领导，别人怎么看，还以为你现在翅膀硬了，故意使性子让他难堪。

魏建设辩解道，我是那种小心眼的人吗？我在国资委工作期间，邹主任对我还是挺关照的，我和他之间没有私人恩怨，我这样做完全是为企业着想。这次得罪了他，以后有时间我会向他解释，求得他的谅解。

胡文强说，我看你们这个死结一时半会儿是解不开的。你这样做，不仅得罪了邹培君，对孟副省长也是一种伤害，我看老头子一直都没有好脸色。

魏建设说，这下子算是把人得罪光了，我很少看到孟副省长发这么大的火，把我臭骂了一顿，根本不听我说半句话。

胡文强勉强笑道，能够这样对待你，算是对你格外开恩。他毕竟是一省之长，管着全省的经济工作，你又是他推荐的，是他的爱将，不抬庄不说，还在全省的大会上公开和国资委叫板，他不这样批评你，杀一儆百，家家都来扯客观原因，想怎么搞就怎么搞，他这个副省长还怎么当，全省的经济工作怎么搞得下去？我看呀，没有当场撤掉你，就算是烧高香了。

魏建设不解地说，你个大滑头，干吗要在责任书上签字？把我一个人晾在那里，好像我们公司党政思想不统一，不是一条心似的。

胡文强得意道，今天我要不签这个字，两个人在那么严肃的场合上挺着，丢人现眼，更不好下台。我这样做了，好歹给邹主任留下了面子，给你留下了一个台阶，让矛盾有一个缓冲的余地。做人呀，尤其是当了领导干部，就不能由着自己的性子来，事事都要讲策略，有时也要学会妥协，曲线救国。

魏建设坦直地说，你摸着良心说句话，目前这种市场形势，千万吨项目能不能上马？是救活企业，还是等于自杀？

胡文强自有一套理论，什么死呀活的，你别说得这么危言耸听，其实单纯从国资委拟定的指标看，没有你说的那么可怕，在所有四项考核目标上，这一项是最好完成的。

这不是天方夜谭吗？魏建设一愣，眼睛直直地盯着他，你也相信能够完成？

胡文强狡黠地一笑，你没看到吗？责任书上只是讲，继续完成千万吨技改项目，主要是考虑到这个项目一年完成不了，这就给我们留下了很大的空间，不要求今年完成，也没有规定今年投资额度多大，完成多少个项目，这只不过是一个软指标。千万吨项目是一项政治任务，我们可以高高举起，又能轻轻放下，可以分步走，可以小步走，也可以原地不动，喊喊口号，做做姿态，遇到困难和阻力还可以向省里叫叫苦，讲讲条件，讨价还价，争取得到政策支持，这样省里就不会指责我们了，说不定还会给我们一些好处呢。

这番话充满了官场上生存的智慧和哲理，魏建设眼睛直直地望着他，好像不认识这位老战友似的，老胡，也许你这种生存哲学是对的，但我不认同。真正的战士可以死于命运，但绝不屈服于命运。

胡文强说，你何必这么认真呢？

魏建设毫不含糊地说，对不起，我做人爱较真，认死理，对的就坚持，错的就反对，不说违心话。千万吨项目配套资金可是 50 个亿呀，到哪里去筹集

126

这么大一笔资金？

胡文强说，只要诚心搞这个项目，钱应该不成问题，可以通过联合重组嘛，盛唐的唐总不是早就有这个意向吗？而且省里也要求我们完成联合重组，我们大可放下身段，主动跟他们商谈。

魏建设说，唐潮和我同学几年，我比较了解这个人的，脑子比算盘还精，心眼比筛子还多。你以为他是真心实意地投资千万吨项目吗？不会的，他是一个商人，赚钱才是他的目的，别看他把投资东钢说得冠冕堂皇，其实是黄鼠狼管鸡舍，另有图谋。到底包藏着什么祸心，在没有搞清他的真实意图之前，我们不能轻易地与他合作，更不能在企业严重亏损时，搞城下之盟，把东钢的控股权拱手让给他。即使联合重组搞成了，手上有了 50 个亿，也不能盲目搞千万吨项目。

胡文强急了，企业总是要发展的，千万吨项目不搞，难道坐以待毙不成？

魏建设反问胡文强一个问题，老胡，我向你请教一个问题，搞企业，在方向与速度形成一对矛盾时，是方向重要呢，还是速度重要？

胡文强不知道他的葫芦里卖的什么药，只好实话实说，应该是方向吧。

当然是方向。魏建设说，就像跑步一样，哪怕你是飞人博尔特，如果把方向搞错了，跑的速度再快，到头来输得更惨。所以，我们进行一项决策，首先要选准目标，找对思路，这是方向性的问题。东钢当前最大的问题就是方向还没有搞清楚。现在搞千万吨项目，无异于自杀。

胡文强也知道形势的严峻性，表示出担忧，上千万吨项目，现在的确不是最佳时期，有很大的风险。

魏建设这才露出了一点笑容，难得从你老胡的口里蹦出一句大实话，本来，我想等东钢的生产经营理顺了，再来考虑企业的发展问题，现在想这样下去不行。这段时间我们这么努力，还是亏损 2 个亿，多么可怕呀。如果按部就班地走下去，只能走进死胡同，必须优先解决好企业的方向问题。

胡文强问，那你说，有什么方向？

魏建设语气坚定地说，柳工正在制定一个创建智能工厂的方案，我看过了，觉得是一个很好的工作思路。

胡文强不解，怎么又变了？你不是想搞优特钢的吗？

两者不矛盾。魏建设解释道，这个方案的重点还是搞优特钢，而且要跟上时代潮流，运用工业自动化和人工智能，改造传统产业，建成智能化的优特钢生产基地。

胡文强说，这倒是一条新路，能走下去吗？

魏建设肯定地说，这一仗非打不可的，要么翻身，要么翻船，成败在此一举。

胡文强提醒道，眼下最迫切需要解决的一件事，经营目标责任书上的字，签还是不签？

魏建设一口拒绝道，我还是那个态度，宁可被组织撤掉，也不能说假话欺骗省委、省政府。

胡文强失望地说，你这个人，年纪不算大，思想倒特别固执，一条巷子走到黑，亏还没有吃够呀！

省国资委的会议上魏建设闹了这么一曲，在全省的企业界政界掀起了一个不大不小的浪花，引发了各种不同的议论。孟滢作为一个新闻人，敏感地意识到，一个基层的老总，竟敢在全省国企领导人参加的大会上拒绝签订责任状，这里面肯定藏有不为人知的秘密，得好好地挖一挖，说不定能写出一篇爆炸性的新闻来。

一见到她，魏建设客客气气地打着招呼，怎么惊动了孟大记者，追到我们这里来了。

孟滢笑道，你是很有个性的国企老总，我就喜欢和你这样的人打交道。

魏建设摆摆手，你就少夸我两句吧，我现在已经是焦头烂额，哪有心情接受你的采访。

孟滢单刀直入，你为什么不在责任书上签字？是对责任书有意见，还是不敢承担责任？

魏建设说，对不起，我没有什么好讲的。

孟滢追问道，听说你是不接受实施千万吨规划这一条，才拒绝在责任书上签字，谈谈你的想法吧。

魏建设苦笑道，没有什么可谈的。

孟滢凌厉地追问，你这样公开与国资委对着干，原因是什么？到底有些什么苦衷？能告诉我吗？

魏建设回避道，事情已经被我搞得一团糟了，请求你们不要火上浇油了。

孟滢继续做工作，怎么会呢？我们是真心实意为企业服务的，企业有什么困难，有什么想法，有什么要求，我们可以帮助反映，积极呼吁，有时还是起作用的。

魏建设摇了摇头，谢谢你的好意，实在是无话可讲。

孟滢故意生气道，你是有些害怕了吧？怕上级处分你，免你的职，就不敢瞎讲了，认戾了。早知今日，何必当初？

尽管她玩起激将法，魏建设依然不为所动，你是嫌我的丑出得不够，还想看我的笑话？求你放过我吧，不要报道这件事情了，我对省委、省政府自有一个交代。

什么交代？孟滢捕捉到了一个信息。

魏建设两手摊，无可奉告。

后面，不论孟滢怎么说他，怎么刺激他，他只是嬉皮笑脸地打哈哈，从他口里有用的话一句也套不出来。孟滢好像拳头打在海绵上，说破嘴皮也枉然，对这次东钢之行大失所望，换位一想，魏建设这样装疯卖傻也算是学乖了，不失为一种自我保护，再问下去浪费时间，只好离开了他的办公室。

本来打算回省城江都，转念一想，表姐柳诗韵从外地回到东钢，而且是魏建设请回设计东钢转型规划的，也许从她那里可以得到一些消息。

到了姨夫柳家霖的家里，正好赶上姨夫和表姐都在家。柳家霖见到侄女来了，喜笑颜开，张罗着招待她。

孟滢看到表姐柳诗韵消瘦了不少，一套过时的色彩暗淡的呢子大衣有些肥大，把她整个人都快包裹住了，头发随意卷曲着，面色憔悴，现出几道额头纹，比她的实际年龄大一些。

柳诗韵好像不在乎外表，热情地拉着她的手，夸赞道，表妹比上次见到的时候，要年轻一些，更加漂亮了，告诉表姐，追你的男孩不少吧？

孟滢含羞道，哪里，还没有对象呢。

柳诗韵说，肯定是你太挑剔了，一般男孩入不了你的法眼。不过，找对象不比逛菜场，随便挑几样菜放进篮子里就行了，这可是终身大事，是得谨慎一些，别像我这样，成了婚姻的失败者。

孟滢笑道，谈不到满意的，不如不谈，一个人过日子还是蛮惬意的。

坐在一旁的柳家霖插嘴道，你不着急，大人在着急。哪个父母愿意把女儿一辈子留在家里的。

柳诗韵故作生气道，爸，你是嫌弃我在家里待久了吧，我就要和你相依为命，你赶都赶不走我。

罢，罢。柳家霖连忙说，算我瞎说，没想到把你惹急了。

谈笑中，孟滢有意把话题扯到魏建设的身上来了。她说，姨夫，你听说过吗？魏总在全省的大会上拒绝在责任书上签字，引起了很大的反响。

129

柳家霖说，略知一点，他这个人性格太倔强了，不是当官的料，迟早是要吃亏的。

孟滢进一步说，我也了解过，他拒绝签字的原因，是对东钢继续实施千万吨规划有不同意见，可这是省委、省政府的决定，他怎么能推翻呢？

柳家霖担心地说，千万吨是套在东钢头上的一个紧箍圈，孙悟空本事再大，也取不下头上的紧箍圈。

孟滢继续问，姨夫，凭你老的工作经验，东钢应不应该实施千万吨规划？

柳家霖哈哈一笑，在这个问题上，我和方世雄争论了好几年，还是斗不过方世雄，魏建设到东钢才几天，就想推翻这个规划，太自不量力了。

柳诗韵静静地坐着，脸色忧伤，没有吱声。孟滢问她，表姐，你怎么看这个问题？

柳诗韵凄然一笑，要知道他会这么做，我就不该回东钢，不该编制创建智能工厂计划，是我把他给害了。

孟滢愈加好奇，魏建设的行为，与你有什么关系？

柳诗韵正色道，你知道吗？我国的粗钢接近10亿吨，产能严重过剩，尤其是生产普钢的企业，很难赚到钱，再去盲目地拼规模，无异于加速死亡。对于东钢这样的企业，必须尽快转型，淘汰落后产能，生产优特钢，打造智能工厂。规模虽然缩小了，技术含量提高了，产品附加值提高了，市场空间扩大了，企业的竞争力得到了加强，兴许能从困境中走出来。

孟滢问，你这么自信，企业转型了，就会成功？

柳诗韵答，回东钢前，我在一家民营企业工作，他们原来也是生产普钢的，我为他们设计了产品转型规划，搞成功了，现在又在搞智能工厂建设，发展势头良好。

孟滢兴奋地说，你说的是好事呀，省里为什么不支持？

柳家霖说，那就得回去问你父亲了。

孟滢问道，你有东钢转型的方案吗？

柳诗韵说，有一个初步方案，还不成熟，也没有公开，你要的话，我只能给你提供一个总体思路，具体方案还是保密的。

孟滢急切地说，太专业了我也看不懂，有一个大致的思路就可以了，我还可以帮着敲敲边鼓。

柳诗韵心疼地说，魏建设在会上那样做，方式上可能欠妥，心是好的。还不是为了企业生存下去，也是替省委、省政府负责。但是得不到省里的支持和认可，他的心里承受着多大的压力呀！

柳家霖激动地说，下次碰到你父亲，我要说句公道话。现在社会变了，市场变了，我们的观念也要变，不能抱着老皇历过日子了。

孟滢深受感动，姨夫、表姐，听了你们这么一说，我明白了魏总的良苦用心，有机会我也帮助做做工作。

第十三章

回到家里，孟滢向父亲孟铁生谈了对东钢魏总的看法，引起了孟铁生的思索。在会上他虽然狠狠训斥了魏建设，心里还是在纠结，魏建设为什么拒绝在责任书上签字？为什么一再反对千万吨项目？为什么一定要东钢转型发展？虽然他这种公然违反组织决定的做法不妥，但他的思路是对还是错，有必要搞清楚。

作为主管全省经济工作的领导，孟铁生对经济发展的趋势很关注，魏建设任职谈话时，他就对千万吨项目表达了异议，提出了发展优特钢的想法，对孟铁生有所触动，事后他对相关信息作了了解，开始倾向于魏建设的判断，东钢再不转型，今后的日子恐怕更难过了。但是，他是全省经济的总管，又主抓全省五年经济发展纲要，就要从全省经济的大局来考虑，虽然东钢的千万吨项目对全省 GDP 这个大盘子影响不大，但可怕的是魏建设在会上开了个不好的头。如果支持停建千万吨项目，就意味着省里放纵了魏建设的行为，其他企业也可以找出种种理由，不去完成责任书的目标，那可是灾难性的后果。所以，他急于要对东钢的实际情况作个了解，看个究竟。

利用休息天，孟铁生带着秘书小杨，悄悄来到东钢。他们把小车停在远处，步行到了厂区大门，想先到生产现场看看。可是东钢已经实行了门禁管理，小杨只好来到保卫部，找到部长郑少杰，说明来意，要求郑少杰带他们进入厂区，而且不能惊动公司领导。

郑少杰哪敢不从，拿了两个红色安全帽，给了他们一人一个，就带着他们到厂区去了。

进入厂区，孟铁生立即被那种紧张有序的气氛所吸引，厂区大道修整得宽敞平坦，两旁栽种着花草树木，姹紫嫣红，散发出春天的气息。炉群巍巍，厂房林立，除了往来的车辆，路上很少有行人，偶尔出现几个，着装整齐，精神状态都不错。他到东钢视察过好几次，每次来都有领导陪同，前呼后拥一大帮子，看不到真实的样子，今天的第一感觉还不错。

孟铁生要求郑少杰带他到发生过工亡事故的炼钢厂转炉车间看看，进了车

132

间，空气立刻热了好几度，车间的水泥地板、钢梁上干干净净，生产工件、产品井然有序地堆放着，钢水在炉内沸腾，钢花像繁星一样闪耀，生产现场整洁干净，天空一片蔚蓝。

他们沿着安全通道，来到转炉操作室，正好遇上李志刚这个班。李志刚见到郑少杰，笑着说，郑部长来检查保卫工作的吧，我们这里的合金、废钢都管住了，小偷再不敢来了，就是来了也要把他们抓起来，扭送到保卫部。

你管事，我肯定放心。郑少杰说罢，指着孟副省长，又不敢说明他的身份，只是含糊地说，这是上级领导，来看望大家。

操作室内工人的目光全都聚向孟铁生，这个头发花白的老头，方脸盘，大耳朵，带着慈祥的微笑，一点架子也没有，伸出又粗又大的巴掌，和每个人握手。李志刚在和领导握手时，愣怔了一下，认出了他是谁，激动地喊道，你是孟副省长，你来过东钢，参加过我们新转炉投产仪式，我见过你。伙计们，这是孟副省长，孟副省长来看望我们了！

孟铁生不介意暴露了身份，坐在长椅上，说道，今天就是来看望一下大家，如果不耽误你们手中的活，我们随便聊聊。

秘书小杨为了拉近和大家的距离，热情地掏出一包香烟，请他们抽烟。李志刚连忙摆手拒绝，对不起，我们这里班中禁止抽烟。公司有纪律要求，谁要在厂区抽烟，一次扣500元，屡教不改的，解除劳动合同。

孟铁生故意问道，这么严厉的制度，那些烟瘾大的同志受得了吗？

小胡子说，受不了也得忍呀，总不能为了抽一根破烟砸了饭碗吧。

眼镜是班组安全员，说道，这是安全生产的要求，为了我们大家好嘛。

小胡子说，好个屁！进了厂区就像进了一个大监狱，个人自由一点都没有，一切绝对服从制度。不是说工人是企业的主人吗？我看比奴隶强不了多少，魏建设根本不把我们当人看。

小白脸说，姓魏的对我们工人下手太狠了，好多人背后叫他"屠夫"。

眼镜辩护道，你别胡说，有几个人这样喊他？其实魏总对我们工人的态度好得很。只是在制度面前，不讲情面，六亲不认。他的姐夫原来是我们炼钢自动化室的一名班长，在当班时喝了点啤酒，打伤了个小流氓，应该是见义勇为，不奖励不说，还因为班中喝酒打人，解除了劳动合同。你说，连自己的亲人都可以这样做，谁还敢违犯纪律呀？

李志刚补充道，我们炼钢厂这次搞清理整顿，十几个不上班的人员，全部解除了劳动合同，一个也不剩。

孟铁生不禁问道，这种管理方式，大家适应得了吗？

李志刚憨厚地一笑，刀子下老了点，这叫什么什么下猛药。

小杨说，沉疴下猛药，还有一句是乱世用重典。

李志刚接着说，对，对，就这个意思。过去我们散漫惯了，魏总来后在管理上下了陡坎子，开始还真是憋不过，受不了，公司就组织我们开展"东钢兴亡，我的责任"大讨论，让员工明白，饭碗不是别人给的，而是自己挣的，上班就像上战场，一切都得讲规矩，按制度来。时间一长，也就习惯了。

眼镜抢着说，开始时，是有人在背后骂过魏总，后来公司赏罚分明，动真格的，还把拖欠的工资补发了，大家看到魏总是个说话算数的爷们，按他说的做错不了，就很少有人骂他了。

李志刚意犹未尽，现在我们的收入直接与成本挂钩，每炼一炉钢都像侍候婴儿似的，格外小心，不能出废品，要是出了废品，就得自己埋单，搞不好连工资都赔进去了。

小白脸不满地说，上个月我的工资扣得只剩下300元，连吃饭的钱都是找人借的。

李志刚回击道，活该！给你发再多的钱，还不是赌博输掉了。你要是三天打鱼两天晒网，迟早会把饭碗搞砸的。你看人家小胡子，上个月拿了4000元奖金，再加上基本工资和补贴，超过8000元了，我们班组数他最高。这要是放在前几个月，连想都不敢想。

小胡子得意地说，不是吹的，现在指标公开上墙，天天算账，一个班炼几炉钢，成本是多少，自己一天有多大个看相，清清楚楚，明明白白，干好了就多得票子，干不好就得自掏腰包，为废品埋单，这一点还是叫人服气。

眼镜叹了一口气，表示担心，只是像这样脱了裤子干，公司每个月还是亏损，要是长期亏下去，血都放干了，我们的好日子不就到头了？

孟铁生发问，那你们说该怎么办？

眼镜说，起码千万吨上不得，生产越多，亏损越多，死得越快！

李志刚也说，光搞这些大路货肯定不行，还是要搞优特钢，赚钱些。

孟铁生也有了兴趣，你们炼得出好钢来吗？

几个工人异口同声地说，能！

李志刚说，只要能够救活东钢，要我们炼什么钢都成，保证生产合格产品。

孟铁生赞道，我看你的觉悟还是蛮高的。

眼镜抢着说，你看他像不像魏总，当然要有高觉悟。

小胡子笑道，可惜了，长得个厂长相，就是没有厂长命。

孟铁生像个慈祥的父亲看着这群说说笑笑的孩子，内心产生了强烈的震动，原以为秀才造反，三年不中，魏建设一介书生，一时半会难成大器，没想到短短几个月，他就给东钢注入了活力，带来了新变化，也许这家伙是块搞企业的料子。

孟铁生向大家告辞了，没有与东钢班子见面，直接回了江都市。在路上，他对小杨讲，你通知一下东钢的魏总，国资委的邹主任和方主任也参加，我在近期要听一次东钢转型的汇报。

小杨答道，好的。

孟铁生仰靠在沙发上，闭目静思，魏建设这家伙可给我出了一道难题，一边是继续推进千万吨项目，GDP 增加，经济数据好看点，政府负担可能加重；一边是停建千万吨项目，建立特钢生产基地，GDP 相应减少，企业实现自救，政府负担减轻，如何选择才好呢？

孟副省长的办公室宽敞简朴，桌子椅子柜子都是些老式物件，只有桌上的电脑散发出现代气息。魏建设进来时，邹培君和方世雄坐在这里，有说有笑，见到他就止住了，气氛一下子严肃起来。

孟铁生挺随和的，和他们围坐在沙发上，说道，今天把你们三位请来，主要是想听听你们对东钢的发展有些什么想法和要求，把思想统一起来，便于下一步决策。

邹培君对魏建设的怒气还没有消除，魏总这回在全省国有企业负责人会议上的表现，引起很大的反响，现在全省企业领导的眼睛都盯着了，东钢的千万吨项目，是推进，还是放弃，已经不是个人的问题，而是牵涉全省经济发展格局的大问题，我们应该有一个鲜明的态度。

魏建设一上来就嗅到了一股浓浓的火药味，邹主任分明是强逼他在这个问题上表态，然而，他早就抱着一种死猪不怕开水烫的心态，我还是认为千万吨项目不能搞。

尽管大家知道魏建设是个固执的人，但他这样强硬的顶撞，多少让人有些意外和震惊。孟铁生对他说，谈谈你的理由吧。

魏建设没有直接回答，打了个比方，农民看天吃饭，有丰年，也有灾年。做企业也有好的年份和坏的年份。好的年份，钢材一出来就有人抢，现在情况不同了，产品的价钱不如白菜，还卖不出去。这个时候上千万吨项目，有些不

135

合时宜。

一直没有吭声的方世雄眼里冒出火星子，按魏总的意思，我们搞了这些年的千万吨项目，是做了件错事！你可要搞清楚，我们当时提出千万吨项目，可是落实省委、省政府跨越式发展的指示精神。这几年东钢投入了100多个亿，对旧装备进行了彻底改造，千万吨的主体装备基本建成，若是联合重组了，企业很快就能形成千万吨的生产规模，这是一次不可多得的历史机遇呀！

魏建设不为所动，坚持己见，当初东钢搞千万吨并不错，因为那时市场还比较宽松，可以抓住机遇搏一搏，现在市场形势发生了根本性的变化，整个行业由微利经营进入了整体亏损，会有一大批企业死掉。风向变了，我们还要逆风而上，是不明智的，需要赶紧调整风帆，实施转型，寻找新的出路。

方世雄列举自己的亲身经历，反驳道，我在对越自卫反击战中是个连长，攻打凉山时，带着全连打冲锋，进攻了几次，都败下阵来，全连死伤过半，我的头部受了伤，满脸是血，卫生员在给我包扎伤口，营长命令我们撤下来，我没有服从，对营长说，你要么看到山头上飘扬起我们的军旗，要么就给我收尸！扔下这句话，我推开卫生员，带着全连战士发起最后一次冲锋，终于把那个山头攻下来了。他越说越激动，额头上那道伤疤泛着紫红的光，这是他在那次战斗中留下的，成了一颗永不磨灭的勋章。

看到孟副省长耐心地望着他，浑身充满了斗志，我举这个例子，不是在省长面前表功，而是说明一个道理，不到最后时刻，千万不要放弃，向前进，胜利就在眼前，停下来，就是前功尽弃。搞企业也是这样，往往最黑暗的时候，就是曙光快要到来的时候。钢铁产能在四五亿吨时，国家就在搞调控，压产能，结果听话的企业吃了大亏，顶风而上的企业占了便宜。就是到现在，也还有企业在拼命扩大生产规模。一个企业只有做大做强，才能在市场上有立足之地，才能增强抗风险的能力。依我看，现在要集中一切力量，排除干扰，全力以赴推进千万吨配套项目。他说这话时，感情很投入，眼里含着泪花。

孟铁生被他的情绪所感染，微微点头，似乎表示赞同。

魏建设并不示弱，针锋相对地说，我敬佩军人，向英雄致敬。我不是军人，没有战场上的经历，但我读过一些军事书籍。当年胡宗南大举进攻延安时，毛泽东没有和他死磕到底，而是主动从延安撤离，把红色首都让给了敌人，这才有了后来的战略大反攻，解放全中国。可见撤退有时也是一种有效的进攻。我们搞企业，谁不想痛痛快快地大干一番，把企业做得大大的，但是我们也要审时度势，讲究科学，该进则进，该退则退，把企业救活，把效益搞上去，才是王道。

邹培君把问题上升到政治层面说话了，落实千万吨项目，就是落实省委、省政府的指示精神，就是讲政治，讲党性，在这个问题上没有任何退让的余地。

魏建设并不惧怕，我这个党员政治懂得不多，但我知道实事求是，那种只唯上、只唯书、不唯实的做法，会害死人的。如果省里一定要上千万吨项目，我保留个人意见，请求组织上另派贤能，我不能让东钢毁在我的手上。

方世雄恼怒地说，别拿这一套来要挟组织，你到东钢才几天，东钢离开你，就活不成了？

邹培君对魏建设很不满意，你在责任书上拒绝签字，凭这一条，就可以对你作出组织处理。

孟铁生见他们都在集中火力打击魏建设，连忙降温道，对魏建设同志如何处理，先放一放，还是听他把转型的理由讲清楚，把个人的想法说出来。

魏建设继续坚持自己的主张，东钢目前最大的问题是低水平重复建设，表面上规模不小，但由于生产的大都是低端产品，缺乏竞争力。尽管成本一再控制，还是出现倒挂，今年一开局，已经亏损了2个亿，照这样下去，亏损额度比去年还要大。如果规模再扩大到千万吨，亏损的数字我都不敢想。这说明市场是无情的，不是单纯靠提高产能就能扭亏的，这条路根本行不通！

孟铁生问，那你有什么办法解开这个死局？

魏建设说，最好的办法是加快企业转型升级，打造以优特钢为核心的智能工厂，尽早建成国内一流的特钢企业。

方世雄质疑道，生产优特钢，哪有那么容易的事？我们连电炉都没有，只有高炉和转炉，这套装备决定了只能生产普钢。

在冶金行业里，把"高炉—转炉—轧机"称为长流程生产线，把"电炉—轧机"称为短流程生产线，而且长期以来都认为电炉炼特钢，转炉炼普钢，形成了钢铁人的思维定式。

魏建设反驳道，装备不是制约生产的主要条件，不管是电炉、转炉，都能生产特钢。不久前，我到浙江永峰钢铁公司去考察，他们也是一套长流程，生产的全部都是汽车用钢，取得了比较高的效益。

方世雄质问道，生产优特钢，能把产能搞多大？

魏建设说，目前是按400万吨组织生产的，至于今后能有多大，只能按市场的需求来确定，但可以明确的是，在这样的市场形势下，没有必要把产能做得过大。

方世雄说，要是这么搞，东钢的产能大量闲置，光装备的损失也有几十亿，可惜呀！

魏建设说，现在国家对环保的要求很高，我们有的装备属于国家明令要求淘汰的系列，不如趁着产品结构调整的机会把部分落后的装备淘汰掉。

他这轻描淡写的几句话，抹掉了几百万吨产能，这不是败家行为是什么？方世雄对魏建设极度不满意，强忍着火气问道，搞优特钢不是家家赚得盘满钵满，死掉的企业多的是，你就能肯定这是一条阳关大道？

魏建设说，我知道特钢企业也有亏损的，甚至倒闭的，但事在人为，根据东钢的条件，这是转型发展的最佳选择，如果能够把东钢建成全国一流的特钢生产基地，就可以解决成本倒挂的问题，就能实现赢利。

方世雄又提出了一个问题，你刚才说还搞什么人工智能，靠机器做事，还要我们工人干什么？简直是异想天开！

魏建设说，现在有的行业有的企业，甚至有的城市，开始运用人工智能了，这是一个发展趋势，很快就会形成一股时代潮流。我们如果能够在行业中先走一步，就能争取主动。

方世雄还想追问，被孟铁生拦住了，这一点我清楚，创建智能工厂是个好想法，我们的思想也要跟上这个时代的要求。不过，他对东钢转型表示了担忧，办企业，目的是要赚钱，要有效益，利润才是硬道理，你能给出一个救活东钢的时间表吗？

魏建设看到省长没有全盘否定他，似乎对他的思路还有兴趣，精神大振，毫不犹豫地说，如果省里同意我们东钢转型的思路，保证做到一年减亏，两年持平，三年盈利。

时隔不久，孟铁生就带着省政府办公厅、国资委、发改委、财政厅和各大银行的负责人到东钢现场办公。

孟铁生作了个简单的开场白，今天把省里主管经济工作的几大部门的领导、银行的领导，还有姜市长请到东钢来，就是讨论东钢转型脱困的问题，具体说，东钢停建千万吨工程项目，调整产品结构，建成以优特钢为核心的智能工厂。

魏建设作了汇报，一共五个部分：1. 冶金行业的形势及东钢的现状分析；2. 为什么停建千万吨工程项目；3. 为什么要转型，创建智能工厂；4. 智能工厂的核心是优特钢项目；5. 创建智能工厂的困难及需要解决的问题。最后，他说，中国经济已经进入了一个新的发展时期，经济增长速度开始放缓，不再是规模速度型的粗放增长，而转向质量效率型的集约增长。在这种经济形态下，东钢不能再走扩大产能这条老路了，只能停建千万吨配套项目，创建以优特钢为核心的智能工厂。制定这个目标，会有很多意想不到的困难和阻力，不去争取，只有坐以待毙，不如破釜沉舟，杀出一条血路！

魏建设汇报完后，孟副省长要求部门发言。由于这个方案已经得到省政府的同意，大家也就不再在总体方案上反对什么，只是对方案中的具体问题发表意见。

省国资委邹主任一上来就毫不客气地说，魏总，尽管千万吨项目叫停了，但对你在全省国有企业负责人会议上的行为，还是要进行全省通报批评，如果大家都像你这样在会上公开顶撞，省里的决定怎么落实？全省的经济目标怎么实现？

魏建设在这场争论中已成赢家，自然得给邹培君一个台阶下来，当时我太冲动，做得不对，我愿意接受领导的批评，给什么处分我都认了。

省发改委伍主任办事一向认真，一板一眼地说，你们现在停建千万吨项目，建设智能工厂，还是要按程序来，赶快立项，上报给我们发改委。你刚才汇报中说的，建设智能工厂，也要进行技术改造，估计得要多大投入？

魏建设不假思索地说，如果搞大而全的配套，需要30—40个亿，现在资金这么紧张，我们只能精简，优先搭建数字化平台，建设对产品质量有较大影响的几个项目，估计得要15个亿。

伍主任说，现在传统产业进行改造，靠省里投资几乎是不可能的，只能靠企业自筹资金，你们要有这样的思想准备。

孟铁生用目光扫向几大行长，笑着说，可以找这些钱老板伸手，向他们贷款嘛，要不，你们加快与盛唐实业进行联合重组，这也是筹集资金的一个捷径。

魏建设知道孟铁生与唐潮家族的关系非同一般，这是孟副省长利用这个机会，试探他对联合重组的态度，当即表态道，我们抓紧做好工作，尽快与盛唐公司开展实质性谈判，争取早日实现联合重组。

孟铁生肯定道，联合重组是个大趋势，是救活企业的重要途径，要抓紧时间积极推进。你今天有这个态度就好，希望你们早日实现联合重组。又对随行的官员说，今天把大家请来，有一个重要任务，就要解决好东钢的资金链问题。各位讲讲吧。

财政厅的张厅长为人谨慎，不多说话，省长很清楚我们财政厅的家底，该怎么支持企业，听从省里安排。

银行的行长你望我，我望你，没有一个吱声的。银行系统是总行一条线管理模式，这些行长们只听北京总行的，省里也拿他们没有办法，而且他们也不知道孟副省长的葫芦里到底装的什么药，谁敢贸然表态？

孟铁生苦笑道，我知道，一谈到资金问题，你们都高度紧张，不好表态，但是东钢当前的资金确实极度紧张，随时都有资金链断裂的危险，这是一个迫在眉睫的问题。

在场的人都知道，东钢现在的资产负债率接近90%，每年支付银行的利息6—7个亿。更为可怕的是市场上钢铁产品价格严重倒挂，东钢仍然是个亏损大户，投入的资金就像扔进了深水潭里，连泡都不冒一个，谁敢冒这么大的风险？

孟副省长接着说，负债率这么高，经济环境这么差，东钢怎么可能有效益？不过，他们尽管遇到了前所未有的困难，还是想办法解决了拖欠职工工资的问题，还在积极思考建设智能工厂，谋求转型发展。我希望财政部门、银行系统都来支持东钢的发展，这不仅关系到东钢几万职工家属的生存，也关系到东方市甚至省内一批与之有业务关联的企业及金融机构的共同利益，关系到东方市的发展和稳定。省委研究了几条救助措施，希望你们这些财神爷大发慈悲，一起帮助解决。首先是银行撤销对东钢破产清算的申请，给东钢一个发展的机会，东钢真的破产了，你们银行什么好处都捞不到。市工行、建行的领导来了吗？表个态吧。

市工行的郭行长难堪地一笑，既然省长明确指示，要求我们支持东钢的发展，我们就按省里的指示办，从法院撤诉好了。

孟铁生表示赞赏，有这个态度就好，会后马上落实。姜市长可要盯住这件事，还要做好法院的协调工作。

姜红梅连忙答应下来。

孟铁生说到最重要的问题，关于怎么处理东钢的债务，省政府有这么几条意见：一是债权银行对东钢的中长期贷款展期3年，这些主要是千万吨项目的技改贷款，不是赖账，只是给东钢一个缓冲的时间，重新确定一个还款计划。二是3年内对东钢已经发生的贷款利息减半，也就是说东钢只需承担一半的贷款利息，另一半由财政厅从省级财政收入中补贴，缓解东钢支付银行贷款利息的压力，这样3年下来间接为东钢减轻10个亿的负担。当然啰，这个钱也不是白给，可以作为省国资委对东钢的注资。三是企业的流动资金和短期贷款全部续接，安排好必要的过桥资金，保证东钢现金流畅通，特别要防止部分金融机构收紧口子或者限贷、抽贷，那就等于掐断了企业的供血渠道，是要搞死企业的。

随后，他对东钢提出了几点要求：一是东钢集团要通过各种渠道积极筹措资金，清理应收账款，盘活现有资产，形成与银行之间合理的资金周转关系。二是加快创建智能工厂，早日建成国内一流特钢企业。魏总可是立下过军令状的，到时目标达不到，看我怎么收拾你？三是抓紧推进联合重组，已经过了这么长的时间，还是没有取得实质性进展，行动慢了一点，东钢现在是困难时期，更应该主动点，早日达成协议，既可以学习民营企业的管理经验，也可以缓解资金严重不足的压力，何乐而不为。我们今天想了这么多办法，研究了这么多措施，为的就是东钢早日扭亏为盈，实现健康发展。

第十四章

卢萨卡国际机场，唐潮和孟滢走下飞机舷梯。韩晓波早已等候在机场，前来迎接的还有所在国的几名政府高级官员和中国大使馆的商务参赞。韩晓波对主客一一作了介绍，大家礼节性地行礼寒暄，然后乘坐奔驰，前往皇家李文斯顿酒店入住。

皇家李文斯顿酒店的名字来源于著名的探险家大卫·李文斯顿先生，酒店是沿着赞比亚河畔搭造的一栋栋别墅，阿拉伯树下的点点绿荫，灌木丛中的原始气息，无不充满着浪漫的情调。

唐潮这次非洲之行，是来参加该国的一座露天铜矿开工典礼的。这个项目第一期投资 10 亿美元，是盛唐实业集团的一个合资项目，占有 51% 的股份。

次日，唐潮几人赶往露天铜矿基地，参加该项工程开工仪式。当他们下车时，当地百姓载歌载舞迎接他们，大酋长请他们在露天帐篷的贵宾席入座。矿业部部长、省长、中国大使都来参加了开工仪式。

大酋长安排了当地传统文艺表演，在一阵阵激昂的鼓声中，装扮奇异的男女青年轮番表演，他们腰系兽皮，脚缠铃铛，迈着疾速矫健的舞步，剧烈抖动黝黑发亮的身躯，时而如雄鹰展翅，时而如狮子出林，仿佛置身于奋勇杀敌的疆场。

大会开始，官员们和中国大使分别讲话，唐潮也应邀发表了讲话，他表示一定要把这个项目建设成为中非人民友谊的标志，"一带一路"上的样板工程。随后，一起为露天铜矿工程奠基。

现场掀起一片欢腾的海洋，贵宾们应邀和村民一起跳起了传统舞蹈，原始粗放、激情四射的非洲歌舞震撼着辽阔的大地。

开工仪式结束后，大酋长为来宾准备了丰盛的午宴，唐潮、孟滢被大酋长安排在主帐篷里就座，和政府官员、中国大使一起用餐。午宴持续几个小时，气氛非常热烈。

回到酒店时，三人没有丝毫困意，围坐在唐潮所住客房阳台的甲板上，享受传统的下午茶。暮色升腾，凉意渐起，西沉的太阳将远方的河水浸染得一片金黄，清新的空气沁人心脾。

韩晓波自信地说，这个矿山铜储量十分可观，而且伴生有金矿、钻石矿，国家政局稳定，投资环境好，投入运行后，每年给盛唐实业至少带来1亿美元的效益。

唐潮满意地说，好！我们又有了一只能下金蛋的鹅了，你功不可没。

孟滢仍然沉浸在开工仪式的兴奋之中，拿出手提电脑，迅速写好一篇关于盛唐实业集团合资开采大型铜矿的报道，然后说，稿子现在发给《江都商报》，明天就可以见报了。

唐潮饶有兴趣地浏览了这则新闻，对孟滢大加赞赏，这篇稿子写得好，有文采，有高度。宣传了我们盛唐实业响应国家"一带一路"的倡议，积极实施走出去的战略，在非洲进行大型投资，成为勇敢的探路者。孟大记者，如果把赢利能力改成2亿美元，更有震撼力。我建议给《中国证券报》也发去一份，让中国的股民知道这个消息，这样，盛唐实业的股票就有一波大涨的行情。

唐潮的发迹史，起源于小矿山，当年借地方政府整顿矿业之机，由政府出面，逼着矿主签字，无条件退出矿山，然后，政府将这些矿山拍卖给盛唐公司，盛唐公司再将这些矿山整合起来，溢价转卖给大型国企，实现了低成本快速扩张。在拥有一定的资本后，进军房地产市场，实现了产业多元化发展。后来，又成为一家上市公司，在资本市场不断上演点石成金的故事，这才成就了今天拥有雄厚实力的集团。

看到唐潮情绪很好，韩晓波谈了个人的想法，唐总，全球金融危机后，国际经济形势持续低迷，国内经济形势也不太乐观，我们盛唐的发展思路应该有所调整。

唐潮对韩晓波的建议一直都很重视，你有什么新的思路？说来听听。

韩晓波显然经过了深思熟虑，不假思索地说，我是这么想的，现在国内矿业在萎缩，我们自有的矿山不多了，应该尽快转卖或关闭。主要精力放在房地产和海外业务的拓展上。房地产可能是最后的盛宴，应该还有一个增长期，但不会持久下去。我更看好国际市场的开拓，现在中国正在倡导"一带一路"，会相应出台一些政策，更有利于我们进军国际市场，虽说风险高，但回报率也高，这是今后的一条出路。至于其他项目可以暂缓或者放弃，比如之前与东钢的联合重组计划，我建议暂时放一放，作冷处理，看以后形势变化再作安排。

怎么？孟滢一惊，你们盛唐实业要退出联合重组？

韩晓波连忙解释说，不是退出，只是暂缓，这也是迫不得已的选择。

本来在优雅地喝着咖啡的唐潮，听到这里，放下杯子，连连摆手，我们费了九牛二虎之力，好不容易搞到这个程度，得到省里的支持，也上报了证券会等待批准，怎么能轻易放弃呢？

韩晓波说出自己的理由，东钢现在停建了千万吨项目，创建智能工厂，想把企业打造成特钢生产基地。孟副省长亲自带队，到东钢现场办公，同意了东钢创建智能工厂的方案，这样一来，势必影响我们联合重组计划的推进。

唐潮表示异议，你只考虑到了不利的一面，没有考虑到有利的一面，现场会上孟副省长不是一再要求东钢加快联合重组进程吗？魏总不是也作出了积极的回应吗？这就是说，不搞千万吨项目，不等于放弃联合重组。实话说，在钢铁产能严重过剩的形势下，主动放弃千万吨项目，创建智能工厂，不失为明智的选择，不得不承认魏建设有独到的眼光，过人的魄力。与这样的人合作，我们应该更有信心。

韩晓波担心道，可是，东钢的智能工厂建设，只需要15个亿的资金投入，与之前我们设计的千万吨配套项目50个亿的资金相差太远，即使这15个亿都由我们投资，也无法实现对东钢的控股，如果不能控股，我们的一切计划就会落空。

孟滢插话道，我对魏总有所了解，这个人性格倔强，从不服输，你想从他手中谋取东钢的控股权，无异于与虎谋皮。

唐潮沮丧地说，怎么，你们都劝我退出这场联合重组的游戏？要知道我们在联合重组上花费了多少心血，现在退出来，岂不是煮熟的鸭子飞走了？

参加完露天铜矿开工仪式后，唐潮安排韩晓波留下来处理一些案头工作，和孟滢一起，前往坦桑尼亚塞伦盖蒂国家公园，观看了举世闻名的动物大迁徙。随后，应大酋长之邀，在他的一位王子的陪同下，乘坐悍马越野，前往酋长的私家庄园狩猎。

庄园紧挨着南卢安瓜国家公园，苍茫的红褐色大地，无休止地向前伸延，连接着天际隐约可见的起伏的峰峦，宽阔的卢安瓜河，宛如一匹铺在上面的银白色绸带，浓荫的树丛，青青的草地，五颜六色的花朵，构成了一幅天然的重彩油画。犀牛、大象、狮子、角马、野牛、羚羊、豹子等各种动物，在这个巨大的庄园里，生存、争斗和繁衍着。

唐潮、孟滢穿着迷彩服，拿着猎枪，坐在同一辆车上。孟滢是第一次打猎，既紧张，又兴奋。

草原上有各种动物，很容易发现目标。一见到动物，唐潮兴奋地端起枪，一顿狂射，动物警惕性很高，听到枪响，发疯地撒腿就跑，没有击中。耗费了三个多小时，还是一无所获。两人累得大汗淋漓，不停地喘着粗气。孟滢说，过了狩猎的瘾，该返回了。唐潮还没有尽兴，怎么能空手而归呢？

车子继续前行，前方出现一群羚羊。他们吸取前面的教训，提前下车，悄悄地靠近，埋伏在草丛中，唐潮鼓励孟滢射击，孟滢瞄了这个，又瞄了那个，觉得每一只动物都很可爱，不忍心扣动扳机射杀它们，选择了放弃。唐潮趴在地上，屏住呼吸，瞄准一头止在低头吃草的羚羊，"砰"的一声枪响，打破了原野的宁静，羚羊摔倒在地，其余的动物发狂地奔跑。

打中了，打中了！孟滢站起来，大声喊道。唐潮举起猎枪，冲着她露出得意的笑容。不过一瞬，那只羚羊摇晃着站立起来，抖动了下身体，沿着同伴的脚步，由慢到快奔跑而去。

他们追踪着目标，往前走了500米，发现地上有一摊新鲜血迹，判断那只羚羊伤得不轻，接着追下去。走了好长一段路程，还是不见羚羊的踪影。

王子说，这只羚羊要么跑掉了，要么被别的猛兽叼走了，再追下去就不是我家的领地了，请客人返回。

唐潮不愿放弃，对王子说，天还早嘛，再往前找一找，碰碰运气。

好吧。王子指使随从，分头寻找羚羊留下的痕迹。

过了好一会儿，有个随从冲着他们一边扬手一边喊叫。唐潮急忙过去，那个随从指着地上的脚印要他看，他的眼睛倏地一亮，看到这一路脚印，三深一浅，肯定这只羚羊腿部受了伤，应该跑不远。

王子半信半疑地带着他们继续往前寻找。

突然，唐潮指着一片掉在地上的树叶，兴奋地说，你们看，这上面有血印。随后看到，有血迹的地方越来越多。一行人走在一段铁丝围栏前，铁丝上沾着几根带血的绒毛。唐潮断定目标穿过围栏进入了另一片草地。

王子劝阻唐潮，那不是自己的领地，不能越界过去。还没有等到翻译把王子的话说完，唐潮就迫不及待地拉着孟滢一起翻过了围栏。王子看到他们的背影，站在原地摆了摆头。

两人又走了一段路，果然看见目标痛苦地站在那儿，一点奔跑的力气也没有了。唐潮示意孟滢也趴下来，把上了膛的猎枪递给孟滢，要她来射杀这只羚羊。羚羊似乎觉察到了什么，回过头来，一双大大的眼睛望着孟滢，不停地发出哀号声。孟滢看到羚羊可怜的样子，手越发抖动得厉害，试了几次，还是不忍心

145

开枪。

唐潮轻松一笑，端着猎枪，对准目标就要射击。突然，草丛中跃起一只鬣狗，闪电般扑向那只羚羊，死死咬住它的一条腿，拖着它往坡下跑去。这是唐潮没有想到的，先是一怔，很快冷静下来，边追边对着鬣狗射击。

唐潮，救我，快救我！落在后面的孟滢撕心裂肺地喊了起来，几只鬣狗正在逼向她，她的生命受到严重威胁，恐惧地后退，胡乱地开枪。唐潮见势不妙，放弃了追赶的念头，回头来救孟滢。他拼命往回跑，吼叫着朝鬣狗射击。这群鬣狗似乎在有意吸引对手过来，不急于逃离，时而向左，时而向右，时而向前，时而向后，与他们对峙着。直到王子和他的随行人员赶过来，用强大的火力扫向这群鬣狗，鬣狗才四散逃窜，消失得无影无踪。

孟滢手里的枪早没了，脸色发白，衣着凌乱，蹲在地上，浑身不停地打战。唐潮本想上前安慰她一下，可是心脏跳得都快蹦出来了，双腿发软，一步也迈不动。再看到那只鬣狗，正以一个胜利者的身份，昂起头，示威般叼着超过它自身体重的猎物，一群鬣狗在它身后追逐着，行走在无垠的草原上。

他们回到庄园别墅时，天色已晚。在这片荒原上，有一个碧波荡漾的湖泊，湖边盖起了一座别墅。别墅的房间是围绕着一棵参天大树搭建的，下面是坚固的木桩，铺设着厚实的木板，木板上再搭建着木屋，木屋的圆顶铺设着茅草，像一座座连成一体的空中楼阁，体现了一种狂野与舒适的完美结合。

王子为中国客人准备了丰盛的晚宴，由于经历了一场惊险的遭遇战，唐潮和孟滢兴致都不高，礼节性地应付过去了。用完晚宴后，王子把他们送入房间休息，一再告诉他们，这里晚上动物特别多，客人只能待在房间里，不得随意走动。

庄园安排了专人守夜，有动物光临就以事先约定的警铃暗号通知睡梦中的客人。一声是鬣狗，两声是豹子，三声是狮子，四声是大象，五声是有人被动物吃了。有时一晚铃声不断，有时一夜下来只响几声。

别墅内部装饰得简约自然，铺着斑马皮图案的地毯，古朴的原木桌子，用动物的角和皮毛制作的凳子和沙发，墙上挂着长颈鹿、野牛、羚羊等动物头颅标本，充满了非洲大草原的气息。

唐潮和孟滢的情绪缓和过来了，品尝着咖啡和点心，谈论着这场冒险的奇遇，欢快的笑声又重新响起了。

唐潮半开玩笑地说，今天算不算是一场生死恋呀？

孟滢莞尔一笑，你还好意思开玩笑，要不是你执意去打羚羊，也不会遇到鬣狗的袭击，差点把命撂在这里了。

那我向你赔罪了。唐潮趁机拿出一个锦盒，笑眯眯地送给孟滢。孟滢打开一看，是一条镶嵌着一颗钻石的项链，惊喜道，这么名贵的东西，送给我的？

唐潮点点头，喜欢吗？

孟滢笑道，哪有女孩子不喜欢钻石的？

唐潮说，这条项链的黄金和钻石都出产在我们刚刚拥有的铜矿里，意义非同一般。

孟滢说，这算是求婚吗？我可没说要嫁给你。

唐潮说，你不反对我对爱情的追求吧，我向你求婚，你会无情地拒绝吗？其实，唐潮追求孟滢，不仅是看上了她的美貌和睿智，也还希望进一步接近孟铁生副省长，得到他的支持。

孟滢是现代女性，对这种明显的暗示并不反感，含情脉脉地看着他，笑而不语。两人亲密地交谈着，感情也在不断地升温。

孟滢激动地说，这次非洲之行，太刺激了，太有意思了，整个人完全融入了大自然，无论走到哪里，都能感受到原始奔放的气息。

唐潮深有同感，提了一个问题，你最欣赏哪种动物？

孟滢脱口而出，角马。那种万马奔腾、前仆后继、气势磅礴的场面，以前虽然在电视里见过，但到现场观看，感觉完全不一样，连做梦都想象不到的壮观。

唐潮问，那凶猛的动物呢？你欣赏哪一种？

孟滢说，狮子。狮子是百兽之王，唯我独尊，不可一世。

唐潮说，角马固然壮观，狮子固然凶猛，不过，我最欣赏的还是鬣狗。

孟滢问，你还欣赏鬣狗？羚羊被它抢跑了，我们都差点成了它的猎物！

唐潮诡异地说，这场狩猎太有意思了，虽然猎物被它抢走了，我们也受到了威胁，但是，你还不得不佩服这个小小的动物。我都怀疑它们为了得到那只羚羊，设计了一个完整的行动方案，有进攻的，有助攻的，有掩护的，那么机智，那么勇敢，还有团队精神，简直成了我心目中的勇士。

两人谈得兴趣正浓，突然黑夜中的草原上传来一阵令人毛骨悚然的嚎叫声，那正是鬣狗在围捕猎物时互相打斗，发出的强烈叫声，令人胆战心惊。

孟滢惊叫一声，将身体往唐潮的怀里钻。唐潮一把将她抱住，将自己的嘴唇贴上去，疯狂地吻她。孟滢的身体渐渐酥软起来，紧紧地搂着他的脖子，香舌缠绕，甜津交融，久久不愿分开。他欲火上升，浑身的血一下子冲到头顶，迅猛地抱起绵软无力的她，放倒在床上，就像一头出笼的猛狮，不顾一切地朝床上扑去。

此时此刻，非洲的夜晚，天空纯净得像一块碧蓝的玻璃，头顶的星星格外耀眼，一轮满月像个玉盘嵌在天幕里，温暖的软风送来了让人心醉的芳香，充满了奇幻和浪漫色彩。

唐潮一行结束了非洲之旅，准备从卢萨卡国际机场乘机回国，不巧，遇上飞机晚点，三人只得在机场贵宾室的吧台上饮着咖啡闲聊着。

韩晓波问道，孟记者，这次到非洲来感觉如何？

孟滢说，惊险刺激，出乎意料。这回我总算是对丛林法则有了切身感受，什么是物竞天择、弱肉强食、优胜劣汰，请到非洲草原来，一看就明白，谁也逃不过这条自然界的法则。再细细一想，大到国家间、政权间的竞争，小到企业间、人与人之间的竞争，似乎都在遵循着丛林法则，至于谁能胜出，谁被淘汰，那就是实力、智慧、手段的较量。

说得好。唐潮拍着巴掌肯定道，我一直崇尚丛林法则，每个人每个企业都在这个法则下生存，都应该去努力争取自己的权利。在非洲草原这些动物中，我为什么格外钟情于鬣狗？论个头鬣狗不如狮子，论速度鬣狗不如花豹，论外表，更是奇丑无比，可是它从不惧怕任何强大的对手，一旦选定了目标物，就锲而不舍，穷追不放，直到杀死猎物，真是一个可怕的对手。

孟滢带着撒娇的口吻，你把鬣狗吹到天上去了，恨不得不做人了，做一只鬣狗？可是鬣狗那么丑，哪个女孩子喜欢！

鬣狗，鬣狗。唐潮还沉浸在那天狩猎的场景中，突发灵感，韩部长，你们编制的那个联合重组的方案能不能取个代号，叫"鬣狗行动"？对，就叫"鬣狗行动"。

韩晓波吃了一惊，唐总还是坚持联合重组？

唐潮反问道，我什么时候说过要放弃？我想好了，联合重组决不放弃，而且要加快进程。要有鬣狗的精神，敢于以小搏大，以弱胜强。尽管东钢是国企，又转变了发展思路，在联合重组中似乎比我们占有主动，但是，只要有一线希望，就要抓住，紧咬不放，直到把猎物抢夺过来。

韩晓波说，可是现在魏总搞智能工厂，不再搞千万吨了，条件发生了重大变化，我们怎么控股？

唐潮凌厉的眼光盯住韩晓波，明确地说，这正是我们要解决的问题，回去后抓紧思考，无论如何要实现我们盛唐对东钢的绝对控股。

韩晓波固执地说，我国经济正在减速，企业经营越来越困难，尤其是传统产业更是举步维艰，这个时候去蹚这浑水，风险太大。

唐潮说，你的视野还没有放开，只看到中国经济在减速，你没有看到，正是这种低迷的形势，一般人不敢出手，这才为我们大举扩张提供了绝好的机会。试想一下，如果国有企业日子好过，谁还用正眼瞧一下我们这些民营企业，谁还愿意跟我们合作？我们正是要利用这种机会兼并东钢，如果这次兼并成功，还可以按照这个模式兼并更多的国有企业，这样就可以实现我们盛唐的财富像滚雪球一样的增长。

孟滢对唐潮的独特见解表示了极大的兴趣，唐总还是个有理想抱负的人，你的财富目标是什么？

唐潮野心勃勃地说，进入福布斯中国富豪榜前100强，这个小目标，应该不是梦想吧。

孟滢佩服道，相信你会梦想成真。

韩晓波没有这么乐观，现在这种形势下，我们还是应该谨慎出手，一味地采取鲸吞策略，盲目扩张，不仅不能获利，反而会拖垮盛唐实业。

唐潮却有不同的想法，不要这么悲观地看问题。这年头是中国风险投资最疯狂的年代，而股市就是一个以圈钱为目的以欺诈掠夺为手段的主战场，一路狂奔到今天，造就了一批贪婪无度富可敌国的大佬，他们把股市当成投机者的乐园，用传闻、欺诈、内幕交易等一些卑鄙龌龊的手段把玩操控，制造传播虚假的题材和业绩哄抬股价，然后在喧嚣混乱的市场中获取暴利。我们作为一家上市公司，不参加这场豪门盛宴，岂不是太可惜了？

趁着唐潮在兴头上，孟滢冷不丁地问了一句，刚才听到你说有个"鬣狗行动"，是些什么具体内容，能不能透露一点，让我先睹为快。

唐潮顿时意识到，不应该在记者面前讨论联合重组这样敏感的话题，好在只是扯闲话，没有多少实质性内容，不由得窘迫地一笑，刚才只是随感而发，联合重组是两家子的事，我有再好的想法也没用，只有等到我们双方签了字，才能算数。不过，我保证，一旦我们和东钢谈妥了方案，我会在第一时间告诉你。

我们算是约定好了。孟滢有些失望，看了一下手表，说道，离登机还有点时间，我到机场附近转转，拍几个镜头。到非洲的机会不多，抓紧时间留点纪念。

看到孟滢走开后，唐潮嘱咐韩晓波，"鬣狗行动"是核心机密，千万不能告诉她。记者的鼻子最灵敏了，万一让她知道了我们兼并东钢的具体方案，传播出去了，整个计划就全泡汤了。

韩晓波怪怪地笑了笑，我看你们俩挺亲密的，说不定过不了多久，她就会成为嫂夫人了，那时还向她保密吗？

以后的事谁知道呀。唐潮对两人关系不置可否，诡秘地一笑。

第十五章

钢铁研究院来了两位年轻人，一个身材胖乎乎的，圆圆的脸上总是挂着笑容，一副谦恭、温厚的样子，只是从那双细小的眼缝里，透出犀利而狡黠的目光。他叫明哲，是哲思智能科技有限公司的经理。另一个瘦高个子，穿着一套黑西服，打着领带，脸上缺少血色，前面的一绺头发泛白，背部微驼，给人一种未老先衰的印象。他叫杨立春，是哲思智能科技的设计师。

他们是东钢请来的客人，已经工作了一段时间，和东钢的专家一起，设计出了创建智能工厂的实施方案。在提交公司班子讨论之前，先想听听总经理魏建设的意见。

魏建设和他们已经很熟了，彼此之间没有讲什么客套话，直奔主题。

这个方案的核心分成两个部分：一是建立一个5G钢铁互联网大数据平台，整合生产、设备、能源、环保、运输及物流等调度岗位，实行集中监控，利用数据移动APP，查阅与控制钢厂经营管理和操作系统的动态，实现钢铁生产无人化、智能化；二是为适应特钢生产的技术要求，在炼钢系统新建精炼炉，对连铸、精轧部分进行改造，相应配置精密的质量检测设备，实现钢铁生产精品化。两大工程的资金大约需要15个亿。

柳诗韵对这个方案颇有信心，强调道，特钢生产工艺的改造，我在永峰时已经做过，有一套比较成熟的技术，心里多少还是有数的。此前也和魏总交换过意见，问题应该不大。至于工业互联网这一块，我在永峰时还是刚起步，只是了解点皮毛，算是个门外汉，还请两位专家好好谈一谈，给我们上一课。

明哲一开口，眉开眼笑，柳工过谦了，你是专家，我算是班门弄斧了。人类进入工业革命时代以来，经历了蒸汽时代、电子时代、计算机时代，现在到了互联网时代。之前的4G基本上以服务于消费互联网为基础搭建的，而现在正在开发应用的5G网络通信技术是服务于万物互联，为各行各业产业互联提供网络基础设施。这是一场深刻的技术革命，将为经济发展注入强劲动力。东钢抓住这个历史机遇，成为国内钢铁企业中第一批搭载5G应用的全流程集控智能工厂，可见魏总有远见，有魄力。哲思智能科技是专门从事5G钢铁互联网开发的公司，在国内有过成功的先例，具备资质。我们这个团队，技术上由杨工负责，他讲得更清楚些。

轮到杨立春介绍情况，他佝偻的腰一下子挺直了，眼睛有了神采。他讲道，我们的工作任务，简单点说，要按照操作室一律集中、操作岗位一律机器人、运维一律远程、服务环节一律上线这样的"四个一"要求，建设一个大型的操业集控中心，与这个中心联网的，是几百个自动化系统、几十万个监控点、几百个现场操作台，都集中在这个平台管理。通过全工序远程集中操控，现场操作人员将逐步被机器人取代，远离劳动强度大、安全系数低、环境复杂的场地，实现少人化甚至无人化。像炼铁开炉口、炼钢取样、轧钢切割等等，今后都可以通过遥控机器人完成。还比如，如果生产设备出现故障，不再需要人工去检查，调取录入电脑中的设备数据信息，用机器视觉质检技术迅速找到故障点，最后运用远程操控技术确定检修方案，这就会大大提高设备维修效率。他滔滔不绝地数说着，越来越兴奋，血液在全身加速流动，脸部有了红晕，完全像换了个人似的。

魏建设不动声色地听着，渐渐露出了满意的微笑，我看这个方案可行。路总是人走出来的，我们在行业中先迈出一步，提升自动化、智能化、精品化水平，在竞争中就会抢占先机。现在不是干不干的问题，而是怎么干的问题。

明哲说，首先是建立操控中心，把全公司 100 多个操作室集中到操控中心运行，当然，必须具备现代化办公条件。

柳诗韵接着说，这个我考虑过，能不能把已经关停的烧结机、小高炉拆除掉？那一块占地面积 20 万平方米，我们可以建一个操控中心、一个培训中心和一个服务中心，再建一些绿化景观和休闲场所，成为东钢的一道亮丽的风景线。

魏建设点头赞同，我想建在那里最合适。小高炉、小烧结，包括小焦炉，都是产业淘汰的对象，可以利用这个机会拆除掉。

柳诗韵说，我担心拆除这些淘汰的装备，有人要心疼了，会骂你又在崽卖爷田。

魏建设淡然一笑，我已经有了好几条罪状，不差这一条。开弓没有回头箭，只能往前走。

明哲用一种敬佩的目光看着魏建设，激动地说，魏总这样支持我们，我们有信心把东钢的 5G 钢铁互联网大数据平台保质保量地建设好。

柳诗韵说，还有保工期，要按时完成。

魏建设也补充了一句，还有一保，要保证施工安全，不得出事故。

大家开心地笑了起来。

看到气氛这么好，杨立春向他们打听一件事，东钢有个叫张有为的青年大学生，不知两位领导认识吗？

魏建设望了他一眼，你们怎么认识的？

杨立春说，我们是同班同学，学的是工业自动化，他特别聪明，很有思想，是我们班上的高才生，听说毕业后回到了东钢，我们就没有联系了。

魏建设叹了一口气，痛惜道，他就是我的外甥，在工厂实习时，由于操作失误，造成一名工人死亡，对他影响很大，就患上了精神疾病，时好时坏。就这样，他还没有停止对自动化的爱好，成天研究行车自动化系统，他对我说快研究成功了。

真是可惜呀，我要抽空去看他。杨立春说，我们的项目中也包含行车自动化系统，正好可以和他磋商。

明哲连忙说，应该去看看他，说不定他是个人工智能开发的人才呢！

谢谢你们的好意。魏建设露出微笑，如果能够在这方面发挥他的长处，让他有所作为，说不定他的病就好了，那你们算是帮了我的大忙，我要好好答谢你们。

创建智能工厂的计划定下来了，现在最缺的就是资金。魏建设抱着一颗诚心来到长江国际大酒店，拜访唐潮。他进来时，唐潮正在阅读《中国证券报》《江都商报》刊登的盛唐实业投资非洲大型铜矿项目的文章，特别是《江都商报》在头版刊登了唐潮参加开工仪式的大幅照片，令他着实有些陶醉。

两人简短地寒暄了几句，话题自然扯到了唐潮这次的非洲之行。他充满激情地说，这次到非洲，投资了一个大型铜矿项目，第一期投入了10亿美元，投产后每年会给我们带来2亿美元的效益。这个消息在国内传开后，我们盛唐实业的股票一下子升值了不少，真叫人开心。

魏建设说，祝贺你。何不借这股东风，把我们两家联合重组的协定确定下来，来一个锦上添花？

小弟也有这个愿望。唐潮笑逐颜开，这次从非洲回来后，我去看望了孟副省长，他非常关心联合重组，对你在会上的表态很满意，要求我们盛唐也要主动一些，我们一起做好工作，争取早日达成协议。

魏建设说，孟副省长一直以来都很关心支持东钢的发展，我们当然不能辜负他的期望。

唐潮说，我们都抱着这种态度，重组的事就好谈多了。好在前期我们两家做了大量的准备工作，有了个初步协议，可以作为下步谈判的基础，只要对部分条款作出适当调整，很快就可以达成正式协议了。

魏建设别有意味地说，有件事尽管你早已知道了，我还是要正式向你通报一下，东钢已经决定停建千万吨项目，加快转型，创建智能工厂，而且这个计划已经得到省委、省政府的批准，目前我们正在全力以赴做好这方面的工作。

唐潮称赞道，我早就说过，魏哥不是一般的人物，一定会有办法扭转东钢的被动局面，停建千万吨，创建智能工厂，对东钢的发展具有重要的战略意义。天大的好事呀，我举双手赞成。

魏建设心想，这个唐潮呀，脑子像安了轴承一样转得真快，不管他是不是诚心赞成东钢转型，作出这个姿态，表明他还是愿意联合重组的，那么他的真实意图是什么呢？于是试探性地问，我们东钢搞智能工厂，主要生产优特钢，技改规模缩小了，这次的技改资金投入也没有原来那么多。

唐潮担心东钢技改资金减少，不利于自己控股，说道，搞钢铁我是个外行，你是专家，你说的肯定在理。不过，我想东钢建设智能工厂，还是为了把优特钢生产好，能不能把规模做大一些，或者把装备档次提高一些，这样优势不就更明显了吗？

魏建设显然知道唐潮的用心，坚持说，特钢在整个钢铁产量中所占的比重也就十分之一，全国不到1亿吨，竞争的激烈程度不亚于普钢，不能靠规模取胜，关键在品种质量上要有自己的特色，自己的优势，我们刚转型，不能贪大求全，如果盲目做大规模，搞不好比普钢亏得还多，到时血本无归，也拖累了你们。

唐潮笑着问道，按你们现在的规划，需要我们投入多少资金？

魏建设直率地说，我们初步方案已经出来了，需要15个亿。如果盛唐能够出资，我就感激不尽，将尽快做好签订联合重组协议的准备。

15个亿？唐潮迟疑地问道。

是的。魏建设作出肯定的回答，在我看来，联合重组不在于吸收多少资本，主要目的是引入民营企业的运行机制和管理办法，提高国有企业适应市场的能力。再说，尽可能减少资金的投入，降低投资风险，也是对你负责嘛。

这么阴险的一招，无异于狠击了唐潮一记重拳。他想，盛唐公司就算全额投资15个亿，在东钢股份中所占的份额也只是一个小头，不谈能够控股，恐怕连放个屁都响不起来，这就完全打乱了他的"鬣狗行动"。他哪会心甘情愿，魏哥,有些问题我得说明一下,我们为了与东钢联合重组,已向证券会提请报告,定向增发 50 个亿用于东钢的技改。现在如果降低为 15 个亿,与当初的设想差距太大。不如,我们还是按原有的扩股方案,定向增发 50 个亿,把钱圈回来,为东钢股份筹集更多的资金,不是更好吗? 这样一来,我们就可以轰轰烈烈地大干一场了。

魏建设并不买账,依然固执己见,可是,我们智能工厂的投入有这 15 个亿就够了。

唐潮说,这个你不用操心,我们有专业的团队可以包装成 50 个亿,与向证券会递交的报告一致起来。

魏建设诡诈地笑了笑,这可是天上掉下的馅饼,我还正在为 15 个亿的技改资金发愁,没想到唐总一下子就给了我 50 个亿,你可真是豪爽,慷慨,够兄弟。

唐潮轻描淡写地说,只是我们在拟定新协议前,需要对东钢的固定资产重新核查一次,毕竟已经过去了好长时间,资产也发生了一些变化,然后再按各自的投资额度确定双方所占的股份。

唐潮所提的要求一点也不过分,签订新的联合重组协议,对固定资产重新核查也是情理之中。但是现在核定东钢的资产,显然对东钢不利,因为东钢部分装备已经停产,有的马上要拆除,在重新核定固定资产时,自然就会核减掉,那么,盛唐出资 50 个亿,在东钢的股份中也就顺理成章地占到 50% 以上,就能不动声色地实现对东钢的绝对控股。狐狸终于露出了自己的尾巴。

魏建设不温不火地说,对现有资产进行重新评估是必要的,不过,我们现在最急需的是 15 个亿,完成智能工厂的建设。至于如何联合重组,如何包装上市,我们还可以接着谈,我是真心诚意地希望实现联合重组,你我兄弟携手搞好新东钢。

唐潮知道魏建设口里这样说,心里还是舍不得失去东钢的控股权,再谈下去适得其反,只能另找机会说服他。

东方市市长姜红梅列入了副省长后备人选,接受了省委组织部的考察。考察完后,组织部部长特地与姜市长通了电话,交换了意见,对她考察的结果总体满意,省委和省政府班子中又缺少一名女领导,对她很有利,美中不足的是政绩差一点,GDP 增长没有达到市里制定的 13% 的目标,在全省排名也不突出,还有创建全国文明卫生城市不达标,这可都是硬伤,对她会有一定的影响。

放下电话,姜红梅坐在办公室,静静地思考。她是个政治抱负很强的女人,自从调到东方市担任市长以来，就把做大经济蛋糕作为东方市的头等大事，提出年均增长 13% 以上，力争在全省经济增速中进入前三名的目标。这几年，她废寝忘食，夜以继日，内抓经济，外抓引资，经济工作进展顺利，只是魏建设到东钢担任老总后，停建了千万吨项目，搞智能工厂，产值减少了一大块，拖累了东方市 GDP 增长速度。还有，创建全国文明卫生城市，主要是受到东钢高污染高排放的影响，空气和水的质量不达标。这两项指标完成不好，她怎么可能有上升空间呢？

就在这时，唐潮登门拜访。姜红梅知道，唐潮是个在政商两界通吃的大老板，热情地接待了他，亲自给他泡了一杯龙井，端在他的面前，脸上始终含有笑意。

刚一坐定，唐潮就迫不及待地说，大姐，祝贺你，这次省委组织部对你的考察评价很好。

姜红梅感到惊诧，你还真是个红顶子商人哩，政治上的事也这么关心？

唐潮奉承道，全省找得出几个你这样的女干部？当然引人注目。以你的人品、你的能力、你的政绩、你的呼声，其他的考察对象难得比过你，你在性别上的优势，更是他们比不了的。

姜红梅笑道，你可别吹我了，再吹下去我可找不着北了，不管哪个领导到了这个地位，能力差不到哪儿去，各有各的优势，都是强有力的竞争对手。我也有自知之明，与其他同志相比，我并没有优势可言。再说中国官场复杂得很，换届的时候，不确定的因素很多，到时谁上谁不上，真是很微妙的事情。

唐潮说，我在省里人脉关系还是蛮多的，可以助你一臂之力。

姜红梅笑着摆摆手，违心地说，你的好意我领了，我是一个女人，相夫教子还是主要的，没有什么野心，不是非要上位不可，把现在这个市长当好，也就心满意足了。你要是真心帮我的话，就早点和魏建设一起，把联合重组的协议签了。

一提到联合重组，唐潮就收敛了笑容，抱怨道，我正要向你汇报呢，前几天我和魏哥谈了一次联合重组的事情，他不搞千万吨项目了，搞什么智能工厂，反正只要能够救活东钢，我还是支持的，还是愿意与东钢联合重组。只是他再三强调智能工厂建设的资金只需要 15 个亿，言外之意，在联合重组时只要我们盛唐出资 15 个亿，这样我们在东钢占有的股份微乎其微了。可是，我们向证券会申请定向增发的资金是 50 个亿，打算全部投给东钢。这么好的事，他还不乐意，我不成了热脸贴他冷屁股了吗？

姜红梅一针见血地说，魏建设只要你出 15 个亿，你要出资 50 个亿，说到底还不是都想当老大，我猜得对不对？

唐潮窘迫地笑了笑，不对东钢控股，这个联合重组对我们盛唐有多大个意义？

姜红梅说，你们两个呀，一个是天上飞的鹰，一个是地上跑的虎，飞的和跑的拢不到一块。不管怎么说，你投入50个亿给东钢，体现了你的诚意，也有利于东钢的发展，这应该是件好事，作为地方官，我巴不得能够吸引更多的资金。有机会帮你说说话，敲敲边鼓，你还可以通过孟副省长，做好魏建设的说服工作。

姜红梅的话正合唐潮的心意，他就是要利用一切关系向魏建设施压，让他在东钢的控股权上让步。

姜红梅心事重重地说，家家都有一本难念的经，魏建设办企业有企业的难处，你开公司有公司的难处，我当这个市长照样也有市长的难处，这不，眼下我就有两个难点，不好解决。一个是刚才说过的，东钢砍掉了千万吨钢项目，压缩了产能，影响了我市 GDP 的增速。还有一个，也与东钢有关，他们的工业污染，使我市争创全国文明卫生城市的努力付之东流。这都是很头疼的事情，唉，城门失火，殃及池鱼呀！

听到姜红梅在发魏建设的牢骚，唐潮心中窃喜，看来今天来得正是时候，讨好说，我们盛唐不能只盯着东钢，打算在东方市加大投资力度，大干一场。

好呀！姜红梅拍手称快，急切地说，谈谈你的打算。

唐潮侃侃而言，我们有个初步设想，联合几家有实力的公司，把龙港区靠近东钢的那片土地购买下来，建立一个省级电商示范基地，待到形成一定规模后，可升格为国家级电商示范基地，利用这里交通便利的优势，建成一个集长江深水港、铁路延伸线、仓储中心、物流园、产品展示区于一体的商业基地，整个投资分三期完成，全部投资在百亿以上。

姜红梅说，你可真有远见，原来与方总商量好了，这块土地是给东钢发展预留的，不然早就开发完了。现在魏建设改变了东钢的发展规划，估计他们一时半会也用不上，我们不能长期闲置着，如果你有兴趣，把这片土地购买过去，建立商业基地，可以考虑，市里会支持的。

唐潮说，那就太好了。我还有一个不太成熟的建议，利用江都市打造"1+9"大城市圈的有利时机，做好省里和江都市的工作，把江都市城市地铁延伸到咱们东方市，那样东方市的经济就腾飞起来了。

姜红梅双眸一亮，吃惊地盯着他，唐总，这可是一个伟大的创举，你是怎么想出来的?

唐潮眉飞色舞,我是这么想的,我们东方市与省城江都市是相邻最近的城市,这是得天独厚的优势,我们就要好好利用这一优势,把江都市的城市地铁延伸到东方市来。一旦城市地铁建成了,将大大提升东方市的城市品位,东方市就可以作为江都市的后花园,江都市的产业、学府就会涌过来,东方市的GDP就会呈爆炸式增长,何止13%呀,可能是20%,30%,甚至更高。

唐潮的开放式思维对姜红梅具有强烈的冲击,她不得不佩服这个小师弟的能量,这个想法不错,只是实现起来太难了,不过,这是造福东方人民子孙后代的特大工程,值得一试。

唐潮颇有信心,世上无难事,只要敢登攀,你利用官方的势力做工作,我用民间的力量做工作,双剑合璧,也许真能创造出奇迹?

好!姜红梅的情绪完全调动起来了,唐总,我真心实意地代表东方市人民好好感谢你!你可是我们东方市的及时雨呀。

非洲之行后,唐潮和孟滢两人频繁约会,感情急剧升温。唐潮这次在个人感情上似乎动了真格,一心想把她追求到手。孟滢春心萌动,也爱上了他,还把自己的心思告诉了父母。孟铁生比较赏识唐潮,但提醒女儿对他要多作一些了解,不急于确定关系。高洁对唐潮这个小伙子一直都有好感,现在女儿能够与他处对象,她由衷地感到高兴。

这天,孟滢在办公室里接到唐潮一个电话,说他已经到了报社楼下,想见到她。

孟滢连忙放下案头工作,换上一身时装,乘电梯下楼,一眼就见到了唐潮风度翩翩地站在院中,身边还停放着一辆魅惑红色卡宴。

唐潮笑眯眯地指着那辆卡宴,对她说,喜欢吗?

这么高贵的名车,当然是女神最爱,孟滢眼睛为之一亮,但外表上还是装出一副满不在乎的样子,我一个穷记者,天天要下基层采访,与老百姓打交道,开这么漂亮的跑车,谁还敢接近我呀?这不害了我吗?

唐潮故意说,公主要是不喜欢,就把它退掉好了。

孟滢说,你敢?工作时不用,休息时还用不着?

唐潮打开车门,从里面拿出一束鲜花,单膝跪地,双手捧着鲜花献给孟滢,表白道,亲爱的孟滢,嫁给我吧,我一定会让你永远幸福快乐!

孟滢惊喜交集,接过鲜花,娇嗔道,谁答应嫁给你?酸不酸呀?快起来,同事看了多难为情。

唐潮开心地说，怕什么？正好让你们报社的同事见证，你是我唐潮最爱的人，是这个世界上最幸福的人。

他的目光专注着孟滢，一个年轻新潮的女性，魔鬼般的身材，修长的美腿，诱惑的眼神，披散着瀑布状的一头秀发，再配上这辆崭新的红色卡宴跑车，简直太火辣了，太迷人了。

正在下班的同事，围在旁边，见到这一幕，惊羡不已，禁不住鼓掌喝彩。

唐潮把车钥匙交给孟滢，说道，今天是个美好的日子，我们找个地方庆祝一下，好吗？

孟滢说，好呀，这附近有家不错的餐厅，我们把车开过去，正好我还可以适应一下这部车子。

唐潮用西方绅士的动作，拉开车门，把孟滢请进驾驶座位，再绕到另一边，就要坐进副驾座位，手机铃声突然响起，是金若愚发来的一条信息，他看了一下，脸色顿时变得难看起来，连忙对孟滢说，真扫兴，公司临时出了点状况，我必须过去处理一下。今天不能陪你吃饭了，改日一定赔罪。

孟滢很少见到唐潮出现这种状态，关心地问，什么事？需要我陪你去吗？

谢谢，不用。唐潮明确地说。

孟滢说，那我送你去吧。

唐潮急忙说，用不着麻烦你，你先走吧。说罢，不管孟滢的反应，跳下车，拦了一辆的士，匆匆忙忙赶回了公司。

一进办公室，唐潮就冲着金若愚破口大骂，这么点小事你都办不好，简直就是一头蠢猪！

金若愚毕恭毕敬地站着，手足失措，都是我的错，是我没做好，是我小瞧了白霞这个女人，才受了她的欺骗。那天我和单位的小美，确实陪她一起到妇幼医院做的人流手术，她进产房时，我叫小美跟了进去，被医生拦在了门外。手术做了一个小时，护士把她推出来时，她还不停地流着眼泪。我亲自看了她术后的病理报告，明明写着拿掉了一个胎儿，还进手术室查看了，医生指给我看了一个死胎，说就是那个孩子。哪知道她欺骗了我们，我们上了她的当。现在，她把孩子生下来了，跑过来找你。

唐潮恨得咬牙切齿，你呀，一只老鹰怎么被小家雀啄瞎了眼呢？让她把孩子生下来，会惹出多大的麻烦。她人在哪儿？对你说了什么？

金若愚说，人暂时被我稳住了，她不愿跟我们谈什么，只说要亲自见你。

唐潮眼睛一翻，我凭什么要见她？

金若愚吞吞吐吐，她说，你不见她，她就在江都市举行记者招待会，把这件事公开出来。这个女人狡猾得很，说得出做得出的，万一要是那样做了，对老板就很不利了。

妈的，她还讹上我了！唐潮口里这样骂着，心里还是不踏实，这个女人太有心计了，你要不理睬她，说不定她真的会来一场记者招待会，不仅毁了他的名声，还会把他和孟滢的关系搅黄了。对金若愚说，我还怕她不成，让她来好了，我倒要看看，她到底打的什么坏主意。

白霞一见到唐潮，喜形于色，亲爱的，你终于想见我了。

唐潮冷若冰霜，你又找我干什么？一见到你这种不讲诚信的女人，就让我感到恶心。

白霞解释道，我到医院，本来是要打掉孩子的，可是医生检查后，说我有子宫肌瘤，如果孩子打掉了，以后可能再也怀不上孩子了。你要理解一个做母亲的心情，怎么忍心谋杀这个小生命呢？说什么也得把这个苦命的孩子生下来。

唐潮说，你就编吧，编得再悲情也别想打动我。我们之间的关系已经处理完了，生下这个孩子是你的事，找我干什么？

白霞凑拢过来，拿出一张照片给他看，我们的女儿多可爱呀，你看看，她的鼻子、她的小嘴巴，多像你呀。

唐潮没有接过照片，反倒皱起眉头，冷笑一声，你就这么肯定这个孩子是我的？

白霞立刻气愤了，用一种蔑视的眼神看着他，你难道不相信我对你的专一和忠贞，就这么糟践我们的孩子！我早就知道你会说这种话，带女儿去做了DNA亲子鉴定，她的基因与你的基因完全匹配，一分一厘都不差，否则真是跳到黄河也洗不清了。说着，拿出一份亲子鉴定书放在唐潮面前。

唐潮气得发抖，连声骂道，你这个女人，阴险，卑鄙，歹毒！

白霞毫不相让，对付你这种人，就得以其人之道还治其人之身，这叫以毒攻毒。

唐潮喝道，你想怎么样？

白霞强忍着泪水说道，我知道你是个耐不住寂寞的花心男人，你一定又找到了新欢，你抛弃我，不再爱我，我认了，但你不能抛下这个孩子，你要认下自己的女儿，她毕竟是你的亲生骨肉。这是我对你的唯一请求。

唐潮怒不可遏，你竟敢拿一个孩子来威胁我，讹诈我！又想骗我多少钱？

白霞气得脸色发白，不禁潸然泪下，姓唐的，你不是人，你就是个混蛋！你以为有几个臭钱就了不起吗？就可以为所欲为吗？告诉你，钱，我一分都不要，孩子我也可以抚养，只要你认下这个孩子，我们共同的孩子！不然，就跟你没完！

唐潮冷酷地说，哼，要我认下这个孩子，做梦去吧！说罢，恶狠狠地扫了白霞一眼，就像一把匕首向她投去。

第十六章

自从贷款给东钢后，肖一凡就对东钢格外关注，他到东钢来过几次，印象一次比一次好，不得不佩服魏建设搞企业确实有两把刷子。尤其是东钢的经营指标也在好转，这让他在高兴之余，又有些酸酸的，担心东方大厦这只煮熟的鸭子飞了。

肖一凡到魏建设办公室坐下，魏建设泡了一杯茶，毕恭毕敬地递给他，肖总是行家，这茶味道怎么样？

他端在手中，闻了闻，内行地说，极品金骏眉，可惜被你泡糟蹋了。比如你们炼钢吧，有好的原材料，不一定就能炼出好钢，还得要装备好，每道工序精细到位，这才炼得出好钢来。泡茶也是同样的道理，要有好茶叶，好水，好茶具，再把功夫做到家，泡出的茶才有味道。

魏建设自嘲道，看来，茶艺这玩意儿，你再怎么教我，我还是一窍不通。

肖一凡说，你的心思哪放在这里，我看你就是一个典型的工作狂。

魏建设说，肖总，我们东钢向扬子银行贷款半年的期限眼看就要到了。

肖一凡笑道，怎么？打算把东方大厦让给我了？

魏建设也笑了，我们已经准备好了一笔资金，连本带息一次性还给你们。东方大厦虽说不能卖给你们，但做人要知恩报德，你如果愿意，整栋租借给你们也行，部分租给你们也行，租金好商量，租多长时间都可以，你们想怎么用就怎么用，比把整栋大楼买下来还要划算，你说这样好吗？

肖一凡说，这个主意倒不错，算是你对我的一个交代，容我考虑考虑。说实话，起初我吃准了你是无力偿还的，甚至安排人员准备接管东方大厦，没想到你福星高照，孟副省长到你这里开了现场会，资金问题解决了，你应该不为钱发愁了吧。

魏建设说，孟副省长这次到东钢调研，确实给我们送了个大红包，也是个意外惊喜。省里的政策落实到位了，可是银行系统就不是那么回事了。

肖一凡一惊，真的吗？那你们的流动资金还是很紧张的，哪来的钱还我们贷款？

魏建设如实回答，从银行贷不出款子，我也不敢得罪这些财神爷。只能靠降低成本，催收货款，把你的3个亿贷款凑齐了。你帮了我们这么大的忙，我总得言而有信吧，再说要是真的不能按期归还的话，东方大厦就得改姓了。

肖一凡肃然起敬，魏总，你到东钢时间不长，能够把这个烂摊子收拾成现在这个局面，叫人佩服，希望我们之间长期合作下去，为了表达诚意，这笔贷款我们暂时不收回，继续贷给你们。

魏建设心头一热，谢谢肖总，没有你们扬子开发银行的支持，我们东钢恐怕已经破产清算了。

肖一凡说，这次现场会确定你们不搞千万吨项目，创建智能工厂，具有战略眼光，走在了时代的前头，是一步好棋。

魏建设说，这也是被市场逼出来的。为了停建千万吨项目，在省里还引起了一场震动，我头上这顶帽子差点就被拿掉了。好在孟副省长能够理解和支持我们，最终说服了省委、省政府的领导，同意了东钢转型的思路。现在我们考虑的是如何筹集到15个亿，早一天把东钢建成以优特钢为核心的智能工厂。

肖一凡说，我听说唐总答应投资50个亿，区区15个亿不是小菜一碟吗？

魏建设心中存疑，是有这么一回事。可是我们这次技改只需要15个亿，要50个亿干什么？

肖一凡不解地说，还没有看到谁嫌钱多了烫手的，50个亿，能够干多少事，什么问题解决不了？我劝你呀，就不要个人意气用事，争那个控股权了，要看是不是有利于企业发展。

魏建设辩解道，我是那么小心眼的人吗？东钢是国有资产，又不是我魏建设私人的，我充其量只是一个临时管家，随时都会走人。可是，我自认是一个良知未泯的管理者，只要我在位一天，就有责任守好这一亩三分地。

肖一凡说，言重了不是。联合重组，企业的实力更强了，只会做得比现在好，有什么不放心的？

魏建设说，我和唐潮是同班同学，我对他太了解了，他是一个精明的商人，绝不是一个大方的慈善家。现在行业形势这么紧张，大部分企业都在苦苦挣扎，惨淡经营，何况东钢这样的企业。他一下子投资50个亿，真心实意帮助我们脱困吗？他的目的是要成为东钢的控股股东，到底有什么意图？在没有弄清之前，把东钢交给他，我还真有些放心不下。

肖一凡若有所思，原来你是有这个顾虑呀，不过，这样一来就会影响到你们的发展计划了。

魏建设犯难地说，这正是叫我头疼的，联合重组一时半刻达不成协定，唐潮的资金指望不上，其他银行不看好我们，找他们贷款比登天还难。可是智能工厂的建设又不能久等下去，不然失去了这次机会，以后的日子更难过了。

肖一凡明白了魏建设的意图，故意问道，那你打算怎么办？

魏建设直截了当地说，今天请肖总来，就是向你求援的，能不能帮助我们解决技改资金的问题。

肖一凡哈哈一笑，我想你今天请我来不仅是归还贷款这件事吧，原来你又在打我的主意，我算是稀里糊涂地被你拉上贼船了。

魏建设憨厚地笑了笑，好事做到底，送佛送到西嘛。

肖一凡痛快地说，你这个朋友值得交往，既然上了贼船，我就当一回海盗了，你的事也就是我的事，我们一起想办法筹集这笔技改资金。你们搞好了，我们对东钢的贷款也就保全了，你们破产了，我们这个小小的银行也就跟着破产了，我这个行长恐怕不是撤职就能过关的。

魏建设紧紧地攥着他的手，深怀感激之情，每次在我困难的时候，总是你老哥伸出援助之手，帮我们渡过难关，能够交上你这样的朋友，也是我平生最大的幸运。

肖一凡略一沉思后说，我们银行一次贷款15个亿给你们确实有困难，能不能这样，我们扬子银行贷款5个亿给你们，再由我们代理发行10个亿的企业债券，如何？

魏建设满意地说，当然好，东钢正在向好的方向发展，筹集10个亿建设资金应该问题不大，那就早点进行吧。

寒流滚滚过，春江水已暖。肖一凡高兴得吟诵起来，如此一来，振兴东钢，大有希望了。

由扬子开发银行代理发行的东钢债券，不到几天就销售一空。这也就意味着，东钢撇开了盛唐集团，自筹资金创建智能工厂。唐潮手握资金这张王牌不灵了，再与东钢进行联合重组就失去了谈判的优势，更别说能够得到东钢的控股权。这是唐潮绝对不能容忍的，他要组织力量，向魏建设发起新一轮攻势。

唐潮的团队悄无声息地住进了东方市公安局招待所。这里看上去不招眼，里面的环境安静，条件舒适。他们包下了一栋豪华别墅，有主卧、副卧、健身房、会客厅和一个小型会议室，各种设施配置齐全。

在他的核心团队中，除了固有的三人组合外，又增加了一个新的成员，东方市公安局局长雷青山。唐潮和雷青山建立这种紧密的关系，起因是雷青山的儿子在省政府机关当公务员，遇上单位的科长高升了，科长的职位空缺下来，好几个人都盯着这个位子。雷青山知道唐潮在省里神通广大，为了儿子能够升迁，找到了他，请他帮忙活动。唐潮当即应承下来，不久，雷青山的儿子如愿以偿地当上了科长。雷青山对唐潮感激不尽，现在唐潮有事要他帮忙，他能够不尽力吗？

一提到东钢放弃千万吨项目、创建智能工厂，唐潮就愤怒至极，魏建设真不是个东西，翻脸比翻书还快，前不久他还上门找我，与我商量，加快联合重组的进程，转背就与扬子银行的肖一凡勾结一起，通过发行债券筹集资金，建那个所谓的智能工厂，这摆明是要放弃联合重组，与我们盛唐决裂。

韩晓波劝道，捆绑不成夫妻。既然魏总没有诚意，联合重组就很难继续推进了，我们不如早点撤出来，专心做好我们自己的项目，免得时间越长，陷得越深，损失就会越大。

在唐潮的人生准则中，只有他负天下人的，哪能天下人负他？执拗地说，你还记得在卢萨卡国际机场那次谈话吗？我提到过鬣狗这个小动物，别以为它看起来不起眼，甚至很丑陋，在追捕猎物时，一次次被猎物摔开，它就一次次拼命地扑上去，穷追不舍，用尽各种手段，直到把猎物搞到手，获得最后的胜利。我们与魏建设才斗了几个回合，现在就要撤出来，不就等于承认失败了吗？我们精心策划的"鬣狗行动"不就彻底破灭了吗？

金若愚说，其实，我们在与魏建设交锋中，互有胜负，市里几大银行对东钢停止贷款，只要再坚持一阵子，东钢就死定了。只是冒出了个肖一凡，破坏了我们的行动，才使得魏建设缓过气来。这次又是他担任承销商，为东钢筹资，跟我们作对，我们是不是应该想办法把他整下去，这样，魏建设就独木难支了。

唐潮说，你能看到这一点，说明开窍了。可是，肖一凡是姜市长的丈夫，又是扬子银行行长，不是那么轻易就能整垮的，我们倒不如集中火力对付魏建设，先把他打败，再来收拾肖一凡。

金若愚厚着脸皮问，老板有什么新招？

唐潮眼睛瞄向雷青山，格外亲切地说，雷局不是外人，在这个范围内，我想到什么就说什么。

雷青山大口地吸着烟，爽朗地笑道，我当然站在你们这一边，分什么里外，今后还要仰仗你关照呢。他知道唐潮在政界的能耐，也知道唐潮和姜红梅非同一般的关系，他向唐潮提出过，别的市里公安局局长一般都当上了副市长，只

165

有他还没有动，想让唐潮活动活动，让他早点上位，进入市政府班子，唐潮满口应承了下来。

唐潮会意地一笑，抛出了早就酝酿好的招数，有次我和姜市长在一起，她说市里的工作遇到了两个麻烦事，都与东钢有关，一个是魏建设不搞千万吨，影响了市里的GDP，还有一个是东钢的高污染，影响市里进入全国文明卫生城市，这都是大事。我想呀，既然魏建设一条路走到黑，我们也就对他不客气了。

金若愚还是摸不着头脑，那，我们要做些什么？

唐潮阴阳怪气地说，我听说全国创卫检查组就要来东方市了，如果这时东钢发生一起重大的污染事件，会是一个什么结果？

雷青山说，影响市里创卫？

金若愚说，给魏建设个处分？

唐潮鼻孔里发出一声冷笑，如果我们再加一把火，把动静搞大一些呢？

金若愚嘿嘿一笑，那还真不好说了。

雷青山明白了他的意思，东钢原来是市里的创税大户，没人敢动它，现在成了个大累赘，严重污染了市里的环境，市民怨声载道，都想它拆掉或者搬走，不然，在这个光"灰"的城市里生活，害了我们这代人不说，还要害了我们的下一代。

唐潮说，具体的做法我还没有想好，雷局这种事见得多，办法也多，烦请你多想想。

雷青山吐了一个烟圈，你放心，我干警察这些年不是吃干饭的，治一个魏建设，费不了劲。

谢谢你。唐潮对他充满了感激，我是个有恩必报的人，你托小弟的事，我一定办好。

一直没有吭声的韩晓波对唐潮这样的做法不予赞同，直言道，唐总，我们与东钢联合重组，应该共同合作，互利双赢，不要搞得你死我活的，一旦事情真相暴露了，大家撕破了脸，成了冤家，以后再想合作下去就很难了。

唐潮一下子虎起了脸，现在是魏建设和我过不去，搞些小动作，处处刁难我，排斥我，不愿联合重组，更不愿让我们控股。他不想跟我玩，我偏要跟他玩，还要玩大点，玩狠点，看到底谁玩得过谁？

说这话时，唐潮的眼前掠过鬣狗叼走那只羚羊的影子，这在他的记忆中是刻骨铭心的。

东钢为建设操控中心，拆除了小高炉、小烧结。现场的施工人员忙个不停，吊车、工程车紧张地作业，推土机、挖掘机的轰鸣声震耳欲聋，载重车辆进进出出，扬起滚滚烟尘。

离这里不远，是东钢的南大门。上午九时，随着一声号令，门外一窝蜂拥来上百个住在附近的村民，有老人，有妇女，也有壮年和青年，来势汹汹，吵成一锅粥。在几个领头者的鼓动下，这些人一哄而起，推倒了关闭的电动伸缩门，人群像潮水般涌向厂区，呼喊着，谩骂着，占据了门前的场地。过一会儿，又开来一辆农用车，哗啦一下，倒下一车死鱼。鲢子、胖头、青鱼、鳊鱼、喜头，什么都有，死后在水里浸泡久了，有的发绿，有的泛白，有的腐烂了，露出了肠子，在强烈的阳光照射下，冒出一股股臭气，熏得人直想呕吐。

郑少杰第一时间赶到南大门，不一会儿，胡文强也来了，立即启动应急预案，安排保卫人员维持现场秩序，避免职工与村民的冲突，防止事态扩大。

郑少杰向村民了解到，由于东钢综合废水处理厂排污的水渠垮了，大量污水直接冲到了村民孙福喜的鱼塘里，把塘里养的鱼全部毒死了。孙福喜要企业赔偿100万元。其他的村民以东钢的废水、废气、粉尘污染了他们的土地，毒害了他们的身体为由，提出了天价的赔偿。

胡文强亲自与市局雷青山局长联系，雷局长态度积极，马上带着一批警察赶到了东钢。到了现场，感到事情处理起来很棘手，把胡文强拉到一边，挺神秘地说，今天全国创卫检查组在市里搞检查，恰巧出了这么大的污染事件，这要是让检查组知道了，我们东方市今年的努力又是白费了，对你们东钢也会造成很坏的影响。在这个敏感时期，还是要格外慎重，不要把事态闹大。

胡文强问，那你说怎么处理？

雷青山猛吸一口烟，吐出一串烟雾，轻描淡写地说，最好是花钱消灾，把事情压下来再说。

胡文强断然否定，事情还没有调查清楚，是不是东钢的责任还说不清，就稀里糊涂地赔钱，当我们是冤大头呀！那么多人，提出各种要求，赔钱就是个无底洞。这个方案行不通！

雷青山摆出一副冷冰冰的样子，我也是随口一说，怎么处理，还是你们自己拿主意。反正，今天这个情况不宜动用警力，不然事情闹大了，也会追究我们的责任。他把没有抽完的半截烟扔在地上，用鞋底狠狠地碾碎了。

这些村民显然是有组织的，为了逼迫东钢答应他们的要求，采取了更为恶劣的手段。他们占领了炼铁厂与炼钢厂之间的一段铁路，站着的，坐着的，乱成一片，保卫人员怎么劝阻，他们就是不听，还推推搡搡，吵吵骂骂，造成运输线路中断，高炉的铁水到不了转炉，只能临时封炉，转炉进不来铁水，炼不成钢，也只能停炉，这样，炼铁炼钢两条生产线被迫停产了。

东钢把这个情况及时上报了省国资委和市委市政府。国资委认为这是涉及地方稳定的问题，要求市里协助解决。市里的意见，劝说东钢在这个敏感时刻，多少拿出点诚意来安抚村民，市里好出面做工作。

班子在讨论这个问题时，魏建设气得跳脚骂娘，国资委和市里推来推去，靠他们解决问题，黄花菜都凉了。可是我们这里受不了呀，炼铁炼钢停产一天，损失几百万。造成高炉炉凉事故，损失更是以千万计。我看呀，警察是个摆设，靠不住，只能靠我们自己组织人员，把他们赶出去。

胡文强劝阻道，魏总，不要头脑发热，这件事涉及社会稳定，今天正在搞全国创卫检查，千万出不得事哟！

魏建设眼里冒出了火星，倔劲上来了，管不了那么多，通知郑少杰，马上组织清场。我还不信，一万多人的工厂，对付不了几个乌合之众？

正准备通知在铁路线上的郑少杰，保卫部的一名副部长打来电话，职工和村民打起来了。

原来炼铁和炼钢的工人听说村民堵了铁路，导致停产了，不少人跑到铁路线上来了，围着这些闹事的村民，你一句，我一句，争吵起来。双方互不相让，剑拔弩张。

郑少杰拿起手提式扩音喇叭，向村民一个劲地喊话，堵铁路，是在破坏生产，是严重的违法行为。奉劝大家不要继续闹下去，赶快离开铁路现场。

这些村民以老年和妇女为主，在烈日下晒了好长时间，肚子也饿了，体力也下降了，再看到东钢来了不少身强力壮的小伙子，有的开始动摇了，有的畏惧了，有的要回家干活了。挑头的人不停地给他们打气，"我们静坐，是东钢害的，是他们逼出来的，是正当行为，如果违法了，公安局怎么不来抓我们？"双方争吵得不可开交，有如一个巨大的炸药桶，只要遇着一点火星，随时都有爆炸的可能。

在村民中，绰号叫"天不收"的孙天佑也参加进来了，他曾经因为自己的小兄弟杂毛挨打而敲诈过张常生，这次闹事他是主要组织者，还有几个牛打鬼参与其中。天不收想这样耗下去，只会越来越不利，不如把火烧起来，引起更大的轰动。他趁着人群不注意的时候，悄然来到郑少杰的身后，突然挥起暗藏在袖口的一块砖头，狠狠地朝他头上拍去。郑少杰一点防备都没有，鲜血流了

168

出来，身子踉跄了一下，还是强忍着站稳了。

东钢的职工看到，保卫部长挨了打，哪受得了这个窝囊气，不知谁喊了一声"打呀，打他狗日的"，双方的冲突顿时爆发了。炼钢厂的李志刚在现场做劝说工作，正好离天不收不远，看到天不收先动的手，心中的怒火一下子蹿遍全身，冲上前去，不由分说一拳打在天不收的面颊上，天不收平日霸道惯了，自恃没有人敢动他，一点防备也没有，不由得后退了两步，李志刚趁他立足未稳，又上前飞起一脚，天不收仰倒在地，痛苦得满地打滚。

郑少杰捂着伤口，声嘶力竭地喊着，大家不要动手！可是他的声音被现场的打斗声掩盖住了，谁也听不见他在说什么，人群只是一阵混战。他再也支撑不住了，双腿一软，倒在地上。

市局的雷局长看到这个状况，心中窃喜，目的基本达到了，再不出面收拾残局恐怕就会酿成大祸，对公安局不利，还会给自己带来麻烦，于是，立即下达特警清场的命令。早已守候在厂外的两辆防暴车鸣着警笛，冲进现场。

特警介入，很快把双方斗殴的人员控制住，还抓了几个闹得正凶的人，那些村民哪见过这个阵势，生怕惹祸上身，把自己也抓了起来，不顾一切地四处逃散了。

一场堵路的闹剧就这样平息了。

在这场混战中，东钢2人受伤，对方4人受伤，东钢5人被市局带走，对方3人被市局带走。最为可怕的是鱼塘的主人孙福喜老人倒在铁路线上，送进东方市人民医院重症室抢救，昏迷不醒，生命垂危。

第十七章

魏建设心急火燎地赶到健民医院看望郑少杰。他的伤势不算严重，头部包扎好后，闹着要出院。

见到魏建设进来，郑少杰面含愧疚，自责道，魏总，今天我在现场只是宣传政策，劝告村民离开铁路，没想到职工和村民打起来了，局面一片混乱，我有责任。

魏建设安慰道，你已经尽力了，做得很好。是村民先动的手，你有什么责任？不冲突一下，市局就不会出手，那些人还会赖在铁路上不走呢？

郑少杰眼睛发红，谢谢你的理解。上级要是追究责任，处罚我就是了。

魏建设豪放地大笑，你说的哪里话，责任由我来承担！

他们说着话时，突然闯进来两个警察，径直走到郑少杰床前，其中一个警察出示警官证，说道，你是郑少杰吗？请跟我们到市公安局协助调查。

郑少杰并不惊慌，问道，要我去调查什么？

警察说，我们只是执行公务，请你配合。

魏建设火了，回去告诉你们雷局长，郑少杰现在受伤了，还在医院躺着，有什么需要协助调查的事，把我魏建设带走好了。

警察说，你是魏总吧，对不起，请不要妨碍我们执行公务。

郑少杰生怕魏建设使起性子来，与公安人员发生争执，连忙说，不就是配合调查吗？我去就是了，还能把我吃了不成？说罢，起身跟着警察走了。

魏建设驱车来到市公安局，怒气冲冲地走进局长办公室。

雷青山正在办公室安排处理这次事件的相关工作，见到他到来，示意其他人离开，装出一副热情的样子，把手伸向他，哎呀，这事怎么惊动了魏总呢？还要你亲自过问。

魏建设板着面孔，手没伸过来，强压着怒火，说道，我是来向局长大人投案自首的，请你把我们的人放了，把我关起来好了，想怎么处理听便。

雷青山难堪地把手缩了回去，赔着笑脸道，这件事与魏总有什么关系，哪能对你怎么样，他们谁犯了事就追究谁的责任，让他们自己吸取教训，你可不要把手下人惯坏了。

魏建设说，别说这些了，请把我们的人放了。

雷青山软中带硬地说，人嘛，迟早是要放的，但不是现在。这次事件涉及上百人，发生了流血冲突，伤了好几个，还有一人在医院抢救，能不能活过来是个问号。全国创卫检查组在关注这事，省维稳办也过问了好几次，要求我们务必把案情调查清楚，做好向省委汇报的准备。你说现在放人，那不是为难我吗？

魏建设问，你们打算怎么办？

雷青山眼皮也没有抬一下，吐了一口烟雾，参与打架斗殴的这几个人，已经违犯了《治安管理处罚条例》，现在正在接受询问，对其中严重的人员，还要采取必要的拘留措施，不然，如何向受害者交代，如何向市里、省里交代？

魏建设加重语气问道，你们一定要把人关起来？

雷青山说，我们只能依法办事，有所得罪，请你原谅。

魏建设气得发抖，既然这样，我只好在这里陪他们了，你几时把人放出来，我几时离开。

雷青山不愠不火地说，魏总，你是企业家，党的高级干部，政治水平比我高，希望你能够理解，支持我们的工作。

魏建设心里憋了一肚子气，愤然离开雷青山办公室，走出大楼，什么形象也不顾，一屁股坐在台阶上。

此时，正值中午，烈日当空，如火焰般照射在地面，地面像个大蒸笼，腾腾的冒着热气。用不了多长时间，魏建设全身透湿，脑壳发胀，汗珠顺着脸颊往下直淌。

雷青山把魏建设在市局门口静坐的消息告诉了唐潮。

唐潮在电话中幸灾乐祸地说，魏建设终于沉不住气了，好戏开演了。

雷青山担心道，可是，他这样做，会给我们公安局带来麻烦的，万一出了事，我们的责任可就大了。

唐潮授意道，你表面上请求他不要静坐，实质上不答应他的要求，最好是有意激怒他，让他进退两难。只要不放人，他就会赖着不走，时间一长，来的人多了，他就更难收场了。

雷青山说，关起来的这些人都是带头闹事的嫌疑人，都有违法行为，怎么能轻易放掉呢？那还有法律尊严可讲吗？

唐潮又问，听说有个老头伤得很严重，有救吗？

雷青山说，悬！还在重症室抢救，一直昏迷不醒，能不能活过来，是个未知数。

唐潮掠过一丝笑意，好呀，老头要是死了，看他魏建设神气什么？

魏总在市公安局门口静坐的消息在东钢不胫而走，迅速传开，有的职工也来到公安局，和他在一起。

胡文强得知这个情况后，急忙赶到市公安局，劝说魏建设，你是东钢的老总，不是个普通的百姓，有点政治头脑好不好，再这样下去，东钢来的职工更多，我们就更被动了。

魏建设说，你是书记嘛，做做大家的工作，把他们全都带回去，有我一个人在这里就行了，我要等到他们把人放出来，这不算违法吧？

胡文强拗不过他，回头去做在场职工的工作，可是这些工人也不是好劝的，有走的，有来的，市局大院始终聚集着几十个东钢的职工。

雷青山看到这个状况，觉得还没有达到理想的效果，有意把火烧得更旺些。放下身段，亲自下来，请魏建设进去商量。

在一楼的接待室，魏建设刚一坐定，雷青山告诉他，经过初步审查，整个案情基本清楚了，虽然那些村民的方式有些过激，但东钢的职工打伤了村民，造成了很坏的影响，我们不执法说不过去，对上对下都不好交代。要不这样，可以先放掉3个，但是郑少杰是现场的指挥者，还有个叫李志刚的工人，他带头动的手，挑起了事端，只留下这两个人，该可以了吧。

魏建设不作妥协，职工何错之有？请把他们全部放了！

雷青山假惺惺地说，这已经充分考虑了地方和企业的关系，对企业给予了最大的保护，你总不能让我们执法部门太为难吧。

魏建设气愤地说，既然你不能放人，我只好等下去。

雷青山故意施用激将法，我劝你还是把人带回去，不要在这里示威，你就是坐到天亮，也是徒劳的。

魏建设狠狠地扫了他一眼，气呼呼地走了，继续坐在公安局的大门口。

雷青山看到他气急败坏地离开，心里暗自发笑，你就闹吧，跳吧，闹得越凶越好，跳得越高越好，这次不把你头上的乌纱帽摘掉，你还不知道马王爷长了几只眼！

聚集在市局大院的工人，见公安局不放人，吵嚷着，咒骂着，还有人提出到市政府去上访，讨要说法。

胡文强也一直在这里做劝说工作，担心事态进一步扩大，急忙赶到市政府办公大楼，找到姜红梅市长，请求她做好市局的工作，尽快把问题处理好，不然，那些工人到政府大院来上访，将会酿成重大的政治事件。

姜红梅听了胡文强的汇报，深知事件的严重性。今天这一天，她也是焦头烂额，创卫工作泡汤了，维稳这件大事还等着处理，要想魏建设主动把人领回去，这头犟驴肯定听不进劝，相反还会把事情闹得更僵，为了尽快平息事态，只有公安局这边让步，有什么事情留着以后再处理。于是，联系了雷青山，简单问了一下情况，明确要求市公安局立即把关押的人员全部释放。

雷青山不服地说，姜市长，东钢的职工打了村民，魏建设还要带头到市局闹事要人，他把东钢当成了独立王国，把自己凌驾于法律之上，我们要依法办事，不能被企业所绑架，不能纵容魏建设这种人。

姜红梅强硬地说，你就别添乱了，维护稳定是重中之重，一切服从这个大局。你现在把双方关押的人都放了，谅他们也跑不到哪里去，如果他们中确实有人触犯了法律，今后再收拾他们。这样僵持下去，局势会越来越糟糕，万一酿成重大政治事件，造成恶劣的社会影响，你担得起这个责任吗？

听到市长的训斥，雷青山不再坚持自己的意见了，连连答应，马上照办。

姜红梅放下电话，心里隐隐作痛，为老同学感到惋惜，建设呀，建设，你怎么这么愚蠢，这么幼稚，你这样做，岂不是拿自己的政治生命开玩笑吗？

市公安局很快把关押的人员放了出来。当他们英雄般走出公安大楼时，全场爆发出雷鸣般的掌声和欢呼声。

魏建设站起身来，本想上前去迎接他们，刚迈动步子，头痛欲裂，浑身像散了架似的，一下子栽倒在地。

魏建设住进医院，牵动了全厂职工的心，更让柳诗韵心疼不已。她放下手头工作，到医院来照顾魏建设。

健民医院院长关晓岚，是个40来岁的专家型的女士，来病室探望魏建设，他还没有醒过来，只有柳诗韵守候在身旁。

关晓岚简单地把魏建设的病情对柳诗韵说了一遍，我们对魏总做了全面检查，身体没有大碍，只是送来时身体虚脱得严重，加上到东钢来后就没有好好地休息，积劳成疾，成了这个样子。让他多休息几天，就会好起来的。

柳诗韵一颗悬着的心落下了地。

两人闲聊了一会儿，关晓岚告辞，柳诗韵静静地守护着已经昏睡了大半天的魏建设。她仔细地端详着这个自己一生暗恋而未能走在一起的男人，看到他脸庞瘦了一圈，变黑了，平添了些许皱纹，胡须也没有清理，一点也找不到昔日那个英姿焕发的影子，她感到揪心的痛，眼泪止不住地流了出来。

一颗泪珠滴落在魏建设的脸上，似乎出现了一种神奇的力量，一下子把他唤醒。他睁开眼睛，看到她哭得像个泪人似的，顿时意识到，她是在为自己流泪，心里不禁一阵酸楚，你哭什么？我这不好好的吗？

说罢，他就要翻身下床，被柳诗韵按住了，你身体这么虚弱，就不要起来了。

魏建设一笑，起来坐坐，可以吧。

柳诗韵拭去泪水，摇动病床的升降手柄，魏建设直起上半身，头靠在枕头上，整个人显得精神些。

柳诗韵把关晓岚刚才所说的话复述了一遍，关心地说，你呀，年纪也不小了，怎么还像个小孩一样，脾气说来就来，一点政治都不讲，还到市局去静坐，你是公司老总，还管不住自己？

魏建设窝着一肚子火气，倾诉道，自从我回东钢工作，就没有过上一天顺心的日子，先是停产，银行不贷款，还逼着企业破产。后来为了停建千万吨、实现转型，又在省里闹得满城风雨，落了个通报批评。现在好不容易搞智能工厂，又惹得一些人不高兴，我都怀疑这次村民到东钢闹事，是有人在背后操纵的。这样下去，还要不要企业活命？反正这一次我做好了最坏的打算，撤职了也无所谓，无官一身轻。

柳诗韵理解魏建设那种孤立无助的心情，劝道，我还是头一次看到你这么悲观，这是你该说的话吗？东钢的生产经营刚理顺，智能工厂才起步，一万多职工都眼巴巴地看着你，盼着你带领大家过上好日子，在这个节骨眼上，你不想干了，想撂担子，对得起信任你的东钢职工吗？对得起你自己的良心吗？

魏建设感慨地说，我做人问心无愧，只是愧对职工，最对不起的人是你，你放弃永峰那么好的待遇，回到东钢，跟我一起受苦受累，可是我什么也不能给你，尽是连累你。

柳诗韵贴近床头，嫣然一笑，这就是一个人的命，你可以为了企业不顾一切地作出牺牲，我一个女流之辈，境界没有你那么高，只愿意为你付出。在东钢这段日子，虽然吃了苦，受了累，但我收获了快乐，前所未有的快乐，这是再多的金钱也买不来的。

魏建设眼眶湿润了，情不自禁地握住她的双手，动情地说，这辈子我亏欠你的太多了，怎么也还不清。

一股暖流涌上柳诗韵的心头，她任由他握着双手，一双明亮的眼睛望着他，柔声道，有你这句话，我就知足了。

正在这时，冯丽娟推门进来，身后还有女儿魏晶晶。

柳诗韵慌里慌张抽回被魏建设握住的双手，脸颊羞得绯红。冯丽娟一眼就捕捉到了这个异常的举动，又见到她的眼里还残留着泪痕，一股无名之火涌上心头，只是强忍着没有当场发作。

女儿见到魏建设，连忙过来，喊道，老爸，听说你病了，没事吧？

魏建设回过神来，打起了精神，老爸没事，身体棒着呢。

晶晶转身，礼貌地对柳诗韵说，阿姨好。

姑娘多漂亮，多懂事。柳诗韵勉强恢复了笑容，又说，嫂子来了就好，老魏交给你了。

冯丽娟揶揄道，谁不知道你是东钢的大忙人，忙你的去吧，我家老魏的事，你就少费心了。

柳诗韵羞惭地离开了病房。

看到她离去的背影，冯丽娟立马醋性大发起来，这么大个东钢，就找不到一个人来照顾你？非要她来？难不成是你点名要她来的，好在这里重温旧梦？

魏建设与冯丽娟的感情这几年有些疏远，但魏建设从来没有想过要背叛她，做什么出格的事情，见她当做女儿的面这样数落柳诗韵，拉下脸来，不高兴地说，同事之间关心一下，你别想得太多了。

冯丽娟来气了，还好意思说我多疑，孤男寡女的，手都拉在一起了，我不进来，还不知会做些什么出格的事儿来。你是个领导干部，一点都不注意影响，就不怕人家在背后说你闲话？

魏建设气愤道，我看你越说越不像话，我干了什么见不得人的事了？简直不可理喻。

晶晶说，妈，你就少唠叨几句，老爸身体不好，不要烦他了，我们一家人难得在一起，都高兴点，好吗？

看到女儿这么明白事理，魏建设感到一丝欣慰，还是女儿心疼老爸。

最糟糕的事情发生了，铁路线上摔倒的村民孙福喜，在医院抢救了三天三夜，还是医治无效死亡了。

老人无儿无女，只有个侄子，就是那个用砖头砸伤郑少杰的天不收。清场时警察把他也抓了起来，后来随同郑少杰他们一起释放了。别看他平时从来不照顾这个伯父，现在伯父死了，他倒积极起来，上蹿下跳的，一口咬定伯父是

175

被东钢人活活打死的，要把尸体抬到东钢去，为孙福喜申冤报仇。

唐潮十分关注这个事件，感到打击魏建设的机会来了，紧急约见雷青山。

雷青山正在为这件事情发愁，烟雾把半个脸都遮住了，担心这回娄子捅大了，处理不好会给自己惹上麻烦。见面后向唐潮大倒苦水，言语中流露出埋怨情绪。

唐潮像吸了吗啡似的，显得异常兴奋，雷局，你别垂头丧气，这不是一件好事吗？

雷青山扫了他一眼，人都死了，好个屁！你是站着说话不腰疼，处理维稳的事，最怕的是死人，一旦有人死了，处理起来很麻烦，搞不好会进一步激化矛盾，不好收场。再加上他那个侄儿，牛打鬼一个，不是省油的灯，正在医院挑头闹事，扬言要把老人的尸体抬到东钢去游行。

好呀！唐潮奸笑着拍起掌来，家属要抬尸游行，你就让他们去闹。魏建设不是很有能耐的吗？让他去对付好了，你用不着管闲事。

雷青山担心地说，哼，真的闹出事来，最后还是要公安局去擦屁股，如果处置不当，首当其冲的我要承担责任，受到处分。

唐潮说，我不是要你完全不管，你的手段多得很，办法多的是。一个堂堂的公安局局长，哪个地痞流氓不怕你，不敢听你的，孙悟空闹得再狠，逃得出如来佛的手掌心吗？

雷青山转怒为喜，这话也不假。

唐潮谋划道，你可以先让这帮人闹一闹，打击一下魏建设的气焰，灭一下他的威风，等他把事情搞糟了，你再出面收拾残局。

雷青山说，可以试一试，不过要谨慎而为。

唐潮阴险地说，最近，网上在炒作这件事，呼吁全社会，为弱势群体说话，伸张正义，惩办凶手。

雷青山警觉道，这些乱七八糟的东西，是不是你的人编出来的？

唐潮不置可否，怎么样？够他魏建设难受的吧。

雷青山说，其实这个老人的死因还没搞清楚，我们提出进行尸体解剖，家属不同意，还要做工作。现在定性他是被人打死的结论，为时尚早。

唐潮说，管他呢，先把舆论造出去再说，让全社会都来谴责魏建设，搅得他不得安宁。

天不收组织了30多个"牛打鬼"，闯进东方市人民医院，强行把停放在太平间的孙福喜的尸体抬走。一行人喊着"打死农民工，罪不可恕""惩办凶手，血债血还"之类的口号，向东钢走去。

市局组织了警力到现场，雷青山没有下达强行阻拦的指令，只是装模作样地进行劝告，但是这些人根本不听，继续向东钢前行。

郑少杰得知这个情报后，马上报告了胡文强。胡书记要求郑少杰，立刻组织人员加强厂区大门的守卫，绝不能让抬尸的队伍进入厂区，破坏生产。

郑少杰说，听说这些牛打鬼身上带着凶器，我们要是跟他们发生正面冲突，就会伤人，到时不好收拾。

上次在东钢发生的村民与职工的冲突以及随后到市局静坐的事还没有处理，又要与这些混混打起来，麻烦岂不更大了。胡文强感到事态的严重性，及时地向姜红梅市长报告了抬尸示威的情况。

姜红梅敏感性很强，急忙打通雷青山的手机，询问情况后，严厉地斥责道，前面的事还没完，又要抬尸到东钢去闹事？嫌麻烦事不多吗？告诉你，无论如何不能让事态扩大了，不能让他们把尸体抬到东钢去！必须马上把抬尸闹事的人全都驱散了，把尸体转移到殡仪馆去，安排警力保护起来！

雷青山说，可是，家属情绪很激动，要到东钢去讨个说法，我们不好强行阻止。

姜红梅怒了，雷青山呀，你是真糊涂还是装糊涂！这是社会流氓借机闹事，性质变了，无论如何要平息下去！今天这些人要是敢到东钢闹事，出一丁点乱子，我立马撤了你这个公安局局长。

雷青山被训得灰头土脸，冒出一身冷汗，再按唐潮的游戏玩下去，自己这个局长的位子恐怕真的保不住了，好汉不吃眼前亏。他立马换了个人似的，精神抖擞，一脸庄严，果断召集全副武装的特警，迅速把抬尸的队伍团团围在原地，不让他们前进一步。

他把天不收带到一边，严厉地警告道，天不收，我们可是老熟人了，听我一句劝告，把老人的尸体留下来，把你这帮牛打鬼赶紧带离现场。

天不收翻了下白眼，不服气道，局长大人，我的伯父被东钢的人活活打死了，他死得冤呀。你们公安局不去抓杀人凶手，反倒来对付我们，这是什么意思？难道我们平民百姓好欺负些？

雷青山说，你这帮牛打鬼都是些什么玩意儿，我还不知道？老人是不是打死的，不能由你说了算，只有经过权威部门的尸检才能得出结论。这样，先把人送到殡仪馆存放起来，我们公安局会立案侦查的。

天不收发狠地说，不行，我们一定要到东钢去，讨还血债！

雷青山说，你别敬酒不吃吃罚酒，再这样闹下去，老子把你抓起来！

天不收顶撞道，我又不是吓唬大的，今天我又没犯法，不信你就能随便抓人？

雷青山转身向警察下令道，全体注意，把他们身上的家伙给我统统拿掉！

这群牛打鬼一听傻了，不敢张狂。特警迅速行动，从他们身上搜出十余把管制刀具，还有一支自制土枪。特警当场就把那个土枪携带者和两名试图抵抗的家伙铐了起来。

雷青山又走到天不收面前，大声喝道，你们这种行为已经违反了社会治安管理条例，就凭这一条，老子马上把你扣起来，信不信？

天不收本来有案底留在局子里，现场又有短处被警察捏住了，一下子软了，我听局长的，局长能为我们小民百姓做主吗？

雷青山说，相信我自会还你一个公道。

天不收说，那就信你这一回。

这帮牛打鬼本来就是一群乌合之众，他们也知道，与警察对抗下去，肯定没有好果子吃，留下尸体，灰溜溜地走了。

老人的尸体很快运到了殡仪馆，由警察日夜守护起来，防止天不收这帮牛打鬼再次滋事。

网上炒得沸沸扬扬，东钢自恃是省属国有企业，上面有人撑腰，排放的污水毒死了农民放养的鱼，还打死了上门要说法的农民，迟迟不交出打人凶手，天理不容！法理不容！并附有孙福喜死亡、身上的伤痕和抬尸游行的照片。

这条消息引爆社交媒体，出现了几十万的点击量，评论达到上万条，网友们对这个70多岁农民的死给予了极大的同情，纷纷声讨东钢的罪恶行为，要求惩办杀人凶手。

网上的反应具有强大的冲击力，惊动了省委。省委领导指示省国资委和省维稳办组成联合调查组，进驻东钢，调查这起严重事件，对相关责任人进行处理，向社会作出一个交代。

调查组由方世雄带队，在市里和厂里紧张地工作了两天，基本形成了调查报告。让方世雄感到为难的，有两个关键问题还难以确定下来，对调查报告的最终形成会产生重要影响。

一个问题是，孙福喜到底是怎样死的？由于铁路现场一片混乱，谁也没有注意到孙福喜是自己倒下的，还是有人打倒的？如果不是被人打倒的，孙福喜左手肘、左腿外侧的瘀伤又是如何形成的？最终导致他死亡的原因是什么？由于家属拒绝对死者进行尸体解剖，无法得出准确的结论。但有一点可以断定，孙福喜身上的瘀伤是遭人殴打形成的，只是谁殴打的，一时还查不出来。无论如何，东钢对孙福喜的死负有不可推卸的责任。

第二个问题是，谁应该为老人的死亡承担领导责任？这是方世雄最想了解到的。

方世雄先是询问保卫部长郑少杰。郑少杰回答，我是保卫部长，当时在出事现场做村民工作，围观的职工很多，有个叫天不收的混混用砖头打伤了我，激怒了职工，自发地和村民打斗起来。后面发生了什么，我也不清楚了。

方世雄问，听说魏总要你们清场，你接到指示没有？

郑少杰直摇头，没有，领导没有在场，也没有下达过什么指令。现场由我指挥的，出了事责任在我。

方世雄说，你能够对你所说的话负责吗？

郑少杰知道，这次调查是冲着魏建设来的，方世雄就是希望他把责任推到魏总身上，魏总那么舍命地救他，关键时刻他怎么能够出卖魏总呢？他毫不含糊地说，你是老领导，我不能在你面前昧着良心说瞎话，我说的句句属实，该承担什么责任就承担什么责任，怎么好推给别人呢？

方世雄威逼道，出了人命可是要承担法律责任的。

郑少杰无所畏惧，现场是由我负责的，该坐牢，我认了。

方世雄与党委副书记胡文强的谈话也不理想，一段时间不在一起共事，这个滑头改变了不少，不再胆小怕事，圆滑世故了，语气也强硬起来。一见面，他就埋怨，这次村民借污染问题到东钢闹事，堵住铁路主干线，造成生产被迫中断。我们向省国资委和市里都反映过，没有谁来解决问题，你们怎么不去调查一下。

方世雄有些难堪，怎么能这么说呢？我们国资委和市里都很关注这件事，市局不是一直在维护现场吗？

胡文强说，他们要早点出面，会是这个结果？

方世雄说，现在是在调查你们的问题，不要搞偏了。

胡文强沉稳地说，说到东钢的责任，不用调查，有错都是我的。我是东钢的牵头副书记，维稳领导小组组长。职工和村民斗殴，属于维稳方面的问题，出了事，理所当然由我负责，你在这里的时候也是这样分工的。

方世雄不满意这个回答，以关切的口吻说，这件事有多么严重，你不分情

179

由地把责任揽到自己身上，承担得起吗？你我是老同事老战友，我不情愿你替人受过。

胡文强软中带硬地说，我也不想出这种事，可是已经发生了，在我的职责范围内，我又能推给谁？

方世雄直截了当地问，魏建设不知道这件事？他一点责任都没有？

胡文强说，他只负责生产，这种事情他哪有精力过问？再说行政领导什么事情都管，由他说了算，还要我这个书记干什么？

方世雄说，他还提过要清场，把这些村民赶出去。

胡文强回答，也只是随口说说而已，没有等到通知下去，冲突就发生了，总不能把账算到他的头上吧。

一句话说得方世雄哑口无言，气得直翻白眼。

对郑少杰和胡文强的调查都不理想。方世雄本来是想把帽子扣在魏建设的头上，可是这两人都把责任往自己身上揽，魏建设给他们灌了什么迷魂汤，让他们死心塌地和他穿一条裤子。由此看来，魏建设还真不是个善茬，找他谈话，不亚于一场短兵相接的搏击。他琢磨后才说，职工与村民发生冲突是常事，麻烦的是那个老人死了，事情就复杂了，社会舆论很大，给省里造成了很大的压力，这才安排我们进行调查。我从东钢出去的，对东钢很有感情，也想为你们减轻责任，但是，毕竟不该发生的事还是发生了，我们只是把事情查清楚，不作结论。

魏建设提出了疑问，这个老人的死亡原因是什么？是不是我们的责任？希望调查组搞清楚。

方世雄说，本来市局要对他的尸体进行解剖，可是家属不同意，只能再做工作。不管怎么说，他是在现场受伤的，身上还有伤痕，不能说东钢一点责任都没有吧。

魏建设苦笑道，不管什么责任，我来承担好了，与其他人无关。

方世雄继续说，有人反映，你说过要组织人员清场，把村民赶出东钢这样的话，有这回事吗？

魏建设答道，说过，村民堵铁路，造成炼铁和炼钢停产，一天损失几百万，我能不急吗？

方世雄严肃地问，事情发生后，你到市局去要人，在市局门口静坐，导致东钢上百职工跟着你一起静坐，给司法部门施加压力，迫使市局放人。这件事情的严重性你清楚吗？

当然清楚。魏建设坦然地说，市局带走了我们的人，我不想让职工代我受过，不然我的良心不得安宁。你也用不着多问了，我不会让组织为难的，这是我的辞职报告，烦请你带上去。说罢，他从办公桌上拿出早已准备好的辞职信，递给方世雄。

　　看着他这副死猪不怕开水烫的样子，方世雄又解气又可怜，理智告诉他，不能接过这封辞职信，假意劝慰道，你这又是何必呢？组织上正在调查，还没有得出结论，再说你是为了企业，迫不得已而为之，可以理解嘛，别那么大的情绪。

第十八章

当今这个社会，网络的影响力太大了，不管信息是真是假，只要经过网络上炒热了，都会引起当权者的高度重视，而且处理起来的速度特别快。省委领导对东钢接连发生的事情十分震怒，批示要迅速处理好此事，对当事人作出严肃处理，以平息社会舆论，把对东钢的调查报告作为急件，提交省委常委会讨论。

副省长孟铁生接到省委常委会的会议通知，其中一个议题是讨论东钢事件的调查处理意见。

接到通知后，他心里很不是滋味，东钢事件刚发生才几天，就急着召开省委常委会讨论。自己是省委常委，分管经济工作的副省长，对东钢事件调查情况不清楚，会给魏建设一个什么处分也不知道，看来此事非同小可。于是，他叫秘书小杨通知邹培君和方世雄即刻到他的办公室来一趟。

俩人急匆匆地来到孟铁生办公室，一路上，他们还在猜想，这次对东钢事件的调查没有向孟副省长汇报，是不是得罪了他，有些忐忑不安。孟铁生还未等他们坐下，直接说，想听听东钢事件的调查情况。

邹培君示意方世雄作汇报。方世雄先是说明，自己也算是个东钢人，本来应该避嫌的，但是组织上安排，只好硬着头皮带队去调查。然后把东钢事件的基本情况作了汇报，最后总结性地说，魏建设在这次职工与村民的冲突中，犯了两个错误：一是在村民拦住铁路的情况下，他提出强行清场，对事件造成的多人受伤、一人死亡的恶果负有一定的责任；二是在市局对事件进行调查的过程中，他凌驾于法律之上，带头在市局大院静坐示威，煽动工人围堵市局，强迫市局释放关押的人员，严重干扰司法办案，破坏社会稳定。尤其是后面这个错误，性质特别恶劣，影响很坏。

孟铁生提出了自己最为关心的问题，那你们打算如何处分魏建设？

邹培君知道提拔魏建设是孟副省长向省委推荐的，一直都很欣赏他，琢磨了好一会儿，才说，魏建设这个人有一定的能力，在东钢做了大量的工作，生产经营也有了起色，但是这个人的毛病就是个性太强，自以为是，成绩再大，总不能居功自傲，把东钢当成针插不进、水泼不进的独立王国吧。一个优秀的企业人才，就因为政治上不成熟、不敏感，大是大非问题上把握不住，犯下了严重错误，实在有些可惜。

孟铁生厌烦他这种作风，提醒道，尽说些不着边际的话！我只想知道，你们在报告中给魏建设一个什么处分？

方世雄硬着头皮回答，这次调查结束后，调查组向省委领导作了专题汇报，领导要求我们在报告中提出建议，免除魏建设东钢集团总经理的职务。

孟铁生对他们这种草率的做法感到不满，心想，免除魏建设的职务还不知道是不是你们的主意呢，也许是假借省委领导的口气治魏建设重罪。但是他毕竟是省领导，纵然对他们有一千个不满，表面上还要稳得住，说道，既然你们提出免除魏建设同志职务的建议，而且调查报告已经呈送了省委，我不会干扰你们的调查。我只想问，你们在调查时，做没有做到客观公正？

方世雄振振有词地说，我们这次调查重事实，讲证据，对发生的事件反复核实，查找证据，不会冤枉他。魏建设本人也表示，东钢发生的事情，他负主要责任，辞职报告都写好了。

孟铁生又问，我听说，村民在东钢占据铁路，阻拦铁水运输，造成生产被迫中断的时候，东钢可是向你们和市里报告过，你们当时是怎么处理的？

邹培君感到难堪，解释道，我们当时接到东钢的报告，一方面要求东钢保持克制，避免冲突激化；另一方面与市里协调，要求市里尽快帮助东钢处理好这件事。

孟铁生问，市里的态度呢？

邹培君答，市里认为事件是东钢污水外排引发的，村民提出索赔，虽然方式欠妥，要求不过分，正好又遇上全国创卫城市检查，市里对这种纠纷不宜轻易动用警力，劝说东钢适当考虑对方的诉求，缓和企业和地方的矛盾。

孟铁生直抒己见，我个人认为你们和市里在处理这起事件上多少都存在着推诿、不作为的现象，你们推到市里来处理，市里又逼着东钢拿钱出来摆平，都怕把事情搞大，怕承担责任。停产一天企业损失好几百万，你们一点都不心痛，可是企业的同志心痛，因为企业是他们赖以生存的家园。

邹培君和方世雄有些坐立不安了。

孟铁生意犹未尽，我们口口声声地说要为企业服务，为经济工作保驾护航，可是到了企业真正遇到困难的时候却充耳不闻，推三阻四，出了事你们就对企业兴师问罪，你们摸着良心问一问，这样做合理吗？公平吗？

两人面色难堪，如坐针毡。

孟铁生长长叹了一口气，事已至此，我也没有什么好说的，只是要求你们把善后的工作做好。

邹培君连忙说，请领导指示。

孟铁生想了一会儿，说道，第一个是，挑选好接任的人员。你们好好想一想，在全省范围内派谁到东钢去更合适，用什么形式选拔出来。第二个是，我建议新去的同志继续完成智能工厂建设，不要再搞千万吨了。省里好不容易调整了规划，就不要翻烧饼、穷折腾了。第三个是，要公正地对待魏建设同志。这个人身上是有一些毛病，政治上不太成熟，处理事情比较简单、鲁莽，这次又犯了严重的错误，但是，我们还应该看到他优秀的一面，他到东钢很快打开了工作局面，把一个濒于破产倒闭的企业从死亡的边缘挽救了过来，而且着手开展企业的转型工作，这也不是一般人能够做到的。所以，你们还是要关心他，爱护他，不能一棍子把人打死。给他安排一个合适的工作，做得到吗？

邹培君望了方世雄一眼，表态道，做得到。省长这样关心他，我们一定安排好他的工作。

孟铁生说，那就这样吧，拜托两位了。

两人像是接到特赦令似的，慌忙离开了孟副省长办公室。

就在方世雄带领的调查组刚离开东方市，《江都商报》记者孟滢来这里采访。

她先是到了殡仪馆，见到了孙福喜老人的遗体，禁不住流出了同情的眼泪，在仔细查看了老人手部和腿部青紫色的瘀伤后，更是激起了她的愤慨，暗自发誓，一定要追查到真正的凶手，将他绳之以法，让逝去的老人安息。

采访市局雷青山局长时，谈及孙福喜老人死亡的原因，他只是应付了几句，我们正在调查，不便对外公开，麻烦的是死者的家属不同意我们对尸体进行解剖，没有病理依据，就不能盲目得出结论。

孟滢问，家属说他是被人打死的，找到证据了吗？

雷青山简单地回答，不能听他们一面之词，各种可能都有，这只是其中的一种可能，最后还是要用证据说话。

孟滢笑道，局长大人怎么总是用外交语言回答我？

雷青山两手一摊，为难地说，我怎么敢这样对你，只是，在证据没有出来之前，恕我只能这样回答。

孟滢问了一个尖锐的问题，既然孙福喜的死亡原因没有定论，省里的调查报告怎么讲的？

雷青山干笑了一声，从座椅上站起来说，那我就不知道了，你去问调查组吧。

孟滢明知他在耍滑头，却奈何不了他，只能草草结束这种味同嚼蜡的采访。

当她来到东钢保卫部长办公室，郑少杰对她心存戒备，不想多说一句话。

孟滢毫不客气地说，我知道你不喜欢我来采访，但还是希望你能支持我的工作，把事情的真相告诉我。

郑少杰带有抵触情绪说，我们是当事方，正在接受省里的调查，有什么问题，你去问调查组好了，我没有必要向你陈述。

孟滢不顾这些，一连串发问，郑部长，我找过魏总，他说有些情况你比较清楚，请你回答几个问题，东钢的污水流到了村民的鱼塘，把村民养的鱼毒死了，这是事实吗？村民要东钢赔偿鱼钱是不是合理的？虽然他们进入厂区堵塞铁路的行为过激了，你们能用暴力处理吗？村民孙福喜是不是职工殴打致死的？嫌疑人是谁查到了没有？

这些话像连珠炮似的，一齐轰向郑少杰，他简直有些晕了，稳定了一下情绪，答道，你问了这么多，没有一个问题有准确的答案，所以我无法回答你。

孟滢愣怔片刻，一个问题都没有搞清楚？

郑少杰突然神秘地说，我要说这是个阴谋，你信不信？

对于从事新闻工作的她，听到这话，更来了精神，那就谈谈你的依据。

郑少杰有条不紊地说，就说第一个问题吧，我们东钢的工业废水是经过综合废水处理厂处理后排向明渠的，水量不大不急，天上也没有下大雨，恰好就在全国创卫城市检查组来东方市检查时，明渠就冲垮了，你不觉得太巧合了吗？

孟滢吃惊地问道，你的意思，明渠是人为破坏的？

郑少杰不置可否，我们有这样怀疑，可惜找不到证据。如果不是东钢的责任，凭什么赔款给村民？说到村民堵塞铁路，我当时就在现场做说服工作，不存在清场的问题，是对方先动的手，在场的职工才忍不住还了手，当然，这个后果是我们不愿看到的。

孟滢说，孙福喜老人在铁路上受的伤，这该是事实吧？

郑少杰坦诚地说，这个老人是在特警介入后，自己逃跑时摔倒在铁路线上的，我们好几个职工在现场都看到了，还有个职工帮助警察一起把他抬上了救护车。

孟滢问，你们没有向调查组说清这件事？

郑少杰生气地说，说过了。可是调查组把我们当敌人看，我们说什么也没有用。我认为调查组根本就不想弄清事实真相，而是搞有罪推定，选择性失明，目的是什么？你懂的。

你别这么悲观。孟滢安慰道，又要求郑少杰陪同她到铁路现场去看一下。

郑少杰见孟滢不像刚来时那么生硬，自己的态度也缓和了一些，就把她带到了铁路现场。

这段铁路的路基是由一颗颗石子铺设的，郑少杰演示了孙福喜倒下的情景，待他起身，卷起手臂和大腿，孟滢看到，有的部位也显出了浅浅的青瘀色，只是没有孙福喜身上那么明显。

临别时，孟滢对他讲，你们要想洗刷冤情，找到证据很重要。

郑少杰为难地说，已经过去好几天了，哪里还找到证据？

孟滢这方面的经验多一些，告诉他，你们可以通过微信群发，看能不能找到破坏排污明渠的那个人。

郑少杰猛地拍了下脑袋，哎呀呀，我是急昏了头，这么简单的事，怎么没有想到呢，可以试一试。

随后，孟滢马不停蹄地到了东方市人民医院，找到了孙福喜的主治医生。

主治医生告诉她，孙福喜当时进院时已经昏迷，身体上呈现的体征疑似心脏病发作，医生按治疗心脏病的方案对他进行了抢救。为了配合治疗，还在病历库中查找了孙福喜的病史，他过去就患有严重心脏病，在医院接受过治疗，证明治疗方案没有错。可惜没有把他抢救过来。

孟滢请教他，那孙福喜手上和腿部的淤迹又是怎么出现的？

主治医生说，这是浅表性淤迹，不好判断是怎么形成的，但不是造成他死亡的主因。

孟滢追问，是不是被人打伤的？

主治医生答，这个不好说，不排除这种可能。

孟滢拿出一组照片给他看，询问道，这是铁路现场的照片，路基上都是石子，有没有可能，他向左侧倒下时，左手肘和左腿先接触地面，承受着身体的压力，形成了两处青紫色的淤迹。

主治医生说，我不是法医，不能作出准确的判断，只能说，根据临床经验，存在这种可能。

孟滢又问，我们在现场做过实验，照着这个动作倒在同一个地点，身上也有淤迹，但没有那么明显，这怎么解释？

主治医生突然想到一个问题，哦，我想起来了，在查看孙福喜的病历时，看到他还患有血小板减少这种病，可以推定，他的血管受到压迫后，容易破裂扩张，显得就要深一些，而且保留的时间也要持久些。不过，这都是推测，要想得出准确的结论，只能经过尸体解剖，由法医来确认。

在主治医生的帮助下，孟滢查看了孙福喜的病历，初步判断，孙福喜老人是摔倒后意外死亡，而不是被人殴打致死的，极大可能是心脏病发作，不治身亡。

幸运的是，正在她结束采访，准备返回江都市时，郑少杰给她带来了一个好消息。在冲突事件发生的前一天晚上，东钢有名职工下班得有些晚，在回家途中，经过明渠时，远远看到有人在相邻孙福喜家鱼塘的那段明渠挖什么东西，他一时好奇，就悄悄地用手机拍下了一段视频。看到微信上寻找证据的信息，才把这个情况告诉了郑少杰。

获得这条线索，对孟滢来说太重要了，让她确信，从鱼塘污染、堵塞铁路到村民与职工斗殴，都是有人暗中策划的一系列事件，目的只有一个，把魏建设赶出东钢。

蓝梦俱乐部位于帝豪大饭店。华灯初上，大厅外的装饰灯与标志牌五颜六色，进入大厅，乘坐电梯，到达俱乐部。这是江都市最高档的娱乐场所，自称可与红极一时的天上人间相媲美。

唐潮今天特地在这里招待雷青山，几人包下了一间KTV，刚一坐定，一群衣着华丽、美艳惊人的小姐鱼贯而入，一人选了一个小姐陪在身边。随后，侍者进来，端来果盘和两瓶拉菲酒。

唐潮对雷青山说，这里的小姐是江都最有品位的小姐，这酒可是法国标有年份的拉菲，尽情享受吧。

香槟美酒，佳丽相依，觥筹交错。雷青山端起酒杯，敬唐潮一杯，我这是借花献佛，儿子的事，有劳你费心了，我得好好感谢唐总。

唐潮摆摆手，这点小事，老兄就别再提起了，今后但凡有用得着小弟的地方，支一声就是了。

金若愚讨好地说，雷局，你还不知道我们唐总的能量吧，不是吹，在江都乃至全省，就没有我们唐总办不成的事。

唐潮扫了他一眼，回敬了雷青山一杯，要说感谢，我还真得好好谢谢雷局，这次处理东钢的事件，你可是担了很大的风险，要不事情不会办得这么漂亮。

雷青山说，魏建设走到这一步，只能怪他自己不识相，不就是东钢的老总吗？老子天下第一，不知天高地厚，竟然与我们公安机关对着干，在我面前要威风，他这是咎由自取。

187

唐潮轻描淡写地说，今天晚上就要见分晓了，省委正在开会讨论他的问题，估计他这个总经理算是当到头了。

雷青山问，你是说他会被免职？

唐潮说，谁叫他草菅人命，对抗司法，破坏稳定，引起骚乱的，这是他自作自受。

金若愚狠毒地说，当年红极一时的大邱庄当家人禹作敏，就是头上的光环太多了，膨胀了，带头抗拒执法，判了好多年的徒刑。魏建设的性质和大邱庄禹作敏的性质同等恶劣，不关他个三年五载，算是便宜他的。

雷青山好奇地问，魏建设要是下台了，谁来接手东钢这个烂摊子？

唐潮说，估计省里不会再派干部来了，方世雄再杀回来的可能性最大，也许东钢内部提拔，萧春晖还是有希望的。不管谁来当这个家，总比魏建设对我们有利。

大家兴致高涨，搂着美女，唱着歌，跳着舞，说说笑笑，洋溢着一派轻松欢乐的气氛。

唐潮的手机铃声响起，是邹培君打来的，这正是他急盼的一个电话，连忙走出舞厅，找了个安静的地方与对方通话。

唐潮自从动起了与东钢联合重组的念头后，就想方设法与邹培君建立起个人关系，拉拢国资委这股势力。所以，省委常委会关于东钢事件处理意见的议题讨论完后，邹培君一退出会场，就急不可耐地把处理意见告诉了唐潮。

省委常委会的讨论结果是，鉴于东方钢铁集团公司总经理魏建设在处理群访事件中的错误表现，决定给予魏建设党内严重警告处分，行政记大过。对群访事件处置不力的省国资委主任邹培君、东方市市长姜红梅进行通报批评，对东方市公安局局长雷青山给予记过处分。

听到这个结果，唐潮大为不满，喃喃自语，你们提交会议的意见不是免除魏建设职务的吗？怎么会是这个结果呢？

邹培君解释道，要怪就怪你那个孟叔叔，我们的孟副省长。就是这位省长大人在会上突然发难，他拿出一份《江都商报》的内参，说这次事件不是东钢污染引起的，而是有人故意破坏污水外排明渠，借机组织村民堵塞东钢铁路。那个老人也不是被人打伤致死的，而是心脏病发作死亡的，极力为魏建设解脱，这才保住了魏建设的位子，搞得我们很被动，我也牵连着受到通报批评。

唐潮极力控制自己的情绪，虽然觉得不解气，但是只好接受这个现实，安慰了邹培君几句，又说，这次虽然没有搞掉魏建设，也给了他一个沉重的打击。

邹培君告诉他一个好消息，省委领导认为魏建设个性太强，主观武断，自以为是，把他的权力要收一收，不然任其发展下去很危险。要求国资委介入联合重组的事务，尽快推进这项工作，必要的时候考虑收回东钢少量的股权，这样一来，联合重组股权之争这个死扣就解开了。

唐潮马上领会到了他这话的意思，说道，今后再谈联合重组，就不能由他魏建设一个人说了算。邹主任，以后还请你对小弟多多关照。

与邹培君通完电话，唐潮就回到了歌厅，一个小姐娇滴滴地向他怀里扑过来，哥哥，我点了一首《夫妻双双把家还》，正等着和你一起唱呢。

唐潮一把推开小姐，由于用力过猛，差点把她推倒。随后，极不耐烦地把小姐都轰了出去，关上音乐，歌厅显得安静多了。

唐潮把刚才与邹培君的对话简单地讲述了一遍，雷青山听得目瞪口呆，拿枪崩了魏建设的心都有。

唐潮表示了歉意，雷局，东钢事件连累你了，把你害苦了，实在有些过意不去。

雷青山委屈地说，在处理东钢事件中，我们完全是按规定按程序进行的，要不是处置及时，还不知会闹出多大的问题。我这么敬业，哪有什么过错？怎么就挨了一个处分？本来还想托你老兄为我争取副市长的职位，这一下算是没指望了！他猛饮一杯酒，又狠狠地痛骂了魏建设。

唐潮安慰道，别灰心，你的事一直放在我心上，当上副市长是迟早的事。

几人再也没有心情"嗨"下去了，唐潮带着一肚子怨气，驾车来到孟滢在江都的一处独居的公寓里。

这个时候孟滢还没入睡，正在电脑上写稿子，见他这么晚来了，亲昵地迎上前去。

唐潮没有理睬她的热情，气冲冲地朝她发起火来，本来这次是扳倒魏建设的绝佳机会，可是你一出手，咸鱼翻了身。

你说什么呀，莫名其妙的。孟滢不知什么原因受到他的数落。

唐潮余怒未消，省委刚刚开了常委会，你的文章发挥了作用，保住了魏建设的职务，这下你高兴了吧。

你冲谁发火？孟滢回击道，我是一名记者，凭着职业精神写稿子，用不着你来教训我。

唐潮说，可是你爱的人是我，理应站在我的立场上说话，怎么成了他魏建设的枪手呢？

孟滢说，你们两人是同学，又都是搞企业的，有什么过节，非要搞得水火不容？

唐潮说，我没有什么对不起他的，总是主动向他示好，可是他自以为是国企的老总，高人一等，从不把我放在眼里。本来联合重组在方总主持工作时，双方就谈好了，只差没签字，他到东钢来后，我主动找了他多次，可他总是设置障碍，导致联合重组一直搁浅。是他不讲同学情谊在先，怎么能怪我无情呢？

看到唐潮一扫斯文、蛮不讲理的样子，孟滢有些不理解，你们不是一对好同学吗？怎么弄成了敌对关系？我记得你搞了个"鬣狗行动"，是不是你为了实施"鬣狗行动"，暗中指使村民到东钢来闹事的？

唐潮意识到自己今天在孟滢面前的表现有些失态，马上换了一副面孔，装出挺委屈的样子，你可别瞎猜了，什么"鬣狗行动"？当时是说着好玩的。我对魏建设是有想法，即使矛盾再大，也会光明正大地和他较量，用不着搞小动作。唐潮担心再说下去，孟滢识破了他的"鬣狗行动"，于是，转移话题，算了，不提这个人了，免得影响我们之间的感情。

孟滢并不顺从，严肃地说，唐潮，我有必要和你说清楚，虽然我爱你，但我不是你的附属品，不是你的使唤丫头，不是你要我干什么我才干什么，我有自己独立的人格，有追求真理和正义的权利，如果你接受不了这一点，我们还不如趁早分手。

唐潮见孟滢动怒了，连忙赔着笑脸，记者是无冕之王，我可得罪不起。何况你是我亲爱的，我怎么舍得让你生气呢。说着，就要把她揽进怀里，被孟滢甩开了。

第十九章

这场免职风波，对魏建设来说，无异于经受了一场暴风雨的洗礼。幸亏有孟铁生副省长仗义执言，力排众议，才保住了他的位子，让他得以在东钢继续干下去。

经过市局的侦查，破坏东钢排污明渠的肇事者找到了，他就是绰号"天不收"的孙天佑。据他本人交代，他之所以偷偷挖开排污明渠，让污水流进鱼塘把鱼毒死，目的就是想从东钢讹上一笔钱。罪名认定后，他被关进了东方市看守所。法医对老人的尸体进行了解剖，得出的结论，孙福喜在铁路摔倒后，心脏病发作，抢救无效而死亡。随着事实真相的披露，网络上对东钢的谣言不攻自破，一浪高过一浪的谴责声也偃旗息鼓了。

村民闹事的事件虽然平息了，但是魏建设的心里却像架起了一座锅炉，煮沸的开水不停地翻滚，让他无法平静下来，感到有一场更大的危机向他袭来。

这一天，他把柳诗韵请到办公室，同来的有哲思智能科技有限公司经理明哲，还有一个是环保部部长郭锦堂，五十多岁，个子不高，头上已谢顶，身材胖乎乎的，脖子和脑袋差不多粗细，坐在沙发上，就像上面搁了个树墩。

待几人坐定后，魏建设开诚布公地说，今天把你们请来，就是想讨论一下，东钢的环境污染问题。虽然这次村民闹事处理完了，但是我们厂区污染严重，环境指标不达标，这也是不争的事实，这次东方市在全国创卫活动中又落选了，很大程度上是受到我们的拖累。姜市长的压力很大，市里对我们东钢意见很大，甚至说，如果污染得不到治理，东钢要么停产，要么搬迁，不能成为东方市发展的障碍。看看，我们东钢在东方市的眼里，由原来的香饽饽变成了臭狗屎，不从根本上治理环境，我们在东方市很难有立足之地。

柳诗韵认同这个观点，环保问题国家越来越重视，而且影响了城市的发展，再不下力气治理，即使企业朝智能工厂上转型了，也摆脱不了生存危机。

郭锦堂担忧地说，多少年来，我们东钢对环境治理一直没有引起足够的重视，不仅旧装备上环保设施不齐全，与新的工程相配套的环保项目照样也没有上来。作为主管部门，每上一个技改项目我们都会提出这个问题，领导往往以资金困难为由否决了。久而久之，我们在环境治理上的欠账实在太多了。

魏建设询问道，前段时间叫你们研究院和环保部拿出一个方案，搞得怎么样？

柳诗韵说，我们按"高于标准、优于城区、融入城市"的原则，制定了一个全面治理厂区环境的系统工程，实现废气超低排放，废水零排放，固废不出厂，彻底改变高污染、高能耗、高排放的局面。

郭锦堂把一本厚厚的环境治理总体规划呈现在魏建设面前。这个规划要求，投入 40 亿，实施 105 个改造提升项目，其中，针对废气、废水和固废的治理项目 96 个。这些项目在他的心里不知思考过多少回，早就有了一本账，加之他的记忆力惊人，对一些重点项目，具体投入多少，进行什么样的改造，发挥什么作用，达到什么效果，都讲得清清楚楚。对魏建设的每一次发问，都能对答如流，说到点子上。

柳诗韵作了补充，在进行这些环保项目改造时，我们要把视野放开些，按绿色工厂的标准进行改造，把操控中心这一大片区域建成一座公园，再把西区这片闲置的场地改造成湿地公园，这样一来，东钢就有了两个巨大的绿肺吐纳呼吸，企业就会焕发出生机。

魏建设又问明哲，明总有什么好的建议？

明哲沉思了一下，答道，东钢要搞绿色工厂建设，我们从事 5G 钢铁互联网开发的，肯定大有作为。工业机器人在这些岗位上能够派上大用场，还可以运用 5G 网络，对废气、废水、固废等，实行一张图管理，一双眼监控，一张网检测，实时跟踪与监管全工序废气排放、废水排放、固废处理的情况。

魏建设对这个规划表示认同，环境治理，刻不容缓，不仅为我们这代人创造一个较好的工作和生活环境，也关系到我们的子孙后代的幸福。我们要借创建智能工厂之机，把绿色工厂建设融入这个主体工程中来，成为智能工厂的一部分，大力推进绿色工厂建设，实现厂在林中、路在绿中、人在景中的新景观。

郭锦堂从沙发上跳了起来，兴奋地高举双手，像要跳舞似的，太好了，这样我们就可以建成国内一流的绿色城市钢厂了。

柳诗韵同样也露出灿烂的微笑，我们原来提出的创建智能工厂的口号，现在看来表述得不完整，前面还要加上绿色两个字，叫绿色智能工厂。

这个提议好。魏建设肯定道，我们就是要把东钢建设成一个绿色智能工厂，成为东方市的一颗灿烂的明珠。

可是，柳诗韵很快收敛了笑容，生出几分惆怅，想法是好的，也很宏大。

要想筹到几十个亿的专项资金，只有加快联合重组进程了。

魏建设冷笑了一声，我找唐潮两次筹资，两次都碰了壁，我会再找他吗？

柳诗韵急了，那怎么办？不会是画饼充饥吧？

肯定得干！魏建设沉稳地说，我们可以总体规划，分步实施，现在就着手开展工作，用两到三年的时间来完成。至于资金嘛……他说着，缓缓地站起来，眉宇间的皱纹舒展开了，颇为自信地说，昨天我和苏总分析了今年的经营状况，连着两个月有了利润，按这个势头发展下去，今年我们的亏损额度比去年减少一半不成问题，资金流运转也正常，最困难的时期挺过来了，往后的日子会好些。我相信，资本是追逐利润的，只要东钢有了利润，银行对我们的脸色就会好看一些，找他们贷款也容易些。再说这也是为东方市除去一个心病，也会得到市里的支持。

经他这么一说，大家踏实了许多，心中充满了憧憬，似乎看到东钢成了城市中的一座绿色花园。

杨立春没有食言，经过一番打听，来到了落雁坡生活区张有为的家里。

门是魏秀珍打开的，她见到来的是个陌生人，问道，你是？

杨立春有礼貌地鞠了一躬，你是伯母吧，我叫杨立春，是张有为的同学。

魏秀珍把他迎了进来，又喊儿子出来见他。

张有为打开一条门缝，伸出脑袋，盯着杨立春上下打量了好一会儿，杨立春笑了笑，我？你不记得了？

很快，张有为反应过来，眼里射出惊喜的光芒，哐的一声打开门，上前一把抱住杨立春，在地上旋了一个圈，立春，立春，你是立春吧，你怎么看我来了？

两人相见，格外亲切。杨立春简单地介绍了自己在东钢的工作情况，关心地问他，听说你一直在家里研究行车自动化系统，我也正在搞工业自动化设计，就过来看看你。你是我们班上的高才生，肯定有什么奇思妙想。

张有为苦笑道，你现在是专家，我是设计着玩的，怎么能跟你比呢。他热情地把老同学拉进自己的房间，这里完全是他个人拥有的世界，一面墙上挂着比尔·盖茨和乔布斯的画像，房间里摆着一张电脑桌，一个作业台，一张小床，把空间挤占得满满当当的。电脑打开着，作业台上放着一些工具，还有一个自己制作的天车模型，床上一片凌乱，随意摆放了一些书籍。

杨立春坐在电脑桌旁，也没有闲扯什么，直奔主题，了解他的设计方案。张有为让他看了行车自动化控制项目方案书，PLC 编程，组态软件编写等等。

193

杨立春一动不动地看了一个多小时，连茶水都没有喝一口。看完后，又叫张有为通过操作平台，把行车模型演示了一遍。沉默了几分钟，杨立春突然站起来，放声大笑，摇着张有为的双臂，喊道，了不起，了不起呀，有为，你真是个电脑奇才！你的生命就是为自动化活着的。

张有为嘿嘿地笑着，你可能不知道，我在东钢实习时，开行车出过事故，一名工友死在我的手上，这是我一生抹不掉的罪过，我就是不想让这种事情再次发生，才要设计出一套安全可靠的自动化操作系统。

我相信你一定做得到。杨立春鼓励道，我们哲思智能科技公司正在协助东钢创建 5G 智能工厂，在整个自动化系统中，少不了行车自动化系统这一块，你的设计方案对我们很有启发和帮助，我会向老总推荐，希望你能参与到我们的团队中来。

我？张有为吃惊地问，行吗？

杨立春鼓励道，当然行！怎么能总是躲在家里设计呢，要走出去，到工厂去做实验，经过实践的检验，才能设计出安全可靠的自动化程度高的产品。

谢谢你！能有这样的机会太好了。张有为激动地握着他的手，手指都颤抖起来，这份热情不到一会儿就消退了，双手像抽去筋骨一样绵软无力，口里喃喃自语，不，不，我出过事，我得过病，没有人会要我的。

杨立春紧紧抱住他，别怕这些，有我在，你就在我的团队里，我不会让人干扰你的工作。

张有为破涕为笑，你相信我，我一定努力做好。

从杨立春进到家门，魏秀珍就在替儿子担心，他们一起交流技术的话，她一句也听不懂，两人后来说的话，她多少听明白了一些，不禁替儿子高兴起来，悄悄揩去了眼角上的泪花。

第二天，杨立春就把见到张有为的情况向明总作了汇报，明哲似笑非笑地说，你是个实心眼，说去还真的去了，看了他的自动化设计方案？

杨立春如实说，是呀，我认真仔细地看了，整个系统比较科学合理，有创意，对我们的设计也有启发。

明哲半信半疑，你说的是真的？

杨立春兴奋地说，一点不假，张有为是个难得的电脑奇才。

明哲轻描淡写地说，能够被你佩服的人还没有几个。

杨立春直言不讳地提出了自己的想法，我想把他吸收到我们的团队中来，参与 5G 钢铁互联网大数据平台的设计，特别是行车自动化的设计。

会有你说得这么神吗？明哲表示怀疑。

杨立春断然说，我是搞科学的，绝不会说半句假话。

明哲指着自己的脑袋，神秘兮兮地说，可是你知道吗？他这里得过病，连班都没有好好上过，我们把这样的人吸收到团队中来，不危险吗？

杨立春说，我当然知道他得过病。他的病是由于开行车时出了事故，受了强烈的刺激引发的，不是遗传性精神疾病，可以医治得好。我去他家，和他一起交谈了两个小时，他的情况很正常，看不出有什么疾病。我相信，只要他参与设计的行车自动化系统运行成功，心病解决了，他的病情就会好起来。

明哲说，他是魏总的外甥，我们把他请来，万一他的病情复发，影响了我们的工作，甚至出现了破坏性作用，那可怎么办？恐怕是请神容易送神难呀！

杨立春说，我不管他是什么关系，只是想给他个机会，让他重新健康起来。

明哲还是在摆头，慎重点为好，毕竟5G钢铁互联网大数据平台的设计，是一项非常重要、非常严密的工作，是人命关天的大事，不能出现丝毫的差错，我们不能冒这个险。

杨立春依然固执己见，我不是意气用事，是因为我们的5G项目设计确实需要这样的人才，不用他太可惜了。

明哲虽然是公司的老总，也不能过于得罪杨立春这样的专家，见他一味地坚持，只好想了个折中的办法，你先和他多接触，多了解，多考察一下，如果他确实像你说的那样，可以在你的监护下，让他设计点东西，只是暂时不要把他吸收到你的团队中来，至于以后嘛，视他的身体情况再定。你说这样好不好？

也行。杨立春想了想，这算是个比较稳妥的安排，可以为张有为提供一个施展才华的大舞台。

在清欠货款中立下奇功的吴斯被聘为销售公司经理，年轻人热情很高，到处跑市场，找客户，很快进入了角色，市场开拓得比较成功，货款也能及时收回来，深得魏建设和苏雪芳的信任。

这次走访北方市场，在柳家霖的推荐下，见到了中国工程院专攻冶金材料的叶院士。老头子身体硬朗，思路清晰，对钢铁前沿技术了如指掌，如数家珍。经过叶院士的引荐，吴斯与总装备部的秦将军见了面，向他介绍了东钢集团的情况，特别是智能工厂的建设。秦将军很感兴趣，向他透露了一个消息，军方打算采购一批特殊钢材，这种钢材是国内没有生产过的新品种，已经向几个合作厂家发出了参与投标的邀请函。吴斯趁机介绍，东钢有军工钢生产资质，智能工厂的核心，就是要建设成国家高科技领域所需特钢的研发、生产和供应基地，很想试一试。叶院士为他们说了话，表示可以组织一个专家团，帮助东钢研发这个新品种。秦将军十分尊重叶院士，同意让东钢参与竞标。这种特殊钢用量大，利润可观，对于东钢扭亏为盈是一次难得的机遇。

柳诗韵查看了吴斯带回的相关资料，这是一种超级钢，主要用于军工。她在永峰时就跟踪过这项技术，知道这个品种对钢材的抗拉强度、塑性、耐腐蚀性都有异常严格的要求，至今没有什么突破性进展。但是一想到，如果竞标成功，不仅产量大、利润高，更是打出品牌，增强企业的核心竞争力，扩大东钢在优特钢行业的影响力。

魏建设当然支持这个壮举，要求把这个项目当作一号工程来抓，当作生命工程来抓，全公司科研、生产、销售每个环节都要行动起来，哪怕只有1%的希望，也要作出100%的努力。

他们把开发超级钢项目命名为密字"A计划"，军方把"A计划"的技术参数和质量标准传送过来了，要求只有拿出合格的样品，才有资格参加竞标。

这些日子，柳诗韵不是在研究院的工作室，就是在试验现场，带领她的技术团队进行"A计划"试验。

她的工作室的布置，就像她这个人一样，简单朴素，没有一点花哨子，一排书柜，一个保险柜，一张宽大的办公桌，上面除了一台电脑外，堆放的就是一些书籍和资料。

魏建设进来时，她头也没有抬，正专心在电脑前测算着"A计划"的试验参数。

魏建设看到她身材瘦弱，清秀的脸庞憔悴了许多，但顽强的精神中透出一种亢奋。他在一旁站了好大一会儿，不忍心打扰她。直到她把数据计算出来，保存好，才冲着魏建设表示歉意地莞尔一笑。

柳诗韵汇报了"A计划"的进展情况，时间过去了一大半，我们进行了上百次试验，主要是通过在炼钢中加入适量的稀土元素，提升钢铁的性能，已经获得了大量的技术参数。我向叶院士的专家团请教过，他们对这个研究思路是肯定的，只是生产的样品质量还不合格，尤其是屈服强度达不到标准。

魏建设鼓励道，全世界也只有个别大国开发出了这个品种，你们在这么短的时间内进行了这么多次的试验，拿出了初级样品，很不容易了。

柳诗韵说，叶院士打算带人过来，指导我们的攻关，我想在他们来之前把各种数据整理好，把存在的问题找出来，把研发的方向找准，最好能取得小突破，总不能让专家团对我们失望吧。

魏建设说，这些专家个个都是国宝级的人物，经过他们的指导，会有很大的帮助，你们一定要把他们照顾好，包括生活上、科研上的，尽可能提供最好的条件。

柳诗韵说，这个请放心，已经做好了安排。

魏建设想到一个问题，我们东钢在技术实力上比不过那些实力强大的企业，但是我们要建立一个最好的引进科研人才的机制，吸引他们到东钢来，聘请他们为东钢的客座专家，为他们建立工作室，让他们爱上东钢，成为东钢优特钢研究开发的宝贵人才。

柳诗韵笑道，栽好梧桐树，引得凤凰来，我一定做好。

这时，柳家霖来了，手里还提着一罐鸡汤。魏建设见到老师，连忙迎上去，搀扶他进来。

柳家霖一上来就心疼地说，自从接下这个"A计划"，我这女儿就没有在家好好待过一天，没日没夜地工作，铁打的人也受不了呀。不过，这个性子倒随我，记得当年研发军舰用特种钢，整整一个大冬天，我几个月都没有回家。那时的条件多艰苦，外面飘着大雪，屋里像冰窖，人都冻得发僵了，那个年代没有电脑这玩意儿，所有的数据都得人工一个一个地计算出来，手指冻肿了抓不住笔，扒不准算盘珠子，还是不停地计算，反复对比，试验了无数次，当时一点都不觉得苦和累，心里憋着一股劲，一定要把军工钢炼成争气钢。等到试验成功后，大伙抱成一团，哭的笑的喊的都有，别提多高兴了，至今我都忘不了那个场面。

魏建设惭愧地说，照顾好柳工是我的责任，现在的条件比较简陋，以后会给她提供更好的科研条件。

柳家霖能够理解，你是一厂之长，需要操心的事太多了，再说企业现在是困难时期，还是要提倡艰苦创业的精神。你们都不是小孩了，要照顾好自己，没有一个好的身体，什么事都干不成。

柳诗韵笑道，老爷子说得对，我注意点就是。

柳家霖微笑着埋怨女儿，对身体的保护，你可别说一套做一套。从保温瓶内倒出一碗热气腾腾的鸡汤，端到女儿跟前，说道，这是山里散养的土鸡，营养好着呢，你要好好补一下身体，趁热喝了吧。

柳诗韵这些天吃的不是快餐就是方便面，吃得她都想吐绿水了，闻到香喷喷的鸡汤，一下子勾起了食欲，接过鸡汤就要喝，还没送到嘴边，就停了下来，深情地望了魏建设一眼，双手把鸡汤递给了他，你太操劳了，身体也要注意，喝了吧。

柳家霖接着说，对，对，多的是，都有份。说罢，又盛了一份。

魏建设在老师面前不讲客气，接过来，轻轻地呷了一口，赞道，真香，跟小时候妈妈熬的鸡汤一个味道。与柳诗韵相视一笑，慢慢地喝起鸡汤来。

柳家霖笑眯眯地看着他们，像一对天真无邪的小孩般快乐的样子，心里既高兴，又落寞，想到当初这两个孩子能够走在一起该多好呀。

柳家霖问他们，"A计划"进展得如何？

柳诗韵发愁地说，还是没有取得根本性的突破，就怕到时交不出合格的答卷。

魏建设安慰道，可能是我一开始把问题想简单了，对这个项目的期望值太大，给你们造成了很大的压力。其实，没有那个必要，成功了当然是好事，失败了也不可怕，毕竟企业转型已经起步，产品质量在提高，销售势头也不错，开始赚钱了，即使没有拿下军工钢这单业务，今年实现目标任务还是很有希望的。

没等柳诗韵开口，老爷子不高兴了，话可不能这么说，人活一口气，树活一张皮，拿下这批军工钢不是一个简单的业务问题，而是一个重大的政治问题，想想看，西方个别强国有了，中国没有，就会对我国的国防构成威胁，落后了就会挨打，这口气我们无论如何要争回来！

柳诗韵坚定地说，老爷子，放心好了，女儿不会那么轻易服输的。只不过，这是一个非常特殊的超级钢，得经过多次的试验，付出艰苦的代价，才有可能试验成功，我们既然承担下了这个任务，就有了这种心理准备。

魏建设向柳诗韵投去无比信赖的目光，从不言败，就是你的个性。

三人正在交谈中，柳诗韵接到一个电话，电话是爽爽的班主任打来的，说爽爽在学校闯了祸，把班上的一个同学打了，老师要学生家长到学校去一趟。

柳诗韵接电话时，声音颤抖，放下电话后，脸色苍白，对柳家霖说，爽爽在学校又闯祸了，把一个同学打伤了，家长都找到学校去了，不依不饶的。

柳家霖叹了一口气，这孩子越来越难管了，一点不像你小时候，哪要家长操心？

柳诗韵一边慌乱地收拾桌子上的东西，一边说，我得到学校去一下，看看到底是怎么一回事。

魏建设宽慰道，你别太担心，我和爽爽挺有缘的，要不，我到学校去好了。

柳诗韵停止收拾，问道，你去？行吗？

魏建设说，不就是了解一下孩子的情况吗？有什么不行的，放心吧，我会把情况搞清楚，把孩子好好地带回来的。又问清了爽爽所在的学校、班级和班主任的姓名、电话号码，然后，驾车去了学校。

魏建设在家时，女儿晶晶的学业全都是妻子冯丽娟照管，自己关心得不多，也很少到女儿的学校去。现在一下子找到学校，把小孩领回家，对他来说不是一件容易的事。找到学校后，又得楼上楼下找班级，找到班级后，学生们都已放学了，教室空荡荡的，又得打听班主任的办公室，费了好大的劲总算找到了。

推开门，一眼见到爽爽摆出一副无所谓的样子，站在老师面前，旁边还有两个中年人带着一个胖乎乎的小孩，那个小孩脸上血糊糊的，鼻子还塞上棉球，一个胖得像水桶的女人正在喋喋不休地指责孩子。

魏建设走到爽爽身边，爽爽见到他，头一扬，爱理不理的。那个胖女人一见到魏建设，就冲着他嚷开了，你是孩子的家长吧，你这家长怎么当的？怎么教育孩子的？你儿子把我儿子的脸都打花了，你说，该怎么处理？

胖女人身边的男子盯着魏建设瞧了好一会儿，一下子认出了他，你不就是公司的老总吗？你怎么来这里？原来这是你的孩子？

魏建设看到中年男子身上的工作服，加上他问话的态度，就反问了一句，你是东钢的职工？

中年男子毕恭毕敬地答道，是，是，我是。

爽爽见到这个情况，急中生智地喊道，老爸，你来干什么？我的事不用你管！

魏建设愣了一下神，这孩子太鬼精了？把自己拉出来为他当挡箭牌，这可说什么才好？

中年男子是个老实人，是被老婆拉来的，来了后也没说几句话，现在知道与自己儿子打架的是公司老总的儿子，只好自认倒霉，说道，两个孩子闹着玩，玩过头了一点，没有大碍，还惊动了老总，这怎么好意思呢。

魏建设说，你的孩子伤着没有？伤得重不重，受伤了就不要耽误，赶紧治疗，费用我来出好了。

没事，不用，这点小伤我们自己处理就行了，我们这就回去。中年男人忙不迭地说，像是自己的孩子犯了大错似的，赶紧拉着老婆和儿子往外走。

胖女人有点不乐意，把手一甩，你个屄货，拉我干什么？见到当官的就像老鼠见到猫似的，你怕我不怕！难道当官的儿子就能动手打人？难道我们的儿子就该挨打？这世上还有没有王法管了？

中午男人大声吼道，别在这里丢人现眼了，回去！说着，强拽着女人走出门外。

女人在门外还骂骂咧咧的，真不知道这官怎么当的，连自己的儿子都管不好，成了个小流氓。这号人当厂长，你们厂不垮才怪呢！

等到那一家子走后，班主任问道，你是孩子的家长？我怎么一次都没有见你来过？

魏建设正要解释，爽爽一个劲地向他使眼色，示意他不要揭穿这个关系，无奈，他只好点点头，对不起，我们平时对孩子教育得不够，关心得太少了，给你添麻烦了。

老师先是批评了爽爽打架的行为，责成他写出检讨，保证今后不再犯类似的错误，然后，又严厉地对魏建设说，你在单位可能是个好领导，但在家里不是一个好父亲。你这孩子聪明，懂事，讲义气，有爱心，就是不用心念书，顽皮，爱打架，惹是非。如果培养得好，纠正了这些毛病，今后还是个有用之才，但这样下去，叫人十分担心。你们领导再忙，也要多关心一下孩子的成长，不然，事业做得再大，孩子耽误了，你会后悔一辈子的。

是，是。魏建设表态，虚心接受老师的意见，今后一定注意，多关心孩子的成长。

离开学校，魏建设带着爽爽上车，两人对视了一眼，禁不住爆笑起来。

爽爽发疯地喊，爸，爸，爸！

魏建设意识到，这是一个缺乏父爱的孩子在宣泄自己压抑已久的情绪，忙把孩子揽在怀中，任由他大哭大笑。

过了好一阵子，直到爽爽的情绪平复下来，魏建设给柳诗韵打通电话，简单地讲了一下在学校的情况，要她放心，说带孩子在外面吃完饭后就把他送回。

两人来到一家麦当劳餐厅，魏建设点了一大堆食品，自己喝着一杯可乐，看到孩子又是吃鸡腿，又是啃面包，狼吞虎咽，很是可爱。

吃饱喝足，爽爽说，你今天够朋友，够义气，没有当面揭穿我，给足了我面子，应该点个赞！

魏建设趁机说道，那我们交个朋友如何？

爽爽说，好呀，那我管你叫什么？

魏建设说，随你的便，魏伯，魏爸，魏叔，什么都行。

爽爽来劲了，叫你老魏吧。

魏建设笑道，当然行。

爽爽主动地说，你就不想听听我打那个死胖子的原因？

魏建设说，你想说我就想听。

于是，爽爽讲开了，今天我们上体育课，踢足球，那个死胖子是对方的球员，我一球踢到他的脸上，他就开口骂我，开始我没当一回事，还跟他嘻嘻哈哈的，后来他越骂越来劲，最难听的是，骂我是个野种，是个没父亲的孩子，这才惹恼了我，我就把他狠狠地暴打了一顿。老魏，你评评理，他是不是欠打？

魏建设赞成地说，该打，打得好。说罢，举起可乐，与孩子作出干杯状。

爽爽坏坏地一笑，老魏，你在说假话，在哄我，打人也是对的？

魏建设说，打人肯定不对，但今天你打得好。不过老师要你写检讨，你还是得应付一下。我在读书的时候，比你还调皮，贪玩，爱打抱不平，常常是打了架，挨批评，写检讨，检讨刚交上去又犯了错，差点都被学校开除了，只是有一点和你不同。

爽爽来了兴致，哪点不同？

魏建设笑眯眯地说，学习成绩还不错，那时我和你妈妈是一个班，虽然学习成绩不如你妈妈那么冒尖，但总是班上的前十名，别人就不会笑我只是个头脑简单、四肢发达的打架王了。

爽爽有些泄气了，唉，这点上我还真不如你，不知怎么搞的，我一拿起书本，头就大了，看不进书，不想费那个劲，一点意思都没有。

魏建设耐心地说，你要是真心把我当朋友，我作为一个老朋友，就只有这么一个小小的要求，在学习上稍微多用点心，不求成绩冒尖，但要过得去，不比一般同学差，这样别人就不敢小看你，在人前才有范儿。你姥爷年纪大了，你妈妈抚养你不容易，她的心思都在工作上，平时对你关心照顾得不够，你要学会自己管好自己，自己约束自己，要争口气，成长起来。

爽爽有点坐不住了，老魏，你也来上课了，打住。

魏建设干笑道，我不啰唆了，反正老魏交定了你这个朋友，你今后有什么不愉快的，遇到什么问题，找老魏好了，我们一起解决，好不好？

爽爽痛快地与魏建设击掌为约，好，今天我算是交了个好朋友。

第二十章

　　爽爽喊了魏建设一句"爸"，不料掀起了一场巨浪。关于魏建设和柳诗韵情人关系的流言，开始只是小范围的议论，渐渐议论的人越来越多。这是国人的一个典型习惯，风流韵事总是茶余饭后议论不完的话题，何况两个当事人，一个是公司的老总，一个研究院的院长呢。

　　流言传到金若愚的耳边，他又急忙告诉了唐潮，老板，东钢到处传开了，魏建设和柳诗韵早就是一对相好。他表面上像个正人君子，私下里作风不检点，乱搞男女关系。有人说，难怪他上任不几天，就不远万里把柳诗韵从浙江接回来，委以重任，原来他们早就是地下情人。还有的说，别人玩情人都是偷偷摸摸的，他竟然不顾廉耻，明目张胆地公开情人关系。

　　唐潮本人就喜欢拈花惹草，对金若愚这个话题不感兴趣，自古英雄难过美人关，男人嘛，哪个不好色，一个当官的没几个情人缺乏格调。我见过那个叫柳诗韵的女人，既不年轻，又缺姿色，魏建设怎么看得上她？

　　金若愚笑道，听说他们是大学同学，也许早有一腿了。

　　唐潮若有所悟，原来他们还是一对老情人，魏建设还是挺恋旧的。

　　金若愚说，对于我们这些体制外的人来说，这点破事算不了什么，对于一个国企的老总，一个正儿八经的厅级干部来说，作风不检点，可就是一件大事，真要是查出来了，他这个经理就算当到头了。

　　唐潮说，又没有捉奸在床，要想定他的罪很难。你就别大惊小怪的。

　　金若愚阴险地说，谣言是把刀，杀人不见血，你不觉得这是个机会吗？就是扳不倒魏建设，也可以恶心他一回，搞得他身败名裂，解解我们的心头之恨。

　　经他这么一提醒，勾起了唐潮的恶念，对自己的对手，如果不能明着打败他，那就从作风上搞臭他。既然民间上传开了这样的绯闻，何不好好利用一下呢？他对金若愚说，现在上上下下正在抓党风廉政建设，哪个领导干部生活作风上出了问题，肯定不会放过。

　　得到唐潮的肯定，金若愚来劲了，暗中添油加醋地散布这些绯闻，还把这些绯闻匿名发到冯丽娟的手机上。

冯丽娟联想到那天在东钢职工医院看到的一幕，将信将疑地来到东钢。先是找到魏秀珍，向她诉起苦来，姐，你知道吗？建设变心了，找情人了，你不信？他的情人就是柳诗韵！

魏秀珍也听说过这些谣言，从来就没有放在心上，见冯丽娟提起这档事，一点都不意外，弟妹，你和我兄弟一起生活了十多年，他是什么样的人品，你还不清楚？别胡思乱想了。

冯丽娟说出了自己的疑点，他们俩从小生活在一个院子里，一起从小学读到大学，柳诗韵的心里从来就没有放下过魏建设。我和魏建设结婚了，她一直记恨着，总想破坏我们的家庭，现在两人在一起工作，天天见面，旧情复燃了，就是魏建设没有那个念头，也防不住柳诗韵百般勾引，日子久了，男人嘛，哪经得住诱惑，难免生出情分。你不信？有次我亲眼见到他们两个亲亲热热地手拉着手，我再迟一步进去，他们就要搂抱在一起了，真是不要脸。当时我的心里很不是滋味，不知他们背地里还会做出什么见不得人的勾当！现在外面传疯了，他们成了一对公开的情人。你说他们之间没有那层关系？为什么柳诗韵的儿子喊他爸，他还乐意答应呢？那孩子说不定就是他们的私生子。

魏秀珍见她越说越离谱，连忙打断她的话，这里面一定有误会。我兄弟对你怎么样，对晶晶怎么样，你心里没有数，他怎么会背叛你的感情呢？你别多心，别信外面的人嚼舌根子。

冯丽娟还是解不开这个心结，男人嘛，有钱有权就容易变坏，就嫌弃起糟糠之妻了，家里红旗不倒，外面彩旗飘飘，从古到今出了多少个陈世美！

魏秀珍说，我不是替弟弟说话，他回到东钢当这个经理，表面上风风光光的，实际上，这些日子里他哪有一天闲下来。为了搞那个什么智能工厂，没有过上一天顺心的日子，哪还有心情谈情说爱哟。就这样还经常遭到小人的暗算，差点就把他这个经理的官职给撸下来了。你是他的妻子，要多关心他，多为他着想，别给他添乱了。

冯丽娟平时在家里骄横惯了，哪咽得下这口气，难道是我不讲道理？是我在给他添乱吗？你别向着他说话，是他做了见不得人的事，是他对不起我。他要是再和柳诗韵鬼混，我冯丽娟可不是好惹的，我就要闹得他们鸡犬不宁，要他那个经理当不成！

魏秀珍脸色沉了下来，弟妹，你这话越扯越远了，我劝你冷静一些，不要大吵大闹，不要让他下不了台。人怕打脸，树怕剥皮。要是夫妻之间把脸皮撕破了，说不定他还真的将错就错，跟人家走了，到时你后悔都来不及了。

听了这话，冯丽娟态度软了下来，那我该怎么办？

魏秀珍说，你要信得过我的话，我找建设谈谈，看他到底是个什么心事，劝他多顾及社会影响，顾及自己的身份，顾及你的感受，尽量少与柳诗韵往来。

冯丽娟感激地拉着她的手，姐，你就多费心，好好劝劝他，只要他回心转意就好。

为了了解弟弟的心思，魏秀珍特地在家里弄了一桌子菜，请他来吃饭。饭桌上魏秀珍不好讲什么，魏建设惦记着工作上的事，吃完饭起身就要离开。

正在收拾碗筷的魏秀珍把他拉到房间，关上房门，有话对他说。魏建设催她快说出来，她吞吞吐吐的不知如何开口，最后逼急了，就问弟弟，现在外面到处传的是你和柳诗韵的谣言，你知道这回事吗？

魏建设淡然一笑，多少知道一点，这么无聊的话题，人家爱怎么说让他说好了，清者自清浊者自浊，几句谣言伤害不了我。

魏秀珍急了，可是，已经影响到你的家庭了，后院都快烧着了，今天弟媳来找过我，我看她还是相信这些谣言的。

魏建设问，她怎么不来找我？

魏秀珍说，我担心她那个火暴性子，见面讲不清，弄不好你们会吵起来，就叫她不要找你。不管怎么说，你还是要重视这个事，跟她好好说说，让她放下心来。

好吧，我向她解释清楚。魏建设苦笑地点头，又长长地叹了一口气，我这一生最失败的就是婚姻问题，当时年轻，迷恋上了她，结果失去了最值得珍爱的。

魏秀珍急忙堵住了他的口，你和丽娟是十几年的夫妻了，百世修来同船渡，千世修来共枕眠，你在这里工作，家里靠她支撑着，孩子靠她一个人照顾，挺不容易的，你要多替她着想，多理解一下她，千万不要有非分之想。

魏建设感叹道，有人议论我们的关系，我倒希望这是真的，这一生我亏欠柳诗韵的太多太多了，她的人生幸福就是我给毁的，我真想在后半生好好弥补她。

魏秀珍挺严肃地说，小弟呀，人言可畏，唾沫也能淹死人。在东钢你得罪了多少人，多少双眼睛盯着你，巴不得你犯错误，这个时候你要是再后院起火，不正是落入他们的圈套了？柳诗韵是个好女子，过得挺不容易的，但你不能犯糊涂，跟她走得太近，更不能走在一起。弄不好，不是帮了她，反而害了她呀。

姐，你放心吧。魏建设问心无愧地说，我和柳诗韵是清白的，身正不怕影子歪。因为怕别人说闲话，就不和她往来，不在一起研究工作了，岂不成了天大的笑话。

冯丽娟并没有离开东方市，而是把柳诗韵约到了一家名叫城市月光的咖啡屋。

自从上次在医院和魏建设牵手被冯丽娟看到后，柳诗韵总觉得自己有什么见不得人的把柄握在冯丽娟手上，见到她时心里就有一种莫名的紧张感。冯丽娟装出一副落落大方的样子，点了两杯咖啡。

咖啡屋里灯光暗淡，呈现出朦朦胧胧的月色，舒缓低回的音乐酿造了一种浪漫的情调。柳诗韵心绪很乱，无心欣赏这里的情调，连咖啡的味道都没有心思品尝。

冯丽娟打破了沉默，你现在是大忙人，我还以为难得把你请动呢。

柳诗韵接到冯丽娟的电话，知道冯丽娟找她的意图，也想利用这个机会，把彼此之间的误会消除，连身上的工作服都没有换下，就来到了这间咖啡屋。坐在这里，眼睛都不敢直视对方，低声问道，冯姐约我出来，有什么事吗？

冯丽娟心想，你不清楚我为什么找你，这不是明知故问吗？温和地说道，自从大学毕业后，我们都忙着各自的工作，照顾各自的家庭，很少有相聚的时候，姐想你了，就请你出来坐坐，叙叙旧，谈谈心，你不会怪姐吧。

柳诗韵僵硬地一笑，谢谢你了。

冯丽娟用小汤匙搅动着咖啡，旁敲侧击地问起来，我听建设说，你在浙江的一家企业干得好好的，怎么想到回东钢呀？

柳诗韵随口答道，东钢不是要转型吗？搞智能工厂，我就回来了，多少起点作用。

冯丽娟问，如果你不回来，还是留在那里，东钢的智能工厂还会不会搞？

柳诗韵说，没有我照样会干下去。

冯丽娟说，建设到东钢没几天，就急忙忙地飞到浙江把你请回来，真的就是为了企业的事？你不怀疑他的动机？

柳诗韵已经缓过神来，淡定地说，冯姐，请你不要绕着弯子说话，有什么想说的就直接说出来。

冯丽娟忍耐了好久，没有必要再装下去了，那我问你，现在东钢到处都传着你和我家建设的事，闹得我出门都怕见人了，你能给我一个解释吗？

柳诗韵不再盯着咖啡杯子，抬起头来，平视着冯丽娟，语调平和地说，冯姐，你一直是我心目中的女神，怎么对自己一点信心都没有呢？你和魏总生活了那么些年，对他应该是了解的，怎么就不相信他的品质呢？我承认，我对他有过单相思，自从你们结婚后，我就把那些过往的事都埋藏在心里了，从来就没有想过要打扰你们的生活，破坏你们的家庭。我回到东钢，是看到魏总经营东钢实在太难了，想助他一臂之力，让企业发展得好一点，不是来和你抢爱人的。我和他之间，只是一种同志关系、工作关系，是清白的，绝对没有乱七八糟的事情。

冯丽娟轻蔑地扫视她一眼，别看她装成薛宝钗，其实就是个秦可卿！但她又不好撕破脸，只好说，也许你没有这个意思，男人就不一样了。建设是个性情中人，想到的事，没有不敢做的。尽管这些年过去了，他的心里还是放不下你，得知你的婚姻失败后，他在我面前多次流露过自责的情绪，怎么叫我放得下心来？现在你们又在一起工作，低头不见抬头见，天长日久，免不了就会产生感情。无风不起浪，无根不长草，不要把我当傻子！

柳诗韵如同一只待宰的绵羊，瞪着一双惊恐的眼睛望着她，到底要我怎么做，你才放心？

冯丽娟冷漠地说，我只求你一件事，趁早离开东钢，离开魏建设，只要你不在他的身边，不让他看到你，时间一长，他就会断了这个念想。

我答应你，离开东钢。柳诗韵不假思索地说道，尽管外表显得平静，内心却像刀剜似的疼痛。

冯丽娟露出了笑容，好妹妹，你算是救了我，救了我的孩子，也救了魏建设，我们全家人都要感谢你。

柳诗韵说，不过现在不能走，还有事情没有完成。

冯丽娟急了，你怎么出尔反尔，刚说出的话就吞回去了。你要真有诚意的话，马上就走，走得远远的，我相信，东钢离了你，照样运转得好好的。

柳诗韵依然说，现在军工钢开发正是关键时刻，这个项目一直是我主持的，我不能丢下这个项目，一走了之。

冯丽娟说，你这是在给自己找留下来的理由吧，分明是不想离开东钢，舍不得离开魏建设。

柳诗韵坚定地说，军工钢没有试制出来之前，谁也撵不走我，军工钢生产成功，我就会提出辞职，离开这里，请你理解。

也罢。冯丽娟见她态度如此坚决，一时也奈何不了她，只好说，今天是我们姐妹之间拉家常，不能让我家那口子知道，好吗？

柳诗韵鄙夷地扫了她一眼，点头应允下来。当她逃离出这间咖啡屋时，仰头向天，深深地吸了一口新鲜空气。

柳诗韵拖着疲惫的身体回到家里，表妹孟滢开着那辆红色卡宴也来了。柳家霖自然高兴，忙着为她们张罗好吃的。

她们两人在一起，形成了巨大的反差，看上去似乎是两代人。孟滢风姿绰约，楚楚动人，正如一朵刚刚开放的玫瑰。柳诗韵由于夜以继日的工作，额头上的皱纹添多了，鬓角开始有了白发，脸色蜡黄干涩，缺少这个年龄段的女人应有的光泽，唯一的亮点是身材纤巧，姿态淡雅，那是一种长期养成的职业气质。

孟滢心疼地说，表姐，别一天到晚搞那个研究了，要注意休息，注意保养。你看你，才多大年纪，都快成老太婆了，这样在男人面前就失去了魅力。

柳诗韵苦笑道，我哪像你，热恋中的女人，有男人追求，当然美丽动人。你的年龄也不小了，既然和唐潮确定了关系，还是早点成家为好。

孟滢妩媚一笑，别看唐潮长得还算帅气，这个人心机太深，性格多变，既有豪爽的一面，也有阴险的一面，还有强烈的占有欲。能不能走在一起，相伴终生，要用时间来检验。我和他的交往，在人格上是独立的，他也想过要控制我，但办不到。这次我写了篇为东钢说话的报道，他很不满意，还来质问我，我说我是记者，只尊重事实，凭良心说话，为这事我们两人还吵了一架，后来还是他妥协了。

柳诗韵说，这件事你做得对，魏建设没有什么大的过错，他确实是为了东钢才做出了傻事。

孟滢说，我就知道你处处都会维护魏建设。唐潮做人就没有魏建设那么光明磊落、浩然正气，他有时明的一套，暗里一套，让人捉摸不透。有次他在我面前和同事讨论联合重组，说到有个"猎狗行动"，我问他具体内容，他就闪烁其词，予以否认，不敢对我说实话，说明他对我还是缺乏信任。

这句话引起了柳诗韵的警觉，问道，你怀疑他在联合重组上另有一套方案？

孟滢不敢肯定，有这种可能，如果是光明正大的，用得着遮遮掩掩的吗？我真想把这个"猎狗行动"挖出来，看看他暗地里是怎么做的，这样才能看清这个人的真面目。

你呀，都快成职业病了。柳诗韵相劝道，工作上的事最好不要和感情上的事扯在一起，唐潮是个年轻的亿万富翁，追求他的人排着长队，你再这么犹豫下去，担心被别人抢跑了。

孟滢说，跑了就跑了，我才不稀罕呢。

柳诗韵说，我的表妹这么漂亮，这么有魅力，还抓不住他的心？他能跑到哪里去？你别久拖了，抓紧把婚事办了，我猜姨夫姨妈也急着把你嫁出去。

孟滢含羞地说，我爸还好，我妈倒是挺着急的，巴不得我明天就出嫁。

柳诗韵叹道，女人的花样年华也就那么几年，你可不要错过了。表姐这一生就失败在家庭婚姻上，到了人老珠黄，还没有一个好的归宿。

你可不能放弃对生活的追求。孟滢端详着她的面容，像是发现了新大陆，激动地说，表姐，你的先天条件真不错，就是个美人坯子，只要稍微打扮一下，就会清水出芙蓉，南国一佳人。

她不由分说，出门从车内取出一只化妆箱子，里面清一色进口的名牌化妆品。然后，不容表姐多说什么，就硬性替她描眉毛，涂口红，贴面膜，弄头发，忙了好大一阵子。

两人一边化着妆，一边说笑。

孟滢说，男人都有爱美之心，女人要像盛开的花朵一样，才能吸引来蝴蝶、蜜蜂，才能碰撞出爱情的火花。你想过没有，当年你读大学时，不就是因为把爱深藏在心上，才看着自己心爱的男人被抢走了吗？

柳诗韵说，不怕你笑话，都过去十多年了，总想从心底抹掉那段记忆，可挥之不去。

孟滢说，你这十多年都在痛苦中煎熬。现在时代变了，你还那么古董，既然爱上了一个人，就应该大胆地表达，大胆地追求。

柳诗韵摇了摇头，人家已经有家庭，有女儿，日子过得挺好的，我怎么能够做第三者呢？

孟滢说，我看魏建设这些年过得一点也不幸福，他心里肯定还是放不下你。外面还有传说，你和魏建设好上了，爽爽都喊他爸爸了，是不是真有这么回事？你可别瞒着我。

柳诗韵连忙解释，爽爽情急之下喊了他一句，是为了给自己解围。别人瞎议论，是为了陷害魏建设，往他身上泼脏水。我们之间根本就没有那层意思。

孟滢快人快语，魏建设和冯丽娟的结合本来就是历史性的错误，是她横刀夺爱，生生拆散了你们这对青梅竹马的恋人，你也有追求爱情的权利，把属于自己的夺回来。

柳诗韵有些生气了，你胡说什么呀，我怎么能拆散人家的家庭呢？我现在能够在他身边工作，就心满意足了。

孟滢笑道，我的亲姐姐呀，你真是傻得可爱，人生苦短，不要给自己留下什么遗憾，该爱的时候就去大胆追求，别总这样压抑着自己。

说着话的工夫，孟滢为柳诗韵化好了妆，又取下自己佩戴的钻石项链，给表姐戴上，然后取来一面镜子，柳诗韵看到自己，整个人突然之间脱胎换骨了似的，头发高高挽起，把一张姣好的脸庞完整而干净地烘托出来，蛾眉轻描，双眸明亮，脸上桃红李白，身材玲珑窈窕，散发着一种说不出的高贵典雅的气息。

孟滢夸赞道，这才是女神范儿。

柳诗韵有些害羞地说，这是我自己吗？我都有些不敢相信了。

孟滢趁机说，表姐，女人天生就是一朵花，需要精心养护才对得起自己。抽空多逛逛商场，把美发的、护肤的、化妆的产品都买回来，还要买些时尚衣服。再有时间的话，就去做个美容，只需要去个眼袋，去个抬头纹就够了，起码比现在年轻十岁，你就是个人见人爱的大美人了。

柳诗韵暂时忘却了烦恼，自我陶醉了一阵子，还是把项链取下来，还给了孟滢。柳诗韵又忧心忡忡地说了一件事，表妹，有个事我想告诉你，你可要替我保密。

孟滢问，什么事这么神秘。

柳诗韵说，上个月，我在家里洗澡照镜子的时候，发现左侧乳房有一个小凹点，像酒窝一样，我感觉不对劲，到医院做了B超和各项检查，没有发现什么问题，医生给的结论是炎症，建议我过段时间再去复诊。

孟滢问，这段时间有变化吗？

柳诗韵答，没有明显变化。

孟滢又问，那个部位痛不痛？

柳诗韵又答，不痛。

孟滢警觉地说，表姐，这个事情你可不能马虎，一定要格外重视，要不我在省城找个专家为你做一次检查。

柳诗韵谢绝了，说道我手头有项研究处在关键时刻，无论如何不能放下来。再说，北京的专家组马上就要到公司来了，我们必须做好准备工作。

孟滢说，你这种事业型的女性，一次怎么能改变得了呢？不过，你可一定要休息好，不要太劳累，再就是要留意观察，如果有变化，就要及时求诊，耽误不得。

柳诗韵答应道，放心吧，我会照顾好自己的。

第二十一章

冯丽娟家里来了两位不速之客，唐潮和他的助理金若愚。因为唐潮与魏建设是同学关系，冯丽娟认识他，知道他是魏建设同学中最有钱的老板，显得格外热情。

唐潮介绍了随行的金若愚，冯丽娟泡好茶，递在他们手上，难为情地说，房间太小，容不了几个人，只好将就一点。

唐潮站起身，若无其事地把每一个房间看了一遍，随便地问了句，大姐一家人都住这个房子吗？

冯丽娟先是一愣，然后带有一点埋怨的口吻说，不住这里，还能到哪里住？

唐潮问，这个房子有 100 个平方米吧？

冯丽娟答，90 多一点，100 个平方米不到。

唐潮说，两室一厅，布置得很精致，还有一间琴房，孩子住哪儿？

冯丽娟说，不怕你笑话，我们大人住一间，一间是女儿的琴房，想睡觉了支一个床位。

唐潮故意对金若愚说，你看看人家魏总，这么大一个厅级干部，还住在这样的房子里，实在令人敬佩。

金若愚赞叹中带有一种嘲讽的口气，像这么廉洁的企业家，从东方市到江都市恐怕找不出第二人来。

冯丽娟委婉地解释道，别看我们家建设是个老总，和你这样的老总比起来，简直一个天上，一个地下，他去的是个穷企业，干的时间又不长，每月拿回家的工资很少。我们都是工薪族，收入本来就不高，好不容易积攒几个钱，都花在孩子身上了。女儿学的是钢琴，经常参加国内外比赛，可费钱了。好在孩子挺争气，高中毕业后想到国外的音乐学院去深造，现在就得为她准备好留学费用，所以我们平时可不敢乱花钱。

可怜天下父母心呀。唐潮感叹道，你这属于长线投资，也是幸福指数投资，值得。不过，冯姐，你们也得为自己考虑一下，把生活条件改善一下，把日子过得好一点。恕我直言，一个厅级干部住这样的房子，与你们的身份太不相称了。

冯丽娟虚荣心挺强的，哪个不想改善一下住宿条件，现在江都的房价，一天一个样，涨得人心惊肉跳的，我们存的那点钱，哪够买得起房子。再说，就是勉强付个首付，孩子今后留学哪来的钱？买房子对我们家来说只是一个奢望。

世上的人，吃的是五谷杂粮，每个人都有软肋，问题是如何找到他的弱点。冯丽娟的心思刚一萌动，唐潮就看出了名堂，有意引导道，你们这样的家庭，买房子不是难事，只是一个决心的问题。魏哥在企业拿的是年薪，今年东钢实现减亏目标，年底的奖金不会少于百万。可是房价一个劲地往上涨，有闲钱趁早出手，放在银行里，后悔都来不及了。

冯丽娟的心骤然热了起来，按说我们家是该有套像样点的房子，只是我们家那口子个性太强，太讲原则，他不会答应的。

唐潮好心相劝，你用家里的钱为自家买房子，科学理财嘛，魏哥高兴还来不及呢。你要是担心孩子留学费用，大可不必，到时你们手头紧的话，还有我这当叔叔的嘛，你总该放心了吧。

冯丽娟说，不怕你笑话，我早就想改善一下住房条件，弄套大点的房子。

金若愚奉承道，我听说大姐是个女能人，从你这么爽快地作出决定，可以看出你是个干大事的人。我有个朋友在江都市搞了个房地产项目，叫锦江花园，听说过吗？

冯丽娟立即说，我在报纸上看过这个项目的广告，那可是江都市中心城区稀有的江景房，好几万一个平方米，我们简直连想都不敢想。

金若愚说，你们是有地位、有身份的人，只有住在高档生活区才相配。你别担心，我和这位开发商是朋友，由我出面要套房子的指标，他会大打折扣的。大姐要是有兴趣，明天我就陪你到锦江花园去看看，要是看中了，后面的事好说。

冯丽娟恋恋不舍地送别唐潮两人，暗想，魏建设和柳诗韵这样厮混下去，迟早是要变心的，那时女儿又出国了，自己孤单一人，人财两空，不如趁着这个机会，抓套房子在手上，为自己留条后路，也好有个保障。

次日，金若愚驱车，按约来到冯丽娟家楼下，接上她，来到长江之畔的已经竣工的锦江花园。

到了售楼部门口，一个身材魁梧、满脸堆笑的中年人等候在那里。金若愚介绍，这就是开发商罗总。又向罗总介绍，这是东钢魏总的夫人冯老师。

罗总格外热情，把他们领进售楼部。这里熙熙攘攘地挤了不少人，有看楼房模型的，有看售楼信息的，有与售楼小姐洽谈的，一片红红火火的景象。

罗总请他们看了一下布满楼房模型的大沙盘，介绍了锦江花园生活区的情况，处在闹市，闹中取静，出门就是地铁，抬头看到长江，在整个江都市再也找不到这样的地方了。又特意把他们请进一间接待室，耐心细致地向他们介绍了房源、房型的情况，然后挺神秘地说，这几套靠近江边的顶级房源，一直没有对外公开，只提供给高端客户。

冯丽娟一眼看中了东头的一套160平方米的江景房，兴奋地说，有这样的一套房子就好了。金若愚附和，这套好，大姐有眼力。

罗总拿来安全帽，亲自陪同他们一起去看房。三人乘坐电梯，上到26层，进入房间。

这是一个三室半两厅两卫带有空中花园的房子，房间设计合理，客厅面对长江。冯丽娟站在客厅，放眼望去，长江宛如一条巨龙在游动，灿烂的阳光似点点碎金洒在江面上，轮船往来穿梭，长江大桥像彩虹似的横跨大江南北。她仿佛置身在梦境之中，一阵凉爽的江风扑面而来，才让她清醒了几分，一连说了几声好，当即就选定了这套房子。

在交定金时，罗总说，我和金总是铁哥们，这次他亲自过来，我们给予最大的优惠，一次性付清，75折优惠，就能节省100多万元。

这哪是天上掉馅饼呀，简直就是天上下起了黄金雨。冯丽娟先是心花怒放，接着又是愁眉紧锁，自己家里的全部存款也只能勉强交个首付，以后若干年就成了房奴族，哪还有钱供女儿出国深造？如果一次性付清全部购房款，能够节约100多万元，可又到哪里筹集到这么大的一笔钱来？

金若愚早就看透了她的心思，把她拉到一旁，大姐，我建议你一次性付清购房款，多划算，等于一出手净赚100多万元。

冯丽娟为难道，我家里的钱顶多只够付个首付。

金若愚怂恿道，只要你喜欢这套房子，钱不成问题，唐总知道你家经济暂时不太宽裕，已经交代过，你能拿多少算多少，其余的钱我们公司可以借给你，到年底魏总年终奖一发，还给我们就是了，这样不就一点压力都没有了。

冯丽娟又喜又愁，那怎么好，我家那口子知道了还不骂死我。

金若愚笑着说，怎么会呢，你做的这一切还不是为这个家着想。他不至于那么不近人情吧。不过，凭我对魏总的了解，暂时最好不要告诉他，等房子买到手了，再找机会告诉他也不迟。不然，你过早告诉他，房子还没有定下来，他一反对，这个机会就失去了，那就太可惜了。

冯丽娟所有的疑虑一一消除了，欢欢喜喜地在购房合同上签上了自己的名字。

金若愚和罗总对视了一瞬，会意地一笑。暗自佩服唐总的高明，就像围棋高手一样，看似闲棋，不经意间布下了个局。

唐潮成了姜红梅市长家里的座上宾。这一天，他精心挑选了一盒珍品大闸蟹，到姜红梅家里赴约。

姜红梅见到唐潮，自然是热情相迎。

丈夫肖一凡也在家里，接过大闸蟹，赞道，这么大个的螃蟹，费心了，今天干脆消灭掉，如何？

唐潮笑道，那我不客气了，正好蹭顿饭。

肖一凡开心地说，我们今天可是沾了你的光。

唐潮说，只要肖大哥喜欢，以后我就多送些过来。

肖一凡连忙摆手，尝尝就可以了，东西好吃，也不能贪吃。再说你经常向市长送礼物，影响多不好，我们也不会接受的。

肖一凡进厨房收拾螃蟹去了。

两个同学坐下来。姜红梅诉说道，我们那个建设学友这回可是出足了洋相，自己的职工不仅与村民殴打起来，还带头到市公安局静坐，逼迫市局放人，要不是我出面处理，这场闹剧还不知如何收场。可是省里不问青红皂白，把我牵扯进去了，跟他一起受处分，叫人上哪儿去说理呀。

唐潮心里清楚，姜红梅最担心的是，受到全省通报批评，必定会影响她的政治升迁，本来省委组织部考察副省级领导干部人选，对她评价不错，现在创卫的事黄了，个人还受到全省通报批评，必将影响她的仕途，她不恨死魏建设才怪。他借机挑拨道，我也是最近才听说了这件事，原来以为魏哥这个人只是性子直，脾气大，没想到政治上这么不成熟，公然对抗司法，我看省里对他还是手下留情的，不然的话，会一抹到底。只是不该把你也牵扯进去，你这不是代他受过吗？

肖一凡蒸上螃蟹，来到客厅，听到他们议论魏建设，忍不住插嘴道，我可要替他说句公道话，那么多村民，把人家的生产命脉堵住了，一天损失几百万，市局迟迟不管，再闹下去就要逼着关门了，人家也是万不得已才出此下策，又有多大的过错？出事后，市局又不问青红皂白抓了东钢那么多人，作为一个企业的老总，找市局要个说法，要市局放人，也不算违多大个法？

姜红梅不快地说，依你这么说，过错还在我们市里？

肖一凡直率地说，你们市里应该对处置迟缓承担一定的责任。如果早点处

214

置，就不会有后面的乱局。

姜红梅说，不是我下命令把人放了吗？

肖一凡说，你算做了一件明白事，如果再晚些出手，就会酿成大祸，魏建设的锅背定了，你这个市长就不只是一个通报批评的处分了。

姜红梅抱怨道，他到东钢才来多久，闹出了这么多的事，只是这次事情闹大了，闹过头了，像他这样的素质怎么能够担任领导干部？

唐潮帮腔道，他还真是个麻烦制造者。

肖一凡对唐潮这个人印象不是很好，有意替魏建设说话，我看现在这个社会上，就是缺少像魏总这样重情义、敢担当、有血性的人。

姜红梅讥笑道，难怪东钢几次死里逃生，都是你出手相救，我看你们是惺惺相惜，同流合污。

唐潮借机劝道，像东钢这样的僵尸企业，别的银行都躲得远远的，只有肖大哥把那么多的资金押在东钢，一再向它输血，你就不担心有一天东钢搞垮了，你们扬子银行血本无归。

肖一凡反问了一句，这我就不明白了，唐总不是一直热衷于要与东钢联合重组吗？你是资本运作的行家，你都不担心东钢搞垮了，我又有什么可担心的？

唐潮一下子噎住了，脸色红一阵白一阵，不知回答什么才好。

姜红梅解围道，老肖，我早就劝过你，叫你对东钢的事不要太热心，扬子银行毕竟是间民营银行，投入的资金收不回，你这行长的位置就难保了。

肖一凡坦承道，我信任魏建设这个人，愿意和他同舟共济。他到东钢来的时间不长，企业已经止亏为盈了，还在搞智能工厂，这是很有远见的。你是市长，就应该多支持他们，不然，东钢搞垮了，破产了，市里税收缺少一大块不说，上万人的再就业压力，要你来承担，你这市长还有闲心坐下来吃螃蟹？

姜红梅干笑了一声，别说得那么危言耸听。不过，他最近打算搞绿色工厂建设，准备花几十个亿，治理环境污染，这倒是做了件正经事，不然，东方市怎么也评不上全国文明卫生城市。

肖一凡看了下时间，螃蟹已经蒸熟了，就进了厨房，炒上几道小菜，一场关于魏建设是是非非的争论暂时停止了。

听到他们又在说魏建设的好话，唐潮心里酸酸的，等到肖一凡离开，他就煞有介事地对姜红梅说，刚才只顾谈论魏建设，把正事差点给忘了，上回在大姐办公室里谈的两个设想都有进展了，今天来就是向大姐汇报的。

姜红梅一下子振作起精神，快说，快说，情况怎样？

215

唐潮说，创建省级电商示范基地的事，我已经联系了一些商界大佬，他们很有兴趣，准备到东方市来考察，初步考虑先征 500 亩土地，作为一期用地，你可要给我们一些优惠政策哟？

姜红梅爽快地答应道，这个没问题，我们会全力支持的，能给的政策都可以给你们。

唐潮再说，城市地铁延伸线的问题，我到省里、江都市，甚至国家发改委摸了个底，都认为这是一个大胆的创举，值得一试，希望我们抓紧时间拿出可行性研究报告。我们可以组建一个专营的项目公司，由市里正式授权，负责整个地铁项目的运作。至于建设资金的问题，争取政策支持，引进战略客户，市里再自筹一部分，应该能够解决。

姜红梅激动地说，这两个特大项目，都是关系到我市长远发展的生命工程，一旦建成，标志着我市新兴产业取代传统产业的时代到来了。

唐潮提及的这两个投资项目，对姜红梅来说，确实来得太及时了，现在只有作出重大的成绩，促进东方市快速发展，才有可能消弭省里对她通报批评产生的负面影响。

螃蟹端上餐桌，个个色泽光鲜，丰腴肥美，香气扑鼻。肖一凡故意卖了个关子，从古至今谁是最爱吃螃蟹的好吃佬，你们知道吗？

姜红梅和唐潮对视了一下，都摇了摇头。

肖一凡笑道，当数明末清初的戏剧家李渔。他自称以蟹为命，一生嗜之。从上一年螃蟹退市时就开始积攒来年买螃蟹的钱，称为"买命钱"。自螃蟹上市直到断市，他家七七四十九只大缸，始终装满螃蟹，还用鸡蛋白饲养催肥。他一天不吃螃蟹，心里就发慌，写不出东西，担心季节过了吃不上，还用绍兴花雕来腌制醉蟹，留待冬天食用。你们说，天底下还有谁比他更爱吃螃蟹？

两人听得乐了。姜红梅兴致上来了，老肖，拿茅台来，我们和唐师弟好好干几杯。

三人吃上螃蟹，喝着茅台，推杯换盏，充满了欢快的气氛，一切不愉快的争执烟消云散。

对于联合重组，唐潮越来越着急。他意识到，东钢在魏建设的经营下，逐渐步入了正轨，亏损额度大幅度减少，开始出现盈利，完成今年的目标不成问题。如果等到东钢翻过身来，再谈联合重组，难度就更大了。"鬣狗行动"关键的一步就是取决于联合重组的完成，如果这一步迟迟没有迈出去，后面所有的计划就是一张废纸，全部落空了。

一开始东钢要2个亿的启动资金，他没有答应。后来搞智能工厂，筹集15个亿，他又没有给。现在搞环境治理需要40个亿，干脆就没有向他开口了。看来魏建设答应联合重组是假，心里根本就没有这个意愿，找他商谈联合重组，无异于与虎谋皮，还不如直接通天，找到孟铁生，请求省里给予支持。

唐潮与孟滢恋爱的事已经公开了，高洁见到他来了，热情相迎，问寒问暖，试探着他对婚事的打算。唐潮曲意奉迎，尽挑高洁喜欢听的话说，高洁欢喜得合不拢嘴。

孟铁生知道唐潮最关心什么，热情地问道，已经过去了好几个月，你们的联合重组进展如何？

唐潮强颜欢笑，两手一摊，哪有什么进展，停摆了。

孟铁生问，到底怎么回事？哪个环节出了问题？

唐潮极度不满地说，还不是魏建设，他先是要求我们提供15个亿技改资金，答应联合重组，哪知这是虚晃一枪，转背与扬子开发银行合作，发行了建设债券。接着搞污染治理，要用40个亿，也没有找我们商量。看来他把我们抛在了一边，闭口不谈联合重组的事了。

孟铁生有些生气，魏建设怎么搞的？他在我面前表态好好的，转身就变了，还是天马行空，我行我素，听不进省里的话，这样下去是要栽跟斗的。

高洁接过话头，他这次闹出了人命，动静这么大，网上都爆炸了，你不是还要保他吗？

孟铁生是个爱惜人才的人，说道，你知道什么？哪匹烈马容易驾驭，哪个有本事的人没有一点个性。培养一个企业家不容易，不能一棍子把人打死。

唐潮明白，孟铁生口里骂着魏建设，心里还是挺赏识他的，于是施展起以退为进的招数，故作委屈地说，早知道联合重组这么艰难，不如退出去算了，免得做些吃力不讨好的事。

孟铁生连忙挽留道，小唐，你可别丧失信心，说不定峰回路转，柳暗花明呢。

在那天的省委常委会上，不少领导对魏建设在联合重组上的态度提出了严厉的批评，认为他的做法不符合中央搞活国企的战略方针，甚至怀疑他自私狭隘，迷恋权力，是为了牟取个人私利，如果丧失了联合重组的机遇，在全省国有企业转型中起了很坏的作用。要求对魏建设的权力进行适当的限制，不能让他为所欲为，成为联合重组的阻力。

唐潮早就从邹培君那里知道省里的意见了，有意刺激孟铁生，魏建设是省管干部，怎么说也得听省里的。能不能实现联合重组，还得由你做主。

孟铁生说，联合重组这么大的一件事，不是我一个人决定得了的，是省里的决策，必须尽快完成，不能久拖不决了。东钢的资产是省属国有资产，不是个人的，必要时我会责成国资委介入，拿出一个新的方案，再和你们两家一起讨论。

唐潮强调道，我只有一个条件，不管以什么方式联合，我们盛唐集团要成为最大股东，对新东钢实现控股。

高洁支持唐潮的意见，老孟，唐家对我们是有恩典的，没有唐老爷子，哪有你的今天，现在正是我们报答的好机会，再说，这孩子和我们很快就要成为一家人了，他的事不就是你的事吗？

孟铁生的脸色一下子沉下来，厌烦地扫了她一眼，你还是专心当好你的教授吧，省里的工作你就少操心。正因为我们和唐家有这层关系，盛唐实业集团又是我亲自引荐过来的，现在两个孩子又在相处对象，在处理这个问题上我才要格外谨慎，不能强行插手，让人家说闲话，抓了辫子。小唐，你应该理解。

唐潮连忙点头，理解是理解，但是由魏建设绝对控股，我还是不放心。

孟铁生沉思了一会儿，说道，可以考虑一个不让东钢绝对控股的方案，不过让你们一家绝对控股，恐怕省里的阻力也不小，比较合适的是选择一种折中的方式。

不几日，孟铁生亲自主导了联合重组的讨论，是在一个小范围内进行的，只有邹培君、魏建设、唐潮参加，地点安排在国资委的小会议室。

唐潮一见到魏建设，就假惺惺地替他鸣不平，魏总为了东钢呕心沥血，日夜操劳，到头来受到那么严重的处分，让搞企业的同志感到寒心，以后谁还敢维护企业的利益？

邹培君为了东钢事件，自己也挨了个通报批评，心里很不爽，当着魏建设的面不好发作，还得装出笑脸解释道，国资委理应为企业说话，在省委会上，我们作了最大的努力，这个结果还是让你受到委屈了，希望你能理解我们的难处。

孟铁生毫不客气地说，邹主任，我可要批评你了，他捅了那么大的娄子，受到这个处分一点也不冤枉。小魏呀，希望你能正确对待省里的处分，不要背包袱，要吸取教训，政治上成熟些，处理问题多过过脑子，不能由着自己的性子来。

魏建设知道，在场的几个人中，只有孟副省长是真心为他好，诚心说，我是来负荆请罪的，诚恳接受省长的批评，今后一定注意。只是邹主任和姜市长也受到了连累，我真是罪该万死。

孟铁生大手一挥，说道，好了，咱们进入正题吧，今天和你们三位一起，主要是商讨联合重组的事情。今年省里的产业政策作出了适当调整，重点扶持新兴产业，对传统产业尤其是钢铁之类的过剩产能，要尽可能市场化、股份化、民营化，因此，必须加快东钢集团和盛唐实业联合重组的进程。

邹培君巴不得东钢早点改制，免得魏建设又生出什么幺蛾子来，自己又要莫名其妙地受到牵连。可是一山不容二虎，他们谁也不会相让，只能采用一个折中的方案，说道，联合重组讨论了这么长时间，一直进展不大，争论的焦点主要还是股权的问题，也就是你们双方都想占有控股权，以致僵持不下，无法往前推进。为了打破这个僵局，我们国资委遵照省委的意见，提出了一个新的方案，也就是东钢、盛唐和我们国资委分别占49%、46%和5%的股权，这样，东钢还是最大的股东，但没有绝对控股权，盛唐还是维持原有股份不变，由东钢无偿划拨给我们国资委5%的股份，在你们两家意见相左时，我们国资委拥有一定的话语权。你们认为这个方案怎么样？

唐潮事先从邹培君那里了解到这个方案，虽然不能让他在联合重组上绝对控股，但起码为他实施"鬣狗行动"扫除了一道障碍，以后只要搞好国资委的关系，争取到国资委5%股权的支持，就可以实现对新东钢的控股。于是，慷慨地说，对于联合重组，我一直是抱有诚意的，也想早日促成此事。本来想拥有对新东钢的控股权，现在省里有了明确的意见，我表示尊重，没有异议。

魏建设感觉这是国资委玩的鹬蚌相争、渔翁得利的游戏，而且肯定征求过孟副省长的意见。作为省管企业，资产都是省里的，省里要收回多少，留给企业多少，企业只有服从的份儿，但他的心里还是不舒服，不冷不热地说，省里为了解决联合重组上的股权之争，可谓是煞费苦心。东钢本来是省属企业，省里拥有多少股份，股权怎么分配，是省里的事，我们执行就是了。

邹培君正色道，魏总，我们这么做也是为了促成联合重组，使东钢早日摆脱困境。

魏建设说，这一阵子经历了这么多事，我也想通了，东钢又不是我个人的财产，我去争那个控股权有什么意义？我能与省里对着来吗？国企，民营，政府，谁来控股都行，我都赞成。冤家宜解不宜结，唐总，我们两个握手言和吧，再也不用较劲了。

魏建设主动把手伸过来，唐潮热情相迎，暗中讥笑，还是小胳膊拧不过大

219

腿吧，只是这个 180 度的大逆转来得太快了，不像是他的一贯作风。也许与省里的处分决定有关，使他心灰意冷，识时务者为俊杰，再固执下去不会有好下场。他甚至怀疑，魏建设态度的转变，可能与冯丽娟购买新房有关，只掏百把万，得到这样的江景房，谁都会偷着乐。魏建设食的也是人间烟火，也得给自己找台阶下来。唐潮极力掩饰内心的喜悦，我们本来就是好兄弟嘛，在商言商，正常得很，既然省里为我们解开了这个死结，我们就精诚团结，并肩奋斗，共创伟业。

孟铁生稍稍放下心来，他知道唐潮对这个安排是高兴的，魏建设多少还是带有一定的情绪，只是由于自己在这里镇着，他不好抗命，只能接受。联合重组是一件大事，顾不了谁的情绪，必须往前推进。

第二十二章

《东方钢铁集团公司转型升级职工分流安置方案》，经过重新定员定编、征求职工代表意见、班子讨论几个环节，准备提交职工代表大会通过。这个方案，要把现有的 1.1 万职工精简 5000 人，接近减员一半，无疑会在东钢引发一场前所未有的大地震。

胡文强坐在魏建设对面，手里拿着方案文稿，比搬起一块巨石还沉重，对要不要实行这个方案举棋不定。东钢以前也搞过几次改革，比如主辅分离、职工退养，凡是触及职工切身利益的，反应特别强烈，吵的、闹的、上访的、写匿名信的，什么招数都使过，搞得领导们头痛得很，现在好不容易平静了一下，魏建设又要折腾了。

他讲出了自己的顾虑，在企业快要破产倒闭的时候减人好理解，工作也容易做一些，现在企业缓过气来了，开始赚钱了，看到了希望，这个时候减人，职工难以接受，而且一次性减去这么多人，职工还不闹翻天？

魏建设慨叹，哪个不想过安逸的日子，市场竞争这么激烈，能让你过平稳日子吗？不管是民营，还是国有，今天有生的，明天就有死的，今天日子过得去，明天就不行了，每天都有危机感，每天都得往前迈，不然，下一个死掉的就是我们。

胡文强说，道理我也明白，毕竟涉及职工的切身利益，尤其是端掉职工的饭碗，还是慎重点为好。

魏建设耐心地和他算了一笔账，东钢现在有 11000 人，生产 400 万吨钢，人均钢产量只有 360 吨，也就是说一个人一天勉强生产一吨钢，在国内算是很落后的水平，和发达国家更不能比。我们现在搞智能工厂建设，自动化水平提高了，人工智能逐渐取代工人劳动，不再走劳动密集型的老路子，即使今后搞到千万吨的规模，几千人也足够了。你说，我们还把岗位保留着，养那么多闲人，企业还有竞争力吗？

胡文强不赞同这种说法，我们办企业目的是什么，不就是让职工过上好日子吗？你把人都减回去了，工作都没有了，生存都成了问题，哪里还有好日子过？

魏建设不愿僵持下去，那你说，有什么更好的办法？

胡文强直抒己见，我们不是正在与盛唐实业集团重谈联合重组吗？而且省里要求我们必须尽快完成。不如先放一放，待到联合重组了，再来启动这项工作。大家现在是国有企业的职工，总认为自己是国字军，有困难应该找国家，国家有义务管我们。一改制就不同了，职工的身份转变了，不再是国有企业的职工，思想观念也会跟着转变的，到时再做减员工作就容易得多。还有一个好处，联合重组后，资金也充足些，职工安置费也会多一些，矛盾自然少一些，改制起来就会顺利得多。

魏建设淡淡地一笑，你还真的把宝押在盛唐集团上，把它当成救世主了？现在什么事情都不干，等着它来兼并？这个世界从来就没有免费的午餐，即使实现了联合重组，东钢经营得好坏，还得靠我们自己。

胡文强还想争取一下，如果现在实施这个方案，可否考虑一次规划，分步推进。今年先减掉两千人，余下的选择一个适当的时机再行裁减，有一个缓冲期，可以保持队伍的相对稳定，有利于生产经营的正常运转。

魏建设对这个建议有些动心，思忖了好一会儿，还是予以否定，没有这个必要，长痛不如短痛，一步到位，不留尾巴。而且随着自动化水平提高，还会减去一部分人。

胡文强想不出更好的理由说服魏建设，但他实在是担心这种激进式改革会惹出大麻烦，搞不好之前所作的努力前功尽弃，付之东流。委婉道，改革还是要人性化一点，比如，一个家庭有两个及以上的人员在东钢工作的，在自愿的原则下，可考虑留下一个在东钢继续工作。我在基层调研时，就接触到这样的家庭，如果一家人全部下岗了，家里的日子一时很难过得下去。

这句话像锥子一样刺痛了魏建设的心，他马上意识到，胡文强实际上是在替姐姐魏秀珍这样的家庭说话。如果按现在这个方案实施下去，姐姐和外甥可能都得下岗。姐夫张常生因违纪已经被解除劳动合同，姐姐距法定退休年龄不到5年，正是符合内部退养的条件，外甥张有为虽然年轻，还在上班，由于患有精神疾病，竞争上岗肯定会落选，只能符合息工的条件，可是这孩子性格偏，认死理，天天闹着要上班，如果没有岗位供他上班，不知会闹出什么名堂来。自己曾经当着姐姐姐夫的面，答应过好好照顾这个外甥，却由于企业内部推行改革，使他丧失了工作岗位，以后还有何颜面见到姐姐这家人？

改革是一个痛苦的过程，是一场没有硝烟的战斗，现在革命革到自己头上来了，受到最大伤害的恰恰是自己最亲近的人，是坚持下去，还是临阵退却？魏建设必须作出艰难的抉择。他极力抑制着内心的痛苦，说道，我知道书记是好心，谢谢你。但是这场改革如果是为我的家庭量身定制的，还能往前推进吗？

胡文强还想争取一下，一个企业，改革也好，发展也好，目的还是要让职工活得好一些，享受到改革的成果。

魏建设表示认同，没错，所谓让职工享受改革成果，并不等于不劳而获，坐享其成，而是要学会运用改革的政策，鼓励职工创造财富，提高生活水平。我们不搞没有人性的改革，只要企业存在，没有破产倒闭，我们就有责任让内退职工有基本的生活费，五险一金照常交，让生病的职工得到医治，这是改革的底线。

胡文强的疑虑没有完全消除，又拗不过魏建设，只好勉强同意，那就按这个方案提交职工代表大会通过吧。

魏建设决心已定，开弓没有回头箭，不能半途而废，减员工作到了关键时刻，唯有断臂割肉，自杀重生。

胡文强叹息道，我担心这一步迈得太远，无法收场。

魏建设斩钉截铁地说，已经到了这一步，顾不了那么多了，即使前面有万丈深渊，也得硬着头皮往里跳。

职工代表大会在东钢职工文化活动中心如期召开，气氛严肃而又沉重，经过激烈的争论，减员方案最终通过了。

会议结束时，全场职工代表齐刷刷地站立着，个个神情庄严，岿然不动，抬起头，挺起胸，手挽着手，高唱一曲《国际歌》。歌声由低沉到高亢，继而尽情放歌，弥漫在整个会场，久久不能散去。

春来餐馆二楼"雅间"，炼钢厂职工李志刚和班组的一帮兄弟围坐在一张圆桌旁，喝着茶，吃着花生，等待菜肴上来。

刚一坐下，小胡子闹着斗地主，最贪玩的小白脸扫兴地说，不玩了，不玩了，今天心情不好，不想玩了。

小胡子把他扒开，不玩，一边待着去，别破坏了我们的兴致，还有谁来？

眼镜有意撩拨小白脸，别人不打牌，我信，你不打牌，哄鬼哟，除非太阳从西边出来。

小白脸唉声叹气，你那个魏哥太黑心了，这次厂里减人，刀子下得这么老，我的饭碗还不知道有没有着落，哪有心情打牌。

223

李志刚扫了小白脸一眼，别总是说"你哥、你哥"的，我们根本不是一家人。

眼镜笑了，谁要你们生得那么像，一个模子刻出来的。

李志刚没有理睬他，郑重其事地对小白脸说，你早晓得这个厉害就好了。公司职代会开了，这回肯定要动真格的，全公司 1.1 万人减去 5000 人，剩下 6000 人，方案都通过了，各单位正在落实减人指标。

小白脸担心地问，我们单位有多少人下岗？

李志刚说，不清楚，可能会减去四五百人吧。我们是主体生产单位，人员年轻一些，减员的指标可能少一点，机关后勤辅助单位减得就要多一些。不管怎么说，炼钢厂还是要减掉一大拨人。

小白脸听得心惊肉跳，点燃了一根烟，大口大口地吸着，弄得狭小的室内乌烟瘴气。

小胡子不满地说，像我们这种老企业，越来越没有个毬搞头，大学生不愿来，有技术的人不愿待，只有那些身体不好的，年龄偏大的，没有本事的人赖着不愿走，还有我们这些苕货在这里卖死力。干了十几年，连个饭碗都稳不住，说减就减了，根本不把我们这些工人兄弟当人，这次不知又有多少人要倒血霉了。

眼镜总是喜欢和小胡子抬杠，你这个说法不对头，改革不是吃火锅，是一场不流血的革命，必然会有人作出牺牲。一万多人炼 400 万吨钢，不搞垮才怪。我就喜欢魏总这种作风，减人就一步到位，不搞拖泥带水，这才叫气魄。

小胡子冷笑道，你怕个 ×，大学生一个，以后要到操控中心去上班的，只有我们这些大老粗，砧板上的肉——听剁！

眼镜坚持说，你要相信改革会给我们职工带来好处，说不定人员精干了，自动化程度高了，优特钢炼好了，效益上去了，以后的票子就要多发一些。

小白脸给自己壮着胆子，减人又不是头一次，原来不是也有过几回，开始搞的吼吼神，到后来职工一闹，不也就偃旗息鼓了吗？这次涉及面这么大，人员这么多，不闹事才怪，我看这个姓魏的是活得不耐烦了。

眼镜否定道，今非昔比了，魏总的手段可不一样，清理劳务工，清理不上班人员，哪一次不是搞得干净彻底，一个不剩，这一次也不会留下尾巴的。你呀，别做美梦了。

在他们吹牛的时候，卢春来端上了羊肉火锅，李志刚借机说，别扯这些没用的，火锅来了，喝酒，喝酒，还堵不上你们的嘴！

桌子中间放了一大盘火锅，上面堆满了肥美的羊肉，一层厚厚的红油在锅里冒着气泡，飘起一股又香又辣的热气，四周摆放着剁椒鱼头、土豆牛腩、粉蒸肉几道菜，一下子把大家的食欲勾了起来。

小胡子对着老板娘夸赞道，还是阿庆嫂心疼我们，你看这火锅，羊肉堆得像小山一样，不怕亏本吗？

卢春来嬉笑道，让你们这些兄弟吃得高兴，以后常来照顾嫂子的生意就行了。

那是一定的。小胡子夹着一块羊肉，塞进口里，有滋有味地吃了起来，赞道，这里道道菜都是人间美味，吃起来太过瘾了。你要不嫌弃兄弟们，就和我们干一杯。

卢春来也是一个爽快的女子，为每人面前的杯子斟酒，然后说，我统敬大家一杯，如何？

李志刚高声说，阿庆嫂看得起我们，我们干了，一个都不能认尿！

大家和老板娘一同干了杯中的酒，随之一片欢呼。卢春来又去招呼别的客人了。

随后，李志刚给大家斟满了酒，说道，这个月，我们班组产量、质量、成本都拿了第一，奖金是全厂最高的，全靠兄弟们抬庄。为了感谢大家，我们干了如何？

好！大家齐刷刷地站了起来，都不含糊，全喝光了。

李志刚还是站着，严肃地说，趁着大家没有喝高，还是清醒的，有句话说在前头，这次公司减人，对我们班组肯定会有影响，岗位上的人员要减少，至于减掉谁，不是我李某人说了算，竞争上岗，末位淘汰，请各位兄弟能够理解。

大家沉默了，你望我，我望你，有的还把头低了下去，刚才那个高兴劲不知跑到哪儿去了？

还是小白脸打破了沉默，嗫嚅道，你们别望我，我知道这次减人我是跑不掉的，我不怪谁，要怪也只能怪自己不争气，谁要我迷上了赌博，房子没了，老婆跑了，还欠下一屁股债，为躲债有时还得东躲西藏，不然，那些债主碰上了还不剥了我的皮。志刚，你说痛快话，像我这种情况该怎么办？

李志刚毫不客气地说，你要是把臭毛病改了，老老实实地上班，还可以参与竞争上岗，如果改不掉，还是公一天母一天的，不如利用现在的政策，协解算了，还可以拿几万块钱到手。

小白脸长叹一声，我想改也太晚了，靠上班这辈子都还不完赌债，迟早要被人砍死，我这条烂命还想多活几天。我只有一个请求，协解的事，大家一定

225

替我保密，不然债主晓得了，这几个钱一分也落不到我手上。

这个你放心好了。李志刚担保道，这笔钱算下来后，我一定交到你手上。

小白脸的眼里含着泪水，双手抱拳，谢谢你，也谢谢各位兄弟，我赖在岗位上也是一个拖累，给大家添了不少麻烦，敬请谅解。天下没有不散的宴席，我这就告辞了。

说罢，小白脸忍着眼泪没有流下来，推开门，咚咚地下了楼，剩下的几人像晒蔫了的茄子，没有欢笑，没有打闹，不声不响地喝着闷酒。

魏建设到落雁坡姐姐家去，手里拎了一袋香蕉、苹果，站在门口，犹豫了好一会儿，还是鼓起勇气，敲响了姐姐的家门。

魏秀珍正在客厅和母亲一起腌制蒜头。打开门一看，是魏建设，脸吊了下来，没好气地说，这是谁呀？来干什么？

魏建设像个做错事的小孩，有些窘迫，我来看看妈。说罢也不顾姐姐的脸色，硬着头皮闯进来，放下手中的水果，到母亲身旁，大喊了一声，妈！

母亲见到儿子回来，开心得很，对他说，这是你爱吃的大蒜砣，每年都要给你腌一坛。

魏建设连忙说，妈，你上年纪了，又有病，以后就别做了。

母亲笑道，你不是说我做的腌菜好下饭吗？唉，只是人老了，做不动了，恐怕这是给你做的最后一坛子了。

魏秀珍生着弟弟的气，提起那袋水果，放到门外，冷冷地说，谁稀罕你的东西？你走开，我们一家子就是讨饭，也不会讨到你门口去！

魏建设显得很狼狈，想说什么，又张不开口，觉得怎么解释都是苍白无力的。

未等他说话，魏秀珍埋怨起来，你好狠心，把我们一家三口的饭碗都砸了，你这样做对得起谁？你也不想想，父亲那么早去世了，母亲又是个家庭妇女，是谁把你拉扯大的，是谁供养你上大学的，又是谁替你赡养老人尽孝道的，这些你难道都忘了吗？过去厂里的人说姓方的心黑，我看你比姓方的还要黑得多，良心被狗叼去了。哼，算我瞎了眼，看错了人！

姐姐的话像条鞭子一下一下抽打在他的心头，他痛苦不堪，喊了声姐。

我哪是你姐呀，我是你们改革的绊脚石！魏秀珍无法控制自己愤懑的情绪，提高音量对母亲说，你儿子当这个老总，了不起呀，本事大得很，把我们一家人的饭碗都端掉了。

母亲似懂非懂地听着，什么？饭碗掉了？往后靠什么过日子？建设，你跟妈说，这不是真的，不是真的？

魏建设再也听不下去了，流着泪水，扑通一声，跪在母亲面前，失声痛哭起来。

母亲抚摸着他的头，喃喃地说，儿呀，你可千万别干那种夺人饭碗、断人后路的事，那可是千人指、万人骂的事呀，咱魏家的人别做。

魏建设含泪说道，我回东钢，管理这个企业，本来应该为所有人带来幸福和安宁，可是我连自家人都保不住，都照顾不了，我哪配当这个经理，实在是愧对姐姐一家人呀。

母亲说，男儿膝下有黄金，儿呀，有话起来说。

魏建设没有挪动身体，依然长跪不起，今天登门，就是请姐姐原谅的，只要姐心里解气，哪怕打我一顿，骂我一顿，也是应该的，姐姐不原谅我，我就没有脸起来。

魏秀珍的气稍微消了一些，心疼起弟弟，但口气依然生硬，起来吧，魏家人没有跪着的，别让我看不起你。

母亲看到儿子还跪着不动，也心疼了，就要拉他起来。

这时，姐夫张常生回家了，见到魏建设这个样子，连忙说，大丈夫流血不流泪。你一个公司老总，堂堂七尺男儿，别哭了，快起来！边说边上前扯起了他。

魏秀珍心里积压的怨气一时无法消除，原来指望你回东钢后，我们家里的日子会好过一些，哪想到，福没有享一天，你倒把我们全家人赶下岗了，往后我们靠什么过日子？

魏建设沉浸在自责之中，姐，你没有错，是我考虑不周，对不起你。

魏秀珍气也消了不少，其实，班组组织我们学习了，减员的道理我也懂，要想东钢活得好也只能这么做，可是，我心里这道坎怎么也过不去。

魏建设说，如果考虑得周密一些，也许能找到更好的办法。

张常生爽朗地说，我在国有企业干了大半辈子，没有活明白，总觉得我是国有企业的职工，一生都交给了企业，企业就得养我一辈子。刚开始被东钢除名时，就像天塌下来一样，连上吊的心都有。后来一想，活人总不能叫尿憋死吧，实在无路可走，打工去。干了这长时间，我还真明白了个理，下岗并不可怕，这年头好脚好手的，只要不好吃懒做，到哪儿都有口饭吃。

魏秀珍不乐意了，别胡说八道，下岗有什么好？你可以不替我着想，我退岗后，每个月有千把块内退工资，日子打理紧一点，生活不会有太大影响。可是，你得替我们的儿子打算呀，他是在厂里落下的这个病根，人又任性得很，舍不得离开工作岗位，如果病退在家，一时想不开，病又发作了怎么办？我们家还安宁得了吗？儿子还年轻，没有了工作，靠什么找媳妇，靠什么成家立业，你们老张家岂不绝后了吗？她又转身对魏建设说，我记得辞退你姐夫时，你亲口答应要好好关照你这个苦命的外甥，这才过去多长时间，难道你就忘掉了吗？

魏建设在整个减员过程中，心里一直挂念着外甥张有为，在研究病退政策时，他还留有恻隐之心，对重病不能上班的职工，尽可能给予政策性倾斜，可是他也有难言之隐，整个公司这次病退的职工有300多人，不能因为留下自己的外甥而改变一个政策。

张常生为他解了围，你别为难小弟了，他是一厂之长，不能只为我们一家人考虑，全公司病退的职工肯定不是个小数目，不能解决一个，不解决一个，那岂不乱套了吗？

魏建设用一种感激的目光看着张常生，真不敢相信姐夫变得这么通情达理，顾全大局，诚恳而苍白地说，我说过要替有为这孩子负责，我会把他当成自己的孩子对待。

不过几日，哲思智能公司的经理明哲到他的办公室，交谈了智能工厂建设事情后，对他说，魏总，张有为可是人工智能开发上的人才，听说这次他可能要解除劳动合同，太可惜了。

魏建设问道，你怎么了解他的？

明哲说，这段时间，我们把他请过来帮助建立行车自动化系统的设计，听杨立春说，这套软件开发得相当不错。

魏建设惊喜地问道，他一切还正常吧？

明哲说，开始我也有担心，通过观察，觉得他跟正常人没有差别，而且在软件设计上表现出非凡的天分。这样的人才你们要是不用了，我就把他招聘过来，好不好？

魏建设望着他一脸的真诚和坦然，不像是虚情假意地讨好人的样子，含着笑意说，明总，不瞒你说，你要是把张有为招聘过去，可是帮了我的大忙呀，太谢谢你了！此刻，他的心里像卸下了千斤重担，一下子轻松了许多。

第二十三章

国有企业的改革，必然会触动一部分人的利益，作出牺牲受到伤害的不仅是部分职工，而是一个群体，惹怒的也不仅是某个当事人，而是一个家庭、一个家族甚至一座城市。

经过一个多月，东钢减员工作紧张有序地进行，有竞争上岗的，有协解的，有退养的，有息工的，还有劳务输出的。可喜的是，这场声势浩大的改革并没有像人们事先所想的那样，会掀起一场海啸般的震荡，而是相对平稳地往前推进。

郑少杰坐在胡文强的办公室里，又是喝茶，又是抽烟，这段时间很少这么轻松过，说道，这次精简了这么多职工，几乎涉及每个家庭，所引起的震动比预期小得多，最大的一次上访只有一百多人，其他的都是规模较小的活动，更多的是三三五五的上访，要求解决个案的问题。现在总算平静下来，基本没有人上访了。

胡文强平时不大抽烟，今天心情也不错，接过郑少杰递来的一支黄鹤楼烟，陪他抽了几口，看你这个得意劲，还嫌动静不大，出的事不多？

郑少杰嘿嘿地笑着，书记，我是佩服你们领导决心大，能力强，涉及几千人下岗的大事，短短个把月就搞定了。

胡文强说，你什么时候学会拍马屁了。不过，我还真的佩服魏总，他要做的事谁都阻挡不了，他要达到的目的谁都动摇不了，只是他作出的牺牲太大了。就拿他姐姐家里来说，他没有回东钢之前，一家三口人，个个有工作。他回到东钢，姐夫在整顿队伍中解除了劳动合同，这次减员，他的姐姐和外甥也都下岗了。他作出这么大的牺牲，并没有得到多少人的理解，还有人骂他六亲不认、毫无人性，殊不知，正是有了这种牺牲精神，才使得改革顺利推进，减少了好些人为的矛盾。

郑少杰成了魏建设的忠实干将，说出了自己的担心，虽然直接上访的人少了，但网络上一直异常活跃，一边倒地对减员持负面评论，偶尔出现一两句正面评论，很快被一片骂声所淹没。仅仅只是评论，发泄一下怨气倒没什么，可怕的是有个叫"活着不易"的网民,在网上发起"一人出一百,杀死魏建设"的活动,竟然刷爆1万多条评论量,不少网民纷纷询问,把钱捐往哪个账号,有的还讨论用什么方式杀死魏总。

胡文强警觉地说,这个现象要引起我们的重视,你们保卫部要抽调精干人员保护他。

郑少杰为难地说,我们安排了,他坚持不要,说一两个人他还对付得了,搞得我们有些为难。

胡文强说,反正你们要保护好他。你还要与市局联系,请求他们协助查找"活着不易"这个网号,最好是取缔那些非法网址,清除网上不负责任的评论,排除各种干扰,保证东钢减员工作顺利进行,也要保证魏总的人身安全。

郑少杰来到市局局长的办公室。雷青山起身相迎,拉着郑少杰的手,笑嘻嘻地说,上回的事,实在对不起老兄,当时是为了平息村民的情绪,迫不得已做做样子,让你受委屈了。

郑少杰说,我也知道你的难处,还是要感谢你当天把我放回家了,不然,我可要尝尝牢饭的味道了。

雷青山略显难堪,你别往心里去,我们是多年的交情,千万不要因为这件事伤害了朋友关系。

郑少杰说,这一页算是翻过去了,以后别再提了。其实,今天我是来找你求援的。

雷青山问,什么事,有用得着我的地方直管说。

郑少杰拿出从网上下载的文件,递给雷青山,说道,我们东钢这次开展减员工作,网上就发布了一些乱七八糟的评论,肆意攻击、谩骂、威胁企业领导。这个叫"活着不易"的网民,在网上发起"一人出一百,杀死魏建设"的活动,极具煽动性和危险性,我们请求市局尽快把他查找出来。

雷青山接过这些网络文件,草草浏览了一遍,不当一回事,阴沟里的泥鳅——翻不起大浪,你叫魏总安心睡觉就是了。

郑少杰担心,这种事宁可信其有,不可信其无,切不可麻痹大意。

雷青山不以为然,他们就是在虚拟世界里发泄一下情绪,用不着兴师动众。你没见过吗?有时网上的言论比这骂得还凶,还狠毒,真正到了现实世界谁敢动手?

郑少杰恳求道,你们公安局是专政机关,有先进的设备,又有专门的人才,只有你们查得出来。

雷青山讥讽道，你还记得我们是专政机关？既然是专政机关嘛，就不是看家护院的，就得讲法律，讲规矩，讲程序，不然老百姓投诉，我们就很被动，这个亏我们吃得还少吗？

郑少杰是来求人办事的，受了气又不好辩解，雷局，请你无论如何帮这个忙，把人查出来，便于掌握动态，做好这个"活着不易"的工作。

好吧。雷青山不耐烦地说，我安排人员查一下，不过，有的 IP 好查，有的 IP 做得隐蔽，查不出来，我们尽力而为吧。

郑少杰说，谢谢你。能不能把网上的一些过激言论删除掉，免得负面的议论越来越多，不利于做好稳定工作。

雷青山打着官腔，表示反对，这个不好弄，我们只有对网络监控的责任，至于网络内容怎么处理，我们不好管，你屏蔽人家一条，就会有十条甚至上百上千条来攻击你，到时你更是招架不住。我向来佩服魏总这个人，脾气大，胆子大，敢作敢为，敢于担当。几个下岗工人议论几句，发几句牢骚，就草木皆兵，惊慌失措了，这与他的处事风格太不相符了吧。

他逮住这个机会，冷嘲热讽，发泄对魏建设的不满，句句打在郑少杰的脸上。郑少杰气得脸色铁青，只好强压着怒火，不好吱声。

东钢这次减员后，哲思智能科技及时聘任了张有为，把他的工作关系也转了过来，让他安心从事行车自动化系统设计。经过一段时间的努力，这套系统初步完成，准备进入试验阶段。

这一天，张有为穿戴好工作服，兴冲冲地来到条材厂运行工段天车班。班组正在召开班前会，大伙见到他进来，都感到奇怪，有个工人说，有为，你不是病退了吗？到这里来干什么？

张有为说，谁说我病退了？我没病，我今天来是和大家一起讨论行车自动化系统设计的。

班长把他拉到身边坐下，有为，你确实病退了，不再是我们的职工了，就在家好好休息吧，你要是想念我们这些兄弟，经常回来看看，天车上的事你就不要管了。

张有为甩掉班长的手，腾地站起来，一本正经地说，你这说的什么话？我在哲思智能公司上班，专门研究了一套自动化系统，以后天车在空中运行时，就不用人上去操作了，在操作平台上点击键盘就行了。

班组职工哄堂大笑，七嘴八舌议论起来。一个职工说，不用人工操作，说得那么轻巧，那要我们这些人干什么？

另一个说，谁说要我们了，都自动化了，我们就无事可干了呗，你这不是砸我们的饭碗吗？

有个职工愤愤不平地说，魏建设逼着我们工人下岗，把自己的外甥调去搞高科技，他就是个伪君子，以权谋私！

职工们越说越来气，一个大个子职工一边把张有为往门外推，一边爆粗口，滚，滚，滚一边去！一个精神病，还设计个破玩意儿来糊弄我们，你害死一个人还不够，还想把我们都害死呀！

他们像围观一个怪物一样看待张有为，鄙视嘲弄甚至辱骂，像有无数条毒蛇吐出信子，一齐向他袭来，他的脑袋炸裂了，眼里流露出恐惧的目光，脸色渐渐变成青灰色，突然大吼一声，抄起一把铁锹，向那个推搡他的高个子职工拍去。好在高个子身段灵巧，躲闪及时，要不这一下子就会削掉半个脑袋。

班组的几个职工迅速把张有为抱住，班长夺过他手中的铁锹，又示意高个子赶快躲开。高个子很快意识到，最好不要招惹精神病人，不然打了也是白打，连忙逃开了。

张有为真的发疯了，一路狂跑，冲回家中。魏秀珍正好在家，看到他脸色不对，担心地问，有为，你上哪里去了？

张有为没有理睬她，直接推开房门，抓起一把锤子，对着电脑、试验模型，乒里哐啷的一片乱砸。

魏秀珍慌成一团，苦苦哀求道，孩子，你这是怎么了？孩子，别呀，你别这样呀！

张有为变成了一只因受伤而情绪失控的狮子，疯狂地打砸房间的东西，大声咆哮，他们说我是精神病，不相信我！看不起我！我还要这些东西有什么用！

魏秀珍上前抱住他，阻止他这种可怕的行为。张有为眼睛冒着凶光，吼叫道，让开！别拦着我！使出一身蛮劲，一把推开母亲，夺门而去。

魏秀珍追了过去，哪里追得上，不一会儿张有为就脱离了她的视线，她担心儿子出事，哭着给张常生打电话。张常生放下手中的活，急忙四处寻找，偌大个城市，哪里找得到儿子的身影。

魏建设是从条材厂领导的口中知道他在班组的异常举动，感觉不对劲，给姐夫打了个电话，询问有为的情况。张常生把儿子从家里跑出来的情况告诉了他，他考虑到姐姐和姐夫都是好面子的人，家丑不可外扬，动静不能闹得太大，不好报警，就和张常生简单地分了个工，驾着车独自寻找着。

天渐渐黑了下来，好在沿途都有路灯，一些游戏机室、酒吧、KTV门前的霓虹灯亮着，有人进进出出。他开着那辆长城越野，毫无目标地缓缓而行。由于天气寒冷，车内的温度高一些，容易产生雾气，不便观察，他只好把车窗摇下来。好在冬天的街道行人比往日少一些，他就一边开车，一边不停地朝两旁张望。冷风飕飕的，裹着毛毛小雨，从外面吹进来，打在他的脸上，像有小刀片在脸上刮来划去。

途中，柳诗韵打来一个电话，激动地告诉他，"A计划"的难点攻克下来了，叶老他们反复检验了我们的样品，给了很高的评价，认为我们的试验是成功的。

魏建设听到这个消息，理应产生巨大的冲击，然而此刻，他沮丧极了，心不在焉地回答着，好，好呀。

柳诗韵说，叶老要我们做好试生产的准备，而且这次产品中标的可能性很大。

魏建设答，好的，好的。

柳诗韵说，这些专家都很乐意接受我们的聘请，成为东钢的技术顾问，今后，我们有技术难题可以求教他们了。

魏建设答，是呀，是呀。

柳诗韵敏感地觉察到魏建设的状况不对头，有点魂不守舍的样子，根本无心听她讲些什么，焦急地问道，魏总，你在哪儿？告诉我，我现在想见到你，行吗？

魏建设梦游似的，还没有醒过来，只是随口说道，现在还不行，我还在外面转悠，不知道什么时候回来。

迎面一辆轿车驶过来，他由于一边打电话，一边向外张望，没有把握好方向盘，车子向左偏道，与对面的来车相擦了一下，这才把他惊醒，急忙刹车。

对方车上跳下来个年轻人，开口就骂，瞎了狗眼，会不会开车？

魏建设下车，知道主要是自己的责任，没有应声，把两部车都看了看，好在车速很慢，只有轻微的刮痕，向年轻人赔礼，对不起，对不起。

年轻人大声吼道，对不起值个×用，叫交警来，赔偿我的损失。

魏建设说，这点小事用不着惊动交警，我们商量商量。我承认，主要责任在我，你的修车费我出好了。我看车子也就是点刮痕，维修起来不会超过500元，我就按500元给你，好不好？

年轻人不依不饶，你睁眼瞧瞧，我这是什么牌子的车？宝马呀，才500块钱，打发叫花子呀。

魏建设说，我有事在身，等不急了，请你理解一点。你说，修车费得多少？

年轻人眼睛一瞪，伸手张开五个指头，最起码得5000元，否则免谈。

魏建设哪有心思纠缠，对年轻人说，要不这样，你把车送到4S店去修理，到时通知我结账。我叫魏建设，我把手机号码发给你。

你叫魏建设？年轻人用怀疑的眼光打量着他，魏建设？这名字耳熟，你跟东钢的老总一个名字？

魏建设看他态度缓和些，笑道，我就是东钢的。

年轻人用一种嘲笑的口气，你是东钢老总？简直开国际玩笑，老总开这么个破车？谁信呀。

魏建设说，你别以貌取人，开辆破车怎么啦？就不能当老总了？

年轻人先是惊愕，继而认可了他的身份，立马变个了笑脸，掏出一张名片，塞在魏建设手上，态度和蔼地说，不打不相识，能够与魏总交上朋友，我算是三生有幸。其实呀，车子撞了责任也不全在你，我也有责任，修车的费用你不管了，只是希望你这大老板记得小弟，以后说不定还有生意靠你照顾呢。说罢，干脆利落地把车子开走了。

魏建设身心疲惫，又冷又饿又困，但张有为没找到，不能停下来，还得继续开车，在城里漫无边际地寻找着。

直到深夜1点多，姐夫张常生打来电话，惊喜地告诉他，儿子自己回家了。

魏建设赶到姐姐家，见到张有为衣衫不整，一身泥水，脸色苍白，嘴唇发乌，浑身散发出一股浓烈的酒气。他刚想上前关心几句，没想到张有为突然发疯似的指着他喊道，大魔头，大魔头，大魔头来了，大魔头要害我，快把他赶走！说着，就要去找东西来对付魏建设。

张常生挡住张有为，害怕他再次闹出事端来。

魏建设说，有为，孩子，冷静点，我是你舅舅呀。

张有为吼道，你不是我舅舅，我没有你这个舅舅！我的工作没了，朋友没了，没有人看得起我，没有人相信我，都是你这个大魔头害的，我要消灭大魔头，杀掉大魔头！说着，抓到一把椅子，举起来就要向魏建设砸去。

张常生拼尽全身力气死死抱住他，魏秀珍吓得都快哭了起来，对魏建设说，你快回去吧，孩子由我们管着就行了。

魏建设知道张有为发病了，无法和他讲清道理，只得悻悻地离开。走下楼时，他的双腿沉重得无法迈动，眼泪像打开闸门似的唰唰往下直流，心里陡然涌起一阵无比惆怅的孤独和寂寞。

自从与魏建设通话后，柳诗韵一颗心高高地悬起，她不知道魏建设人在哪儿，遇到了什么要紧的情况，连他最关心的"A计划"都无心过问。她只盼着他平安地回来，才能把心放下。

她顾不上女性的矜持，也不管别人怎么议论，来到东钢宾馆，叫服务员打开魏建设的房间，就在里面静静地等候他。

魏建设回来的时候，已是深夜两点多。他打开房门，出现在柳诗韵面前，形容憔悴，脸色发青，身子冻得微微发抖，整个人比实际年龄苍老了不少。

猛地见到柳诗韵，他大吃一惊，你怎么在这里？

柳诗韵心疼地说，我给你打电话时，觉得有点不对劲，怎么也放心不下，就到这里来等候你了。你看你，身上的衣服都淋湿了，赶快换下来，不然会感冒的。

魏建设顺从地换了一套衣服，又洗了一把热水脸，瘫坐在沙发上。

柳诗韵倒了一杯白开水端给他，他捧在手上，喝了几大口，整个人渐渐暖和过来。

柳诗韵关心地问，到底发生了什么事？把你累成这样。

魏建设为了顾及姐姐一家人的面子，不愿多提这件事，只是轻描淡写地说了句，家里的小事，没什么好说的，放心吧，处理完了。

然后，要求柳诗韵把有关"A计划"的情况向他再说一遍。柳诗韵向他汇报的时候，他用心地听着，一个劲地叫好，脸色也好转起来。听完后，他说，叶老是冶金界元老级的人物，到东钢来指导试验，是我们的幸运。他对我们创建智能工厂给予了充分肯定，认为这是一项前瞻性开拓性的工作，用5G技术改造传统产业，是传统产业焕发出青春活力的有益尝试。要我们坚持下去，切莫半途而废。

柳诗韵记起了另外一件事，我有个表妹叫孟滢，就是采访过你的那个《江都商报》的知名记者，有一天，她在我面前提到，唐潮背着你们搞了个"鬣狗行动"，内容可能涉及联合重组，是一个秘不示人的方案，不知你晓不晓得？

魏建设感到惊讶，唐潮在他面前从来没有提起过"鬣狗行动"，到底是在搞什么名堂。他在电视里看过，鬣狗是非洲草原上的一种食肉动物，个头不大，狡猾，凶猛，不仅能吃掉比它大得多的角马、羚羊，连豹子、狮子都不怕，是十足的草原斗士。唐潮用"鬣狗行动"作为联合重组的代号，意味着什么？难道他表面上和我们谈一个方案，背地里又搞一套方案？到底有什么见不得人的？搞这么个神秘兮兮的代号。

柳诗韵关心地说，害人之心不可有，防人之心不可无，你要提防着点，千万别上了他的当。

魏建设赞同地点头，又长长地叹了一口气，他把省里的工作都做通了，孟副省长出面替他说话，国资委为他作了精巧的安排，我再怎么反对，也以卵击石，自讨没趣。

交代完这些，柳诗韵说了自己的事情，我有个请求，这批超级钢生产出来后，我就辞职，离开东钢。

魏建设惊奇地问，什么？你要辞职，不在东钢工作了，你想到哪里去？

柳诗韵想到自己对冯丽娟的承诺，苦笑道，暂时还没有想好，离开东钢是一定的。

魏建设意识到，肯定是那些流言蜚语传到她的耳边，使她受到中伤，才想到要离开这里。他说，是听到了一些风言风语吧，我也听说了，我们行得正站得直，有什么可怕的！

柳诗韵说，现在东钢智能工厂建设还算顺利，新产品开发也有了良好的势头，我对你算是有了一个交代，再留下来作用不大，我走了，对你的名声会好些。

魏建设动情地说，诗韵，别走好吗？别离开我，我需要你留下来。没有你在我身边，我就像个堂吉诃德似的，又要一个人单打独斗，遍体鳞伤。你说你想当桑丘，总是跟在堂吉诃德身边，不让他受到伤害。

柳诗韵叹了一口气，聚散终有时，万般不由人。我不在你身边，你要照顾好自己，不能这么操心，这么累了，还要你带领东钢走出困境呢。

他深情地望着她，问道，你告诉我，这些年来，你爱过我吗？

柳诗韵一下子脸色绯红，坦言道，我暗恋过你，总也挥不掉你的影子，也曾经渴望得到你的爱。我只是一个普通的女子，没有理想，没有追求，只想与心爱的人好好成个家，恩恩爱爱地过日子，相依相伴，白头到老。但是，我越有这个想法，就越感到害怕，我怕与你走得太近，控制不住自己的感情，连累了你，害了你。我也责骂过自己，怎么这么没出息，会有这些稀奇古怪的想法呢。

魏建设一把握住她的手，不是你一个人有这样的想法，年轻时我不懂得爱情，慢慢经历多了，才知道什么是最值得珍惜的。我的生命越来越离不开你，越来越依恋你了，只有和你在一起，我才能感受到真正的幸福。给我一点时间，我要光明正大地娶你。

柳诗韵悲酸地苦笑一声，你别说傻话了，这是不现实的，今生我们注定不能在一起。

魏建设再也无法控制住自己，使劲把她搂在怀里，有什么不可能的，我是个正常人，我也有七情六欲，我也有爱有恨，我为什么不能爱自己所爱的人！英国有个国王为了追求爱情，王位都不要了，我一个小人物，又算得了什么！了不起不当这个经理了，当个普通老百姓，我们一起出去打工，不受约束，自由自在，敢爱敢恨，把这些年失去的爱都补回来。

柳诗韵尽力挣脱他，抑制内心的情感，你别说糊涂话了，你和我不一样，你有事业，你有责任，你不能为了我一个小女子葬送自己的政治生命。选择放弃也是一种爱，一种更深的爱！我爱你，就得离开你。

不能，坚决不让你离开！魏建设像漩涡猛卷一般，紧紧地抱住她，心里就像初春的潮水一样翻腾起来，脸对脸地看着她，发现她美艳惊人，黑色的头发披散着，雪白的脸蛋泛起红晕，双眼微微闭着。他把她抱得越来越紧，狂热地吻她，尽情地吻她。柳诗韵如同干涸的河流，一下子春水泛滥起来，多年了她拥有了心爱的男人的温存，多么渴望得到这份爱，终于得到了这份爱，她甚至听到了他的心脏在嘭嘭跳动的声音，她陶醉了，涌起一波接一波的春潮，全身绵软无力，整个人化作一片洁白的羽毛，向上徐徐飞了起来。直到他那男性激素在发挥作用，身体紧紧摩擦，粗大的手掌触摸到她的胸前，她才感到像被什么东西猛地蜇了一下，这既是一种理智的唤醒，也是乳房上那块痛点的触动，突然惊醒过来，拼尽全力，一把将他推开。喊道，不能，不能，我们不能在一起！

柳诗韵慌乱地整理了一下凌乱的衣服，拢拢头发，擦拭泪水，拉开房门，趔趔趄趄地离他而去。

第二十四章

张常生到神通快递公司打了好长时间的工了，工作努力，做事勤快，还爱琢磨一些事，他向公司提出了调整线路、重新分配工作量的建议，公司采纳后，工作效率大大提高，为此，公司还任命他为快递班长。现在，他每天开着小三轮，风里来雨里走，从不叫苦叫累，干得挺欢的。

这天，风消雨停，天已放晴，蔚蓝色的天空上，飘动着几朵云彩，阳光洒在人身上，有一种温暖的感觉。

张常生送快递进入世纪新城小区，这里高楼林立，道路环绕，绿草如茵，花团锦簇，园内还有个巨大的喷水池，不间断地喷出水花，呈现出一派生机盎然的景象。

张常生分理出网购的邮件，与小区内的收件人联系，不经意间抬了下头，猛地瞧见对面楼房有个小男孩坐在窗台的边沿上玩耍，而窗台上的护栏又被拆除了。他心里一紧，连忙扔下手中的邮件，一边喊着"孩子退后，危险！"一边朝对面大楼冲去。

喊声也惊动了其他人，大家见到这么惊险的一幕，一个个心都悬了起来，有的冲着小孩喊叫，有的跑到楼下紧盯着小孩的一举一动，有的往楼上冲去。

小男孩根本不知道什么叫危险，不管不顾地在窗台上玩着，还冲着下面的人开心地笑。

突然小孩身子一晃动，从空中坠落下来。

就在这一瞬间，张常生不由自主地伸出双手，神奇地把小男孩稳当当地托起。不幸的是，由于受到惯性的冲击，张常生撕心裂肺地惨叫一声，重重地摔在草地上。

小男孩躺在张常生的怀里，安然无恙地傻笑。张常生脸上痛苦万分，身体抽搐着。

围观的人群抱起小男孩，试图拉起张常生。张常生紧咬着牙，强忍着疼痛，想站起来，然而身体怎么也动弹不了，只得仰倒在草地上。

有人急忙打通 120，请求医生前来救人。

这时，一个老人哭喊着，分开人群，连忙把小男孩抱过去，见到小男孩活蹦乱跳的，才停止了哭声。

原来这个老人是小男孩的爷爷，他们家正在装修，把原来落地窗前的防护栏拆掉了，准备安装隐形防盗窗。这天，老人带着小孙子来看新房，见到室内很凌乱，就收拾了一下，没想到小男孩挺顽皮的，独自跑到窗台上来玩，这才导致了坠楼事件。

老人见到救命恩人受到重伤，蹲在旁边，痛悔不已，不停地责备自己做错了事。

不一会儿，救护车来了，把张常生接到了市人民医院，医生护士紧张行动起来，对他做完各项检查，诊断他全身多处骨折，推进了手术室。

魏建设是接到姐姐魏秀珍的电话，才知道姐夫受伤住院的，于是，急匆匆地赶往医院。

魏秀珍像掉了魂似的，坐在手术室门外的椅子上守候着，见到魏建设时，痛哭流涕，泣不成声，常生这下伤得不轻，不知道会不会落下终身残疾，要在床上躺一辈子，我们这个家就全毁了，往后的日子可怎么过呀？

魏建设鼻子发酸，差点流下泪来，安慰姐姐道，姐夫吉人自有天相，不会有事的。说罢，他拿出一张银联卡，交给姐姐，卡里有几万元钱，拿去用吧。

魏秀珍冷漠地说，好意领了，你收回吧，暂时还用不着。

魏建设说，姐夫有恩于我，我报答一下也是应该的，你就别见外了，不然我的心里更难受。

魏秀珍显然对魏建设的怨气还没有完全消除，你自己留着吧，我们怕还不起这个情。

魏建设知道姐姐也是个犟脾气，不好过多推让，我先留着，需要的话随时告诉我。姐姐还有好多事，姐夫住院，我安排人来照顾吧。

魏秀珍说，你是个大忙人，公司的人又减得差不多了，派人来照顾一个与东钢没有关系的人，会坏了你的名声。不用麻烦了，我们自己想办法。

张常生的手术已经做完了，医生打开手术室的门，魏建设和姐姐连忙进去，看到张常生全身缠满了绷带，静静地躺在病床上。

医生把他们领到门外，小声地讲，病人脱离了生命危险，内脏暂时没有发现问题，身上多处骨折，已经做了手术，最大的问题是腰椎爆裂性骨折，如果医治不好，会带来很大的麻烦。

魏秀珍急切地问，会落下残疾吗？

医生说，最可怕的结果是造成下身瘫痪，影响今后的生活。

魏秀珍听到这话，有如头顶响起炸雷，身体摇晃，差点支撑不住，会有这么严重吗？

魏建设脸色严峻，对医生说，你们想办法医治呀，请最好的医生，用最好的药，或者到最好的医院，一定要把他治好。

医生摇摇头，我们会尽最大的努力，不过，你们家属要有这种思想准备。

回到病室，魏秀珍喃喃自语，能够捡回这条命活下来，算是祖上积了大德，保佑他大难不死。唉，他命苦呀，要是还留在厂里，也许能躲过一劫。

魏建设在来医院的路上都在内心责问自己，姐夫出事，他一家人落到这个地步，都是自己一手造成的，他们一家对自己恩重如山，自己非但没有好好报答，为他们带来幸福，反而成了制造他们痛苦和不幸的人，觉得愧对姐夫和姐姐。

张常生已经清醒过来，强忍着痛苦，轻言道，这件事怎么能责怪小弟呢，那个小孩可是一条生命，我当时要不伸手接住他，我会后悔一辈子。

魏建设用一种敬仰的目光注视着张常生，就是这么一个普通得不能再普通、平凡得不能再平凡的人，冒着生命危险，抢救一个毫无亲缘关系的小孩，作出如此惊人的壮举。可是，就在那次他为解救女工出手打伤流氓的时候，因为他有违纪的行为，解除了他的劳动合同，这种做法是不是太过分了？是不是太冷酷、太不讲人性了？相比之下，自己简直渺小得无地自容。

张常生勇救小男孩的义举，当场被有心人用手机拍下了视频，在网络上传播开了，取名《五旬快递哥勇救小儿郎，十楼坠下竟然毫发无损》，文字说明中还介绍了张常生的基本情况，说他一家三口都下岗了，但是他主动走向市场，自谋职业，在神通快递公司工作，成为出勤率最高、工作任务完成得最好的员工。

这段视频在网上传播后，点击量火爆，张常生一时成了网络红人。

这段视频引起了神通快递公司董事长王大庆的重视，他就是永峰钢铁公司老总王小庆的同胞兄弟，年轻时兄弟俩一起在东方市做过小买卖，对东方市有着好感，而且张常生曾经救过他们，更是有一份特殊的感情，现在看到他作出如此义举，就与弟弟王小庆，也是神通公司的投资人商量了一下，决定一起到东方市来一趟，亲自慰问张常生。

神通快递公司是全国有影响的一家物流公司，公司老总要来慰问属下的员工，这件事惊动了市里，市长姜红梅格外重视，陪同他们到市人民医院探望张常生。

经过几天的治疗，张常生的病情开始好转，虽然只能躺在床上，精神却好多了。见到市长和神通老总都来看望他，他很想挣扎着坐起来，只是身体不听使唤，无法动弹。

王小庆弯下腰，紧紧地拉着他的手，张大哥，你还认得我们吗？我们就是当年你在古楼洞出手相救的那对王姓兄弟。一直想来看你，没想到在这里相见了。

张常生感到惊奇，想起来了，是你们兄弟呀。

王大庆走近床前，和蔼地对他说，张大哥，你是好样的，我们这个社会需要你这种正能量，你这种舍生取义的精神令人敬佩，你是我们神通公司的骄傲。我代表集团公司奖励你10万元，希望你安心养病，早日康复，重回岗位。

姜红梅也对张常生讲，市里见义勇为基金会奖励你5万元，另外，你在这里治疗的一切费用，由市见义勇为基金会承担。市委、市政府将号召全市人民向你学习，把你这种见义勇为的精神弘扬光大。

魏秀珍对领导的关心一再表达感谢。

王大庆又说，张大哥，听说你在管理上很有一套，肯动脑子，人又勤快，还有这么好的人品，你尽快把病养好，我们神通公司需要你这样的人。

应姜红梅、魏建设的挽留，王大庆和王小庆兄弟俩决定在东方市多停留一天。

上午，姜红梅先是带着他们重游年轻时做过小买卖的地方——鼓楼。三十多年过去了，虽然说东方市发生了翻天覆地的变化，整个城市到处是高楼大厦，充斥着现代生活气息，但鼓楼这条百米长的老街由于是古建筑群，受到文物政策的保护，保留了原来的样子。据传，鼓楼是孙权时期吴王宫建筑群之一的安乐宫的"端门"，这里靠近长江，成为江滩公园的组成部分，沿着红色条石砌成的台阶拾级而上，青石铺成的街道上，一座砖木结构的楼阁骑街而立，飞檐抱柱，斗拱雕梁，显得古朴典雅。

王氏兄弟在鼓楼的门洞停留了好一会儿，王大庆对姜红梅感慨道，当年我们初中还没有读完就出来跑江湖，在这个洞口，一起卖菜刀，卖锅碗盘勺，赚了点小钱就攒起来，回家后开始办实业，才发展到了今天。

姜红梅说，那么说，你们的第一桶金是在我们东方市挖出来的？

王大庆笑道，谈不上第一桶金，在东方市做了两年小买卖，是我们从事商业活动走出的第一步呀。

姜红梅赞叹道，吃得苦中苦，方为人上人，你们兄弟俩就是当代创业的典范。

王家兄弟上楼，喝着粗茶，听了民间小曲，看了一会儿下棋，才恋恋不舍地离开鼓楼。

随后，姜红梅又把他们带到龙港区考察，他们乘坐的是一辆丰田考斯特，车速开得很慢，大家一边看着窗外，一边交谈着，不时还下车瞧瞧。

这是一大片长江冲积型平原，以种植水稻、油菜、小麦、棉花等农作物为主，此时已进入初冬，一望无际的嫩绿的麦苗，间或一条条纵横交错的河沟，如同绿色棋盘上的网格，一口口鱼塘就像棋盘上布下的棋子，不时有成群的麻雀在空中飞来飞去，划过一道道美丽的弧线。

考斯特围绕龙港区转了一圈，他们还在江边码头、铁路连接线、高速公路口停下来仔细考察了一番。

王大庆对今天的考察别有兴致，手上拿着一幅东方市区图，仔细询问了这片区域有多大面积？有多少村庄？有多少常住人口？江边码头吃水有多深？铁路连接线到龙港中心区有多长距离？东方市的投资政策怎样？等等。姜红梅是个颇有心计的女人，随行带来了发改委主任、规划局局长、龙港区区长。这些政府官员对情况了如指掌，如数家珍，一一回答了王大庆的问题，王大庆不动声色，暗中盘算，酝酿着一个庞大的计划。

下午，这群人来到东钢，魏建设领着他们参观了厂区，还特意看了在建的智能工厂改造项目和绿色环保项目。王小庆自己也办有钢厂，是钢铁行家，对这些项目很感兴趣，对魏建设能在这么短的时间内使东钢实现转型感到由衷的敬佩。

参观完后，大家来到东钢宾馆一号会议室，魏建设简要地汇报了东钢的基本情况和上任以来所做的工作。

王小庆感触最深，刚才参观了东钢的厂区，又听了魏总的介绍，有几点感想不吐不快。我过去也来过东钢，今天再来，完全变了个模样，第一个是厂区干净整洁，职工行为中规中矩，工作认真专一，这是管理的基础工作，做到这个程度了不起；第二个是魏总到东钢，只用了年把时间，就把一个亏损的企业救活了，今年大幅度减亏，明年盈利胜券在握，干出这样的经营业绩，真是了不起；第三个是前不久东钢减员，几乎减少了一半员工，这么大的气魄，这么大的工作量，能够平稳落地，生产经营没有受到明显影响，这个了不起；第四个是东钢用了一年时间，创建智能工厂初有成效，明后年将会实现全面转型，这个了不起。可以这么说吧，我们民营企业管理上具有的优势在这里都显示出来了，还有我们不具有的优势，比如，受过严格训练素质良好的职工队伍，长期积淀的技术实力，管理的规范化水平，具有独创性的企业文化，这些都值得我们好好学习。

魏建设谦虚地说，王总，你就别笑话我了，我这点本事好多还是从你那里学来的呢。

王大庆提出了个严肃的问题，魏总，你到东钢吃了很多苦，付出了很大的牺牲，这个我能理解，成大事者，必先苦其心志，劳其筋骨。但是我听说，你姐夫一家三口人，不是被解除劳动合同，就是病退和内退，这样做未免太无情了吧。我们干事业图的是什么，不就是为了让自己的亲人过上好日子吗？

魏建设沉默了好一会儿，才说，姐姐姐夫对我恩重于山，可是在公司的改革中，因这样那样的原因，他们都成了改革的牺牲品，失去了在东钢工作的机会，这样做实在是太残酷无情了。可是国有企业改革难呀，要想推进改革，只能用一个标准，一碗水端平。不这样做，工作就无法向前推进。可是不改革，企业只有死路一条，不是一家人的饭碗，而是所有人的饭碗可能全都失去了。牺牲小我，成全东钢，这也是无奈之举，只能默默地承受着这些痛苦，把亲人放在心上。我欠他们的，就是再苦再累也得偿还，只有他们得到了幸福，我的心才能安宁下来。

王大庆开始理解魏建设的难处，自古忠孝难以两全，你是舍小家为大家，胸怀大爱，国有企业有你这样的当家人，不幸中之万幸。不过，我还是劝老弟一句，改革嘛，原则要讲，人性化也要有，不要过于苦了自己，连累了自家人。

魏建设脸色发红，一时不知如何回答。

座谈会结束了，天色已晚，魏建设留下他们在东钢宾馆用餐。桌上的菜都是事先征求过王氏兄弟的意见，全部都是当地土菜，清蒸武昌鱼、鳜鱼煮千张、红烧野鸭、排骨藕汤等等，还有几碟卤菜，喝的是当地谷酒，姜红梅隆重推荐道，这是我命名的没有注册的"东方茅台"，口感香醇，回味长久。

姜红梅特别强调，今天吃的武昌鱼，是在江口和湖口汇合处现捞起来的，当年毛主席吃到的也是这个地方的武昌鱼，留下了"才饮长沙水，又食武昌鱼"这样的千古名句。

王氏兄弟对这种招待很满意，王大庆说，我们在东方做买卖时，总想吃到这些当地名菜，那时穷呀，哪吃得起？心想，等以后有钱了，就把这些菜每样都点上，一次吃个饱，没想到这个愿望实现了。说得一桌人哈哈大笑。

王小庆吃了一只卤鸭脖，小声地对魏建设说，这个卤制品，不如你姐姐做得好，味道差多了。

魏建设感到吃惊，你在我姐姐家里只吃过一次，印象就那么深，怕是汉高祖吃的珍珠翡翠白玉汤，落难时是人间美味，登基后就咽不下去了。

王小庆笑道，高手在民间，我真不是恭维大姐，她的卤味确属一绝。大姐不是下岗了吗？你可以鼓励她开个小店，把她的手艺发挥出来，说不定可以打出一个品牌呢。

大家推杯换盏，你来我往，酒宴正酣。

王大庆说道，这次能够到东方市来，也是张常生的事迹打动了我们，机缘巧合，让我们能够故地重游，听了你们介绍的情况，真是块风水宝地。

姜红梅起身，敬了他一杯，栽好梧桐树，盼着凤凰来。我们诚恳地欢迎你们到东方市来投资。

王大庆说，我们正在规划建设一个航空港经济区，实施"航空枢纽＋"战略，形成物流园区、制造业区、商务园区、混合区和空港社区五个功能区，相当于再造一座新城。

姜红梅说，我们一直盼望着你们能来东方市看一看，如果这个项目能够在东方市落地，将是全市人民的一大幸事。

王大庆说，我们已经考察过几个地方，项目选址初步定在中部地区，得中原者得天下嘛，向全国辐射的功能最强。

姜红梅诚恳地说，我们能够提供最好的投资环境，这里有成片未经工业开发的平原，紧挨江都市，濒临长江，铁路、高速公路都经过这里，再要建有机场，海陆空齐了，在整个中部地区也是少有的环境。而且，我们可以在政策上给予最大的优惠，举全市之力，提供最好的服务。

王小庆也说，不能缺少东钢，他们可以为我们提供人力资源和技术力量的支持。

魏建设说，这个肯定不成问题，你们在这里投资，也就能帮助我们解决富余劳动力转移的问题。我可以保证，只要你们需要，我们会派出最优秀的人员支持你们。

大家越谈越深入，越谈越投机。到最后竟然忘掉了喝酒，具体讨论起如何合作的问题来。

当晚，神通快递公司分别与东方市和东钢集团签订了合作备忘录。

市公安局局长雷青山来到长江国际大酒店，走进盛唐集团董事长办公室。唐潮见到他格外热情，从酒柜里取出 XO 白兰地，倒进高脚玻璃杯，递到他的手中。雷青山喝着红酒还嫌不过瘾，掏出黄鹤楼 1916 狂抽起来，室内弥漫着烟雾，唐潮略一皱眉，瞬间恢复了笑容。

无事不登三宝殿。雷青山到这里来，当然是来讨好唐潮的。他从皮包里拿出两份从网上下载的文件，一份是个叫"活着不易"的网民，在网上发起"一人出一百，杀死魏建设"的活动；还有一份是个叫"独狼"的网民，为了响应"活着不易"的号召，写的一段言辞激烈的战书。

唐潮接过来，没有看"活着不易"的网文，着重看了"独狼"的网文。上面写道，魏建设，你这个大魔头！你逼迫工人下岗，让我们流离失所，无处安身，犯下了滔天罪行，你与我们东钢人不共戴天，势不两立，等着吧，人民将会判处你死刑！

看完这篇网文，唐潮心中窃喜，故意轻描淡写地说，你给我看这些是什么意思？

雷青山说，东钢减员，虽然过去了这么长时间，网络上从没有消停过。为了这件事，他们的保卫部长郑少杰来找我，要我把"活着不易"和"独狼"这两个网民查出来，还要我把网上的评论屏蔽掉。想起他们和村民打群架这件事，是我们市局出面制止了，不算我立功也罢，还受了个记过处分，这口恶气还在我心头积压着。现在他们有麻烦了，又来找我，我自然不会给他好颜色看。公安局又不是东钢开的，我也不是为他守家护院的，要我查人就查人，要我屏蔽就屏蔽，我才不去擦屁股哩，无事惹得一身骚！

做得对，对他们这种忘恩负义的人，就不应该有求必应。唐潮也是一肚子怨气，魏建设不是挺有能耐的吗？怎么网上有点风吹草动，他就吓得尿裤子。他把你害得这么惨，怎么好意思来求你？你别理这档子事，看他怎么收场？

雷青山口里虽然强硬，心里还是犯难了，如果一点姿态不作出来，任其发展，万一出了什么事，魏建设有个三长两短，到时追究起来，又要跟着倒霉。

唐潮说，那你先查了再说吧，查出来内部掌握，也告诉我一声，满足一下我的好奇心，不到万不得已别告诉魏建设，让他们去瞎折腾好了。

雷青山点头赞成，也是个缓兵之计，不让这种人吃点亏，他还真以为老子

245

天下第一了。

谈完了这件事，唐潮笑嘻嘻地说，雷局，你来得正是时候，不然我也会去找你。

雷青山受宠若惊，唐总有什么事要我做的？

唐潮从抽屉里拿出一份材料，放在他的面前，对他说，你知道吗？在东钢搞智能工厂开发的那个哲思智能的经理明哲，是个大骗子，他购买九方公司的电子器材，欠下对方1000多万，迟迟没有支付，对方以诈骗罪告发他，向他提出巨额索赔。

雷青山粗略地看了下材料，这个明哲完全是个骗子嘛，他欠下人家这么多钱不给，又拿这种技术到东钢来骗钱，连魏建设那么精明的人，都被他骗得团团转。你管他的闲事干吗？

唐潮毫不掩饰地说，魏建设不是在一心一意搞智能工厂吗？我们就是要釜底抽薪，把他的设计团队打掉，他还怎么搞？要不然任凭魏建设瞎折腾，我们兼并东钢的难度就会更大。

雷青山明白了他的意思，既然是这样，可以叫九方公司直接到市法院起诉，我们就有理由把明哲抓起来。

唐潮说，九方的老总和我算是朋友吧，有你帮忙，这个官司好打多了，他的胜算也大一些。

放心，包在我身上。雷青山豪气冲天地说，谁叫他魏建设这么不知好歹，惹是生非，我们就要让他什么也干不成。

送走雷青山，唐潮叫来金若愚，对他说道，你这次网上操控得很成功，发动了那么多的网民，对魏建设展开了暴风雨般的攻势，他感到害怕了，多次向公安局求助。

金若愚得意地说，现在只是个小动作，后面还有更大的炸弹，不趁这个机会打击一下魏建设的气焰，难解我们的心头之恨。

唐潮说，我也浏览了网络，你要盯住"独狼"，激发他的斗志，让他替我们出这口恶气。

金若愚说，明白，我正在查找"独狼"到底是谁？他只是网上说说而已，还是有真正的动作。

唐潮提醒道，不过，你要注意，任何时候任何一件事都不能把我们盛唐牵扯进去，千万别引火烧身。

金若愚拍着胸脯说，请唐总放心，我们的IP做得十分隐蔽，市局的技术手段根本查不出来。

　　唐潮再三交代，现在有人已经盯上了"活着不易"这个网名，不能再用它活动了，你赶紧撤下来，不要留下任何蛛丝马迹。不然，真相让外人知道了，我们就很被动。

第二十五章

落雁坡生活区，有个菜市场，用一些钢柱钢梁支撑着，上面盖着蓝白相间的钢化玻璃顶棚，水泥铺成的地面，瓷砖砌成一排排摊位，分隔成蔬菜区、水产品区、肉类家禽区等，还开辟出一块场地，供流动商贩临时摆摊。这里人潮如织，往来穿梭，叫卖声、砍斫声、讨价还价声，此起彼伏，不绝于耳。

魏秀珍一大早来到了这个菜市场。她头发凌乱，身材单薄，衣着简朴，手里提着一个环保袋，从一个摊子转到另一个摊子，挑了又挑，选了又选，不厌其烦地砍价，这才把买好的菜往袋子里装。丈夫张常生出院了，但腰椎骨折未能治愈，恐怕要留下终身残疾，只能与轮椅相伴了。儿子张有为始终是她的一块心病，在精神康复医院治疗一段时间后，接回家了，他成天把自己关在房间，什么事也指望不上他。家里还有一个老母亲，也是久病之人，活一天算一天，就等着阎王爷打钩了，她在气头上真想把老人交给魏建设去照顾，但又于心不忍，张不了这个口。家里的担子全压在她一个人的身上，每天就是买菜做饭照顾病人，围着家务事团团转，哪有时间把自己收拾打扮一下。

她几乎把所有的摊位都转到了，买了土豆、白菜、冬瓜、豆腐，今天还特意买了一斤半筒子骨和莲子藕，打算煨个汤，家里几个病人，也该补一补身子了。快要走出这个菜市场，路过流动摊位，见到一个老年小贩守着一板车包菜，一边把包菜的老叶子掰掉，一边起劲地叫卖，脚下都是掰下来的老包菜叶子。魏秀珍站住了，悄声问那个小贩，你老这堆包菜叶子还要吗？

小贩爽快地说，不要，大姐想要就拿去吧，免得我还要收拾场子。那人还好心地扔给她一个网袋。

魏秀珍冲他微笑了一下，放下装满蔬菜的购物袋，弯下腰，把散落在地上的老包菜叶子装进一个袋内。心想，这些包菜叶子扔掉多可惜呀，要是把它洗净晒干，再配上一点干红辣椒，装进坛子腌一腌，就是一坛香喷喷的下饭菜，不就可以省点钱吗？

突然，一只锃亮的皮鞋踏在这堆包菜叶子上，差点把她的手踩着了。她随意看了一眼，一个穿着花里胡哨、染着一头像公鸡尾巴一样花花绿绿头发的年轻人立在她的面前。

她和气地说，小伙子，请把脚抬开一点，让我收拾完这堆包菜叶子。

这个年轻人就是杂毛，见到魏秀珍，想到了被她老公张常生收拾的情形，怨气未消，我问你，你老公是叫张常生吧？

魏秀珍不解，是的，怎么了？

杂毛流里流气地说，你抬头看看我，我就是被张常生打破了脑壳的那个人，自从被他打了后，我就隔三岔五地出现头昏，再也治不断根了，你说怎么办？

魏秀珍站起身子，看清了他的面目，怯懦地说，当时赔给了你5万块钱，不是说好不再扯皮了吗？我家那口子工作也丢了，我们能怎么办呀？

杂毛奚落道，我知道你那个男人现在成了个废人，找他也没用，要找就找你！听说魏建设是你兄弟，那还不富得流油？你不跟着吃香的喝辣的，跑到菜场来捡菜帮子，就不怕掉了他这个老板的底子？要不就是出来装装样子的吧。我才不管你是真穷假穷，今天你必须赔我一千块钱的医药费！

魏秀珍像只遇到恶狼的小鹿，木讷地站着，一时不知所措，几乎是哀求道，我家的日子不好过，哪里有钱赔你？你就行行好，放过我吧。

不行，拿不出钱来，你就别想走！杂毛见她胆怯，更来劲了，把包菜叶子踢得满天飞，还不解恨，又用脚狠狠地踩烂了她那装满蔬菜的购物袋。

你，你……魏秀珍气得泪水在眼圈内直打转，浑身发抖，真想跟这个无赖拼了。

在两人争吵时，早已围拢过来一帮人，其中就有春来餐馆的老板娘卢春来，她是个有着侠义心肠的女子，冲着杂毛说，年轻人，你这样做太不像话了，一个大老爷们，欺负一个柔弱的妇女算什么本事？

杂毛翻了下眼皮，嬉皮笑脸地说，真是嗑瓜子嗑出个臭虫来，你算老几？

卢春来把菜篮子往地下一顿，回击道，我姓孙名二娘，看不惯就要管！

我看你是肉皮子松了吧。杂毛破口骂道。

卢春来不是好惹的，回击道，那你跟我紧紧看？

杂毛扬起拳头就要往她身上打去，卢春来不知何时手里握着一根棍子，向他挥来，你敢动老娘一下，我就和你拼了！

杂毛没想到眼前这个女人这么拼命，再看到围观的人个个怒气冲冲，有的还把拳头攥得紧紧的。如果真的和这个女的打起来，不一定能占到便宜。他心里有些发怵，松下手，说道，好男不跟女斗，今天就放你一马，下次再犯在我的手上，别怪我不客气！他在众人的爆笑中溜走了。

卢春来和魏秀珍一同离开菜市场，又护送着她往家里走了一段路。魏秀珍再三感谢她出手相助，她说，大姐，这有什么好谢的，我就看不惯那个流氓相，对这种人你要不狠点，他就会骑在你的头上拉屎撒尿，够你受的。

魏秀珍说，如今像你这样的好人少见了。

卢春来说，你也是个好人呀。我听说过你家里的事，家道一时不顺，你可要坚强些，没有过不去的坎。我男人在东钢上班，家里两个孩子，我又没工作，东钢日子不好过时，他拿回不了几个钱，我就想法子开了个小餐馆，叫春来餐馆，你听说过吗？

魏秀珍说，我经常路过那里，只是没有进去过。

卢春来说，现在东钢的形势开始好起来了，我那个餐馆的生意跟着也好了起来，每天都有几桌，人手不够，你要是不嫌弃，就到我那里去帮个忙，我不会亏待你的。

魏秀珍说，谢谢你的好意，只是我家里有好几张嘴，生活上全靠我照顾，我到外面去打工，他们就不好办了。

卢春来爽快地说，我是诚心请你的，你也不用成天待在我那里，家里该干吗就干吗，有时间就过来帮一帮，按钟点计酬，也还可以把活拿到家里做，按件计酬，两头都不误。

这样做可以补贴生活，魏秀珍有些动心了，可是顾虑还没有完全消除，你知道，我的兄弟在东钢还算是个有头有脸的人物，我是他的亲姐姐，我在你这里打工，别人会怎么看他？

卢春来故意刺激道，你这样说更没必要了，你和儿子这次都失去了工作岗位，他当厂长的替你想了多少？再说，你是凭双手劳动赚钱，有什么见不得人的？也不存在给他丢脸的问题。别犹豫了，来吧，就算是来帮我的忙好了。

魏秀珍感激地拉着她的手，你真是我的好姐妹，替我考虑得这么周到，我还好意思不来吗？我尽量把家里安顿好，一有时间就到你这里来试试。

下班后，李志刚带着班组的那帮铁哥们，来到了春来餐馆。这个月的奖金发下来了，他们班组是炼钢厂拿得最高的，他又是全班最高的，当他提议怎么庆祝时，大家异口同声地说，班长做东，请我们撮一顿。

他们在春来餐馆的二楼雅间坐定后，老板娘卢春来笑盈盈地上来了，除了送给他们一盘盐水花生外，还送给他们一份鸭脖、鸡爪、蹄花的卤味拼盘，挺神秘地对他们说，这是小店刚刚推出的新菜品，算你们有口福，今天正好赶上了，请大家尝一尝，给我们多提宝贵意见。

小胡子抓了一个鸭脖子，三下两下啃光了，赞不绝口，好吃，好吃，都来尝尝。

大家毫不客气，纷纷伸出手来，把碟子上的卤味一扫而光，吃过之后，有说甜的，有说香的，有说辣的，有说又香又辣又麻的，一致都夸这个味道好。

李志刚问，阿庆嫂，这么好的东西，是你店里自己卤制的，还是从外面买来的？

卢春来自豪地说，当然是本店开发的，先推出这几个品种，打响后还要开发出更多的品种，等着吧，有你们这些馋猫吃的。

李志刚说，今天就来一盘鸭脖，其他的菜就按平时的样式安排好了。大家说如何？

好呀。其余几人表示赞同。

卢春来下去后，不一会儿，领着魏秀珍上楼来了，对他们说，我向你们隆重介绍，你们刚才吃的卤味，就是我们这位魏大厨亲自制作出来的。

原来那天魏秀珍与卢春来谈话后，回到家里，和张常生谈到要到餐馆去打工，张常生鼓励她，一不偷，二不抢，凭手艺吃饭，这个事做得。于是，她就鼓起勇气来到了春来餐馆。

在座的纷纷赞美魏秀珍手艺好，称赞这里的卤制品简直是人间美味。李志刚认出了她，惊喜道，魏大姐，你到这里打工来了？

魏秀珍脸都臊红了，慌里慌张地点了下头，语无伦次，我，我，做着试试，合你们口味就好。把一盘鸭脖子往桌子上一放，转身就想离开。

卢春来拉住她，郑重其事地说，魏大姐是我请来的特级大厨，本来她指点一下就行了，她为了让大家吃到更好的味道，亲自把菜品端上来，和大家当面交流技艺。你们这么喜欢吃，以后就常来捧个场，保证让各位吃得满意。

李志刚夸奖道，大姐的手艺绝了，没想到做得这么好，你早就应该露一手，不然世间少了一道美味，岂不太可惜了。老板娘，麻烦你给我来一份，打好包，我要带回去让全家人都过过瘾。经他这么一说，其余的人也都各自挑了一份。

卢春来兴高采烈地说，魏姐，你看你的手艺多好，养在，养在……是个什么词呀？

眼镜连忙补充道，养在深山无人识，一朝识得满堂惊。

卢春来拍了下自己的脑袋，对，对，就是这么个意思，再美的姑娘成天关在绣楼里，谁家公子知道呢？今天一出手就受到大伙的追捧。小店有了你，相当于请了个财神，生意更兴旺了。

251

魏秀珍紧张的心情放松了一些,露出了开心的笑容,感谢,感谢大家看得起,只要你们喜欢吃,我就把它做好,让你们越吃越爱吃。

卢春来把他们几人看了个遍,似乎想起了什么,你们今天好像少了一个人,叫什么来着? 哦,是个叫"送钱"的小白脸,他人呢? 怎么没有来?

你是看中了小白脸吧。小胡子抢着答道,他呀,已经办了协解手续,离开了我们班组,到外面发财去了。

李志刚接过他的话头说,现在公司的经营状况开始好转,我们的收入也提高了不少,他心里还是舍不得走的。可是没办法呀,要怪只能怪他自己,赌瘾太大,又死改不了,房子输了,老婆离了,还欠下一屁股烂债,天天都有人讨债,逼得他没办法上班,只好协议解除了劳动合同,拿几万块钱走人了。

卢春来叹惜道,这个赌博呀,不知害了多少人妻离子散,家破人亡,好端端的像个明星一样的青年人,又被赌博给毁了,造孽呀。

待到卢春来和魏秀珍离开,大家也没有心情斗地主了,吃着花生、卤鸭脖,喝着茶,闲聊了起来。

眼镜感慨地说,记得上次在这里喝酒的时候,我就说过,改革是一场不流血的革命,就要有人作出牺牲,说对了吧,这次公司减员几千人,快刀斩乱麻,全部离岗了,一次性搞定。只有魏总才有这么大的胆识和魄力,排除一切阻力,坚持到底,不达目的不罢兵,我越来越佩服他了。

李志刚说,现在走在城里的大街小巷上,见到不少从东钢退下来的人,当保安的,当协警的,当店员的,跑快递的,搞电器安装的,什么活都干。还有一些人外出打工了,当然也有在家休息,上老年大学,跳广场舞的。也有比在东钢混得好的,我们分厂有个大学生辞职了,到沿海一家外资企业打工,一个月的收入就有一万多块,比在东钢强得多。当今这个社会上,只要你不想在家闲着,不嫌工作高低贵贱,就业的机会还是有的。

小胡子说,年轻人跳槽,或者叫炒企业的鱿鱼,再正常不过了,哪个年轻人愿意在一家单位待上三年五年的,只有我们这些苕货还把个破企业当个宝,舍不得离开。

李志刚提醒道,现在企业在搞智能工厂建设,自动化水平提高了,我们要想长期干下去,都要去参加技术培训,掌握高科技,不然会有二次失业的危险。

小胡子说,老子的脑壳笨,看到那些钩子款子就发麻,还不如像魏大姐这样,有独门技艺,干脆单干,开个卤菜店,说不定发大财了,何苦落到如今这个地步?

眼镜得意地说,魏总来的这年把,我们的收入增加了不少,公司原来欠我们的工资也补发了，对魏总这个人，两个字，服气！

李志刚分析道，这次改革还是蛮有人性化的，内退职工有了一千多元生活费，每月照常交养老统筹和医疗保险，用魏总的话说，叫作守住了改革的底线，这样职工的基本生活就有了保障，减少了劳资之间的矛盾，才能保证改革顺利进行下去。从外部看，现在国家的大环境对改革还是有利的，为职工离岗、走向社会打开了通道。你在企业工作，有养老统筹和医疗保险，你出了企业，不管做什么，哪怕干个体，照样都有养老统筹和医疗保险，解决了后顾之忧，也就减少了对企业的依附程度。

眼镜冒出了一句高级术语，这叫就业并轨制，好比一条鱼，不管在河里游，湖里游，海里游，游到哪儿都是在水里，它就死不了。

小胡子拍了下眼镜的肩膀，豪爽地说，没想到你肚子里的文采还不少。看来我这脑子也得转弯了，不能在一棵树上吊死，此处不留爷，自有留爷处，处处不留爷，爷就打工去。

这些年来国有企业经历过多次的改革，有的改革惠及了职工，有的改革损害了职工的利益，伤了职工的心。只有这次改革，虽说力度最大，但有了基本的生活保障，顾及了职工的利益。改革开始时，职工照样惧怕，抵触情绪大，把它视同洪水猛兽，一旦真正实行了改革，不管你情愿不情愿，断掉了退路，逼着你在市场经济的海洋中去学会游泳，绝大多数能够活下来，有的还能有所作为，闯出一片新天下来，真正被海水呛死，活不下去的只是微乎其微。

小胡子啃完一只鸭脖，又发表了议论，过去总说职工是企业的主人，我看是扯淡，我们别高抬自己了，其实我们就是个打工仔，上一天班拿一天的钱，别的什么也不是！

李志刚提醒道，现在主人翁的意识弱化了一些，这是事实，不过，我们即使就是一个单纯的打工仔，就算为自己打工，做事还是要凭良心，讲本分，爱岗敬业的精神还是要讲，在岗一天，就得把一天的活干利索些，干漂亮些，一点都马虎不得。下个月要是再拿到第一，还是我请客，到这里来聚会。

老板娘卢春来给他们这一桌上了几盘热菜，听到这话，附和道，欢迎你们来，我给你们打八折。

小胡子来劲了，阿庆嫂，你还不如换一种奖励办法？

卢春来大方地问道，奖励什么？

小胡子一字一顿地说，给我们每人亲一口。

狗嘴里吐不出象牙！卢春来快活地骂他，满屋子充盈着欢快的笑声。

春来餐馆增加了魏秀珍所做的卤制品后，生意比以往还要红火些，凡是来餐馆吃饭的喝酒的，大多要点上一到两个品种，有的还特地到这家餐馆买上几道卤味，回家享用或作为旅游食品。

这一天，送走最后一批客人，餐馆里只剩下卢春来一个人了，她麻利地收拾好桌椅餐具，又把楼上楼下的卫生打扫一遍，准备关门打烊了。

在黑夜中，一个戴着帽子、身着大衣的中年人神秘兮兮地进来了，卢春来吓了一跳，顺手抄起扫把。待到那人摘下帽子，冲着她一笑，她才看清进来的是东钢公司老总魏建设，吃惊地说，是你呀，差点把我吓出心脏病来。

魏建设说，我还不是怕我姐认出来，把我赶出去了。两人早就认识，他与老板娘打了个招呼，就坐了下来。卢春来也没有问他吃点什么，直接为他准备了一壶茶水，一碟盐水花生和一碟卤味，放在桌子上，然后坐在他的对面望着他。

魏建设是为姐姐魏秀珍的事情来找她的。自从那天在东钢宾馆招待王氏兄弟，王小庆要他鼓励姐姐开个小店，把手艺发挥出来，这句话点醒了他。此前他也想过如何帮助姐姐一家人渡过难关，总也没有找到好法子，既然姐姐有这么好的手艺，何不鼓励她出来试一试呢？可是他也知道，姐姐对他很有成见，一时半会儿这个结又解不开，他要当面和姐姐提起这事，她肯定接受不了。还有，她这人脸皮薄，自尊心强，要她干个体，做小本生意，她决不会干的。无奈之下，他通过明察暗访，认识了卢春来，恳请她帮姐姐这个忙。卢春来也是个热心肠子的人，对魏秀珍的家庭情况挺同情的，毫不犹豫地答应了下来，这才有了后面与魏秀珍相遇、劝她到餐馆打工、制作卤菜的一系列故事。

姐姐已经在这里做了一段时间，魏建设今天抽空到春来餐馆来，就是想了解一下姐姐这些天干得如何，有没有需要解决的问题。卢春来一五一十地向他说起了魏秀珍在这里的工作情况，姐姐做事特别勤快，一个人顶两个人干活，忙上忙下，忙里忙外，叫她停都停不住。她制作的卤菜，特别受客人欢迎，有的客人不光在这里吃，还要带些回家，也有专门来店里买卤菜的，一天要销百把斤，这还不够，经常卖断货。

魏建设听得很兴奋，我对姐姐一直有信心，她能吃苦，有绝技，做的卤菜特别好吃，只要把脸面放下来一点，迈出这一步，天地就宽了。

卢春来夸奖道，你还别说，她真是个做生意的料子。就拿制作卤菜来说，开始做时，材料消耗得多，成本比较高，累了一天赚不了几个钱，有时还倒贴。她就成天琢磨这个事，亲自到市场去选料，反复比较，反复试验，结果用料省了，味道更好了，成本降下来了，买的人还多了，收入自然也就上去了。我粗略算了一下，现在卤制品所赚的钱占了我们店里利润的三成以上，而且供不应求，还有扩大生产的空间。你把姐姐介绍到我们这里来，可是给我们送来了一个财神婆。

魏建设鼓励道，如果是这样，你们可以把规模扩大一些，这样赚的钱不是更多一些吗？

我也这样想过。卢春来担心地说，只是我听说，这一带的亭子间可能都要拆掉，搞房地产开发，再扩大规模，如果拆除了，那就亏得大。

魏建设说，这也是一个问题，店面可以不弄，把生产规模扩大点，创出品牌，吸引住顾客，把名声做大些。到时拆迁了，就到城里找个好一点的地方，把春来餐馆开成春来酒店，做得更大些，你就当大老板了。

卢春来开心得笑出声来，要是这样，那敢情好。只是，不怕你老总笑话，我有个难处。

魏建设问，你有什么难处，说出来听听，说不定我还能帮上忙的。

卢春来说，我们原来只是个小打小闹的餐馆，又加上这里闹拆迁，就没有考虑过扩大生产的问题，赚的钱，供一个孩子上大学，一个孩子上中学，剩下点积蓄，被老公要去买了一部车子，为这事我们两口子还吵了一场。

魏建设听明白了，你的意思是，想扩大规模，只是手头资金不够，你算过没有？大概需要多少钱？

卢春来忙说，我和秀珍大姐合计过好几回，包括房租、设备、门面的简单装修，紧得再紧，得要五六万块钱。

魏建设掏出一张信用卡，放在桌上，我这张卡里有8万元钱，本来是要资助给我姐姐的，她不肯收下，现在我把这个钱交给你，作为她在餐馆的投资，你们合伙把卤制品这一块做大一些，她的手艺那么好，还是有钱可赚的。

卢春来接过那张信用卡，心里乐开了花，谈起了新的设想，我们打算在餐馆的一楼腾出一块地方，安放一个食品保鲜柜，专门卖卤制品，还可以到商场菜场去推销。这样的话，在餐馆做就不方便了，得专门找个场地，还得招一两个帮手，协助大姐一起做卤制品。

魏建设赞成道，好呀，这个点子不错。只是拜托你们最好是请从东钢下岗的职工，多少为我们企业分担点责任。

卢春来爽快地回答，大姐说过，她有一起下岗的姐妹，想来这里打工，我们求之不得。

谢谢你们！魏建设有些激动，过了一会儿，收敛起笑容，提醒她道，这件事还是请你保密，暂时不要让我姐知道，不然，就她那个犟脾气，骂我一顿不说，还会离开你这里，再不打工了。

卢春来理解道，我知道，我会慢慢做工作的，调和好你们姐弟俩的关系。

两人谈得很投机，魏建设不知不觉地把桌上的一碟卤味吃光了，卢春来还要给他添上一盘，被他谢绝了。

第二十六章

东钢公司研发的密字"A 计划"军工钢中标了！

在军工钢研发小组会上，吴斯汇报了这个特大喜讯，这次军方一共向 4 家企业发放了投标邀请函，其他 3 家都是国内响当当的特钢企业，只有东钢是个名不见经传的企业，投标邀请函还是叶老做工作争取来的。开始军方对他们送检的样品并不重视，检验了其他 3 家企业的样品，只是感到不太满意后，才想到了东钢的样品，对东钢的样品检验后，军方代表不相信是他们干出来的，又把 4 家企业的样品重新编号进行检验，最终还是东钢的样品总分得了第一，当即与东钢签订了 8000 吨军工钢的合同。

吴斯说得很兴奋，脸上放出光彩，我们的样品中标后，总装的秦将军接见了我，他说真不敢相信我们在这么短的时间内能够试制出这么高精的超级钢来。我说我们公司主持这个项目的是一位女同志。他一连说太优秀了，太了不起了，不愧是科技精英，女中豪杰，在中国的军工史上要给她记上一笔。

一席话说得大家开心得笑了起来。

萧春晖不失时机地赞许道，柳工是我们企业转型的大功臣，是我们东钢人心目中的女英雄。

魏建设满意地说，我们一直苦于没有多少新的经济增长点，这次军工钢拿到了 8000 吨的订单，而且利润相当可观，不仅大赚了一笔，更为企业打出了品牌。

柳诗韵显得很冷静，说道，虽然智能工厂开发还在进行中，涉及优特钢这一块的技改项目基本完成，精炼炉、真空炉、连铸机、精轧机的改造，经过二次试车，都很成功，已经具备了生产军工钢的必要条件。

萧春晖说，供应公司在着手采购生产军工钢所需的原材料，保证能够按期采购回来。生产组织这一块也请领导放心，每一道工序，每一个环节我都安排专人负责，严格按操作规程执行，请柳工和研究院的专家们多到现场进行技术指导。

柳诗韵说，这是第一次生产"A 计划"军工钢，我会安排技术人员对整条生产线跟踪服务，我也会在现场盯着，大家一起把好质量关。

魏建设对整个安排感到满意，郑重地说，这批军工钢的生产，关系到减亏脱困，关系到企业的品牌，更是关系到国防建设的大事，因此，我们一定要高度重视。虽然说我们的产品试验成功了，但大规模生产要做到质量上的稳定性，保证百分之百都是合格产品，难度非常大，又是一场硬仗，各个部门、各个单位都要围绕炼好军工钢这个目标，统一协调，各司其职，严格执行技术标准和工艺规程，每一道工序都要严格把关，每一个环节都不能有丝毫的松懈，绝不允许不合格的产品出厂。这是改变东钢命运的一场关键战役，我们一定要打好，只能成功，不许失败！

军工钢投产的第一天，魏建设、柳诗韵来到炼钢生产现场，岳启明也来了，大家都在转炉的主操室里。

这段时间最辛苦的还是柳诗韵，几乎天天盯在生产线上。她外表文静，修养极好，从她温和的笑容里，可以看出她为人严谨而克制。在对待技术问题上，她看得比自己的生命还重要，从来都是"一是一、二是二"，哪怕出现一丝质量问题，也不会作出半点让步。

炼钢厂转炉车间的那帮年轻人已经习惯了柳工这种工作作风，喜欢和她交流。眼镜自豪地说，我们原来生产大路货，炼的是碰碰钢，现在我们生产优特钢，还能生产出超级钢，想想这一年多的变化，简直就像做梦一样。

柳诗韵说，你们创造了奇迹。特钢与普钢，虽然说都是炼钢，原材料基本相同，好比同样一袋面粉，有的人把面粉做成馒头，只能卖出低价钱，有的人把面粉做成蛋糕，就能卖出高价钱，道理就这么简单。问题是馒头容易做，蛋糕就不同了，必须得专门的糕点师做的才好吃。我们生产特钢，属于量身定制，量小、难干、利润空间大、抗跌能力强，这就要求我们实行规范化操作，精细化管理，每一个环节都要严格把好质量关。

工人们听得直点头，李志刚说，大家都听到了吧，刚才柳工把我们比作糕点师，那我们就要做出糕点师的样子来，每一炉钢都要严格按标准操作，一点都不能马虎。

岳启明说，还是那句话，哪个出了质量问题，哪个来埋单，买不起单就别在这里干了。

小胡子来了精神，我们要是把每炉钢都生产合格了，怎么奖励我们？

岳启明笑着说，魏总在这里，你们向他要政策呀。

魏建设的心情也特别好，这次军工钢生产成功，意味着我们东钢打了一场翻身仗，一定会重重奖励大家。

就在同一天，东钢迎来的一位新"员工"——第一台机器人，也就是全自动化机械臂，它的工作地点在炼钢厂快分中心，与巨大的炼钢炉仅一墙之隔。

哲思智能公司的经理明哲兴冲冲地来到转炉操作室，告诉大家，快分中心的机器人已经调试好了。机器人上岗后，每份样品的物理分析速度提高到130秒了。

柳诗韵赞道，我记得原来分析一个样子要4—5分钟，现在效率翻了一番，真了不起。

李志刚问道，炉前的机器人什么时候上岗呀？

明哲笑道，放心好了，要不了多长时间，我们就要安装炉前机器人，到时就不用人工操作了，一切交由电脑自动辨识和操作。这还只是暂时的，操控中心建成后，生产工序的操作室都集中在一起，你们就会远离生产现场操作了。

小胡子感到吃惊，有这么神奇吗？就像电视里看到的卫星发射那样，操作人员穿着白大褂，坐在电脑前，敲敲键盘，万里之外，卫星就升空了。

明哲笑道，可以这么理解。

魏建设开心地说，等到一切建成后，转炉基本实现无人炼钢了。

一炉钢水已经炼好了，准备进入连铸机进行铸造。魏建设几人走出主操室，站在炉台上，看到天车吊起钢包，来到连铸机上空，一个职工按动电钮，通红的钢水从钢包中倾泻而出，如出柙的猛虎，沸腾着，翻滚着，流入连铸机，再剪切成一条条连铸坯，由天车吊起，一层层码好。

正在大家为成功生产出军工钢坯而欢欣鼓舞的时候，一声接一声的警笛响起，一辆警车疾驶而来，停在炼钢厂转炉车间的一块空地上。几名警察沿着安全通道，很快上到转炉的炉台。让所有人感到吃惊的是，这些警察径直走到明哲面前，其中一名警察宣布，明哲因涉嫌犯有诈骗罪被刑事拘留，又一名警察不由分说掏出手铐铐住了他，迅速把他带离现场。

看到警察在大庭广众之中把明哲抓走，魏建设想上前询问一下。还没走两步，柳诗韵由于操劳过度，几乎耗尽了全身的精力，天与地在脚下旋转，眼前一片漆黑，虚弱的身子支撑不住了，软软地滑落。魏建设反应还算快的，一把将她抱住。待他抬头时，正好与明哲回头的目光对视了一下，从那双眼睛里看到的尽是屈辱和痛苦，有如一只被狼叼走的山羊发出的哀号。

同在生产现场的岳启明比较冷静，紧急呼叫120，把不省人事的柳诗韵送往了医院。

柳诗韵由于受到病痛的折磨，加上连续多日没有好好休息，疲劳过度，昏厥在生产现场。

经过医生的紧张抢救，柳诗韵苏醒过来了。接着对她进行 B 超和各项检查，发现她左侧乳房上的那个小凹点，酒窝更深了。

院长关晓岚到病房来看望她，查看了病检结果，又对她生病的部位进行了检查，然后说，你左乳局部这个病灶明显扩展了，疼不疼？

柳诗韵的身体很虚弱，轻声道，不是很疼，只是感觉身体极不舒服。

关晓岚说，你这有些麻烦，我记得上次你来检查后，就叫你过段时间来复诊的，你找过医生没有？

柳诗韵说，这些日子手头的事太多了，走不开，还没有来得及复查。

关晓岚说，你怎么这么糊涂，不爱惜自己的身体呢，工作固然重要，可身体是工作的本钱，是一切的基础，没有一个好身体，什么都干不成。

柳诗韵说，道理我明白，可是我要做的事太重要了，怎么放得下呢？

关晓岚一脸严肃地说，你在医院，就是我的病人，你现在得听我的，把手上的工作统统放下，一心一意治好病。你这里肯定是长了个不好的东西，需要尽快做手术把病灶拿掉，至于是良性的还是恶性的，只能上了手术台以后才能知道。

柳诗韵也感到病情的严重性，加之军工钢的生产进入正常程序，心中再没有过多的牵挂了，于是爽快地答应了，好吧，我一切听从你的安排。

接下来，商量怎样做手术，最后确定的意见是，请省里的权威医生到东钢医院来做手术。

手术当天，早上 6 点多，柳诗韵被推进手术等候区。父亲柳家霖在她的身旁，用那慈祥的目光注视着她，不停地安慰她，不要太紧张，不会有大事的，很快就会好起来。

快进手术室时，她望着自己的老父亲，也盼着魏建设的到来，心想，自己或许真的要到鬼门关去闯一回了，不知还能不能见到亲人们，禁不住泪水模糊了双眼。

魏建设赶往医院时，柳诗韵已经提前进了手术室。在院长办公室，关晓岚告诉他，刚才手术中做了一次病检，确认她的左侧乳房已经发生初期恶性癌变，正在进行切除手术。

魏建设焦急地问道，有生命危险吗？

关晓岚回答，手术过程一般不会发生生命危险，但是，她的病拖得太久了，

260

要看化疗的情况，最怕的是癌细胞扩散，那就非常非常危险了。上次她到我们医院检查时就发现有问题，我劝她再做一次复检，有问题尽早手术，哪知她以后就没有来过，她怕影响手头的工作，才耽误了最佳治疗时间。她这个人太单纯了，居然把工作看得比生命还重要。

关晓岚的话像针一样刺痛着魏建设的心，他觉得柳诗韵的病情出现这种状况，自己负有无法逃避的责任。他用一种恳求的语气说道，关院长，请你们无论如何要把她治好。

关晓岚会意地说，放心吧，我们一定会尽最大的努力。

魏建设来到手术室门口，柳家霖佝偻着腰，呆呆地坐在走廊的椅子上守候。他走到老师身边，像个犯了错的孩子，低着头，等着老师来批评他。

柳家霖焦急地说，诗韵已经进去两个多小时了，还没有出来，不知情况如何。

魏建设安抚道，我刚才问过医生，她这次手术危险性不大，只是手术时间比较长，你老出来好长时间了，早点回去休息吧，我在这里守候就行了。

柳家霖道，都怪我，是我没有照顾好她。

魏建设痛心地说，老师，你别自责了，是我的工作没有做好，让她太操心，太劳累了，这几个月来她就没有好好休息过，耽误了治疗时间。

柳家霖说，我了解女儿，这么多年了，她的心里还是没有放下你，她所做的一切都是为了你，她在生产军工钢上这么投入，也就是想助你一臂之力，使东钢早点好起来。只是，有病不早点治疗，怎么就那么傻呢？

魏建设心如刀绞，更加愧疚，是我没有照顾好她，对不起她。

柳家霖叹息道，怪不上你，她就是个实心眼。

这台手术用了6个小时，从早上7点开始动手术，大约1小时后，柳诗韵从麻醉中苏醒，医生告诉她，左乳已经发生初期恶性癌变，并再次向她确认是否进行切除手术。她点头同意，接着又睡了过去。随后，她接受了乳房切除手术以及整形再造手术。在6个钟头的时间里，她经历了一次生死考验，终于从鬼门关口逃了出来。

主治医生告诉她，手术很成功，祝愿她早日康复。

手术室大门打开，手术车把柳诗韵缓缓推出来，她静静地躺在上面，微闭着眼睛，脸上一点血色也没有，直到见到父亲和魏建设时，才微微露出一丝笑容。

柳家霖见到女儿安然无恙地出了手术室，忘掉了自己守候了一天的疲劳，一个劲地说，女儿，别怕，会好起来的。

魏建设推着手术车，眼睛注视着躺着不能动弹的柳诗韵，他的眼角湿润了，强忍着不让泪水流下来，心里默默地对她说，你呀，怎么这么傻呢？多少年过去了，你还是这么不忘初心。我是个负心的人，不值得你那么爱，不值得你为我不顾一切地付出。现在想起来，当时为什么一定要坚持拿下军工钢这个项目呢，明知不可为而为之，把所有的担子都压在你纤弱的肩上，如果当时我犹豫一下，或者干脆放弃，也许你就不会累成这个样子，就不会病倒。都是我太粗心了，太自私了，把自己所做的工作看得太重要了，对你才造成这么大的伤害，差点夺走了你的生命。

柳诗韵的目光与他相遇，倏地这两对目光碰出了心里的火花，她似乎读懂了他在说什么，反过来安慰他，男儿有泪不轻弹，只要为了你，不管干什么，我都感到幸福。

东方市城区有一个并蒂莲花形状的湖泊，取名南浦，原来湖面很宽，后来随着城市建设的发展，水面不断受到侵占，减少了一些。姜红梅担任市长后，对这件事引起了高度重视，专门发文保护南浦，不得侵占南浦一寸水面，还拨款2个多亿，修建了环湖公园，成为东方市与江滩公园遥相呼应的休闲观光场所。

魏建设用轮椅推着柳诗韵来到南浦，她坐在轮椅上，身上盖着一条毛毯，头上包着一条丝绸围巾，露出苍白的面孔，他们宛若一对情深意浓的伉俪，徜徉在湖边的小路上。

连阴了好几天，天气已经晴朗，红彤彤的太阳从云缝中露了出来，岸边的垂柳随风摆动着黄色的光带，几只飞鸟在湖面穿来穿去，一切都是那么美好。

柳诗韵禁不住吟诵着一首咏叹南浦的古诗：

湖山新雨洗炎埃，万朵青莲镜里开。
日暮菱歌动南浦，女郎双桨荡舟来。

在柳诗韵生病的日子里，魏建设每天都要到医院来探望她。柳诗韵对他说，你工作太忙，以后就不要常来了，我只想实现一个心愿，终生无憾了。魏建设要她讲出来，不论什么，都会做到的。柳诗韵说出，要是我能和你一起在阳光下静静地散一次步，我就心满意足了。

为了满足柳诗韵这个愿望，魏建设选了个特定的日子，推着她到南浦散步。这是他们儿时常来的地方，那时城区面积小，这里还是城郊的一个湖泊，杨柳摇曳，荷花飘香，芦苇丛生，飞鸟成群，不失为孩子们玩耍的天堂。

柳诗韵饱含深情地望着魏建设，真没想到你能带我到这里来，就像小时候一样，你是我们的孩子王，总是带着我们钢厂的子弟到这里来玩。记得有一次，我们用柳枝编成花环戴在头上，分两派玩打仗的游戏，你总是护着我，不让我受欺负，玩累了，你就下到湖里去摘好多好多莲蓬给我吃，还摘了荷花送给我，我们那帮小伙伴拍着巴掌喊我新娘子，当时我别提多高兴了，就盼着成为你的新娘子。

魏建设也回忆道，我记得，那时你总喜欢与我们这帮工人的孩子一起玩，一点公主的架子也没有，还老是把家里的零食偷出来给我们吃，有次被你母亲发现了，挨了一顿打，叫你以后别再跟我们这群淘气的孩子玩了，可是你偏要跟我们一起，不让你玩，你还跟在后面哭鼻子呢。

柳诗韵说，你别揭我的短，你呢，还不是老爱打架，只要有家长上你家来告状，你爸就拿着扫帚追着你满大街打，不过，你从小就有个性，不管怎么打你，你就是不哭一声，我那时就暗暗佩服你是个小男子汉。

魏建设感慨地说，三十年过去了，没想到我们的人生变化这么大。

柳诗韵露出了难得的笑容，想想这些，就像昨天发生的故事一样，人生要是能够重来一次该多好呀。

魏建设停稳轮椅，像小孩一样，调皮地摘下几枝路边的柳条，编织成一个花环，戴在柳诗韵的头上，充满童趣地说，漂亮的小妹回来了。

柳诗韵双颊泛起红晕，洋溢着少女般的喜悦，动情地说，我又可以叫你一声哥了，哥！

魏建设答应了一声，眼圈有些发红。

俩人说说笑笑，沿着湖边缓缓前行。魏建设无意中向后望了一眼，突然看到不远处有个大个子，穿着黑色风衣，竖着衣领，行为怪异地跟在他们后面，他们走，那人也走，他们停，那人也停，他有意往回走几步，那人就急忙跑开了。他觉得，自己好像熟悉这个大个子，可是那人戴着一个大口罩，几乎遮住了整个脸，一副墨镜也遮住了眼睛，他又不能确信那人是谁，是有意还是无意地跟在他们后面。

魏建设没当一回事，继续推着柳诗韵来到一片橘林，深秋的橘园，树叶儿绿油油的，枝杈上挂满了一盏盏小红灯笼，一阵清香扑鼻而来。往里穿行几十米，就是橘园茶居，这是一个二层的茶楼，装饰古朴，环境宁静，有点世外桃源的韵味。

魏建设事先预订了一间，他把柳诗韵抱上楼，推开门，柳诗韵一眼就看到茶几上放着一个大蛋糕，上面还插着彩色蜡烛，蜡烛显示出"40"两个字，蛋糕上还写着"生日快乐"四个字。

她惊喜地与魏建设对视了一眼，魏建设嘿嘿笑道，今天是你40岁生日，难道你忘了？

她这才似乎想起，你看我这记性，还真的忘了这回事。

魏建设把柳诗韵扶着坐在沙发上，拉上窗帘，点燃蜡烛，对柳诗韵说，许个愿吧。然后，在一旁拍着巴掌，轻声唱起了"生日快乐歌"。

柳诗韵闭着眼，双手合十，心里默念了一会儿，睁开眼睛，用了很大的力气，把蜡烛吹灭了。

魏建设切下一块蛋糕，双手递给她。她接过来，吃了一口，眼里闪着激动的泪花，说道，魏哥，我真的没想到，你为了我能够这么做，我太开心了，太幸福了。

魏建设说，这些年来，你为我付出太多了，受的委屈也太多了，可是我什么也没有给你，甚至连最简单意义上的陪伴都不能给你，我亏欠你的实在太多了。

柳诗韵怀着一颗憧憬之心，说道，幸福是什么？幸福就是陪着一个想陪着的人，牵着一双想牵着的手，一起在阳光下漫步，一起有说不完的话，高兴时一起高兴，伤悲时一起流泪，心和心始终在一起，那才是人世间最大的幸福。她的头倚靠在他那宽厚的肩膀上，身子像只小兔似的战栗不止。

魏建设任由她那柔弱的身子靠在自己身上，鼓励道，听哥一句话，你要坚强一些，好好活着，今后的日子还长着呢，要留下时间，让我好好报答你，要你尽情地享受你所畅想的那种幸福。

柳诗韵凄然一笑，我们的生活有太多的无奈，命中注定这辈子不能走在一起。今天，你不惜个人名誉，为我作出了常人不敢作出的举动，给了我幸福，我已经很知足了，一生都没有遗憾了。

魏建设动情地说，我就想为自己、为所爱的人活一回，别人愿意怎么说就让他们说去吧。

柳诗韵脸色凝重，反过来劝慰道，你和我不同，我一个女流之辈，心里只装得下你一个人，一生为你而活着。你是个男人，你有更宽阔的胸怀，有理想，有抱负，有追求，有你的事业，你的心里不会只装着一个女人，一个家庭，而是整个东钢，你要带着企业走出困境，你要对东钢职工和家属负责，让他们都过上好日子，这才是我期待你去做的事。刚才你不是叫我许个愿吗？我许的就是这个愿。

有人说，女人的胸怀就像大海一样宽广，魏建设真正领悟到了。这些日子里，柳诗韵像个守护神，一直默默地守护着自己，作出再大的牺牲，也没有丝毫的怨言。他感到，她在他的心目中太重要了，他不能失去她。

橘园茶居外面，那个尾随他们的黑影，狂躁不安地蹲守在树丛中，他的右手握着一把锋利的刀子，被风衣掩盖着，几次都想冲进里面，最终还是选择了放弃，悻悻地离开了。

第二十七章

自从柳诗韵生病住院后，几个月来，魏建设的心情一直都很压抑，话语不多，更是难得见到他的笑容。这天，接连得到两个喜讯，使他的情绪好转一些。

先是神通快递公司老总王大庆打来的电话，神通公司高层通过了在东方市建设航空港经济区的可行性研究报告，这个浩大的工程很快就要启动，需要东钢提供一批人才参加建设。

刚放下电话，苏雪芳来到他的办公室，向他汇报东钢的经营状况。去年减亏 6 亿元，超额完成了省国资委下达的减亏 4.5 亿元的目标。今年的产能提高到了 500 万吨，从开年起，月月都有效益，这个月盈利达到 8000 万元，照这样下去，今年盈利水平是个可观的数字，提前兑现了向省委、省政府作出的一年减亏，两年持平，三年盈利的承诺。

像个辛苦劳作的农民一样，魏建设终于盼来了大丰收，望着铺天盖地的金灿灿的稻子，喜悦之情难以言表。

与苏雪芳刚一谈完，妻子冯丽娟打来了电话，要他无论如何回家一趟。他问什么事，就在电话中商量不好吗？冯丽娟坚持要他回家，有重要的事情商量。正好手头也没有多少急于处理的公务，他就驱车回家了。

冯丽娟今天的心情特别好，本来是搞艺术出身的，身材保养得又好，出门前精心打扮了一番，挑了一款新的羊绒外套穿在身上，配上长筒皮靴，挎着 LV 包，依旧婀娜多姿，风韵不减。

长城越野开回小区，未等魏建设上去，冯丽娟就在楼下等着，上了他的车。魏建设问，什么事，这么心急火燎的？

冯丽娟兴冲冲地说，你开车跟我走就是了，到了地方我再告诉你。

车子在江都市的街道上穿行，来到锦江花园生活区，停在一栋高楼底下。冯丽娟领着魏建设上到 26 层，她打开房门，对魏建设说，先生，请进。

进了房间后，冯丽娟一间一间地介绍，哪是主卧，哪是副卧，哪是客房，客厅怎么装修，厨房配些什么，厕所怎么安排，特别隆重地介绍了女儿的琴房。

她说，这间房面对长江，光线充足，把它作为女儿的琴房，女儿练琴累了，就站起来欣赏一下江景，该多美呀。

魏建设丈二和尚——摸不着头脑，稀里糊涂地听她不停地讲，后来总算明白过来了，问道，你是不是打算把这套房子买下来？

冯丽娟得意地点头。

魏建设说，我们哪有这么多钱呀？

冯丽娟说，钱的问题你不用多考虑，已经买下了。

魏建设大吃一惊，你？把这房子买下来了？

冯丽娟说，你说过男主外，女主内，你在外面的世界去打拼，家里的事我说了算。

魏建设说，买房这么大的事总得商量一下吧。

冯丽娟娇嗔地说，这不正在和你商量吗？

魏建设问，这么大一套房子，又是市中心地带的江景房，那得多少钱呀？你不是说家里存款不多，是为女儿出国留学准备的，你一下子又上哪儿弄来这么多的钱？

冯丽娟神秘地说，这次遇上了一个好机会，一次性付款，开发商给了个七五折，仅这一笔就节省了 100 多万元，家里的存款全部取出来了，不足的找朋友借了点，这样东拼西凑总算是把这套房子拿到手了。

魏建设一下子警觉起来，你说找朋友借的钱，哪个朋友这么大方，借你这么一大笔现款？

冯丽娟吞吞吐吐地说，你只管住进来，别的事就不要多管了，反正借款人是我，由我来还就是了。

魏建设倔劲上来了，不行，你一定要把这件事情给我讲清楚，不然，这个房子咱就别买了。

冯丽娟看到老公动怒了，知道搪塞下去也不是个办法，迟早是要告诉他的，就把整个购房的事情一五一十地告诉了他。

魏建设听了，气得火冒三丈，这个唐潮呀，简直是黄鼠狼给鸡拜年——没安好心。于是，对她说，你以为唐潮这是在帮咱们吗？这是在害咱们。这个房子不能要，必须退掉！

冯丽娟理直气壮地说，不行！坚决不能退！房子是我掏钱买的，钱不够也是借来的，优惠打折是开发商给的，这些没有什么见不得人的。

魏建设生气地说，一套价值几百万的房子，你用家里那么点存款就全额买

267

下来了，世上哪有这等好事。特别是唐潮那个助理金若愚从中帮的忙，既要开发商打折，又是热心地借钱给你，这套房子更是不能要。

冯丽娟劝道，我知道，你和唐潮之间有过节，不对付，可是人家多次上门求和，笑脸贴你冷屁股，你就退一步，何必要当死对头呢？冤家宜解不宜结嘛。

魏建设说，我和他之间不存在什么私人恩怨，我也不会那么小气，有意跟他过不去。可是这个人的心计太深了，他那么热衷于帮助你购买房子，是何居心？想必是看中了我在东钢的权力，能够决定联合重组的走向，他这是在搞权钱交易，是要我在联合重组上让步，一切听从他的摆布。

冯丽娟半信半疑地问，真是这么回事？

魏建设气恼道，更恶劣的是，他这么做分明是在引诱我们犯罪嘛，我们买下了这套房子，就有把柄在他的手里，就落入了他的圈套，他随时就可以借机生事，难道你看着我去坐牢，还能心安理得住在这所房子里吗？

冯丽娟着急起来，有这么可怕？那怎么办？

魏建设毫不犹豫地说，趁现在还没有出问题，赶紧把这套房子退掉。你要相信以后我的收入会高一些，家里积蓄多了，再来改善居住条件，住着也踏实些。

冯丽娟极不情愿地说，既然这样，就退掉吧。

两人闷闷不乐地回家，一路上冯丽娟无精打采的，一句话都不想说。

回家后，她从家里拿着购房相关的证件和合同书，魏建设要陪她过来，她觉得这是件极其丢人的事，坚决不要他一起来，独自叫了辆出租车，返回锦江花园售楼部。

上次陪同她购房的罗总热情地接待了她，听完她的来意后，心中不悦，但未敢外露，推说自己有件事情要处理一下，很快就会过来。又喊来一名售楼小姐，为冯丽娟倒了一杯茶，就不管她了，把她晾在一边。

罗总出门后，迅速给金若愚通了电话，商量着应对的办法。磨蹭了2个小时，才装出忙碌的样子赶回办公室。进门后，一边喘着粗气，一边向冯丽娟赔礼，说本来只要一下子就能办完的事，没想到耽误了这么长时间，向大姐赔礼，请大姐原谅。

冯丽娟等得有些焦急，心烦意乱的，只好强忍着，又把自己的来意复述了一遍。

罗总先是站在她的角度，好心劝说她，我们这里是中心城区，又是江景房，是稀缺资源，房子紧俏得很。金总跟我是好朋友，在生意场上帮过我的大忙，看他的面子，我才给了你个七五折优惠的指标，一般客户来购房，一次性付款的，最大的优惠也只有九五折，我们这样做，就等于白送给你100多万元，现在你要退掉这套房子，多可惜呀。

冯丽娟无可奈何地说，我也是一万个舍不得，只是我家先生不同意购买，没有办法，只能退掉。

罗总紧锁眉头，为难地说，大姐，如果你实在要退掉这套房子，不是不可以。不过，按照合同约定，要扣除7%的违约金，可是一笔不小的损失呀。

冯丽娟一听，差点跳了起来，你说什么？你这房子房价涨了，还有那么大的优惠，现在我把房子退给你，你把我交的购房款退给我，就扯平了，两不欠，好不好？

合同是双方约定好的，我们都得按合同执行，这个不能改。罗总耐心地说，又思忖了好一会儿，说道，要不，我们代你把这套房子挂出来，对外销售，房子卖出去了，也不存在扣你的违约金，你还可以得到那100多万元的优惠款。你说这个方案好不好？

冯丽娟一下子听明白了，激动得拍起掌来，好，好，这个方案好！

罗总说，那我们就按这个方案操作，明天就挂出来，一旦有人购买，就马上通知你来办手续。

冯丽娟极不情愿又迫不得已地回家了。

疲惫不堪的冯丽娟，拖着沉重的双腿回到家里，把皮靴、外套脱下，LV的皮包一甩，瘫坐在沙发上。

魏建设急切地问，房子退掉了没有？

冯丽娟连眼皮都懒得抬一下，你以为是到菜市场买个白菜，想要就要，不要就扔掉。这么大一套房子，价值好几百万，要想退掉总得给人家时间吧。人家老总答应了，代我们把房子挂出去，有人购买就通知我。她故意隐瞒了100多万优惠款的事。

魏建设依然不放心，退房是甲乙双方的事，怎么成了他们代理销售？听起来都很别扭。

冯丽娟没好气地说，如果把房子直接退给他们，我们就要支付对方7%的违约金，仅这一笔，就是好几十万元哪，亏得太大了。

魏建设表示怀疑，是不是你不想卖掉这套房子，和开发商一起编个理由来搪塞我？

冯丽娟说，有那个必要欺骗你吗？

魏建设执拗地说，那就明天再去，盯在他们那里，不把房子退掉就别回来！

一句话惹恼了冯丽娟，她一下子从沙发上跳了起来，长期积压在心底的怨气一股脑儿往外倒，魏建设，你把我当成什么了？是你养的一条狗，要我怎样就怎样。告诉你，别以为当了个老总，神气得不得了，就对我颐指气使的。你拍着良心问问自己，你到东钢一年多，一共回了几次家？家里的事你照顾了多少？女儿的学业你问过几次？我们跟着你，担惊受怕不说，还要跟着你遭殃，你把姐姐一家子祸害得饭碗都丢了，还不够，又要祸害我们娘儿俩。你看人家当官的，哪个家里没有几套像样的房子，你倒好，自己不操这个心，连老婆求人买的房子都要退掉，不退掉还不让回家，你说，你这叫人说的话吗？这是人干的事吗？

魏建设不耐烦地制止道，你别尽扯这些没用的，少说几句好不好？

冯丽娟越说越来气，你这么做，表面上看起来多么的廉政，多么的高大，其实，你的心里肮脏得很，你的心思完全不在这个家里，早被狐狸精勾跑了。

魏建设愤怒了，越说越不像话。

冯丽娟还是不依不饶，你以为你在东钢干的丑事能瞒得过我吗？你长期不回家，不就是想和她在一起吗？你生病她陪在你床边，两个手拉着手的卿卿我我，她生病你天天往医院跑，青天白日的成双成对逛公园，比夫妻还要甜蜜，没有冤枉你吧？还有，她的儿子喊你爸爸，你还满口答应，那个孩子是不是你生的野种？你们这样做太放肆了，太不要脸了，太无法无天了！

柳诗韵在魏建设的心里比女神还圣洁，岂容得她随口谩骂，不禁气得全身发抖，大吼一声，你放屁！顺手就是一巴掌，狠狠地往她的脸上打去。

冯丽娟和魏建设结婚十几年了，还从来没有挨过丈夫的打，猛然这一下子，惊愕了，发蒙了好一会儿，才号啕大哭起来，双拳雨点般打在魏建设的身上。

魏建设自知刚才的举止做得过分了，一时也不知道怎么办才好，只得像个石头似的一动不动，一声不吭，任凭她发泄。

冯丽娟哭累了，独自伤心地走进房间，锁上房门，把自己关在房里。

魏建设脑子一片空白，敲门她不理不睬，试图安慰她几句，不知说什么才好，担心她想不开，贴着门聆听，也听不到里面有什么响动，就这样孤独地在狭小的客厅里转圈子，比受刑还难受。

过了好一阵子，冯丽娟才从房里走出来，望都不望魏建设一眼，把一张"离婚协议书"拍在茶几上，冷漠地说，我们离婚吧，字我已经签了，你也签吧。

魏建设一时傻了眼，他知道，妻子在家从来娇宠霸道惯了，哪受过这么大的气，使点性子是必然的，但不至于闹到离婚这一步吧。他只好软化自己的态度，劝说道，丽娟，别这样，冷静一点，我刚才确实太冲动了，伤害了你，对不起，我向你赔罪，你消消气，就别闹分开了。

冯丽娟铁了心似的不为所动，当初我就不该棒打鸳鸯鸟，活活拆散你们。我和你不是同路人，缘分已经到头了，我带着女儿过日子，你去追求你的幸福，我不为难你，你也不要为难我，咱们好说好散。

魏建设说，我和她之间绝对是清白的，没有任何杂念，你不要胡乱猜疑。

冯丽娟说，你现在跟我解释这些还有什么用？我相信不相信又有什么意义，我的心已经死了，你别再强求我。

魏建设说，可你总该为女儿着想吧，好端端的一个家，就轻易拆散了？

冯丽娟说，你别拿女儿说事，你的心里哪有女儿？你是怕影响头上那顶乌纱帽吧，你放心，离婚了我不会大吵大闹，少了我这个拖后腿的女人，你还可以继续高升，还可以和你的情人双宿双飞。

魏建设见一时无法说服她，只得尽量克制着自己不要激化矛盾，采用缓兵之计，说道，这样吧，给我点考虑时间，过几天答复你，行吗？

冯丽娟用那双哭得红肿的眼睛扫了他一下，气愤地说，魏建设，告诉你，这个婚离定了，没得商量！

在联合重组问题上，唐潮可说是喜忧参半，喜的是，省里对联合重组强行干预，较好地解决了股权争执不下的问题；证券会同意盛唐实业集团在股市上融资50亿，也就是说，只要联合重组的协议一签订，盛唐公司就有50个亿的资金进账；再就是东钢减员近半，兼并后就可以节省一大笔人员安置费。忧的是，东钢生产经营形势变好了，摆脱了长期亏损的危机，产能达到了500万吨，月月实现盈利，魏建设的腰杆子粗了，更是目中无人。再加上中途杀出个神通快递公司，想在东方市建立航空港经济区，这个项目一旦落地，盛唐公司在东方市的地位必然受到撼动。只有尽早与东钢联合重组，才能把神通快递公司排挤出东方市，而要实现联合重组，关键还是做好魏建设的工作。

这次唐潮是不请自到，在魏建设办公室坐定后，两人也没有过多的寒暄，直奔联合重组这个主题。

他把盛唐公司草拟的联合重组意见书和证券会同意盛唐公司融资的批复给了魏建设，魏建设也把东钢草拟的联合重组意见书给了唐潮，两人都认真地看了好一会儿。

魏建设说，邹主任对这件事催得很紧，要求我们近期向国资委汇报工作进展情况，好在我们都拿出了意见书，在这个基础上可以尽早把重组方案定下来。

唐潮说，上次要不是遇上东钢发生重大工亡事故，联合重组的协议早就签订了。

魏建设说，签字那天我还劝过你，不要轻率地放弃这个机会，你根本听不进我的意见，也不给孟副省长一点面子，拍屁股就走了，白白耽误了一年多的时间，这可怪不得我。

唐潮赔罪道，是，是，都是我的错，想起来就后悔。现在与魏哥合作，这种机遇再也不会错过了。

魏建设直抒己见，你们的意见书上说明联合重组的理由，是为了完成东钢千万吨项目，这个提法不妥。现在东钢已经开始建设智能工厂，力争成为国内一流的特钢企业，而且这个转型方案得到省里的认可，目前一切工作都是按照这个思路运行的。

唐潮辩解道，我们在意见书上之所以这样说，主要是与原来向证券会的报告一致起来，为了把50亿的资金筹集到位，不然重新申请，重新论证，操作起来很麻烦。

魏建设说，可以理解。你要求对东钢资产重新核定，我没有意见。毕竟已经过去两年，东钢的资产发生了一定的变动，应该重新核定。

唐潮建议，最好是由双方认可的会计师事务所来做这项工作，我们双方派员审核就是了。

魏建设对这个建议表示无异议。

唐潮说，我们双方的出资比例就按国资委的要求来，你方占有49%，我方占有46%，另外的5%归省国资委。

魏建设说，上次孟副省长主持讨论联合重组方案时，就是这样定的，我们按这个意见执行好了，不然省里又会说我不听话。唐总呀，凭你的能量，国资委持有的5%的股份，迟早会搞到你的手上去，那时你对东钢就实行了绝对控股，就可以一切按你的意志来了，不然，你不会这么热衷于联合重组的。我说的没错吧？

哪里，哪里。唐潮连忙否认，国资委所控制的 5% 的股权，主要还是为了保护国有企业的权益，关键时刻为你们说话，怎么可能向着一个民营企业呢？

在唐潮情绪放松的时候，魏建设突然话锋一变，我听说你背后还有一个"鬣狗行动"，是些什么内容，可以说来听听吗？

听了魏建设的问话，唐潮激灵了一下，心想，"鬣狗行动"除了他自己外，再就只有韩晓波、金若愚知道，这两人都是自己的心腹，应该不会泄密，魏建设又是怎么知道的？不管怎样，无论如何不能把"鬣狗行动"告诉他。唐潮矢口否认道，什么"鬣狗行动"，你听谁说的，根本就没有这个东西。

魏建设说，天下没有不透风的墙，你还是没有把我当真兄弟看，连这点诚意都没有，还谈合作？

唐潮含糊其词地说，我真的记不清了，可能是哪次闲聊时说过这个词而已，事后就忘掉了。

魏建设也是听到柳诗韵提及过"鬣狗行动"，柳诗韵又是从孟滢那里知道的，她们都不知道是些什么具体内容，既然唐潮一口否定，再追问下去也不会有结果。他说，如果这样，就可以实际操作了。

唐潮松了一口气，我们兄弟之间只要坐在一起，没有什么谈不拢的。兄弟同心，其利断金，我们可以向国资委打报告了？

在没有搞清楚"鬣狗行动"之前，魏建设不是那么容易妥协的。心想你有张良计，我有过墙梯。他表面敷衍着，实则埋下一颗地雷，报告随时都可以打。不过，既然唐总刚才提出要对东钢的资产重新清理核查，那么，按规定东钢的资产就有必要进入省产权交易中心公示挂牌。

看似平淡无奇的一句话，如同武林高手的一指禅功，击中了唐潮的命门，刚才还扬扬自得的那张脸僵住了。他想过魏建设会要些花招阻挠联合重组，但是没有想到他会用这样一个损招。当即反对道，魏总，我的大哥，我们已经走了产权交易中心挂牌这个程序，只是没有签订协议，这次也是继续完成这项工作，再说省里给我们的时间也不多了，就没有必要重新挂牌了吧。

魏建设坚持道，当时是方总主持工作，现在过了一年多，联合重组协议文本重新起草了，资产又要经过重新核定，由于东钢的产能减少了，关停了部分落后的装备，这样核定下来必然减掉了一些固定资产，如果下降的幅度比较大，不进入产权交易中心，怎么能保证公开透明呢？万一有人说我们两个是同学关系，搞暗箱操作，造成国有资产大量流失，我可担不起这个罪名。

唐潮暗暗痛骂魏建设又在为联合重组设置障碍，故意刁难他。一旦上了产权交易中心，兼并东钢的变数就大了，不仅神通快递，也还会有其他公司参与竞价，到时东钢能不能被盛唐公司兼并还说不定，整个"鬣狗行动"就会全部落空，岂不是鸡飞蛋打。

第二十八章

短短几个月，春来餐馆的卤菜生意越做越好。她们在餐馆附近租借了一间民房，开起了作坊，请了三个从东钢下岗的女工，给魏秀珍做帮手。卤菜的品种扩大到了6个，不仅在春来餐馆销售，还推销到菜场和平价商场，每月的利润已经超过了餐饮这一块。也算是时势造人，魏秀珍通过与卢春来一起做生意，得到了锻炼，胆子变得大多了，劲头越来越足，每天除了照顾家人的生活，就是在作坊里忙个不停。

张常生的身体因腰椎骨折导致截瘫，已经无法治愈，落下了终身残疾，只能与轮椅相伴。虽然神通快递公司的王总并没有食言，明确指示东方分公司的经理，要他挽留张常生在快递公司上班，但是他知道快递公司本来就是腿上的活，自己的双腿已经残废了，再在快递公司上班，不干活只拿钱，那成什么样子，也就谢绝了。

在家里，整天与轮椅为伴，也不是个办法，他与妻子商量，我已经落下了这个病根，一时半会儿好不了，一天到晚像个菩萨似的坐在椅子上，特别难受，能不能在你那里找点活干干？

魏秀珍心疼地说，你呀，成这个样子了，还闲不住。自从在春来餐馆打工，办起了卤菜店，我们一家人的生计还是维持得下去，你就好好静养，把家守好就行了。

张常生说，你是饱汉不知饿汉饥，我成天这样待着，跟坐牢又有什么两样，长此下去，成了个十足的废人。

魏秀珍安慰道，快别说这样的丧气话，我还指望你好起来，陪我一起逛街看电影呢。

你还浪漫了，我就是好脚好手时也没有陪你逛过，净说瞎话宽我的心。张常生固执地说，我们年轻时不是听过张海迪的故事吗？她几岁的时候，就得了重病，胸以下全部瘫痪，就这样也还顽强地活了下来，学外语，学针灸，教书，现在还成了全国残联的主席。我是个大老粗，干不了舞文弄墨的事情，可是我有一身蛮力呀，手上干点活，心里头兴许还要舒服些。

魏秀珍说，老张呀，你真是个苦命的人。你想做点事也好，我拿些料子到家里来，你就负责清洗，能干多少算多少，别把身子骨累坏了。

张常生连忙应承下来，这事我做得来，多少也能帮你点，我也不白吃闲饭了。

此后的日子，张常生每天从事着这种简单的劳动，虽然单调枯燥，但是他乐此不疲，个人情绪也好多了。

这天下午，魏秀珍还是和往常一样，忙完了作坊的活计，到春来餐馆照看摊位，热情地招呼着购买卤品的顾客，还不时地征求着老顾客的意见，气氛祥和而平静。

一贯游手好闲的杂毛来到店前，还是那副流里流气的打扮，不同的是戴上了墨镜，摆出一副满不在乎的样子，胡乱地点了一斤鸭脖子、一斤鸡爪子和两斤猪蹄花。

魏秀珍一眼就认出面前这个小青年是上次在菜场欺负她的那个人，尽管有些厌恶他，来的都是客，还是按他所点的，一样一样地称好，分别放进塑料袋子里，外面又用一个大的袋子装好，这才递给了他。

杂毛拿到这一大包卤制品后，拎在手上，钱也没有付，谢字也没一个，洋洋洒洒地走开了。

魏秀珍看他走出了两步，急着喊道，小伙子，等一等，你还没付钱呢？

怎么？还要我付钱？杂毛站住了，扭过头来，怕她不认识自己，摘下了墨镜，狠狠地瞪了她一眼，认出我来了没有？还敢问我要钱吗？

魏秀珍不卑不亢地说，我不管你是谁，只当你是个顾客，只要到我这里买东西，我得卖给你，你得付钱给我，老少无欺，天经地义。

杂毛简直不敢相信这话是从她嘴里出来的，愣了一下，没想到几日不见，她的胆子变肥了，口气不小，这要是不灭下去，以后不是一点便宜也占不着吗？于是，强词夺理道，想要我付钱，好说，把账记在你瘫子男人身上，是他把我打伤的，至今还没好利索，又害得我失去了工作，拿这么点东西，算是孝敬我的。

魏秀珍倔劲上来了，人要脸，树要皮。你说你工作没有了，我男人的工作照样也没有了，你好脚好手的，他还落下了个残疾，你老是跟他较劲有意思吗？

杂毛哼了一声，要起横来，我不管，反正这包东西我拿定了。

不行！魏秀珍从店里出来，拦住他，冲着门口围着的人，大声说道，你们大家评评理，这个年轻人在我们店里买了这么一大包东西，一分钱都不给，还在这里扯歪皮，这跟偷抢又有什么区别？青天白日的，还有没有王法？

276

围观的人纷纷指责杂毛，杂毛自知理亏，一边狡辩，一边往外退。魏秀珍看到有人替她说话，胆子更大了，上前抓住塑料袋子，就要把东西夺回来。两人一拉扯，塑料袋子破了，卤制品掉了一地。魏秀珍心疼得要命，连忙把它捡起来。趁这个机会，杂毛走开了，不知从哪里找到一根木棍，返回春来餐馆，在人们还没有反应过来时，对着餐馆门前那个玻璃制作的食品柜，噼里啪啦一阵乱打，口里还不停地骂道，敢要老子给钱，老子要你生意做不成！瞬间，玻璃碎了，色泽酱红、芳香四溢的美味佳肴撒得到处都是。魏秀珍先还只顾捡起门外那些卤制品，听到响声，抬头一看，震惊了，突然发疯似的吼叫着，不顾一切地扑过来，一把抓住杂毛手中的棍子，就要和他拼命。

卢春来本来在楼上招待客人，听到楼下闹哄哄的，慌里慌张地跑下来，看到这个场景，一团烈火在胸中燃烧，进入厨房，拿起一把菜刀，杀气腾腾地冲到杂毛面前，用刀指着他的鼻子，你是哪来的杂种，跑到这里来撒野，今天你要是不赔店里的损失，老娘就卸掉你一条腿，信不信！

杂毛哪想到会有这种阵势，吓得魂魄都差点飞出去了，手上的棍子也松开了，哆嗦道，你，你想怎样？想杀人不成？干脆一刀把我砍死算了！

在他们对峙时，魏秀珍夺过木棍，对着杂毛的身子，狠狠地一棍子打下去，杂毛哎呀一声，跳了起来，知道真的把她们惹急了，两只母老虎发威，那还不把他给活吞了，再纠缠下去恐怕小命都难保，转身像兔子一样飞跑，口里还发狠地说，有种的等着，老子一把火把你们的破店给烧了！

落雁坡生活区中那一片城中村要进行整体开发了，厂前那排做小本生意的亭子间也得拆除，每家店面前用红油漆写了个大大的"拆"字，还像符咒似的画了一道圈，连生意红火的春来餐馆也逃不过这一劫。

好在卢春来早就有了思想准备，这天餐馆打烊后，她特地嘱咐魏秀珍留下来，商量着今后的打算。

魏秀珍在这里做了大半年，对春来餐馆产生了很深的感情，知道它要拆迁了，心里一万个舍不得，坐在卢春来身旁，低着头，叹着气，一句话也说不出来。

卢春来拿出账本，把几个月的总账算出来了，激动得手舞足蹈，告诉魏秀珍，大姐，了不得，了不得，这几个月我们没有白干。卤制品这一块，除去各种成本支出，净利 30.8 万元。

魏秀珍勉强地笑道，好呀，恭喜你，总算赚到钱了，没有亏本，离开你这里，我也安心些。

卢春来说道，卤味店开得这么红火，主要功劳是你的，赚的钱起码有一半归你。

魏秀珍简直不敢相信自己的耳朵，天下哪有这等好事？不停地摇着头，不敢当，不敢当，你平时待我不薄，每个月都给我开工资，赚的钱都是你的，我一分都不能要。

卢春来搂着她的肩膀，笑得前倾后仰，我的好大姐，看来我不得不把实情告诉你。开这家卤味店，是魏总的点子，请你到这里来，也是他的主意，开店钱不够，也是他出资的。魏总考虑到你不会接受，就暗中资助了本钱，而且和我约定好了，你以现金入股，我以店面入股，赚了钱我们两人对半分。

魏秀珍更是惊讶，张着嘴，半天说不出话来，缓了好一会儿，才说，我到你这里来打工，怎么要他替我出钱呢？

卢春来说，你家里日子不好过，他的心里也难受，就想用这个办法来帮助你，为你排忧解难。如果不是这块地方要拆迁，我也不会把这个事说穿的。

魏秀珍心烦意乱，不知所措，喃喃自语，这不是我的钱，我不该得。

卢春来劝道，魏总是个大好人，又是你的兄弟，你千万不要生他的气。

魏秀珍心里一时还是转不过弯来，我知道他当这个老总不容易，东钢一万多号人，生产那么一点钢，也是难得活下去，把多余的人减掉，包袱轻了，企业救活了。这个道理我也懂，就是想不通，他和我毕竟是一娘所生，怎么忍心把我们一家三口的饭碗都端了呢？刚下岗那阵子，我过不了这道坎，对他说过，我们一家人宁可饿死，讨饭也不上他的家门。现在，你要我拿走这一大笔钱，不就是往自己的脸上打耳光吗？

卢春来急了，这就是你的不对了，亲不亲，一家人，姐弟之间还那么生分？这大半年我们总算没有白干，你不是走出下岗的阴影了吗？你可不能为了气头上的一句话，辜负了人家的一片好心。

魏秀珍实诚地说，你说的也有理，难得他用心良苦，我也不能太较真，不知好歹，不近人情。

这就对了。卢春来高兴得拍起手来，这笔利润一共是30.8万元，应该分给你15.4万元，你给我一个账号，明天就把钱转给你，你就心安理得地收下吧。

魏秀珍并不为钱动心，还是忧心忡忡，焦急地问，我们辛辛苦苦忙了大半年，生意做得一天比一天好，如果这个店子一拆，一下子什么都没有了，一夜回到了解放前，往后我们怎么办呀？

卢春来很有主见地说，这才是我们今天要讨论的主要问题。依我看呀，这个店子要拆除，就让它拆好了，咱们干脆把胆子放大些，直接到城里去，开一家大的餐馆，最好不叫餐馆，升格了，叫酒楼，你说如何？

好呀！魏秀珍双手赞成，你还别说，我这人是个贱命，一生做惯了，突然闲下来，心里空落落的，遍身不舒服。

卢春来显得胸有成竹，说出了自己的设想，这个新酒楼，还是咱们两个合伙开，主打特色卤菜和地方小吃，要让它成为东方市最好的卤菜馆。这几天咱们抽空到城里多转转，盘一家好点的店面，最好有上下层，一楼以卤味为主，二楼办酒席。一旦选定了地方，尽快办理新的营业执照，进行简单的装修改造，早一天开张。

魏秀珍说，开餐馆你内行，全听你的。

卢春来笑了，大姐信得过我，我也得对你负责。我们还要招聘十几个员工，请大姐多费心。

魏秀珍说，不少下岗的姐妹乐意来我们这里打工，你要是信得过，就把她们请过来。

卢春来一口答应下来，那敢情好，这些人珍惜工作机会，又吃得苦，只要简单培训一下，就能上手干活。

魏秀珍越说兴致越高，我现在家里没大事，不急着用钱，我的那一份红利留着开办酒楼用。

卢春来说，我那一份也不分了，店面拆迁还会给商户补偿几个钱，要不都凑在一起办新的酒楼。

两个女人越说越开心，找到了新的生机，看到了希望，笑得像春天里绽放的桃花一样灿烂。

魏秀珍回到家里，把这件事告诉了丈夫张常生，张常生自然替她高兴，劝她利用这个机会，主动去找一下魏建设，把姐弟俩的心结解开。

魏建设见姐姐来到宾馆，喜悦之情难以言表，一连喊了几声姐，咧开嘴乐哈个不停。姐姐扑在弟弟的肩上，想到这些日子以来的酸甜苦辣，鼻子一酸，禁不住抽泣起来，边哭边说，建设，都是姐不对，错怪你了，原谅姐吧。

魏建设受到了感染，一股暖流传遍全身，泪水在眼眶里直打圈，劝慰道，姐，是我做得不好，害得姐姐一家受苦了，不管用什么办法都难以弥补，应该请求原谅的是我。

待到两人冷静下来后，魏秀珍把和卢春来商量的计划告诉了他，他替姐姐高兴，对她们的下一步计划表示支持。

魏秀珍向来正直善良，小心谨慎地问道，我有时看电视，上面好像说过，领导干部的亲属不能经商，咱们可不能违反政策，那样对你有影响。

魏建设笑着解释道，姐姐的政治觉悟还是蛮高的。中央的文件，并不是不准领导干部的亲属经商办企业，而是要规范这种行为，不能利用职权为亲属谋取好处，对亲属经商的，还要如实向组织报告。你们合办卤味店，与我职权范围内的工作没有关联，完全挨不上边。再说，这件事我早就向胡书记报告过，他非常支持你们创业，希望你们在下岗职工中起到很好的示范作用。刚才你说打算聘请更多从东钢下岗的职工，做了我们没有能力做到的事情，为我们分了忧，我们还应该感谢你们呢。你们就放心大胆地办好酒楼，生意做得越旺越好。

经过弟弟这么一说，魏秀珍的心里踏实多了，这下放心了，我可不希望你为我的事犯个大错误。

春秀酒楼在东方市新城区的东吴大道旁开设起来了。这里原来就是一家酒楼，店主经营不善，被她俩盘下来了，经过简单的装修，面貌焕然一新。酒楼也更换了名字，从卢春来、魏秀珍两人的姓名中各取了一个字，叫春秀酒楼，听起来还蛮有诗情画意的。

开业第一天，很是热闹，酒楼悬挂着庆祝开业的红色条幅，张灯结彩，门口摆着两排花篮，简朴而又喜庆。门前的场地上，随着一阵锣鼓响起，一黄一黑两对狮子卖力地表演着，时而相互嬉闹，时而翻着跟头，时而飞身跃起，舞出各种优美的招式，动作滑稽风趣，吸引着过往的路人驻足观看。这些前来舞狮的是东钢的业余文艺宣传队员，是胡文强书记特意安排来为东钢下岗职工重新创业助兴的。

酒楼的一楼以出售卤制品为主，还专门注册了"馋嘴"牌的商标。二楼以摆酒席为主，虽然还没有到用餐的时间，已经座无虚席了，大家喝茶，嗑瓜子，吃糖果，说着笑着，一片热热闹闹的气氛。

炼钢厂李志刚这帮年轻人早就相约着来了，他们吃惯了阿庆嫂做的菜，喜欢魏大姐的卤味，今天要喝到春秀酒楼的开张酒。当看到酒楼的菜单后，虽然品种增多了，档次提高了，价格依然保持了较低的水平，都说以后聚会还是首选这家酒楼。

《江都商报》记者孟滢特地从省城赶过来，采访下岗工人再就业的新闻。她先是采访了卢春来，接着采访魏秀珍。看到魏秀珍和酒楼的女工一样，穿着统一制作的蓝地白花的服装，扎着头巾，系着围裙，不同的是，和从前相比，她的脸色红润，轻描淡眉，化了淡妆，含着笑容，年轻了不止十岁。

孟滢追着采访魏秀珍，她哪见过这样的阵势，腼腆地连声推让。孟滢对她说，大姐，不用紧张，放松点，我只简单问你几个问题，你实话实说就行了。

魏秀珍实在躲不过，只好应允下来。

孟滢问道，大姐的卤味做得这么好，是自己尝试出来的，还是有师傅教出来的？

魏秀珍答，是我母亲教给我的，我母亲是从一个四川婆婆那里学来的，这个手艺都是单传，传女不传男。以前母亲说一招鲜，吃遍天，我也是听听而已，没想过靠这个手艺养命。

孟滢问，那你现在怎么想到要用这门手艺了？

魏秀珍答，还不是逼出来的，下岗了，在亲人和朋友的帮助下，想到了试一试这门手艺。

孟滢说，不到一年时间，你们的卤味生意就做得这么红火，由一个小店发展成了一个酒楼，打开了市场，有了自己的品牌，受到市民的喜爱。之前我采访卢经理的时候，她说下一步还要在东方市布局一些经营网点，然后推向江都市，推向全国。你是怎么看的？

魏秀珍害羞地说，我不会做生意，她有做生意的头脑，我全听她的。我只想把卤味做得好吃些，让大家吃得满意，吃得高兴，吃了还想吃，别的没多想。

孟滢说，那我再问你一个问题，你们这家酒店为什么招聘的都是下岗女工？

魏秀珍天真地笑了一声，不假思索地说，我也是个下岗女工，知道一下子失去了工作是个什么滋味，我只想尽自己的能力，能帮一个算一个，让下岗的姐妹们对生活有信心，让她们家里的日子也好起来。

孟滢听了魏秀珍朴实无华的回答，心里一阵酸楚，直想哭出来，中国的老百姓就是那么善良，那么纯朴可爱，就像一支火把，哪怕把自己烧成灰烬，也要照亮别人。

今天前来酒楼的还有一位身份特殊的客人，她就是市长姜红梅，戴着一副茶色眼镜，高跟鞋，职业装，围着一条彩色丝绸纱巾，完全是一副普通人的装扮，没有一点架子，和市民一道排着队，购买这里的卤制品。

轮到姜红梅了，她挑了几个品种，分成两份，用礼品盒装好，然后给了服务员一张纸条，嘱咐她按照上面的地址邮寄过去。

刚把这件事情办完，正要离开这里，被眼尖的记者孟滢发现了，这下可放不过她了。她和孟滢本来就很熟，知道记者是来抓新闻的，不说几句话是走不掉的，于是，在市民的注视下，微笑着回答她的提问。

孟滢首先问她，为什么一下子买这么多卤制品，是给自家买的，还是派什么用场？

姜红梅说，我之所以来买这些东西，是为了弥补一个遗憾。上次神通快递的老总王大庆和永峰钢铁的老总王小庆到我们东方市来，慰问见义勇为的英雄张常生同志，并对我市投资环境进行考察，点名要吃魏秀珍同志做的卤味，可惜当时没有准备，让他们留着一个小小的遗憾离开了东方市。今天春秀酒楼开张了，我就送给他们一人一盒"馋嘴"牌卤制品，让他们在千里之外也能品尝到这种美味，同时也是告诉他们，张常生的一家人在困难面前没有倒下，而是自立自强，重新创业，要他们放心。

孟滢称赞道，还是市长想得周到，哪怕是一件小事，也能体现出我市良好的投资环境。我还想问一个问题，中年女性群体再就业困难是一个社会性的问题，这家酒楼一次招聘了十几个从东钢下岗的女职工，解决了她们的就业问题，请问市长有何感想？

姜红梅激动地说，我要代表市政府感谢卢春来和魏秀珍两位同志，她们不仅自己艰难地创业，还为那些失去了岗位的姐妹着想，使春秀酒楼成了下岗女工再就业的基地，为全市国有企业的下岗职工再就业起了一个很好的示范作用，这个做法值得推广。

孟滢顺势问道，那么，一次吸纳这么多女工再就业，市里有政策扶持吗？

姜红梅说，我会告诉市妇联、市工商、税务、卫生防疫等部门的同志，对再就业的相关政策，能给的都应该给他们，为他们服好务。

孟滢笑道，那我要代表这些女工好好谢谢你了。

姜红梅若有所思地说，今天这件事，我也受到了很好的教育，改变了对下岗工人的看法，绝大多数下岗工人有良好的职业精神，有丰富的工作经验，还经历过生活的磨砺，他们不是社会的包袱，而是一笔宝贵的财富。政府部门应该为他们创造更多的就业机会，为他们重新谋取生活出路搭建平台。

在场的市民听到市长说出这番话，自发地鼓起掌来，还伴随着喝彩声。

第二十九章

柳诗韵的病情急剧恶化了。上次接受手术时，她的乳癌属于早期发现，没有转移，也没有扩散，为了一次性将癌细胞杀干净，采用了大剂量化疗的方案，这对她那瘦弱的身体、意志力都是一次巨大的考验。每个疗程的第一周，由于红细胞急速下降，她几乎只能躺在床上，连下地的力气都没有。剧烈的呕吐让她经常蜷缩成一团，什么都吃不进，很快就瘦得皮包骨头。

首个疗程进行到将近半个月，脱发如约而至。她只好把一头长发剪短，变成了个寸头，结果一觉醒过来，枕头上还是一绺一绺的头发，头上有的部位已经掉光了，于是她干脆剃了个光头。

一天早上，她发现自己手上和脚上的皮肤都变黑了，指甲发紫，像是严重晒伤一样。这下可把她吓坏了，跌跌撞撞地跑到院长办公室去找关晓岚。关晓岚看后安慰她，这是化疗的正常反应，身体的复原有一个过程，要根据时间和身体的抵抗力来定。那段时间，她的心情抑郁到了极点。值得庆幸的是，一段时间后，颜色奇迹般地褪去了，她又恢复了原来的肤色。在生命的重大打击面前，她只能自个儿扛着，尽量乐观一些，这样年迈的父亲看到她才会减少些伤心，也不用魏建设天天到医院来陪伴她。

然而，死亡的威胁还是一步步地向她逼近。再次复查时，发现她在很短的时间内出现了癌细胞的严重转移，就像一条大堤崩塌了似的，到处都是险情，先是肝脏、骨头出现了问题，接着是咯血，也就是转移到了肺部，后来癌细胞又侵入大脑，造成体内的器官衰竭，意识丧失，整个人处于深度昏迷之中。

医生把柳诗韵紧急转入 ICU 重症监护室，能用上的治疗手段都用上了，也只能稍微延长一下她的生命。

柳诗韵的病情恶化后，魏建设的心里一直陷入一种痛苦之中，人也打不起精神，精力也难以集中，一心惦记着她。接到她昏迷的电话后，急匆匆地来到了医院。

柳家霖和爽爽都在病室里守着，哭成一片。爽爽紧挨在柳诗韵身边，拉着她的手，边哭边说，妈妈，你醒醒，醒醒呀，我保证以后听妈妈的话，再不调皮捣蛋了，做个懂事的孩子，好好读书，不惹你生气了。

柳诗韵似乎听到了儿子的喊声，眼角滚出一颗泪珠，一只手颤抖着放在儿子的头上。

魏建设上前，凑近她的耳边，轻轻呼唤，小妹，我来看你了，你要活下来，你不能离开我们，老师、爽爽、我，还有东钢都需要你，我们一刻都不能失去你。我还要告诉你一个好消息，我们交给军方的军工钢全部验收合格，第二批订单也下达了，今年盈利已成定局。这里有你的贡献，有你的功劳，大伙都说你是我们东钢转型成功的头等功臣。还有，我们智能工厂建设才起步，刚刚看到一线曙光，我们不能停下来，还有好多工作等待着你来做，你怎么能放手不管呢？你不会不管的，你不会扔下我们，你快点好起来，你会好起来的。

魏建设语无伦次地诉说着，只想把她唤醒过来，哪怕让她在人世间多留下一分钟。

他的话还真有神奇的力量，柳诗韵从昏迷中醒了过来，缓缓地睁开那双大眼睛，第一眼就见到魏建设，苍白的脸上露出了一丝几难觉察的微笑，用顽强的毅力挣扎着想坐起来。

魏建设再也顾不上男女授受不亲的禁锢了，激动得把柳诗韵抱在怀里。

柳诗韵陶醉在魏建设的怀里，在生命的最后一刻尽情地享受着这迟来的爱，喃喃地说，哥，我爱你。

魏建设把脸紧贴在她的头上，眼泪无声地流下来，小妹，是我对不起你，我欠你的，今生走不到一起，下辈子一定在一起，我们会永远相爱。

柳诗韵像新娘子一样甜蜜，一双眼睛深情地望着他，似乎在说，那我们就这样约定好了。

魏建设把她搂得更紧，不愿松开，含泪说道，约定好了，一定，一定的。

柳诗韵就这样平静地躺在自己所爱的人怀里离开了这个尔虞我诈、纷繁复杂又令人无比眷恋的世界，在生命的最后一刻，她没有痛苦、难受、悲伤，而表现得那么安详、宁静、幸福，她太累了，付出太多了，她要好好休息。

柳家霖老泪纵横，只是痛心疾首地摇着头，没想到白发人送黑发人，我的女儿就这么走了，丢下我们老的老，小的小，今后的日子怎么过呀？

魏建设扑通一声，跪在他的面前，老师，对不起，要是不请她回来，不搞智能工厂，不搞军工钢，她不至于得上这个病，她就会好好活着的，都是我害了她，想起来我都后悔。

柳家霖强忍悲痛，缓缓地说，不怪你，这是她的命，有你陪伴在她身边，

284

她走得一点也不痛苦。

魏建设说，您是我的老师，也是我的父亲，我就是您的儿子，这一生都会好好照顾您老的。

柳家霖弯下腰，扶起魏建设，孩子，起来吧，还有好多事情等着你去做，今后的路还很长。

魏建设从医院出来，心里像是铐上了一副锁链，沉重得透不过气来，他想静一静，独自一人漫步在沿江大道上。

夜已经很深了，昏暗的路灯映照着寂寞的梧桐叶，斑驳的影子倒映在地上，路上已经没有了行人，偶尔划过一辆小车，很快又恢复了寂静。

魏建设倚在江边的护栏上，茫然地望着江面。忙碌的长江似乎有些疲倦了，开始缓缓地流动，江面上泛起小小的涟漪，寒夜的潮气伴随着微微的江风吹来，在空气中慢慢地浸润，扩散出一种伤感的氛围。

魏建设扪心自问，自己回到东钢快两年了，经历的事情太多太多，每天如履薄冰，战战兢兢，都在危机中度过。庆幸的是东钢转型的路子走对了，智能工厂建设雏形已定，以减员为主的改革也较为平稳地完成了，企业从濒临破产倒闭的边缘挽救回来了，开始实现盈利，提前完成了省委、省政府要求的扭亏脱困目标。那么，后面的路又该如何走下去？联合重组是必然的，这是时代的大趋势，省里一再要求我们与盛唐联合重组，大方向是无法阻挡的，问题是唐潮这个人太不值得信任了，实在不放心把东钢交给他来经营，他会专心搞好东钢吗？他会真心实意地为东钢职工家属着想吗？他那么不惜血本志在必得，到底怀着什么用心？至今都叫人摸不透。也许是自己多虑了，何苦不听省里的安排，何苦要与唐潮结成冤家？这样的亏吃得还少吗？教训还不深刻吗？由它去吧，不要学那个堂吉诃德了，不要自不量力了，把自己管好就行，坚守好人格的底线就行，只要联合重组一旦完成，自己来东钢的使命也就结束了，就可以问心无愧地离开了，哪怕去当一个普普通通的老百姓，也决不寄人篱下。

想想这段时间以来所做的一切，真的那么值得吗？有必要作出那么大的牺牲？为了减员一次到位，姐姐一家人都失去了工作岗位，这是自己做出的最理亏的一件事。为了不接受唐潮的利诱，在联合重组上与他妥协，老婆跟自己闹翻了，到现在还吵着要离婚，真的离婚了，一个好端端的家庭就没有了。最为痛心的是，为了创建智能工厂，炼好军工钢，自己心爱的女人柳诗韵付出了生命的代价，这是一生中做得最傻最蠢的一件事，如果不千里迢迢去浙江把她请回来，如果不要她主持企业转型的工作，如果不去参与军工钢的竞标，她就不至于那么辛苦，那么劳累，不至于生了病不去及时医治，她的生命之花也就不至于过早地凋谢。

魏建设呀，魏建设，你如此劳筋骨、饿体肤，被误解，被中伤，不仅牺牲了自己的利益，还连累着这么多的亲人付出如此沉重的代价。你想过没有，你到底为谁而做？又为谁而活着？一个人活着，要有价值，要有梦想，为了让这个世界美好一点，有人就要付出，甚至作出牺牲，难道牺牲自己一个人不够吗？为什么要连累身边那么多的亲人？你是不是太自私了，太残忍了，这一生怎么面对他们？

上帝要让你进天堂，就要让你先下地狱。回到东钢的两年，没有享受，没有欢乐，除了痛苦还是痛苦，只是每个时期经受不一样的痛苦。你是一只"烧不死的鸟"，忍受着煎熬和痛苦，以超人的意志力、忍耐力和公而忘私的殉道精神，直扑熊熊燃烧的火焰，为理想而飞起来，飞不动了就走，走不动了就爬，爬向太阳，爬向理想！

他孤独地徜徉在人行道上，凌乱的思绪结成了一张大网，越网越紧，挤压得内心快要破裂了，如刀割般绞痛。一阵疾风吹过，梧桐树和银杏树的叶子纷纷凋落，像一群蝴蝶在风中飞旋，吹打在他的身上，他不由自主地颤抖了一下。

此时，一个黑影正悄悄地向他袭来，还是那天在南浦遇到的那副装束，高大的个子，身着风衣，竖着衣领，大口罩遮住了整个面孔，双眼放出狼般的幽蓝色的光。

经过江边一处古亭，魏建设有意躲在墙边，待到那人走近，他打算拦住那人，他默默地计算着那人的步伐，听到了急促的脚步声，突然冲出来，面对着那个黑影，从他的行为举止中，隐约看到，他就是张有为，就是自己的亲外甥。

魏建设厉声问道，你是有为吧，这么晚了也不回家，你父母会担心的。

张有为冷冷地笑道，我就是来找你的。

魏建设问，找我？有什么事？天都这么晚了，我送你回家，有事到家里谈好了。

张有为生硬地说，不！你别走，你跑不掉，今天我们就在这里做个了断。

魏建设问，什么事，用得着这么急吗？一定要在这里解决，那就赶快说吧。

张有为没有继续回答，趁着黑夜，掏出那把早已准备好的刀子，贴近魏建设，以迅雷不及掩耳之势凶狠地朝他的胸前刺去。

魏建设哪料到自己的亲外甥会来谋害他，一点防备都没有，突然感到胸口剧烈地疼痛起来，大声喝道，你干什么？下意识地挥拳就要还击，猛然想到这是自己的外甥，自己答应过要好好照顾他的，拳头在半空中停住了。就在他犹豫的一瞬，张有为的第二刀又刺了过来，他往后退让，试图避开这一刀。

张有为凶神恶煞般扑上前去，又连刺两刀，魏建设趔趄着，一下栽倒了。

张有为对着倒在地上的魏建设恶狠狠地踢了一脚，你知道独狼是谁吗？那就是我！你害得我们全家工作没了，害得没有人相信我了，我早就不认你这个舅舅了，你不配当我的舅舅，你是一个大魔头！今天终于除了你这个大魔头！人人出一百，杀死魏建设，呵呵，我做到了，我是个大英雄！说罢，他把刀子往地下一扔，仰起头，狰狞地大笑，一路狂奔起来。

万幸的是，血肉模糊的魏建设被路人救起，送到了最近的健民医院。

生命垂危的魏建设，躺在医院里，几天昏迷不醒。在昏睡中，他做了一个可怕的噩梦，自己身陷在一个池塘中，水都快淹到脖子上了，更为可怕的是，一条凶残的鳄鱼，虎视眈眈地盯着他，慢慢游过来，扑向他，咬住他的一条腿，咬噬的声音格格作响，满塘都是血水。奇怪的是，那条鳄鱼的嘴脸幻化出唐潮的面孔，对着他发出一阵狞笑。他想逃走，动弹不了身体，他想求救，又喊不出声音，只得无助地挥动双手，拼命地朝岸上划呀划……终于，他的手脚悸动了一下。

一直守候在身旁的冯丽娟看到他的生命体征出现了细微变化，惊喜地呼唤道，建设，建设，醒醒，我是丽娟呀！

昏睡中的魏建设隐约中听到了一种熟悉的喊声，双眼睁开了，看到妻子那张憔悴的面孔。

冯丽娟高兴得哭出声来，你已经睡了三天三夜，可把我急坏了，你终于醒来了。

他极力回忆起之前到底发生了哪些事，自己是怎么受伤的，为什么躺在病床上。他隐约记得，那天柳诗韵在医院病逝了，离开了这个世界，急切地问道，诗韵的事怎么样？

冯丽娟见他一醒来就问柳诗韵的事，心里有些不高兴，还是回答道，她的后事已经处理好了，安葬在凤凰山公墓。

我要去看看她。魏建设喃喃地说，身体挣扎了几下，还是无法动弹。

冯丽娟脸色有些难看，劝道，你这个样子怎么去得了？等你伤好了，我陪你一起去。

魏建设身不由己地躺了下来。又想到，妻子因为退掉新房的事跟他在赌气，还闹着要跟他离婚，现在看来，他昏迷的这几日，她一直陪伴在身边，她的气应该早就消了，毕竟是他的妻子，记挂的还是自己的男人。想到这里，他的心里感受到了一丝久违的温暖。

冯丽娟改不掉抱怨的老毛病，你呀，做什么事都是急性子，不讲情面，不顾后果，结果怎样？受到伤害的还是自己，这次幸亏没有伤着致命的部位，抢救还及时，不然你早就没命了。

魏建设知道她是在抱怨自己的工作，一时也不知如何回答，只是无声地闭上眼睛。

冯丽娟又说，你这次受伤，我没有告诉孩子，她不能来看你。这次奥地利一个音乐大师要到江都市举办音乐会，我们长江音乐学院推荐女儿与他同台表演，她正在抓紧练习，我怕她知道你受伤，情绪受到影响，就不敢告诉她。

魏建设说，就让她一心准备演出吧，我这伤早点好起来，到时还能观看女儿的演出。

姐姐魏秀珍这时也守在病房，见到弟弟苏醒过来了，长长地吁了一口气，想走近弟弟，又有些胆怯，手足失措地站在一旁。

还是魏建设见到她，喊了声，姐姐。

魏秀珍愧疚地走到跟前，带着一种自责的心情，低声说，都是我那不懂事的孩子，作出这样伤天害理的事。我也不好，成天瞎忙自己的事，没有把他管好，发病了也没有送去治疗，把你害成这样，我代我那傻儿子向你这当舅的赔不是了。

魏建设关心地问，有为现在情况怎样？

冯丽娟说，已经被公安局关起来了。

魏建设哦了一声。

冯丽娟这几天对魏秀珍不冷不热的，心中积下的怨气一时还无法消除。

胡文强特别关心魏建设的安危，每天都要来医院探望，听到他苏醒的消息后，急忙放下手头的工作，飞快地赶了过来。

见到魏建设，胡文强一把握住他的手，动情地说，老战友呀，你果然是条铁打的汉子，这次伤得不轻，身上的血流得差不多了，几天都不省人事，只有一口气还在悠着，可把我们大伙急坏了，盼着你早点醒过来呀。

魏建设眼睛有些湿润，轻声道，谢谢，谢谢大家的关心！

胡文强感慨地说，你到东钢两年，吃尽了苦头，受尽了委屈，打落牙齿和血吞，为的是什么？还不是为了东钢早日摆脱困境，为了大家日子过得好一些。别人不一定理解，可我心里明镜似的。你是我胡文强一生中最敬佩的人，是个顶天立地的汉子。

魏建设恬淡一笑，你别夸了，我也在反思，好多事做得是对还是错。

胡文强说，以前干什么事，我都有些缩手缩脚的，顾虑太多，现在我要坚定地和你站在一起，做生死与共的弟兄，出了什么事，我们来共同承担，不能总是让你往前冲，作出牺牲。

魏建设十分感动，紧握着胡文强的手，患难见真情，老大哥，谢谢你！我这次住院不止一天两天，公司的事就全靠你了。

胡文强说，我的工作重点放在党务和工会工作上，行政工作还是安排萧春晖来主抓，这样有利于调动大家的积极性。

这样也好，免得他又胡思乱想。魏建设略为思考了一下说，我心里一直装着一件事，今年企业赚了钱，在职职工的收入大幅度提高，对那些内退、病退的职工，是不是考虑把他们的收入增加一部分，让那些为企业作出牺牲的职工也享受到改革的成果。

胡文强说，我也听到过这种议论，过去企业亏损，有这个心也没有这个能力，现在盈利了，应该考虑，我叫部门尽快拿出意见。建设呀，现在公司转型初见成效，各项工作也理顺了，基本走上了正轨，你就安心养病吧。我每天都会来看你，重大的事和你一起商量。

魏建设说，公司的事就全拜托你们了。

市公安局局长雷青山带着两名干警到医院来了，他们是对魏建设遇刺案进行调查取证的。他们一来，就把护理魏建设的人员请出去了，病室里只留下魏建设一人。

魏建设其实对当天晚上发生的案情记忆也很模糊，没有多说什么，只是再三对雷青山说，张有为是个精神病人，出事之前状态就不好，还在精神病院住了一段时间，他是在一种病态的情况下做出的这种事，不是一种正常的行为。请求你们尽早把他释放出来，让他能够接受治疗。

雷青山道貌岸然地说，魏总，省里对这个案子很重视，蓄意谋杀企业家，案情性质特别恶劣，影响很坏，我们对凶手必须依法处理。

魏建设说，我不是干预你们办案，只是让你们知道，张有为是个精神病人，是个无行为能力的人，他怎么承担法律责任？你们若是不信，可以对他进行医疗鉴定嘛。

雷青山又说，如果他确实是精神病人，那么应该对他的监护人作出适当处理。

魏建设怒了，我是他舅舅，就是他的监护人，你们要抓就把我抓起来好了，我去顶替他坐牢！

雷青山尴尬地说，魏总，别生气，你要体谅我们的难处，我们只不过是走法律程序而已，哪知道还有这么复杂的关系？既然魏总有这个意见，回去后我们会认真研究的。

魏建设一针见血地指出，我记得出事前，网上把我说成是人人痛恨的魔鬼，甚至有"人人出一百，杀死魏建设"的流言，如果你们真的想查清这个案子，我建议你们好好查一查背后有没有唆使他犯罪的人。

雷青山听得心惊肉跳，极力掩饰着自己的心虚，回答道，只要是涉及案子的事情，我们都会认真调查。

第三十章

病房的窗台上摆放着一个花篮，上面插着新鲜的玫瑰、兰花、康乃馨等花朵，散发着一股淡淡的清香。

花篮是唐潮送来的。待到魏建设苏醒过来后，他赶忙前来探望，显出一种悲酸，魏哥，你受伤了，小弟心里很难过，看到你恢复得不错，我也就放心了。

杀人和尚念佛经——假慈悲。魏建设心里这么想，面子上客气道，谢谢你来看我，没有伤及要害，休息一阵子就好了，放心吧，不会耽误联合重组的。

唐潮说，魏哥伤成这样，还惦记着联合重组，实在让我感动。东钢的方案我看过了，别的意见都没有，只是在省产权交易中心重新挂牌这一条，我认为这次联合重组，算是继续完成方总手上没有完成的工作，没有必要重新挂牌吧。

魏建设在这个问题上不作妥协，离上次签约过去了两年，东钢的资产发生了很大的变动，既然要重新核算，就应该上省产权交易中心公示挂牌。这是联合重组必要的程序，是个原则性的问题，不是我给你出什么难题。

唐潮见他还是这样固执，不得不变换一个招数，打出了一套极具震慑力和诱惑力的组合拳，魏哥，我们董事会研究过，一旦完成联合重组，邀请你进入盛唐的董事会，作为董事会成员，给你配送 1 个亿的股份，你将是我们盛唐实业下 1 个亿万富豪。还有，依然聘请你担任东钢总经理，整个东钢还是由你经营，其他人决不插手。

1 个亿的股份，确实是一颗重磅炸弹，对谁都具有震慑力和诱惑力，如今这个社会，哪个和钱过不去？哪个不想成为亿万富翁？有了这 1 个亿的股份，什么豪宅不能住，什么豪车不能开，什么豪华的生活不能享受，往后的一生都可以过着潇潇洒洒无忧无虑的日子。唐潮这句承诺，在魏建设的心头引起了极大的震动，脸上掠过惊讶之色，像水潭里翻过的浪花，好一会儿水面才恢复了平静，又是那么深不见底。

唐潮当然觉察到魏建设身上发生的微妙变化，也知道他是个极好面子的人，不会来个急转弯，当即答应下来。未等魏建设开口，唐潮起身了，强颜欢笑地安慰道，魏哥，你好好想想，不要急于回答我。把病养好要紧，我会经常来看你的。

对唐潮这句承诺最感兴趣的莫过于陪伴在丈夫身边的冯丽娟，送走唐潮，她回转身，关上门，兴奋地扑到魏建设床前，像一只刚下蛋的老母鸡，不停地念叨，建设，你知道吗？盛唐实业的股票是多少元一股？10多元一股哩，1亿股，相当于10多亿人民币呀！皇天不负有心人，我们家这下可发财了！

魏建设靠在床头，微闭着眼睛，面无表情，不说不笑也不动，陷入了一种复杂的矛盾之中。

冯丽娟摇动他的肩膀，似乎要把他从梦境中拉过来，建设，这是真的，不是在做梦！唐潮刚说过的话，不会不算数。再说他还有求于你，他不敢后悔的。

魏建设冷漠地说，天下熙熙，皆为利来，天下攘攘，皆为利往。唐潮那么慷慨地给我1个亿的股份，还不是想我答应他提出的条件？君子爱财，取之有道，得到这么大一笔意外之财，我能心安理得？东钢的职工怎么看我？

你别犯傻了。冯丽娟焦急地说，这年头还没有看穿，你到东钢两年，吃了多少苦，受了多少罪，性命都差点搭进去了，这一个亿的股份，是你拿命换来的，是你应得的。唐潮还答应你，东钢联合了，你还是总经理，你有什么不放心的？退一步说，你就是不想干了，我们一家人离开这个是非之地，和女儿一起出国，在国外照样能过上上流社会的生活。

经她这么一搅和，魏建设的脑子一片混乱，感觉到胸腔里有只贪婪的虫子在无情地咬他的心脏，他都不知道自己该怎么办。他低下头，用双手按压着脑门，没有底气地说，我累了，容我好好考虑一下。

下午，李志刚班组的几个人，到医院来看望魏建设。见到他们，魏建设就像见到自己的亲兄弟一样，格外亲切。这几个年轻人还真不把自己当外人，围在老总身边，嘘寒问暖，个个脸上写满了真诚和朴实。

李志刚说，魏总，你出事那天，对我们来说，就像天塌了一样，我们都跑到医院来了。长这么大，都没见过这样的场面，整个医院的院子里站满了我们东钢的职工，大家都是来看你的。听说你失血太多要输血，个个争着给你献血。

眼镜打开手机上的视频，让魏建设看到了那个场景，献血的队伍排成一条长龙，足足有一百多人，争先恐后要献血，献上血的人有着自豪感，血型不配对的人情绪不佳，还有的人默默地祈求上苍保佑他平安度过这场劫难。

魏建设看到这个视频，眼睛有些潮湿，心头好像被铁锤狠狠地砸了一下，每根神经都受到强烈的刺激。李志刚用粗大的嗓门说，魏总，别躺在医院里，快点好起来，领着我们干呀！

魏建设任由泪水从眼眶里流溢，嘴唇在微微颤抖，心里默默地说，多么可敬的职工呀，多么可爱的兄弟呀，我魏建设何德何能，让你们为我如此付出。我的生命是你们挽救回来的，我的体内流着你们的血，我们一辈子是兄弟，我决不能背叛大家，通过出卖东钢换取个人的富贵。

这个决定一旦作出，他和妻子冯丽娟之间，不可避免地爆发了一场冷战。

魏建设明确告诉她，不能接受唐潮给的1个亿的股份，希望得到她的理解。

冯丽娟顿时傻眼了，吃惊地说，你脑壳被驴子踢了吧，为什么放着1个亿的股份不要呀？

魏建设淡定地说，东钢不是我一个人的东钢，东钢是国家的东钢，是全体职工的东钢。我对唐潮太了解了，他兼并东钢不是为了搞好东钢，一定怀有别的目的，我对这个人放心不下。我不能把一个刚刚摆脱危机、有了希望的东钢交给他，我不能牺牲职工的利益，换取个人的好处，我不能毁掉东钢，成为东钢历史的罪人！

冯丽娟气急败坏地斥责道，魏建设，你疯了吧？这钱又不是你偷的，又不是你抢的，是你应该得到的，干吗不要呀，讲什么面子呀，装什么清高呀。你不为自己着想，总得为我和孩子想想吧，四十好几的人了，没个像样的房子，没个像样的车子，我跟了你一辈子，没有享过你一天的清福，女儿出国的费用还在发愁，这些你想过没有？

魏建设卸掉了身上沉重的包袱，长长地叹了一口气，这件事根本不是冯丽娟想象的那么简单，一时半会儿也说不清楚，不知如何安慰老婆，你只看到表面的现象，没有看到问题的本质。我在这个位置上，不能只为个人着想，要为企业着想，为职工着想，不能拿权力交换个人的好处。

冯丽娟简直气疯了，几乎哭诉出来，魏建设呀，你是天底下最大的傻瓜、白痴，错过了这次机会，你会后悔一辈子的！

当唐潮得知魏建设没有答应他的条件，不禁恼羞成怒，求助副省长孟铁生，向魏建设进一步施压。

他到省委大院的孟家，高洁看到准女婿来了，喜不自胜，端茶倒水，嘘寒问暖，不亦乐乎。唐潮根本没有心事与她扯闲话，草草地问候了一声，就在孟铁生面前，告了魏建设一状，孟叔，这个联合重组我看是搞不成了，我好心好意去探望魏总，和他商讨联合重组的事情，哪知热脸贴在冷屁股上，自讨没趣。

孟铁生和颜悦色地说，看来你还真是受了委屈，不然哪会跑来向我倾诉？

联合重组到现在还没有搞成，效率太低了，又卡在哪个环节了？

唐潮说，现在双方认可了重组的协议，具备了签约的条件，可是，魏建设又设置障碍，要求上省产权交易中心公示挂牌，他分明是不想联合重组。

还有这么一回事？孟铁生收敛了笑容，心想，如果在产权交易中心公示挂牌，又得公开竞标，整个工作就得推倒再来，别说今年内完不成联合重组的任务，就是联合重组搞不搞得成，还很难说。魏建设在我面前答应得好好的，背后又出难题，在搞什么名堂？

唐潮见孟副省长不高兴，继续吹风，为了这次联合重组，我拿出了最大的诚意，让他进入盛唐集团的董事会，给他配送一个亿的股份，留任东钢总经理。可魏建设还是拒绝了我的提议。

孟铁生惊奇道，一个亿的股份？这么优厚的条件，比我这省级干部不知强到哪里去了，我都羡慕不已，他还无动于衷？在这个商品经济的时代，这种人还真是少见。

唐潮挑拨道，我怀疑他另有图谋。

孟铁生问，他是怎么想的？

唐潮说，我听说他与神通快递公司签订了一份合作协议，很可能是对方许诺给他更为优惠的条件，或者拿神通快递给我施压，要我给他更大的好处。这完全是把东钢当成筹码，牟取个人私利。

孟铁生将信将疑，魏建设会有这么贪婪？是你多疑了，这个人的品质不坏。

夫人高洁听到魏建设对送上门的天价股份看不上眼，心里生出一团妒火，揶揄道，人不可貌相，海水不可斗量，一个人学好不容易，学起坏来快得很。魏建设这个人的人品怎么样，我不清楚，他那个老婆乌鸦变成了凤凰，全身都是名牌，连手里挎的包都是 LV 的。

孟铁生厌烦地说，妇人之见，有个 LV 包怎么了？就说明腐败了？

高洁煞有介事地说，你不知道，一个正宗的 LV 包就好几万哩，你出国那么多次，可从来没舍得给我买一个。

孟铁生对老婆的话产生一种莫名的反感，都快成老太婆了，还臭美。

高洁反唇相讥道，爱美之心人皆有之，你可不能剥夺我们女人爱美的权利。

好了，别扯这种无聊的话题，还是讲点正事。孟铁生态度明确地说，联合重组是省里的决定，今年内必须签订协议，这是不可动摇的，不管魏建设出于什么动机，都不能改变这个决定。

在邹培君的陪同下，孟铁生副省长来到健民医院，看望还在住院的魏建设。

孟铁生从内心赏识他，爱惜道，你来东钢只有两年时间，创建智能工厂，大刀阔斧地进行改革，把一个濒于倒闭的企业救活了，去年超额完成减亏目标，今年月月盈利，这是个了不起的成绩。

邹培君插话说，按这个势头发展下去，完全可以提前兑现对省委、省政府的承诺。

孟铁生说，看来当初我们没有选错人，省里对你的工作是满意的。

魏建设感激地说，谢谢领导的信任和支持，也谢谢您的关心，请放心，只要我在位一天，保证履行好一天的职责，决不辜负领导的希望。至于联合重组，协议很快就要签订了，我也干到头了，到时离开东钢，请领导一如既往地关心我。

孟铁生惊奇地问，谁说你干到头了？就是联合重组了，你还是留任新东钢的总经理嘛。

魏建设坦白地说，我不想继续留在这里了，如果省里不好安排，我自谋出路也行。

孟铁生安慰道，你对联合重组的态度怎么就这么悲观呢？搞企业你是人才，联合重组后将会给你提供一个更大更好的舞台。唐潮对我说，他们盛唐集团不仅要你继续担任总经理，还会给你派发一个亿的股份，我对你都有些嫉妒了。

邹培君附和道，这就是企业家价值的体现。

魏建设苦笑道，唐总的好意，我受之有愧，我不能牺牲企业的利益、牺牲职工的利益，换取个人的好处。

孟铁生说，这话言重了，联合重组是为了把企业做大做强，发展得更好，只能让职工的日子过得更好，怎么会牺牲企业和职工的利益呢？你不要有这个顾虑，可以理直气壮地得到这一个亿的股份。

魏建设不以为然地说，省长，我知道你是关心我，为我好，但盛唐公司配发的股份我是绝对不能要的，如果唐潮确实有心要给，那就等到联合重组后把这一个亿的股份分配给东钢的职工。请领导放心，我们会在省里规定的时间内完成这项工作的。

孟铁生满意地说，这个态度就很好嘛。

魏建设直言不讳地说，我只有一个要求，既然东钢的资产进行了重新核定，就应该进入省产权交易中心挂牌交易。

孟铁生皱了下眉头，明确否决道，看来你还是一根筋，有意出难题。如果再到产权交易中心去挂牌，又会跟谁联合重组？何时能够完成？哪个都说不清，这就违背了省委、省政府的决定。

邹培君劝告道，我知道你和唐总之间有过节，但是，不管有多大的私人恩怨，也要公私分明，不要把个人情绪带入工作中，不要消极对待联合重组。

孟铁生毫无掩饰对他的不满，联合重组是国企改革的重大举措，是时代的大趋势！我们要成为改革的推动者、促进派，不能成为改革的绊脚石。小魏，你这种行为继续下去，是很危险的。

魏建设眼睁睁地看着，阻止唐潮兼并东钢最后的一道防线被孟副省长的几句话冲垮了，他不想作出过多的辩解，因为任何辩解都是苍白无力的，都不能阻挡资本这台战车朝东钢碾压过来，而驾驭这台战车的唐潮正在对他发出嘲弄的笑声。

长江国际大酒店，唐潮的核心团队在进行新的谋划。东方市公安局局长雷青山已经成为这个核心团队的一名重要成员，在金钱和欲望的驱使下，他铁了心地听从唐潮的使唤。

雷青山首先汇报了魏建设遇刺的案情进展情况，魏建设出事后，省厅很重视，我们的调查结论确定这是他的外甥张有为的个人行为，对张有为实行了刑事拘留。魏建设苏醒后，我们去调查取证，他一再说张有为是精神病人，要求我们释放张有为。经过请示省厅，我们在对张有为进行医疗鉴定后，释放了张有为，送到精神病院接受治疗。不过，魏建设要求，调查有没有人在背后唆使张有为犯罪，还特地点了"活着不易"这个网民，不知他听闻到了什么，大家还是注意点为好。说着扫了金若愚一眼。

金若愚泰然自若地说，我那样做也是替东钢下岗工人表达对魏建设的不满情绪，并没有其他的恶意。再说这事做得很隐蔽，根本查不出来。

雷青山说，我们当然不会按他的意见办，当时网上骂他的留言成千上万，查得过来吗？不过，如果省厅干预，责令我们调查，那就不好说了。还是小心为妙，不然会惹出麻烦。

金若愚答道，这个网址早就关闭了，万一查出来，也是人去楼空。

雷青山说，那样最好。

唐潮最关心的还是联合重组这件事，经过前期的运作，我们与东钢联合重组的协议基本敲定了，现在要解决的只有一个问题，不在省产权交易中心重新公示挂牌。为了让魏建设答应这个要求，我们给他派发了一亿股份，让他留任新东钢总经理一职，可是他还是不为所动，继续从中作梗。我把这事告诉了孟副省长，孟副省长出面做了他的工作，给他施加了压力，只是他到现在死不松口。

他一而再，再而三地破坏联合重组，对我们实施"鬣狗行动"很不利。

金若愚说，既然省长为我们撑腰，量他魏建设翻不了大浪。

唐潮说，这个人是个疯子，一根筋，挡起道来九头牛都拉不回来，切不可掉以轻心。

韩晓波思索了一会儿，说道，这背后到底有什么原因？与神通快递公司有没有直接的联系？想想看，如果神通快递以参股的形式与东钢联合，既能保住国有企业这个架子，又能引入民营企业经营模式，在省里也会得到一定的支持。只要他们与东钢联合，投资兴建航空港经济区的希望就很大，而东方市的态度又很暧昧，脚踏两只船，谁来投资它都是个赚。从目前情况看，神通快递无论从实力、规模和知名度等方面都优于我们，所以，神通快递才是我们最大的威胁。

这是我所担心的。唐潮正在为神通快递的搅局发愁，你分析得很有道理，我们给魏建设那么优厚的条件，他都不动心，估计是神通快递给他作出了什么承诺，他才不愿意与我们合作。

金若愚说，对付一个魏建设就叫我们很头疼了，现在又冒出个神通快递，不就更难了？

韩晓波说，解铃还须系铃人，我们还是得做魏建设的工作，只要他能按照我们的意愿，不再提出公开挂牌交易，我们就能按期实现联合重组，神通快递就会自动退出东钢，如果他们退出了东钢，自然就会退出东方市，航空城的项目也就成了泡影。

唐潮肯定道，打蛇打七寸，擒贼先擒王，搞定魏建设，击退神通快递。

金若愚问道，可是，魏建设这个人死活不买我们的账怎么办？

唐潮痛恨地说，敬酒不吃吃罚酒。我们对他做到了仁至义尽，他还顽固下去，只能逼着我们出手，扫清这个障碍。

一直插不上嘴的雷青山用手在自己的颈子上比画了一道，你说清除，是要这样吗？

金若愚赞成道，那也是他自讨的，活该！

雷青山说，不到万不得已，不要采取这种极端手段。

金若愚问，那还有什么更好的办法？

唐潮诡异地一笑，我们怎么能用违法的手段对付他呢，决不能，要让他活着，活得好好的，亲眼看到我们是怎样把新东钢夺过来的。

雷青山说，听唐总这口气，你是成竹在胸了。

唐潮说，魏建设这个人善于伪装，把自己搞得像个金刚不坏之身似的，不

297

好下手。不过这个世界上就没有攻不破的堡垒，正面进攻不行，咱们就迂回进攻，从他老婆冯丽娟入手，只要拿下了她，不信拿不下魏建设。

金若愚若有所悟，与唐潮相视一笑，哦，明白了，还是唐总高明，有远见。

唐潮说，那就抓紧实施吧。

事情议论到这个程度后，大家就要离开。待唐潮起身离场，韩晓波来到他身边，神情严肃地说，唐总，我想辞去在盛唐实业公司的职务，从今天起就离开盛唐公司，请你务必批准。

唐潮一愣，干得好好的要辞职，这是怎么回事？

韩晓波说，我有个朋友，办了家公司，再三邀请我过去帮忙打理。

唐潮诚心挽留道，你是我身边最得力的干将，怎么能没有你呢？他们给你开出什么条件，我都能满足。

不管韩晓波怎么说，唐潮就是不同意。韩晓波最后不得不说出自己的真实想法，唐总，我跟你打拼快10年了，你确实对我很关照，我很感激你。可是，在这里工作太可怕了，我经常会产生一种恐惧感，实在是适应不了。我认为，市场经济条件下的竞争，也得讲个公平，公开较量，实现双赢才是上策，可是在这里我看到的是，为了获取自己的利益，可以运用一切手段，不惜一切代价，把竞争对手往死里整，这样下去，迟早是要把自己玩死的。

唐潮对韩晓波的竞争观嗤之以鼻，所谓竞争，本来就是一场零和博弈的游戏，意味着一方的收益必然会是另一方的损失，博弈双方的收益和损失相加总和为零才对，也就是说，我的是我的，你的也是我的。历史总是胜利者书写的，鲜花和掌声总是为胜利者准备的。

良禽择木而栖，士为知己而搏。韩晓波苦笑一声，撂下辞职书，毅然离开了。

第三十一章

一天下午，胡文强在办公室，一个举报电话直接打到他的坐机上。举报人一句话差点就把人呛死，你是胡书记吧，东钢是不是变天了？

胡文强不解地问，你这是什么意思？

举报人说，魏总出事才几天，躲在阴暗角落里的大鬼小鬼又活跃起来了。

胡文强说，到底有什么事？你能不能说具体点。

举报人告诉他，昨晚进厂的一批铁矿石，含有大量硫酸渣，现在还堆放在原料场。这件事不管的话，公司迟早要走回头路。

放下电话，胡文强指示纪委负责效能监察的科长郭俊，到原料厂了解此事。郭俊没有惊动任何人，直接到了生产现场。

整个原料厂分为 A、B、C 三个料场，按照举报人所说的，这批矿石堆放在 B 料场。他们来到 B 料场，远远看到了昨晚进厂的那批铁矿石，像一座连绵起伏的山峦耸立在料场，走近了看，全都是黑灰色的细小粉粒，典型的高品位进口磁铁矿。

他们沿着这堆矿石从头到尾，整整走了一圈，也没有发现什么不一样的地方。他放心不下，又叫来一名质量检查工，拿着铁锹铁桶，一起爬到料堆的中部、顶部分别打了十多个探洞，从每个洞内随机掏出一铲矿石放进桶里，留作制样。

待到那位检查工提着满满一桶矿粉从料堆上下来后，他们又一起来到料场的制样间，把那桶矿粉倒在制样台上，亲自监督检查工按规程制作好样品，装入样品袋，对每袋样品进行编号，封好袋口，贴上封条，然后分别在封条上签好自己的名字。待到样品制作好后，郭俊拿了两个样品准备带走，又监督检查工把其他的样品通过存样柜的一个开口，一袋袋地放了进去。

听了郭俊的汇报，胡文强才敢确认，这批矿石不像举报人所说的那样严重掺假，应该没有多大的质量问题，看来这又是一次虚假的举报。作为纪委领导，经常接到虚假举报，又不知道是谁举报的，出于什么目的举报的，你也不好打击举报人的积极性，往往查不出什么问题就把这件事情放下，不用再去理睬。

刚刚听完汇报，胡文强办公室的电话又响了，一看，还是之前那个举报人打来的。那人说，书记，查出问题来了吗？

胡文强知道，一般情况下，举报人担心受到报复，都不愿公开露面，只好回答他，我安排人到生产现场查了，看不出什么大的问题，还算正常吧。

那人轻蔑地一笑，像你们这样走马观花、蜻蜓点水的，能看出个问题？你要真想查呀，就把这堆矿石扒开来检查，看看我到底说的是真话还是假话。

胡文强说，我们这样查都没有查出问题来，有必要翻个底朝天吗？

那人说，你看着办吧，反正厂子搞垮了，散伙了，吃亏最大的还是你们这些当官的，我们小民百姓到哪都能混口饭吃。说完，毫不客气地把电话挂了。

胡文强将信将疑，亲自带着郭俊又返回原料厂，对这批矿石再作深入的调查。他通知原料厂厂长，要他安排卸料机把这堆矿石的上半部分卸到别处堆放，看看里面到底有没有什么名堂。

卸料机启动了大约一个小时，待到这堆矿石的顶尖部分扒掉后，他叫上郭俊和原料厂的厂长，一起爬上矿堆的顶部，再一看，几人都震惊了。原来这堆矿石，外面厚厚的一层堆放的是高品位的黑灰色磁铁矿，里面全部都是红褐色泥块状的硫酸渣，泾渭分明，触目惊心。

胡文强在矿堆上转来转去，对着厂长咆哮道，这么大动作的弄虚作假，你就一点也不知道，你这个厂长是怎么当的？

厂长感到了事态的严重性，脸色也变白了，我们有问题，有责任。不过，我们是使用单位，不负责质量检验，问题出在哪个环节，现在还说不清楚。

你就等着接受调查吧。胡文强气愤地甩了一句，又问道，你是内行，你说说，这堆硫酸渣中铁的品位是多少？

厂长抓起一把硫酸渣，在手上掂了掂，说道，估计有 50% 左右，绝对超过不了合同上 61% 的品位要求。

胡文强愤慨地说，你们是怎么把的质量关？这样下去能生产出特钢吗？

厂长知道问题出大了，我们管理上有疏漏，一定要认真整改，接受教训。

此时，天已完全黑了下来，冷风夹杂着细雨，吹打过来，像刀片似的往人脸上划着。加上忙了一下午，连口热茶都没有喝上，几个人又冷又饿。

胡文强对原料厂厂长说，马上对这堆矿石进行封堆，没有我的批准不得使用，待问题查清楚后再作处理。

回到办公室后，他亲自通知来郑少杰，责成纪委、保卫部成立联合调查组，对矿石掺假案进行彻查。要求他们从采购合同、监装、运输，到矿石取样、化验、卸矿、配矿，各个环节都要进行调查，不能漏掉每一个细节，不能放走任何一个有问题的人，一定要搞个水落石出。

这几天，方世雄的心情特别好，本来遵照医嘱，把酒戒了好长一段时间，今天一回来就叫老伴炒上几个好菜，又开了一瓶茅台酒，在家自斟自饮，甚至还哼起了一段京剧《沙家浜》里胡传魁的唱词，乱世英雄起四方，有枪就是草头王……

正好儿子方涛回来了，两口子喜出望外，方世雄的戏曲也打住了，高兴地说，儿子回得巧，快坐下，陪老头子喝两盅。说罢，又拿出一个酒杯，斟满了一杯。

火都要烧上房梁了，哪有心情喝酒呀。方涛一点也不领情，哭丧着脸，心神不定地说，爸，不好了，出事了。

方世雄心头一紧，问道，什么事？慌成这个样子，老子还没死呢。

方涛说，我们给东钢送了一批矿石，被胡文强查出质量问题来了，他还勒令封堆，要立案调查这件事。

方世雄顿时把手中的酒杯往桌子上一顿，生气地说，我不是早就叫你远离宏达公司吗？你怎么总是把我的话当成耳旁风了，这么长时间了，还和他们掺和在一起。

方涛说，我要是离开了，任由凌云胡乱经营，不把宏达公司搞垮才怪呢。

方世雄说，人家垮不垮掉与你有屁的关系？你还把公司抓在手上。你以为还是过去呀，现在全国上下反腐的风声这么紧，到处查处违纪违法案子。这个时候做人得谨慎，可是你的胆子太大了，一点都不收敛，老子这条命迟早要断送在你的手上。

方涛对他的唠叨不耐烦了，当初不是你安排我进这家公司的？还说与其看着别人发大财，还不如照顾自己家里人。现在回过头来教训我，又有什么用？还是说点正事吧，那批矿石还堆放在东钢的料场里，赶紧想办法救火，不然查出问题来就麻烦了。

方世雄这才把情绪稳定下来，听完方涛说明进矿的情况后，问道，你这批矿石到底有多大的问题？

方涛说，只是在精矿中配了硫酸渣，配得不均匀，硫酸渣含量多了点。不知被哪个龟孙子举报了，胡文强抓住不放，鸡蛋里挑骨头，要追查到底。我看他这样做，八成是冲着你来的，你过去是不是得罪过他，现在你没有实权了，他就来报复你。

放屁！方世雄知道儿子是个什么德行，你说得这么轻巧，肯定是你们严重掺杂使假，质量上出了大问题，不然怎么怕纪委查处呀。

方涛白眼一翻，废话！一点问题都没有，我这么赶急赶忙地跑回来找你干什么？

方世雄真是恨铁不成钢，问道，你找过萧总没有？请他协调一下，看能不能解决。

方涛说，我找过他，他推三阻四的，根本就不想帮这个忙，我只好回来搬你这个老佛爷了。

方世雄用手捂住心脏，缓了一口气，拿起手机，拨通了萧春晖，亲切地说，萧总吗？近来还好吧。

萧春晖应付道，说不上好也说不上坏，应付呗。

方世雄问，听说魏建设住院期间，由你来主持工作，你可要好好地显示出你的能力来。

萧春晖说，现在工作基本盘顺了，不需要操过多的心，也就是处理点日常事务。姓魏的视权力于性命，但凡有大一点的事情，还得请示他，由他拍板。

闲扯了几句后，方世雄谈到正题上来了，涛涛找过你吧，听说他们给东钢送了一批矿石，质量上出了点问题，胡文强抓住不放，又是封堆，又是调查，这样小题大做，是不是太过分了？

萧春晖推托道，我也是听涛涛说的，具体情况不太清楚，按说原材料出了质量问题，纪委进入调查，属于职责范围内的工作，我一个行政副职，不方便插手。

方世雄觉得萧春晖在有意疏远他，软中带硬道，这个事恐怕只有你帮得上忙，你想办法压一压，质量上确实不行的话，该罚款就罚款，该退货就退掉，不要把事情扩大化。你这回帮了涛涛，算是帮了我，也算是帮了你自己，真要是闹得满城风雨，大家面子上都不好看。

萧春晖当然知道个中利害，可是一旦自己出面干预，搞不好会惹火烧身，很是为难地说，现在的胡文强不是过去的胡文强了，屁股早就坐到魏建设那边去了，胆子也大了，要他不去查，恐怕有些难度，而且他肯定会把这件事告诉魏建设。

提到魏建设，方世雄轻蔑地一笑，魏建设呀，有什么可怕的，他是秋后的蚂蚱，没几天蹦头了。

萧春晖惊问，老领导，你说什么，我听不明白。

方世雄神秘地说，告诉你个秘密，我们国资委纪检组接到对魏建设的举报信，正在组织调查，别看他表面上一副正人君子的样子，实际上他的问题严重得很，大肆收受贿赂，数额巨大，我们很快就会对他采取手段了。

萧春晖难以置信，一连问了几声，真的吗？这是真的吗？魏建设真的有重大问题？

方世雄信心满满地说，千真万确，板上钉钉，错不了。要不了几天，看我怎么收拾他，到时他还神气个屁。不过，这几天你一定要保密，要沉得住气，忍耐一下，说不定东钢老总这个位子就是你的了。

萧春晖脸上浮现出笑意，我始终是你的一个兵，请你今后多多关照。

方世雄再问，那涛涛这件事，怎么处理？

萧春晖像注入了兴奋剂一样，浑身是胆，老领导交办的事，我一定认真落实好。

次日，待到郭俊带人到原料厂时，偌大个 B 料场已经空空荡荡的，原来堆放着的矿石在昨天夜班全部用完了，干干净净的，一点矿粉都没有留下。郭俊一时惊呆了，这一切像做梦一样，简直叫人无法想象。

听了郭俊的汇报，胡文强暴怒了，大声吼道，我不是明确要求对这堆矿石进行封堆、等待调查吗？怎么使用了？而且都用得一点也不剩。

郭俊愤慨地说，这里面肯定有问题。

胡文强问，你们对这批矿石重新取样了没有？只要取了样，就不怕他们毁灭证据了。

郭俊紧张且委屈地说，胡书记，我要作自我批评，是我的工作疏忽。当时天都完全黑了下来，你又安排封堆了，我们以为没有人敢动用这批矿石了，就想今天一大早组织人去取样，哪想到一晚上就全部用完了。

胡文强气得拍起桌子大骂起来，他妈的这是什么作风？还在纪委工作，一点警惕性都没有。由于你们行动迟缓，人家把这批矿石全部用光了！现场一点证据都没有留下来，全部销毁了。你们给我好好查一查，是谁安排启用这批矿石的？一定要把这个人查出来，我倒要看看，他到底是何方神圣，胆子也太大了。

两人谈话还没有结束，萧春晖敲门进来了，身后还跟着公司生产部调度室值班员小顾。

萧春晖说，听说纪委在调查昨天进厂的那批矿石的使用情况，小顾是当班人员，我把他带来了，具体情况由他向你汇报。

胡文强问小顾，你知道什么情况，讲吧。

小顾说，昨晚我在调度室值班，原料厂的值班工程师向我们调度室报告，A料场存放的矿石不多，想把B料场的那堆矿石配进去，请示我们调度室行不行。我问这批矿石的质量检验结果出来了吗，他们说有质量报告单，化验结果一切正常。既然这样，我就同意他们使用了。

胡文强冷笑道，你的胆子还真不小呢，我明确要求封堆调查的矿石，你竟敢做主一夜之间全部用光了，你老实交代，是谁指使你这么干的？

小顾委屈得都快哭了起来，我没有接到封堆调查的指令，也没有谁指定要我使用这堆矿石，我完全是按规程执行的。只是，今天纪委的同志到我们调度室来调查，我才知道昨晚无意中犯下了大错，不敢来找您，就先向萧总报告了，萧总叫我向您当面报告。

胡文强说，你所说的情况是不是真实可信的，我们纪委还要作进一步的调查，你等着吧。

等到小顾走后，胡文强激动地说，昨天的现场真是触目惊心，一堆矿石，6000吨，外面是精粉，里面全部是硫酸渣，当我们发现了问题，抓住了狐狸的尾巴时，竟然当天晚上就全部用光了，一点也没有剩下，让弄虚作假的人在眼皮底下溜掉了。简直太荒唐了，太大胆了，太可怕了。

萧春晖惊奇不已，难道还有这样的怪事，我还以为这批矿石只是质量上出了点问题而已，没想到有人胆子这么大，弄虚作假，以劣充优。如果是这样，一定要进行调查。

胡文强愤恨地说，我是不会轻易放掉这件事情的，必须彻底调查，不管是谁参与了，不管后台有多硬，都要一查到底！

两天后，胡文强在他的办公室听取了郑少杰、郭俊对这批矿石的调查汇报。

这批矿石的供应商是广州宏达商贸公司，一共供应了6000吨，合同要求铁的品位是61%。如果这批矿石中含有一半的硫酸渣，初步估算，公司的直接经济损失就是200多万元。合同还有另一个约定，货款必须在发货之前付给对方，经查证，这批矿石的货款已经全部支付给了对方。

最不可思议的是，一晚上所有的矿石魔术般地全部用完了，现场干干净净的，没有留下真实的样品，这样就无法找到证据，找不到证据，就不好确定作案人。

自私、贪欲，就像可怕的瘟疫，在这场瘟疫面前，良心没了，制度没了，数据能够造假，实物能够造假，就连正在建设的工业自动化都显得那么脆弱，如此不堪一击。

胡文强脸色铁青，怒不可遏，吼叫道，谁是内鬼，谁在作案，谁又是幕后指使者。你们告诉我，是谁？把人交给我！

郑少杰和郭俊对望了一眼，无奈地摇了摇头。还是郑少杰大胆地说，我们的调查手段很有限，调查了一些当事人，他们只承认在执行制度上有问题，但拒不承认有意弄虚作假，我们也只能把他作为嫌疑人，无法给他定性。

郭俊说，我们可以按现有制度，对相关人员进行处理，有的甚至解除劳动合同。

胡文强将矿石掺假案的基本情况告诉了魏建设，强调说，你一受伤住院，有人认为机会就来了，就在进厂矿石上弄虚作假，涉及的人不少，涉及的金额巨大，可见你不在厂里，有人就来钻空子，真是太可怕了。

魏建设按捺不住怒火，骂道，一群混蛋，蛀虫，一定要抓住他们，决不能让这些害群之马损害我们东钢的利益。

胡文强说，可是我们内部不好上手段，继续查下去，很难查出个名堂来。

魏建设说，那就干脆报案，让公安局来查处，他们有执法权，侦查手段也多一些，再说，这个案子涉及那么多的环节，牵扯到那么多的人，不可能一点破绽都没有留下来，只要认真查处，必定会查个水落石出。

胡文强赞同，就按这个意见办。

魏建设愤慨地说，又是那个宏达公司在背后捣鬼，这次决不能放过他们，新账老账一起算，要他们吃不了，兜着走。

待到胡文强离开病房，魏建设猛然联想到，在他住院期间有没有人给他送礼，不自我约束的话，无形中会犯错误的。他问冯丽娟，我这次住院，你收过礼金没有？

冯丽娟遮遮掩掩地说，收是收了一点，不算多，具体多少我也没个准数。

魏建设严肃地追问，到底有多少？

冯丽娟想了一会儿，不情愿地说，三十多万吧，也许四五十万？

魏建设说，这么多，还不告诉我？有记载吗？

冯丽娟答，有的记下来了，有的人我根本不认识，叫我怎么记得下来。

魏建设不容辩解地说，住院收受礼金，是一种违纪行为，我们不能这么做。我在东钢得罪了不少人，有多少双眼睛盯着我，不能在这个问题上授人以柄，请你能够理解。从现在起，不管谁送的，坚决拒收。已经收下的，知道是谁送的就如数退给谁，不知道的，全部上交公司纪委。今天我就叫纪委的郭俊来协助你把这件事情处理好。

冯丽娟极不情愿地说，哪个没有人情世故，有必要把事情做得这么绝吗？今后同事之间怎么见面，怎么相处，别人会把你看成是个不食人间烟火的外星人。

魏建设说，别人怎么看我，我管不了，反正你不能收人家的钱，只要我发现你再收人家的钱，我就马上出院，你回去上你的班，不用照顾我了。

冯丽娟尽管平时凶巴巴的，一旦魏建设的倔劲上来了，她还是有所畏惧，说道，好啦，好啦，就按你的意思办得了。跟你结婚，算是倒了八辈子的霉，福享不了一天，罪倒是受了不少。

魏建设露出苦涩的微笑，不知如何安慰妻子。

第三十二章

往往越不想发生的事越会发生。省纪委接到群众举报，魏建设收受巨额贿赂，进行立案调查。

于是，重伤住院的魏建设被省纪委第五室主任许远征带到一家不显眼的宾馆，当天就对他进行了讯问。主审官是从省国资委抽调来的纪检员林宇飞，许远征则在他的身边坐镇把关。

讯问开始时，许远征宣布了政策，希望魏建设积极配合组织调查，如实回答问题，争取宽大处理。

接着，由林宇飞提问，你这次住院，不少人送了礼金，一共是多少，你知道吗？

魏建设答，礼金是我妻子收下的，我问过她，她说可能有四五十万元。

林宇飞问，是怎么处理的？

魏建设说，我通知纪委的郭俊同志和她一起清理，然后把这些钱退还给送礼的人，实在退不掉的上交给公司纪委。如果你们不相信，郭俊同志可以做证。

林宇飞当然不相信，一点埋伏都没有打？

魏建设对妻子信心不足，照实说，我要求妻子必须全部退掉，至于她是不是留有私心，我不知道。

林宇飞拿出一张信用卡，厉声说道，这是从你家里搜查出来的，你见过没有？

魏建设说，没见过。

林宇飞问，里面有多少钱，你知道吗？

魏建设说，不知道。

林宇飞问，这张卡是你收下的，还是冯丽娟收下的？

魏建设说，我没有收过，是不是她收下的，我不清楚。

林宇飞说，那我告诉你，这张卡上有 100 万元，你信不信？

魏建设不屑地回答，不是我经手的，当然不知道。

这个话题没有突破，林宇飞拿出一份购房合同书，问道，这份购房合同书也是你家的，你见过没有？

魏建设坦然答道，见过。

林宇飞惊喜，好，那么说你们在景江花园生活区购置了一套160平方米的房子，你是知情的。

魏建设说，购置的时候不知道，事后知道的。

林宇飞问，买这套房子，一共花了多少钱？

魏建设说，房子是我妻子购买的，具体多少价格我不清楚。

林宇飞冷笑一声，那我告诉你，这套房子价值480万元，你家里就出了160万元，开发商优惠了七五折，其余的钱都是向盛唐公司借的。

魏建设说，她找盛唐公司借款我事后知道了。

林宇飞追问，东钢正在与盛唐公司搞联合重组，购房找他们借款，不就是典型的权钱交易吗？

魏建设严肃地说，正因为我知道这其中的利害关系，听到妻子说了此事后，我就催促她一定要把这份购房合同退掉，把从盛唐公司借的钱还给人家，坚决不能买下这套房子。

林宇飞说，你别强词夺理了，过去大半年了都没有退掉，鬼才相信哩。

魏建设坚持说，我说的是不是实话，你们调查好了。

双方僵持了好半天，魏建设还是拒不交代问题，承认对妻子管束不够，但不认为自己有多大的过错。到后来，他索性说，我身体不舒服，头痛，我要休息了。

林宇飞气得咬牙切齿，恨不得直接上去撬开魏建设的嘴巴，迫使他把自己受贿的问题一股脑儿倒出来，无奈，魏建设的嘴巴像是上了一把铁锁，任凭他们问什么，就是不吭一声。

连续讯问了三天，还是一无所获。

这天，林宇飞回到单位，正好遇到了方世雄。他想方世雄应该了解魏建设的个性，知道他的弱点，可以请教他，找到攻下魏建设的突破口。一阵交谈，方世雄说了一句，能不能从他的亲情上做做文章，点醒了李宇飞。

到了第四天，纪委改变了策略，在房间里放进一台大屏幕的电视，滚动播放冯丽娟接受讯问的录像。她面色惨白，精神崩溃，戴着手铐，双膝跪地，声泪俱下地交代问题。只是声音经过了处理，辨别不清到底说了些什么。魏建设看着录像，有如万根钢针往他心头扎去，充满了对妻子的怜悯而又无奈。

许远征在一旁静静地观察，暗自盘算着，前几天魏建设耍滑头，避重就轻，把一切责任推给了妻子，今天用这个办法，魏建设的情绪有些变化，开始触动他的心理防线，还要加大对他的攻势，不让他有喘息机会，一举把他击败。于是，他冷冷地提醒道，按你所说的，所有的问题都出在你妻子身上，与你一点关系都没有。

魏建设问心无愧地说，知道的就知道，不知道的就是不知道，事实本来就是这样的。

许远征有些瞧不起他，都说你是个有血性、敢担当的男人，没想到关键时候，你把自己的责任推得一干二净，你就是一个贪生怕死、自私自利的小人。

林宇飞笑道，夫妻本是同林鸟，大难临头各自飞。

魏建设横眉冷对，不理不睬。

许远征突然加重语气，严正地警告他，你老婆冯丽娟把问题都交代了，虽然这些违纪违法的事情是她经手办的，但每件事情你都清楚。可笑的是，你还在装廉洁，装着什么都不知情，我看你是不见棺材不落泪。你别以为把一切责任推给你老婆，你就可以不承担法律责任，就可以逃避法律对你的处罚了。我明确地告诉你，即使是你老婆干的，也是利用你的特权干的，你这样回答，只能说明你在说谎，在抵赖，为了减轻你的罪责，把自己的老婆往犯罪深渊里推。我看你不仅是贪心重，你的人格都存在很大的问题。你再怎么狡辩，也无法减轻你的罪责，不仅要处罚你，还要加重对你老婆的处理。到时你在牢里坐着，还有你的老婆陪着，夫唱妇随，连坐牢都要在一起。

许远征抓住了魏建设性情耿直、爱讲义气的弱点，一阵疾风暴雨般的箭镞射向他的心坎。魏建设明白了，如果一切责任由妻子承担，不仅减少不了自己责任，而且还会连累妻子，把妻子卷入这个案子中来。这样下去，她今后的日子怎么办，难道要她跟自己一样，后半生在牢房里度过吗？这些年来，尽管他们夫妻之间的感情有些疏远，但自己对她关心不够，亏欠她很多，很少对她作出补偿。还有，妻子要是坐牢了，以后谁来照顾女儿晶晶，孩子还小，还在读书，正在准备参加音乐会，高中毕业后还要出国深造，女儿离不开母亲，需要母亲照顾呀。想想自己已经给身边的亲人造成了那么多的伤害，如今为了自己，还要让妻子陷入囹圄之灾。不，不能这样！宁可我下地狱，也不能让妻子遭受牢狱之苦，不能让女儿失去母亲，不能让这个家毁了，哪怕用自己的性命换取她的自由，也是值得的。

许远征继续施压，怎么样，想好了没有？是愿意配合组织的调查，还是继续顽抗到底？

魏建设的心理防线被无情地撕开，崩溃瓦解了，态度自然软化了下来。

许远征又说，考虑到你的家庭情况，我们会对你的家人进行人性化的关怀，当然了，这要取决于你个人的认罪态度。

魏建设迫不得已而又胸怀坦荡地答应下来，后面的审讯工作进行得顺利多了。

林宇飞再次追问信用卡的问题，你妻子冯丽娟交代了，这张信用卡里面有100万元，是你住院后，客户来看你时送的，你妻子说，收下时你是知道的，是这样的吗？

魏建设只得承认下来。

林宇飞又说，你已经承认过，你是知道购房合同的，那么，你妻子去办理购房手续，为购房筹款，你都是知情的，换句话说，这套房子是利用你的权力购买的，是这样的吗？

魏建设又是违心地承认了，他不想辩解什么，再辩解下去也只能把责任推给妻子，加重对她的处理。

林宇飞又问道，还有一件事情，你到永峰公司引进柳诗韵工程师时，一次性给对方支付了100万元，有这么一回事吗？

魏建设答，有，这是有协议的，是作为违约金支付给对方的，是我亲手交给永峰公司老总的。

林宇飞说，可是在柳诗韵去世后，对方老板王小庆又把这张卡给了柳诗韵的父亲柳家霖，这又怎么解释？

魏建设答，对方爱怎么处理，那是对方的行为，王老板给柳家霖老人的钱，说明他是个重情重义的人。

林宇飞说，那个时候东钢正是最困难的时期，职工工资都发不出来，你私自做主，给对方这么大一笔资金，严重违反了重大问题集体讨论的原则，这里有没有个人感情因素？

魏建设说，你说什么？我不懂。

林宇飞说，直说了吧，是不是因为你和柳诗韵是情人关系，你才不讲原则，任意挥霍公款。

柳诗韵是他心中的女神，容不得丝毫的玷污和丑化。魏建设像一头被困的狮子，怒目圆睁，青筋直暴，恨不得跳起来朝林宇飞狠狠揍过去。他盛怒道，你们怎么说我没关系，可柳诗韵是清白的，是为了东钢转型发展累死的，你们没有资格评论她，不能向她泼脏水！

有了这些证据，足可以对魏建设定罪了，他的政治生涯从此画上了一个句号。

邹培君、方世雄去见孟铁生副省长，这回因为魏建设收受巨额贿赂双规了，二人的底气比过去任何时候都要足得多，一路上有说有笑，趾高气扬，像是出席一场盛宴似的。

孟铁生是个爱惜人才的领导，得知魏建设双规了，对他感到十分惋惜。他打心底认为魏建设是个搞企业的人才，为了救活东钢，创建智能工厂，作出了那么多的努力，付出了那么多的牺牲，一条性命都差点搭进去了，为什么最终还是经受不住金钱的考验？难道金钱真的具有这么大的魔力？

邹培君说，魏建设出问题不是偶然的，这个人缺乏起码的政治素养，个人主义膨胀，自以为是，独断专行，谁的话也听不进去。他到东钢虽然时间不长，就受到过两次处分，这在省管企业干部中是绝无仅有的，这样看来，他走上这条犯罪道路，也是咎由自取。

孟铁生将信将疑，我跟魏建设有些接触，他不是一个贪财之徒，唐潮亲自对我说过，联合重组后，盛唐公司将给魏建设派发 1 亿股份，按现在的市值，起码有 10 个亿吧，他不为所动，没有答应对方的条件。你们现在提供的关于他受贿的记录，全部算在一起，充其量还不到 500 万元。我不理解的是，本来可以光明正大地得到 1 个亿的股份，他放下不要，却在这区区 500 万上起了贪心，怎么解释也说不通。这些问题你们想过没有？

邹培君说，他近期的做法有些反常，极力排斥盛唐实业，热衷于与神通快递公司合作，也许神通开出的条件比盛唐给予的对他更有诱惑力。

孟铁生说，你这只是一种推测，我希望你们向省纪委反映，请求他们一定要实事求是，办成一个铁案，不要冤枉好人。

接下来，就得研究人事问题了。孟铁生忧虑地说，东钢虽然走出了困境，让人看到了希望，但实际困难还不少，智能工厂建设还没有完成，以减员为主的改革还留下后遗症，联合重组又到了关键时刻，还有巨额的债务负担没有得到很好的解决等等，问题还不少。在这个节骨眼上，企业领导人又犯了错误，接受组织的审查。国不可一日无君，家不可一日无主，东钢的工作还是要人主持呀。

邹培君说，希望省长能够给我们一个明确的意见。

孟铁生心想，当时安排魏建设接替方世雄，就是他力排众议举荐的，没想到魏建设出了这么大的问题，再也不能干预他们的人事安排了。明确说道，你们是国资委，企业的干部是你们和组织部来管理的，你们应该比我更了解干部，我就不当乔太守了。

邹培君趁机说，那我就讲点不成熟的建议，我认为这次派去的同志，思想素质要高，业务能力要强，管理经验要丰富，最好是熟悉东钢的情况，在东钢有一定的群众基础，这样，对于治理东钢当前的乱局，保持生产经营的稳定，保持职工队伍的稳定，将会起到很好的作用。

孟铁生一听，就觉得他明显指向方世雄，似乎非他莫属。想想方世雄距离工亡事故的处分有两年了，现在再到东钢任职是符合组织程序的，在这种特殊时期，实在也找不到比他更合适的人选了。但是他没有直接点出来，仍然问道，你说说，谁最合适？

邹培君指了一下方世雄，我就推荐他，这个时候东钢需要他这样老资格的同志去稳定局势。而且联合重组又迫在眉睫，这项工作是在他手中启动的，他对整个情况很熟悉，他要能重回东钢，可以确保联合重组早日实现。

方世雄一时猜不透孟铁生的心事，只能装出一副谦卑的样子，连忙摆手，我不行，我怎么行呢，我在东钢犯过错误，栽过跟头，还是安排其他同志去。

邹培君说，老方，你就别谦虚了。原来对你进行安全追责，又不是廉政方面出了问题，两者性质不一样。再说，这次又不是要你去享受，是要你去吃苦的，需要你去拨乱反正，重整河山。

孟铁生说，你们国资委可以向省委推荐方世雄同志。魏建设现在是双规，没有定罪。我建议老方过去作为临时负责人，去开展工作，正式任命等到魏建设的案子落实后再来考虑。

听了这话，方世雄庆幸孟副省长终于放了他一马，心里还是有些不快，从孟铁生的话中可以听出，他似乎对自己不太满意，对魏建设还存有那么一线幻想。

短短几天，魏建设这个风华正茂、血气方刚的七尺男儿，头发像结了一层霜似的，变得花白了，脸色憔悴，皱纹平添了不少，一下子苍老了许多。

经过审讯，对魏建设受贿案的初步结论出来了，一是住院期间受贿100万元；二是利用职务之便，低价购买住房，索贿320万元，两项合计420万元。至于支付给永峰公司的100万元，因对方曾与柳诗韵签订有用工协定，认定为东钢引进人才支付的违约金，虽然不合规，但不构成犯罪。此案移交给检察机关，检察机关实施补充侦查，复核证据，作为起诉前的准备工作，嫌疑人魏建设羁押在东方市看守所。

看守所所长叫赵进，是雷青山的亲信，得到雷青山的旨意，把魏建设看紧点，不要让他乱说乱动，整出什么事来。

赵进亲自押送魏建设来到3号牢房，打开铁门，示意他进去。魏建设抱着一床被子，上面放着脸盆和几件生活用品，走了进来。

这间牢房十分简陋，四壁空空，墙上张贴着监规，两边各有四张双层铁质架子床，密密麻麻的，中间留了个窄小的走道，几乎没有活动空间。进门左手架子床的上层还有一个空着的铺位，赵进对他说，你就睡在上铺，老实点。

是，警官。魏建设回答着，把自己抱着的被子扔了上去，人站在原地。

待到赵进走后，魏建设费力地往上爬去，想整理好自己的床位，还未愈合好的胸部伤口不巧撞在床角上，不由得哎哟了一声，痛得蹲了下去。

这声喊叫，惊动了下铺的一个胖子，他伸出脑袋，一眼看到魏建设，惊叹道，魏总？你怎么进来了？

魏建设大吃一惊，明哲？

明哲自嘲道，命运捉弄人，让我们在这种鬼地方相见。

魏建设说，没想到和你做伴了。

明哲说，你好像受伤了？那你睡下铺吧，我腿脚方便，我睡上铺好了。不由分说，就把魏建设的被子拿了下来，又把自己的被子一卷，扔了上去。

魏建设感激地望了他一眼，也没说什么，只是坐在床沿上。

同牢里其他的囚犯，横七竖八的，躺着的坐着的都有，见到来了个新人，有的懒懒地望了一眼，有的眼皮都没有抬一下，就当没有这回事。

在这个牢房的最里面，有一个高个子青年人半躺在床上，有人为他捏肩，有人为他捶腿，等他感觉到舒服后，欠起身来，冲着魏建设喊道，新来的，认得爷吗？跟爷报告一声，为啥进来的？

魏建设横了他一眼，没有接腔。

原来这人就是绰号"天不收"的孙天佑，上次他破坏东钢排污明渠、挑起村民与东钢职工斗殴的案情查出后，被判刑一年，这次因聚众斗殴又被刑拘了。他一眼就认出了新进来的这个人，禁不住哈哈大笑起来，你不认识爷吧，爷可认识你。兄弟们，他是东钢的狗屁经理魏建设，就是他指使手底下的人把我伯父活活打死的，他一点事都没有，反倒把爷抓起来关了一年。没想到，老天长了眼，你也进了局子，和爷天不收成了一路的货色！快给爷说说，你是犯了什

313

么罪进来的？

魏建设横眉冷对，岿然不动。

旁边的一个瘦长脸说，当官的进来，十有八九，不是贪污，就是受贿，再不就是玩女人玩出了麻烦，我猜得没错吧？

天不收奚落道，我看他妈的准是犯了这事。这年头，哪个当官的不贪，哪个屁股是干净的？

瘦长脸附和道，现在呀，若要以财产来历不明定罪，没有一个官员跑得掉，统统的有罪，个个都够得上判刑。

天不收来劲了，老子真想有挺机关枪，见到当官的就扫射，保准没有杀错的。

一个光头说，他妈的，老子才抢了几百块钱，就被抓起来了，还说要重判我。如今当官的，贪污几百万是小儿科，几千万，多了去，上亿的，也不少，哪个判死刑？到时放出来，照样神气得很。唉，人比人，冤死人。

一个尖嘴猴腮的青年人说，人倒霉时，喝凉水塞牙缝，放屁砸脚后跟。老子在家养生馆叫了个小姐做保健，当时进到里面，黑咕隆咚的，什么也看不见，完事后把灯一开，吓了我一大跳，那个小姐比我老妈年纪还大，长得像个丑八怪，老子这不亏大了吗？她死活要老子给钱，老子就是不给，她说老子玩了她不给钱，就是不要脸。老子一听火了，暴揍了她一顿，哪知道这老婊子报了警，警察把我抓起来，关到这里来了。

有人笑他，要怪就怪你小子太猴急了，分不清那妇人是个老的还是个嫩的，我看呀，是饿慌了神，就是头老母猪躺在那里，你都会爬上去动几下，把你抓起来，一点都不冤。

大家说说笑笑的，把魏建设忘在了一边。

魏建设问起明哲，你的技术设计搞得好好的，怎么成了个诈骗犯？

明哲唉声叹气，我和原告方九方公司是合作伙伴，在为一家企业建设智能工厂时，我们负责软件设计，九方公司负责提供电子器材，我们双方还签订了个风险共担的协议。施工完成后，那家企业以种种理由拖到现在都没有结账，搞得我们资金很紧张。九方公司不愿承担风险，逼着要我们给他全部电子器材款。我们和他们协商了多次没有结果，他们就把我们告了。后面的事你也知道，我被公安局莫名其妙地抓到这里来了。

魏建设问，你说的是实情？

明哲肯定地回答，句句属实。

这么说你是冤枉的呀。魏建设显得很累，双眼微闭，靠在床头，不愿再说什么了。

明哲见他这个样子，悄悄地告诉他，晚上睡觉多留个心眼。说完，就回到了上铺。

看守所的管理是严格的，到了晚上，规定睡觉的时间，全监的囚犯都得睡觉。魏建设仰躺在床上，盖上被子，一双眼睛张开着，由于伤口还没有痊愈，仍然隐隐作痛，再加上各种呼噜声此起彼伏，折腾得他无法入睡。

到了下半夜，天不收以为魏建设睡得很沉，就和两个小兄弟悄悄地起床，拿着一张棉被，蹑手蹑脚地摸到魏建设床前。天不收举起棉被，向魏建设头上蒙去，两个小兄弟正想上前对魏建设一顿暴打。哪料魏建设根本就没有入睡，知道天不收往这边走来一定不怀好意，故意佯装睡着了，待到天不收举起棉被朝他扑过来时，猛地飞起一脚，踢中天不收的裆部。天不收"哎呀"一声，栽倒在地。与此同时，魏建设飞身跃起，一个直拳冲着一个帮凶面部挥去，那人挨了一下，往后一倒，撞到床架上，另一个帮凶哪见过这种阵势，知道这人有两下子，不是好惹的，吓得退缩了回去。

监室的人全都醒了，他们中有的人也吃过天不收这种"杀威棒"的亏，一看这个场面都明白了，哄堂大笑起来。

魏建设强忍着伤口的疼痛，不屑地扫了天不收一眼，我打架的时候，你还在穿开裆裤，跟我玩这一套，你还嫩了点。

天不收趴在地上起不来，只好顺势跪下，你是爷，我是孙子，我算服了你。

魏建设冷笑了一声，要想玩，来明招，奉陪，再敢用这种下三烂的招数，就废了你！

第三十三章

《江都商报》发表了《一个极具争议的企业家的沉浮》这篇文章，作者署名孟滢。文章除了蜻蜓点水地提及魏建设因受贿双规，通篇都在为他鸣冤叫屈，打抱不平。

报纸出版发行的当日，省委宣传部就勒令把报纸全部收回，一律销毁。

报社主编把孟滢叫到办公室，还未等她坐定，不满地说，你发表的文章可闯大祸了。省委宣传部部长把我叫去，狠狠地批评了我们报社一通，要求我们把报纸全部收回销毁，还要我们报社作出深刻的检讨。

孟滢一副满不在乎的样子，你不是经常要我们写些有思想性、有新闻价值、有独特见解、能够引起争议的文章吗？这篇文章写好后也送给你审查过了，你当时连声说好，怎么发表出来了，你怕了，要我公开检讨，收回影响，原来你这是叶公好龙呀！

主编紧张地说，这篇文章在东钢引起了严重的负面反应，有的工人拿着这份报纸到处宣传，串联，要为魏建设平反，据说不少工人在请愿书上签字了，要找省委讨说法。你说，这个影响多恶劣呀！

孟滢轻松地说，这是好事呀，说明我们报纸产生了影响力呀，不正是你所希望的吗？

主编急了，你是揣着明白装糊涂吧，那么多工人真的到省委来闹事，我们就成了幕后策划者，就成了煽风点火的人，这个责任怎么担得起！

孟滢问，文章都已经发表了，你说怎么办？

主编说，省委宣传部要求我们在报纸上刊登一份申明，承认我们的报道有误，起了不好的导向作用，以挽回那篇文章的影响，而且点名以作者的名义发表。

孟滢不卑不亢地说，我们干新闻的，凭的是正义感、责任感，不会昧着良心说话，不会在权势面前屈服。对不起，这种文章我是不会写的。

主编说，我知道你不会写，已经安排人写好了，你只要在上面签个字就行了。

孟滢从主编手上接过那份已经打印好的检讨书，看都没看一眼，在稿子背面的空白页写下"辞职，吾去也"几个字，然后潇洒地签上自己的名字，交给主编，

316

这是我的辞职报告，请批准。

主编看了，虽然很生气，但她毕竟是报社的骨干，又是省领导的千金，不好轻易得罪，小心地说，我的姑奶奶，你怎么能辞职呢，不行，我不会批准的。

孟滢拿过来，在"辞职"前面添加了两个字，变成了"立即辞职"，放在桌上，不等主编说什么，昂首走了出去。

她回到自己的办公室，找出一个纸盒，简单地清理了一下东西，潇洒地离开。这时，正好接到唐潮打来的电话，说自己就在楼下，等着和她一起吃晚餐。她欣然答应，放下纸盒，从随身携带的包里拿出化妆品，简单地描了下眉毛，重新涂了口红，整理了下头饰，径直乘电梯到楼下。只是快出门时，在门口站了一会儿，毕竟在这里工作了好长时间，这次离去，可能再也不会回来了，心里油然生起一种依依惜别的情绪。

唐潮在门口等着她，两人坐上那辆红色卡宴，来到一家火锅店。

选好座位，孟滢一口气点了羊肉、牛肉、毛肚、鹅肠、海鲜等一大堆食物，把桌子都快摆满了，又要了一瓶高度黄鹤楼。

唐潮有点诧异地看着她，一时猜不透她的举止，只好由着她的性子来。

白酒端上来后，火锅开始沸腾，唐潮夹着食料放进锅里，孟滢急不可耐地把酒倒好，与唐潮碰了下杯，说道，为庆祝我的自由，干杯！然后端起来，一口就干了。

接着她又倒了一杯，说道，为庆祝我的解放，干杯！又是一饮而尽。

唐潮笑道，你还没有为我们两人干杯呢？

对，对！孟滢也笑了，倒上酒，为我们相识、相知、相爱，干杯！

酒过三巡，唐潮问，你今天兴致怎么这么高？说出来，让我也分享一下。

孟滢充满豪气地说，告诉你吧，我今天辞职了，不干了，从此成了自由人。

唐潮问，为什么呀，你不是报社的当家花旦吗？怎么突然想到辞职了？

孟滢说，还不是为了我发表的一篇文章，说我为魏建设歌功颂德，在东钢引起了骚乱，领导要我写一篇承认报道失误的申明，被我一口拒绝了。

唐潮拍手赞道，干得好，我就佩服你这种具有独立人格的个性，道不同不相为谋嘛。

孟滢说，魏建设是个什么样的人，我是了解的，你也很清楚，他是个正派人，是个工作狂，为了东钢作出了那么多的牺牲，怎么可能为了区区几百万而受贿呢？一定是有人陷害他！

唐潮心里一惊，刚夹起的一片羊肉掉进锅里，很快镇静下来，叹息道，你

317

也不能轻率地下结论，纪委、检察院办案，都要重事实、讲证据，不可能随意陷害人，说不定真有这么一回事呢？

这里一定有阴谋，有不可告人的阴谋！孟滢动气了，眼睛盯着唐潮，你有段时间跟他关系搞得特别僵，老实告诉我，你参与陷害他的活动没有？

唐潮连忙矢口否认，我和他同班同学，他是我哥们儿，我怎么会干出那种缺德的事情呢？虽然我们在联合重组上曾经有过矛盾，有过争执，后来又谈拢了，准备签订协议。我对你说过，我愿意给他一个亿的股份，让他继续留任新东钢的总经理，我这么诚心地对待他，我会陷害他吗？

孟滢问，那你说，是谁要陷害他？

唐潮说，他这个人呀，思想不成熟，性子急躁，在东钢做了一些事，但有些做法过于激进，从省里到市里，再到东钢，肯定得罪了不少人，损害了不少人的利益，仇家太多了，不信？亲外甥都来刺杀他，可见他确实做了一些不得人心的事情。

孟滢说，他那个外甥是个精神病人，说不定是受人挑唆的呢？可是说他受贿400多万元，我总觉得像是谁在给他下套子。

她的话虽然不重，唐潮听得心惊肉跳，连忙否认道，这个内情我不太清楚。不过，你好好想一想，魏建设和谁结怨最深，谁对整垮魏建设最热心，谁又能从中得到最大的好处，还用得着我多说吗？

孟滢似有所悟，你说的有道理，身正不怕影子斜，迟早会搞个水落石出。

唐潮劝说道，你要相信组织，相信纪委、检察机关，会把这个案子查清楚的。我也希望能够还他一个清白，但是也不能排除一个人虚伪的一面，明里正人君子，暗里男盗女娼，这样的例子在中国还少见吗？

孟滢依然坚信魏建设是清白的，说道，他不是那种表里不一的人。

好啦，不用多讨论了，说说我们自己的事。唐潮借着与她碰杯，掩饰内心的惶恐，急忙转移了话题，亲爱的，你现在不是辞掉工作了吗？正好可以调整一下心情，专心筹备我们的婚礼，别的心就少操点。

提到婚事，孟滢有点不高兴，莫名其妙地问了句，你和你那个空姐恋人还有往来吗？

唐潮答道，你说的是白霞吗？原来我和她交往过，自从与你相爱，就再也没有跟她往来了，你还用得着吃她的醋？

孟滢疑惑地问道，可是她怎么知道我的？

唐潮心里一紧，说道，谁知道她从哪儿打听到的，她找过你？

孟滢气呼呼地说，她打我电话，我没有理睬她，她就给我发信息，骂我抢她的男人，还说要我自觉退出，不然要把你们的交往史全都抖出来，让我这一辈子得不到幸福，简直欺人太甚。

唐潮满不在乎地说，这种女人，说的尽是疯话，你别理她就行了。

孟滢不依不饶，你原来怎么跟女孩子交往的，我不计较，既然选择了我，就只能对我一个人好。你现在要是不想跟我结婚，还来得及，我们好说好散，你可别脚踏两只船，一边与我相爱，一边又放不下你那位漂亮的空姐，像个花心萝卜。要是那样，本姑娘绝不轻饶。

唐潮讨好地说，我的姑奶奶，我和她真的什么也没有，而且我们早就没有交往了。我发誓，自从与你相爱，我对你是一心一意的，是绝对忠诚的，一生一世只爱你一个！

孟滢是个聪明的女人，见好就收，深情地望着唐潮，内心充满了甜蜜感。

天刚亮，郑少杰就给胡文强打来电话，告诉他，魏总的姐姐魏秀珍和几十个工人在公司办公大楼前静坐，为魏建设喊冤，还请求路人在请愿书上签字，声援他们的活动。

魏建设双规时，省国资委的邹主任就找萧春晖和胡文强谈过话，萧春晖负责行政工作，胡文强负责党务工作，静坐是涉及稳定的事情，是党委书记分内的事，他什么也顾不上了，就急匆匆地赶往公司。

时值隆冬，寒风嗖嗖地刮着，枯黄的树叶纷纷落下，风一吹过发出沙沙的响声，地面上结了一层薄薄的冰凌。

魏秀珍跪在地上，胸前挂着一个牌子，牌子上写了个大大的"冤"字，身旁站着几十个工人，炼钢厂的李志刚参与其中，他手上还拿着写有请愿书的签名簿。在他们四周，已经围着不少看热闹的人，有的人上前在请愿书上签上自己的名字。

胡文强来到魏大姐面前，魏秀珍拉着他的手，哭着说道，胡书记，我弟弟是个什么样的人，你还不清楚？他的整个心事都放在咱们工厂里，一心想的是把工作做好，把厂子救活，他做人从来都是清清白白的，是不会干出贪污受贿那些乱七八糟的事情来的，他有冤啦！

其他的工人也在旁边说，魏总是个好人，魏总是冤枉的。

胡文强看到工人们甘愿为魏建设打抱不平，心里也很激动，但限于自己的身份，不能流露出什么。他劝慰魏秀珍，大姐，天气这么冷，地上寒气重，别

319

把身体冻坏了，你是家里的顶梁柱，全家老小都要你照顾，你可不能病，请起来吧，有话坐着说。

魏秀珍拉着他的手，救人一难，胜造七级浮屠。你就行行好，出个面，把他保出来吧。

这时郑少杰端过来一把椅子，胡文强把魏秀珍搀扶到椅子上坐了下来，有人给她送来一杯热水，她接过来暖和一下冻僵的双手，情绪开始平稳一些。

李志刚来到胡文强身边，焦急地说，哪怕砍了我的脑壳，我都不相信魏总是个腐败分子，现在他受难了，你们领导快想想办法把他救出来吧。

胡文强说，组织上不是正在调查吗？我们应该相信组织，不要做些对魏总不利的事情。

李志刚在胡文强面前翻开本子，上面密密麻麻地写满了各种名字，他大大咧咧地说，你看看，已经有百把人在请愿书上签字了，大家都相信魏总是被冤枉的。

胡文强没有接过那个本子，他当然不会在上面签字。

郑少杰低声嘀咕道，反正我是签了字，我不怕，大不了把我给撤了。

胡文强扫了他一眼，你是中层领导干部，又是负责维稳工作的，怎么这么糊涂，跟着瞎起哄。

郑少杰争辩道，魏总为了救我，人都昏倒在公安局门口，我不能忘恩负义。

李志刚语气倔强地说，不管你们领导是怎么想的，反正我们工人打算组织起来，一起到省里去上访，不能让魏总含冤受屈，遭人陷害。

胡文强感觉到事态的严重性，劝告道，大家千万要冷静，别冲动，相信组织上不会冤枉好人。你们这样大规模的上访，不但帮不了魏总，反而害了他。大家如果相信我的话，必须停止这种活动，我到省里去，一定把大家的声音带上去，讨一个说法，给大家一个交代。

李志刚问，如果省里不信怎么办？

胡文强态度诚恳地说，我胡文强这个书记不当了，也要把事实真相搞清楚，不让魏建设受到冤枉。

李志刚说，我们就信你这一回。

聚集在他们身边的工人默默地望着胡文强，眼睛里流露出信任的目光。

李志刚和一帮工人兄弟把魏秀珍劝走了。

方世雄如愿以偿，重新回到东钢，主持东钢工作。

当他看到自己的办公室从他调任后就没有动用过，这次回来又收拾得干干净净，一尘不染，仍然保留了他离开前的模样，似乎预示着他的位置无人撼动，迟早要回到东钢重掌大权。他把洪流表扬了一番，洪流早早地在他的紫砂茶杯里泡好了大红袍，他的心里舒坦极了，很快找到了昔日那种不可一世的感觉。

召开班子会时，估计大家都已坐定，他才踱着步子过来。自从把毛主席当神一样信奉后，他就交上了好运，又重新回到东钢坐上了第一把交椅。这次他索性连发型都改变了，梳了个大背头，这样一来，额头上那块疤痕显得更加明亮了。他推开会议室的大门，班子成员的目光一齐注视过来，他就像王者归来一样，格外自豪，东钢还是我方世雄的天下，谁也动摇不了。

会议一开始，方世雄就定下了调子，今天会议的主题可以概括为八个字，拨乱反正，重振雄风。自从魏建设主持工作以来，东钢出现了严重倒退，产能锐减，千万吨项目被迫停止，搞所谓的智能工厂，标新立异出风头，联合重组的协议迟迟不能签订，错失了良好的发展机遇，我感到很痛心。现在我们要统一认识，团结一心，积极进取，共商东钢发展大计，把失去的损失夺回来。

萧春晖对方世雄回来主持工作的心态是矛盾的，原来以为魏建设倒台后，他就能接任，现在方世雄重新杀回来了，自己上位的希望又落空了。从另一个角度想，自己被魏建设长期压抑着，终于有了出头之日，可以重重地吐一口气了。他率先表态，方总重回东钢主持工作，是众望所归，我们班子成员早就盼着这一天。有您的领导，我们会努力工作，把东钢建设好，重现昔日辉煌。

方世雄面含微笑扫视了一下与会者，谢谢大家对我的信任，我对东钢一直有着深厚的感情，组织上给了我这个机会，让我重新回来工作，我会倍加珍惜。希望大家一如既往地支持我，我们齐心协力，团结奋斗，把东钢的各项工作搞好，让省里放心，让职工群众满意。

萧春晖趁着方世雄情绪高涨，提出了一个问题，方总，千万吨项目我们还搞不搞？

方世雄不假思索地回答，这个项目是省委、省政府批准的，过去受到魏建设的百般阻挠，现在当然要排除困难，向前推进。

胡文强发表了不同意见，冶金行业产能过剩，再去盲目扩大产能，我们又会背上沉重的包袱，企业可能重回亏损的局面。再说，我们经过两年的转型发展，已经初见成效，开始扭亏为盈，一月比一月好，沿着这个路子走下去，东钢大有希望。

方世雄当即批评道，你这是被魏建设洗了脑子，我们奋斗了那么多年，做梦都想进入大钢俱乐部，现在这么好的机遇摆在我们面前，让它白白失去，我们将会成为历史罪人。

苏雪芳担心资金问题，重新启动千万吨项目，需要几十上百亿的技改资金，方总打算怎么筹集？

方世雄乐观地说，盛唐公司已经为我们准备好了，他们定向增发 50 亿资金的报告得到了证券会的批准，只要我们两家实现联合重组，这笔技改资金马上就能到手，足以保证千万吨项目顺利进行。

胡文强问，方总的意思，我们很快就要与盛唐联合重组了？

方世雄肯定地说，省里已经多次要求我们尽早与盛唐公司实现联合重组，只是魏建设出于一己私欲一再拖延，省里对他的行为很不满意，对这种发展路上的绊脚石，就是他的腐败行为没有暴露，省里也在考虑把他撤换下来。我们是省属国有企业，不能与省里对着干，错过这个良好的发展机会。

胡文强说，智能工厂建设到这个程度了，不能中断。

方世雄当即否定道，这些花架子的东西先放一放，一切资金要为千万吨项目让路，不能在这上面浪费钱。

萧春晖最能领会他的意图，抢着说，按照方总这个工作思路，我们明年的产量是不是也应该作出相应的调整？

提到这个问题，方世雄就来气了，我在这里主持工作的时候，就把产量定到 600 万吨，魏建设搞了两年，产量不升反降，还没有达到这个产能。这样下去，东钢是要淘汰的，是要毁在我们这代人手上的！

苏雪芳再也忍受不了了，表达了自己的不满，虽然我们的产量只有 500 万吨，由于我们产品转型得比较及时，提高了钢材的附加值，取得了比较好的效益，去年减亏 6 个亿，今年预计实现利润 8 个亿，资金状况良好，提前实现了省委下达的三年工作目标，这是有目共睹的，不能轻易否认。

方世雄脸色一下子阴沉下来，像结了一层冰霜，他感觉今天会议的气氛大大不如从前，除了萧春晖外，个个都敢和他顶嘴，提出不同的意见。原来的一群乖乖猫，现在吃了枪药似的，这不是一个好苗头，必须打压下去。于是，严厉地说，效益情况到底怎样，现在还算不清，不能作为吹牛的资本，也许是某些人出于政治需要做出的一本假账，我还要安排专人审查后才能得出结论。在生产计划上，明年不能再按旧有的路子走下去了，要按照千万吨的目标分阶段排产，我想起码要搞到 700 万吨，这不是一个高不可攀的指标，我们经过努力是能够达到的。说到这，他停顿了一下，有意挖苦道，苏总，你是管钱的，希望在安排资金时，能像支持魏总一样支持我的工作。

苏雪芳对方世雄很失望，递给他一封信，说道，这是销售公司经理吴斯的辞职信，他打算离开东钢。

雄心勃勃的方世雄根本不把吴斯这样的小人物放在眼里，满不在乎地说，有谁不满我方世雄回东钢工作的，尽管离开好了。

苏雪芳站起来，毫无惧色，方总，我的身体状况不太好，我想请假休息一段时间，希望你能批准。

方世雄一下子火了，不顾修养，猛拍桌子，大声嚷道，魏建设给你们吃了什么迷魂药？一个个迷迷糊糊的，不知好歹，不想干的滚蛋，都给我滚蛋！

会议快结束时，方世雄请胡文强先讲几句，胡文强摆摆手，表示自己没有什么可说的。方世雄知道，他这是在消极地表达不满，也无所谓，清了一下嗓子，说道，魏建设这个腐败分子到东钢工作，把我们的思想搞乱了，把我们的目标搞迷失了，把我们的人心搞散了，让我们错失了良好的发展机遇，现在，我们要消除魏建设在东钢的影响，把被他颠倒的一切纠正过来，把失去的损失夺回来，大干快上，努力拼搏，加快配套项目建设，早日实现千万吨钢奋斗目标。他挥动着大手，颇有指点江山的气势。

第三十四章

方世雄回到东钢任职才几天，唐潮就前来拜访。

一见面，唐潮就祝贺方世雄重新主持东钢的工作，说了一堆奉承话。

方世雄对上次唐潮在东钢宾馆毁约的事耿耿于怀，甚至对这个人有些厌恶，根本不想理睬他，但是，联合重组是省里极力主张的一件大事，千万吨项目的建设又急需盛唐公司提供大笔资金，不然只是空谈。他只能勉强装出一副笑脸，应对着唐潮。

很快，两人的话题谈及联合重组。方世雄依然对千万吨项目情有独钟，深有感触地说，如果当时我们把协议签了，千万吨项目就能如期进行，配套工程也就按规划实施了，企业的规模比现在扩大了一倍，东钢就不是现在这个样子了。只可惜，魏建设来了后，东钢的生产规模大大压缩，企业出现了严重倒退。我们两家现在要积极推进联合重组，加快千万吨工程技改工作，把失去的损失夺回来。

唐潮称赞道，方总不愧为具有开拓进取精神的企业家，我非常赞同您的主张，真诚地希望我们两家尽早签订联合重组协议。

方世雄说，对于联合重组后新东钢的股权分配，省里的指示很明确，时间上要求年内完成，我们按省里的指示办就行了，免得我们之间又争来争去，白白浪费时间。

唐潮却不同意这个看法了，当时省里考虑到魏建设不愿接受我们盛唐控股，不得已才定下这个股权分配的折中方案，现在您主持东钢工作，又在大力推进千万吨改造项目，股权分配就没有必要搞得那么复杂了。

方世雄警觉地问道，唐总的意思？

唐潮毫不隐瞒地说，来这里之前，我和国资委的邹主任讨论过，他认为，联合重组是我们两家的事，国资委没有必要插在中间，占有股份了，如果我们需要，国资委5%的股权可以转让给我们。而且，证券会已经同意我们扩股50个亿，联合重组实现了，我打算把这50个亿全部投入东钢的建设。

方世雄明白了唐潮的企图，由于东钢缩小了产能，资产严重缩水，如果盛唐一次投入 50 个亿，盛唐的股本就会大于东钢，就能实行控股。方世雄也是个控制欲很强的人，立即表示反对，这个方案恐怕不妥吧，凭什么盛唐对东钢控股，我是不会接受的。

方总干吗这么急于表态呢。唐潮不急不慢地说着，从随身的手提包里拿出一份材料，请方总看看这个，有什么想法，我们可以心平气和地谈嘛。

这是一份广州宏达商贸公司向东钢供应矿石掺杂使假的案件材料，方世雄扫了一眼，扔在桌上，放声一笑，这家公司与东钢做生意，这个案子发生在魏建设的手上，与我有什么关系？你拿这种东西来威胁我，太小儿科了吧。

唐潮冷面如霜，慢条斯理地说道，这是东钢向市局报的案，市局正在立案侦查，可能有三种结局：一是就案子查案子，对宏达公司作出一定的经济处罚，赔偿东钢的经济损失，这个案子也就了结了。二是以这个案子为导火索，把宏达公司这些年来与东钢的经济往来账目查清楚，看看这家公司从东钢非法得到了多大利益。这样一来，恐怕有不少人会卷进去，再一个个地调查，一网下去，恐怕要捞上来不少大鱼小鱼吧。还有一种可能，矿石掺杂使假案，算不上大案子，市局也可以暂时把它放一放，压一压，不去侦办，时间一长，也就不了了之了。

方世雄暗自吃惊，外表却装出一副无所谓的样子，你跟我说这些有什么用？市局愿意怎么查，让他们去查，关我屁事。

唐潮用一种轻松的口吻说道，可我听说，有个叫方涛的年轻人一直是宏达公司的实际控制人，这批问题矿石能销往东钢，能在当晚用完，是不是他一手操纵的，总还调查得清楚吧。方总就没有兴趣看看这些材料？

方世雄像挨了一记闷棍似的，架子一下子散了，颓然地陷在沙发上。这时他完全明白了，唐潮为了在联合重组上逼他就范，早就做足了准备，这个人心狠手辣，什么手段都使得出来，魏建设落得身陷囹圄的下场，很可能与他暗中使坏有关，如果自己坚持到底，他照样会对自己采取卑鄙的手段，那问题不知比魏建设严重多少倍，魏建设的今天就是他的明天，甚至比他更惨。一想到这里，他的后背丝丝发凉。

方世雄的心理防线一下子被唐潮冲垮了，他沉默了好一会儿，似笑非笑地说，其实，只要为了搞好东钢，谁来控股都一样。既然唐总执意要对东钢控股，只要国资委同意，我也就认了。

方世雄已被降服，唐潮觉得该给他点甜头，方总，你是前辈，我一直都很尊重你，会安排你进入盛唐集团的董事会，公司将派发你 1000 万股份，你觉得如何？

方世雄先是惊喜，继而想到唐潮给魏建设开出一个亿的股份，心里又有些不舒服了，唐总，你给的股份太少了吧，外人知道了，还不笑话我？

唐潮傲慢地说，怎么，嫌少了？1000万股不少了，足够你养老了。

方世雄奔拉下脸，两眼直瞪瞪地望着他，真想扇他两个耳光，转念想到自己的把柄捏在人家手上，就像泄了气的皮球软了下来，唐总还能给我点好处，我要好好谢谢你了。我老了，也该休息了，新东钢就由你们年轻人去折腾好了。

唐潮的目的达到了，脸上绽放出胜利的微笑，为了让方世雄放心，把矿石案的原始案卷给了他，由他处理。

终于扫清了"鬣狗行动"的障碍，唐潮似乎看到百亿现钞滚滚而来，心满意足地说，只要我们两家没有意见分歧，省里自然乐见其成，联合重组就可以尽早实施了。

方世雄一扫之前的踌躇满志，无精打采地说，对于联合重组，我完全尊重你的意见，不再提出异议，可以向省国资委报告了，只要省里批准下来，我们就举行签字仪式。

东方市人民盼望已久的省级电商示范基地开工仪式在龙港举行。

为了举行这个仪式，市里专门平整出一块场地，搭了个巨大的主席台，主席台上摆放着各种鲜花，会场四处遍插彩旗，空中飘荡着五彩气球，悬挂着欢庆和祝贺之类的标语，空气中弥漫着人们的欢笑声和优美的音乐声。

50辆豪华轿车，载着50位商界精英，鱼贯而至，车上的每一位贵宾登上主席台，都会引起一片掌声和喝彩声，这个阵势着实让东方市民叹为观止。

姜红梅是今天的东道主，穿着一款红色时装，系着彩色丝巾，面带微笑，优雅大方，发表了热情洋溢的讲话，对这些商界精英的到来表示热烈的欢迎，特别感谢盛唐实业集团董事长唐潮先生，不仅在东方市建设省级电商示范基地，而且还以自己的影响力，邀约众多实业家到东方市投资，参与东方市的经济建设。我保证，将会举全市之力，为各位实业家提供最优质的投资项目，为基地建设提供全方位的服务。我相信，今天这个日子一定会载入东方市的史册，必将成为东方市经济腾飞的一个新的起点。

唐潮代表商界精英讲话，声情并茂，富有一种强大的感染力，我是东方人，大家不一定熟悉，但是有个人大家会知道，那就是抗日英雄唐虎子，抗战时期新四军独立旅旅长。唐虎子就是我爷爷，当年在这一带打鬼子，解放后接管了这座城市。"文革"时爷爷在省委工作，遭到迫害，也是东方人民保护了他。

我是喝长江水长大的，对这里的一山一水寄托着深厚的感情，所以支持家乡建设义不容辞！投资兴建省级电商示范基地，是我难以忘怀的心愿，也是对家乡人民的回报。这个投资项目将分三期完成，全部投资在百亿以上，相当于在东方市又建起一个新城。不仅如此，还将抓住江都市打造"1+9"大城市圈的有利时机，把江都市的地铁延伸到东方市来，将会极大地提升东方市的城市品位，使东方市成为省城江都市名副其实的后花园和产业转移基地。到那个时候，我们东方市民就可以乘坐城际地铁到江都市去，就像在市内出行一样方便。你们说，这是不是一个前所未有的伟大创举！

唐潮的讲话充满了煽动性，全场的老百姓热血沸腾，对未来充满了憧憬，山呼海啸般的掌声响彻云天。

随后，这些贵宾在姜红梅市长的带领下，走下主席台，为省级电商示范基地奠基。

一声声爆竹如滚滚惊雷响起，一朵朵绚丽的烟花在空中飞舞，伴随着欢笑声、呼喊声、乐曲声合成的旋律，在空旷的原野上久久回荡。

下午，姜红梅又在东方礼堂主持招商引资洽谈会，会议气氛活跃，洽谈了多个投资项目，其中，最大的两个项目，一个是省级电商示范基地，再一个是连接江都市与东方市的城际地铁。

谈到城市地铁的建设，唐潮踌躇满志，对姜红梅说，我们组织了专家论证，拿出了城际地铁的可行性研究报告。东方市城市中心的位置与江都市地铁延伸线的交汇点也就30公里的距离，只要200个亿就能实现这个梦想。今天来的这些朋友中，不少人就是冲着这个项目来的，希望成为地铁专营公司的原始股东。

旁边的几个老板也都附和着点头，表示了浓厚的兴趣。

姜红梅问唐潮道，那打算怎样运作城市地铁呢？

唐潮说，可以注册成立一家地铁专营公司，负责地铁项目资金筹措、建设实施、运营管理、养护维修等，在特许经营期满后，地铁项目及其全部设施将无偿移交给地方政府，再由政府指定的机构继续经营下去。

姜红梅说，这个思路听起来不错，只是这么大一笔巨资如何筹集到位？

唐潮自信地说，民间投资才是最有效率的投资。你可以把思想放得更开一些，要相信这些老板的实力，大胆引进民间投资，使民间资本在我市大大地活跃起来。有了这条投资通道，你这个当市长的日子也会好过一些。

这句话算是说到了姜红梅的心坎上去了，她坐在市长这个位子上，心里系着几百万市民，成天为钱发愁，如果说能够吸引大量民间资本投资城市建设，加快城市发展速度，何乐而不为呢？

趁着姜红梅兴致高涨的时候，唐潮抛出了自己制定的游戏规则，为了体现利益共享、风险共担的原则，我们盛唐这些年来，在一些投资项目上基本采用了"三三制"的投资模式，取得了比较好的效果。具体在城市地铁这个项目上，我们盛唐公司牵头这些商界大佬直接拿出1/3的资金，地方政府拿出1/3的资金，再由政府担保，我们以新东钢作为资产抵押，借贷1/3的资金。这样，资金问题不就很好地解决了吗？

姜红梅说，这个筹资方案还是可行的，我们可以先达成一个意向，作为这次恳谈会上的一个重大成果，事后，我们组织相关部门再进行论证。只要有利于东方市的发展，有利于提高人民群众的生活质量，我们就应该一心一意把它办好。

唐潮笑逐颜开，那么，预祝我们合作成功。

姜红梅笑容可掬，我要代表全市人民感谢你，感谢参加今天招商引资恳谈会的各位商界精英。

唐潮在资本运作上一贯是高手，他知道，投资靠的是EQ，而不是IQ，很大程度上是在跟人性作较量，他看准了地方官员追求政绩的那种迫切的心情，只要你敢开口，他们就敢接招。所以，在一些大型投资项目上，他总是把地方政府拉进来合作，先拿到总投资额的1/3至2/3的资金，经过操作，又可以把项目投资额尽量抬高，最大限度地降低自己的实际出资额，而且一旦投资项目遇到经营危机，地方政府不得不管，不得不出面救市。而自己出资的那部分则可以通过扩股在股市上获得，由股民埋单，这样在一些大型投资项目上，不仅出不了多少钱，还可以从中获利。这些年来，唐潮凭着这套空手套白狼的招数在商海中如鱼得水，屡屡制胜，这一次他又要大显身手了。

姜红梅也有自己的想法，作为一位市长，是地方最大的行政长官，所谓为官一任，造福一方，在她这届政府中，如果能够建设连接江都市的城市地铁，将是造福于几百万东方市民的世纪工程，是一座不朽的丰碑。对于她本人来说，也是一个了不起的政绩，为竞选副省长必定会增添更大的政治资本。

招商引资洽谈会非常成功，达成投资意向75项，协议投资总额350多亿元。

当晚，姜红梅在广宴楼举行盛大的酒宴，款待与会的商界精英们。

这个广宴楼建在长江之畔的江滩，相传孙权建都后，众将领凯旋回朝时，他都要在此处大摆宴席，以示庆贺。有商家在原址建了一栋仿古酒楼，俯瞰大江，独具风骚，成为东方市最豪华、最气派的酒店。

在富丽堂皇的大厅，唐潮和姜红梅坐在一桌，他所坐的位置，前面是浩瀚的长江，背后是巨幅壁画孙权赐宴群臣图。

姜红梅借机对他说，当年孙权站在此地，英姿勃发，指点江山，三分天下有其一。长江后浪推前浪，唐总今天的大手笔，一点不逊于当年的孙权，将会在东方市的历史上留下灿烂的一页。

唐潮春风得意地说，谢谢大姐的夸奖，东方市是我成长的地方，也是我商业发展的福地，我们将在这里建立起一个庞大的商业帝国，振兴东方，舍我其谁？

姜红梅起身站立，举起酒杯，提议为唐潮商业帝国的建立干杯，赢得满堂喝彩。

人逢喜事精神爽，忙碌了一天的市长姜红梅，面若桃花、春风得意地回到家里。

丈夫肖一凡将泡好的养颜茶倒在杯子里，端给妻子，看你心情这么好，今天一定是大有斩获。

姜红梅喝着养颜茶，兴奋地说，今天上午，省级电商示范基地破土动工，这个百亿工程总算是落地了。下午的招商引资洽谈会，达成投资意向项目75个，协议资金350多亿元。最值得高兴的是，连接江都市的城市地铁项目也形成了意向协议，这个项目要是建成了，我就不再为东方市GDP的增长发愁了，也必将造福几百万东方市民，我们就掀开了东方市新的历史篇章。

肖一凡是搞经济工作的，一向对投资很有兴趣，关切地问，这么大的一项工程，得多大投资？

姜红梅答，初步预算200亿元。

肖一凡又问，都由谁来投资？

姜红梅答，唐潮提出了个"三三制"的投资方案，成立一个股份制的专营公司来运作这个项目，由盛唐公司联合几家有实力的公司作为原始股东，共同出资1/3，我们政府出资1/3，再由政府提供担保，专营公司向银行借贷1/3。按照这个投资思路，筹集地铁的建设资金应该不成问题。

肖一凡说，这个方案看上去挺完美的，但是，你想过没有，最大的赢家是唐潮，而最大的问题，是由政府来承担风险。这种项目属于长线投资项目，短期内无法获得效益。如果经营状况不如预期，或者经营管理不善，出现长期亏损，政府就得出面管，甚至全部埋单。

姜红梅显得乐观多了，你的投资理论太消极了。我现在要有看得见的成果，要有体现政绩的工程，至于这个项目所欠下的债务，以及建成后能不能如期盈利，这都是以后考虑的问题。

肖一凡自嘲道，这就是实业家和政治家思维方式的区别，不过，只有唐潮这个人厉害，两边都能通吃，不愧是投资高手。

姜红梅说，你对唐潮有偏见。其实，唐潮这个人，眼界开阔，思维活跃，精明过人，还拥有强大的政治人脉和雄厚的商业资本，能够在变幻莫测险象环生的商海里如鱼得水。

肖一凡提醒道，这个人身上利字太重，损招太多，小赢靠计，大赢靠德，像他这种人品，不是一个特别出色的商人。你和他打交道时要提防着点，不能被他的表面所迷惑，更不能落入他的圈套，被他所利用。

姜红梅说，商人嘛，追逐利润最大化本是天经地义的。他在我省的根基很深，活动能力强，神通广大，不是一般人比得了的。你知道吗？孟副省长对他很赏识，很快就要成为他的丈人了。

肖一凡严肃地说，你不能把自己的政治生命全押在这个人身上，那样做是很危险的。一旦这样的巨大工程投资失败了，上面追究起来，你这个当市长的就有推卸不了的责任，到时你就成了他的替罪羊。

姜红梅一脸生气，老肖，你对唐潮的成见太深了，我和他是同学，对他还是了解的，我对他比较有信心。其实，她的心里想的是，这些政绩工程的建设，为她竞选副省长会加分不少，至于几年后，她还能在东方市市长这个位置上吗？即使出了问题，也是留给后任去解决了。

肖一凡笑着说，红梅，你今天心情好，我不应该破坏你的兴致。昨天，我陪同省里的客人游览了市里的风景区，来到江边吴王点将台，想起了辛弃疾的著名诗句："千古江山，英雄无觅孙仲谋处。舞榭歌台，风流总被雨打风吹去。"触发了写诗的灵感，学写了一首词《江城子》，你给我看看。

姜红梅读罢这首词，夸奖道，这首诗既有景，又有情，既写了三国英雄争夺霸业，又写了当今，"人才辈出看今朝，挽狂澜，真英雄"。写得好，我很喜欢这首诗，送给我吧，我有用场。

肖一凡问，见笑了，你拿去有什么用？

姜红梅说，我请书法家写出来，然后装裱好，作为礼品送给唐潮。他为我市做了这么大的事业，我正在发愁送他点什么礼物，这下问题解决了。

肖一凡不乐意了，这首诗给唐潮？他不配！

姜红梅问，那你写给谁的？

肖一凡答道，说来有些奇怪，我当时站在吴王点将台，脑子里突然出现了你那位正在牢中受苦受难的同学，他站在点将台上，对着我微笑，一下子触动了我的灵感，这才写出了这首诗。

姜红梅不解地问，写给魏建设的？

肖一凡说，你这两个同学，我更敬佩魏建设，这个人没有那么多的花花肠子，也没有那么多的阴招损招，光明磊落，作风实在，脚踏实地，敢作敢当，是个值得深交的朋友。以后有机会，我要当面把这首诗献给他。

姜红梅严肃地说，老肖，你这个态度有问题，魏建设已经被检察机关羁押了，你还为他歌功颂德？

肖一凡笑道，你相信他有严重的问题吗？

你对我怎么没有过这么浪漫？

姜红梅抱怨道，我和你的看法有些不一样，魏建设到东钢不到两年时间，给我惹了多大的麻烦。叫停千万吨钢工程，产能大幅度下降，把全市的GDP一下子拉下来了。两次减员一万多人，给市里造成了多大的就业压力。还有，放任工人与村民打架斗殴，带头到市局闹事，在全省造成恶劣的影响，甚至连累我也跟着倒霉，受到全省通报批评。你说说看，他到东钢来做了几件好事？

肖一凡提出了不同的看法，魏建设停建千万吨项目不失为明智之举，虽然产值比原来减少了一些，但把一个快要破产的东钢救活了，这不是功绩吗？还有以减员为主的改革，使企业浴火重生，轻装上阵，有什么可指责的？他主持打造智能工厂，使东钢成功进行了转型，从亏损到盈利，不就帮了你这市长的大忙了吗？如果他还在任上，神通快递公司投资的航空港经济区的项目很有可能花落东方，我看王氏兄弟是不错的商人，他们来投资，叫人放心多了，不会让政府承担那么大的投资风险。

听了丈夫说的这些，姜红梅的心里似乎有所触动，长叹了一声，可惜，魏建设把握不住自己，在廉政上栽了个大跟头，自己受牢狱之苦不说，对市里也有影响。神通公司那个王总听说了魏建设的事情后，说我们市里没有保护好企业家，保护能干事的人，对我市的投资环境不满意，不愿继续和我们洽谈航空港经济区的投资项目了。现在不依靠唐潮，还能依靠谁？

肖一凡说，魏建设的品质应该是可靠的，他会被区区几百万所收买？我总觉得这个案子哪里有点不对劲。

姜红梅说，我们应该相信组织，不会冤枉他的。你也别替他多想了，好好想想怎样收回你对东钢的借款和发行的建设债券吧。当时我就提醒过你，要谨慎一些，你不听，如果收不回，你这行长还当得下去吗？

肖一凡平静地说，甭担心，一切都在按协议执行。我认为这是我做得非常正确的一件事，我一点也不后悔，该我承担的责任，我会承担，大不了削官为民，正好回家全心照顾你，天天为你洗衣做饭，端茶倒水，这还不好吗？

姜红梅戏言道，你别在我面前贫嘴，要你成天侍候我，我可享不了这个清福。

第三十五章

虽然魏建设已经移交到了检察机关，胡文强心里总有一个槛过不去，他会受贿吗？他是腐败分子吗？他会那么傻吗？这一天，胡文强把郑少杰、孟滢约到一品茶馆，这里比较偏僻、幽静，便于一起说事儿。

三人刚一坐定，胡文强冒出了句不着边际的话，真正的战士可以死于命运，但绝不屈服于命运。

另外两人不明白他突然说出这句话的用心，用一种疑惑的眼神看着他。

胡文强又补充了一句，这是魏建设对我说的一句话，请你们解释一下这句话的含义是什么？

郑少杰直爽地说，这应该是魏总真正的品质，所以我从来都不相信他是个腐败分子，肯定是被人冤枉的。

孟滢分析说，每一个民族都有自己的堂吉诃德，每个时代都有自己的堂吉诃德，魏建设这样的企业家就是我们这个时代、这个民族的堂吉诃德。像他这样的骑士，命运只有两种，要么跌入地狱，要么登上高峰。这就是我佩服他人格的地方，我怎么也不相信他是一个腐败分子，不然，我不会在报纸上写出那样的文章，公开为他打抱不平。可是他在纪委、检察院都承认了自己有罪，甚至对自己的罪行交代得很清楚，这与他做人的品质又是自相矛盾的，到底哪一个魏建设是真的呢？

胡文强沉思道，我相信他做人是堂堂正正的，不会干出亏心事。但是他又交代出了自己的问题，依他那个脾气，刑讯逼供是撬不开他嘴巴的，那就是有难言之隐。我们是要想法子破解这个难言之隐，查找出事实真相，还他一个清白。

郑少杰说，魏总的受贿案是省纪委查处的，纪委总不至于冤枉诬陷他吧。我们想翻这个案子，不仅是与纪委对着干，也是与方世雄过不去，万一哪天方世雄知道了，就不怕他报复你？

胡文强坦然地说，我这一生都是小心谨慎过来的，为了保住自己的位子，说过违心话，做过违心事，活得挺窝囊的，这回就豁出去了，做一回自我，也算对得起魏建设这个兄弟，对得起自己。

好！郑少杰拍着胸脯说，胡书记这样说，我还有什么顾虑，一切听从党召唤。

孟滢说得更爽快，就在几天前，为了发表那篇替魏建设鸣冤的文章，我的工作都辞掉了，没有任何牵挂了，只要查找事实真相，我很乐意去做。

谈到怎样调查，胡文强问道，你们想过没有，如果魏总是被人陷害的，谁最有可能是背后那个黑手？

孟滢反应敏捷，要想查出这个人并不难，关键看谁在这场游戏中获得最大好处。

郑少杰不假思索地说，当然是方世雄了，魏总到东钢接替了他的位置，他当然不舒服，每次迫害魏总他是最起劲的，现在目的达到了，重回东钢当上了老总，不是他还有谁？

胡文强也有过相同的想法，但是有的问题在逻辑上又说不过去，他分析道，方世雄虽然对魏建设回东钢当老总心里一直不满，即使有心要陷害魏建设，也缺少必要的条件。认定魏建设涉嫌违纪的主要是两件事，一个是一次性受贿100万元，这是由几个与东钢有业务关系的老总，在他住院期间合伙送给他的。如果方世雄要存心陷害魏建设，找几个老板办这件事不太难。

孟滢说，现在反腐的风声这么紧，行贿受贿往往都是一对一地进行，而且都是非常神秘的活动，哪有几个老板合伙一起给人行贿的，有点不可思议。

胡文强说，探望病人，大家一起凑份子钱，勉强说得过去，只是份子钱这么多，不合常理，感觉是有人故意栽赃陷害他。除了这件事情外，魏建设还有一项罪名，索贿320万元，在江都市购置了一套商品房。这件事凭方世雄的能力，是做不出来的，就是他想出这笔钱，魏建设未必领他这个情，应该与他关联不大。

郑少杰急了，除了方世雄，还有谁会做出这种恶毒的事情呢？就我所了解的情况，有人早就想谋害魏总了。上次村民到东钢堵门堵路，市局根本不愿意处置，后来抓人的行动又快得很，这明明是冲着魏总来的。还有，东钢减员后，网上疯传一些对魏总不利的流言，其中最严重的是"独狼"和"活着不易"，我当时向市局反映了，他们也是置之不理，后来查明，"独狼"是魏总的外甥，而"活着不易"这个网民至今都没有查出来。我都怀疑，刺杀魏总的行动，是有人故意挑起的。谁想要他的命，没有根本的利害冲突是不会下这种毒手的。

胡文强望了孟滢一眼，为难地说，孟记者不是外人，我就实话实说。依我判断，魏总在东钢与人最大的冲突就是联合重组，而想除掉他，从中获得最大利益的这个人，孟记者可能知道。

孟滢感到惊讶，眼睛瞪得大大的，露出不可思议的神情，连忙否认道，你指的是唐潮？不可能是他。魏建设双规后，他一直表示同情，我在报纸上发表那篇文章，他还表示了支持。虽然他在联合重组上曾经与魏建设有过一些分歧，但是他对魏建设还是不错的，主动提出给他一个亿的股份，要他继续留任新东钢的总经理，而且联合重组的协议基本上达成了，也得到了省里的认可，只是缺少一个签字仪式而已。如此说来，唐潮没有理由陷害魏建设呀。

胡文强担心把问题说得太尖锐，容易伤害孟滢的自尊心，毕竟她是唐潮的未婚妻，但这个事情不查清楚，又如何替魏建设洗刷冤情呢，而要查清真相，有些工作必须依靠孟滢来做。他说，现在只是怀疑，最好能够排除他是幕后操纵者。为了查找真相，眼下我们有些事情要做。首先是百万礼金的事情，我和其中一个送礼的老板有过接触，我去找他，希望他说出实情。再就是购置房产的事情，我去找一下魏总的妻子，把购房的整个过程搞清楚。另外一个要查证的事情是网络上的流言，特别是要找出那个叫"活着不易"的网名，以及他与"独狼"有什么关系，查清魏建设遇刺有没有人在暗中挑唆，如果有人挑唆，性质就恶劣了。

郑少杰说，那段时间网上的内容我们全部复制下来了。

孟滢说，我认识一个姓吕的律师，他是个怪才，电脑破译高手，最擅长秘密调查，以前我在做新闻中难得了解到的事情，委托他去调查，办得都很利索，这个事可以委托他去办。

胡文强表示赞同，郑少杰就把一个U盘交给了孟滢。

胡文强又对孟滢说，我还听魏建设提到过，唐潮制定了一个"鬣狗行动"，是你表姐柳诗韵告诉他的，但不知道具体内容，如果能够把这个"鬣狗行动"弄到手就好了。

孟滢说，我也是在和唐潮一起去非洲旅行时，偶然听到他和公司策划部的韩晓波讨论了几句，提到这个"鬣狗行动"，至于具体内容我一点也不知道，而且后来他在我面前再也没有提起过。凑巧的是，前几天我遇到了韩晓波，他告诉我已经从盛唐辞职了，我出于职业的好奇，向他打听"鬣狗行动"，他只是承认有这么个计划，但对具体内容一个字也没有透露给我。

胡文强掠过一丝惊喜，看来还真的有这么个东西，有可能是关于联合重组的另一套方案，要是能搞到手就好了。

孟滢不置可否，没有言语。

最后，胡文强说，还有件要做的事情，就是对广州宏达商贸公司的调查。

郑少杰说，不是已经向市局报了案吗？

胡文强说，市局那边一点动静都没有，估计他们是想把这个案子压下来。我已经向检察院的领导作了汇报，检察院准备安排人员秘密调查，我们这边得有个人配合一下。

郑少杰正着急没有他的事，自告奋勇地说，我去吧，保证配合他们完成这项任务。

胡文强说，一个保卫部长，几天都不在厂里，还不引起怀疑？这次不用你去，可以安排吴斯去，反正他在东钢辞职了，谁也不会注意他。

郑少杰大笑道，胡书记，看来你早就安排好了这一切，这成了什么世道呀，把你这样的老实领导都逼成了老狐狸。

自从丈夫双规后，冯丽娟成天以泪洗面，一直在痛苦中煎熬。她无法忘掉，那天纪委的工作人员把她带回家，从她家里搜出了信用卡和购房合同，然后把她一直关着，直到她承认这些受贿行为是魏建设指使的或默许的，才把她放回家。一想到这些，她就不寒而栗，心有余悸，有时甚至从睡梦中惊醒过来。

胡文强登门看望时，冯丽娟还没有从痛苦和恐惧中清醒过来，虽然原来见过他，也知道他的身份，但不清楚他的意图，对他还是有所防备。

胡文强把买来的水果放在一边，关切地问，弟妹，你也不要太伤心难过，日子总会好起来的。

冯丽娟情绪低落地说，建设一出事，整个家就像塌了下来一样，单位不让我上班，只能在家里待着。这个事情还不敢告诉女儿，怕影响她读书和练琴，她马上又要参加音乐会的演出，我真不知道怎么办才好。说着说着，她忍不住哭了起来，倾诉道，人家当老总，家里日子过得风风光光，只有他呀，哪叫过日子？一年回不了几次，谈不上能照顾什么，家里人成天替他担心，他的处分一个接一个，还差点被人弄死，好不容易留下一条性命，又被关进了牢房，你说他这个官当得值不值？

胡文强安慰道，我和魏建设是老同事、老朋友，他的为人我清楚，他到东钢，处处都在为企业着想，为职工着想，把一个快要破产的企业救活，好多职工都想念他，说他是个好人。我相信他对自己的要求是严格的，不会干出那些出格的事情，这里面也许有什么误会，或者有什么冤屈的地方，总会还他一个清白，到时你们一家人不就又可以团聚了吗？

胡文强说话的时候，冯丽娟不敢正视他，脸色很难看，低着头不吭声，叹着气，心痛地说，他也是四十多岁的人了，受着这份罪，还不知哪一天有个尽头？

胡文强尽量委婉地说，弟妹，为了洗刷魏总的冤情，有几件事我想向你了解一下，好替魏总说话。你放心，我们这是私人之间的交谈，不会作为法庭上的证据。

冯丽娟抬头，像一只关在笼内的受伤的小兔子，用一种充满恐惧的目光望着他，不置可否。

胡文强说，据我们了解，纪委对魏建设实行双规，主要认定的是他做错了两件事，一个是受伤住院期间，收了私人老板送的一张卡，这是怎么一回事，你方便告诉我吗？

冯丽娟边想边缓缓地说，我记得有一天，来了一帮人看老魏，他们自我介绍，都是一些做生意的老板，我都不认识，老魏有的认识，有的也不认识，他们在病房里待的时间不长，也是几句客套话，我送他们出门时，有个老总塞给我一张卡，说是他们的一点心意，我当时推了，实在推不掉，我才收下。

胡文强问，魏总要你和小郭一起把他住院期间收的礼金全部退回去，退不掉的，交给纪委，纪委收下了二十余万元，还给你开了一张凭据，当时这张卡怎么没有退回去呢？

冯丽娟说，在清理礼金的时候并没有把这张卡放在心上，后来我查了一下，有整整100万元，我当时动了杂念，老魏当这个经理，一个月拿回的也就那么几个工资钱，家里的一点存款又买了房子，还欠下一大笔债务，女儿高中毕业打算留学，出国费用还没有着落，心里一犹豫，就把这张卡留下来了。

胡文强问，魏总知道这件事吗？

冯丽娟沉默住了，不作回答。

胡文强认为这一点很重要，又加重语气问了一句，弟妹你告诉我，魏总是否知道？

冯丽娟脸色慌乱，先是摇摇头，后又点了点头。

胡文强叹息了一声，调整了一下情绪，接着询问购房的事，纪委、检察机关认定的另一件，就是购买房子的事。你也把经过和我说说吧。

冯丽娟对这段经历刻骨铭心，不假思索地说了出来，有次盛唐公司的唐总和他的助理金总到我家来，看到我家的房子不大，劝我改善一下住房条件，我当时以为说说而已，没想到第二天，金总就来了，陪着我一起在江都市锦江花园选中了一套住房，接待我们的罗总说一次性付清能享受七五折，这一笔就能节约100多万元，我家里当时总共的存款只有百把多万，还不够支付，余下的钱款都是金总借给我的，这样就把购房合同签订了。

胡文强问，购房合同呢？

冯丽娟答，已经被纪委拿走了，说是证据。

胡文强问，那个金若愚借钱给你，你当时打了借据没有？

冯丽娟说，我当时要给他写的，他说等到付款后再写。后来他把余款都付了，我又说要给他写，他说不用急，哪天见面后再给他不迟。只是那以后我们就再没有见面的机会了，所以，到现在也没有给他写借据。

胡文强说，你说的这些魏总都知道吗？

冯丽娟说，他知道我购房，我们还一起去看了新房，他极力反对，一定要我把房子退掉，为这事我们两人还闹得很不愉快呢。

胡文强松了一口气，魏总这么做是对的，那你后来又是怎么做的？

冯丽娟说，我按他的意思去找了那个开发商，开发商说直接退给他们要收违约金，得扣除好几十万，要想不扣违约金，可以委托他们代理把这套房子挂出去销售，后来我问过几次，他都说没有卖出去。时间一长，我也就没有问他了。

胡文强愤愤不平地说，这是个圈套，是设计好来陷害你们的。麻烦的是，他们做得天衣无缝，一切都是按正常程序办理的，没有留下任何把柄。这伙人简直是太卑鄙无耻了！

冯丽娟心里乱成一团，不断地自责，一切都怪我，怪我贪图便宜，害了我家老魏。

胡文强毕竟担任了多年的纪委书记，对相关政策还是很了解的，分析道，这两笔受贿案，都有值得怀疑的地方，都有人为故意陷害魏建设的嫌疑。如果这两件事他是完全不知情的，是其他人背着他干的，那就会减轻甚至免除对他的处罚，可是他要是真的知道这些事，哪怕没有亲自参与，也与他的权力影响有关，问题的性质就严重了，要想翻案就难了。

冯丽娟感到伤心绝望，眼泪止不住地流了出来，紧紧拉住胡文强的手，恳求道，胡书记，你是我们家老魏的朋友，你可要想法子救他呀。

胡文强诚恳地答应，我是不会轻易放弃的，还会继续查找下去，只要找到他们栽赃陷害魏总的证据，就有希望洗清他的不白之冤。停顿了一会儿，他若有所指地说道，冯老师，恕我说句你不爱听的话，解铃还须系铃人，最能救出魏总的恐怕只有你了。

冯丽娟脸上一时浮现出恍惚的神色，知道胡文强话中有话，低着头不语。

魏秀珍是个苦命人，好日子还没有过上几天，弟弟魏建设又摊上了大事。

春秀酒楼开张后，卤制品的生意渐渐火爆起来，酒楼每天几乎座无虚席，还在东方市开办了两家销售网点，专门销售"馋嘴"牌卤制品，买的人挺多。日子正有点盼头，儿子有为犯傻了，把舅舅刺伤，释放回家后送进了精神病院。谁知弟弟魏建设又被纪委的人带走，说他犯了受贿的案子，被关押在看守所。魏建设是个什么样的人，她心里再清楚不过了，一身正气，两袖清风，巴心巴肝地为了东钢，这样一个人怎么可能是腐败分子呢？她一万个不相信！可是，他本人承认了受贿的事实，检察院能瞎抓人吗？这对她不啻晴天霹雳，打击很大。她一方面恨铁不成钢，弟弟怎么这么糊涂呢，一世英明就这样毁了。另一方面，打断骨头连着筋，一家人终究是一家人，她要尽自己最大的力量为弟弟做点什么。

她跟酒楼的合伙人卢春来商量，自己要退出这个酒楼的股份，看能够折算出多少钱，必须一次性退给她，要现钱，哪怕少算一点也行，她有急用。卢春来把整个账算了又算，退给她50万元，然后办了一张卡，交到她的手上。

卢春来还是诚恳地挽留道，大姐，酒楼的生意这么好，这个月可以赚到10万元钱，你这个时候退股，多可惜呀。

魏秀珍苦笑道，我这不是要急用吗？不然，哪舍得这个时候退股。

卢春来有些着急起来，我们酒楼全靠你这块牌子撑着，你要退出去了，往后的生意怎么做呀？

魏秀珍说，傻妹子，我只是把股退了，人又不走，还在这里打工，还是和你做伴。

卢春来自然乐意她留下来，我有个想法，这50多万算是借给你的，你在酒楼的股本不动，欠的钱慢慢还就行了。这家酒店还是我们姐妹俩合伙的，只要生意像这样红火下去，年把两年你就能把债还清，这样不就更好一些吗？

好妹子，谢谢你的好意。魏秀珍深受感动，还是固执地说，你的钱又不是大水漂得来的，我怎么能拖累你，要你替我扛着这个担子呢？

拿到钱的第二天，魏秀珍赶到了弟弟在江都市的家里，见到了弟媳冯丽娟。她满脸泪痕，双眼红肿，昔日的娇媚之气荡然无存，也没有心情收拾家什，家里空间本来就狭小，东西随意摆放着，显得一幅落败的样子，叫人看得有些辛酸。

魏秀珍默默地帮着她收拾屋子，该洗的洗，该抹的抹，该扫的扫，整个屋子显得亮堂多了。看到冰箱空空的，急忙到附近菜场去买了一些蔬菜肉食水果，把冰箱塞得满满的。又想到晶晶放学回家吃饭，慌忙在厨房里炒菜做饭，没停过一分钟。

在她忙这些家务事的时候，冯丽娟一直像个木偶似的呆坐在沙发上，泪眼婆娑，一个劲地叹息着。当听到门铃声响起时，像触电一样从沙发上弹跳起来，快速揩去眼泪，一把打开门，见到女儿晶晶站在自己面前，完全像换了一个人，笑容满面地接过女儿的书包，把女儿迎进屋内。

晶晶觉得妈妈怪怪的，站在门口愣了一下，转眼看到姑妈，甜甜地喊着姑姑，又看到桌子上鱼呀肉呀摆了几盘子，还有她最爱吃的基围虾，仿佛饿死鬼投胎，毫不客气地吃上了。冯丽娟本想批评她缺少教养，话未出口，还是收了回去。魏秀珍把盛好的饭端到桌上，三人开始吃了起来。冯丽娟只吃了几口，不停地为女儿夹菜，晶晶风卷残云似的消灭了一碗，又加了一碗，边吃边说，这几天老妈总是给我煮面条吃，害得我见了面条就反胃，都不敢吃了。还是姑姑对我好，弄的都是我爱吃的菜，好开心。

魏秀珍笑着说，你要喜欢吃姑姑做的饭菜，姑姑就住在你这里，天天给你弄好吃的。

太好了！晶晶兴高采烈的，过了一会儿，娇嗔地埋怨起父亲来，姑姑，你回东钢后，告诉我爸一声，就说我对他有意见，好长时间也不回家，电话也不打一个，我给他打电话，他还老关机，简直太气人了。再过几天，我就要参加音乐会的表演了，一定要他观看我的表演。他要是不来观看，我就不认他这个父亲了！

冯丽娟在暗中不停地给魏秀珍使眼色，魏秀珍意识到她没有把魏建设的事告诉女儿，有意敷衍道，好，我一定把侄女的话带到，他不能只顾工作不顾家，到时一定要他回来观看音乐会。

魏晶晶高高兴兴地上学去了，魏秀珍也打算回家了。临走前，她对冯丽娟说，我弟弟是个好人，昧良心的事他是做不出来的，我们要想法子把他救出来。

冯丽娟一颗心让痛苦浸泡得麻木了，六神无主，魂不守舍，不知如何回答姐姐，只是默默地流泪。

魏秀珍说，佛争一炉香，人争一口气。我这次把春秀酒楼的股份全都兑出去了，一共换得 50 万元，都存在这张信用卡里了，我把它交给你，多少给你凑一点，你拿去救弟弟吧。要是还不够，我就把给有为买的那套房子卖了，还能再凑一点。不管费多大的力气，也得把他救出来呀！

冯丽娟无法控制住自己，深埋着头，放声痛哭，双肩不停地颤抖，待她抬起头来时，泪水在脸上已经织成了一张网。她望着魏秀珍，有气无力地说，姐姐，我们亏欠你的太多，给你家里造成那么大的困难，你家里还有两个病人需要用钱，我怎么能要你的钱呢?

魏秀珍不容她推托，强行把信用卡塞到她的手上，钱财是身外之物，生不带来，死不带去，现在最要紧的是想办法把我弟弟救出来。我还可以在那家酒楼继续打工，大不了从头再来!

第三十六章

冯丽娟最担心的事情终于发生了。

这天，在长江音乐学院附中就读的女儿晶晶还未到放学时间就跑回家了，推开家门，一见到她，不顾一切地扑在她的怀里，号啕大哭起来。

她的心里一下子慌乱了，劝道，姑娘，别哭，怎么回事，讲给妈听听。

女儿哭了好一阵，才抬起头来望着她，哽咽着问道，妈，你告诉我，老爸是腐败分子吗？

这句话像锥子一样扎在冯丽娟的心头，她一时不知如何回答女儿，只好说，你相信你爸是好人吗？

女儿点头，我相信他是好人，绝对是个好人。

冯丽娟露出一丝凄楚的微笑，相信就好。

女儿问道，那为什么老爸还是被抓起来了，坐牢了，这是真的吗？

冯丽娟连忙否认道，你听谁瞎说的？没有这回事，你爸还在单位工作，好好的，只是年关来了事情多，太忙了，一时顾不上回家。

女儿睁着一双大眼睛，班上有的同学议论这件事，被我听到了，还说我是腐败分子的女儿，没有资格参加音乐会。老妈，你就别骗我了，好不好？

冯丽娟说，孩子，你要相信你爸爸，他是个好人，他是爱你的，是爱我们这个家的。

晶晶说，妈，我不上学了，同学都用一种异样的眼光看我，都在背后说我的坏话，我不想见到他们。

冯丽娟说，乖女儿，那怎么行，这个学期还有几天就要结束了，不考试怎么行呢？再说，马科斯大师的音乐会很快就要举行了，你要把心事放在这个音乐会上，把你表演的曲目练习好，不管别人说什么，都不要受影响，这个马科斯先生是维也纳音乐学院的院长，他要是对你的表演感到满意，高中毕业后就能接受你去留学深造，将来就有机会成为世界级的艺术家。

晶晶反感道，又来这一套，我不想读书，不想参加演出，不想出国留学，不想成为艺术家，我只要老爸平安，只要老爸早点回来，我们一家人在一起。

冯丽娟无力地劝道，孩子，你安心学习，安心参加演出吧，你爸爸会回来的。

晶晶说，你骗人，他能回来吗？他什么时候回来？只要老爸回来，让我见到他，我就参加演出，不然我就不参加演出，我就这一个要求，老妈，你能答应我吗？

冯丽娟紧紧地把女儿搂抱在怀里，强忍着泪水说，别的什么要求妈妈都答应你，只有这一条妈妈不能答应，不能把你的大好前程断送了。

晶晶的性格有些随父亲，倔强得很，毫不妥协地说，不管怎么样，那天在舞台上见不到老爸，我坚决拒绝演出。

冯丽娟惊慌道，孩子，你不能这样呀！

晶晶头一昂，我说到做到！

女儿将了冯丽娟一军。她知道，魏建设的案子已经移交给检察院了，人关在看守所，在没有宣判之前，是绝对不能去探望的，更不可能放出来观看女儿的演出。可是女儿又是个倔脾气，如果在舞台上退出了表演，今后的艺术生涯也就断送了。这可怎么办呀？

六神无主的冯丽娟在危难的时候，突然想起了高洁，她既是同校的教授，更是孟副省长的夫人，求求她在省长面前说句话，能不能格外开恩，让魏建设出来观看女儿的演出。

女人心海底针。当身边的人过得好的时候，她们的心里总有那么点酸酸的醋意，一旦身边的人日子不好，落难了，心底无形中涌出一股怜悯之情。当冯丽娟在高洁面前可怜巴巴地说了自己的请求后，高洁没有多加思考，就应承下来了。她听过晶晶的钢琴演奏，觉得这孩子是个难得的音乐天才，如果失去了这个千载难逢的好机会，实在是太可惜了。

当天，趁着吃晚餐的时候，热心肠的高洁对丈夫说，老孟，东钢的魏建设不是出事了吗，他的老婆冯丽娟是我的同事，她想求见你，不知道方便不方便？

孟铁生说，她要谈魏建设的案子，可以找纪委或者检察院，我就没有必要见她了，这是个敏感时期，我们可不能干扰司法。

高洁说，冯丽娟要是找你谈案子，我也不会那么糊涂地答应下来。她有个女儿，在我们院校附中学钢琴，绝对是个音乐才女，这次想参加一个大型音乐会的演出。她急着找你，为的就是这件事。

女儿孟滢在一旁帮腔道，我也听说他们这个女儿很有音乐才华，在国际多个音乐节上获得过奖杯，如果失去这个机会多可惜呀，老爸，你帮帮他们吧。

孟铁生说，这样的话，不妨见一下。

高洁说，那就安排她到家里来？

孟铁生摆了一下手，在家里和办公室见面都不大好，你可以在外面找个地方，我们谈完就走。

高洁答道，好，我作安排。

冯丽娟见到省领导，显得既胆怯又激动，端在手上的茶杯都有些抖动。

孟铁生怕她谈论魏建设的问题，一上来就限定了谈话的内容，关于魏建设的问题，检察机关正在查办，你有什么想法，可以直接找他们反映，今天我们就不谈论这个问题了。听高洁说，你好像有什么事想找我，那就请讲吧。

冯丽娟知道这是个难得的机会，鼓起勇气，把自己的请求说了出来，我有个女儿，叫魏晶晶，在长江音乐学院附中读高二，这孩子很有音乐天赋，毕业后想报考奥地利的一所音乐学院。过几天，奥地利音乐大师马科斯要到江都市举办音乐会，邀请我女儿晶晶同台表演，这孩子开始热情很高，自从知道她爸犯事了，情绪受到很大影响，不愿参加这次演出，我在家好劝歹劝，她提出了一个条件，一定要魏建设到剧院观看，她才参加演出，这个条件也太难了，我怎么劝她都是这句话。我也是走投无路了，才想到来求您，请您帮忙说句话，满足一下孩子的要求，让他爸到剧院去看一场孩子的演出，我们全家人对您感激不尽。

孟铁生听了这个请求，脸上毫无表情，虽然看上去是一件小事，但是办起来实在有些犯难，他一直都很赏识魏建设，对他目前的处境感到惋惜，可是魏建设关押在看守所，正在接受调查审讯，这个时候安排他出来观看孩子的演出，不就是干预司法了吗？那些对自己不满的政客会不会利用这件事做文章？

冯丽娟看到省长没有表态，一下子在省长面前跪下了，哭着说，孟副省长，您就为我们说句话吧，满足孩子这个心愿，求您了！

孟铁生急了，冯老师，快起来。

高洁也过来，把冯丽娟拉了起来，有话好好说嘛，别这个样子。

孟铁生谨慎地说，这样的事以前我还没有遇到过，这次我就试试吧，你也不要抱有太大的希望。

当天，孟铁生在自己办公室里约见了省纪委副书记周书海和省人民检察院副检察长丁一民。周书海为了慎重起见，带来了第五室主任许远征。

大家闲扯了几句，孟铁生说，今天把你们请来，主要是有件事情想请你们帮助解决，只是一个私人的请求，不是组织行为。这个事嘛，说小就小，说大就大，当然，如果这件事情不符合法律要求，甚至有违法之嫌，你们完全可以拒绝办理，对我就不用客气了，不能影响你们犯错误吧。

两位领导平时跟孟副省长都很熟，知道他原则性强，见他这么一本正经地说话，感到不是一件小事，请他把问题说出来。

他把冯丽娟对他的请求说了一遍，然后说，魏建设的案子还在查处过程中，人还关押在看守所，这个时候把他放出来观看孩子的演出，是有些不太合适，但是，孩子是无辜的，不应该受到伤害，给她创造一个好的环境，有利于她的健康成长，是一件有意义的事。

丁一民说，嫌疑人在关押期间，我们给他一些关怀，可以影响他的情绪，有利于他更好地交代问题。

周书海提出了自己的担心，嫌疑人在关押期间参加公众场合的大型活动，会产生不好的影响，也很难控制他的行为，要防止他逃跑，防止他自杀，防止他闹事，防止他串供，哪一点出了问题，我们都负不了这个责任。

许远征插嘴道，坚决不能这样做，这是违反相关法律规定的，你们都是大领导，更不能做违法的事情。

几个领导不好说什么了。

还是孟铁生转弯快，小许同志说得有道理，是我糊涂了，拉着你们一起犯错误，我收回，算我没说。

丁一民扫了许远征一眼，想批评他，又不好开口。

许远征笑了，不就是观看演出？能不能找个演员，冒充一下魏建设？

孟铁生大笑，对呀，对呀，我怎么就没想到？东钢有个职工长得和魏建设差不多，请他来顶替一下，问题不就解决了吗？

长江音乐厅，风格典雅，造型端庄，正在举办奥地利音乐家马科斯经典钢琴曲梦幻之旅演奏会，可容纳上千人的席位坐满了观众。

在后排座位上，冯丽娟穿着一套光鲜靓丽的晚礼服，平静地坐着，经过化装了的李志刚坐在她的旁边，无论是身材，还是外貌，与魏建设惟妙惟肖，根本分不出彼此。只是精神有些紧张，显得坐立不安。冯丽娟握了下他的手，让他平静下来。

奥地利音乐大师马科斯演奏了几支经典钢琴曲，宛如天籁，让人深深地陶醉其中。

随后，报幕员上台，声情并茂地说道，这次音乐大师马科斯先生到中国巡演，既是展示他无与伦比的音乐才华，传播中奥友谊，也还肩负着培养音乐人才的使命，今天，应他的盛情邀请，长江音乐学院附中学生、天才音乐美少女魏晶晶演奏中国经典钢琴曲《梁祝》。

马科斯绅士般地把晶晶引领到舞台中间。晶晶身着一袭明黄淡雅长裙，玉立亭亭，双眸清澈，面颊晕红，像一朵含苞的出水芙蓉。

她站在舞台中央，开始时心里还有些惴惴不安，焦躁地朝观众席上望去，当她看到父母并排坐在一起，向她致以微笑时，心中的阴影一扫而空，脸上带着动人的笑靥，走到钢琴旁，稳定了一下情绪，然后全身心投入美妙的音乐中。

只见她那灵巧的双手在琴键上起舞，每一个音符都像生命在跳跃，诉说着一个美丽、凄婉、动人的爱情故事。优美婉转的旋律徐徐漫过大厅，深深地打动着人心，有的观众甚至感动得潜然泪下。

随着梁山伯和祝英台化作一双蝴蝶，在花丛中欢乐自由地飞舞。一曲《梁祝》演奏完毕，观众报以热烈的掌声。

晶晶落落大方、面带笑容地鞠躬谢幕。

演奏会结束后，马科斯向音乐会组织方提出了一个请求，想见一见晶晶的父母。

冯丽娟不想失去这个机会，只身一人来到贵宾厅，马科斯和晶晶早已在那里等候。

晶晶见到只来了妈妈一人，忙问，我爸爸呢？

冯丽娟干笑道，你爸太忙了，叫我代他向马科斯先生致歉。

晶晶意识到事态不对，眼泪在眼圈里打转，还是强忍住了。

马科斯对冯丽娟说，晶晶，美丽的小天使，今天表演得很出色，很美妙，这么高水平的演奏，是我在这次巡演中很少见到的。你们培养出了一个音乐天才，应该感到自豪。

听到马科斯赞美女儿的话，冯丽娟心里甜蜜蜜的，连忙答道，谢谢大师的夸奖，这孩子还要努力，不怕您笑话，我认为孩子在中国这个环境中学习西方音乐，毕竟还是有些局限，我们希望她能够到国外接受培养。

马科斯说，听冯女士这样讲，你们似乎已经为她的前途有了考虑？

冯丽娟立刻说道，这孩子在学校的成绩一直很优秀，外文也很好，还有一年就要高中毕业了，我们准备让她报考维也纳音乐学院，能够亲自接受您的教育和培养，接受世界音乐之都的熏陶。

马科斯指着晶晶，笑眯眯地说，恕我直言，你们应该问问这位小公主，尊重她的选择。

晶晶当场表态，维也纳音乐学院是无数音乐学子心目中神圣的殿堂，我热爱音乐，当然愿意到那里去学习，这是我一直以来的梦想和追求。

马科斯爽朗地笑道，你能够作出这个决定，将是我的荣幸，也是我们学院的荣幸。那么，我以维也纳音乐学院院长的身份，热情地欢迎你成为我们的学生。

晶晶高兴得跳了起来。

马科斯又对冯丽娟说，我还可以告诉你们，像魏晶晶这么优秀的学生，如果到我们学院读书，将会申请到学院提供的全额奖学金，也就是说，在她整个读书期间，不会给你们的家庭增加过多的经济负担。

冯丽娟说，我们全家人对您感谢至极。

她抱着女儿，喜极而泣，女儿呀，这回你总算是给父母长脸了，让我们全家人抬起头来了。为了你，我们吃再多的苦，受再大的委屈也值得。

第三十七章

这世上，有人忧愁有人喜。魏建设在狱中受苦受难时，唐潮在忙着筹办婚礼。他和孟滢一起来到扬子江购物天地，进出一家家品牌服装店，孟滢为唐潮挑选了一套西装，作为婚礼的礼服。两人又挑选婚纱礼服，孟滢试了几套，还是没有一件满意的。

这些日子唐潮的心情特别好，乐此不疲地为未婚妻服务，又取来一套婚纱礼服，孟滢接过来，正要到试衣间，手机响了起来，她打开看了号码，眉头微微皱起，立刻关掉了手机。

唐潮问，谁打给你的？这么不高兴。

孟滢答，没什么，一个普通朋友。

她进到试衣间，关上门，试穿婚纱，那个电话又响了，她火冒三丈，冲着对方嚷道，你老是打来骚扰电话，到底想干什么？

电话那头是个女性，用一种哀求的语调对她说，对不起，柳小姐，我想见你一面，从此以后，再不会打扰你了。

孟滢无可奈何地说，那好吧，你住在哪家宾馆？

对方答，我住在东方市的长城宾馆。

孟滢说，你就在宾馆等着，我过来找你。

孟滢再也没有心情挑选婚纱了，对唐潮说，我有点不舒服，想回去休息一下。

唐潮说，好吧，我开车送你回家。

孟滢说，你还是去忙你的吧，我自个儿回去就行了。说罢，独自离开了商城。

她要见的这个人就是唐潮的前女友白霞。当她来到白霞所住的长城宾馆，进入咖啡厅，白霞已经坐在那里等候。

见到孟滢来了，白霞主动问她，你是孟滢小姐吧，是喝咖啡，还是喝茶？

孟滢连坐都不想坐下，说道，不用。你叫白霞吧，有什么话快说，我还忙着呢。

白霞似笑非笑的，掏出一支烟，点着，猛吸一口，这才提足了精神，对她说，你在戒备我吗？放心，我不是来拆散你们的。听说你就要和唐潮结婚了，表示祝贺。不过婚姻可是一辈子的事，你要看清楚，唐潮到底是个人还是个禽兽？

孟滢冷傲地说，你别说得这么难听，你们过去怎么交往的，那都是过去的事，你不用对我讲，我也没有兴趣听，我现在和他相爱了，就要结婚了，请你不要打扰我们。说罢，转身就要走开。

孟记者，请留步，我有个东西给你看。说着，她从手机里翻出一组小女孩的照片，递给孟滢。

孟滢勉强地拿起来看了看，是个白白胖胖的十分可爱的小女孩。她不动声色地问道，你给我看这个是什么意思？

白霞讪笑道，唐潮没有告诉过你吗？这是她的女儿，是我生下的，也就是我们共同的孩子。

孟滢知道，像唐潮这样的钻石王老五，不知有多少女孩疯狂地追求他，白霞只不过是其中的一个追求者，她们为了得到心中的白马王子，什么手段都使得出来。她轻描淡写地说，我听唐潮说过，他和你处过一段时间，后来由于双方性格上的差异，和平分手了，哪里还有这个孩子？

白霞焦躁地说，你不信吗？我这里有女儿的亲子鉴定书，这假不了吧。她似乎早已做好了准备，边说边从包里把亲子鉴定书拿出来，放在茶几上。

孟滢尽管显得很尴尬，还是看了这个孩子的 DNA 鉴定报告，这时就是再有涵养的人也会控制不住自己，她强压着内心的愤懑，平静心境，问道，这孩子多大了？

白霞答，一岁多了。

孟滢问，是他亲生的吗？

白霞诡诈地一笑，你还不信，你可以取一份唐潮的 DNA，两个样本一对比，不就可以知道这个孩子是谁的吗？

孟滢冷笑一声，我凭什么相信这份 DNA 鉴定报告就是真实的，我也不会干出与唐潮的 DNA 比对的无聊行为。

白霞痛心地说，我只不过是把真相告诉你，让你看清这个人的真实面目，信不信由你。我今天来，也不是和你争夺丈夫的，我再怎么争也是争不过你，他也不可能回心转意，我太累了，太伤心了，我只是咽不下这口气！他也曾经信誓旦旦地爱过我，把我肚子搞大了，就要我把孩子打掉，不让我把她生下来，孩子生下来后，他连一眼都没有见过，他还害得我的工作辞掉了，成了个狗屁不值的臭婊子。他就是这么一副卑鄙无耻、下流至极的德性，就是个道貌岸然、风流成性的臭男人，难道他会爱你一辈子吗？他是个值得终生托付的男人吗？我相信你是个纯洁善良的好女孩，就怕你和我一样，成为他的玩偶！

这个女人的倾诉，让孟滢心乱如麻，像在沸水里煮着。她不相信这些说法，又很难否认这些说法，她提醒自己，此刻不是发泄情绪的时候，不要在这里让人笑话，要保持冷静。她说，你今天来找我的目的，是不是要把唐潮抢回去？把本该属于你的丈夫，本该属于孩子的父亲，全都还给你，好哇，有本事你去找他呀，你们想怎样就怎样，不要再来骚扰我了。

　　她愤怒至极地盯着白霞，可是白霞再没有说什么，只是忍不住打了一连串呵欠，眼泪鼻涕都快挤出来了，显出一副疲乏不堪的倦态。

　　孟滢多次采访过这类女性，知道她可能染上了吸毒的恶习，极其厌恶地扫了她一眼，起身离开了长城宾馆，一路步履踉跄，也没有心情开车回到江都市，找到一家酒吧，豪饮了几杯烈酒，很想麻醉自己，忘掉世间一切烦恼。

　　可是唐潮的身影在她眼前是无法挥去的，这个唐潮，实实在在一个大骗子，一个人面兽心的伪君子，不知欺骗了多少像白霞这样的女孩子。没想到，自己竟然被他的伪装所迷惑，被他骗取了纯洁的感情，眼看就要与这样的人结成夫妻了，就要一起生活下去了，还没有看清他的真实面目！今后还会继续受到他的欺骗吗？还有安全感吗？还有真正的幸福可言吗？

　　她不知道在酒吧待了多长时间，昏昏沉沉，疲惫不堪，就在附近找了家酒店住下来，趔趔趄趄地走进房间，甚至连衣服也没有脱下，就在床上躺了下来。

　　待到枕边的手机不停地响起铃声，才把她催醒，她睁开眼睛，天已大亮，原来自己竟然睡了一整夜。她接听手机，是一名警察打来的。

　　警察说，有个叫白霞的女士在宾馆房间疑似吸毒过量，已经重度昏迷，正在送往医院抢救。我们是在她的手机上看到你的电话号码，我们想你应该认识她，或许是她的朋友吧，就给你打了电话，你能到医院来看看她吗？

　　听了这个消息，孟滢一下子酒醒了，头痛得炸裂了似的，只好强忍着，用冷水冲了一个脸，整理好衣服，匆忙赶往医院。

　　孟滢到了医院急诊室，正好遇上市局雷青山局长在这里，当与他那阴森森的目光不期而遇时，她的心里莫名其妙地战栗了一下。此时，白霞因抢救无效死亡了，静静地躺在病床上，身上覆盖着一张白床单。

　　长城宾馆的一名女服务员对雷青山说，早晨我们整理房间，按她的门铃，没有反应，就把门打开了，进去后发现这个客人躺在床上，一动不动，像是昏了过去，床头柜上还有一支注射器。我们觉得情况不妙，就报了警。警察很快来了，和我们一起把她送到了医院。

　　雷青山不胜唏嘘，年纪轻轻的，染上了这个坏毛病，就这样结束了自己的生命，太不值得了。

孟滢伫立在她的身边，一句话也说不出来，心中既有悲伤又有一种莫名的恐惧。

医生宣布白霞死亡。直到她的遗体被送到医院太平间，孟滢才离开。

一回到家，孟滢就给唐潮通了电话，把白霞死亡的情况告诉了他。唐潮并不吃惊，只是问，你是怎么知道她的死讯的？

孟滢说，白霞有我的手机号，昨天她来找过我，今天她出了事，警察就通知我到医院来了。

唐潮急着问，她都跟你说了些什么？

孟滢心里清楚，唐潮最担心白霞把孩子的事情告诉了她，于是轻描淡写地说，我和她见了个面，没说上几句，她就开口责骂我，我一气之下就走开了。

唐潮说，你别管她了，相信警察会把这件事情处理好的。

后来，警察向孟滢通告了一声，经过法医确认，白霞在房间里注射过量海洛因导致猝死，而且此前她有过吸毒史，排除了他杀的可能，已经通知家属前来认领她的遗体。

记者职业的敏感性，加上女性的直觉，使孟滢对这个结论将信将疑，难道白霞真的是吸毒过量死亡的吗？市局的这个结论是经过严格缜密的调查得出的还是草率作出的？在白霞找自己之前她与唐潮有没有过接触？唐潮与白霞的死亡有没有关联？还有雷青山这段时间与唐潮往来密切，他在这个事件中扮演了什么角色？他们要是勾结在一起谋害一个弱女子，简直就像碾死一个蚂蚁一样，太容易了。如果这个结论被证实了，唐潮这个人就太恐怖、太阴险、太毒辣了。

还是上次那家一品茶馆，胡文强又把孟滢、郑少杰约到这里来了。

胡文强颇有信心地说，越来越多的证据表明，魏建设是遭人陷害的，这可能是个大冤案。我们今天把这些证据好好地梳理一下，然后再考虑下一步行动。

郑少杰大大咧咧地说，我早说过，魏总是被冤枉的，他绝不可能是个腐败分子。

孟滢急于想知道实情，催促胡文强快点把他所掌握的情况说出来。

胡文强说，前天，我找了魏建设生病住院期间给他送礼的那个老板。那个老板人不坏，原来在东钢做生意时我们打过交道。他开始说是几个老板出于生意上的考虑，凑的份子钱，送给魏建设的，完全属于他们的个人行为。后来，我反复做工作，把他说动了，今天他主动约我，给我听了一段他们一起商量这

351

件事情的录音，还有他们之间经济往来的几张凭据，也复印给我了。实际上，这些老板合伙送给魏建设的巨额礼金，是金若愚一手策划的，他分别找到这几个老板，说服他们凑足100万元，然后由其中的一个老板办了一张银联卡，去看望魏建设，出门时把这张卡交到冯丽娟手上。

孟滢对盛唐公司的情况多少有些了解，说道，我看这个金若愚一肚子坏水，好多坏事都是他亲自做的。

郑少杰如获至宝地说，有了这个录音和这些凭据，为解脱魏总的罪责将会起到重要作用。

胡文强接着说，如果说送那100万礼金的事，金若愚是躲在背后操纵的，那购房的事，完全是他一手操办的。冯丽娟对我说过，有一天，唐潮和金若愚上了她家，闲谈中鼓动冯丽娟购置一套大些的房子，待冯丽娟动心后，金若愚带她来到锦江花园生活区，当即购置了一套大房子。实际上这是金若愚伙同姓罗的开发商，一起设下的圈套，以一次性付款可享受七五折为诱饵，引诱冯丽娟拿出家里的存款，不足部分金若愚代她支付了，甚至连借条也没有打一张，冯丽娟就拿走了购房合同。待魏建设知道这件事情后，坚决要冯丽娟把房子退掉，退房时，那个罗总借故要扣除违约金，迫使冯丽娟不敢要求退房，只好委托开发商代理销售这套房子。后来冯丽娟询问此事的进展，罗总就用一时无人购买来搪塞冯丽娟，所以直到案发时房子都没有卖出去。你看他们设计得多么周密，对他们不利的把柄一点都抓不着。

郑少杰气愤地骂道，这个金若愚真不是个东西，净干些损招阴招。

孟滢也把她所做的事情说了，我找过姓吕的那个律师，他做了一些调查，找到了"活着不易"这个网址，虽然这个网址早就关掉了，但他还是查出了这个网址当时是从哪里发出的。因为我事先对金若愚有怀疑，我就把金若愚的照片提供给了他，他通过电子监控系统，还真的查出了金若愚那个时间段在那个住址有所活动。这就说明，魏建设遇刺，可能与金若愚假借"活着不易"这个网民，暗中挑唆有关联。还有，我还委托他调查白霞吸毒过量导致死亡的实情，他说这里面很复杂，风险很大。

郑少杰迫切地说，那我们把这些调查的东西整理出来，提交给检察机关，魏总的罪名不就很快洗刷干净了吗？

孟滢说，这个姓吕的家伙，既自私又贪财，他说调查的风险很大，实际上要我支付更高的报酬，不然他不会把手中已经掌握的证据给我的。我答应满足他的条件，下次见面时，一定把证据取到手。

郑少杰显得很着急，我们现在只是一些推测，有的虽然有证据，但还不能说明魏总一点都不知情，完全是一个受害者。

孟滢也有同感，最糟糕的是，他本人向纪委、检察机关都承认了受贿索贿的事实，就凭目前了解的这些东西，要想推翻这个案子是不可能的。除非冯丽娟能够亲自出面，把她在这两个受贿案子中的所作所为说出来，而且证明魏建设对受贿一事完全不知情，不存在过错，不然，我们要救他，也是爱莫能助。

胡文强说，这个分析有道理，其实，我在找冯丽娟了解情况时，几次暗示过她，我感觉她总有难言之隐，不愿把事实经过原本地告诉我。

郑少杰焦躁地说，那我们就继续做她的工作，要她把事实经过说出来。

孟滢说，心急吃不了热豆腐，只能等待她自觉说出来，如果强行逼她，是解决不了问题的。

胡文强老练地说，我们不如另辟蹊径，找出到底是谁在陷害魏建设。从现在了解的情况看，网络制造流言也好，串通老板行贿也好，引诱冯丽娟买房也好，都只是金若愚在上蹿下跳，而他背后的实际操纵者丝毫没有触及，即使我们揭穿了他们陷害魏建设的阴谋，到时充其量也只会抛出金若愚这个牺牲品，这个毒瘤还是不能除掉，而且他们正在谋划一个更大的阴谋。

郑少杰瞪大眼睛问道，还有比陷害魏建设更大的阴谋？

孟滢直率地说，胡书记，你就直说吧，背后这个人物是不是唐潮？他又在搞什么更大的阴谋活动？

胡文强说，你是魏建设信得过朋友，也是我们的朋友，我就实话告诉你吧。方世雄前几天找我谈过一次话，提到联合重组，他过去一直坚持东钢要在联合重组中控股，这次改口了，主张由盛唐对联合重组后的新东钢控股，还说这是省里的意见。我一直没有搞明白，冶金行业的形势这么艰难，唐潮为什么对联合重组那么有兴趣，不把新东钢搞到手誓不罢休，他的意图到底是什么？魏建设为什么那么强烈地反对他控股？是两人之间的私人恩怨，还是看穿了他的真实意图？唐潮非要置魏建设于死地不可，动机到底又是什么？我们只有把这一个个疑问搞清楚，才能揭穿唐潮的阴谋，还魏建设一个清白。

郑少杰问道，你说的这些太复杂了，怎么搞下去？直说吧。

胡文强说，我们只有一个机会，把唐潮制定的"鬣狗行动"拿到手，可能就会真相大白。

郑少杰大大咧咧地说，东西藏在哪里？我找人进去把它偷出来不就结了。

胡文强谨慎起来，不可莽撞行事，不然抓不着狐狸，反而惹得一身骚。

郑少杰两手一摊，那怎么办？

孟滢经历了白霞蹊跷死亡的事件后，对唐潮到底是一个什么样的人物，产生了巨大的怀疑和恐惧，也急于想弄清事实真相，于是，自告奋勇地说，你们要是信得过我的话，这个任务交给我吧，我最容易接近唐潮，而且我要亲眼看看，他到底是个什么样的人。

胡文强和郑少杰一齐向孟滢投去信任和感激的目光。

现在的唐潮可是要风得风，要雨得雨，一切都在按着"鬣狗行动"向前推进，但他的心里总是隐隐约约地感到忐忑不安，有时甚至莫名其妙地胆战心惊。

这天，他和金若愚、雷青山一起到仙女湖打完高尔夫，泡了温泉，然后开了个豪华套间休息。

三人在会客厅里，边喝茶，边闲聊起来。

金若愚满脸堆笑，这段时间我们盛唐公司可是好戏连台呀，省级电商示范基地破土动工了，连接江都市的城际地铁也与东方市政府达成了意向，兼并东钢已成定局，魏建设完蛋了，方世雄投降了，就差最后签订协议了，一切都在按照老板的战略构想进行。你太了不起了！

你别拍马屁了。唐潮瞅了他一眼，你呀，跟韩晓波完全是两种人，他这时一定会为我分析谋划，运筹帷幄，哪怕有时与我争吵起来，对我也是很有启发。

金若愚说，老板这么爱惜他，离不开他，我想办法把他找回就是了。

唐潮叹了一口气，天下没有不散的筵席，由他去吧。

金若愚又讨好地说，老板，你的婚期就快到了，我建议你呀，在这方面多花些功夫，工作上的事，少操点心。

唐潮随意一笑，婚礼的事全权交给你去办，这回可不要出乱子了。

雷青山问，那要恭喜唐总了，婚期定在几时？

金若愚说，老板选定了旧历年初八的日子，到马尔代夫去举行一个罗曼蒂克的婚礼，还邀请了不少商界的知名人士和影视明星，正好借这个机会，把我们盛唐公司大肆宣传一番，让全国人民都知道中国有一个盛唐公司，盛唐公司有一个年轻有为的老总，老总有一个美丽能干的夫人。

雷青山鼓掌喝彩，到时我可要讨杯喜酒喝，沾沾喜气。

金若愚说，你也算是我们老板的朋友了，怎么会忘掉你呢？一定会请你来。

尽管他们两个说得眉飞色舞的，唐潮却情绪不佳，心里总是沉甸甸的，怎么也打不起精神来，最近呀，不知怎么搞的，落下了个坏毛病，眼里时常有魏建设的影子晃来晃去，连做梦都被惊醒过，闹得我心烦意乱的。

金若愚说，魏建设不是已经抓起来了吗？哪能对你构得上威胁？你就放心吧。

唐潮一点不显轻松，只要魏建设的案子一天没有判决下来，我就一天不踏实，他就像一颗定时炸弹，不完全清除掉，迟早会引爆的。

雷青山毕竟长期在公安战线工作，敏感性很强，人无远虑，必有近忧，唐总这种担心不无道理，我提个不成熟的建议。

在唐潮的眼里，雷青山的智商要高于金若愚，近来不知不觉地对他的依赖性增强了，示意他说下去。

雷青山分析道，我们为了对付魏建设，主要做了这么几件事：一、鼓动村民到东钢堵铁路，后来与东钢的工人殴打起来，还有个老人死掉了，这件事在全省造成了很大的影响，差点把魏建设撤掉了；二、在东钢大幅度减员的时候，我们利用网络攻击魏建设，挑动了魏建设的外甥刺杀他，差点取了他的性命；三、在魏建设住院期间，邀集与东钢有业务往来的几家老板合伙送给他100万元礼金，成了他受贿的证据；四、利用魏建设的老婆冯丽娟急于购房的心态，以打折、借款的形式，几乎白送给他一套豪宅，成了魏建设索贿的证据。这四件事情真正查起来，还原了事实真相，对盛唐集团很不利，随便拿出一件，都会给我们惹上很大的麻烦，搞不好会把整个盛唐集团给毁了。

雷青山就像一个经验丰富的老中医，一下子把准了唐潮的脉，他不住地点头，雷局，你这话说到我心坎里去了，这正是我烦恼不安的原因。世事瞬息万变，魏建设这个人是个打不死的程咬金，谁也不能担保他永远不会翻案，万一哪天他的案子真的翻过来了，我们的日子就不好过了。

金若愚也感到了事态的严重性，真要是到了这一步，我们该怎么办呀？

雷青山恶意地说，当然不能到这一步，不过，需要有人作出暂时的牺牲。

金若愚恭维道，你足智多谋，应该有解决的办法。

雷青山神秘兮兮地说，我说出来，你可别不高兴。

金若愚催促道，你就别卖关子了，快说吧。

雷青山沉着老练地说，就我所知道的，刚才说的这四件事情，都是你金董直接出面去办的，与唐总没有什么关系。为了魏建设的案子不至于牵扯盛唐公司，特别是不要威胁到唐总，你最好出去避一下风头，等风声过了再回来，对你、对唐总、对盛唐公司都有利。

金若愚顿时目瞪口呆，既恐慌，又生气，一时说不出话来。

唐潮对雷青山出的这个主意倒是挺满意的，这个考虑还是不错的，为了以防万一，金兄确有必要出去避避风头。要不这样，马上安排你到非洲去，作为我们铜矿项目的中方代理，全权主持那里的工作。

金若愚心里酸酸的，不知是失落感，还是有些依依不舍，只好表态，我本来是老板培养出来的，对老板绝对忠诚，既然老板安排我出国，我坚决服从。

唐潮紧紧地拥抱着金若愚，差点就快流出了眼泪，好兄弟，还是你在为我分忧。你是我最信任的人，我离不开你，我们不会分开得太久的，等联合重组搞定了，这些麻烦事情搞妥了，再把你调回来。

我相信老板很快会把这些麻烦摆平的，金若愚狠狠地望了雷青山一眼，讥讽道，雷局，你就多费心了！

雷青山装着没看到，说道，保护好唐总，是我义不容辞的责任，你就放心吧。

唐潮心里还是不服，关在监狱里的是魏建设，凭什么我们在这里搞得紧张兮兮的。

雷青山阴险地说，关押魏建设的看守所是我的势力范围，那个所长听我的。你就放心吧，我不会让魏建设有好日子过。我把他和一个叫天不收的仇家关在了一起，他到监狱的第一天就和天不收干了一架，两人结下了深深的梁子，后面还有好戏看的。

唐潮感叹地说，我这个老同学呀，一生都好斗，不服输，进了监狱也不消停。不过，他的命运是好是坏，是死是活，再也不关我的事了。

雷青山心里暗自得意，唐潮的左膀右臂走的走，逃的逃，都不在他的身边，自己和他的关系又进一步走近了，唐潮要想渡过眼前这道难关，不得不依靠我雷某人了，这样我在他的心目中砝码就加重了，就能获得更大的利益。

第三十八章

孟滢在约定的时间前去市内一家咖啡厅，与吕律师见面，她是准时到达的，点了一杯卡布奇诺，边喝边等着。可是等了好长时间，一杯咖啡都快喝完了，那位律师还是没有露出尊容，打他的手机又无人接听。孟滢心烦意乱，正打算离开时，收到了吕律师发来的一条短信，对不起，我已外出旅行，不能赴约，你所委托的业务恕难办理。由于本人违约，所收佣金加倍奉还。

看到这则信息，孟滢脸色骤变，怒不可遏，真想狠狠地痛骂他一顿。冷静下来又一想，吕律师不肯露面，要么是委托他所调查的案情难度太大，他做不下来，要么是有人威胁他，要他闭嘴，他干脆三十六计走为上策。如果真是这样，魏建设的案情就更加扑朔迷离了，他蒙受不白之冤的可能性更大了。孟滢骨子里就有一种正义感和不信鬼邪的冒险精神，遇到这种情况，这个案子更值得追查下去了，即使没有任何人帮助，她也决不会放弃。

白霞去世后，她的遗体一直存放在殡仪馆，等待家属来了以后才能处理。她的父母接到女儿死亡的通知后，从老家四川过来，一起来的还有白霞的哥哥，另外还请了一个律师，她的母亲怀里抱着一个一岁多点的小女孩，按照农村的风俗，小女孩穿着一身白色的孝服。这些人到东方市后，安排在长城宾馆住下了。白霞的父母都是老实巴交的农民，长期在山里种地，没有见过多大的世面，哥哥是个打工的，遇到这种事情也拿不出主意，对整个事情的处理全靠请来的那个郑律师了。

来的这些人毕竟都是外乡人，要想把白霞死亡的原因查清楚，自然得依靠东方市公安局。公安局态度也很积极，雷青山局长安排市局刑侦大队长，自始至终参与家属方的活动。

郑律师和白霞的家人一道，首先听取了警方介绍的白霞吸毒过量导致死亡一案的侦查结论，郑律师提出疑问，警方提供了白霞在宾馆吸毒的证据，以及她在戒毒所接受管教的证据，一一回答了律师提出的问题。然后，他们向酒店方了解白霞入住酒店的活动情况和当晚死亡的情况，酒店方除了说明情况外，不停地埋怨她不该死在这里，把酒店的名声搞坏了，今后的生意不好做。白霞的家人又到殡仪馆看了她的遗体，警方征求家属的意见，她的父母思想比较封建，不让解剖女儿的尸体。在清理白霞的遗物时，查看了她使用的手机，了解到她来东方市后，打出的最后一个电话。又向长城宾馆提出要求，查看她入住宾馆的视频资料，发现白霞在宾馆活动期间，除了与服务员有接触外，只在宾馆内的咖啡厅与一个年轻女子有过短暂的接触。郑律师请求警察协助，了解到白霞接触到的那名女子叫孟滢，白霞临死前最后的那个电话也是打给她的，这样，理所当然地就把孟滢请来了长城宾馆。

孟滢来到宾馆的时候，凭着职业的敏感，发现酒店的气氛与往日大不一样，从一些保安和服务员的举止神情来看，极有可能是些穿着便装的警察，这家宾馆表面上平静如水，实则如临大敌，难道这里面真的隐藏着不可告人的秘密？

郑律师提出单独与孟滢谈话，刑侦大队长犹豫了一下，还是同意了，自己退了出去。

孟滢进来时，郑律师握着她的手，顿时被她那出众的容貌和高冷的气质所折服，说话都有些不利索了，你是孟滢同志吧，很高兴认识你，我是白霞的父母请来的律师，想了解一下白霞死亡的情况，请你把你所知道的讲一讲，可以吗？

孟滢从进入宾馆的气氛中意识到，这里肯定被人窃听，自己讲话得谨慎些，不要与律师多讲什么，于是说，当然可以，只要我知道的，我会告诉你的。

郑律师说，请问，你和白霞是什么关系？

孟滢答，一般的关系，萍水相逢。

郑律师问，那她在宾馆里见到的唯一的一个客人就是你，这又怎么理解？

孟滢一笑，她想见谁，是她的自由，她请我到宾馆来，我和她见了一面，仅此而已。

郑律师又问，你们见面时谈了些什么？

孟滢说，具体谈话内容，我都对警方说了，不用在这里重复，如果你想知道，去找警方了解好了。你是律师，我估计他们会提供给你的。

这，这……郑律师面露窘态，既然你不愿告诉我，我只好求助警方了。那你相信白霞是吸毒过量导致死亡的吗？

孟滢坦然道，这是警方的结论，我不予评论。如果你不相信，你就找出新的证据来推翻这个结论。

郑律师从她的口里没有得到一点有价值的东西，孟滢在这种气氛里也只能用一些无关紧要的话来敷衍他，这场枯燥乏味的谈话很快结束了。

孟滢出来时，隔壁房间的门半掩着，她迅速扫了一眼，看到一个外表和白霞长得相像，只是显得苍老的女人坐在床沿上。她判断，这应该就是白霞的母亲，她的怀里抱着一个穿着孝服的小女孩，圆圆的脸蛋，大大的眼睛，肉嘟嘟的两只手不停地晃动，啊啊地说着话，人见人爱。

孟滢忍不住推门进去，朝那个老妇人点了下头，走近前去，说了几句安慰的话，见到小女孩那么可爱，握着她幼嫩的小手，刮着她的小鼻子，逗弄她玩。小女孩子一点也不认生，竟然笑着张开双手迎着她扑来。小天使，小宝宝，真可爱。她口里这样说时，伸手从老人的怀里把她抱了过来，孩子咯咯地笑个不停，不断地流出口水，她从衣袋里拿出一张纸巾，把孩子的口水揩在纸巾上，又放回自己的衣袋。就这样和小孩玩了好一会儿，才交给老妇人，并向她告别。

走出宾馆，孟滢开车来到一家医院，拿出那块包着小女孩口水的纸巾和之前准备下的唐潮的头发，要求做DNA比对。心想，但愿这两个DNA结果不匹配，那就证明白霞是在欺骗她，而唐潮是个值得信任的人，那该多好多幸福呀！

关于白霞事件的处理，郑律师代表家属方与酒店谈判，既然白霞是在酒店死亡的，酒店在管理上存在漏洞，负有不可推卸的责任。酒店方认为自己没有责任，想要他们赔偿，那是一万个冤枉。警方居中调停，白霞的家人认定警方得出的死亡结论，并同意把遗体进行火化，长城酒店以抚慰金的形式，一次性补偿白霞的家人90万元。双方在调解书上签字，一个吸毒空姐在酒店死亡的案件就这样悄无声息地终结了。

孟滢平日里很少到唐潮办公的地方来，为了完成胡文强交给的任务，更是为了证实唐潮到底是一个什么样的人，她以准新娘的身份来到唐潮位于长江国际大酒店的办公室。为了不至于引起唐潮的怀疑，孟滢今天特意过来和他商量婚礼的安排。

她拿来一组两人的婚纱照，撒娇地要唐潮从中挑选一些出来，用以放大，制作画册，装饰婚房，唐潮匆匆地挑了几张，就不挑了。她说唐潮没有认真对待，要选很多出来，制作一本漂亮的画册，留下一个难忘的纪念。

唐潮说，亲爱的，一切由你负责，由你挑选，只要你满意，我就满意。

放下这件事，她又跟唐潮商量了婚房的布置，该购买一些什么用品。

唐潮一一答应，拿出一张名单表，笑眯眯地送到孟滢的手上，说道，这些都是邀请来参加我们这次婚礼的商界的朋友和影视明星。这次我打算办一场声势浩大的婚礼，专门包一架飞机，把所有的来宾都接到马尔代夫去，举行一场具有异国情调的终生难忘的婚礼，让我们盛唐这个名字在全中国响亮起来。

孟滢看到名单中有知名度很高的明星，兴高采烈地说，这个明星我曾经采访过，这个明星的发布会我参加过，哎呀，这个大明星也请来了，老公，你太有号召力了，太了不起了，我简直爱死你了！

唐潮笑道，没想到你还是个追星族呢？

哪个女生不追星？孟滢欢愉地说，能够有这些明星见证我们的婚礼，简直太幸福了。

自从孟滢与白霞在长城酒店见面后，唐潮一直担心孟滢掌握着他和白霞的秘密，听了孟滢在宾馆与郑律师的对话后，他感到孟滢的回答很有分寸，维护了他的面子，说明孟滢是爱着自己的，他的心情也就放松下来了。他和她商量道，婚礼的事你去操办好了，我还要忙几天，等手头的事忙完，我就和你一心考虑婚礼的事。

孟滢关心地说，老公，你在忙些什么？

唐潮流露出无法掩饰的喜悦，正在和东钢集团一道筹办联合重组的事情。

孟滢问，怎么，联合重组又要开始进行了？

唐潮说，我和方世雄已经达成了一致的意见，联合重组的方案也上报到省里，很快就要批下来了。在这个新的方案里，我们盛唐投入 50 个亿的股本，占有新东钢 55% 的股份。我们走了两年的弯路，又绕回来了，总算尘埃落定了。

孟滢还忘不了记者的职业习惯，问道，我记得当初你和方世雄准备签订联合重组协议时，当时盛唐投资 50 亿，只能占有 46% 的股份，怎么现在投资数额不变，股本倒是增长到了 55%？

唐潮说，时过境迁嘛，这还得要感谢魏建设呢，他到东钢来后，虽然说增加了少量投资，但是把生产规模大幅度压缩了，东钢的固定资产也就相应地核减了很多，他们的份额也就跟着减少了很多。这次我们又请了一家会计师事务所，对东钢现有资产进行了重新评估，核减了一些报废的固定资产，自然与上次的评审结果会有较大的出入。反正我们双方最后都认可了这个评估结果，省国资委也乐见其成，在评审结果、出资比例上，也没有提出不同的意见，保证了联合重组的顺利进行。

孟滢问，方世雄不是一直坚持要对东钢控股吗？怎么这次他就妥协了？

唐潮得意地说，像方世雄这样的老狐狸，你只有抓住他的尾巴，他才会向你卑躬屈膝。

孟滢好奇地问，他那么狡猾的一个人，怎么会有过错被你抓住了？

唐潮神秘地说，天机不可泄露，还是不说为好，以后你慢慢就会知道的。

孟滢想到，关于联合重组的事不宜多问，再问多了会引起唐潮的怀疑，笑着说，联合重组大局已定，还要你忙些什么，不如多抽些时间陪陪我。

唐潮说，这次和上次一样，也要开一个新闻发布会，向全社会宣布，盛唐兼并了东钢，扩大我们盛唐的影响。这回一定要精心准备，不能有半点闪失。

孟滢打趣地说，你们召开新闻发布会，也没有通知我这个老牌记者参加，是不是以为我辞职了，没有记者身份了？我还是全国记协的会员，可以用自由撰稿人的身份参加会议呢。

唐潮笑道，这回你不要以记者的身份参加，应该以准夫人的身份参加，我看你就和我一起，坐在主席台前，一同见证这个历史时刻吧，这也是向我们即将举行的婚礼献上的一份厚礼。

孟滢亲昵地说，老公，你对我真好。不过，在我们没有正式举行婚礼之前，我就没有必要和你一起出席这种活动了。

趁着这种亲昵劲，唐潮把她抱进休息间，疯狂地吻她的唇，她的脸，她的脖子，双手揉搓和抚摸她的乳房，她则僵硬着身体，任由他摆布，持续了一阵子，她的身体渐渐地酥软起来，柔柔地融入了他的怀抱。

一阵缠绵悱恻之后，唐潮倦意正浓，孟滢清醒过来，穿戴好衣服，掩上房门，来到办公室，打开唐潮的办公电脑，查找那份"鬣狗行动"。她搜寻来搜寻去，找不到"鬣狗行动"这份文件，开始怀疑唐潮是不是真有这个计划。

当她不经意间回头时，看到唐潮悄然地站在她的身后，她吓了一大跳。

唐潮轻声问道，你在看什么？

孟滢随口说道，你睡着了，我又闲着无事，想找点游戏玩玩，解解闷。

唐潮笑着说，你看我这电脑上没有什么见不得人的东西吧，你该对你老公放心了吧，我在你面前无密可保。以后我的电脑、我的手机，随时接受你的检查。

孟滢也笑了，我又没说什么，你别太紧张了。我也响应你这个约定，电脑手机向你完全开放。

这才是夫妻同心，就这样定了。唐潮高兴地对她说，时间不早了，我们一起下楼找个地方吃饭吧。

孟滢答应了，梳弄好头发，描画好眉，重涂口红，挽着唐潮的手臂，向电梯口走去。

两人下楼，走近唐潮那辆宝马，正要上车，孟滢突然想到要用手机，没有找着，叫唐潮拨打电话，手机是开机状态。她这才想起手机放在 LV 手提包里了，而手提包又遗落在唐潮的办公室里了。

她问唐潮要钥匙，自己上去取回手提包。唐潮想献个殷勤，主动提出陪她一起上去。两人打算一起上楼，电梯门打开，恰好遇上盛唐公司的一名职员从电梯间出来，见到公司老总，正有急事要汇报，唐潮对孟滢做了个无奈的姿势，只好把钥匙交给她，他就和那个下属在大厅里找了个地方坐了下来。

孟滢乘电梯上楼，穿过走廊，进入唐潮办公室，立即把门关上，迅速拿出钥匙，把存放保险柜的柜门打开。要想打开这个保险柜，需要输入一组数字，有次唐潮操作时，她偷偷记在了心上，所以这次轻而易举地打开了保险柜，从里面找到一个 U 盘。她启动电脑，插入 U 盘，输入"鬣狗行动"的字样，果然屏幕上弹出"鬣狗行动"这份文件，她立即把这份文件复制下来，关好机，放好 U 盘，锁好保险柜，从容不迫地走了下来。

这时，唐潮的公务已经处理完了，正在上楼找她，两人相遇，走出大厅，上了车。

春风得意的唐潮驾驶着那辆宝马，穿梭在城市的街道上。

在家中的书房里，孟铁生批阅着案头的一堆文件，其中就有一份省国资委关于盛唐实业集团和东方钢铁集团联合重组的报告，唐潮终于如愿以偿，实现了对东钢的绝对控股。孟铁生没有多想，就签上"同意"二字，如释重负地仰靠在沙发上。

正好，妻子高洁进来，为他的茶杯里续水。孟铁生随口告诉她，盛唐和东钢联合重组的事情，折腾了两年，总算得到批准了。

高洁拿着那份报告看了一眼，流露出无比喜悦之情，老孟，你做了件大好事，真得要好好谢谢你！

孟铁生用一种异样的眼神看着她，他们两家联合重组，把你乐成这个样子，就像家里有喜事一样。

高洁笑道，当然是喜事，唐潮就要成为我们的女婿了，他的公司兼并了东钢，我能不替他高兴吗？

孟铁生想到，昨天孟滢回家时，脸色阴沉，心事重重，一点快要做新娘的幸福感都没有。他担忧地说，你没听孟滢说过吗？她和唐潮的婚事办不办，现在还不一定，要我们有这种思想准备。

高洁心里也是不踏实，女儿流露过这么一层意思，问她是什么原因，她又

362

不告诉我们，年轻人嘛，结婚前撒点娇，心事重一点也算正常，总不至于结不成婚吧。

孟铁生说，孩子是认真的，我看这事有点悬，你这做母亲的多关心关心她，让她消除婚前的恐惧心理。

高洁急了，这个丫头呀，老大不小了，错过了这个好机会，以后到哪里去找唐潮这么优秀的年轻人？

孟铁生一双犀利的眼睛直视着她，似乎要洞穿她的内心世界，你也不了解一下女儿的心事，一味地替唐潮说好话，过于关心唐潮的事情，你说句实话，有没有自己的私心？

高洁的脸有些发烧了，看来瞒不住丈夫了，只好说，唐潮请我担任了他们公司的顾问，我关心他的事，也是理所当然的。

请你当顾问？妻子的话引起了孟铁生的警觉，多长时间了？

高洁答，有一段时间了。

孟铁生问，是在他和孟滢确定关系前，还是确定关系后？

高洁答，之前几个月。

孟铁生笑道，没想到他还在我身边安插了间谍，你到他们公司上了几天班？

高洁答，我去上班干吗，我又不懂他们的业务，既不顾，也不问，纯粹是挂个名而已。

孟铁生问，那他给你开了顾问费没有？

高洁嗫嚅道，给了一点。

孟铁生追问，给了多少？

高洁如实答道，每个月给 3 万元。

孟铁生生气地问，你都敢收下来？

高洁畏惧地点了点头。

孟铁生恼怒地说，难怪你那么热衷唐潮的事，只要有机会，就在我的面前替他说好话，我看你这个顾问还是蛮称职的哩。你不想想，一个大学的英语教授，当什么经济顾问，岂不是大笑话？而且每个月给你 3 万元的高额报酬，你就心安理得地拿着，也不怕烫手。你这明显是一种变相的受贿行为，同志姐，你在触犯党纪国法，知道吗？

高洁听得两眼发直，一阵说不出的恐惧向她袭来，我这是受贿？真的有那么严重？

孟铁生面色严肃，看不出是怨还是怒，这不仅是你个人的问题，你是领导干部的家属，典型的利用领导干部的权力，为请托人谋取不当所得。也就是说，你这笔非法收入，就会算到我的头上，成为我违犯党纪的证据。我工作了一辈子，在廉政建设上对自己约束还是比较严格的，可不能在临退休的时候出现违纪行为，落得个晚节不保。

高洁脸色灰败如土，带着一种哭腔问道，我也没有想到问题这么严重，那可怎么办呀？老孟，你可要救救我，把这个事情处理好。

孟铁生冷静下来，授意道，你现在要做的，马上把你那个所谓的顾问辞掉，把你的非法所得全部退掉，上交组织也行，这是一条红线，是不能越过的。以后没事就在家里待着，不要在外面惹是生非了。

好，好，我马上去办，一定办。高洁诚恳地允诺下来。

看到妻子这个态度，孟铁生动了恻隐之心，语重心长地说，老伴呀，我们要珍惜现在的生活，你想呀，我们的收入够高的了，就是退休金比平民百姓也要高不少，在江都有自己的房子，在北京也有一套，退休后可以两边住，儿女都成人了，有他们自己的事业，不用我们操心了，现在只要平安着陆比什么都强，钱财是身外之物，要那么多钱干什么呀！

高洁不住地点头，如释重负地长叹了一声，整个人显得轻松了一大截。

待妻子走出书房，孟铁生关上书房的门，坐在沙发上，沉默着，静静地思考着一个问题，看来不能小视唐潮这个年轻人，他为了达到个人目的，可以使用一切不正当的手段。他能够用金钱贿赂高洁，干预联合重组的决策，那么同样的手段就不能用在冯丽娟的身上，用以陷害魏建设？如果真是这样，魏建设岂不是蒙受了不白之冤？还有，他和孟滢结婚，是真心相爱，还是另有图谋？如果是这样，自己刚才在联合重组文件上签字，岂不是在犯罪。他闭上眼睛，仰靠在沙发上，简直不敢想下去了。

他心里又惦记起魏建设来，拨通了省人民检察院丁一民副检察长的电话，询问了魏建设受贿案的进展情况。

丁一民告诉他，已经确定的是，魏建设收受贿赂420万元，主要有两笔，一笔是住院期间一次性受贿100万元，还有一笔是利用职务之便，低价购买住房，索贿320万元。我们检察机关补充侦查、复核证据过程基本完结，很快就可以对他提起公诉了。

孟铁生谈了自己对魏建设案件的疑问，我不是要推翻这个案子，只是心里有个解不开的疑问，魏建设不是一个贪财的人，他在我面前亲口拒绝了唐潮给他派发的1个亿的股份，我再三做工作，他还是坚决不接受，这样的一个人怎么就接受了区区几百万元的贿赂呢？还有，这两笔贿赂都是他的妻子冯丽娟经手的，他那个妻子我多少有点了解，可不是个省油的灯，是她一人所为，还是魏建设授意或者默许，他陷进去没有，到底陷入多深？拜托你们一定要调查清楚，既不能放掉任何一个腐败分子，也不能办成冤案，伤害了好同志。

第三十九章

马科斯先生果然没有食言,维也纳音乐学院提前发来了录取通知书,晶晶高中一毕业,直接出国读书,而且学院负担全额奖学金,为女儿的学习提供了保障。

冯丽娟最大的一个心愿实现了,她觉得再无所求了。现在要做的是,交代事实真相,还丈夫魏建设一个清白。

冯丽娟在心底念叨过多少次,善恶到头终有报,该来的总归是要来的,想躲也是躲不过去的。

此时的她,显得格外冷静,伏在案头,含泪给丈夫写了一封信。

建设:

我最最亲爱的人。我之所以这样称呼你,不仅因为你是我的丈夫,而是你在我的心目中是一个最值得敬重的人,一个最值得相爱的人,一个能终生厮守的男子。

我承认,我是一个贪图私利、爱慕虚荣的女人,总觉得你这个企业老总当得不值得,我们一家人跟着你没有得到什么好处,享到什么福,反而担惊受怕,甚至认为你不再爱我了,不再爱这个家了,丢下我们母女俩,寻找你自个儿的幸福。我曾经怀疑过你,痛恨过你,想过要和你离婚,这才开始为自己打算,为女儿做好安排,在房子和礼金上完全听不进你的任何劝告,结果上了坏人的当,中了他们的圈套。

我最感激和最痛心的是你为我背下了全部罪名,把所有的过错都揽到自己的身上,替我吃了那么多的苦,受了那么多的罪,而且今后还会有多长时间的牢狱之灾,谁也说不清楚。你是一个有担当的男人,这也是让我最感动的一点,说明你还在乎我,你还爱着这个家,爱我们的孩子。

现在女儿如愿被她向往已久的大学提前录取了,我再也没有什么牵挂了,再也不需承受这种内心的谴责和痛苦的折磨了,我不能生活在谎言之中,也该还你一个清白,让你重获自由了。你看到这封信时,我已经到检察机关自首了,我要说出全部事实真相，不能让你继续受这种不白之冤，遭受牢狱之苦。你是一只苍鹰，本该在天空中飞翔，你应该回到东钢，和那里的职工一起奋斗，建设好智能工厂，实现你那美好的梦想。

我已经向晶晶说出了实情，求得孩子的谅解，也和秀珍姐姐说好了，由她来家里照顾孩子一段时间，你也不用担心什么。

亲爱的，请原谅我，不要痛恨我，永远爱你，我一颗心永远只属于你！

妻丽娟留言

写完信，冯丽娟放下笔，仿佛卸下了压在心头的大石盘，反而轻松多了。她揩去眼睑上最后一滴眼泪，起身，穿上深蓝的羊毛呢大衣，搭配一条紫红色围巾，显得那么优雅大方。站在客厅，环视了一下房子四周，然后义无反顾地走出家门。

得知冯丽娟向检察机关自首，唐潮慌乱了。要知道，只要冯丽娟说出了事实真相，检察机关采信了冯丽娟的口供，意味着魏建设很快就会无罪释放出来，说不定会重回东钢总经理的宝座，联合重组又生变数，而且之前他所做的一切事情都有可能被一一揭穿，盛唐不仅退出这场联合重组的游戏，而且名誉扫地，甚至会导致公司破产，这是他最不愿意看到的结果。

唐潮最信得过的韩晓波和金若愚都离开了他，遇到了麻烦事只能和雷青山商量了，他忧心如焚地说，眼看联合重组签字仪式就要举行了，魏建设的老婆冯丽娟向检察机关自首了，他可能要释放出来了，说不定又来搅局，破坏联合重组。

雷青山慨叹道，我也是刚刚听到这个消息，事情来得太突然了，完全出乎意料。

唐潮问道，能不能想个法子，不让他走出监狱。

雷青山感到为难，如果检察院要释放他，我们公安局是无权制止的。

唐潮说，你是公安局局长，要想不让一个犯人走出监狱，就没有一点办法？

雷青山说，我还真的没有那么大的权力，不释放他，强行关押他，检察院就要对我兴师问罪的。

唐潮试探地问，正常手段行不通，就不能采用点非常手段？

雷青山心头一阵战栗，这可使不得。现代科技手段发达，破获案件的概率很高，只要犯了案子，做得再高明，总会留下痕迹，到时会搞得非常麻烦，非

367

常被动的。

唐潮说，可是，他要是走出了监狱，我们就会更麻烦、更被动，眼看到手的 100 个亿告吹了，此前我们所做的一切，都会暴露出来，那对我们来说是致命的，搞不好会造成盛唐集团破产倒闭，那就一切都完了。

雷青山还是有些不情愿，你以前要我做什么，我都尽力而为了，这回恕我难以从命。

唐潮不依不饶道，我还是十分相信你的能耐的，那个吸毒婊子的事情你不是处理得干干净净，没有带来任何麻烦吗？相信你也有办法不让魏建设走出牢房。老兄，你我现在是命运共同体，我们一起和他进行着一场生死较量。该断不断，反受其乱。他要是顺利出来，就会像条疯狗一样死死咬住我们，难道你愿意落得个身败名裂的下场吗？

雷青山多次参与唐潮的阴谋活动，又得到他的重金贿赂，特别是做掉白霞是他亲手安排的，如果不按唐潮的要求来，这个人心狠手辣，随时会把自己拖下水，也得进去吃牢饭。他只得答应，我尽量想办法吧。

唐潮咬牙切齿地说，一不做，二不休，必须让这个人马上消失，永远消失，最好是一辈子都不让我见到他！

雷青山把看守所所长赵进约到一家餐馆，要了一个小包间，两人点了一瓶酒、几道菜，对酌起来。

待到酒喝个差不多了，雷青山猛然问道，进子，这些年我对你怎么样？

赵进连忙说，全靠大哥罩着，跟着大哥走，才有了我的今天。

雷青山问，那么说，我们是好兄弟？

赵进说，你是大哥，我是小弟，比亲兄弟还亲。

雷青山仰天大笑，生死之交一碗酒，你有我有全都有，好兄弟，喝酒！

两人把杯中的酒一饮而尽。

雷青山说，兄弟，哥有件事想要你帮忙处理一下，行吗？

赵进受宠若惊，大哥的事就是小弟的事，为了大哥的事，赴汤蹈火，在所不辞。

好，这才是真兄弟！雷青山拍着他的肩膀赞赏道，接着又问，你那里关着的那个魏建设最近表现怎么样？

赵进说，这家伙进来第一天就把人打伤了，关了他几天禁闭，老实多了，现在还好，看不出什么异常举动。

雷青山故意问道，他打了谁？

赵进说，就是那个天不收，别看他是个狱霸，经魏建设这么一收拾，乖多了。

雷青山招呼赵进靠拢一些，悄悄对他说，魏建设是我们的死对头，你能不能想办法把他收拾掉。说着，还用筷子比画着在颈部做了个切割的动作。

赵进惊骇不已，结果掉他？这动作太大了，弄不好会惹火烧身的。

雷青山说，怎么能要你亲自动手呢？你动动脑子，可以挑起犯人之间的仇杀，由他们来解决掉。我看那个天不收可是与魏建设结下了梁子，一心想要弄死魏建设。

赵进表示怀疑，天不收哪是魏建设的对手，干不赢他的。

雷青山说，你想办法为天不收创造条件，他的胜算不就大了吗？就是出了问题，我们也好解脱。

好吧。赵进端起酒杯，与雷青山碰了一下，一杯酒全干了，他不得不接受这个指令。

看守所的午饭时间到了，在押人员排列着整齐的队伍，喊着口号，迈开步子，来到食堂。

因为今天是接见日，狱方知道一些犯人接见亲友后，在情绪上会有很大的变化，容易上火，爱冲动，有意改善了这天的伙食，除了日常的饭菜外，在每人打的饭上加了几片红烧肉和一个香喷喷的鸡腿。

自从魏建设进来后，明哲似乎找到了靠山，总喜欢跟他在一起，两人前后领了饭菜，又在同一张餐桌上吃饭。

明哲兴奋地告诉魏建设，我和九方公司的经济纠纷已经处理好了，双方答应庭外调解，狱方通知我，明天就可以释放我了。

魏建设嘱咐他，记得一定要帮助东钢把智能工厂建设好。

明哲说，一定不会辜负你的重托，保证把智能工厂建设好。

在他们低头吃饭时，天不收过来了，踢了明哲一脚，明哲望了他一眼，天不收说，嘿，死胖子，你怎么把老规矩忘了，快把鸡腿拿来孝敬爷。

明哲说，我就要释放了，你管不着我了。

你还搞邪了，天不收用脚踹了他一下。

明哲没有理睬他，只顾吃饭。

天不收火了，二话不说，一口浓痰，叭的一下吐在他的饭盒上，再用勺子使劲搅了几下。

明哲激怒了，脸涨得通红，直挺挺地对着他。

天不收瞪了他一眼，不认得老子了？借你十个胆，也是个软蛋。

看到天不收那副得意扬扬的损样，魏建设再也忍不住了，一拍桌子，站了起来，指着天不收说，你别欺人太甚，今天这口痰你是怎么吐出来的，就给我怎么吞回去。

天不收见魏建设插手来管这件事，心里多少还是有些发怵，一边往后退，一边嬉皮笑脸地说，我跟他是老朋友，闹着玩呗，何必当真呢？

魏建设一只脚踏在椅子上，拦住了他的退路，指着他的鼻尖说，你不是特别想吃吗？那就让你吃个够，今天要是不把这碗饭一粒不剩地吃下去，就别想开溜。

天不收扬了下头，你还想活剥了我不成？

不信，你就试试？魏建设瞪圆双眼，握紧拳头，那个凶狠的样子有如当年怒打镇关西的鲁智深。

正在用餐的犯人们看到两人杠上了，都想看热闹，起哄的，吹口哨的，拍打桌面的，什么声音都有，巴不得他们把事情闹大一些。

值守的警察对这种事见怪不怪，睁只眼闭只眼，看能闹出什么花样来。也有的警察下意识地握住警棍，一旦事情出格了，可以迅速制止。

天不收知道魏建设是个练家子，上次就吃过他的亏，来硬的肯定不是他的对手，再看平时跟着自己混的几个小兄弟远远的不敢拢边，知道今天这一关怎么也躲不过去了，好汉不吃眼前亏，不就是吃饭吗？有什么了不起的，我吃！

魏建设从明哲手中接过那碗饭，吐了几口唾沫，又叫明哲吐了几口，上面布满了一层黏糊糊的唾液。他把碗往桌子上一放，大声喝道，那就吃吧！

此时的天不收，拿刀拼命的心情都有，但他又不是魏建设的对手，马上换了副面孔，当起了《水浒传》里的"牛二"，用地地道道的无赖口吻说，在场的弟兄们做证，魏总今天给足了我面子，请我又吃饭又喝汤，我天不收哪有不领情的。说罢，端起那碗饭，用手抓着，一口接着一口全都塞进了嘴里。

围观的人更是一顿喝彩，不知是冲着魏建设来的，还是冲着天不收来的。

天不收离开的时候，抱拳向魏建设拱了一下，扫了他一眼，眼光中隐含了一种杀气。

在押人员吃完中饭后，回到监舍，有一个午休的时间。魏建设斜躺在床上，闭着眼，脑子一团乱麻。

不知什么时候，天不收跑过来，轻轻地拍了他一下，他本来就没有入睡，睁眼一看，天不收毕恭毕敬地站在他面前，神秘兮兮地掏出一盒黄鹤楼送给他。

魏建设问，你这是干什么？

天不收殷勤地说，一点小意思，孝敬你的。在这里待久了，闷得慌，哪个不想来两根？不过，这玩意儿特别不好弄，我都舍不得抽。

魏建设说，谢谢你的好意，我心领了。今天的事你不生气吧？

天不收说，不会，不会，你这是在教我做人，我服了你，以后，你就是我的大哥，我就是你的小弟，你叫我到东，我不敢到西，你叫我到南，我不敢到北，跟定你了，决没二心。

魏建设说，我不当你的什么大哥，做人啦，同船过渡五百年修，你就不要再以大欺小，以强欺弱了。

天不收直点头，是，是，我一定记住你的教导，再不做伤天害理的事了。

天不收回到自己的铺位上，一个小兄弟悄悄地塞给他一只打磨过的牙刷柄，他接在手中，摸了摸，牙刷柄锋利如匕首，不禁冲着魏建设那边冷笑了一声，迅速把它藏在棉被下。

看守所里平常都是洗冷水澡，只有到了天凉的季节，每周统一安排洗一次热水澡，今天正好又是洗热水澡的时间。他们这个监舍的人是最后一批来到澡堂的，时间是晚上8点钟了。

浴室的四周镶嵌着白瓷砖，地下是防滑地板砖，墙壁上装着一排水龙头。每个人脱得光光的，尽情地享受着热水浴，在一片雾气腾腾的空间里，到处都是白花花的身影晃来晃去，有人讲着男女之间的笑话，有人哼着小曲，有人吆喝着拿这拿那的，简直就像一场人体盛会。

魏建设也在其中，他今天的心情格外沉重，不想搭理任何人，只是一个人默默地洗着澡。

天不收也在这群人中间，他脱光了全身衣服，占用了一个离魏建设不远的水龙头，故意把水流声开得大大的，用条毛巾有一下没一下地擦拭着身体，那只毛巾里还裹着一只牙刷制成的匕首，一双眼睛死死地盯着魏建设的一举一动。他的旁边，还有两个形影不离的小兄弟。

当他看到魏建设在头发打上了肥皂，闭上眼睛双手挠头皮时，感觉报仇的机会来了，扔掉毛巾，一个箭步跨过去，用那把锋利的牙刷柄，朝着魏建设猛地刺去。

371

魏建设一点防备都没有，惨叫一声，滑倒在地，睁开火辣辣的眼睛什么也看不见，一只手下意识地捂住伤口，另一只手拼命抵抗。

天不收口里骂骂咧咧的，继续用牙刷向魏建设身上胡乱扎去。他的两个兄弟也扑了过来，挥动拳脚朝魏建设一阵猛打，看这架势，必定是要置魏建设于死地。

明哲在离魏建设不远的地方洗澡，听到他的叫声，飞速冲过来，拼足全身力气，掀开一个家伙，又一把抱住天不收，把他摔倒在地，与他厮打起来。天不收见挣脱不开，挥动尖利的牙刷柄不停地扎向明哲。他的小兄弟也围拢来殴打明哲，也有手痒的在押犯人想过瘾，参与其中，打成一片，澡堂里顿时混乱不堪。

过了好长一阵子，监狱的警笛才响起来，一群狱警冲进来。在这里洗澡的在押人员个个蹲在地上，只有明哲还死死地抱住天不收，天不收无法脱身。狱警费了好大的劲，才把已经昏死过去的明哲双手掰开。

赵进赶到出事现场，看到魏建设倒在血泊之中，双眼紧闭，不省人事，用脚踢了踢，他的身体似乎抽动了一下，心想，怎么就没有弄死他呢？

他对狱警吼道，他妈的，还愣着干什么，叫救护车呀。

魏建设被天不收刺伤后，送往东方市人民医院重症监护室紧急抢救。他静静地躺在病床上，全身多处瘀青，腹部和背部有几道很深的伤口，已经过去了十几个小时，还是昏迷不醒。明哲为了搭救魏建设，也被天不收刺成重伤，住进了同一所医院，不在同一个病室。

赵进知道魏建设是个非同一般的人物，加强了对他的安保工作，亲自带着一名狱警，一刻不离地值守，除了医院里的医生护士外，不允许其他任何人靠近他。

一个戴着医护口罩的年轻女护士来到重症监护室，推开门，端着放有药品的盘子进入病房，查看魏建设的病情。刚巧发现魏建设呼吸窒息，全身不停地抖动，监测仪上显示血压下降，心脏跳动减弱。她抬头看到呼吸机的管子被拔掉，连声大喊，医生，快来！救人啦！

当值医生跑过来后，急忙给魏建设用上氧气袋，打了一支强心针，忙乱了好一阵子才把魏建设抢救过来，呼吸渐渐趋于平静。

这个年轻的女护士正是孟滢装扮的，她拿到唐潮和白霞女儿DNA比对结果后，证实了小女孩就是唐潮的亲生女儿，对唐潮彻底死心了，又窃取了"鬣狗行动"，识破了唐潮的惊天阴谋。当听说魏建设被人伤害后，担心他的人身安危，特地乔装前来探望，恰好见到了这个可怕的场面，无意中挽救了魏建设的生命。

一离开医院，她就把这里发生的情况告诉了胡文强，胡文强意识到魏建设的处境极其危险，与郑少杰、李志刚商量，要赶快去营救魏建设。

郑少杰笑他，书记平时总是叫我们稳一点，稳一点，今天自己怎么坐不住了？

胡文强急了，再不救他，他可能会不明不白地死在医院。

次日凌晨，医院的病人大都还在沉睡中，外科病区医生办公室只有个别医生值班，突然涌进来一帮人，大吵大闹，见东西就砸，见人就打，现场一片混乱。

身着护士装的孟滢慌里慌张地跑到重症监护室，对坐在门口的赵进说，警察同志，一群流氓在医生办公室闹事，太吓人了，太恐怖了，你们快去帮忙制止一下吧。

赵进说，我们是负责在这里执勤的，你们打110吧，警察很快就会过来处理。

护士说，我们报警了，可是已经有医生被打伤了，等110就来不及了，求求你们去救救医生吧，你们不去救他，恐怕要出人命了。

赵进想了一下，对另一名年轻狱警说，我过去看看，你在这里值守，哪里都不能去。

赵进跟着护士跑过去，医生办公室吵闹得很凶，叫骂声、打砸声比刚才还要大一些，有个穿着白大褂的人满脸都是血，蜷缩成一团，这些人还不放过他，有的骂他，有的在用脚猛踢他。

赵进拨开人群，走到中间，大声说道，住手！你们是什么人？有什么事好好说，不要在这里胡闹，不要动手打人。

带头闹事的不是别人，正是李志刚，见到警察来了，迎上前，嬉皮笑脸地说，你是谁呀？你算老几呀？管到我们头上来了？

赵进说，我是警察，这是我的警官证，你们这样闹下去是违法的！我有权拘留你们！

李志刚冲着他说，一个破警察，有什么了不起，也不问问原因，就管起我们的事来了？你给我一边去。说罢，顺手夺过他的警官证，往地下一扔。

赵进吼道，你是谁？你叫什么名字？给我把警官证捡起来，不然，有你好看的。

李志刚不但不捡，还用脚把警官证踢到墙边，示威性地说，我就这样做了，你能把我怎么样？

赵进火冒三丈，下意识地伸手掏武器，哪知早就站在他身边的两个年轻人迅速把他架住了。他厉声呵斥，你们翻天了？还敢袭警？你们不怕抓起来吗？

趁着他们胡闹的时候，那个满脸是血的医生爬起来，往外跑去，径直跑到重症监护室门口，在那个年轻狱警面前哀求道，这帮人简直疯了，把我打成这个样子，还在殴打那位警官，你快去救救你们的人吧。

年轻狱警也听到了所长的叫喊声，迟疑了一会儿，推开门朝病房看了一眼，魏建设还是一动不动地躺在床上。他把门关上，朝医生办公室跑去。

那个满脸是血的人溜进了重症监护室，把脸一抹，原来他就是郑少杰。见到魏建设已经苏醒过来，由于失血太多，脸色有些苍白，显得很疲惫，只有一双黑亮的眼睛，如钢铁般冷峻。

郑少杰向他使了个眼色，悄声说道，唐潮和方世雄今天签订联合重组协议，胡书记要救你出去，揭穿他们的阴谋。说罢，扶起魏建设，又拿出一件白大褂帮他穿好，急忙把他搀扶走了。

正在这个时候，省纪委第五室主任许远征带着两名纪检干部来了，拦住了他们的去路。

许远征来到医院办公室，喝令他们放开赵进。他拿出证件，给赵进看了，对他说，我是省纪委第五检察室主任许远征，要把魏建设立即带走，请配合我们的工作。

赵进并不认识他，不服地说，可是你们没有办理手续，怎么能把人带走？

许远征不容置疑地说，情况紧急，相关手续正在办理，这个人现在必须带走。

赵进无可奈何，只能眼睁睁地看着他们把魏建设从医院带走。

他们一直追下来，看到他们上车，又看到车子开走，才反应过来，急忙报告了雷青山局长。

第四十章

时隔两年，东方钢铁集团与盛唐实业集团二度联合重组签字仪式，在江都市的东方大厦举行。

酒店顶层会议大厅，豪华气派，富丽堂皇。主席台的幕墙上紫红色的布景，黄色的大字，两家单位的顺序与上次则相反，写成了"盛唐实业集团公司、东方钢铁集团公司联合重组签字仪式"，可别小瞧这个改动，它绝不是文字游戏，说明联合重组的主从关系得到了改变，意味着盛唐集团成功实现了对东钢集团的兼并，唐潮朝思暮想、费尽心机所要达到的目的终于实现了。

今天的仪式仍然采取新闻发布会的形式，各路记者比上次几乎多了一倍，把整个会议室占得满满的。

与会的贵宾还是上次那几个，除了唐潮、方世雄两个人外，还有省国资委主任邹培君、东方市市长姜红梅。另外，副省长孟铁生答应今天一定与会，前来祝贺，而且再三要求务必等他到来，亲自见证两家公司签订协议。唐潮和方世雄理解为，这是省委、省政府对他们联合重组的重视，表示有力的支持，无形中也提高了这个新闻发布会的规格。

会议还是由邹培君主持，先由方世雄讲话。他红光满面，意气风发，大谈实施千万吨钢规划，要争分夺秒，大干快上，把这两年失去的损失夺回来，为全省经济发展作出更大的贡献。

唐潮更是少年得志，以新主人的姿态，历数自己的创业史，大谈阔论中国经济发展的趋势，利用民营资本和管理的优势，全力支持国有企业改革和发展，推进新东钢千万吨工程配套项目的建设，成为国有企业和民营企业携手并肩、实现双赢的典范。

接着是答记者问。有个记者问，请问唐总，两年前因东钢一场事故，中断了联合重组，为什么事隔两年后，盛唐集团还是那么有兴趣要与东钢集团实现联合重组呢？

唐潮答道，国企改革发展是中国改革发展最重要的组成部分，作为民间投资虽然是为了追求效益最大化，但也不能一味地只顾赚钱，应该对改革开放的政策作出回报，积极支持和参与到国有企业改革发展中来。虽然种种原因影响了联合重组的进程，我心中这份实业报国的热情有增无减。

一个记者提问说，我们注意到了，这次的会标和上次不同，盛唐集团摆在前面，东钢集团摆在后面，意味着盛唐实现了对东钢的控股，那么请问唐总，你们对联合重组后东钢的发展有什么新的规划？

唐潮明确地回答，我们盛唐与东钢联合重组的目的，就是利用双方的优势，谋求更大的发展，我们通过股市筹集 50 个亿，全部投入新东钢 1000 万吨配套项目，这个联合重组的初衷始终没有改变，而且新东钢发展得好的话，我们还会加大投入力度，把规模做得更大一些，实现更快的发展，也许有一天你们会看到新东钢的规模达到 2000 万吨，也是不足为奇的。

刚才提问的记者对这个回答并不认同，追问道，当前全国的经济形势不太乐观，尤其是冶金行业，产能严重过剩，经营艰难，已成常态化，在这种形势下，扩大规模谈何容易。请问唐总，你们兼并东钢的真实目的的什么，有没有另外的企图？

唐潮微微皱了下眉头，转瞬又装出一副笑脸，我没有个人的企图。如果说有的话，就是尽最大的努力，和东钢人一起，把新东钢建设好，发展好。这对我而言，是一种新的探索，有可能成功，也有可能失败，就是失败了，也是值得这样做的。

一番豪言壮语，赢得了台下一片掌声。

有个记者问，过去两年来，盛唐公司动作频频，在国外投资矿业，又在东方市建设省级电商示范基地，而且发起投资兴建连接江都市和东方市的城际地下铁路，今天又与东钢签订联合重组协议，这些项目动辄几十上百亿，那么，请问，盛唐是不是看好中国的经济，在布一个大局，下一盘大棋？

唐潮侃侃而谈，我对中国经济充满了信心，对改革带来的红利、中产阶级的崛起等经济发展动力都非常有信心，目前经济表面的下行反而是增持中国未来新兴产业的好机会。这个时期，民间投资要充分发挥其资本活跃、讲求效率的优势，积极参与国有企业的改革，进入基础设施、公用事业、金融服务和社会事业等领域，解决好经济学上的玻璃门现象。

有个记者对方世雄提出了一个尖锐的问题，我参加过两年前的那次新闻发布会，我记得当时东钢所占股份是 54%，现在资产结构没有发生大的变化，而且盛唐的投资额度也没有增加，怎么一下子就占有 55% 的股份，而东方的资产怎么就缩小到了 45%，请方总给出一个合理的解释。

方世雄不假思索地说，这个问题问得好，自从魏建设到东钢后，他就人为地大幅度减少东钢的产能，由600万吨减少到400万吨，后来勉强达到500万吨，造成大量资产闲置，有的装备甚至被他拆除了，令人痛心呀，所以这次重新评估资产，东钢的资产自然就大大缩水了，只占有45%的股份。

这个记者不甘心，继续纠缠这件事，问邹培君道，请问邹主任，你认同方总这个说法吗？东钢的股份下降这么多，是不是有国有资产流失之嫌？

邹培君解释说，我可以负责任地说，他们所请的这家会计师事务所是国内知名的事务所，很多改制企业都是经过他们审计的，绝对做到了阳光审计，不存在任何暗箱操作的问题。而且事实上，东钢这两年大幅度减产，造成大批产能闲置，有的直接报废了，这个45%的股份是合理合法的。

这个记者辩解道，魏建设这个人应该说是有功也有过，他经营东钢才短短两年时间，东钢就从濒临破产的边缘挽救了回来，第一年减亏6个亿，第二年盈利8个亿，而且发展势头越来越好，特别是利用5G技术改造传统产业，创建智能工厂，起到了很好的引领作用，他对东钢的发展还是有一定贡献的。

方世雄脸上有点挂不住了，我要纠正这位记者同志的说法，在魏建设来东钢任职之前，东钢还是能够维持正常生产经营的，不像外面流传的快要破产了那么可怕。当然了，魏建设到东钢工作了两年，做了一些工作，可能是出于宣传的需要，或者追求个人所谓的政绩，夸大其词，言过其实，所谓的智能工厂只是个花架子，起不了什么作用。

邹培君担心记者会持续下去，记者提出的问题会越来越刁钻古怪，回答不好会收不了场，很想早点结束，进入签订协议的议程，就给孟铁生副省长打了电话。

孟副省长回答，车子正在路上，快到了，到了后就可以签订协议了。

看守所所长赵进垂头丧气地站在公安局局长雷青山面前，向他诉说了魏建设被人救走的经过。

雷青山分析认为，这是一群不明身份的人，冒充纪检委干部，变着法子把魏建设从医院救走，不禁恼羞成怒，破口大骂，这点事都干不好，蠢猪一个，把公安人员的形象丢光了。

随后召开紧急会议，要求全体警员出动：一是调查先后来的两伙人在医院的活动情况，找到犯罪分子；二是调看市内交通视频，查找这伙犯罪分子的下落；三是对全市的公路路口、铁路车站、收费站和江边码头，进行严格搜查，不能放过每一辆出城车辆；四是重点查找魏建设的踪迹，一旦发现，鸣枪示警，如果他敢反抗，就开枪射击。

警员们听到这个指令，个个摩拳擦掌，跃跃欲试。

会议一结束，雷青山就急着把这事告诉了唐潮。

唐潮还在联合重组签字仪式会场，听到雷青山说有要事报告，大吃一惊，急忙离开了会场，找到一个僻静的地方，这才叫雷青山把情况说出来。听完报告后，他焦躁不安地在原地打了几个转，问道，你确信救走魏建设的不是省纪委的人？

雷青山说，省纪委带走人，总要办个手续吧，哪有这么神秘的，极有可能是冒牌货！

唐潮心情平静一些，冷静分析道，魏建设早不逃晚不逃，选择今天逃出来，有没有可能，就是冲着联合重组签字仪式来的。

雷青山一下子醒悟过来，拍了下脑门，对，对呀，很有这种可能。

唐潮说，签字仪式就要开始了，无论如何要阻止魏建设冲进会场，他要是冲进来了，当着记者的面胡说八道一通，我们就会特别被动。

雷青山说，放心，我马上安排得力人员赶到东方大厦，只要发现魏建设，立即拘捕。

唐潮加重语气，现在是什么时候了？你必须亲自带人来，其他人我放心不下。

雷青山说，好，我来。

唐潮凶残地交代，一不做，二不休。你把人抓住后，一定要想办法处理掉，不要留下活口，不然只要他活着，还会坏我们的大事。

我知道怎么收拾他。雷青山答应道，心里盘算着，一旦抓住了魏建设，通过制造他在车上拒捕逃跑的假象，想办法一举击毙他。让他活着，祸害无穷。

很快，东方市公安局的几辆警车风驰电掣般向江都市飞奔而去。

市局的警车到达东方大厦，雷青山安排，把警车停放在隐蔽处。等了不长时间，载着魏建设等人的车辆终于还是来了。还未等它进入东方大厦，隐蔽着的警车突然从天而降，从几个方位拦住了这辆面包车的去路，让它无法动弹。警车内冲出一群警察，全都举着明晃晃的手枪紧逼过来。

赵进一把拉开车门，看到魏建设，怒火中烧，用枪指着他脑袋，大声吼道，你他妈的跑呀，你敢动一下，老子一枪崩了你！

魏建设蔑视了他一眼，指着脑袋说，老子又不是吓大的，有种就往这儿打！

雷青山跳下车，向赵进使了个制止的眼色，赵进把枪放进枪套，掏出手铐，就要铐住魏建设的双手。

雷青山得意扬扬地说，魏建设，你不是挺能逃的吗？逃呀，你就是逃到天边，我也能把你抓回来。

雷青山，你好大的胆子，到我们省纪委的车子里抓人！面包车里传出许远征的声音。

雷青山心里一惊，慌忙打开车门，看到了稳坐在里面的许远征，眼睛直愣着，面部抽筋一样扭动。

许远征亮出自己的证件，冷冷地说，看清楚点，不信我是纪委的人吗？

雷青山连忙点头，信，信，我认识你。

许远征用一种不容商量的语气说，我是代表省纪委执行任务，你们不能阻拦！

雷青山暗示手下的警察把枪收起来，垂头丧气地带着他们返回了东方市。

孟铁生副省长进入新闻发布会会场，大家情不自禁地鼓起掌来。随同一起来的还有省纪委周书海副书记、省人民检察院丁一民副检察长，纪委书记和检察长都不在邀请之列，孟副省长为什么把他们带来？坐在主席台上的方世雄和唐潮对望了一下，心里犯起嘀咕来。

邹培君想请孟副省长讲几句话，孟铁生摆摆手，表示不讲了，要他们按会议议程进行。

邹培君宣布，请盛唐实业集团公司董事长唐潮、东方钢铁集团公司负责人方世雄共同签署联合重组协议。

《欢迎进行曲》响起，礼仪小姐们来到主席台，为签字仪式作好准备。协议文本摆在唐潮、方世雄面前，这是两人第二次同时拿起签字笔，对视了一眼，就要在协议书上落笔签字。

慢！停下！

仿佛一声惊雷在头顶炸响，又仿佛一把利剑迎面劈来，正在埋头准备在协议书上签字的唐潮和方世雄，停住了手中的签字笔，禁不住抬起头来。

魏建设忍受着剧烈的伤痛，由胡文强搀扶着，艰难地迈动步子，迎面走来，陪同他一起来的还有省纪委第五纪检监察室主任许远征。

记者席上，引起一片轰动，各种相机甚至手机的镜头都跟随着他们，不停地拍摄起来。

魏建设来到方世雄面前，稳稳地如铁塔似的站在他的对面。

会场顿时爆发出剑拔弩张的气氛来。

方世雄恼羞成怒，指责道，魏建设，你这个腐败分子，胆子不小呀，竟敢跑到这里来破坏签订联合重组协议。

魏建设毫不示弱，质问道，方总，我问你，广州宏达商贸公司是谁办的，背后的老板是谁？

方世雄说，你问这个干什么？我怎么知道？

魏建设说，那我来告诉你吧，这家公司就是你的儿子方涛办的，你以为他离开了宏达公司吗？那是他骗你的，他怎么舍得离开呢？宏达公司表面的经理是凌云，实际控制人还是方涛，50万元以上的业务，必须要他签字。

方世雄说，这些我完全不知情，他们怎么经营的，那是他们的事，与我没有什么关系。

胡文强说，你能说与你一点关系都没有吗？上次那批掺杂使假的进口矿，就是宏达公司组织进来的，以硫酸渣冒充进口精矿粉，被我们查出来后，你亲自给萧春晖打招呼，萧春晖连夜安排把这批矿石一点不剩地全部用完了，以销毁留在现场的证据，仅这一次就给东钢造成直接经济损失200多万元。

方世雄慌乱起来，一颗颗汗珠从油光锃亮的脑门上冒了出来，心中默默地祈求，毛主席老人家，您老快显灵吧，这次保佑我过关，以后天天给您烧香，给您叩头。

魏建设继续说，这几年东钢把300多万吨"长协矿"指标划给宏达公司，宏达公司每吨加价20元，转手又把指标卖给了东钢，这一去一回有多少差价，你应该算得清楚吧。还有，东钢的钢材托盘给宏达公司，共有200多万吨，宏达公司长期占用东钢的资金不算，与其他托盘的大客户相比，每吨给宏达公司的价格要比他们低30—50元，宏达公司从中又赚了多少，你也应该算得清楚吧。

简直是一派胡言，你这是诬蔑，纯粹是诬蔑！方世雄表情扭曲，愤怒地拍案而起，你是重大犯罪嫌疑人，有什么资格在这里胡说八道呀！

这时，门外进来两位检察官，站在方世雄旁边，其中一位严肃地说，方世雄，你因涉嫌为子女经商、办企业提供便利条件，获取巨额财产，现在宣布对你进行立案侦查。

方世雄的脑子"嗡"的一下，一片空白，面如死灰，额头上那道象征着荣誉的紫红色的伤疤也暗淡下来，颓然地瘫倒在椅子上。被检察官带走时，发抖的双腿弯曲得几乎没有力气迈动步子。

唐潮预感到情况不妙，装出一副饱受委屈的样子，大声嚷道，今天本来是个喜庆的日子，就这样遭到了破坏！没想到我省的投资环境这么差，枉费我的一片好心，这个协议不签了，以后也永远不与你们合作了！说罢，就要愤而离场。

孟铁生微笑着把他的肩膀按住，小唐，你别生气嘛，这曲戏还没有演完呢，我们不如耐下心来看下去。

魏建设从随同一起来的胡文强的手中接过一份资料，举起来，面对记者，朗声说道，这就是有人精心制定的"鬣狗行动"，也叫百亿计划。他们的用心就是，假借与东钢联合重组，以支持东钢实施千万吨钢工程配套项目为名，在股市上定增发行50亿元的股票，获取东钢的控股权。可是这增发的50个亿，并不是投资给新东钢的建设，而是据为己有，再迫使新东钢破产清算，永久性关停。然后通过土地变性，从事房地产开发，号称要建成江都市最大的后花园。又极力鼓动建设江都市到东方市城市地铁，用以保证他们的房地产项目升值，再赚50个亿。通过这样魔术般的资本运作，他个人从中获利100个亿。

魏建设转过身来，鹰隼般尖锐的目光刺向唐潮，闪烁着一股无法遏制的怒火，唐总，这就是你的"鬣狗行动"，可是，为了达到你的目的，代价是彻底搞垮东钢，企业职工全部下岗，国有资产全部流失。你这么做，是不是太卑鄙无耻了。

唐潮不以为然地冷笑道，市场竞争本来就是残酷无情的，是你死我活的博弈，我都是在法律的范围内运作，有什么值得大惊小怪的。

周书海严正地驳斥道，你口口声声地说你所做的都是合法的，那么，我问你，暗中挑动村民到东钢堵塞铁路，与东钢职工发生冲突，是合法的吗？利用网络大肆造谣、挑唆不明真相的人员伤害魏建设，是合法的吗？组织老板送给魏建设100万元，是合法的吗？以种种拙劣的手段，引诱魏建设的妻子购置房产，从而陷害魏建设，这又是合法的吗？还有魏建设在看守所遭到流氓袭击，差点失去了生命，这里头疑点重重。

唐潮满口否认，您说的这些，我一点都不知情，与我一点关系都没有。

丁一民说，到底是谁干的，我们会查清楚的。我现在正式通知你，在我们侦查期间，你不得出国，随时准备接受调查。

唐潮佯装镇静，只是脸色红一阵，白一阵，青一阵，紫一阵，带着一种从来没有过的失败感悻悻而去。

看到唐潮离开会议大厅的背影，孟铁生心里隐隐作痛，他怎么也不会相信，自己亲自出马，把这个看着长大的年轻人，作为战略投资者引荐到东钢，目的是想转换经营机制，尽快救活东钢。哪知道，他为了追逐高额利润，耍起空手套白狼的手段，竟然要把一个国有企业彻底搞垮，简直太可怕了。正如马克思所说的，如果有20%的利润，资本就会蠢蠢欲动；如果有50%的利润，资本就会冒险；如果有100%的利润，资本就敢于冒绞首的危险；如果有300%的利润，资本就敢于践踏人间一切法律。唐潮简直是一个天使与魔鬼的结合体，在兼并东钢问题上一系列拙劣的表演，充分暴露了他那自私、狂妄、贪婪和阴毒的本性。

丁一民代表检察机关宣布道，魏建设同志的妻子冯丽娟已经向检察机关自首了，在她交代问题后，我们经过调查取证，认定魏建设受贿索贿的两宗罪行都不成立，必须还他一个清白！

记者席上顿时爆发出掌声。

丁一民紧握着魏建设的双手，动情地说，建设同志，你受委屈了，受冤枉了，经受了严峻的考验。

谢谢，谢谢！魏建设眼睛湿润了，心情难以平静，随后，他与孟铁生、周书海和主席台上的其他人一一握手，又朝记者席深深地鞠了一躬。

其实，这场戏的总导演是孟铁生，此时他的心里也是五味杂陈，百感交集，既对方世雄、唐潮感到惋惜和遗憾，又对魏建设的冤情得以洗刷感到无比的高兴。他调整了下自己的情绪，微笑着，邀请魏建设讲几句。

魏建设激动地说，感谢党！感谢组织！两年前省里派我到东钢，为了摆脱破产的困境，我们深化企业改革，转换机制，创建以特钢为核心的智能工厂，大幅度精简员工，这才让企业走上了一条良性发展的道路。这个成绩不值得骄傲，一想到那么多职工为了企业的改革，离开了自己心爱的岗位，作出了巨大的牺牲，我的心里就很愧疚。与职工作出的牺牲相比，我个人的委屈又算得了什么？正因为改革付出了惨重的代价，企业才活了下来，才挨过了严冬，迎来了一个美好的春天。

他这番发自肺腑的话，激起了记者席上一阵热烈的掌声。

孟铁生副省长站起来，稳定了一下情绪，说道，同志们，我首先要向魏建设同志说一声对不起，组织上没有很好地保护他，我这个主管经济工作的副省长有责任。我还要作出自我批评的是，唐潮是我引荐给东钢的，原来是想通过联合重组，使东钢重新振兴起来，哪想到唐潮借联合重组之名，行吞并东钢之实。

正是有了魏建设这样的同志，在大是大非面前，坚持原则，主持正义，抵御诱惑，始终维护企业和职工的利益，才保住了国有资产，没有遭到流失。他接手一个快要破产倒闭的企业，选择了创建智能工厂这条独特的发展思路，进行了压减产能、调整结构、裁减员工等一系列改革，成功地救活了企业，开创了新的局面。可以说，用5G技术改造传统产业，是今后企业发展的一条创新之道。

说到这里，孟铁生停顿住了，犀利的目光扫视了一下全场，意味深长地说，同志们，当前这场改革是多么艰难啊，各个企业面临的情况不一样，各个企业改革的思路也不尽相同，正是有一大批魏建设这样的同志，他们的身上寄托着民族振兴的情怀，具有历史的担当，大无畏的勇气，与时俱进的品质，自我牺牲的精神，撑起了民族工业的脊梁！

会场上的记者站了起来，向魏建设投去注目礼，同时，爆发出暴风雨般的掌声。

时间不知不觉地过去了一年，省政府换届，孟铁生由于年龄原因，从领导岗位上调整下来了，接替他的是姜红梅。孟铁生提出了一个心愿，离职前想到东钢去看看。姜红梅对东钢和东方市同样有感情，欣然陪同前往。

那次联合重组签字仪式上，宣布魏建设无罪释放，很快恢复了东钢总经理的职务。他的妻子冯丽娟因遭人陷害犯下受贿罪，从轻判处有期徒刑一年，缓刑两年。女儿晶晶今年高中毕业了，不愿意远离父母，没有出国留学，考取了长江音乐学院。姐姐魏秀珍的家境也得到了改善，与卢春来合办的春秀酒楼越来越红火，"馋嘴"卤制品店不仅在东方市有了几家连锁店，还开到了省城江都市。外甥张有为的病完全治好了，成了哲思智能科技公司的技术骨干。

这一年是魏建设来东钢干得最得心应手的一年，也是效果最好的一年。智能工厂初具雏形，实现了对生产工序远程操控管理，优特钢生产显示出了优势，成了市场上的抢手货，一年实现利润20多个亿，被工信部授予绿色工厂称号。

得知老领导要来东钢视察，魏建设早早地去路口迎接他们。孟铁生还是保持着务实的作风，车子直接开到东钢的操控中心。

这个操控中心是在拆除了小高炉、小烧结的空地上兴建的，已经成了一个规模很大的花园，除了种植各种树木花卉外，还有自动喷灌设施及灯光亮化，项目分为文化展示区、林间会客区、活动休闲区，集操业中心、培训中心、服务中心为一体。

绿荫掩映的一栋现代化的三层楼房，是东钢的操控中心，里面分为炼铁、炼钢和能动环保三个部分。走进大厅，高大宽敞，整洁明亮，地面一尘不染。首先映入眼帘的是 18 块大型屏幕，如同"天幕"般占了一面墙，实时展示各个工序的动向，40 余位衣着整洁的技术工人坐在电脑前对各道生产工序实施远程操控。

转炉厂的班长李志刚也是其中的一位，看到孟铁生过来，连忙起身问候。

孟铁生示意他坐下，你是李志刚吧，转炉的工长，上次你在大剧院扮演魏建设，演得不错。

李志刚嘿嘿一笑，为了魏总，必须的。

孟铁生问，你们工人不在炉台炼钢了？

不用了。李志刚笑答，现在转炉操作室集中到这里来了，通过 5G 技术，对转炉炼钢实施远程操控。

孟铁生来了兴趣，坐在他的身边，李志刚点击画面，演示给领导看。一只巨大的 5G 机械臂倒灌出炉钢水，吐出一条条殷红的飘带，浇铸到连铸机上的铜制结晶器内，待到冷却后，又切割成一条条钢坯，再由无人操作天车把钢坯吊走，整齐地码在拖运钢坯的专列上。这个行车操控系统正是张有为设计的，明哲多次在魏建设面前夸奖他。生产现场看不到一个工人，全由操控中心的工人进行远程操作。

孟铁生说，不是亲眼所见，真是想不到，完全颠覆了传统炼钢那一套。

魏建设得意地说，与这个中心联网的，是 268 个自动化系统、33 万个监控点、294 个现场操作台，都集中在一个平台管理。现在呀，借助北斗高清定位，5G 网络，每个员工在哪里，每道工序完成得怎么样，一目了然。我们的劳动生产率提高了 30%。只要一部手机，哪怕在千里之外，都能了解到企业的情况，直接控制操作系统。

孟铁生有点像刘姥姥进了大观园，对这里的一切都感到好奇，笑着问，有这么神奇吗？

魏总说的一点也不假。姜红梅副省长作了肯定的回答，她翻开自己的手机，点击一个 APP，对孟铁生说，这是东钢的绿色环保应用软件，废气、废水、固化物指标都有显示，与市里环保局联网，对他们进行实时监控。这几年，东钢在环境治理上下了真功夫，已经实现了废气超低排放，废水零排放，固废不出厂，解决了工业污染这个老大难的问题，今年市里评上了全国创建文明卫生城市，东钢功不可没。新的一年东方市要做两件大事，一个是借鉴东钢智能工厂的经验，着力打造 5G 智慧城市；一个是神通快递公司投资的航空港经济区正式落地，将把东方市打造成一座航空城。这两个项目如飞机的两翼，助推东方市新的腾飞。

魏建设说，虽然说我们的智能工厂基本建成了，产能也达到了 600 万吨，但是危机感依然存在，块头小了，竞争力不够，还得走联合重组这条路。

听到这话，孟铁生有些吃惊，你又想搞联合重组了？

魏建设坦然回答道，我从来不排斥联合重组，也不排斥民营企业，我只是不相信唐潮，认为他不是真心实意地联合重组，而是借用联合重组，搞垮国有企业，追求非法所得。

姜红梅说，听说唐潮又神气起来了，在资本市场搞得风生水起，兼并了几家公司，盛唐的股票升值了不少。

孟铁生笑道，人生这个舞台，有英雄也有枭雄，就像《三国演义》，有刘备，有孙权，也得有曹操，缺少了哪一个，搅不起三国的风云，就没有那么精彩了。又问魏建设，你们下一步打算怎么做？

魏建设说，我们已经与南方钢铁集团接触，这几年他们在全国兼并了好几家钢铁企业，规划打造亿吨钢铁巨人。我们加入南方钢铁集团中去，成为其中的一员，这样竞争力将会得到极大的增强。

孟铁生赞同道，好呀，姜省长，你要促成这件美事哟。

姜红梅笑答，省里一定会全力支持。

魏建设见孟铁生兴趣很高，对他说，我们在西区建了个湿地公园，是目前国内钢厂中最大的花溪湿地公园，你老有兴趣看看吗？

东钢的西区原来是一大片空地，是为千万吨配套项目预留的，综合废水处理厂就设在这里，现在千万吨项目停建了，这块开阔地恢复了原生态，但见垂柳依依，溪流蜿蜒，花朵盛开，水草丰茂，中间还有一个碧绿得像一块翡翠般的湖泊，在阳光的照耀下，闪烁着瑰丽的光泽。

魏建设介绍道，我们这个湿地公园，除了观赏功能外，还有一个最大的作用，经过综合废水处理厂处理后的达标中水，流入湿地公园，采用自然进化的工艺设计，净化后的水达到地表三级水的标准，作为生产的补充用水，做到厂区的废水不外排。

孟铁生站在湖边的草地上，看到湖里生活着一群鸳鸯、绿头鸭，还有一对色如墨玉、体态高雅的黑天鹅，不禁大喜，向那对黑天鹅召唤着。黑天鹅似乎领会到了他的意思，缓缓地游过来。他从食饵投放点取来一块面包，把它捏碎，撒在湖面上，黑天鹅欢快地啄食起来。这时绿头鸭和鸳鸯也从远处游过来，争抢湖面的食物。看到这个场景，孟铁生像个小孩似的，高兴得手舞足蹈，笑得格外开心。

魏建设常常到湿地公园来，喜欢静静地坐在柳树下，看到那一排排倒垂的杨柳，千丝万缕，婀娜多姿，好似对镜梳妆的美女，又如舞袖飘飘的仙子，在魏建设的眼里，就像柳诗韵在陪伴着他。微风一吹，柳树发出"沙沙"声，那是柳诗韵轻轻地叮嘱他。在他的心中，柳诗韵的灵魂还活着，还在天堂看着他，没有一天离他而去。

柳诗韵的过早离世，对父亲柳家霖打击太大，不久就中风了，与轮椅相伴。因无力照顾外孙爽爽，只好把他送到寄宿学校。家庭的变故，让这个调皮的少年一下子成熟了许多，变得懂事多了，读书也用功了，给重病的外公带来了极大的安慰。这痛失亲人的一老一少，成了魏建设心中的牵挂。

孟铁生发出一连串爽朗的笑声，一下子把魏建设的思绪拉回到眼前。只听这位长者称赞道，变了，变了，东钢完全变了！工厂变成了花园，落后的工艺变成了5G+自动化，城市的包袱变成了城市名片，了不起呀！

姜红梅也感慨地说，老同学，还是你看得准，5G是进入新时代的一把钥匙，谁拥有了它，谁就拥有了未来。

魏建设并没有这么乐观，办企业，没有一种模式是始终不变的，没有一种竞争力是永恒的，所有的经验和积累随时都可能被颠覆。要想生存下去，就必须自我否定，欲练神功，必先自宫。

大家全都笑出声来。

姜红梅之前到这里来过，指着不远处的那座亭子，笑吟吟地对孟铁生说，孟副省长，亭子里镌刻着我家老肖写的一首《江城子》，请您指点一下。

是肖一凡写的吗？那我去看看。孟铁生高兴地走过去，他的视力还不错，看着这首诗，一句句念出声来：

江滩春光碧无穷，楼台阁，百花丛。回首吴王，霸业在此中。生子当如孙仲谋，曹孟德，难争锋。

长江春水奔向东，不复回，却匆匆。一代豪杰，往事谈笑中。人才辈出看今朝，挽狂澜，真英雄。

念完诗后，孟铁生连声说，长江后浪推前浪，当今的历史靠你们来抒写。

魏建设站在他身边，深有感触，真正的英雄是东钢的职工，他们既是奋斗者，创造者，也是牺牲者，没有他们，东钢不可能打造成智能工厂；没有他们，东钢不可能从死亡线上活过来。